S0-CEZ-822

La Bougainvillée

DU MÊME AUTEUR

Aux mêmes éditions

Vous n'allez pas avaler ça ! 1971
Don Juan est-il français ? 1973
Moi, un comédien (avec Jacques Charon), 1975
Croque-en-bouche, 1976
Monsieur Folies-Bergère, 1978

Chez d'autres éditeurs

Ils parlent d'elles, *Grasset,* 1968
Journal d'une assistante sociale, *Édition Spéciale*, 1970

FANNY DESCHAMPS

La Bougainvillée

*

Le Jardin du Roi

ROMAN

ALBIN MICHEL

22, rue Huyghens, 75014 Paris

ISBN 2-226-01298-2

Pour Albert,

sans qui ce roman
n'aurait pas eu lieu.

I.

Un Château en Dombes

1

Le feu s'est assoupi. Maintenant il s'enfonce lentement dans ses cendres et sa chaude douceur odorante enveloppe Jeanne tout entière. Elle se sent comme au creux d'un berceau. Apaisée de tout, sauf de sa lancinante envie d'être encore mieux, dans les bras de Philibert.

Philibert...

Elle ferma les yeux sur son image, pour la caresser avec ses paupières.

Deux ans déjà.

Sept cent trente jours sans lui. L'impossible, devenu réalité.

Elle s'était assise à même le tapis, les jambes embrassées, la joue posée sur ses genoux. Elle avait quinze ans un jour d'avril mais sa vie pesait mille ans et avait un goût de novembre. En soupirant elle reprit le livre tombé près de sa jupe. Rien n'accompagne si bien la nostalgie d'un temps perdu qu'un rondeau de Charles d'Orléans :

Pour tous vos maux d'amour guérir
Prenez la fleur du souvenir
Avec le jus d'une ancolie,
Et n'oubliez pas la soucie,
Et mêlez tout en déplaisir...

Des coups de canne redoublés, que Mme de Bouhey assenait sur le parquet de sa chambre, réveillèrent Jeanne de sa mélancolie savoureuse. D'un sursaut elle se jeta sur pied. « Ça y est ! pensa-t-elle, fâchée. Elle est malade. Je l'aurais parié. Elle a bien trop mangé ! »

Au matin de ce 1er avril 1762, pour fêter les quinze ans de sa pupille Jeanne, la baronne Marie-Françoise de Bouhey avait fait mettre au feu sept petites casseroles à main, quatre grandes casseroles rondes, trois marmites et trois broches de volailles. A son ordinaire des dimanches elle avait goûté de six plats au dîner et de trois au souper, sans compter les desserts. Remontée chez elle, à peine couchée, elle avait vu tournoyer son ciel de lit tandis qu'une sueur d'agonie lui pissait du front.

— Je passe, Dieu ! cette fois je vais pa...asser ! gémissait-elle entre deux hoquets. Jeannette, ma ché...rie, empêche-moi... de passer!

Le bonnet de nuit chaviré, renversée de travers sur sa pile d'oreillers, les mains abandonnées, le regard mourant, le nez pincé, elle était à peindre pour faire peur aux gourmands. Sa femme de chambre Pompon trempa un linge dans une cuvette d'eau vinaigrée pour lui bassiner les tempes. Derrière Jeanne grimpée en courant, la pièce s'était emplie d'une demi-douzaine de silhouettes en camisole blanche qui venaient, le bougeoir à la main, s'informer du remue-ménage. Delphine de Bouhey, la belle-fille de la baronne, retourna chercher son coffret de drogues.

– Ne faudrait-il pas envoyer à Neuville prendre le père Jérôme? demanda Pompon à la cantonade.

– C'est fait, dit Mlle Sergent, la gouvernante. Thomas vient de partir.

Personne ne pensait que la baronne eût d'urgence besoin d'un confesseur, mais le père Jérôme, l'aumônier de l'abbaye de Neuville, était un peu guérisseur. Quand elle entendit parler de lui, la malade, prise de panique, réclama son notaire aussi, pressée du désir futile de bricoler encore un peu à son testament avant de se perdre corps et biens. On dut réveiller Longchamp, le valet des jeunes Bouhey, pour l'expédier à Châtillon avec la carriole – Thomas avait pris le carrosse pour ramener l'aumônier.

Depuis deux semaines une pluie têtue trempait la Dombes qui n'était plus, ciel et terre, qu'un pays d'eau. En arrivant au château de Charmont, maître Étienne-Marie Aubriot s'ébroua au milieu du vestibule en lançant de grands éclats de voix, si bien que Jeanne ne vit qu'après un long instant, ruisselant derrière son père, Philibert qui lui souriait en secouant son chapeau.

– Mon fils se trouvant par hasard chez moi, j'ai cru bien faire en amenant le médecin avec le notaire, dit le vieil Aubriot. Voyons, mademoiselle Jeannette, que se passe-t-il?

Le docteur Philibert Aubriot s'avança :

– Si vous le permettez, mon père, le médecin ira voir là-haut avant le notaire.

Jeanne, statufiée, regarda le songe venir à elle. Un silence profond l'étreignait, la vie, autour d'elle, se mouvait sans un bruit. Elle vit bouger les lèvres du fantôme de Philibert, tendit la main vers lui et rencontra le chatouillis, merveilleusement réel, d'une manchette de mousseline. D'un bond le flot de son sang monta lui cogner aux oreilles et lui rendit l'ouïe. « Montons-nous? » demandait Philibert.

Comment le conduisit-elle jusqu'à la chambre de Mme de Bouhey? Parlèrent-ils? Elle ne devait se souvenir que de l'énorme joie charnelle qui l'avait envahie pendant qu'elle marchait de nouveau à son côté, comme autrefois, avec un corps sans poids de bienheureuse.

Depuis qu'il avait installé son cabinet à Belley, en plein Bugey gueulard, le docteur Philibert Aubriot soignait couramment et à peu de frais le trop-plein d'entrailles : une bonne ration d'ipéca, suivie d'un bon temps de jeûne arrosé de force tisanes de chicorée sauvage – il écrivait *Cichorium intybus* sur son ordonnance, pour renforcer la valeur de l'infusion. A cette prescription il ajoutait un discours sur les mérites d'une table simple et frugale, si judicieusement préconisée par les adeptes de la nouvelle cuisine. A Paris, où se trouvaient assez de gavés lettrés pour préférer les idées aux chapons, cette nouvelle cuisine philosophique, à base de jus et de coulis, de légumes et de lait, commençait à faire fureur dans l'aristocratie. Hélas, les provinciaux du docteur Aubriot préféraient, en continuant de bâfrer gras sans philosopher, retomber à longueur de vie dans l'indigestion, la goutte, la gravelle et l'apoplexie. N'importe : brillant bavard, le médecin ne renonçait pas à leur prêcher les délices légères du caillé et de *Taraxacum dens leonis* – plus vulgairement nommé pissenlit dent-de-lion par les bâfreurs qui, derrière son dos, le mettaient en salade avec une poignée de lardons frits. A Mme de Bouhey, comme à tous ses autres gloutons, le docteur Aubriot vanta son petit-lait et sa verdure sans se faire aucune illusion : un flux de ventre s'oublie, les bonnes choses restent.

– Je voudrais, disait-il avec cruauté, voir peindre, dans chaque salle où l'on mange, un gros tas de poulardes dorées planté d'une bannière sur laquelle on lirait : Vulnerant omnes, ultima necat – toutes blessent, la dernière tue !

Assis dans la ruelle du lit, il prenait tout son temps pour observer le visage de sa malade, où s'inscrivaient en grimaces les derniers spasmes de l'estomac. Le vomitif avait promptement agi, le rose d'une fine couperose revenait aux joues de la baronne, joliment. Sous les grosses boucles gris pâle échappées de son bonnet à dentelle elle reprenait un peu du délicat charme pastel de ses soixante ans charmants. Elle eut un petit sourire pour le docteur Aubriot et lui fit signe de demeurer un peu.

Aubriot ne croyait pas à la médecine mais il croyait au médecin, surtout quand il se contentait d'être là. D'une main amie il prit le poignet de la ressuscitée et fit semblant de pouvoir encore quelque chose pour elle.

Dans le petit salon du rez-de-chaussée repeint à neuf, aux boiseries jaune citron rechampies de lilas, Jeanne avait fait servir une collation : un poulet, du fromage blanc, une carafe de vin de Mâcon. Faire médianoche n'était pas dans les habitudes de Philibert et elle le savait, mais il lui faudrait bien attendre son père pour retourner à Châtillon, et Mme de Bouhey, dès qu'elle serait mieux, risquait de retenir son notaire un bon moment. Faire, défaire et refaire son testament lui était une jouissance dont elle ne se lassait pas, parce qu'elle lui permettait de compter ses biens avec élégance, en les distribuant.

Sauf le cocher Thomas et Pompon, que Jeanne entendait aller et venir dans la chambre de sa maîtresse, tout le monde avait déjà regagné son lit. Le père Jérôme, rassuré, était reparti pour son abbaye, et maître Aubriot patientait au premier, dans le boudoir de sa cliente. Jeanne aurait Philibert pour elle seule. Tout à l'heure, bientôt, tout de suite, elle entendrait claquer ses talons sur la pierre de l'escalier... Son tremblement intérieur s'accentua. Elle l'avait attendu si longtemps, si fort, qu'elle avait oublié qu'il pourrait apparaître un jour à l'improviste, comme n'importe qui. Pour la dixième fois depuis un quart d'heure elle retourna se poster devant le miroir de la cheminée.

Elle s'était rafraîchie, recoiffée, parfumée. Elle ressemblait toujours, mais en mieux finie, en plus moelleuse, à la sauvageonne qu'hier il promenait dans la campagne de la Dombes. Passionnément, la jeune fille voulait croire que c'était Philibert qui l'avait façonnée, et façonnée pour lui, par égoïsme. Que de lui et pour lui plaire elle tenait sa vivacité, son corps ferme, agile, infatigable, son regard avide capable de découvrir l'ombre d'un bourgeon sur un tilleul d'hiver encore nu, sa curiosité sans frein pour la vie des arbres, des plantes, des fleurs, ses extases devant les beautés naturelles, sa patience devant une récolte de simples à trier ou des herbiers à mettre à jour. Philibert Aubriot, ce fou de botanique, lui avait donné sa fièvre verte. Fabriquer des « botanomaniaques » était son grand jeu — ne l'avouait-il pas ?

Jeanne avait dix ans quand la maladie verte l'avait prise. Son père, un couvreur bourguignon de Saint-Jean-de-Losne, s'était tué deux années plus tôt en glissant du toit de Charmont. Apprenant alors que l'enfant n'avait déjà plus sa mère, morte en la mettant au monde, Mme de Bouhey l'avait recueillie, puis s'était amourachée d'elle et l'avait fait instruire au château en même temps que ses petits-fils Charles et Jean-François. Charles avait un an de plus que l'orpheline, Jean-François, un an de moins. Curieuse et d'intelligence aiguë, la fillette avait mieux profité que les garçons des leçons de l'abbé Rollin. Elle avait eu, de surcroît, la chance inouïe d'attirer l'attention d'un savant de Châtillon-en-Dombes : le docteur Philibert Aubriot.

Le jour où c'était arrivé, il y avait fête à Charmont, pour le mariage d'une demi-sœur de feu le baron de Bouhey. Juin chauffait le temps, et les invités, cherchant la fraîcheur, se promenaient dans le parc. Le docteur Aubriot, assis sur la terrasse au milieu d'un parterre d'admiratrices, discourait sur les eaux d'odeurs. Il aurait aussi bien pu discourir sur l'inflorescence des gentianacées ou les arêtes des poissons de la Méditerranée ! Médecin réputé diplômé par la faculté de Montpellier, botaniste et naturaliste du Roi, célibataire, bel homme de trente ans aux yeux hardis, causeur à l'esprit effervescent, de quoi qu'il monologuât, le fils aîné du notaire de Châtillon ne manquait jamais d'auditrices. Celles-ci, vêtues pour la soirée, étaient en grands paniers de soies claires. L'orateur en habit sombre semblait le cœur d'une immense corolle faite de pétales moirés, à laquelle le soleil couchant arrachait des étincelles de toutes les couleurs. Vision féerique. La petite Jeanne, éblouie, s'était avancée jusqu'à la lisière de la fleur géante... Là, elle avait été prise. Ensorcelée par la voix pleine et passionnée de l'homme dont les yeux, noirs de jais, l'emportaient sans doute en brillant sur toute la splendeur qui l'entourait.

On peut tomber amoureuse à dix ans. Jeanne, à dix ans, était tombée amoureuse de Philibert Aubriot. Amoureuse d'un bloc, de la tête aux pieds, sans qu'une seule parcelle de sa menue personne en réchappât. Brûlant du besoin de faire tomber sur elle, chétive, le regard éclatant de l'adorable inconnu, la petite femme avait cherché « un truc » et, d'instinct, l'avait trouvé. Profitant d'un instant où il se trouvait seul avec le père Jérôme pour s'approcher de lui, elle avait pris sa voix la plus charmeuse : « Je vous ai écouté raconter les fleurs à parfums... Comme vous racontez bien les fleurs, monsieur ! L'abbé Rollin n'en sait pas autant. Pourriez-vous me dire quelque chose du géranium, je vous prie ? » Pas plus qu'un sot Aubriot ne pouvait résister au plaisir de s'entendre parler de ce qu'il savait : il avait raconté l'histoire du géranium. Et puis l'histoire de la tulipe. Et puis il avait pris par la main la jolie petite fille blonde endimanchée et tous les deux, oubliant la noce, étaient partis vers le potager, dont le jardinier bordait les carrés de légumes avec des plantes aromatiques. Plus tard, quand on demandait à Mme de

Bouhey par quel miracle sa pupille était devenue la compagne d'herborisation d'un grand botaniste, elle riait et répondait : « Son secret est bien simple : elle adore l'écouter et il adore parler ! »

Les saisons avaient passé. L'ombre grêle du savant promeneur avait doucement grandi, sans que ni lui ni elle s'en aperçût. Ils allaient toujours l'un derrière l'autre, le nez par terre. Lui était le maître qui pense tout haut, elle était l'ânon qui trotte sur ses talons en coltinant ses boîtes à herbes. Sur les sentiers du plat pays de Dombes aux tendres couleurs délavées il lui contait l'histoire naturelle. Les prés humides, la forêt giboyeuse, les étangs lourds d'oiseaux regorgeaient de leçons multicolores, sonores, mouvantes, gaies comme pinsons et canards, écureuils et coquelicots. La belle école !

Hélas ! l'enfance la plus merveilleuse, un jour, finit. C'est à l'aube de ses douze ans que Jeanne avait soudain pensé à « Monsieur Philibert » comme à un homme, qu'elle pouvait perdre.

Mlle Marthe était en train de lui essayer une robe. Sa première belle robe, coupée dans une dauphine vert de pomme rayée de blanc, que la couturière venue de Bourg-en-Bresse appelait « à la vive bergère », en ajoutant que c'était « le dernier cri de Paris ». Le corsage allongé, très ajusté sur un corps de bougran gommé, se fermait pardevant sous une échelle de nœuds. Les manches collantes s'élargissaient au coude en entonnoir dans lequel moussait la neige de trois volants de fin linon plissé. Pour faire bouffer le jupon – assez court pour laisser voir les mignons souliers de peau blanche à bouts ronds – Mme de Bouhey n'avait autorisé qu'un demi-panier « à la janséniste », en toile piquée sur une doublure de crin. Comme il fallait toujours consoler une jeune cliente du bon sens de sa mère ou de qui en tenait lieu, Mlle Marthe avait assuré « qu'à Paris, les paniers volumineux commençaient à passer de mode », mais Jeanne n'avait nul besoin d'être consolée : éperdue de plaisir, elle se trouvait ravissante. Dans la vive bergère de son miroir elle venait de découvrir son image de femme prête à s'échapper de l'âge ingrat.

Auparavant, jamais Jeanne ne s'était trouvée à son goût. Delphine de Bouhey, cette peste distinguée, et même la joyeuse Pompon lui répétaient sans fin qu'elle était trop grande, trop maigre, trop hâlée, qu'elle avait la bouche trop charnue, les épaules pas assez rondes, des mains et des pieds de paysanne tripotant au jardin et galopant sans chaussures dès que l'herbe lui semblait bonne. Quant à sa mise, elles ne lui en parlaient même pas ! L'innocente s'habillait pour être à son aise, avoir chaud ou frais – c'est tout dire ! Pompon, une fieffée coquette celle-ci, essayait parfois de la contaminer en lui retaillant des jupons et des casaquins dans de vieilles nippes de la jeune baronne mais, par malchance, Delphine raffolait des bleu-mourant, incarnat-de-rose et queue-de-serin, délicatesses qui ne tenaient pas trois jours propres sur « un garçon manqué ». D'ailleurs, c'était justement en habit de garçon que Jeanne se plaisait le mieux. Quand elle voulait s'aimer un peu dans sa glace, sans pour autant se priver de courir les bois, elle empruntait une culotte et une chemise à Denis Gaillon, le fils de l'intendant du domaine. Denis avait deux ans de plus qu'elle mais tout juste sa taille, et il avait aussi trop d'adoration pour sa Jeannette pour lui refuser même sa plus belle culotte en drap ponceau. Bref, avant de se voir transformée par Mlle Marthe en bergère d'opéra-comique, jamais Jeanne ne s'était imaginée en train de séduire même un berger. Mais voilà que, soudain, son reflet lui donnait des envies troublantes. « Ah ! avait-elle pensé, quand monsieur Philibert va me voir ainsi ! » Et elle s'était vue rougir. Elle venait de sentir se poser, sur son décolleté nu de jeune demoiselle à la mode, la brûlure du regard ardent de M. Philibert. Un délice, mon Dieu, un délice! Un rêve lui entrait dans le corps, qui n'allait plus cesser de grandir. Elle avait commencé d'aimer un soir de ses dix ans. Elle avait su qu'elle aimait au matin de ses douze ans. Et depuis elle s'était regardée embellir en se disant qu'elle embellissait pour faire un jour le bonheur des yeux et des mains de M. Philibert.

Ayant bonne vue, bonne ouïe et le cerveau prompt, précocement mûrie par ses deuils, ses lectures, l'amitié d'un savant et la vie crue côtoyée dans les fermes du château, la Jeanne de douze ans n'était pas une oie blanche. Elle savait qu'une jolie fille pouvait intéresser son cher botaniste par d'autres talents que ceux de distinguer *Eglanteria* de *Rosa canina*. Sobre à table, le docteur Aubriot avait la réputation de l'être moins au lit. Les fleurs des champs qu'il rencontrait sur ses chemins, il ne les couchait pas toutes dans ses herbiers ! Les fleurs des villes non plus, d'ailleurs. Le naturaliste aimait abondamment la belle nature sous toutes ses formes – quoi de plus naturel ? chuchotait, indulgente, la rumeur publique. Et dans ce cas, pourquoi ne cueillerait-il pas Jeanne demain, puisque hier il avait cueilli tant de Lisette, de Pulchérie, de Madeleine et cueillait aujourd'hui tant de Marianne, de Claudette et de Margot ?

L'orpheline du couvreur Beauchamps, recueillie au château de Charmont par charité, ne se croyait certes pas assez pour devenir plus que la maîtresse du docteur Philibert Aubriot, grand bourgeois de Châtillon, dont la famille s'ornait d'un blason d'azur au chevron d'or accompagné en chef d'une étoile d'argent et en pointe d'un croissant de même. Mais cette idée ne l'attristait pas. Son siècle n'était ni prude, ni vertueux, ni bigot. De Versailles une maîtresse royale triomphante donnait le ton Pompadour à toute la France, et, dans les salons de province, à Charmont autant qu'ailleurs, la conversation se montrait libertine plutôt que romantique. Jeanne ne doutait même pas que, mise au courant de son rêve, Mme de Bouhey ne l'eût félicitée de songer à pécher avec le brillant Aubriot plutôt qu'à convoler bêtement avec Denis, lequel ne cessait de lui répéter : « J'aurai du bien, ma Jeannette, j'aurai du bien pour nourrir au moins six enfants. » Charmante perspective ! Enlaidir, accoucher, torcher, enlaidir, accoucher, torcher, enlaidir, accoucher, torcher, et ouf ! comme ça jusqu'au bout du bien de cet imbécile, si toutefois on n'y laisse pas sa peau avant ? Merci bien ! Soigner les herbiers d'un amant plein d'esprit semblait à Jeanne un sort plus grisant.

Ce qu'elle savait de la vie du médecin-botaniste la confirmait dans l'idée qu'elle lui était destinée. Battre le pays pendant dix, vingt ou trente lieues d'affilée, rentrer s'enfermer dix jours et dix nuits avec sa récolte pour s'appliquer à ses observations sans presque manger ni dormir, puis repartir pour une autre expédition suivie d'une autre retraite, voilà la vie exténuante que le docteur Aubriot s'était choisie. Les malades et les femmes lui servaient de repos. Quant au repos reposant, ce temps perdu, il n'en prenait jamais. Dévote, silencieuse, appliquée, entichée elle aussi de verdure, la petite Jeanne s'était fait admettre dans le décor de ce laborieux forcené. Aurait-elle pu, un seul instant, imaginer une épouse débarquant dans le sanctuaire du savant pour y faire le ménage, y apporter des repas à heures fixes et y pondre des marmots braillards qui pataugeraient dans les précieuses graines de *Syringa chinensis* ? Une telle catastrophe lui semblait si impossible que l'adolescente s'était installée dans une foi paisible en un avenir radieux où, en plus d'être acceptée, elle serait aimée.

En 1760, l'annonce du mariage du docteur Aubriot avec une inconnue du Bugey était tombée sur la rêveuse comme un coup de foudre. Deux ou trois mois auparavant, alors qu'il revenait d'une herborisation en Savoie, elle l'avait bien entendu parler à l'un de ses frères d'une demoiselle Maupin rencontrée chez une de leurs cousines mariée à un apothicaire de Belley. Mais comment aurait-elle deviné que c'était un amoureux qui parlait de sa future en disant : « C'est la sœur de l'abbé Maupin, le curé de Pugieu, une fille d'âge mûr, qui a de la philosophie et beaucoup de littérature. Par chance elle a aussi de la figure et de l'esprit et, enfin, son moindre mérite est d'avoir une fortune de soixante mille francs. » Le traître ! Son grand homme avait épousé des rentes, comme n'importe quel petit-bourgeois grippe-sou!

Brutalement arrachée à Aubriot qui avait installé son cabinet à Belley, écorchée vive, le cœur en charpie, Jeanne n'avait eu qu'un moyen de calmer sa douleur : la rage. Elle pensait à Marguerite Maupin en serrant les poings. Un gros sac d'écus et rien de mieux, voilà ce qu'était la fille mûre et philosophe du Bugey! Encore n'aurait-elle pas eu Philibert, même pour soixante mille francs, si elle n'avait eu l'hypocrisie de se mettre à herboriser dès qu'elle l'avait connu, afin de lui faire croire qu'elle accepterait toute sa vie d'avoir les chevilles dans la gelée blanche de l'aube, les genoux tachés d'herbe, de la terre sous les ongles et des courbatures dans le dos. La menteuse! La tricheuse! Dieu! qu'un savant est bête : dès qu'on flatte sa manie on en obtient ce qu'on veut, il ne voit rien sans sa loupe! S'était-il seulement aperçu que sa vieille Marguerite portait un corps à l'ancienne baleiné de fer, cet objet barbare contre lequel il bataillait du bec et de la plume? Dame! il lui fallait bien contenir l'abandon de ses vingt-huit ans, à la fille mûre du Bugey. Jeanne se demandait combien de plantes elle pouvait ramasser à l'heure, coincée dans un pareil étau? Il allait voir, Philibert, il allait voir!

Avec une espérance mauvaise, la femme-enfant avait attendu que Philibert se dégoûtât de « sa vieille » en huit jours. Puis en trois semaines. Puis en deux mois. Mais les mois s'étaient accumulés, éloignant toujours plus Belley de Charmont, creusant toujours plus en Jeanne l'absence de son amour. Il était devenu sa joie morte. Sans fin elle le promenait dans leurs anciens chemins. Son fantôme familier habitait la campagne de la Dombes à toutes les saisons, continuant, tel un La Fontaine moins poète et plus précis que le fabuliste, à lui en conter les bois et les ruisseaux, le corbeau et le renard, le thym, la belette et le petit lapin. Philibert s'appuyait à son épaule, lui prenait le bras pour l'entraîner au fond d'un fossé, tirait sur son ruban de catogan pour la faire grogner, mordait à sa tartine... Elle se soûlait avec ces souvenirs. Relevait d'une main le flot de ses cheveux et de l'autre s'effleurait le cou, pour revivre l'exquis moment du matin où il l'avait soignée d'une griffure de ronce. Elle enlaçait un arbre et posait sa joue contre l'écorce, parce qu'un jour, d'un geste brutal, bouleversant, lui ceinturant la taille il l'avait ramenée contre lui pour l'empêcher de glisser sur une pierre du gué : en n'appuyant pas, la peau du bois avait un peu le contact du drap revêche de la redingote brune aux poches avachies. Jeanne, si vivante naguère, avait fini par s'engloutir dans un rêve permanent, telle une veuve qui se berce de son passé. Les gens l'ennuyaient ; elle les trouvait frivoles à bâiller, ou ternes, ne sachant rien de rien. Ils ne devenaient intéressants que si, par hasard, ils se mettaient à cancaner sur les Aubriot du Belley. Mais ce qu'ils en racontaient alors mordait la jalouse au ventre.

Le ménage semblait heureux. On disait que le turbulent Aubriot s'était enfin acheté une conduite de son âge, travaillait le jour et dormait la nuit, dînait et soupait de plats chauds, jouait aux échecs avec son beau-frère le curé Maupin, fréquentait la messe le dimanche et, après vêpres, promenait sa femme sur le mail. Jeanne aurait tué ceux qui colportaient de tels propos. La fille mûre et philosophe du Bugey avait capturé un aigle pour en faire du pot-au-feu !

Le désespoir de la délaissée atteignit un apogée quand elle sut que Marguerite attendait un enfant. Philibert père de famille ! Quel gâchis ! Toute une nuit elle en sanglota, de douleur et de haine. Que Philibert eût un enfant de sa femme, comme n'importe quel homme du commun, c'était la trahison suprême. Elle ne pouvait pas, ne pouvait pas, ne voulait pas le supporter !

Mais peut-être n'était-ce pas vrai ? Jamais personne n'avait reparlé devant elle de l'odieux enfant de Marguerite.

Elle non plus, cette nuit, n'en parlerait pas. Les mots font exister les choses.

Lui dirait-il qu'elle était devenue jolie ? Une fois de plus elle se remit devant le miroir.

Elle portait encore la robe de sa fête d'anniversaire, en fin droguet tramé de soie. Le doux ton de miel s'harmonisait à merveille avec son teint bis, sa chevelure blond de seigle, son regard doré. Le tableau, vraiment, avait de quoi faire sourire n'importe qui – sauf Marguerite Aubriot. Jeanne, à quinze ans, était la charmeuse aurore d'une beauté. Beauté prenante : on avait envie de l'aimer, on avait envie qu'elle vous aime. D'instinct elle savait se servir en chatte de ses larges yeux mordorés auxquels l'émotion, en les humidifiant, donnait un soyeux éclat d'or lavé ; dès qu'elle le voulait on tombait dedans, fasciné. On ne remarquait qu'après l'architecture calme et classique de son visage et de son cou à la peau de santé « affreusement rustique » (pour parler comme Delphine) égayée, de chaque côté du nez, par une jonchée de rousseurs rondes. Allons, « l'asperge aux épaules pointues » ne s'était pas trop mal arrangée pendant l'absence de son bien-aimé.

Là-haut, chez la baronne, on remua des chaises...

Une dernière fois Jeanne essaya son sourire, essaya son regard, recourba ses longs cils entre deux doigts mouillés de salive, fit bouffer les engageantes de mousseline sous les manches à la pagode. Quand Aubriot entra dans le salon elle se tenait debout, appuyée contre le dossier d'un fauteuil. Elle portait tout son amour au fond de son regard, comme une éblouissante lumière d'or.

Il l'observa en silence. Ainsi l'avait-elle souvent vu, lorsqu'il rentrait d'un voyage, observer une bouture plantée avant son départ, en touchant chaque détail d'un œil aigu avant d'adresser à l'ensemble un sourire content.

— Allons, c'est bon, finit-il par dire. Je vois qu'en deux années ma sensitive a joliment poussé.

Il s'approcha de la table ronde qu'on avait apportée devant la cheminée :

— Je ferai avec plaisir ce que je viens d'interdire à madame de Bouhey : souper gras. Mon ancienne élève me tiendra-t-elle compagnie ?

Pour la seconde fois elle nota qu'il ne s'adressait pas directement à elle, comme s'il avait peine à raccorder le « vous » courtoisement dû à la jeune fille au « tu » familier qu'il donnait naguère à la fillette. Mais, comme alors, il l'avait appelée « ma sensitive », du doux nom de fleur dont il l'avait baptisée parce qu'il pouvait la faire tressaillir, telle une feuille de mimosa, rien qu'en l'effleurant.

Elle s'attabla en face de lui. Assise sur un tabouret, ses avant-bras nus croisés sur la nappe, les yeux plantés dans son dieu, béate, elle le contempla, qui mâchait son blanc de volaille entre deux giclées de paroles. Sa voix... Il lui rendait sa chère voix perdue. C'était une jouissance qui inondait la chair de Jeanne, lui mollissait les os, lui fondait la moelle... Mais de quoi parlait-il donc ? Pour une fois, elle n'écoutait que sa voix. Et comme il était beau !

Il portait un habit superbe, en écarlate beige de gazelle. Une couleur incroyable pour *son* Philibert ! Horriblement salissante. Lui qui prétendait ne se plaire qu'en vieille veste râpée, il ressemblait cette nuit à une gravure de chez Pernon, le tailleur lyonnais des élégants. Comme le mariage vous change un homme quand la mariée lui apporte soixante mille francs de dot ! Jeanne s'enfonça les ongles dans les bras pour ne pas crier de jalousie : jamais son Philibert à elle n'avait été aussi luxueux que l'époux de Marguerite Maupin. Partagée entre l'adoration et le refus elle détailla le riche galonnage de l'habit et les boutons d'argent ciselé, la fine mousseline de la chemise, la cravate à jabot fraîchement plissée, la perruque poudrée à frimas. Et penser que c'était sans doute la riche bourgeoise mûre du

Bugey qui avait choisi tout cela, pour se donner un mari encore plus beau que nature!

– ... mais si mademoiselle Pompon ne trouve pas *Papaver rhoeas* chez le pharmacien de Châtillon, elle en trouvera assurément chez Jassans, à l'apothicairerie de l'hôpital.

– Pourquoi faire? demanda machinalement Jeanne, dont le cerveau venait par hasard de capter *Papaver rhoeas.*

– Mais voyons, dit avec surprise le docteur Aubriot, pour les cataplasmes qu'elle doit mettre sur ses paupières enflammées. Souvenez-vous-en pour elle, qui n'a pas de tête : les pétales séchés doivent infuser dix minutes dans une chopine d'eau bouillante. Quant à *Petroselinum sativum*, l'été, vous en aurez à volonté, sous forme de persil frisé à feuilles crêpues, dans le jardin de mon père. Faites-en de la tisane par décoction en employant feuilles et racines, et donnez-en deux tasses par jour à madame de Bouhey; ses rhumatismes s'en trouveront bien. Et maintenant que j'en ai fini avec mes devoirs de médecin, voulez-vous que je vous résume le plan de l'ouvrage que je suis en train d'écrire sur les arbres et les arbustes de la Dombes?

– Oh! fit-elle, l'avez-vous donc enfin commencé?

– Oui. Et je voudrais n'être pas sec. Je souhaite que le lecteur puisse sentir le paysage dans mon style, tout ce charme simple qui...

Il laissa sa phrase en suspens, posa son couteau, repoussa son assiette et s'accouda lui aussi sur la table. Son regard rapproché de la jeune fille s'adoucit, caressa le blond visage avant d'aller se perdre dans son projet :

– Mieux que personne, Jeanne, vous pouvez comprendre ce que j'aimerais savoir décrire...

Elle frissonna toute. Il l'avait appelée Jeanne. Pas Jeannot, comme lorsqu'elle courait en culotte dans son ombre. Pas Jeannette, comme tout le monde. Il l'avait appelée Jeanne, d'un prénom qu'il dénudait pour la première fois. Pendant tout le temps qu'il se tut, la syllabe longue – Jeanne – demeura entre eux, lourde et douce. « Presque un secret d'alcôve », se dit-elle, chavirée de joie. Ils étaient de nouveau seuls au monde. Enfermés tous les deux dans la bulle d'intimité que créait dans l'obscurité du salon la lumière tressaillante des bougies, ils étaient aussi seuls qu'autrefois dans une éclaircie de la forêt, lorsque l'abominable Marguerite n'existait pas.

Comme si lui aussi se sentait pris par le charme du moment il ne poursuivit qu'à voix plus lente, un peu détimbrée :

– Ce que je voudrais mettre dans mon histoire naturelle de la Dombes – si je m'en trouve le talent – c'est... la buée blanche d'un ciel d'hiver qui s'accroche aux branches des bouleaux. Le goût juteux de l'herbe en juin. Le pressentiment qui vous fige au bord d'un étang, caché dans les roseaux, juste avant la chute d'un vol de cols-verts. Le galop lourd d'un chevreuil qui vient sur vous vent debout...

Dans la voix si étrangement lénifiée de Philibert elle entendit le galop lourd piquer droit sur elle et vit la bête passer soudain, ombre fugitive, entre les troncs tigrés de soleil. Il fallait qu'elle lui dise qu'elle comprenait. Qu'elle comprenait tout ce qu'il voulait écrire, sans qu'il ait besoin d'en expliquer rien. Très bas, elle murmura :

– En somme, monsieur Philibert, vous allez écrire nos souvenirs ?

2

« Sa femme l'ennuie, sa femme l'ennuie, enfin! sa vieille femme l'ennuie, j'en suis sûre! »

En une seule heure d'intimité Philibert avait rendu, intacte, son espérance à Jeanne. Il reviendrait. Il avait besoin qu'elle l'écoute écrire son livre. Il reviendrait et il oserait. Ses bras l'envelopperont, la broieront contre sa poitrine. Sa bouche... Non, il n'y avait pas de verbe pour imaginer ce que lui ferait sa bouche! Donnez-moi vite, mon Dieu, donnez-moi demain le baiser de Philibert, donnez-moi...

– Jeannette!

Du fond de sa bergère à oreillettes la baronne Marie-Françoise de Bouhey avait reniflé l'air du salon :

– Jeannette, je t'ai demandé de nous faire griller des tartines, non pas de les faire brûler.

– Jeannette n'est jamais à ce qu'elle fait, jeta aigrement Delphine. Comment sentirait-elle le pain fumer? De fumée, sa tête est déjà pleine. Dieu merci, l'abbé Rollin a mieux réussi l'éducation de mes fils que celle de votre pupille. Eux, du moins, ont les pieds sur la terre.

– Ce n'est que trop vrai, dit la baronne. Vos fils sont des Bouhey pur-sang. Quand ils ont de la fumée quelque part, c'est plein les bottes. On remplit les ustensiles qu'on a.

Delphine pinça les lèvres, se leva brusquement :

– Je vais voir pourquoi notre thé n'arrive pas.

Elle sortait pour ne pas répliquer à sa belle-mère.

Jeanne éclata de rire, posa son assiette de tartines noircies sur la table à café et vint s'asseoir sur le tapis, aux pieds de la baronne :

– Vous taquinez toujours madame Delphine. Pourquoi ne l'aimez-vous pas ?

– Elle m'a fait deux petits-fils à l'image de mon fils. Comme s'il ne suffisait pas que j'aie, moi, fait le père à l'image du grand-père! Enfin, nulle femme n'est tenue à l'impossible, aussi jamais aucune n'a rien tiré de bon d'un baron de Bouhey : les Bouhey sont soudards de père en fils.

– Mais beaux. Le couloir des portraits est plein de très beaux hommes.

– Et de très beaux chevaux. Et rien de tel qu'une suite de beaux hommes montant de beaux chevaux pour galoper à la ruine d'une maison. Pareille galerie de portraits équestres va très bien avec des toits pourris et des vaisseliers vides. Quand je me suis mariée, les Bouhey n'avaient plus une cuillère.

— Mais tant pis? Votre beau colonel, vous l'aimiez, et, pour racheter de l'argenterie, vous aviez l'or d'une lignée de drapiers.

— Je l'aimais, je l'aimais... La bonne idée d'étourdie, vraiment! Vous épousez un colonel, vous vous retrouvez mariée à un régiment. Au prix où sont les uniformes! Surtout dans la cavalerie, où il faut mettre un cheval entre les jambes de la culotte. Je voulais que mon fils François rompe avec la tradition de famille, qu'il achète une compagnie d'infanterie, mais ouiche! point d'affaire : tant qu'un Bouhey n'est pas à cheval il croit qu'il lui manque une partie de son cul.

— Oh! madame, voyons! fit Delphine, qui rentrait au salon suivie de Pompon, laquelle portait un plateau chargé de tasses en porcelaine du Japon.

— Delphine, ne faites pas votre bégueule, vous savez que je déteste cela, dit la baronne.

— C'est que je suis peinée de vous entendre si souvent mal parler de nos officiers. Mon époux — votre fils, madame — se bat pour le Roi et...

— Mon fils — votre époux, madame — se bat parce qu'il ne sait rien faire d'autre. La guerre est son plaisir comme elle a été le plaisir de son père, de son grand-père et de tous les Bouhey avant eux.

— La guerre, un plaisir? Les lettres que je reçois de François sont bien tristes.

— Oh! mais oui! Ils nous écrivent que la guerre est triste, parce que nos larmes font partie de leur jeu. Mais eux ne pleurent pas sur les médaillons que nous leur avons pendus au cou; quand nos portraits sont mouillés, c'est qu'ils ont pris la pluie! Car la vérité, c'est que la guerre est gaie. De plus en plus : le maréchal de Saxe a inventé le théâtre aux armées, et notre Roi, le souper galant dans les tranchées. Pendant qu'ici nous tremblons pour eux, là-bas nos officiers mangent gras, boivent sec, jouent gros et culbutent...

— Madame, cria Delphine, outrée.

Marie-Françoise de Bouhey lui sourit avec suavité et conclut tranquillement :

— Croyez-moi, Delphine, au bonheur d'un noble guerrier du siècle, il ne manque qu'une bonne drogue contre la vérole. Pompon, apporte-nous d'autre pain. Ou des croquets. Jeannette a laissé brûler nos tartines.

Delphine, cette fois, ne put retenir une cruauté vengeresse :

— Une veuve de Fontenoy devrait-elle, madame, parler si haut du bonheur des soldats ?

Un éclair meurtrier passa dans les clairs yeux gris de la baronne, qui gronda :

— Que pouvez-vous deviner, vous qui croyez à la gloire des veuves, du mal d'être veuve ? Je sais qu'il est de bon ton chez les vôtres d'avoir eu un mort à Fontenoy et de l'exhiber comme une distinction reçue du Roi. Mais ne vous en déplaise, ma fille, chez les drapiers d'où je viens on estime que la mort n'excuse pas la bêtise de l'avoir cherchée à grand frais, quand on pouvait sans bourse délier rester vivant chez soi. Mais en voilà déjà trop sur ce sujet. Le thé n'est-il pas servi ?

Elle fouillait ses poches avec impatience :

— Jeannette, trouve-moi ma tabatière, je l'ai encore égarée. Crois-tu que je puisse prendre un croquet avec un peu de gelée de cassis ? Ton ami Aubriot m'a lavé le corps à si grande eau de chicorée que je m'y sens de la place pour tout un gigot.

Le père Jérôme, qui entrait sur le mot « gigot », se mit à rire :

— Je venais voir si vous étiez remise : j'entends qu'oui ! Mais quant au gigot... Monsieur Aubriot ne vous aurait-il pas mise à une diète moins riche ?

— Il est fou ! Contrairement aux on-dit, le mariage ne l'a pas changé, il fait toujours un médecin aussi peu chrétien. Si je l'écoutais, je ferais flageller mes rhumatismes avec des gerbes d'orties et je me nourrirais comme mes vaches, en broutant de l'herbe ! Çà, Jeannette, que t'a-t-il raconté cette nuit, après m'avoir fait vomir mes tripes ?

Le roulement d'une voiture sur la cour pavée dispensa Jeanne de répondre.

— Voilà madame de Saint-Girod et sa sœur, dit-elle après un coup d'œil jeté par la fenêtre.

— Quand on parle du loup on en voit les brebis, ricana la baronne.

Toute la province savait qu'Étiennette de Rupert et Geneviève de Saint-Girod avaient été deux des maîtresses du docteur Aubriot.

Toujours vive et jolie en dépit de ses trente-cinq ans sonnés, la comtesse de Saint-Girod ne perdit pas de temps pour en arriver au but de sa visite :

— Mais je ne vous vois pas malade du tout ! s'exclama-t-elle en embrassant Mme de Bouhey. On m'a pourtant rapporté que vous aviez souffert la nuit passée d'un malaise affreux, au point d'avoir envoyé chercher le docteur Aubriot. Il séjourne donc chez son père ? Vous a-t-il rassurée sur votre état ? Doit-il demeurer plusieurs jours à Châtillon ? L'avez-vous trouvé vieilli ?

— Voyons, dit la baronne en riant, quelle question retiendrai-je ? Souhaitez-vous des nouvelles de la malade ou des nouvelles du médecin ?

— Ma foi, dit avec franchise Mme de Saint-Girod, la mine de la malade m'a déjà ôté tout souci pour elle.

— Bon, dit la baronne. Dans ce cas, sur le médecin, interrogez plutôt Jeannette, qui l'a examiné plus longtemps que moi.

— Vraiment ? fit Mme de Saint-Girod, fixant sur la jeune fille un regard luisant.

Jeanne lui renvoya un regard de défi. Yeux dans les yeux, elles se souvinrent. A l'insu de la compagnie elles revivaient une scène vieille de plus de deux ans, qui s'était passée dans le jardin des Aubriot. En ce temps-là Geneviève de Saint-Girod consultait fréquemment le médecin de Châtillon pour... ses vapeurs et, un après-midi qu'elle ressortait de son cabinet la perruque bousculée, elle était passée devant Jeanne, occupée à étendre sur une planche des graminées à sécher. La jalouse avait poignardé la maîtresse d'un regard aigu. Geneviève s'était arrêtée, penchée pour prendre par le menton l'adolescente interdite, qu'elle avait contemplée sans se presser. Après quoi : « Ma mie Jeannette, avait-elle lâché avec insolence, n'usez pas votre peine à me détester, vous aurez votre tour. Je vous prédis que vous serez un jour couchée dans l'herbier de votre maître. Vous y serez une assez belle espèce blonde : *Nimphea fidelia.* »

Geneviève lâcha la première les yeux de Jeanne, chercha une phrase qui lui serait pénible :

— Aubriot vous a-t-il parlé, Jeannette, du prix de vertu qu'il veut fonder en l'honneur de sa vertueuse épouse ?

— Un prix de vertu ?! répéta Jeanne, incrédule.

— On le prétend, dit Geneviève. Voilà ce que c'est que d'aller se fourrer dans le lit d'une sœur de curé : on se tartufie.

— Je m'en vais, dit le père Jérôme, ne se levant que d'une fesse.

— Rasseyez-vous, mon père ! commanda la baronne. On va nous apporter une tourte de frangipane. Et vous savez bien que Dieu a beaucoup changé depuis la mort de Louis XIV et ne s'offusque plus de rien.

— Vraiment, il sera bien plaisant de voir Philibert Aubriot récompenser une fille d'avoir gardé son pucelage, dit Étiennette de

Rupert en riant. Il avait habitué sa province à lui faire plutôt des cocus que des rosières!

— En matière de chasteté, il y a surtout des vocations tardives, dit la baronne.

— Mais enfin, s'écria Jeanne, je suis certaine que cette histoire de prix de vertu est une calomnie!

— Ma chère enfant, remarqua le père Jérôme, vous défendez monsieur Aubriot comme s'il était accusé de vouloir fonder un prix de vol à la tire.

Mme de Bouhey lorgna sa pupille avant de renifler une prise d'un air songeur.

On apporta la tourte de frangipane et un pot de sirop d'orgeat. Étiennette de Rupert prit une grosse part du gâteau. Elle trouvait consolant que Philibert se moralisât en même temps qu'elle s'épaississait : elle n'était pas seule à s'éloigner de l'âge de leurs cabrioles.

— Ne verrons-nous pas le capitaine, ce soir? demanda brusquement Geneviève de Saint-Girod.

L'adultère était le passe-temps favori de la frétillante comtesse, et elle n'avait pas encore eu le capitaine baron François de Bouhey. Un beau mâle sanguin, rompu à chevaucher : elle y aurait bien goûté. Depuis qu'il avait pris ses quartiers d'hiver dans son château, elle l'aguichait.

— Mon mari n'est pas à Charmont, dit Delphine, ravie de décevoir Geneviève. Il est parti faire des hommes. Sa compagnie a des trous.

Geneviève s'étonna :

— Doit-il faire lui-même ce bas travail de recruteur?

— Ma belle amie, intervint la baronne, le paysan est devenu malin. Pour l'avoir il ne suffit plus de lui battre le tambour et de le soûler en lui promettant la belle vie aux armées, du vin, du beurre et de la fesse à gogo. Il sait depuis beau temps que cette belle vie-là est pour les officiers, que lui aura plutôt des poux et des coups. Aussi pisse-t-il contre les affiches des recruteurs. Mais si le beau capitaine se dérange en personne pour parler de haute paye et de gloire... L'épaulette en or clinquant, cela marche encore.

— Bah! fit Étiennette, si le capitaine ne trouve pas assez d'hommes il leur ajoutera quelques passe-volants pour le jour de la montre. Aujourd'hui, cela se fait couramment.

En effet, comme on trouvait de plus en plus difficilement des recrues, et d'autant que le commissaire des guerres les exigeait beaux hommes, des miséreux de haute taille gagnaient leur pain et leur vin en se louant aux capitaines et aux colonels pour les jours de montre. On les costumait en « culs-blancs » avec des culottes et des sarraus de toile blanche et, la parade terminée, on les renvoyait se faire pendre ailleurs en attendant de les enrôler de nouveau. En les portant morts ou disparus après le premier combat de la campagne, leur officier retombait juste dans son compte d'hommes : la paperasserie royale avait son dû – mort ou vif.

– Je ne suis pas contre l'emploi des passe-volants, dit la baronne. J'aime que des morts à la guerre puissent resservir. Cela contente tout le monde.

Visiblement, la conversation énervait Delphine ; son tambour à broder tressautait dans sa main. Elle se piqua un doigt et finit par dire d'un ton sec :

– Le baron de Bouhey n'a jamais usé et n'usera jamais de passe-volants. François a le point d'honneur chatouilleux. Il ne trompe pas son roi.

– Eh bien! c'est dommage, dit la baronne sans se gêner, car nos paysans sont fatigués de se faire tuer pour de bon. Nous voilà en guerre avec l'Angleterre et la Prusse depuis six ans, c'est trop longtemps. Quand le Roi exige trop, ses sujets sont en droit de tricher.

– Dieu nous pardonne! s'exclama le père Jérôme. Ne nous voilà-t-il pas en train d'écouter des paroles républicaines?

– Oh! fit légèrement Geneviève, de nos jours, mon père, tant de choses se disent qui devraient être punies, par le Roi tout de suite ou par Dieu plus tard... Mais Dieu est devenu coulant et le Roi laisse aller.

– Oui, on prétend le Roi fort indulgent, dit le père Jérôme.

– Cela n'est-il pas plus poli que de le prétendre indolent? demanda la baronne avec ironie. La marquise de la Pommeraie, qui est très liée avec les Choiseul, raconte que le duc souffre mille morts dès qu'il doit le remuer un peu. Les réformes les plus urgentes demeurent en panne, le ministre ne lui arrache sa signature que par force ou par ruse, on croirait que Louis XV ne signe plus une ordonnance que par lassitude. Mais après tout, il est roi depuis quarante-sept ans, règne depuis bientôt quarante, on serait las à moins. Il ne gouverne plus, il dure. Il est dans un âge où l'on tient à ses habitudes, même aux pires. Dieu devrait rappeler les rois à Lui dès qu'ils atteignent leur cinquantaine.

– N'écoutez pas, mon Dieu! murmura le père Jérôme en se signant précipitamment.

Delphine affecta de se signer aussi, ce qui fit hausser les épaules à sa belle-mère :

– Ne croirait-on pas, à vous voir tous les deux si choqués, que tout le monde est content de Louis XV alors qu'au contraire, tout le monde le critique?

– Les idées du duc de Choiseul ne sont peut-être pas toutes bonnes à admettre, remarqua Delphine. François dit qu'il est question de doubler le corps d'artillerie, mais de licencier plusieurs régiments d'infanterie. Comme les fantassins n'ont pas des têtes à faire des artilleurs, la réforme rejettera une grosse fournée d'officiers sur leurs terres, avec trois sols de pension pour y vivre.

– Ma foi, beaucoup ne seront pas plus gueux au village qu'ils ne l'étaient en garnison, dit la baronne. Le métier de guerrier, chez nous, coûte plus qu'il ne rapporte.

– Et on parle encore de changer les uniformes, soupira Étiennette. Ce serait aussi dans les projets du duc de Choiseul.

– Comment? Encore! s'écria Mme de Bouhey. On croirait qu'en France la première qualité d'un ministre de la Guerre est d'avoir des idées neuves pour habiller ses armées, de sorte que le premier mérite d'un officier soit d'avoir un bon tailleur. J'espère que Choiseul ne veut pas tout modifier, de la tête aux pieds? Je viens de recevoir un mémoire pour la dernière casaque de François, deux culottes de peau et trois...

Le père Jérôme bâilla discrètement dans sa main. Ces dames étaient encore parties pour chiffrer par le menu ce qu'il en coûtait d'être mère, épouse, sœur ou tante de militaire sous le règne de Louis XV et, familier des châteaux, l'aumônier se trouvait déjà assez informé du prix de tout. Par chance, Mme de Bouhey fit bientôt tourner la conversation :

– Bref, dit-elle, l'infanterie et la cavalerie sont des carrières du passé, de l'époque où un gentilhomme adorait se ruiner. L'avenir est sur la mer. La mer peut rapporter gros. Tout officier de la Royale a le droit de pacotiller.

– Beau droit pour un gentilhomme! lança Delphine avec dédain. Pacotiller, ce n'est jamais qu'acheter des marchandises ici ou là pour les revendre ailleurs. C'est du commerce. Commercer, c'est déroger.

– Déroger! répéta la baronne agacée. Ce mot, ma fille, ne sent-il pas son vieux temps? J'admire qu'un officier de terre puisse mettre une ville à sac, tuer, piller, brûler, violer sans déroger, tandis qu'un officier de mer dérogerait pour s'être gagné quelque fortune sans nuire à personne? Dieu merci, on voit que même les chevaliers de Malte ne semblent pas gênés par leurs quartiers de noblesse pour courir faire leur pelote sur les vaisseaux de l'Ordre ou sur ceux du

Roi. J'en connais qui s'autorisent même à sentir quelque peu la flibuste !

Le petit œil bleu de la comtesse de Saint-Girod s'alluma :

– Est-ce au chevalier Vincent que vous pensez, madame ?

Sa sœur Étiennette se mit doucement à rire. Mme de Rupert avait un rire tendre, moelleux, de colombe grasse. On pouvait la désirer rien que pour son rire prometteur d'une volupté gaie, et beaucoup d'hommes ne s'en faisaient pas faute.

– Le beau chevalier Vincent sent bon le corsaire, dit-elle. Le vent de la course sur un homme, quel parfum grisant !

– Mummm..., ronronna Geneviève avec gourmandise.

Jeanne, qui n'avait dit mot depuis un bon moment parce que la conversation l'ennuyait, s'était rapprochée en entendant parler de la mer :

– Pourquoi donc n'ai-je jamais vu ce chevalier-corsaire que vous semblez tous si bien connaître ? demanda-t-elle.

– Tu étais bien petite la dernière fois qu'il est venu chasser à Charmont, lui répondit la baronne. Mais tu le verras à la fin de ce mois. J'ai su qu'il redescendrait de Paris à Marseille environ ce temps-là et je l'ai prié à ma fête.

Geneviève se mit à crépiter de questions :

– Vraiment ? Et y viendra-t-il ? Et au fait, ne devrais-je pas vous prendre, comme chaque année, deux ou trois personnes à coucher ? Qui me donnerez-vous ? Aurai-je le chevalier ?

– Moi aussi, ma chère baronne, je donnerais volontiers l'un de mes lits au chevalier Vincent, glissa Étiennette affriolée.

Chaque année, au début du printemps, avant que son fils ne partît rejoindre sa compagnie pour la campagne d'été, la baronne douairière de Bouhey donnait une fête à Charmont. Il y avait grande chasse, grand souper, le bal et tout son train. Comme ses invités se trouvaient toujours trop nombreux pour être tous logés au château, elle en distribuait dans les maisons amies du voisinage.

– Je vous donnerai qui vous voudrez, sauf le chevalier, dit-elle avec malice aux deux sœurs. Vous savez fort bien que Vincent se logera tout seul et comme de coutume à Vaux, chez la belle Pauline.

– Toujours, alors ? fit Geneviève d'un ton boudeur. Son affaire avec madame de Vaux-Jailloux tourne au mariage de la main gauche. Depuis combien d'années sont-ils ensemble ?

– Six, dit Étiennette, aussi vite que si elle les avait comptées souvent.

– Six ans ! s'écria Geneviève. C'est à peine croyable. Six ans ! Ce n'est plus de la fidélité, c'est de la paresse.

Jeanne ne put se retenir :

— Et pourquoi, madame, ne s'aimerait-on pas pendant toute une vie? demanda-t-elle avec agressivité.

Avec ensemble les trois dames dirigèrent trois sourires attendris vers l'ingénue, à laquelle Geneviève donna une tape-caresse sur la joue :

— Jeannette, nous reparlerons de ce sujet avec vous dans vingt ans.

— Vous savez, dit la baronne, la belle Pauline et le beau Vincent s'aiment séparément au moins deux années sur trois, ce qui peut bien tripler la durée d'une passion. Cette fois, on n'avait pas vu le chevalier à terre depuis la fin de 1759. L'Ordre l'avait prêté au Roi pour servir dans la mer des Indes.

— Eh bien! fit observer Jeanne, votre brillant corsaire n'a rien sauvé là-bas ! Depuis que le gouverneur, monsieur de Lally-Tollendal, a dû capituler dans Pondichéry, l'abbé Rollin dit qu'au traité de paix les Anglais nous prendront les Indes.

Mme de Bouhey observa sa pupille avec une surprise amusée :

— Je ne savais pas, Jeannette, que tu t'intéressais à nos comptoirs des Indes?

— Je m'intéresse à toutes nos colonies, dit Jeanne sérieusement. La France doit avoir des colonies.

— Bah! mais quelle idée? s'étonna Geneviève. Ma chère Jeannette, tous les gens sensés sont anticolonialistes. Même le Roi, même ses ministres, même les philosophes. Vous qui lisez Voltaire, n'avez-vous pas lu ce qu'il a écrit pour supplier Choiseul de ne pas gaspiller nos soldats à la défense des arpents de neige du Canada ? Des neiges, nous en avons notre content sur nos propres montagnes, et pour n'en rien faire.

— Cela se trouve bien que Voltaire ne veuille plus du Canada, puisque les Anglais nous l'ont déjà pris, dit Jeanne froidement. J'espère qu'ils auront la bonté de nous laisser au moins nos îles à sucre et celles de l'océan Indien.

Le regard de Mme de Bouhey pesait toujours sur Jeanne, interrogateur :

— Aurais-tu, par hasard, l'intention de t'en aller un jour herboriser aux îles, ma Jeannette?

— Mais oui, mais oui, pourquoi pas? intervint Delphine, dont la voix se fit méprisante. Je sais d'où vient cette nouvelle rêverie, madame. Depuis peu, notre abbé Rollin est pris par le mirage des îles. Ayant ici bon gîte, bonne table et bonne compagnie, notre petit collet songe avec envie au sort des gibiers de potence et des filles de la Salpêtrière qu'on déporte aux îles pour y travailler la canne à sucre.

– Madame, vous manquez d'imagination, dit Jeanne, dont les ailes du nez palpitaient. L'abbé songerait plutôt aux îles comme à des terres vraiment bénies, où Dieu n'a pas marqué les différences entre les hommes. Quant à moi, c'est à leur beauté florale que je rêve.

Delphine voulut répliquer, mais Mme de Bouhey la prévint : les prises de bec entre Jeanne et Delphine pouvaient aller loin, elle le savait et ne leur en permettrait pas une devant des visiteuses.

– Allons, coupa-t-elle d'un ton badin, je propose que nous reparlions des îles quand nous aurons le chevalier Vincent, qui les connaît. Jusque-là remettons, et goûtons plutôt de cette pâte de coings que ma belle-sœur Charlotte m'a rapportée de Neuville. Je tiens que vous la trouverez meilleure encore que celle de l'abbaye Notre-Dame.

Depuis un moment le père Jérôme s'était assoupi, le nez piqué vers son giron, mais l'odeur de la confiserie qu'on découpait le réveilla miraculeusement :

– Il faut reconnaître, soupira-t-il, que nos dames chanoinesses n'ont pas leurs pareilles pour réussir les confits de fruits.

– Oh! fit la baronne, elles n'ont pas leurs pareilles pour bien d'autres bonnes choses! Elles officient en cuisine avec des raffinements d'alchimistes!

L'aumônier opina du chef :

– Nos dames sont friandes, oui, oui, nos bonnes dames sont friandes. Mais telle la religion d'un pays, telle la religion de ses religieux, n'est-il pas vrai?

– En tout cas, dit Étiennette, votre prieure m'a fait goûter des pois divins. Ne pourrais-je avoir sa recette?

– Ah! les pois de notre prieure! fit le père Jérôme en joignant ses mains. Leur léger parfum de crème à la menthe... En saison, quand monseigneur l'évêque vient faire son piquet à notre prieure, il lui joue toujours un litron de pois accommodés à sa façon contre la collection reliée de ses mandements de l'année passée.

Ces dames se mirent à rire de bon cœur.

Debout devant l'une des portes-fenêtres du salon, Jeanne était ailleurs, bien loin du potager des dames de Neuville. Son regard dévalait la pente du parc jusqu'à la coulée vive de l'Irance, que suivaient deux files de hauts peupliers. Les peupliers étaient encore tout noirs d'hiver, mais bientôt ce serait le temps des peupliers verts, que les bourrasques bousculeraient à grand bruit. La jeune fille ne savait pas pourquoi, depuis son enfance, le vaste frissonnement des feuillages tanguant au vent la comblait d'une sensation, mi-voluptueuse, mi-angoissée, qu'elle recherchait. C'était... comme une attente, que cette musique d'orage faisait lever en elle. En s'y laissant aller les yeux clos, elle finissait par se sentir elle aussi balancée par la forte brise, devenait voile de vaisseau et s'emportait dans un long voyage pris entre les deux bleus de la mer et du ciel, vers un horizon noyé dans le soleil. Arrivée là-bas, elle se promenait dans un jardin des Hespérides, sous des nuages d'oiseaux scintillants. En passant sous un oranger elle levait la main, cueillait une pomme d'or et l'épluchait pour y mordre en même temps que Philibert : leurs baisers de là-bas avaient un goût d'orange.

Les îles...

Terres d'asile. Aux îles, les bergères épousent leurs princes et les bergers, leurs princesses. Aux îles il n'y a pas de castes, pas de grands, pas de petits. Aux îles il y a seulement des hommes et des femmes aux cœurs aventureux, qui se cherchent de la vie neuve à travers une abondance inconnue, offerte à toutes les mains. Quand la leçon de géographie du jour revenait sur les îles – et elle y revenait sans cesse – Jeanne et l'abbé Rollin s'aidaient, ardemment, à croire aux paradis terrestres de la mer des Antilles et de l'océan Indien. Les deux pauvres du château, bien logés, bien nourris, bien vêtus et même bien aimés, avaient besoin, en plus, que l'égalité existât quelque part, et plutôt dans un beau décor.

« Je me demande si ce chevalier Vincent saura quelque chose de la flore et de la faune de ces îles ? se demanda-t-elle. Un marin, est-ce que cela regarde autre chose que les ports et les filles des ports ? »

 3

Comme elle le faisait si souvent, la baronne s'arrêta devant le grand portrait du colonel Jean-Charles de Bouhey. Une somptueuse image bleue, rouge et or, voilà tout ce qui demeurait d'un vainqueur de Fontenoy. Le reste – les restes – avait été enseveli à la sauvette dans une église proche du charnier : deux ou trois morceaux de viande sanglante, qu'un valet avait tirés à grand-peine d'un affreux hachis d'hommes et de chevaux.

Le bougeoir que tenait Jeanne éclairait la peinture de bas en haut, doucement, comme avec piété. Le visage touché de lumière tendre souriait avec bonté. Le colonel devait ne plus sentir le froid de sa mort jusqu'à ce que sa veuve se remît en marche vers sa chambre.

– Jeannette, dit-elle en y entrant, ne me crois pas quand je te dis du mal de mon Jean-Charles. Il valait ma dot. Il ne faut d'ailleurs jamais croire une vieille dame qui se plaint : elle ne fait que se regretter. Brrr... Avril n'est pas chaud, cette année. Remets donc une bûche au feu. Voudrais-tu avancer le tabouret sous mes pieds? Là, merci. Mon châle sur les jambes... Eh bien, tu n'as plus qu'à me retrouver une fois de plus ma tabatière.

A grands coups de soufflet Jeanne arrosa d'air la bûche neuve qui fumait. Une courte flamme bleue en jaillit, puis une vigoureuse langue rouge monta manger la fumée.

– Tu ne te déchausses pas?

– Si, dit Jeanne.

Elle adorait marcher sur ses bas, en creusant voluptueusement ses pas dans le grand tapis des Gobelins qui recouvrait tout le centre du parquet, épais, élastique comme une pelouse mille fois tondue et roulée.

Il y avait sept ans maintenant que la chambre de la dame de Charmont avait ébloui pour la première fois une petite fille sortant d'une maison de pisé, mais la jeune fille ne se lassait pas d'y venir. La pièce était très vaste, agrandie encore de tout le paysage qui entrait par trois hautes fenêtres, dont celle du milieu ouvrait sur un gracieux petit balcon de pierre demi-rond. De la place où la baronne se tenait chaque matin pour écrire, on voyait depuis la rangée de pots-à-feu bordant la terrasse jusqu'au lointain bois de Romans, dont elle pouvait regarder changer les saisons par-dessus le rideau des peupliers de l'Irance. Le lit à la polonaise drapé de soie rouge cerise, les boiseries peintes en bleu canard autour de panneaux de Perse à grands motifs d'oiseaux, la dorure des cadres et des bois des fauteuils, le lustre de Venise aux fleurs multicolores – tout cela donnait à la chambre un climat joyeux, tonique, qui portait plus à la lecture ou à la conversation qu'à la paresse. Aussi, là reprenaient souvent sans retenue des propos de salon que Jeanne ou Marie-Françoise avaient envie de pousser plus loin. Rien ne leur était plus doux, ni plus nécessaire, que ce moment-de-nuit qu'elles se donnaient l'une à l'autre, presque chaque soir, avant de se coucher. Elles parlaient de tout et de rien, à petit bruit de confidence, ou se taisaient ensemble, dans le silence toujours plus dense où s'engourdissait la maison.

Ce fut le surlendemain de son indisposition que la baronne revint sur un propos de Jeanne qu'elle avait plusieurs fois ruminé :

– Dis-moi, fit-elle, as-tu vraiment envie de partir pour les îles?

– Disons que j'en rêve. Je suis curieuse et j'aime rêver – cela vous étonne-t-il encore? Vous parliez de la mer, d'un corsaire... Les îles vont bien avec. Je suis tout émoustillée à la pensée d'approcher un corsaire. Croyez-vous qu'il me fera danser?

– Prends garde à ton cœur, Jeannette! Vincent est un conquérant.

– On saura lui résister, dit la vierge de quinze ans avec une assurance outrée. On n'est pas de la cire molle dont on fait les victimes d'un pirate.

– Oh! fort bien! dit la baronne en riant. Mais prends garde quand même : une jeune fille se trompe beaucoup sur sa nature, avant d'avoir vu le pirate. Le pirate peut être beau.

– Le chevalier Vincent est beau?

– Tu me donneras ton avis. D'ordinaire, il plaît.

– Parlez-moi de lui.

– Je le connais peu. Depuis ses quatorze ans Vincent vit à cheval sur la mer. Il navigue, bataille, commerce... Mon vieil ami Pazevin, l'armateur marseillais, dit qu'il court à toutes les nouveautés de marine, de science, de négoce ou d'industrie avec un appétit de requin. Né pauvre, il s'est prodigieusement enrichi.

– Oui? fit Jeanne, avec une moue déçue. En somme, ce chevalier est surtout un chercheur d'or? N'a-t-il pas tout de même quelque idéalisme?

– Qu'appelles-tu idéalisme ? Les vieux mots qu'un philosophe assis trouve au bout de sa plume, ou les terres neuves que cherche un marin debout sur son gaillard d'avant? Pour moi, je pense qu'il y a de tout dans un corsaire, même de l'idéalisme.

Jeanne fixa la baronne avec surprise :

– D'où connaissez-vous donc si bien l'âme corsaire, madame?

– J'ai connu des corsaires. Autrefois. Quand je passais encore mes hivers à Paris. Mais ne me fais pas tes yeux d'or les plus tentants, Jeannette, je n'ai pas de roman vécu à te raconter.

Puis brusquement, se laissant aller dans un lointain sourire :

– Il y a quelque quinze ans, j'aurais volontiers aimé certain corsaire malouin... Si tard qu'il soit, on n'est jamais à l'abri d'une douce bêtise qui passe. Mais elle passait bien tard, justement. Tomber amoureuse en automne... et d'un amour plus jeune que soi...

– Cela se fait.

– Cela se fait. Moi, je ne l'ai pas fait. J'ai retourné l'affaire sur toutes ses facettes, et devant tous mes miroirs... J'ai pesé le pour, j'ai pesé le contre... J'étais devenue, ô horreur ! une femme sensée. C'est un jour douloureux, Jeannette, que celui où l'on s'en aperçoit. On sait alors que plus jamais le cœur ne l'emportera sur la tête.

Affectueusement, Jeanne prit la main que déformait un rhumatisme du pouce et se mit à la caresser du bout des doigts. La baronne eut un petit rire et reprit, impatientée contre son abandon :

– Mais qu'as-tu à faire de mes mélancolies de grand-mère! Vois-tu, la tisane de chicorée ne me vaut rien. Oserais-tu descendre à la cave à cette heure-ci?

– Non, dit Jeanne.

– Écoute, ma chérie, raisonnons sans fanatisme : deux ou trois doigts de vin de Condrieu me feraient un bien fou, je le sens.

– Non, répéta Jeanne. Oseriez-vous bien, vous, boire du vin de Condrieu à onze heures de la nuit?

– Mais oui!

– Pardonnez-moi, mais vous n'en aurez pas. Monsieur Philibert m'a dicté votre régime, je m'y tiendrai.

– Hé! que ton Aubriot aille au diable avec ses ordonnances punitives! Il sera cause que mon meilleur vin se gâtera. Le Condrieu doit être vite bu.

– Il se laissera fort bien boire par d'autres que vous.

– Distribuer mon Condrieu? Un vin si rare, si recherché qu'il faut prier pour en avoir!

– C'est donc un bon vin de messe. Donnez-le au curé de Châtillon.

La baronne regarda sa pupille de travers. Elle était en train de prendre son parti d'un peu la tourmenter. Depuis l'avant-veille elle en mourait d'envie, hésitait, s'avançait jusqu'au bord de sa question et reculait sans la poser mais, ce soir, puisque Jeanne lui refusait un petit plaisir, elle allait s'en offrir un autre :

— Tu as de l'esprit, ma belle, dit-elle. Bien assez pour te moquer de moi, mais pas assez pour te moquer de toi.

Et comme la jeune fille, étonnée, l'interrogeait du regard :

— Viens t'asseoir sur mon tabouret, que je te voie quand tu vas me mentir, reprit-elle. Voyons, Jeannette, toi qui es jeune, belle et pas sotte, pourquoi perds-tu ton temps à aimer un homme marié à des lieues de toi et qui ne t'aime pas ?

Jeanne reçut la question comme s'il se fût agi d'un boulet de canon mais ne cilla pas, ni ne mentit :

— J'aime monsieur Philibert, c'est vrai, madame. Depuis quand le savez-vous ?

— Dame ! Son nom seul te fait rayonner. Mais qu'espères-tu de cette lubie ? Veux-tu continuer longtemps encore à faire l'amour toute seule, à vingt-cinq lieues de poste de son objet ?

— Il reviendra. Sa femme l'ennuie.

— Déjà ? Il te l'a dit ?

— Je l'ai compris. Je suis certaine qu'il reviendra bientôt vivre à Châtillon.

— Admettons cela. Il n'y reviendra pas sans sa femme et son enfant ?

Sans répondre, d'un coup d'épaule désinvolte, la jeune fille secoua cette limaille pendue à Philibert — la femme, l'enfant.

— Ah ? fit la baronne. Fort bien. Tu as quinze ans, tu es belle, tu as de l'esprit, et tu t'apprêtes à te contenter des quarts d'heure d'amour qu'un amant te donnera entre deux portes ?

— Je l'aime.

— Je l'aime, je l'aime ! Voilà un bon motif pour une romance idiote, ma mie. Aujourd'hui tu aimes un absent, demain tu aimeras un distrait, et les distraits sont encore plus douloureux à aimer que les absents car c'est à leurs heures, et non plus aux nôtres, qu'il faut les prendre et les laisser. Franchement, ne pourrais-tu te chercher un amour plus agréable à vivre que le docteur Aubriot ?

Jeanne se dressa toute droite, le visage enflammé, les poings serrés :

— Je l'ai aimé le premier jour où je l'ai vu, je l'aimerai jusqu'au bout de ma vie !

— Espérons que ce sera seulement jusqu'au bout de *sa* vie, ma Jeannette, corrigea doucement la baronne. Aubriot a vingt ans de plus que toi. Allons, rassieds-toi. Tu ne peux pas avoir plus de quinze ans, mais je peux essayer d'oublier que j'en ai soixante. Parlons entre femmes, crûment. Jeannette, je ne veux pas à toute force d'empêcher de coucher avec Aubriot si tu le mènes jusque-là; je voudrais t'empêcher d'en souffrir.

– Oh! fit Jeanne.

La liberté de langage de Mme de Bouhey arrivait encore à la surprendre. La baronne ne se souciait pas de mâcher ses mots, et ce soir moins que jamais :

– Ne commence pas si tôt à rougir, dit-elle, nous ne faisons qu'entamer le sujet. Je te disais donc que l'aventure amoureuse me semble un divertissement charmant, à condition qu'on en puisse pleurer sans trop se faire de peine.

– Si je deviens la maîtresse de monsieur Philibert, je n'en aurai ni regrets ni remords, dit Jeanne agressivement.

– Hé! qui te parle de remords? Quel remords? Celui que tu aurais de faire tort à madame Aubriot? Va, rassure-toi là-dessus : l'air malheureux de l'épouse de votre amant est comme l'air infect qu'on respire à Paris : on s'y fait tout de suite, et même avec plaisir. Non, ma mie, ce n'est ni le regret ni le remords qui tuent la maîtresse d'un savant. Elle meurt du même mal que toutes ses femmes : l'ennui.

– L'ennui! Comment pourrais-je jamais m'ennuyer avec un amant qui s'appellerait Philibert Aubriot!

Mme de Bouhey eut un fin sourire :

– Oui, dit-elle, à ton âge on se fait beaucoup d'illusions sur le mot amant. Mais un amant très occupé vous oublie tout aussi bien qu'un époux. Ton Aubriot vit dans sa tête, entre ses loupes, ses verdures et sa cafetière. Crois-moi, il a bien assez d'une femme pour le déranger cinq minutes de temps en temps. Jamais un homme de cabinet ne fait un amant plaisant. Sais-tu qui fait un amant plaisant, souriant, serviable? Un petit abbé. Un petit abbé galant, cela s'entend, mais l'espèce est répandue. Quand je vivais à Paris j'en voyais dans tous les boudoirs. Pour l'usage quotidien ils n'ont pas leurs pareils. Ils savent les manières, les belles lettres, les potins, tous les jeux, la musique, ils sont délicieusement hypocrites, et ils ont même parfois assez de latin pour lire des ouvrages... très utiles au bonheur des dames. Enfin ils ont tout leur temps pour vous, le service de Dieu leur en laissant beaucoup. Eh bien, Jeannette, que dis-tu de mon discours?

– Vous m'excuserez de n'en pas rire, dit Jeanne d'une voix sourde. Vous badinez d'un sujet qui me mettrait le cœur sur les lèvres si je vous en parlais.

La baronne se pencha pour lui relever le visage entre ses deux mains :

– Tu l'aimes donc tant ? demanda-t-elle avec tristesse.

Jeanne ne répondit oui qu'en remplissant ses yeux d'un flamboiement d'or humide.

– Tant pis, soupira la baronne.

Puis changeant de ton brusquement :

– Puisqu'il en est ainsi, Jeannette, laisse-moi préparer ton affaire avec toi, et au mieux. Laisse-moi te marier.

– Bah ! fit Jeanne, n'en croyant pas ses oreilles.

– Écoute, écoute ! J'ai un très bon parti sous la main. Tu ne l'as pas remarqué parce que tu n'as que ton botaniste en tête, mais j'ai bien vu, moi, que ce n'est pas seulement pour faire le troisième à l'hombre que le procureur Duthillet vient à Charmont deux soirs par semaine. Cet homme-là te mange des yeux, au point qu'il ne fait que perdre. Louis-Antoine Duthillet est un bourgeois de bonne souche, logé dans l'une des plus belles maisons de Châtillon. Il roule carrosse à lui et doit bien tirer de son greffe trente mille francs par an. Sa famille est bien établie alentour, qui à Trévoux, qui à Dijon, qui à Lyon. Tu auras soupers et spectacles en ces villes, et bal chez le gouverneur à la Saint-Louis. Là, tout franc, que penses-tu du sieur Duthillet ?

Regard arrondi, bouche entrouverte, Jeanne avait écouté Mme de Bouhey sans parvenir à la croire sérieuse. Après ce silence médusé son rire sonna de si bon cœur qu'elle ne pouvait plus l'arrêter.

– A la bonne heure ! s'exclama la baronne. J'aime que tu ries de mon Duthillet. On ne discute avec lucidité que d'un homme dont on peut rire.

– Mon... on Dieu ! Le procur... reur Duthillet ! hoquetait la jeune fille entre ses roulades de rire. Un homme tout... out noir, avec une si sévère per...erruque à marteaux !

– Il serait bien ingrat s'il ne portait du noir, dit la baronne, riant aussi. Comment donc ! Voilà un homme constamment et avantageusement en deuil de tout le monde : le tiers des successions qu'il règle demeure en ses caisses. Aussi te ferai-je remarquer que ses habits noirs sont de soie ou du plus fin drap d'Angleterre, et coupés par Pernon de Lyon. Et il ne se sert que de mouchoirs en toile de Cambrai.

Par jeu, Jeanne fit mine de discuter du projet saugrenu :

– Cet homme si noir ne vous paraît-il pas bien vieux pour moi ?

– Ma belle, un mari est toujours trop jeune quand on rêve d'un amant ! D'autant qu'en la circonstance le mari aurait trente-quatre ans, et l'amant trente-cinq.

Vexée, Jeanne se mordit les lèvres.

— Par ailleurs, reprit Mme de Bouhey, une procureuse ne manque jamais de jeunesse : bon an, mal an, l'étude de son mari loge cinq ou six clercs de vingt ans. Tous seront amoureux de toi. Ils te regarderont passer en rougissant, déposeront des bouquets sur ta fenêtre de chambre et le plus effronté te fera du pied sous la table. Les avocats de la ville te courtiseront aussi et te couvriront d'étrennes chaque premier de l'an, pour que tu leur fasses avoir des causes. Cela t'amuserait beaucoup, je t'assure, d'être madame la procureuse de Châtillon.

— Vivre avec un autre homme que monsieur Philibert ne pourra jamais m'amuser, dit-elle avec emportement.

— Il ne s'agit pas de vivre avec un autre homme, mais de vivre avec un mari, dit patiemment la baronne. Et on peut toujours vivre avec un mari, parce qu'on a mille autres choses à faire. Crois-moi, ma chérie, le mari s'oublie, le mariage reste. Gouverner une belle demeure ne manque pas d'agrément. Puis, te souviens-tu assez que la maison Duthillet est à deux pas de la maison Aubriot ? *S'il* revient, tu l'auras presque au pied de ton lit.

Qu'arrivait-il au rêve d'amour de Jeanne, si longtemps pieusement caché ? Mme de Bouhey l'exposait au grand air avec un réalisme tranquille qui révoltait la romanesque.

— Au moins, articula-t-elle avec effort, au moins, madame, vous parlez pour rire ?

— Oui, dit la baronne. Je parle pour que tu ries dans la vie au lieu de pleurer. Dans la maison d'un mari à son aise, même en plein chagrin d'amour on rit de temps en temps. On a l'âme dolente, mais de belles robes et de bons dîners, et une voiture pour courir à ses rendez-vous sans se crotter.

Jeanne renifla une grosse bouffée de colère et lâcha d'un trait :

— On a aussi un mari dans son lit quand on revient de ses rendez-vous !

Elle avait croisé ses bras sur sa poitrine, comme pour se défendre d'un viol.

— Nous y voilà ! s'exclama la baronne. Les jeunes filles deviennent d'un romantisme ! Les romans modernes ne vous valent rien.

— Ou je serai à monsieur Philibert ou je ne serai à personne ! dit Jeanne d'une voix farouche.

— Tais-toi ! commanda rudement la baronne. J'enrage quand j'entends des sottises sortir d'une fille intelligente. Tu sais très bien que le monde va comme il va. Pour y vivre commodément, il faut qu'une femme soit ou à un mari ou à Dieu. La vie avec Dieu n'est agréable que pour les filles bien nées. Les autres sont ses serves.

— Aussi n'ai-je jamais songé à m'enfermer dans un couvent ! Je travaillerai. N'ai-je point quelques talents ?

Le regard gris de Marie-Françoise perdit son éclat de mauvaise humeur, s'embua de pitié :

— Tu n'es pas un jeune homme pauvre, ma Jeannette, mais une jeune fille pauvre — un état encore plus cruel à porter. Si je ne t'ai pas bien mariée avant de disparaître, moi partie, que penses-tu devenir ? Iras-tu mendier chez les autres un tabouret de lectrice après avoir refusé d'avoir un fauteuil de maîtresse chez toi ?

— Je sais que je n'ai rien que vos bontés, madame, dit Jeanne d'une voix oppressée. Est-ce une raison pour que j'accepte de me vendre au procureur Duthillet ? Si j'avais le malheur de vous perdre... Oh ! je vous en supplie, ne me parlez plus comme si j'étais déjà une femme, ajouta-t-elle en enfouissant son visage dans la jupe de la baronne. Je veux être petite encore un moment...

Mme de Bouhey se mit à lui caresser les cheveux à deux mains.

— Calme-toi, allons, calme-toi, dit-elle avec tendresse. C'est vrai, que tu es encore petite. Hélas, moi, je ne suis plus jeune. Le temps qui me reste à te donner commence à filer vite. Aujourd'hui la montre de mon grand-père me suffirait, qui n'avait qu'une aiguille, celle des heures. Pardonne-moi de te bousculer, c'est moi qui suis pressée. Je deviens pleine d'impatience pour faire le bonheur de ceux que j'aime.

Jeanne releva vers sa tutrice son visage ruisselant de larmes :

— Mon bonheur serait d'être à monsieur Philibert. Je n'imagine pas d'autre bonheur pour moi. Est-ce que je ne suis pas assez jolie pour gagner contre sa vieille Marguerite ? Quand j'aurai encore un peu plus de gorge ?

— Tu es folle, dit la baronne désolée. C'est une pitié qu'une femme ne comprenne jamais assez tôt que sa beauté ne lui a pas été donnée pour réjouir un seul homme, mais pour s'en réjouir avec plusieurs.

Elle aurait tellement voulu dormir ! Sombrer dans le sommeil, au fond duquel l'attendait sûrement Philibert. Mais ses nerfs exaspérés la tenaient éveillée, et ses pieds gelés aussi. Elle sauta de son lit, ralluma sa bougie, passa un jupon et enfila son gros caraco, se rechaussa, attrapa le bougeoir... Prenant soin d'enjamber les lames craquantes du parquet du couloir elle atteignit l'escalier et descendit dans la cuisine.

Son idée était de cuire de l'eau pour remplir « le moine anglais », si Pompon ne l'avait pas déjà pris. Cette invention nouvelle importée de Londres avait été offerte à la baronne, mais sans la convaincre d'abandonner ses briques chaudes, et c'était Pompon la frileuse qui couchait avec le moine anglais, surtout depuis qu'elle avait lu, dans le *Mercure de France*, que cet objet douillet ne valait pas moins de vingt-quatre livres : le plaisir de se mettre vingt-quatre livres sous la plante des pieds apaisait pour une heure sa fringale de luxe.

La chambrière avait pris le moine. Jeanne balança à monter le lui arracher de son lit, haussa les épaules et se pelotonna sous le manteau de la cheminée pour y songer au tiède. Elle avait besoin de « faire du courage ». L'expression lui venait de son père. Quand le couvreur Beauchamps se sentait fatigué, il s'étirait fort et disait en souriant : « Je ne me sens pas de bien bel allant, ce matin, ma Jeannette, il va falloir que je fasse du courage. » Et il se préparait une solide trempée de pain, moitié vin, moitié eau, qu'il mâchait lentement. Quand c'était sa fille qui lui paraissait découragée devant le balai ou un panier de racines à éplucher, il lui offrait le même remède, en ajoutant du sucre dans la trempée. A ce souvenir la grande Jeanne s'attendrit sur la petite et chercha des yeux la chopine de clairet que Delphine faisait tirer du tonneau chaque soir pour servir le lendemain matin à tremper le pain du déjeuner de son fils cadet. Le clairet était sur la table, à côté du pot de bouillon gras et des deux œufs que Jean-François devait manger en plus de sa soupe au vin. Jeanne sortit du pain de la huche, se tailla une tartine, cassa les deux œufs et battit une omelette, ranima un coin de feu. Dix minutes plus tard, assise de nouveau sous le manteau de la cheminée, son assiette sur les genoux, la chopine à ses pieds, elle soupait. Et manger, vraiment, lui faisait du courage. Le poids de son cœur s'évaporait. Elle se resservit un gobelet de clairet.

Avant sa dernière conversation avec sa tutrice, jamais Jeanne n'avait pensé mieux que vaguement à ce jour lointain, enfoui dans les brumes du futur, où elle devrait peut-être quitter Charmont. Demain avait été occupé, totalement, par l'image de Philibert. Demain, c'était Philibert revenu à Châtillon. Demain, c'était sa bonne vie de petite fille reprenant à son ombre, avec des caresses en plus. Mais cette nuit elle apprenait d'un coup que, pour se créer un avenir, il lui faudrait inventer autre chose que son passé amélioré. Pendant deux ans elle avait joué à la Belle au Bois dormant attendant le retour de son prince, et elle se réveillait seule dans une cuisine morte. Autour d'elle nul joyeux remue-ménage, ni valets ni servantes ni chiens qu'une bonne fée eût tirés du sommeil en même temps qu'elle, pour la rassurer. Mais il est vrai que le prince lui-même était toujours en Bugey, où il était heureux et faisait des enfants sans elle. Une crue de larmes lui monta aux yeux, qu'elle chassa en secouant rageusement la tête. Elle but encore un grand coup de clairet. Non ! elle ne laisserait pas son destin se décider sans elle !

Son destin naturel, c'était l'injustice. L'ayant souvent pressenti, elle y avait peu réfléchi. Mais voilà que l'injustice risquait de prendre une forme concrète. Si elle ne bataillait pas pour se tailler dans le monde une vie à son goût, elle n'aurait qu'à y user à petit feu la vie amère d'une déclassée. L'enfant avait été sortie de sa caste, mais l'adulte ne serait reçue de plein droit dans aucune autre : toute bonne place au soleil, elle devrait se la conquérir. Sa chère baronne avait raison : si Jeanne refusait d'employer tous ses atouts pour sortir de l'impasse elle risquait de moisir lectrice chez quelque douairière, c'est-à-dire domestique du premier étage. Elle aurait été belle pour rien, intelligente pour rien, instruite pour rien. Aujourd'hui, parce qu'elle était belle, un homme lui tendait la main pour la hisser dans une vie bourgeoise. Pour son esprit et ses connaissances, quel autre homme lui offrirait un état seulement décent ? Même un simple amateur d'histoire naturelle ne se contente pas d'une femme pour secrétaire.

Quand elle se beurra coléreusement une seconde tartine, une idée familière lui traversa la tête : « Et si je m'habillais en jeune homme une bonne fois pour toutes ? » Cette idée la remettait toujours de bonne humeur. Elle se voyait, allègre et bien à son aise dans le bel habit ponceau de Denis, les cheveux noués en queue, le tricorne enfoncé sur la tête, un bâton sur l'épaule et son baluchon au bout. D'un pas vif elle descendait vers Marseille où, sur le grand bleu de la mer, dansaient les voiles de la grosse aventure. Elle se mit à sourire en s'imaginant propriétaire, par-delà le beau voyage, de milliers d'arpents de terre des îles, qu'elle mettrait en culture. Du sucre, du café, du coton, du poivre, de la muscade, de la girofle... La fortune ! De pleines cargaisons de louis d'or ! Ah ! c'est alors que M. Philibert regretterait de n'avoir épousé que soixante mille francs de dot !

Elle avait bu maintenant presque toute la chopine de clairet. Le vin folâtrait dans ses veines, elle se sentait d'une légèreté ! Demain lui était facile, si facile... Avoir l'homme qu'on veut, au fond, rien de moins impossible ? Lorsque Jeanne dissertait d'amour avec ses amies Emilie et Marie, les hommes de leurs envies finissaient toujours à genoux dans leurs jupes. C'est la femme qui mène le jeu, cela se sait, il suffit qu'elle s'y mette sans honte et sans peur... et avec de l'argent. Ça oui, avec de l'argent. Quand Émilie dressait un plan de bataille pour se piéger un hypothétique amant, c'était fou ce qu'elle dépensait ! En toilettes, en perruques, en parfums, en soupers où elle n'offrait que du ruineux, du vin de Champagne et des mets rares saupoudrés d'épices aphrodisiaques affreusement chères !

Jeanne se demanda si une procureuse, aussi bien qu'une marquise ou une fille d'Opéra, fait servir du vin de Champagne à ses soupers ? Un mari riche... évidemment. Rien de plus commode pour faire tourner la tête d'un autre homme en lui jetant de la poudre plein les yeux. Sans aucun doute, M. Duthillet, premier procureur de Châtillon, possédait dans ses coffres de quoi traiter sans lésiner les invités de sa femme. Jeanne égoutta le reste du clairet dans son gobelet et se mit à le laper à petits coups de langue espacés en s'enfonçant avec complaisance dans l'adultère douillet. Oui, sa chère baronne devait avoir raison, Duthillet aurait sûrement de bons à-côtés.

4

Au printemps, le château de Charmont s'éveillait vers six heures. Le premier bruit venait de la cour pavée et c'était le grincement d'un treuil : Bouchoux, l'homme à toutes peines, puisait l'eau. Pendant ce temps, Nanette, toujours la première levée, faisait gros feu dans la cuisine. Bellotte ne descendait qu'un peu plus tard de sa mansarde. La Tatan, qui depuis vingt ans régnait sur les marmites du château, ne se montrait pas avant huit heures; mais, dès qu'elle se montrait, on l'entendait! Derrière elle se traînaient en bâillant Mlle Pingault, la chambrière de Delphine, et Pompon, celle de la baronne, qui se trouvaient un coin chaud devant l'âtre pour commencer leurs commérages du jour en buvant leur lait cafeté. A neuf heures pile, arrivaient d'abord la poitrine noire en proue puis à sa suite toute l'imposante personne de Mlle Sergent, la gouvernante. Quinquagénaire et moustachue, dévouée avec férocité aux Bouhey chez qui elle était née, la Sergent régnait sur la domesticité avec un absolutisme sans faille : Charmont était très bien tenu.

Le domaine était prospère. Marie-Françoise de Bouhey avait été très bonne gestionnaire de sa fortune, en dépit d'un époux toujours pressé de se ruiner en chevaux et en fêtes. A la mort de ses parents, au lieu de se faire payer ses parts d'héritage elle les avait laissées dans les deux fabriques de serge d'Amiens et d'Abbeville que son unique frère, Mathieu Delafaye, exploitait à leur commun profit. Plus tard, les deux fils de Mathieu grandis, elle les avait attirés en Dombes pour les établir à Lyon dans le négoce de la soie, dont la mode, lancée par la Cour, favorisait l'essor. Ayant financé les débuts de ses neveux Joseph et Henri, la tante tirait maintenant de beaux bénéfices de leur vigoureuse réussite, comme elle en tirait aussi d'une petite manufacture de drap du Languedoc, qu'elle avait rachetée mourante et fait revivre en y insufflant de l'argent frais. Enfin, depuis une dizaine d'années, elle prenait régulièrement des parts dans les armements de son ami Pazevin de Marseille et la mer ne la décevait pas.

Son goût affirmé pour l'industrie et le commerce ne l'avait pas empêchée d'accomplir un devoir qu'elle s'était donné, en rachetant au fil des ans les trois fermes et les étangs jadis vendus par son beau-père. Cela n'avait pas été facile, les paysans commençaient à se coaliser contre l'accaparement des terres par leurs seigneurs. La dame de Charmont s'était pourtant tirée de ses rachats sans faire surgir trop de fourches. N'étant pas née dans l'aristocratie elle n'en avait pas les préjugés. Peu lui importait que fussent ou non respectés tous ses droits seigneuriaux, dont la plupart vexaient les paysans sans presque rien rapporter aux maîtres. Alors que beaucoup de châtelains, soit nécessité soit arrogance, luttaient désespérément contre l'érosion de leurs privilèges, ressuscitant même parfois les plus désuets, la fille des drapiers ne sentait aucune peine à se montrer coulante. Son intendant avait ordre de fermer les yeux quand ceux qui devaient le cens « oubliaient » cinq poules, trois canards ou un agneau dans leur impôt de l'année, ou quand les moissonneurs friponnaient sur le champart. En 1762, se faire rendre exactement « la part du seigneur », vous pensez ! Puisque la baronne n'y songeait pas de trop près, ses paysans, ma foi, l'aimaient bien... ou s'en donnaient l'air. De toute façon, dans les campagnes, la fin du règne de Louis XV n'était pas à la violence contre le château, mais plutôt à la grogne contre un ennemi plus étranger : le fisc royal et son peloton de collecteurs – de vautours, de pourris, d'affameurs ! Car jamais, bien sûr, on n'aurait fait avouer aux paysans qu'ils étaient mieux nourris et plus heureux sous Louis XV que leurs aïeuls ne l'avaient été sous Louis XIV. Ils tenaient à se plaindre le plus fort possible. Toutefois autour de Charmont ne se déguisaient-ils pas en haillons et ne se cachaient-ils pas pour manger du jambon, comme ailleurs trop de leurs frères de misère devaient le faire pour tromper la rapacité de leurs châtelains, que le moindre signe de mieux-être décuplait. Mme de Bouhey avait le plaisir de voir de solides potées sur les tables de ses fermes, elle mariait des beautés rurales coquettement mises, discutait avec des métayers aux joues pleines, vêtus de bons habits et chaussés de bons souliers.

Tous ses gens avaient libre accès auprès d'elle. Elle les recevait dans sa chambre dont elle ne descendait qu'à deux heures pour le dîner, ayant passé sa matinée à dicter des lettres à l'abbé Rollin qui lui servait de secrétaire, à disputer et à régler ses comptes avec Gaillon, son intendant.

M. Pipon, son homme d'affaires lyonnais, ne venait de la ville qu'une fois par semaine, mais alors il arrivait tôt. Il se trouvait justement là ce matin où éclata soudain, dans la maison, un tapage de cris et de galopades qui montait de la cuisine. La baronne dut tirer quatre fois sa sonnette avant que Pompon, rose et tout animée, vînt enfin la renseigner :

– C'est la Tatan, madame, qui course la Nanette pour l'aplatir à coups de tisonnier ! La gloutonne a mangé les œufs et bu tout le clairet de notre petit monsieur !

– Voilà bien du bruit pour deux œufs et une chopine de mauvais vin, dit la baronne. Cette fille ne mange donc pas son soûl à table ?

– Elle dévore ! Mais elle avale en plus tout ce qu'elle peut attraper. C'est comme une maladie qu'elle a. Mais jusqu'ici, jamais elle n'avait osé prendre les...

Jeanne, en poussant brusquement la porte de la chambre, interrompit la cancanière :

– Pompon, avant que Tatan ne tue la Nanette, descendez lui dire que c'est moi qui ai soupé à minuit avec ces œufs et le clairet.

– Ah bah ? fit la baronne.

Pompon, demeurée bec ouvert, ne songeait pas un instant à obéir.

– Allez donc ! lui répéta Jeanne.

Quoique ne souriant pas, la jeune fille était pourtant bien charmante dans son négligé de cotonnade blanche, avec le fleuve lisse et blond de ses cheveux lui coulant sur le dos. Mme de Bouhey l'observa avec une attention soutenue.

– Monsieur Pipon, demanda-t-elle, auriez-vous l'obligeance de passer un moment dans mon boudoir ? Et toi, Pompon, file délivrer ton message.

– C'est, dit effrontément la chambrière, que si je m'en vais je perdrai la fin de l'histoire ?

– Mais non, dit la baronne, puisque tu écoutes aux portes.

Pompon sortit, tira la porte sur elle et colla son oreille au bois.

– Eh bien ? lança tout de suite la baronne. Tu refuses du vin de Condrieu à onze heures pour boire à minuit la piquette de Charmont ? Ne sais-tu pas que dans le mauvais vin on ne trouve que l'ivresse ?

– J'avais besoin de faire du courage. Je suis venue vous dire...

Elle s'arrêta. Pour la soulager Mme de Bouhey se leva et vint s'asseoir devant sa coiffeuse : ainsi lui tournait-elle le dos. Elle lui tendit un peigne d'ivoire et d'argent :

– Commence donc à me coiffer...

Dans le miroir imparfait de la coiffeuse, qui lui renvoyait adouci de flou le visage de sa tutrice, Jeanne cueillit le regard gris attentif et reprit fermement :

– Je suis venue vous dire que si vous pouvez vraiment, madame, m'avoir le procureur Duthillet, je le prendrai.

Cinq jours plus tard, Jeanne et le procureur étaient accordés. Alors les mariages se décidaient vite, au moins dans la noblesse et la grande bourgeoisie. Une seule soirée faisait parfois l'affaire, les futurs s'entr'apercevant pendant l'heure d'un souper, entre un chandelier et une pyramide de fruits. En discutant cinq jours Mme de Bouhey avait pris le temps de penser à tout.

M. Duthillet s'était montré aussi empressé et aussi généreux qu'elle l'avait espéré de la part d'un bourgeois de trente-quatre ans, orphelin et point avare, qui avait pris de l'amour pour une jeunesse. Au contrat, Duthillet reconnaîtrait à son épouse un avoir de trente-cinq mille livres qu'elle pourrait prélever sur ses biens liquides et lui laissait en sus, s'il venait à décéder, la jouissance de sa maison toute meublée, avec mille francs de rente. Pour sa part, Mme de Bouhey donnerait un trousseau complet, de menus bijoux d'or, une toilette garnie d'un nécessaire d'écaille et d'argent et une bourse de cinq cents écus. A cette jolie dot le capitaine baron François de Bouhey avait offert d'ajouter Blanchette, la jument que Jeanne montait et adorait. La fille du couvreur Beauchamps s'établissait de manière à faire rêver dans les chaumières.

Le mariage avait été fixé à la mi-septembre. Dès les fiançailles conclues, des pièces de mousseline, de batiste, de lin et de demi-hollande, des dentelles et des rubans, de fin drap d'Abbeville, du droguet et quelques aunes de soieries furent commandés à Paris et à Lyon, mais on convint que la couturière et les lingères à la journée ne seraient engagées qu'en mai, la fête de Charmont passée. Laurent Delafaye, le petit-neveu de la baronne, n'en apporta pas moins tout de suite les deux pièces de soie que son père et son oncle offraient à la future mariée : une faille blonde changeante au chatoiement rosé et un lourd broché blanc à bouquets rouges. Un présent royal ! De quoi faire somptueuse figure de procureuse aux bals de la Saint-Louis. Pompon poussa des cris de grisette chatouillée au bon endroit et s'engloutit avec ivresse dans ces premiers chiffons de noce. La soubrette de la baronne était bien décidée à vivre ce mariage-là un peu à son compte, chantonnait de joie et répétait à Jeanne, dix fois le jour, qu'elle était née coiffée.

La fiancée, elle, se sentait bizarre. Titillée par l'allégresse de Pompon, rassurée par la réserve courtoise de Louis-Antoine Duthillet, réchauffée de sourires, interrogée, enviée, embrassée, félicitée, Jeanne avait l'impression de vivre à la surface d'elle-même. Une vie agréable lui courait sur l'épiderme. C'était plaisant comme le contact d'une jolie robe neuve, mais pas plus. Et ce plaisir était fragile : quand Pompon l'avait drapée dans la soie à bouquets rouges et qu'elle s'était devinée ravissante dans la toilette qu'on en tirerait, elle avait eu peine à s'empêcher de pleurer, comme si la pensée d'être ravissante pour paraître au bras de Louis-Antoine ne lui inspirait que du regret. Il lui était difficile de penser à son fiancé autrement que comme à un homme noir assez élégant et de parfaites manières, qui conversait et jouait aux cartes sans jamais élever le ton. Aussi bien était-ce cet homme-là qu'elle épousait : un juriste affairé le jour devenant le soir bourgeois de compagnie et n'ayant guère, entre les deux, plus d'un quart d'heure d'intimité à donner à sa femme, pour parler de la pluie et du beau temps, du dernier concert et du prochain dîner. Sans doute ferait-il, après tout, un mari plus que passable, un bon ami sûr et discret ?

Il lui fit un premier présent charmant, une bonbonnière en porcelaine de Sèvres emplie de praslines ; elle était en forme de cœur et finement peinte d'un groupe d'amours fessus rehaussé à l'or fin. La manufacture de Sèvres ne s'était ouverte qu'en 1759 et ses objets étaient encore des raretés. Enchantée d'en recevoir un, Jeanne tendit sa main à Louis-Antoine et ne détesta pas le léger baiser qu'il y posa. Il la pria de l'accompagner le lendemain à Trévoux où il avait à faire au Parlement, et la baronne le permit.

Pompon, radieusement endimanchée, servait de chaperon distrait. Jeanne, roulant carrosse, saluée de tous côtés par des curieux souriants puis vite admiratifs, vivait sa première journée de procureuse. Pendant que Louis-Antoine vaquait à ses affaires, elles se promenèrent tout leur content dans les rues à boutiques et osèrent, pour se reposer, entrer chez l'Arménien. L'Arménien passait pour le meilleur cafetier de la ville et elles se régalèrent de son moka, qu'il servait avec de la confiture à la rose. Tout comme ceux de Paris, certains cafetiers de province commençaient à joliment décorer leurs salles et celle de l'Arménien, petite, était à panneaux bleu céleste et or, égayée par des miroirs et un lustre à pendeloques, meublée de guéridons de marbre blanc. Pompon, une cuillerée de rose en bouche, gloussait de volupté :

– Ah ! mademoiselle, ne vous disais-je pas bien que vous étiez née coiffée ? Un si bon homme, qui m'a l'air de si bien vivre ! Vous pourrez vous offrir tous les plaisirs, des robes, des spectacles, des goûters dans les boutiques de chocolat, des voyages en chaise de poste, les pots de rouge les plus chers, des dîners d'écrevisses à la campagne... Ah ! mademoiselle, prenez-moi avec vous à Châtillon – il vous faudra bien une femme de chambre ?

– Je me doutais que vous voudriez épouser monsieur Duthillet en même temps que moi, dit Jeanne en riant.

– Ah ! mademoiselle, c'est qu'on n'a jamais rien inventé de mieux que la fortune d'un homme généreux pour faire le bonheur d'une femme !

L'escapade à Trévoux tournait gaiement. Quand Louis-Antoine vint à la recherche de ses femmes dans le quartier marchand, il les trouva papotant chez une mercière où elles achetaient du ruban. Il en profita pour offrir à Jeanne l'objet qu'elle admirait. C'était un drôle de petit parapluie qu'on pouvait porter plié dans sa poche ; il avait un manche d'argent et une garniture de taffetas prune. La mercière le présentait comme la dernière invention du Parasol royal de Paris, et l'appelait « un parapluie brisé ». Ce luxueux présent si spontanément fait à Jeanne mit à son comble la joie frétillante de Pompon :

– Ah ! mademoiselle, chuchota-t-elle à la jeune fille tandis que Louis-Antoine s'écartait pour payer la mercière, vous n'aurez pas qu'un bon mari, vous aurez un amant ! Croyez-moi, il faut qu'un homme soit fou de vous pour mettre aussi facilement la main à sa poche. C'est bon signe, mademoiselle, c'est bon signe !

Jeanne tressaillit. Le mot « amant » l'avait prise en traître au beau milieu d'une chaste idylle couleur d'éternelle amitié. Remontée en voiture, elle se mit à observer le profil de Louis-Antoine.

Ni beau ni laid, Duthillet plaisait cependant par son air de bonté sereine, un peu molle peut-être. Une myopie légère voilait de douceur son regard bleu pâle. D'aller toujours vêtu de noir lui donnait une allure grave à laquelle il devait tenir comme à une qualité de sa fonction, mais Jeanne reconnaissait que l'habit était parfaitement coupé dans un camelot fin, souple et brillant, richement gansé, garni de coûteux boutons de jais. Le jabot et les manchettes à dentelle, la perruque poudrée mettaient dans tout ce noir assez de blanc pur pour l'éclairer. Elle n'aimait pas la perruque lourde et vieillotte, se promit de lui en faire adopter une plus seyante et sourit en se surprenant à s'intéresser au physique de son fiancé, eut envie de s'en féliciter comme d'une bonne action. Tout à coup, elle aurait voulu pouvoir dîner seule avec Louis-Antoine dans une auberge de la ville. D'abord elle n'avait jamais dîné à l'auberge et, ensuite, elle aurait pu voir : voir comment il prendrait soin d'elle, lui ferait passer d'un plat, servir d'un vin, choisir du fruit, goûter les meilleurs desserts... Certes, elle ne l'aimait pas. Ce n'était pas une raison pour refuser d'en être aimée jusqu'au bout de ses si bonnes manières ?

Il fallut, hélas, aller s'asseoir à une table de famille, chez M. Jean-Jacques Duthillet, le frère de Louis-Antoine.

Ce frère était aussi un juriste, conseiller au parlement de Trévoux. Il fâcha quelque peu Louis-Antoine en offrant un repas trop simple à sa future belle-sœur. Ils n'eurent qu'une soupe avec un petit bouilli, des côtelettes de mouton, des cardons à la moelle, une gibelotte aux pruneaux, une salade, une tourte au lait sucré, des confitures et des dragées. En sortant de faire si piètre chère, Louis-Antoine tint à s'excuser :

– Mon pauvre frère est affligé d'une femme qui se pique de frugalité au point de l'imposer à ses hôtes. Et il n'y peut rien. Quel homme d'aujourd'hui peut quelque chose sur ce qui se passe dans sa maison ? La loi lui assurant qu'il y peut tout il n'a qu'à se contenter de cette assurance et s'enfermer avec elle dans son cabinet, bien coi. Chaque fois qu'il en sort pour réclamer un salmis de pigeons ou critiquer une mode féminine extravagante, il se fait traiter par sa femme et ses filles d'insupportable potentat, fraîchement importé de la Barbarie !

Jeanne se mit à rire :

– Et sachant cela vous n'avez pas craint, monsieur, de m'engager votre avenir ?

Il la regarda avec des yeux contents :

– Non, ma chère. Je crois que vous me ferez une bonne table, votre mine est gourmande. Voyez-vous, je n'aurais pas choisi une épouse à la ressemblance de ma belle-sœur. Avez-vous remarqué qu'elle est pointue de partout – de nez, de menton, d'épaules, de coudes, de voix, et que ses lèvres sont maigres ?

– Tandis que mademoiselle a les lèvres si pleines et les épaules si rondes ! s'écria Pompon, entrant sans façon dans le dialogue.

Louis-Antoine en rougit comme un puceau. Les paroles de l'étourdie lui rappelaient haut les espérances qu'il avait prises sur la sensualité de sa fiancée en admirant sa bouche moelleuse, le brillant de ses yeux, ses rougeurs fréquentes, son plaisir à caresser les fourrures, les chats, les soies, son ardeur à danser et la façon qu'elle avait de galoper sur sa jument en ayant l'air de se donner au vent.

Le trouble du procureur n'échappa pas à la femme de chambre, qui coula vers Jeanne une œillade signifiant : « Ne vous l'avais-je pas bien dit, que cet homme-là vous adorait et vous ferait un amant tout autant qu'un mari ? »

Avant de repartir pour Châtillon Jeanne voulut visiter le Parlement, et s'amusa beaucoup à y lire le plaisant règlement des amendes affiché dans un couloir :

« Pour un conseiller qui portera perruque à nœuds : un dîner.
« Pour entrer dans la grand'chambre avec son chien : un dîner.
« Pour s'endormir pendant une audience : un dîner.

« Pour... Pour... Pour... : un dîner. »

La liste des motifs d'amende était longue, l'amende toujours la même : un dîner. Ayant décidé une fois pour toutes que tout contrevenant au règlement paierait un gueuleton, les gens du parlement de Trévoux gueuletonnaient à longueur d'année.

– C'est pour cela que mon frère n'est pas mort du régime où l'a jeté sa femme, expliqua Louis-Antoine. Il s'en guérit à l'auberge cinquante fois l'an !

La journée à Trévoux avait si bien réchauffé le climat entre les fiancés que, sur le chemin du retour, Jeanne voulut expliquer ses deux passions à Louis-Antoine, la botanique et la géographie.

Il l'écouta poliment. Mais soudain, et alors même qu'il la fixait d'un œil attentif, Jeanne sentit que Louis-Antoine était bien loin derrière son œil, peut-être en train de sommeiller, peut-être en train d'établir le menu du dîner qu'il devait aux magistrats du Parlement pour avoir, dans un procès-verbal, écrit le mot « bordel » avec un b timide au lieu de l'écrire tout au long – bégueulerie frappée d'amende. Pendant qu'elle tentait de lui découvrir les charmes de *Viola cornuta* en avril et les chaudes délices de l'Isle de France Louis-Antoine l'écoutait professionnellement, comme un procureur écoute son client – sans aucun intérêt pour son affaire, mais en prenant soin de lui cacher son indifférence sous une mine grave. Déçue, la jeune fille changea de sujet et se mit à parler de la grande chasse de Charmont qui devait avoir lieu le surlendemain.

Presque toujours donnée vers la fin d'avril avant le départ du capitaine de Bouhey pour l'armée, la fête de Charmont coûtait chaque année une petite fortune à la baronne douairière, plus le tintouin. Elle s'étalait sur trois jours. Au grand souper du premier soir ne s'asseyaient pas moins de soixante convives, qui demeuraient bien trente au souper du surlendemain.

Le branle-bas de combat commençait une semaine avant. On voyait alors arriver une à une les paysannes qui voulaient se louer au château pour la circonstance et que la Sergent mettait aussitôt à ouvrir, balayer, cirer, frotter, épousseter les chambres mortes, secouer les paillasses, garnir les lits. Tant que durait ce grand ménage de printemps la baronne se sentait plutôt bien, contente d'entendre débusquer souris, araignées et poussière du haut en bas de sa maison. Mais bientôt un blanchisseur de Bourg livrait des aunes de nappage de location bien lustré à l'amidon et, tout de suite après lui, s'annonçait la tempête : l'illustre cuisinier Florimond, suivi de ses commis et de ses marmitons, débarquait au château. Ils envahissaient la cuisine et l'office, ignoraient la Sergent, catapultaient la Tatan hors de leur vue, terrorisaient Bellotte et Nanette, colonisaient Bouchoux, Longchamp et le cocher Thomas pour leurs courses, embrigadaient servantes et paysannes pour les mettre à tuer, plumer, laver, torchonner, bouleversaient les armoires et les garde-manger, daubaient sur la pauvreté de la batterie de cuisine, braillaient sans fin « Au feu ! » ou « A l'eau ! » bref, ils régentaient la maison comme pays ennemi conquis, affamant ses habitants jusqu'au soir du festin, repoussant leurs doléances avec de grands airs d'artiste qui pourraient bien se fâcher et laisser là leurs sauces en plan, abandonnant les invités de Mme la baronne au triste ordinaire de « bonnes femmes » qu'on leur servirait alors. Et quand enfin tout filait doux autour de ses marmites, l'illustre Florimond s'apercevait en fin de compte qu'il n'était « pas compris » et se plaignait haut « de n'avoir rien », alors qu'il avait déjà reçu six moutons, un veau de lait, soixante livres de bœuf, cinquante poulardes et canards, un monceau de pigeons, huit jambons, un cuvier d'écrevisses, force anguilles, brochets et carpes, une roue de gruyère, beurre, lard, crème, sucre et farine et œufs à sa suffisance, et en sus les vins et les vinaigres des courts-bouillons, liqueurs, essences et quintessences, et les épices, et les poudres de fleurs, et les raisins secs, et les cerneaux de noix et les amandes d'Italie et tout le tremblement ! Et pourtant Florimond n'avait *rien*, puisqu'il n'avait pas de chocolat de chez Arnaud de Lyon, qui le recevait de chez Onfroy de Paris. Or il n'était de bon chocolat à fondre, Mme la baronne, que de chez Onfroy. Il fallait donc envoyer Thomas en quérir d'urgence chez Arnaud de Lyon, à quatorze lieues de Charmont, faute de quoi Florimond ne répondait plus de rien !

Arrivée à ce point d'un démêlé avec Florimond, Mme de Bouhey piquait sa plus belle colère annuelle, jurait qu'on n'aurait point de chocolat de quatorze lieues, qu'elle ne donnerait plus jamais la queue d'une fête et que le sieur Florimond se pouvait passer un couteau à travers le corps s'il se jugeait déshonoré ! Après quoi elle expédiait Thomas chez Arnaud de Lyon et s'enfermait dans sa chambre avec un cataplasme de romarin sur sa plus belle migraine annuelle, qui était d'humiliation. Car enfin elle cédait bel et bien à Florimond, une année après l'autre. Mais peut-on déplaire à son cuisinier à la veille d'un souper de soixante couverts ?

« Et tout pour la tripe ! » soupira la baronne avec ironie, une fois de plus. On était sous Louis XV, mais la devise de Rabelais valait toujours, au moins en pays de Dombes.

En ôtant son cataplasme, elle vit Jeanne et son petit-fils Jean-François traverser la terrasse en courant et riant. Cela la rassurait, mais l'étonnait aussi de voir la jeune fille rire d'aussi bon cœur qu'avant ses fiançailles. Elle finissait par se demander si sa pupille croyait pour de bon à son prochain mariage avec Duthillet ? Ou s'il n'était pas pour elle un divertissement à l'absence d'Aubriot, auquel elle mettrait fin d'un geste de recul juste au moment de dire oui ?

Le cœur de la baronne n'avait pas bondi de joie quand Jeanne était venue lui annoncer sa décision. Les mots de sagesse avec lesquels une enfant tue son rêve ne font pas une musique douce aux oreilles sensibles. Certes, Jeanne avait fait un choix raisonnable. Mais que vaut une bonne raison, quand on se retrouve nue contre elle dans un lit conjugal ? Marie-Françoise avait eu beau se forcer à en plaisanter quand elle avait proposé Duthillet, ce matin, elle se souvenait...

Sur sa bouche de dix-sept ans se collait celle de son beau colonel, forte, exigeante, désarmante. A travers le froid de tant d'années passées elle pouvait sentir encore la silencieuse caresse des linons qui glissaient d'elle. Sa peau éteinte depuis si longtemps frémit timidement, cherchant dans sa mémoire le poids d'un corps perdu. Soudain, le fantôme de sa croix de mariée, écrasée contre son sein droit par la dure poitrine du colonel, lui fit, de nouveau, une fine blessure aiguë... D'un petit rire sangloté elle se moqua de la douairière qui se rejouait ses débuts de baronne, mais dut moucher ses larmes. Et s'avouer qu'au fond elle aimerait assez, le jour des noces de Jeanne, voir le plafond de la chapelle de Charmont se crever brutalement, et Aubriot tomber aux pieds de la mariée en s'écriant : « Moi d'abord ! Il sera temps plus tard pour ton procureur. »

« Je mérite ma migraine, se dit-elle. Me voilà aussi folle qu'une vierge de quinze ans ! »

On gratta à sa porte et Pompon entra, rouge d'avoir grimpé l'escalier au galop. En cuisine, M. Florimond avait un urgent besoin d'une dizième casserole emmanchée et d'une conque de laiton bien grande. Pouvait-on envoyer chercher ça chez les dames de Neuville ?

5

Jeanne descendit la grande allée en courant pour aller se poster sur un banc du rond-point des tilleuls. De là, le coup d'œil sur le départ de la chasse serait magnifique.

Le château de Charmont n'était ni très vaste ni très ancien. Le grand-père du colonel Jean-Charles de Bouhey l'avait fait construire en 1680, pour quitter l'inconfortable pierraille à donjon que lui avaient léguée ses ancêtres. Ainsi avait-il achevé de ruiner sa famille pour le plaisir de mourir dans une maison neuve et bien ouverte au jour. Mais jamais il n'avait pu en terminer la décoration intérieure, et son fils ne l'avait pas pu davantage. C'était Marie-Françoise qui s'en était chargée, à partir de 1722, choisissant des boiseries à rocailles pour les salons du rez-de-chaussée, des tentures de couleurs vives pour les chambres et les boudoirs du premier. En même temps, elle avait fait transformer et enjoliver la façade par un maître-d'œuvre dijonnais. Aujourd'hui que Jeanne le contemplait, le petit château se présentait comme une belle demeure simple et blanche à deux étages de sept fenêtres, agrandie par quatre pavillons d'angle carrés à terrasses bordées de balustres, coiffée d'un toit à la Mansart. Sept ans plus tôt, juste avant de se tuer, le couvreur Beauchamps avait remplacé les ardoises par un beau dessin à chevrons en tuiles vernissées jaunes et vertes. Cet ajout de style bourguignon n'avait peut-être pas été rêvé par le premier architecte, mais il donnait à la bâtisse un air de gaieté pimpante, surtout quand les girouettes redorées à neuf se mettaient à tourner dans le soleil.

Le soleil de ce matin d'avril n'atteignait pas encore les girouettes : il n'était guère plus de la demie de sept heures. Mais Jeanne voyait monter sur sa gauche, par-dessus le mur des écuries, une radieuse buée rose : les chasseurs auraient une belle journée.

Déjà une quinzaine d'invités s'était rassemblée dans le grand salon. Pour faire sonner le départ, le baron François de Bouhey attendait huit heures ; plusieurs dames devaient chasser et, dans ce cas, on ne partait pas très tôt. Des silhouettes passaient et repassaient devant les fenêtres. Jeanne les devinait impatientes et discutant encore âprement les décisions prises la veille au soir après le souper. Les bêtes reconnues – cerfs, sangliers, chevreuils – étaient nombreuses ; il avait bien fallu choisir, au moins entre le cerf et le sanglier, et les veneurs les plus acharnés auraient voulu pouvoir courre les deux dans la journée. Galamment priées de trancher les dames s'étaient dérobées, sachant par expérience que ces messieurs leur reprocheraient leur choix – mauvais ! – à chaque halte de la chasse. « De toute manière, pensa Jeanne, ce sera le curé de Chapaize qui mènera, comme d'habitude. Celui-ci, quand il demande à quelle heure on sonne le matin, personne n'aurait l'idée de lui répondre en indiquant l'heure de la messe ! »

Un grand mouvement se faisait maintenant sur la terrasse, devant les pelouses qui descendaient doucement vers les tilleuls. On amenait la meute. Elle était composée de soixante hauts chiens poitevins de même pelage noir taché de fauve et de blanc, que leurs valets rangèrent, muets mais frémissants, derrière les hommes d'équipage. Ceux-ci, vêtus de drap bleu-de-roi, le bras gauche passé dans la bride de leur monture, la trompe dans la main droite, regardèrent arriver les chevaux, vingt-quatre bêtes piaffantes retenues par douze palefreniers. Peu après, le baron de Bouhey parut sur le perron entre ses deux fils, tous trois resplendissant dans un habit bleu galonné d'argent, veste de casimir miel, culotte de peau blanche, bottes à chaudron, leur tricorne sous le bras, qu'ils coiffèrent d'un même geste. Puis Charles et Jean-François s'écartèrent, pour que leur père pût offrir sa main à la marquise de la Pommeraie, qui venait d'apparaître. Derrière le couple tous les chasseurs descendirent sur la terrasse. Jeanne en compta vingt et un – dix-huit hommes presque tous en redingotes brunes ou beiges et trois amazones en jupes sombres et casaquins vifs bordés de fourrure. Auprès des chevaux de Charmont, s'alignèrent encore cinq cavaliers arrivés directement de leurs maisons du voisinage, dont la gracieuse comtesse de Saint-Girod, toute en rouge amarante festonné de martre, un minuscule tricorne-lampion coquinement penché sur l'œil gauche. Le curé de Chapaize se rapprocha d'elle. Lui aussi montait son propre cheval, son Ragotin adoré, dont il ne se séparait jamais. Bientôt, toutes les dames mises en selle, les chasseurs patientant botte à botte, le tableau fut beau à voir. Éclatant de couleurs, il comblait Jeanne d'un joyeux plaisir sensuel : c'était toute la palette d'un peintre opulent qui se mouvait dans le froid soleil du matin, sur le fond de pierre blanche du château pris entre le vert sombre de ses vieux buis et les noirs lointains de deux futaies de marronniers aux branches encore nues. Le départ semblait maintenant imminent et elle se demanda pourquoi, cette année, Pauline de Vaux-Jailloux ne suivait pas la chasse ? Son soufflet n'était pas là.

La belle dame de Vaux ne suivait les chasses que dans une voiture légère attelée de deux chevaux blancs pomponnés, que menait avec brio un cocher de vingt ans trop beau pour les mauvaises langues, aussi blanc que ses bêtes et, en plus, doré sur toutes ses coutures. Sans doute Pauline estimait-elle, sans se tromper, que son équipage d'une grâce exceptionnelle faisait un écrin parfait à sa molle beauté créole toujours parée de nuances pastel ? Il ajoutait, en tout cas, une touche de charme raffiné à la splendeur d'une compagnie montée. Jeanne était en train de regretter que le soufflet de Pauline manquât cette fois à la fête quand il apparut à l'angle droit du château, venant de la cour pavée, tournant sur la terrasse dans un bel arrondi, avec la dame penchée à sa portière, qui répondait aux coups de chapeau par des envols de mouchoir. En même temps, le bruit d'un galop bien enlevé arriva du chemin de terre conduisant à Vaux par Neuville. La jeune fille se retourna...

Le cavalier filait droit sur Charmont. Il traversa le rond-point des tilleuls sans prendre garde à Jeanne, qui le vit calmer son alezan avant de s'approcher du baron, sans doute pour s'excuser de son retard. Puis il se rangea à la suite de tous, juste devant la voiture de Pauline, laquelle se pencha de nouveau à sa portière pour lui sourire.

Jamais encore Jeanne n'avait vu à Charmont ce cavalier d'une rare et désinvolte élégance, pris dans une redingote gris de perle qui réhabilitait la redingote. Son assiette était parfaite, il semblait né centaure et devait avoir des jarrets d'acier pour pouvoir maintenir sur place et comme en se jouant son cheval superbe à la sombre robe de soie brillante, qu'il ne laissait qu'imperceptiblement danser sur ses fines jambes.

Qui était cet homme ? L'amant de Pauline ? Ce fameux chevalier Vincent de l'ordre de Malte dont Geneviève de Saint-Girod et sa sœur avaient parlé avec gourmandise et la baronne avec une tendresse dans la voix ? La curieuse n'eut pas le temps de s'interroger plus avant sur l'identité de l'inconnu : le baron de Bouhey venait de faire un signe à Baudouin, son chef d'équipage...

Les trompes flambèrent en tournoyant dans le soleil, la fanfare éclata, les couleurs du tableau s'ébranlèrent. Dans un grand bruit de joie la chasse se mit en route vers les étangs du Moulin, où était le rendez-vous. Debout sur son balcon, la baronne de Bouhey, emmitouflée dans un châle, saluait le départ avec un carré de dentelle. A toutes les fenêtres du premier étage des dames en bonnets de nuit agitaient la main et, en bas, étagés sur les marches du perron, les domestiques dévoraient le spectacle avec des visages épanouis de sourires. Même quand on ne vit plus rien, tout le monde demeura longtemps à écouter s'éloigner la chasse, jusqu'à ce que n'en parvînt plus qu'un grand silence au bout de la dernière rumeur.

Jeanne remonta l'allée, un peu triste. C'était toujours à ce moment qu'elle en voulait à Philibert de lui avoir appris à aimer la beauté vivante des chevreuils et des cerfs, lorsque à l'aube ils viennent prendre l'eau à la mare d'une clairière. Elle, qui adorait galoper sur tous les terrains par tous les temps, aurait voulu courre un cerf sans le forcer ni même l'affoler, pour le laisser s'enfuir ensuite ; en somme, elle aurait voulu « jouer à cache-cache avec lui », ainsi que le disaient en se moquant les jeunes de Bouhey. Mais cela ne se pouvait pas : tous les autres tenaient à tuer le cerf. Pour avoir une fois suivi une chasse jusqu'à l'hallali, elle savait que c'était le moment du meurtre rituel, à la fois sommet et apaisement de leur excitation croissante, que tous les chasseurs – les femmes comme les hommes – espéraient avec une passion viscérale en poursuivant leur proie. Elle avait vu avec horreur la meute hurlante cerner le cerf réfugié dans l'étang de l'Ormeau pour y attendre, en tremblant et en pleurant, le coup de couteau du marquis de la Pommeraie; les trompes avaient déjà sonné sa mort qu'il tressautait encore. Baudouin lui avait coupé le pied pour en faire l'hommage à la marquise. Athénaïs de la Pommeraie, muette et rayonnante, l'œil fixe et brillant, les narines dilatées, la nuque raidie, les lèvres entrouvertes, s'était arrachée avec peine à une jouissance dont l'intensité semblait l'avoir pétrifiée d'extase au bord de l'eau sanglante. Plus tard, Jeanne s'en était voulu de n'avoir pas fui dès que l'animal avait été rejoint, pour ne pas voir. Elle était restée malgré sa volonté et son dégoût, fascinée elle aussi par la haute couleur et le bruit – ces vives étoffes chamarrées qui tournoyaient, ces cuivres étincelants, ces cris, ces aboiements furieux et le son éclatant des trompes, tout ce tumulte multicolore qui faisait, de la mort d'une bête, une fête triomphale. Jamais plus elle n'avait accompagné les chasseurs, de peur de se laisser entraîner encore jusqu'au bout de l'affreux jeu. Mais sa décision ne l'empêchait pas de se sentir délaissée en regardant partir une chasse.

Elle allongea le pas en voyant que plus personne ne restait hors de la maison. Il lui fallait se presser si elle voulait se faire coiffer par le Niçois.

La chevelure de Jeanne, longue, lisse, épaisse, d'un magnifique blond de seigle parcouru de courants dorés et châtaigne, aurait eu intérêt à demeurer dans son état naturel, simplement retenue par un ruban de nuque ou remontée dans une bourse. La mode en décidait autrement. Aussi, bien que les jours ordinaires elle gardât ses cheveux « en garçon d'écurie » ainsi que le lui reprochait Delphine, se croyait-elle souvent tenue de se soumettre à la persécution du Niçois, « l'artiste » de Bourg, dont ni la réputation ni la fortune n'étaient plus à faire.

Bien que pour ce grand jour le perruquier fût arrivé à Charmont sur le coup de huit heures, à neuf il portait déjà sur toute sa personne l'allure affolée d'un homme qui n'aurait pas assez de temps pour en donner à toutes les têtes qui le réclamaient. Pour le moment il virevoltait autour de la baronne, l'étourdissant de son babillage et d'une envolée de gestes précieux.

La troisième grande spécialité du maître, après la frisure au fer et le poudrage à frimas, était le potin de Paris. En poudrant les voyageurs de qualité qui passaient dans les environs de sa boutique, le perruquier de Bourg recueillait le potin frais avec autant d'avidité qu'un jardinier recueille le crottin chaud, pour en farcir plus tard les oreilles de ses pratiques provinciales. Il se délectait le tout premier de ses ragots. Chuchotait les meilleurs passages, couvrait les crudités de points de suspension, mâchouillait les noms propres avec une hypocrite discrétion, redoublait certains mots comme l'aurait fait à Versailles un petit-maître à talons rouges, prenait un temps avant la chute de l'histoire, qu'il arrosait d'un rire de poule ayant enfin pondu son œuf :

— On raconte — on raconte, madame la baronne, je n'ai pas tenu la chandelle — que Grandval a eu la duchesse de Msssuust... La dame l'avait fait venir chez elle sous le prétexte de lui montrer sa galerie de peinture et alors, hi ! hi ! hi ! hi ! Quand elle s'est sentie aller la duchesse a soupiré, l'œil sur ses portraits de famille : « Ah ! Grandval, que disent mes grands aïeux s'ils me voient dans vos bras ? » et le sociétaire de la Comédie-Française de répondre gaiement : « Hé, madame, ils disent que vous êtes une put..., rien de pire ! » Puff ! ha ! ha ! ha ! Si madame la baronne voulait bien ployer le cou, j'ai là deux frisons indociles, bien indociles, oh ! les fripons ! Mademoiselle Pompon aurait-elle la bonté de me passer un papier pour que j'y essaie mon fer ? On dit aussi que les Comédiens-Français ont refusé les entrées gratuites à l'arrière-petit-fils de Racine. C'est bien ingrat, bien ingrat, ces gens-là sont chiens. Où est mon rasoir ? Je ne chauffe pas trop le cou de madame la baronne ? Oh ! que ce dernier frison-là me ravit, me ravit ! Mademoiselle Pompon, aurions-nous un miroir à main pour montrer son derrière à madame ?

Avant même d'avoir reposé le miroir, le Niçois pouffa derechef, « puff ! » avant de poursuivre son commérage au galop :

– Ce qui vient d'arriver à la Maisonneuve est d'un drôle, d'un drôle ! C'est à mourir ! Imaginez qu'en jouant *La Gouvernante*, dans le feu de son jeu la demoiselle est tombée et a laissé voir son... Que le public était donc content, mais content ! Il a fort fêté le c... de l'artrice. Et voilà qui fera en sus le bonheur des lingères : il paraît qu'un édit obligera désormais les comédiennes à porter des caleçons. Ha ! Se figure-t-on le lieutenant de police envoyant chaque soir ses exempts dans les théâtres pour y vérifier la chose ? Puff ! Hi ! hi ! hi ! Eh bien, mais ne voilà-t-il pas une fort jolie jolie petite tête, et qui semble bonne à poudrer ? Qu'en dit madame ?

Marie-Françoise, assise devant sa coiffeuse volantée de coton, subissait avec bonne humeur les coups de peigne, les tiraillements du fer et le déluge verbal du perruquier. Elle aimait bien le résultat de son martyre : le Niçois savait lui fabriquer une toute petite tête bouclée à la Pompadour, qui lui seyait.

– Ton avis, Pompon ? demanda-t-elle.

Au même instant, le perruquier poussa une volée de petits cris désespérés :

– Oh ! mon Dieu, mon Dieu, mon Dieu, mademoiselle, vos cheveux !

Jeanne venait d'entrer dans la chambre.

– Être si belle, mademoiselle, et laisser ainsi ses cheveux dans l'abandon ! Mais aujourd'hui, nous allons les arranger, n'est-ce pas ?

– Oui, dit Jeanne dans un soupir. Nous allons les tirer, les brûler, les graisser et puis les plâtrer.

– Oh ! mademoiselle, fit le Niçois, vexé.

– La tête de madame est très bien, ajouta Jeanne pour le consoler.

Pompon prit sur la toilette la seringue à parfumer, l'emplit d'eau de fleurs d'orange et aspergea la coiffure de sa maîtresse. Un délicieux arôme sucré envahit la chambre, et la baronne s'éventa, pour faire palpiter la senteur dont elle était friande. Elle acheva ensuite d'estomper son rouge. Depuis son installation définitive à la campagne elle avait renoncé au blanc et au noir mais non pas au rouge : elle se serait trouvée trop terne dans une assemblée de dames pleinement coloriées selon la mode ; toutefois n'employait-elle qu'un rouge atténué, que Pompon montait en dégradé jusque sous ses yeux pour en faire ressortir le gris un peu pâli par les années. Et elle ne se collait plus qu'une seule mouche sur la tempe – une « pensive ». Mais, pour les jours de fête, elle voulait sa tête en frimas.

— Ne coifferez-vous pas mademoiselle Jeanne avant de me poudrer ? demanda-t-elle. Ne vous serait-il pas avantageux de nous poudrer ensemble ?

— Je le souhaiterais, madame, je le souhaiterais, dit le Niçois.

— Très bien, dit Jeanne.

Elle cessa de se distraire avec les babioles de vermeil — ciseaux, canif, mouchettes, plissoir — qu'elle était en train de tripoter sur la toilette.

— Venez donc, dit-elle au perruquier. Mais je vous en préviens, nous ne crêperons pas. Vous me bouclerez en longueur, pour faire retomber en dragonnes sur le cou, à l'anglaise.

— Oh ! je vois que mademoiselle a lu les prédictions du *Mercure*, elle veut la mode de demain, gazouilla le Niçois, ravi.

Trois heures plus tard, le maître-perruquier de Bourg disposait de quatre têtes à point pour l'enfarinage. La baronne, Jeanne et deux invitées, la présidente Rochet de Chazot et la vicomtesse de Chanas, houssées de peignoirs de toile depuis le cou jusqu'aux chevilles, se dirigèrent à la queue leu leu vers l'escalier. Houppe en main, suivi de son aide qui portait le seau d'amidon, le maître fermait la marche. Comme on était dans un de ces jours où la poudre ne se ménage pas et que Marie-Françoise ne se souciait pas d'en voir inonder les chambres, les dames descendirent dans le vestibule du rez-de-chaussée, pour s'aller placer juste sous la cage de l'escalier. Arrivées là, elles enfouirent leurs visages dans des cornets de carton. Le Niçois, penché par-dessus la rampe du premier étage, contemplait sans rire l'installation de ses victimes. Enfin, d'un ton grave :

— Mesdames sont-elles prêtes ?

Il leva les bras, plongea dans le seau d'amidon et, à grands gestes de maestro inspiré, commença de faire dégringoler la neige à pleines poignées... En bas, délicatement, les flocons se posaient un à un sur les boucles encollées des dames, qui blanchissaient à vue d'œil.

— Ah ! criait le maître en toussant, pleurant, crachant, il n'est pas possible de vraiment bien poudrer d'autre manière. Il est vrai qu'en jetant ainsi on gâche, on gâche la poudre, mais comment donner à la houppe cette impalpable légèreté du frimas ? Même en jetant contre le plafond d'un cabinet, la poudre n'en retombe pas d'assez haut, ni avec assez de dispersion. Pour obtenir le résultat du ciel, il faut travailler à l'imitation du ciel ! Mesdames, je crois que ce sera bientôt fait... Là. Si vous acceptiez de lever un peu vos têtes vers moi ? Ah ! c'est exquis ! Exquis de naturel ! Je vous ai fait des cheveux aussi vaporeux que des œufs montés !

Lui-même était aussi blanc de farine que poisson prêt pour la friture, n'ayant jamais mieux mérité son surnom corporatif de merlan. Les quatre têtes de ses clientes étaient devenues quatre gâteaux de meringue. Cela pouvait être jugé ridicule, c'était pourtant ravissant sur la baronne. Le blanc avantageait aussi le visage fané de la vieille présidente, mais la vicomtesse aux joues rondes très rougies ressemblait maintenant à une poupée de porcelaine. Quant à Jeanne, si le poudrage ne l'enlaidissait pas, car sa beauté pouvait subir sans périr les modes les plus saugrenues, il l'empêchait pourtant d'être encore embellie par la couleur de cheveux chaude et moirée que la nature lui avait donnée.

La poussière retombée, Mlle Sergent poussa sous l'escalier deux filles de ménage armées de serpillières.

– C't'y pas malheureux, grommela une des filles, qu' tant d' farine elle soye perdue pour le pain ? Y en a ben trois bonnes livres par terre, sans compter c' qu'est resté accroché à mesdames et au merlan. Du tout, la Bellotte en aurait ben fait trois tourtes !

– Ne grognez pas, Toto, dit Jeanne avec gaieté. Même votre frère, celui qui est chez le maréchal-ferrant, se fait poudrer le dimanche pour aller danser.

– L' dimanche, c'est l' dimanche, ronchonna Toto, et i' va s' faire beau chez l' perruquier et i' lui laisse tout l' surplus d' la saleté dans sa boutique.

– Aujourd'hui, il faut être joliment gueux pour ne pas se mettre en blanc au moins le dimanche, dit le Niçois, qui sautillait autour de sa belle ouvrage. A Paris, le dimanche, on ne voit plus un cheveu de sa couleur de naissance, fût-ce sur la tête d'un portefaix. A Paris, tout se blanchit. On a même blanchi Notre-Dame ! Ha ! hi ! hi ! hi ! Je parle de l'église. Il paraît que bien des gens n'étaient pas d'accord, ils gémissaient qu'on retirait sa patine à la pierre, mais elle a dû y passer, hi ! Notre-Dame a été blanchie, tout aussi bien que la première dame venue, puff !

– C'est que nous sommes vraiment un peuple fou, dit la baronne. Nous vivons pour nos perruquiers, trop heureux d'échanger nos poignées d'écus contre leurs poignées de farine !

Le vieux comte Pazevin, qui arrivait aux nouvelles du tapage, sourit :

– Soyons-leur indulgents, mon amie. Sans nos perruquiers l'Europe ne serait pas française. Le régiment de Limousin s'est fait battre en Prusse, mais le régiment de Provençaux armés de rasoirs et de houppes qui est arrivé par-derrière a fait, lui, courber d'un coup toutes les têtes prussiennes ! Jusqu'aux fins fonds de la Russie l'étranger est aujourd'hui gouverné à la française, non par nos colonels, mais par nos perruquiers et nos cuisiniers – les uns et les autres s'égalant en renommée, puissance et tyrannie. Voyons, « maître », ajouta-t-il en se tournant vers le Niçois, croyez-vous que les dames vous laisseront assez de temps à perdre pour que vous puissiez coiffer ma perruque?

6

Les chasseurs rentrèrent à l'orée de la nuit, crottés, fourbus, radieux, ayant galopé leur soûl sur les routes fangeuses à travers bois et marécages, sautant les haies et les fossés, s'éclaboussant de la terre lourde et grasse des prés, s'accrochant aux ronces des fourrés, crevant leurs chevaux et malmenant leurs habits pour l'indicible jouissance de tuer deux fois.

Dès le matin un sanglier avait été forcé dans un cloaque, d'où la culotte de velours grise du curé de Chapaize était ressortie d'un vert de cresson superbe et le pelage d'une dizaine de chiens rouge de sang. Mais le reste de la meute, acharné, en voulait encore, et les veneurs aussi. Ils avaient donc décidé de courre, sans débotter, le cerf après le sanglier. Entre les deux hallalis la compagnie s'était restaurée sur le pouce dans le réfectoire d'un prieuré de bernardins, avec des gigots de mouton fondants arrosés d'un vin de Vougeot dont le curé de Chapaize et la marquise de la Pommeraie, tous deux bourguignons et connaisseurs de crus, s'entretenaient encore en attendant le souper :

– Ce vin venait de chez le père cellérier de Cîteaux, j'en suis certaine, disait Mme de la Pommeraie. Je l'ai reconnu. Personne ne sait, aussi bien que les pères de Cîteaux, vous faire boire un vin de Vougeot vieilli à point, ni trop ni trop peu.

– C'est que ce sont des pères fromagers, dit le curé de Chapaize.

– Les abbés de Saint-Claude ne sont pas mauvais maîtres de cave non plus, dit dame Charlotte de Bouhey, la belle-sœur de Marie-Françoise.

Dame Charlotte était chanoinesse de l'abbaye de Neuville, laquelle avait naguère dépendu des abbés de Saint-Claude. Elle ajouta :

– En partant, nos abbés nous ont laissé des chambertins presque centenaires, qui nous font des matelotes de brochets splendides !

– On boit fort joliment aussi chez les bernardins de la Ferté, observa le vicomte de Chanas.

Ce qu'approuva avec énergie le curé de Chapaize :

– Et pour nourrir leurs vins, ils ont de ces carpes dans leurs viviers ! J'en ai vu qui faisaient bien trente livres ! Farcies et mises au four...

Coincée entre M. de Chanas et dame Charlotte, Jeanne s'ennuyait à mourir. « Mon Dieu! pensait-elle, quand donc allons-nous danser? » Avant, il allait falloir traverser l'interminable souper de chasse, auxquels tous ces gens ne s'attableraient que pour se raconter, entre deux bouchées, leurs chasses et leurs soupers de chasse passés. Elle se dégagea poliment pour aller à la rencontre de son amie Marie de Rupert, qui venait d'entrer avec sa mère.

Plutôt que jolie, Marie était gracieuse. Paisible et cultivée, curieuse de sciences naturelles, la fille aînée d'Étiennette de Rupert avait été attirée par les connaissances botaniques de Jeanne et, depuis trois ans déjà, les jeunes filles étaient devenues très proches, herborisant ensemble, échangeant leurs petits secrets et leurs grandes pensées, chacune ravie de s'être trouvé une confidente de son âge : quinze ans.

– Il est dommage que ton fiancé ne puisse te voir ce soir, dit gentiment Marie, dès que Jeanne l'eut rejointe.

Le procureur Duthillet s'était laissé engluer à Lyon dans une difficile affaire de succession.

Jeanne fit la roue :

– Me trouves-tu bien?

– Je te trouve mieux que jamais, dit Marie. Et cela ne m'étonne pas; même quand un fiancé n'est pas là, il embellit une jeune fille. Du moins quand elle ne l'attend pas trop longtemps, ajouta-t-elle dans un sourire mélancolique.

Jeanne lui pressa la main. Marie était promise à l'un de ses lointains cousins, Philippe Chabaud de Jasseron, elle en était amoureuse et ne le voyait jamais. Le fringant lieutenant de vingt ans préférait attendre à Paris l'occasion d'attraper une commission de capitaine, sans laquelle jamais Mme de Rupert ne laisserait faire le mariage. Les Chabaud de Jasseron disposaient bien des seize ou vingt mille livres nécessaires à l'achat d'une compagnie, mais encore fallait-il en trouver une à vendre. Les acheteurs étaient devenus bien plus nombreux que les vendeurs et, si la guerre devait se terminer bientôt, cela n'arrangerait pas les espérances des jeunes officiers. Marie parlait de « la paix qui menaçait » comme d'une catastrophe.

– Eh bien, lui dit Jeanne pour la consoler de n'avoir pas Philippe, ce soir nous serons deux à être belles pour personne et tout le monde. Voyons un peu de quels danseurs nous disposerons...

Dans un bruissement de soies et de voix la compagnie coulait vers le festin. Un homme se détacha d'un groupe attardé dans un coin d'ombre et traversa seul le petit salon pour rejoindre le flot des invités. Jeanne tressaillit.

Le matin elle n'avait fait qu'apercevoir le chevalier Vincent, et il était à cheval. L'homme debout lui était donc inconnu et elle le découvrait. Comme pour complaire à sa curiosité, le comte Pazevin l'arrêta en pleine lumière, sous une torchère, pour l'entretenir un instant.

Haut de cinq pieds cinq pouces, les épaules larges et dégagées, la poitrine puissante, le maltais séduisait d'abord par l'aisance de sa démarche et de ses attitudes. Ensuite, il vous prenait avec ses dents. Le chevalier avait un grand sourire blanc aux canines pointues, qui éblouissait d'autant plus que son visage était bruni par l'air marin et sa bouche rouge sombre comme gonflée d'un sang maure. Le regard, d'un brun de café, luisait doucement. « L'œil n'a pas autant de feu que celui de Philibert, mais sans doute a-t-il plus de tendresse », pensa Jeanne. Et brusquement elle rosit, honteuse de sa comparaison : pouvait-on, ne fût-ce qu'une minute, comparer à d'autres yeux les yeux de Philibert ? Elle décida d'oublier l'homme pour l'habit.

Il était gris d'agate. Le chevalier, décidément, raffolait du gris. Coupé à la dernière mode encore inconnue en province, le vêtement tirait sur le frac à l'anglaise. Sans plis d'aisance, rétréci au contraire pour bien mouler le dos et la taille, il s'ouvrait largement sur une culotte collante du même ton, qui dessinait un ventre plat et de longues cuisses dures. On comprenait tout de suite, en regardant Vincent, pourquoi les moralistes indignés avaient baptisé « l'impudique » la nouvelle culotte à pont des tailleurs parisiens : on n'y pouvait vraiment pas cacher... un écu ! Sous le gris de l'habit chatoyait la soie jaune d'œuf d'une veste étonnamment courte, richement rebrodée. Les deux chaînes d'or de deux montres de gousset dépassaient de la veste-gilet, et c'était la première fois que Jeanne voyait cela. Jamais non plus elle n'avait vu de si belles boucles de souliers, si originales. Très larges, elle semblaient de jaspe jaune serti dans une bordure en dentelle d'argent. Tant d'élégance dernier cri, à la fois raffinée et provocante, et la manière aussi dont, pour compléter un geste, le chevalier se servait d'un mouchoir à glands, tout cela aurait senti d'une lieue son marquis tapageur, si ce marquis n'eût si fort senti l'aventurier. Ce coquet était un corsaire.

Corsaire ! Le mot seul étourdissait Jeanne. Il l'emplissait de tout l'indigo de la mer, cette inconnue qui lui manquait depuis toujours. Corsaire de Malte ! Le nom de l'île des voués chasseurs de Turcs nourrissait assez les rêveries des jeunes nobles de la province pour que la rêveuse Jeanne eût été, elle aussi, atteinte par sa magie. Autour de Charmont, quelle famille pouvant faire la preuve de ses huit quartiers de noblesse ne souhaitait, pour l'un de ses fils, un destin de maltais ? Dès le jour de sa naissance on sollicitait pour lui une place dans l'ordre prestigieux, aussi voyait-on des chevaliers « à la bavette » attendre l'âge d'embarquer sur les galères de la Religion pour « faire leurs caravanes » : quatre campagnes contre les infidèles, lesquelles, sous le règne de Louis le Bien-Aimé, étaient devenues des croisières de plaisance. En contemplant Vincent, Jeanne se ressouvenait de son enchantement lorsque, deux ou trois ans plus tôt, un autre maltais de passage à Charmont avait raconté ses caravanes. Dans la bouche du chevalier comte de Saint-Priest avaient défilé les paysages d'azur et d'or de la Sicile, de la Sardaigne, de Naples et de Valence, de Gabès et de Palma de Majorque... Des Turcs à convertir ou à sabrer, Saint-Priest n'en avait pas vu l'ombre, mais il savait tout des grands chapeaux de paille plats des jardinières d'Ibiza, de la pêche aux langoustes à Minorque, du macaroni à la napolitaine, des guitares espagnoles, des Siciliennes aux jalousies de feu, des nuits de Malte où l'on se baigne au clair de lune sur un fond de sable fin comme poussière de soie, des matins de Malte où l'on se promène, ébloui de lumière, sur la falaise ocrée qui tombe à pic dans la mer bleue, des après-midi de Malte qu'on donne à l'amour et des soirées de Malte qu'on donne au jeu. Ah ! la belle vie qu'avait décrite Saint-Priest ! Que musulmans et chrétiens fatigués avaient donc bien fait de décider, au bout de la longue haine sanglante, qu'en fin de compte la Méditerranée ne serait ni pour Allah ni pour Jésus, mais plutôt pour le commerce et le bain de mer ! Du passage de Saint-Priest au château Jeanne avait gardé de fascinantes images d'une île enchantée au climat africain, dont ses marins avaient fait une caverne d'Ali-Baba bourrée d'épices et de joyaux, de soies et de tapis, d'huiles et de parfums, d'indiennes multicolores et de fruits inconnus au goût de soleil. Le port de la Valette était le grand bazar exotique le plus proche de la France, et celui qui en arrivait en traînait sur lui l'attirante odeur orientale...

Jeanne sursauta, revenant de loin, quand Marie posa sa main sur son bras :

– Ne viens-tu pas souper ? Je pensais que tu m'avais suivie.

Elle ajouta, désignant Vincent du regard :

– Je vois par quoi tu as été retenue au passage. Il est certain que le chevalier fera le plus beau danseur de la soirée. Par chance, il danse beaucoup pour son âge. Il a déjà trente ans mais il se moque des usages, c'est un esprit libertin.

– Tu parais bien le connaître ?

— Je connais tout du chevalier Vincent, dit Marie en souriant. Tu sais que lui et madame de Vaux-Jailloux... ? Ma mère et Pauline se voient souvent, et moi, j'écoute ! Pauline, comme toutes les amoureuses qu'on laisse très seules, porte son amant sur le bout de sa langue. Il est rare de voir le chevalier à terre au printemps. Il paraît qu'il avait à faire à Versailles, chez monsieur de Choiseul.

— Il n'appartient pourtant pas à la Royale?

— Si, de temps en temps, quand son ordre le prête au Roi. Il revient justement de servir à la Royale. Pauline dit que le duc de Choiseul voudrait l'y garder, mais que le chevalier n'y tient pas. Le ministre courtise les corsaires, il en a bien besoin depuis que sa marine a été délabrée par les Anglais.

— Au fait, dit Jeanne, c'est le chevalier Vincent de quoi? Je n'ai jamais entendu son nom tout au long.

Marie se mit à rire. Elle riait comme sa mère, délicieusement, en colombe un peu grasse :

— C'est Vincent de Cotignac. Il est né dans ce village, au nord de Toulon.

— Je connais bien le nom de son village, où habite Gérard le botaniste, l'ami de monsieur Philibert. Mais j'ignorais qu'il y avait un seigneur de Cotignac.

— Vincent n'est pas le seigneur de Cotignac, mais son enfant adoptif, dit Marie.

Elle jeta un coup d'œil vers la porte et pressa le bras de son amie :

— Allons souper. Nous ne trouverons déjà plus à nous asseoir où nous voudrions. L'histoire du beau chevalier est assez longue...

La grande salle bruissait de plaisir. Rumeur de prélude, qui ne couvrait que par instants la mélodie allègre, un peu chantournée, d'un opéra-comique de Philidor venu du salon jaune et lilas où la baronne avait installé les musiciens.

Pour les grandes réceptions on utilisait une vaste pièce du rez-de-chaussée habituellement fermée, la seule dont la décoration eût été achevée par le bâtisseur du château. Les murs en étaient recouverts à l'ancienne d'un cuir de Cordoue tabac clair, sous un plafond à solives garni de pendentifs, peint en vert et rehaussé à l'or éteint. Trois tables de vingt couverts y avaient été dressées. Un gros feu flambant haut dans l'immense cheminée de pierre rosée, un lustre à pendeloques scintillant sous ses bougies et une profusion de flambeaux ciselés en rocaille éclairaient la salle d'un brasillement de gala, allumaient l'argenterie d'étincelles, faisaient luire, sur la blancheur des nappes, une faïence de Moustiers remarquablement peinte de scènes de chasse en camaïeu bleu. Quatre volumineux bouquets composés par Jeanne mettaient le printemps du jardin et de la campagne aux angles de la fête – œillets roses et jaunes forcés en serre, rameaux de saule bourgeonnés et branches d'églantines, tulipes de toutes les nuances, narcisses, primevères, grappes de lilas mauve et genêts flamboyants. On ne pouvait que sourire de volupté en s'asseyant à un festin si bien mis en scène.

Comme on se plaçait où l'on voulait, Jeanne et Marie se dirigèrent vers le coin des jeunes gens, s'amusant au passage de la bousculade courtoise qui avait lieu autour de la chaise de Pauline de Vaux-Jailloux. Ce mouvement de presse ne manquait jamais de se produire à une table où prenait place la belle dame née à Saint-Domingue d'un père officier de Louis XV et d'une mère indigène. La créole épanouie au teint de magnolia à peine fardé attirait une compagnie d'hommes comme une fleur mellifère attire un essaim de guêpes. Elle savait s'arranger pour montrer à ses voisins les trois quarts de ses seins, et ils en pouvaient voir le tout en se penchant un peu. La mode étant aux quatrains il en courait de lestes sur son compte – Pauline rimait si bien avec câline! Jeanne nota avec un certain agacement que Vincent s'asseyait juste en face d'elle, comme en face du plus beau spectacle qu'il pût choisir pour agrémenter la bonne chère du souper.

– Apparemment, dit-elle à Marie, le chevalier n'est pas encore fatigué de sa maîtresse après six ans d'usage. Il est vrai que Pauline est son pied-à-terre. Quand on vient chasser par ici on ne peut se loger mieux qu'au manoir de Vaux qui a deux cabinets de bains, un mobilier de salon neuf et un fort bon cuisinier. Ce confort doit avoir un charme fou pour un homme qui sort de bourlinguer.

– Tu parles de Pauline avec une perfidie! s'exclama tout bas Marie. Ne croirait-on pas, en t'écoutant, que son amant la garde par pure commodité?

– Ma foi... Quel âge a-t-elle? Elle est plus vieille que lui?

– Elle a trente-six ans. Mais je prédis que Pauline ne sera jamais une vieille dame, ou alors elle le sera comme le fut Ninon de Lenclos, au milieu d'adorateurs fidèles. Elle séduit tout le monde.

– Oui, fit Jeanne du bout des lèvres, je suppose que beaucoup d'hommes aiment ce genre de friandise un peu molle.

Marie fixa son amie :

– Pourquoi donc te montrer jalouse sans raison? Tu viens de me parler de la Pauline de Vincent comme tu me parles de la Marguerite de ton Philibert.

— Bah ! fit Jeanne, tu sais bien que j'aime à me moquer. Ne m'en punis pas, je t'en prie. Tu m'as promis l'histoire du chevalier...

On sentit arriver les potages et les oilles. A la table des deux amies, tous les jeunes chasseurs, affamés, voulurent de l'oille à la poularde, aux œufs et aux petits légumes. Les jeunes filles se firent servir de bisque d'écrevisses et Marie se pencha un peu vers Jeanne :

— Je te disais donc que Vincent est né à Cotignac, mais fort discrètement, dans une chambre de l'abbaye Notre-Dame-des-Grâces. Son père est demeuré tout à fait inconnu. Quant à sa mère, on la chuchote de noble famille, sans qu'aucun nom ait jamais été prononcé, mais on a dit aussi...

— On a dit aussi ?

— Il y a eu des bruits de roman ! Certains cueilleurs d'olives de Cotignac ont prétendu avoir aperçu plusieurs fois, dans le jardin de l'abbaye, une très jeune femme brune qui donnait le sein à son nourrisson en le couvrant de larmes et de baisers. Et l'un de ces paysans assurait la connaître, et qu'elle était une descendante du célèbre Misson. Si c'est vrai, on ne doit pas s'étonner que Vincent soit un bon corsaire : il a de qui tenir !

— Qui donc était Misson ?

— Le plus grand pirate provençal du temps de Louis XIV. Un gentilhomme de naissance bâtarde et qui aurait à son tour laissé un bâtard à Marseille avant de s'embarquer, lequel aurait fait souche, jusqu'à la mère de Vincent. Si toute la légende de Misson est exacte, alors il a été un marin d'exception, tant par l'ampleur de ses prises que par son panache, son esprit et son humanité. Il avait, paraît-il, choisi la piraterie comme on choisit la liberté. Sur les vaisseaux qu'il commandait il faisait remplacer le pavillon noir à tête de mort par un pavillon blanc portant le mot « Liberté ». C'était un pirate philosophe.

Jeanne eut un petit sourire ironique :

— Il n'en capturait pas moins les vaisseaux des autres ? Le pirate était philosophe mais le philosophe n'en était pas moins pirate ?

— Il faut bien faire son métier, dit Marie. Mais il le faisait honnêtement.

— Honnêtement : le joli mot pour un pirate !

— Mais si. Il ne prenait que les cargaisons, laissant repartir les navires après le pillage.

— Et il rendait leurs bijoux aux dames, ajouta Jeanne, sarcastique.

— Voilà ce que je ne sais pas, reconnut Marie. Mais je sais — enfin, je te raconte ce que raconte Pauline — on sait que s'il trouvait des esclaves à bord d'une de ses prises, Misson les libérait. C'était comme un maniaque de la liberté. Vincent a eu des ennuis avec le grand maître de son ordre pour avoir agi de même et relâché des nègres. Peut-être n'a-t-il fait qu'imiter son célèbre ancêtre?

– Croit-il à ce point à sa filiation?

Marie eut un geste d'ignorance :

– Pauline dit que Vincent est secret sur ce point, mais elle croit qu'il n'a jamais retrouvé la trace de sa mère. Car elle a bel et bien disparu. Son fils n'avait pas trois mois quand il a été remis au curé de Cotignac, qui accepta de l'élever. Une forte dot accompagnait le paquet emmailloté. Quand Vincent a eu huit ans, les jésuites de Malte l'ont reçu dans leur maison – pourquoi? grâce à quelles protections occultes? Il a fait de brillantes humanités. Mais il brillait aussi en mathématiques, en astronomie, en dessin, en tout. Si bien qu'il n'avait pas quinze ans quand on l'a embarqué cadet sur un vaisseau du Roi. Il s'est vite fait remarquer. C'était un grand marin de naissance, un de ces capitaines dont on dit qu'ils « sentent » la mer.

– Puisqu'il était au Roi pourquoi est-il passé chez les corsaires?

– C'est un ambitieux. Chez les corsaires un bon marin commande vite et s'enrichit vite.

– Je ne m'explique toujours pas comment il est arrivé dans l'ordre de Malte ? Sans père ni mère, où a-t-il trouvé ses quartiers de noblesse? Son père a reparu?

– Non pas. Pas au grand jour en tout cas. Aussi Vincent n'est-il pas chevalier de justice, mais chevalier de grâce – reçu par grâce. L'Ordre reçoit ainsi certains roturiers, dont les qualités de marin sont jugées hors du commun. Un bon corsaire peut rapporter gros. Le chevalier Vincent est un bon corsaire : il n'aime pas les beaux combats.

Jeanne haussa les sourcils, étonnée :

– Est-ce une qualité pour un corsaire?

Marie fut empêchée de répondre par les valets qui venaient desservir le relevé : des saumons cuits sur gril qu'on avait servis après les potages il ne restait que les lits de feuillage. On apporta les entrées : un sauté de turbot à la crème, des anguilles à la tartare, un ragoût de blancs de volailles aux mousserons, des concombres de serre farcis à la moelle, un salmis de canetons et des couronnes de pigeonneaux confits emplis de marmelade de chocolat.

La compagnie était maintenant fort animée; on n'entendait presque plus les violons. Les laquais qui portaient à boire ne cessaient d'aller et venir entre leurs maîtres et les dessertes où ils prenaient le vin. Une fois de plus la baronne de Bouhey avait réussi sa fête. Dans un beau décor elle offrait une débauche de succulence à ses hôtes. Ses hôtes, en retour, lui offraient leur plaisir d'être là, leur gourmandise, leur esprit, leur élégance. Les soies et les velours, la richesse des broderies et des dentelles, l'éclat des passementeries d'or et d'argent, les feux des diamants et des pierres précieuses, tout se conjuguait pour donner à l'assemblée un luxe enchanteur, auquel le « frimas » répandu à profusion sur les têtes ajoutait un précieux raffinement d'harmonie — il fallait bien le reconnaître, en dépit de la mauvaise humeur que donnait, aux médecins et aux moralistes, le règne des perruquiers.

Jeanne eut envie de féliciter la baronne d'un sourire, mais ne put accrocher son regard ; à l'autre bout de la salle l'hôtesse causait avec son voisin, le marquis napolitain Caraccioli. A sa table se trouvaient aussi Vincent — dont Jeanne ne voyait que le dos — et Pauline, couvée sur sa gauche par l'armateur Pazevin et sur sa droite par le procureur général Basset de la Marelle. On aurait juré que les deux gentilshommes s'étaient galamment donné le mot pour se vêtir, l'un en velours noir et l'autre en velours vert laurier, afin de mieux faire ressortir le satin fleur de pêcher du demi-corsage de Pauline. Sur la belle créole s'accumulaient les œillades des hommes comme sur le beau maltais s'accumulaient les œillades des femmes. Les deux amants se partageaient à merveille la popularité de leur table. « Ils m'agacent », pensa Jeanne une seconde fois, et une seconde fois sans raison. Elle s'obligea à ramener son regard sur Marie, qui se régalait d'anguille :

— Garde-toi de l'appétit pour le rôt, lui dit-elle sans pitié. Quand tu manges tu ne dis plus un mot, et je voudrais savoir pourquoi la fuite devant le combat est une qualité de bon corsaire. Ce Vincent qui n'aime pas combattre n'est peut-être qu'un lâche?

— Je n'ai pas parlé de fuite mais de prudence, protesta Marie, quittant son anguille à regret. Pour ce que je sais par Pauline du métier de corsaire, il consiste à prendre les cargaisons sans casser les vaisseaux. L'ordre de Malte ne s'intéresse plus ni à la gloire, ni au panache, il s'intéresse à la marchandise. En bonne logique il préfère donc les corsaires prudents aux foudres de guerre.

— Et donc, ce beau Vincent n'est rien de plus qu'un épicier de mer ?

— Je le crains, dit Marie. Il est très riche. Il vient de se faire construire une frégate avec les plus beaux bois, les plus belles toiles, les plus beaux cordages. Il paraît que sa frégate est une perfection, dont il est amoureux fou.

– Un chevalier de Malte peut donc posséder un vaisseau à lui ?

– On dit que les chevaliers de Malte ont tous les droits, dès l'instant que leur grand maître encaisse sans faute dix pour cent de toutes leurs affaires de mer ou de terre. Le grand maître dépense beaucoup, il doit faire rentrer beaucoup. Les maltais ont leurs œuvres et, en plus, le goût de la munificence. Cela ne se voit-il pas ? Ne trouves-tu pas que le maltais que nous avons parmi nous cette nuit est d'une élégance... resplendissante ?

– Oh ! mais j'adore cela ! s'écria Jeanne avec tant de sincérité que Marie pouffa de rire.

Comme Marie avait un rire roucoulé contagieux, Jeanne l'imita et leurs voisins s'y mirent aussi, sans même s'informer de quoi l'on riait : tout le monde avait déjà un peu bu.

Pour moitié leur tablée était composée de jeunes amis. Les jumeaux d'Angrières, deux jolis cœurs en satin turquoise, s'étaient placés aussi astucieusement qu'ils savaient le faire, entre trois héritières, Madeleine Charvieu de Briey, la fille unique d'un gentilhomme-verrier de Lorraine, et les deux petites-nièces de Mme de Bouhey, Anne-Aimée et Marie-Louise Delafaye. Tout juste sortis de pages, à dix-huit ans les d'Angrières avaient appris à la Grande Écurie de Versailles tout ce qu'on y apprenait aux pages : le goût des duels, des femmes, du jeu, du vin, de la paresse, de la toilette et de l'impertinence, toutes choses qui vont bien avec l'or, dont ils n'avaient pas un louis, aussi s'arrangeaient-ils pour toujours côtoyer de grosses dots. Assise en face de Jeanne, Émilie de la Pommeraie paraissait s'amuser beaucoup du manège des jumeaux, ses cousins. Elle ne pouvait pas compter sur ses proches voisins pour la distraire : par-dessus sa fine petite tête de chanoinesse de quatorze ans, Charles de Bouhey et Hector de Chanas, deux veneurs enragés qui chassaient depuis leur enfance, s'éclaboussaient mutuellement du sang de leurs meurtres passés ; sanglier, cerf, loup, chevreuil, renard, toute bête sauvage un peu grosse leur était bonne pour y plonger le couteau avec force détails. Écœurée de les avoir écoutés un moment, Jeanne se retourna vers Marie :

– Tu verras qu'en dépit de leur adresse à charcuter, pas un des deux n'aura l'idée de servir Émilie d'un peu de bœuf. Ils n'aiment que le travail de boucherie inutile.

Un grand plat de rôt venait d'être posé au centre de la table et c'était une pièce de bœuf garnie de bouchées à la moelle, de feuilletés de ris de veau et de tartelettes à la mousse de jambon. Il était encore inhabituel de faire servir de la viande de boucherie à un grand repas, aussi tous les yeux allaient-ils vers ce nouveau chef-d'œuvre de maître Florimond, dédaignant les carpes braisées des bouts de table et les buissons de goujons frits qui les flanquaient.

Jeanne ne grignota qu'une bouchée à la moelle et attendit les entremets.

– Tu manges trop, redit-elle à Marie. Tu ne pourras plus danser.

– Tu me tyrannises ! se plaignit Marie, fâchée. J'ai contenté ta curiosité, laisse-moi contenter ma gourmandise.

– D'autant qu'il n'y a pas mieux à faire pour le moment, lança Émilie à travers la table. Il est même heureux qu'aujourd'hui les demoiselles mangent, parlent et ne chantent plus. Hier, quand c'était la mode du contraire, qu'elles devaient en silence bouder les bonnes choses pour paraître distinguées et filer la romance après un dessert dont elles n'avaient pas goûté, quel calvaire ce devait être que d'endurer un grand souper de chasse !

Dieu merci, le plus long des soupers finit tout de même par en arriver aux desserts. Pour accompagner ses œufs à la neige, Jeanne demanda un verre de vin d'Espagne et en fit porter aux jeunes filles de sa table. Trois ou quatre valets tanguaient : ils avaient trop souvent porté à boire à des maîtres sobres, qui leur avaient rendu le verre en n'y ayant que trop peu bu ! L'un d'eux, très jeune, très brun, très beau d'une beauté de fille, ne cessait de sourire, béatement, comme si le vin de Bourgogne l'avait transformé en ravi de crèche. Sa joie naïve amusa Jeanne, qui le désigna à Marie.

– C'est Mario, dit vivement celle-ci. Il est à Vincent. Si son maître le voit dans cet état, il aura de la cravache. Oh ! pour la forme. Mario est un orphelin de Cotignac. Il venait d'avoir huit ans quand le chevalier l'a embarqué mousse avec lui mais, tout de suite, il a dû le prendre comme valet ; le petit avait le vertige et ne pouvait pas grimper aux mâts. Avec les années Mario est devenu l'ombre de son capitaine, qu'il ne quitte jamais. Pauline en est jalouse. Elle prétend qu'il baigne, coiffe, poudre, habille et parfume Vincent avec des mains d'amante.

– Mario est peut-être une fille déguisée en garçon ? suggéra Jeanne. Je m'habillerais volontiers en valet, moi, pour avoir le bonheur de naviguer.

– Jeannette, dit Marie, tu as toujours beaucoup trop rêvé de la mer. Je ne pense pas que le sort d'une femme sur un vaisseau corsaire soit si...

Elle fut interrompue par une question d'Émilie, qui n'en pouvait plus de s'ennuyer :

— Croyez-vous, Jeannette, que madame de Bouhey donnera bientôt le signal du bal ?

Comme, passé vingt-cinq ans, les hommes ne dansaient plus guère, pour le bal la baronne invitait toujours quelques jeunes officiers du voisinage, qui évitaient aux jeunes filles le déplaisir de faire tapisserie. Denis Gaillon, le fils de son intendant, venait aussi.

Denis dansait si bien qu'il avait toujours été le cavalier préféré de Jeanne. Mais, depuis ses fiançailles avec le procureur de Châtillon, Denis boudait Jeanne. Il faisait même pire : il la méprisait. Le sachant amoureux d'elle depuis toujours elle aurait admis sa colère, mais son mépris, elle ne le lui pardonnait pas. De quel droit se permettait-il de la juger ? L'imbécile ! Il vivait en culottes, lui, il trouverait à monnayer le talent de chimiste qu'il s'était découvert au collège de Trévoux, il n'aurait pas à se vendre à une veuve bien rentée. Elle avait décidé d'ignorer Denis, de rendre mépris pour mépris mais, en dépit d'elle, cette brouille lui ternissait le plaisir de sa nuit de bal. Son père d'abord, M. Philibert ensuite, et maintenant Denis : trois amours dont elle s'était cru assurée pour toujours et qui l'avaient quittée, qui la quittaient. Elle marcha moins vite qu'à son ordinaire vers la musique de gavotte du grand salon.

Dans la salle du souper beaucoup de dames demeuraient encore assises, à refaire sans façon leur beauté en bavardant, leurs boîtes à rouge et à mouches ouvertes sur les nappes. La comtesse de Saint-Girod se leva au passage de Jeanne, qu'elle retint par le bras :

— Je pense que vous aurez l'occasion de voir le docteur Aubriot avant moi, qui pars bientôt pour l'Italie. Puis-je vous charger d'un papier à lui rendre, qu'il a laissé tomber chez moi ?

Elle tira de sa poche une feuille pliée en quatre et la remit à Jeanne en achevant d'un air entendu :

— Je lui avais fait demander de passer me voir avant de retourner à Belley. Vous savez, n'est-ce pas, que j'ai des vapeurs que lui seul parvient à guérir ? Ce papier ne presse pas, comme vous le verrez ; ce n'est qu'un aide-mémoire, et jamais il n'a eu besoin d'aider sa mémoire.

Geneviève attendit que Jeanne la quittât pour la rattraper d'un mot :

— Au fait, sans doute savez-vous déjà que sa femme est heureusement accouchée d'un garçon ? Un fils. Notre Philibert doit délirer de joie.

Jeanne attendit d'être remontée dans sa chambre pour déplier la feuille. C'était une liste de prénoms masculins et féminins, dont l'un avait été souligné : Michel-Anne. Elle eut l'intuition, aiguë comme un coup de poignard, que c'était là le prénom qu'on donnerait au bébé qui venait de naître à Belley en Bugey. Voilà donc à quoi s'occupait l'un des savants du siècle en regardant grossir l'horrible ventre de sa femme : il essayait des noms de baptême sur une page de cahier, comme n'importe quel rustaud de village fier de son œuvre de papa !

Ses yeux la brûlaient, figés sur la feuille où s'étalait l'écriture chaotique de Philibert, hérissée de majuscules écrasées par une plume mal taillée. Elle n'avait pas de larmes. Rien qu'une grande sécheresse. Elle souffrait d'une douleur dure, impossible à fondre. Jamais avant cette nuit elle n'avait pensé à l'enfant de Philibert : elle n'avait pensé qu'à l'enfant de Marguerite. Et là, devant cette page noircie de prénoms, elle découvrait que Philibert aussi avait désiré, attendu, rêvé un petit garçon qui s'appellerait Michel-Anne, qui aurait des yeux comme ci, des cheveux comme ça, deviendrait un petit bout d'homme qu'il prendrait par la main pour l'emmener dans la campagne et lui apprendre les noms des fleurs... A travers une épaisseur de cinq années elle sentit la grande main chaude de Philibert emprisonner sa main de petite fille pour la conduire jusqu'au potager du château. Était-ce possible, était-ce croyable, que demain il pût donner à Michel-Anne ce qu'il avait repris à Jeanne ?

Elle ouvrit violemment la fenêtre. Une jalousie de feu tournoyait en elle, l'incendiait. Goulûment elle avala l'air froid de la nuit, but un verre d'eau par-dessus. Il fallait descendre danser, pourtant. Marie et la baronne devaient commencer à la chercher des yeux, et Geneviève à se réjouir de l'avoir envoyée pleurer. Dire que Philibert avait pris ce scorpion, cette peste dans ses bras, qu'il l'avait embrassée, qu'il l'avait... oh !

De repenser à toutes les infidélités que Philibert lui avait faites depuis qu'ils se connaissaient la remit dans une rage active. Elle se vérifia dans son miroir. Ni le chagrin ni la colère n'avaient empoisonné sa beauté. Des deux robes de petite soie qu'elle possédait elle n'avait pas choisi la plus neuve mais celle, rayée de rouge et de blanc, qui s'harmonisait le mieux avec ses cheveux poudrés. Pour trop apprêtée qu'elle fût sa coiffure ne lui déplaisait pas, avec la discrète garniture de toutes petites plumes rouges qui en avivait l'éclat neigeux. Et, enfin ! on ne voyait plus les os de son décolleté, on ne voyait plus que du moelleux ambré, gonflant à la lisière du corsage. Elle se trouva très femme, au point qu'elle osa parfaire son maquillage en passant voler une mouche sur la toilette de la baronne, pour se la coller » en enjouée » dans le pli de son sourire. Et tant qu'à faire elle souligna, d'un fin trait bleuté, deux veines de ses tempes : cela faisait sang-bleu-affleurant-sous-peau-fine.

7

Prête à passer la porte du salon jaune et lilas elle s'arrêta, saisie par le son d'une voix d'homme. Elle était sensible aux voix et, que celle-ci fût la voix du chevalier Vincent, elle n'en douta pas un instant. Elle venait d'un larynx musclé. Gaie, tonique, ronde, placée dans le médium, enrichie d'harmoniques bronzées, la voix de Vincent devait pouvoir porter loin. Jeanne l'imagina cornant ses ordres dans le vent d'une tempête et, impulsivement, au lieu de courir au plus vite à la danse, elle s'assit derrière le paravent de papier japonais.

Les causeurs ne l'avaient pas vue entrer et continuaient de parler « boutique ». L'armateur Pazevin, superbe dans son habit de velours vert laurier, chaque joue vermillonnée d'un pied de rouge, interrogeait le corsaire :

– Ferez-vous courir votre *Belle Vincente* dès cet été ?

– Je compte la promener. C'est une mariée, je veux faire doucement sa connaissance. Comment l'avez-vous trouvée ?

– Splendide ! Mon cher chevalier, ce n'est pas une mariée, c'est une maîtresse.

– Vous dites vrai, puisqu'elle m'a ruiné ! Je n'ai plus que des dettes.

– Bah ! dans ce pays-ci, plus on doit, plus on s'ennoblit.

– Diable ! dit Vincent en riant, je devrais déjà me sentir duc et pair : je viens de faire monter vingt-quatre canons dont pas un n'est payé !

– Vingt-quatre canons sur un trois-mâts de trois cents tonneaux ? Vous pouviez monter plus ?

– C'est bien assez. En course, Dieu n'est pas du côté des batteries les plus lourdes. Dieu est avec le vent, qui a gagné plus de batailles que Duguay-Trouin lui-même.

– Ne soyez pas si modeste, chevalier. Je tiens le capitaine de *Belle Vincente* pour un excellent risque à prendre, quelle que soit la force de son artillerie. Si vous avez besoin de capitaux... Je vous trouverai autant d'actionnaires que vous en voudrez. La mer est à la mode.

– Oui, dit Vincent, tous les bourgeois d'aujourd'hui en rêvent, mais leurs rêves ont deux siècles de retard. Ils ne se consolent pas d'avoir manqué la course aux galions espagnols. Jamais un bourgeois n'a conversé plus de cinq minutes avec moi sans me parler d'un convoi d'or comme de son songe préféré. J'oublie de lui répondre. Je ne vais pas l'amputer de ses belles espérances en lui apprenant que je laisse bien poliment passer le convoi d'or ou d'argent qui marche escorté d'une demi-douzaine de navires de guerre, pour attendre le vaisseau marchand que je prierai, toujours bien poliment, de me donner ses chaussures, ses porcelaines, ses draps ou ses clous.

— Si vous n'avez pas envie d'associés bourgeois, j'ai une noble dame à vous proposer, dit l'armateur.

— Jeune ? Belle ?

— Chevalier, c'est une partenaire de négoce que je vous propose !

— Vous le croyez. Moi, j'ai l'expérience ! Il y a à la fois de l'épicière et de la poétesse chez une dame qui désire spéculer sur un navire aventurier. L'épicière veut des écus et la poétesse veut le corsaire.

— Voyez donc qui vous venez de définir pour cette fois, dit le comte Pazevin en souriant et en pointant le menton vers la chanoinesse Charlotte de Bouhey, qui s'avançait vers eux.

La vive musique d'une gigue qu'avaient dû réclamer les plus jeunes des danseurs vint sauter autour de Jeanne. Mais pour rien au monde elle n'aurait bougé de sa cachette. Jusqu'ici, la mer avait été pour elle une immensité bleue sur laquelle elle fuyait vers de vagues paradis botaniques. Les paroles du corsaire — si peu de mots pourtant — lui faisaient à présent entrevoir la mer comme un pays sur lequel on peut vivre. A quelques mètres d'elle se tenait un homme d'un autre monde, qui devait savoir sentir la vie marine sous ses pieds comme elle savait sentir la vie terrestre sous les siens.

— Eh bien, chevalier, disait dame Charlotte, le comte vous a-t-il fait part de mes ambitions ? Je suis fatiguée de compter mes rentrées en coupées de bois, en gerbes de seigle et en menues dîmes. Fatiguée d'être en procès avec les seigneurs et les curés de notre voisinage pour un bout de pré ou trois pieds de vigne.

— Hé, madame, aujourd'hui qui vit sans procès ? répliqua l'armateur d'un ton léger. Notre siècle est procédurier, voyez comme ses gens de justice sont gras.

— Je ne puis plus souffrir la chicane, dit la chanoinesse. Pensez qu'en 1762 nous en sommes encore à nous battre pour un droit de froment sur un champ, qui se discute entre Neuville et Cuet depuis 1556 ! La terre est maintenant trop habitée. Comment garder ses biens et augmenter ses bénéfices dans un royaume peuplé de plus de vingt millions de gens qui veulent tous s'enrichir ? Se tourner vers la mer n'est-il pas affaire de raison ?

Vincent eut un geste du mouchoir, amusé :

– Sans doute, madame, ne le voit-on pas de Neuville, mais la mer est aussi bien encombrée déjà.

– Voyons, dit dame Charlotte en baissant le ton, n'avez-vous pas, entre marins français, quelques bonnes routes secrètes ignorées de l'étranger ?

Les yeux de Vincent pétillèrent. Il eut, pour la chanoinesse, son plus grand sourire blanc, éblouissant :

– Je sais que je vais grandement vous surprendre, madame, en vous révélant que jamais je n'ai cherché l'alizé qui me sortirait du Pot-au-Noir de l'Équateur sans apercevoir un Anglais, un Hollandais ou un Espagnol qui le cherchait exactement au même endroit que moi ! La chose paraît à peine croyable à nous autres Français mais, voyez-vous, l'étranger aussi a des compas et même des pilotes qui savent s'en servir. Et je vous promets, madame, que la mer des Caraïbes est aussi grouillante de mauvaise compagnie que les allées des Tuileries à l'heure de la promenade.

Dame Charlotte ne se tint pas pour battue :

– Reste, chevalier, que mauvaise compagnie ou pas, vous passez sans doute où vous voulez ? Cela se sait, que nos corsaires sont les meilleurs du monde, acheva-t-elle avec autant d'assurance qu'un gazetier l'aurait écrit dans *La Gazette de France.*

Vincent fit un petit salut comique :

– Si messieurs les Anglais voulaient bien le croire autant que nos dames de France, nous ne serions pas en train de perdre toutes nos colonies, dit-il.

– Perdrons-nous vraiment tous nos comptoirs indiens ? demanda le procureur Basset de la Marelle, qui venait de se joindre au groupe des causeurs.

Un petit cercle s'était peu à peu formé autour de l'armateur et du corsaire. Depuis que la guerre contre l'Angleterre s'éternisait sur différents fronts du monde, la discussion sur les affaires d'outre-mer était très prisée. Non qu'on se souciât tant du sort de l'Inde et du Canada puisque, mis à part les notables des chambres de commerce et quelques originaux à longue vue, tous les Français de 1762 étaient anticolonialistes – même les négriers de Lorient ou de Bordeaux qui faisaient fortune en traitant du bois d'ébène * ! Toutefois les anticolonialistes de salon auraient-ils préféré perdre l'Inde et le Canada en sachant les troupes françaises victorieuses à Pondichéry et à Québec. Ce n'était pas une question de logique, c'était une

* Esclaves noirs.

question d'honneur. En se faisant tuer devant Québec le marquis de Montcalm avait lavé l'honneur français, aussi ne parlait-on plus guère des terres canadiennes perdues. Mais aux Indes, le gouverneur Lally-Tollendal à bout de résistance s'était contenté d'ouvrir les portes de Pondichéry, aussi lui en voulait-on férocement.

– Rien ni personne ne peut plus sauver l'Inde, dit Vincent. C'est trop tard.

– Notre armée n'est pour rien dans cette défaite, trancha d'un ton abrupt le marquis de la Pommeraie. Lally avait déjà perdu l'Inde par sa mauvaise administration. Après avoir fait la preuve de son incapacité il a fait la preuve de sa lâcheté, c'est aussi simple que cela.

Vincent jeta à M. de la Pommeraie un regard si furieux que Pazevin, qui le vit, se hâta de prévenir une réplique cinglante :

– Je crois, mon cher marquis, dit-il à la Pommeraie, qu'il nous est difficile de juger le comte de Lally sans avoir été enfermés avec lui dans Pondichéry.

– Enfermés sans soldats, sans munitions et sans vivres, compléta sèchement Vincent. Enfermés et oubliés du Roi et de la nation. Certes on n'est pas lâche de ce côté-ci de l'eau, mais on est distrait.

– Et la marine n'a rien pu faire pour dégager monsieur de Lally ? demanda étourdiment la vicomtesse de Chanas.

D'une chiquenaude de son mouchoir Vincent épousseta de sa manche un pétale d'églantine, sourit et dit avec une douce ironie :

– De quelle marine parlez-vous, madame ? Je vous assure que la marine anglaise a fort bien fait débucher Lally de Pondichéry ! Une bien belle escadre : quatorze vaisseaux de ligne croisant devant le port... Un beau spectacle.

– Quoi, chevalier ! vous y étiez ? s'exclama Mme de Chanas.

– Oh ! je n'étais pas tout près, madame. Mais à la longue-vue, je voyais très bien.

Un silence pesa dans l'air. Dans le groupe des causeurs, mis à part Mme de Chanas, pie frivole qui ne savait jamais rien, personne n'ignorait d'où revenait Vincent, et chacun avait évité avec soin de poser des questions gênantes au corsaire rescapé d'une défaite. Mais pour l'instant c'était le corsaire qui semblait le moins gêné, et aussi bien sûr Mme de Chanas, pressée d'être toujours plus aimable en s'enfonçant dans sa bévue :

– Mais enfin, dit-elle bien haut, comment se fait-il que nous ayons perdu une bataille navale où vous étiez, chevalier ?

Comme enchanté du compliment, le chevalier s'inclina devant la vicomtesse.

– Voyez-vous, madame, expliqua-t-il sur le ton patient qu'on prend pour une enfant, le sort d'une bataille navale dépend également du nombre de vaisseaux et de canons engagés de part et d'autre.

– Je comprends, chevalier, dit Mme de Chanas en s'appliquant à une mine sérieuse. Et les Français avaient moins de canons que les Anglais ?

– Madame, j'en avais seize, dit Vincent.

Il y eut un mouvement de surprise dans le cercle et le procureur Basset de la Marelle intervint :

– Voulez-vous dire, chevalier, que vous vous êtes trouvé seul devant l'escadre anglaise ?

– La solitude est la vocation d'un vaisseau corsaire, dit Vincent. Il en fait souvent sa fortune, mais rarement devant les canons de toute une escadre ennemie.

– Mon Dieu, mon Dieu, gazouilla Mme de Chanas, quelle sensation inouïe cela doit être pour un capitaine que de se sentir seul maître à bord de son vaisseau dans une situation aussi tragique ! Et que peut-on faire alors, chevalier ?

– Si l'on est fou on coule, si l'on est sage on fuit, dit Vincent, toujours avec le sourire.

– Oh ! Oh ! je ne... je ne voulais pas dire... enfin je ne crois pas un instant..., balbutia Mme de Chanas.

L'héroïsme inutile était tellement à la mode dans l'aristocratie militaire de Louis le Bien-Aimé que tous les yeux s'étaient pudiquement détournés du capitaine qui venait d'oser avouer qu'il ne s'en servait pas.

Pauline de Vaux-Jailloux sauva la situation :

– Ne croyez-vous pas, jeta nonchalamment la créole, que nous sommes bien mal élevés de parler si longtemps de politique coloniale dans le salon de madame de Bouhey ?

– Vous avez ma foi raison, s'empressa de dire dame Charlotte. Et tout cela par ma faute, parce que je voulais commercer avec la France d'outre-mer. Mais avons-nous encore une France d'outre-mer ?

Le marquis Caraccioli prit la parole :

– Il n'y aura jamais de France outre-mer, madame, car il n'y aura jamais de société française outre-mer. On prête au duc de Choiseul l'envie de se refaire une marine pour refaire un empire à la France, mais votre ministre ne pourra peupler ses terres lointaines que de canaille, je vous le prédis. Pourquoi des gens de qualité s'iraient-ils perdre là-bas alors que leur pays d'ici est le plus doux du monde ?

– Il y a de belles places ailleurs aussi, nota Vincent.

– Mais la plus belle place du monde est la place Vendôme ! s'écria Caraccioli, vibrant de sincérité. Paris, chevalier, Paris ! Peut-on quitter Paris quand on y a goûté ? C'est par une monstrueuse erreur de la nature que je suis né à Naples.

– Et j'en dis bien autant, soupira l'abbé Galiani, le secrétaire du marquis. Je viens de croiser à Genève le chevalier Casanova qui courait vers Lyon, et pendant tout un dîner nous sommes tombés d'accord sur le point qu'on ne vit qu'en France ; ailleurs on végète. Au reste, écoutez le bruit que font les jésuites que votre ministre en veut chasser ! Je les comprends. Monsieur de Choiseul serait moins cruel en les pendant qu'en les exilant. Mieux vaut mourir en France que vivre ailleurs.

– A propos des jésuites, où donc Choiseul en est-il avec eux ? demanda le conseiller Audras. On prétend que la marquise de Pompadour veut aussi leur ruine avec fureur. Qu'en dit-on à Paris ? Fermera-t-on ou ne fermera-t-on pas le collège Louis-le-Grand ?

Les potins sur la querelle des jésuites et des jansénistes se mirent à fuser bon train, d'autant plus que certains croustillaient sous la langue, les jansénistes faisant aux bons pères la réputation de se trop plaire dans les dortoirs de leurs collégiens.

Vincent se pencha vers l'oreille de Pauline :

– Je nous reconnais bien là, nous autres Français, dit-il à mi-voix moqueuse. Aux deux bouts de la terre nous sommes en train de perdre la grande guerre du siècle, nous passons distraitement la main aux Anglais pour l'empire du monde car, ce qui nous occupe, c'est une histoire de billets de confession que les uns exigent et que les autres refusent ! Tenez, ma chère, allons danser. La France comme elle va pourrait bientôt culbuter sur nos têtes poudrées, aussi la frivolité s'impose-t-elle. Continuons de croire que Paris est le nombril du monde et que nous avons la maîtrise des mers, mangeons du pain blanc de Gonesse, buvons du vin de Champagne et vogue la galère !

La grande nuit de Charmont s'épuisait comme chaque année dans un bal de jeunes gens, mollement chaperonnés par quelques dames et deux ou trois bavards ne se souciant ni d'aller jouer ni d'aller dormir. Jeanne entra pendant que les musiciens du petit orchestre se restauraient au dressoir.

– Mais où donc étais-tu passée ? s'exclama Marie. Tout le monde te cherchait.

Un vol de grands papillons de velours et de satin sépara les amies, se pressa autour de Jeanne. Hector de Chanas obtint sa première danse par hasard. En lui donnant la main elle coula une œillade à Vincent, qui venait d'inviter Émilie de la Pommeraie. « Même à quatorze ans une chanoinesse ne devrait pas danser », se dit-elle, dépitée. Elle aussi voulait Vincent. Elle voulait le regard de Vincent posé sur elle, glissant de ses yeux mordorés à ses lèvres moelleuses, de ses lèvres à sa gorge offerte, de sa gorge à sa taille si fine... Depuis qu'elle s'était découvert des trésors dans le corps elle voulait sentir de la convoitise se poser dessus. « Je veux que le chevalier me remarque », pensa-t-elle très fort en crispant ses doigts sur ceux d'Hector de Chanas, qui n'en crut pas son bonheur !

Vincent invita Marie après Émilie, comme exprès pour faire enrager Jeanne, puisque en entraînant Mlle de Rupert, par-dessus sa tête il parcourut son amie d'un long regard chaud, un regard qui la déshabilla sans se presser, avec un contentement sans pudeur. Jeanne sentit sa soie lui tomber de la peau comme une pelure brûlée et en fut outrée. Ce bellâtre épicier de la mer s'imaginait-il qu'elle mourait d'envie de lui plaire ?

Pour achever de la vexer, Denis affectait de ne pas la voir. C'était lui maintenant qui dansait avec Émilie, cette nonnette d'opéra-comique. L'expression extasiée du jeune homme frappa Jeanne. Son ami d'enfance l'avait assez souvent enveloppée elle-même dans cette expression-là pour qu'elle la reconnût. Ce dadais, ce fils d'intendant se croyait-il par hasard assez pour offrir de l'amour à une dame de Neuville cuirassée de seize quartiers de noblesse ? L'imbécile, vraiment ! Irritée, Jeanne manqua un pas de menuet et Charles de Bouhey, étonné, lui tira la main.

— M'en voulez-vous beaucoup d'avoir fait danser vos deux amies avant vous ?

— L'avez-vous fait ? Je ne l'avais pas remarqué.

— C'est dommage, dit Vincent d'une voix moqueuse, c'est dommage que vous ne soyez pas aussi franche que vos yeux.

Jeanne prit son parti de rire, mais du bout des lèvres.

Lui souriait à pleines dents. Il l'aurait mordue qu'elle n'aurait pas davantage ressenti son sourire ; ce sourire-là provoquait en elle un plaisir qui lui fourmillait partout. En un éclair sa pensée fit le tour de sa personne – les cheveux, le rouge, la mouche, la poudre, la robe – se demandant si tout était encore assez bien ?

Comme sa danseuse ne parlait pas :

– Où donc étiez-vous passée après le souper ? demanda Vincent. Je vous ai cherchée, mademoiselle.

– J'ignorais que vous m'attendiez, chevalier.

– J'attends toujours la plus belle d'une assemblée, mais je ne peux pas souvent le lui dire aussitôt. Sur terre on perd un temps fou en politesses d'approche, que ce soit pour attraper d'un bon plat posé à l'autre bout de la table ou pour toucher la main d'une demoiselle appétissante. La mer est un pays autrement facile à vivre. La jolie frégate qui me passe sous le nez, je lui envoie un coup de semonce et, pour peu qu'elle ne tienne pas à se faire abîmer, elle se laisse aborder tout de suite.

– Votre frégate est bien lâche. A sa place, moi, je vous résisterais !

– Disons que vous essayeriez de filer, me donnant ainsi l'agrément de vous prendre en chasse. L'idée de vous prendre en chasse, mademoiselle, me fait pétiller de joie !

– C'est que vous oubliez d'imaginer que je pourrais bien vous échapper, chevalier.

– Peut-être oui, peut-être non ?

Tout en la faisant marcher et volter en cadence il se mit à l'inspecter avec un regard de fouille, lent et lourd, qui allait, revenait, s'appesantissait sans se gêner sur les trouvailles à son goût. Sous le feu des yeux rapaces Jeanne se sentait chatoyer sur toutes ses facettes et s'en trouvait très bien.

– Alors ? finit-elle par demander avec coquetterie.

– Hum, fit-il, j'aurais tort d'avoir trop de certitudes sur ma victoire. Les bâtiments longs et fins sont généralement capricieux. Leur marche est assujettie à un grand nombre de causes dont beaucoup vous demeurent subtilement inconnues, et il est fort difficile de prévoir desquelles elle dépendra le plus dans l'heure qui suit. Et maintenant, mademoiselle, continuerons-nous ce marivaudage puéril, ou irons-nous plus raisonnablement fleureter derrière un paravent ?

– Oh !

– Ne prenez donc pas l'air choqué. Vous espériez bien, n'est-il pas vrai, qu'étant corsaire j'étais audacieux ? Apprêtez-vous donc à excuser mes audaces – je parle des prochaines – car j'ai l'intention de vous faire ma cour, et on m'a dit parfois que je faisais cela sans ménagements.

– Qui vous a dit cela ?

– Mais de jolies hypocrites, bien sûr !

Elle eut un rire très gai.

– Je vais adorer vous faire rire, dit-il, vous riez avec un appétit fou. Vous dansez avec un appétit fou. Hélas, au souper, je vous tournais le dos. Mangez-vous aussi avec un appétit fou ?

– Oui, quand j'aime. Tenez, menez-moi prendre un sorbet. Florimond en a préparé au cassis.

Vincent en prit un à la menthe.

– Maintenant nous allons bavarder, dit-elle dès qu'ils eurent fini de se rafraîchir la bouche. Je veux vous emmener me raconter la mer dans mon refuge favori...

Il la suivit jusqu'à la bibliothèque.

C'était une très vaste pièce au climat à la fois sévère et accueillant, entièrement boisée d'armoires grillagées en vieux chêne presque noir. Elle était cette nuit-là inhabituellement animée mais dans deux de ses angles seulement, très éclairés, où s'étaient installés des joueurs de quinze et d'hombre. Le coin vers lequel se dirigea Jeanne, laissé dans la pénombre, demeurait un lieu de confidence.

– C'est ma place à rêver favorite, dit-elle en désignant le lourd canapé Régence en bois doré recouvert d'une tapisserie « aux fables de La Fontaine » râpée par endroits.

Elle aimait venir s'y cacher pendant des heures, une pile de livres à côté d'elle, butinant l'un, butinant l'autre, laissant aller sa tête contre le dossier du canapé après une phrase porteuse d'évasion, aspirant souvent à pleines narines l'odeur puissante du cuir des quatre mille reliures de la bibliothèque – l'odeur rassurante d'une immense réserve de songes.

– Parlez-moi du monde, dit-elle tout de suite. Parlez-moi de tous les pays qu'on trouve au bout des mers !

Il afficha une moue piteuse :

– Vous m'embarrassez. Les jeunes filles, ma parole, sont devenues des bas-bleus. Quel siècle ! Elles m'ont déjà posé des questions sur la rose des vents, l'astrolabe, les marées, le canon de trente-trois livres, la latitude de l'île Bourbon, la vitesse moyenne d'un trois-mâts, que sais-je encore ? Incroyable ! Un jour, elles demanderont à être admises à l'École militaire et à l'Académie des Sciences.

– Mais naturellement. Pourquoi pas ? Les sciences sont très amusantes. Bien plus drôles que la broderie.

– Franchement, ma chère, et alors que vous voilà si belle en robe de bal, est-il raisonnable de me réclamer une leçon de géographie, quand je pourrais vous parler de vos yeux d'or, ce que nous préférerions tous les deux ? Sans compter que vous tombez bien mal pour vous informer des terres lointaines : je suis casanier.

Elle étouffa son éclat de rire dans son mouchoir pour ne pas surprendre les joueurs.

– Si, croyez-m'en sur parole, affirma Vincent. Le seul pays qu'un marin connaisse vraiment bien, c'est la mer. Je vais de port en port, et entre deux ports il n'y a que la mer. Je vis dans une niche sur la mer. Voulez-vous que je vous raconte la chambre du capitaine ? Elle est si petite que j'en connais chaque pouce carré par cœur.

– Vous venez pourtant de changer de navire ?

– Oui, et je crois que le luxe douillet que je me suis donné sur *Belle Vincente* vous plairait. Alors, ma foi, comme une jolie curieuse est toujours fort bien reçue dans la chambre d'un capitaine de frégate, je vous y invite. *Belle Vincente* est mouillée à Marseille, c'est tout près. Aujourd'hui, avec les chaises, si on ne se casse pas le cou en route on est arrivé avant d'être parti. Soyez bientôt à Marseille, bientôt je vous embarque et je vous fais voir du pays de vos propres yeux.

– Quelle folie ! fit-elle en souriant.

– Pourquoi ? N'avez-vous donc jamais rêvé des pays lointains jusqu'à vous voir montant à bord du vaisseau qui vous emporterait là-bas ?

– Ô chevalier, si vous saviez combien de fois j'ai rêvé cela !

La réponse avait été murmurée avec une passion sourde. Vincent appuya ses yeux bruns sur le visage de sa voisine.

Un tête-à-tête galant est une suite de moments. Et parfois – dans un regard, un sourire, un geste, un mot – éclot l'instant de grâce où les partenaires cessent de jouer. Fin manœuvrier de canapé, le corsaire savait à merveille sentir et saisir cet instant pour faire chavirer un marivaudage dans un cœur à cœur propice à la bonne suite des choses mais, cette nuit-là, ce fut un élan de sa sensibilité qui changea sa voix :

– Jeanne, demanda-t-il doucement, avez-vous jamais vu la mer ?

Elle frissonna de la tête aux pieds. En passant du moqueur au tendre, en l'appelant hardiment par son prénom, il l'avait désarmée de sa mondanité. Si peu loin d'être encore une petite fille, elle fut prise de l'envie puérile de raconter ses vieux songes à l'étranger de passage soudain si proche :

– La mer..., commença-t-elle à voix lente. La mer, je ne l'ai encore vue qu'en peinture, chevalier. Mais j'en ai plein la tête ! J'ignore pourquoi, mais je me suis fait, de la mer, un roman qui ne finit jamais.

– La mer *est* un roman qui ne finit jamais. Un marin part toujours et n'arrive jamais nulle part.

– Oh! moi, j'arrive quelque part! Dans l'océan Indien, le plus souvent. Oui, c'est presque toujours par là que la mer me porte.

Vincent secoua la tête:

– La mer ne vous porte nulle part; il faut la forcer à vous y porter. Si elle est la route qui fascine le plus les hommes, c'est qu'elle est la plus difficile.

– Est-ce pour cela que vous l'aimez?

– Pour cela aussi. Je l'aime pour tant et tant et tant de choses, claires ou obscures... On ne peut rien contre l'amour de la mer. Dès qu'on en a pris le goût, la mer a l'attrait de l'opium. Plus je m'éloigne de mon bord plus je le vois grossir! Pour peu que dure notre séparation je me mets à danser d'impatience sur la terre comme il danse d'impatience au port.

Il se tut. Le regard enfoncé dans la nuit sans lune qui venait buter contre la porte-fenêtre de la bibliothèque il souriait à lèvres closes, sans doute à *Belle Vincente*, qui se balançait en rade de Marseille. Le silence se prolongea entre eux, mais il faisait tellement partie de leur entretien que ce fut tout naturellement à voix très basse que Vincent reprit:

– Voyez-vous, Jeanne, il y a trois sortes d'êtres: les vivants, les morts et les marins. Le Grec qui a écrit cela a longuement vécu sur l'eau, j'en jurerais. Il y avait appris comment on peut changer d'état sans mourir.

– Changer d'état...

L'expression du marin fixait bien le flou de ses heures de vague bleu à l'âme, où son corps l'encombrait, l'empêchait – par une crampe, ou le froid, ou la faim – de se croire tout à fait une autre, ailleurs.

– Changer d'état, répéta-t-elle. Débarquer nouvelle dans un monde nouveau... De cela aussi, chevalier, j'ai bien souvent rêvé. Serait-ce donc possible, après tout?

– Ah! je vous le promets! Et je suis prêt à tenir ma promesse. Laissez-moi vous emmener et je vous ferai naviguer vers le sud. Quand, nuit après nuit, vous verrez la Polaire baisser doucement sur l'horizon, alors vous sentirez... Dans tout votre corps vous sentirez que vous êtes en train de changer d'âme. La Jeanne que vous connaissez trop s'engloutira dans la mer. En mer on n'a ni passé ni avenir. Le temps que vous connaissez est un mythe, mademoiselle, un mythe et une maladie. Avec le temps les terriens font surtout du passé et du futur, ils traînent dans leurs regrets ou fuient dans leurs espérances. La mer oblige à vivre au présent. On n'y peut vivre qu'au temps présent de sa voilure, seconde après seconde, du vent qui passe.

– Et le présent perpétuel rend perpétuellement heureux?

– En tout cas, il vous débarrasse.

– De quoi?

– De la veille et du lendemain! La mer est une faiseuse de réalités. Douces ou dures elles ont au moins le poids du concret. J'aime le concret. Je suis un épicurien.

Ce fut au tour de Jeanne de longuement contempler la nuit noire.

– Moi, je rêve trop, dit-elle brusquement. Je sais, je sens que je rêve trop. Je sens que mes rêves m'alourdissent, me ligotent, m'étouffent... et ne me contentent même plus autant qu'avant. Ici, sur mon cher vieux canapé, j'ai vécu toute une vie de féeries, que j'ai souvent trouvée parfaite. Si ma vie n'allait pas comme je voulais je n'avais qu'à venir ici pour recommencer de vivre à mon idée, que mon idée soit de rire ou de pleurer. Eh bien, on dirait que ce pouvoir-là me quitte... Depuis quelque temps il m'arrive de m'ennuyer soudain au beau milieu d'une belle histoire que je me raconte, même si elle est bien à mon goût. Je me mets à regarder ce coin qui était mon coin, ma niche, avec des yeux de prisonnière. Je prends des fourmis dans les jambes et une angoisse au creux de la poitrine, à penser que je suis là immobile à rêvasser au lieu d'être à courir ailleurs, partout où la vie bouge, où la vie, où le bonheur de vivre n'est pas une fumée de tête, où il est comme... comme...

De ses deux mains retournées paumes en l'air elle palpait, froissait le tissu de l'air, tentait de l'enfermer entre ses doigts. Vincent reprit avec un peu de moquerie la phrase inachevée:

– Où le bonheur est comme un poisson brillant qu'on peut attraper et manger à pleines dents?

Elle le regarda:

– Vous riez de moi, bien sûr, et vous avez raison: mes propos sont risibles.

– Je ne ris pas de vous, mademoiselle, je vous souris – la nuance est forte.

– Je sais très bien que je n'aurais pas dû me laisser aller à vous confier ces bêtises. Si madame de Saint-Girod m'avait entendue, elle ne manquerait pas de dire qu'il faut vite brûler Rousseau pour avoir écrit *La Nouvelle Héloïse*, où les jeunes filles ont pris l'an dernier la fâcheuse permission de se montrer sentimentales jusque dans leur conversation. Mais cette fois, c'est votre faute!

– Ah oui?

– Oui, c'est votre faute. Vous rendez-vous compte de la façon dont vous parlez de la mer? Vous en parlez comme d'un pays où le bonheur peut se toucher. Si bien qu'en vous écoutant il m'a pris l'envie folle de toucher au bonheur comme je touche un chat, une pêche, une rose... Vous m'avez rendue sotte!

Il l'avait écoutée en la couvant d'un regard dont l'ironie se voilait de tendresse amusée. Muette maintenant, elle contemplait pensivement le bout de ses jolis souliers de satin rouge, en respirant un peu trop vite. Il se pencha, lui prit une main et la porta à ses lèvres... Il la parcourut de frôlements à bouche close, remonta sans hâte vers le poignet puis tout le long du bras jusqu'au creux tiède et satiné où, sous l'engageante de mousseline blanche, battait la veine de la saignée. Elle ne disait rien, abandonnait son bras, engourdie dans le plaisir qui lui venait de sa peau chatouillée et lui montait à la tête. Loin derrière le haut dossier du canapé les joueurs continuaient de bourdonner familièrement, comme pour la rassurer sur l'innocence des baisers qu'on lui faisait. Un tout petit soupir de bien-être s'échappa d'elle. La bouche de Vincent, encore prudente, s'entrouvrit à peine sur le pli du coude, s'attarda dans une lente caresse humide... Les yeux de Jeanne s'abaissèrent sur la perruque blanche de la tête courbée, et il lui vint un désir aigu de l'arracher, de la jeter au loin pour libérer les boucles noires de Vincent, y enfouir son visage: Marie lui avait dit que Pauline parlait souvent des courtes boucles noires et soyeuses de son amant, en ayant l'air de voluptueusement les tourner autour de ses doigts...

D'avoir évoqué la maîtresse du corsaire la tira d'enchantement. D'un mouvement brusque elle ramena son bras contre elle:

– Madame de Vaux-Jailloux n'aurait pas aimé voir cela, dit-elle d'une voix qu'elle espéra froide.

– Madame de Vaux-Jailloux ne voit jamais ce qu'elle ne doit pas voir, répliqua tranquillement Vincent. Pauline a le cœur parfait.

– Et vous, chevalier?

– Je pense ne pas l'avoir trop médiocre.

– Si vous parlez de son volume, je vous l'accorde volontiers. Il doit pouvoir contenir beaucoup à la fois!

– Me feriez-vous l'honneur, très chère, d'une première scène de jalousie?

– Cette fois, chevalier, c'est vous qui rêvez! On n'est jaloux que de ce qu'on voudrait avoir et je ne me soucie pas de vous avoir. Je suis d'ailleurs à quelqu'un d'autre.

– Oh! fit-il en haussant un sourcil. Et... où est l'autre?

– En voyage. Je suis fiancée. Je me marie en septembre.

— Oh, oh ! fit-il de nouveau.

— C'est pourquoi, poursuivit-elle d'un ton de comédie, je vous prierai de ne plus recommencer vos accès de... Je vous prie de ne plus recommencer vos batifolages.

— Oh ! fit-il une troisième fois.

— Oh, oh, oh, oh ! Ne direz-vous plus que cela ?

— Non.

A nouveau il la parcourut toute, pesamment, de son regard chaud, et à nouveau elle se sentit s'amollir, devenir comme une tige sans eau.

— Quel âge avez-vous, Jeanne ?

— Quinze ans, dit-elle, incapable de ne pas lui répondre.

— Eh bien, vous en méritez douze. Vous ne savez pas encore vous y reconnaître dans les manières des hommes, sinon vous auriez su que je ne plaisantais pas et apprécieriez mes baisers à leur juste poids de sincérité. Et vous sauriez aussi que recommencer à vous embrasser est justement la seule chose que je désire en ce moment. Vraiment, ne sentez-vous pas que je la désire au point d'être tenté, ma chérie, de me conduire en sauvage ?

Le mot d'amour inattendu, « chérie », l'inonda d'un frisson à la résonance inconnue. Bouleversée, elle en perdit l'ouïe pendant un instant et dut reprendre en marche le propos de Vincent :

— ... et mon offre de vous enlever me tient au contraire de plus en plus fort. Tenez, mon cœur, je vous donne deux jours pour faire votre bagage. C'est dix fois trop de temps perdu, mais je peux retarder mon départ jusqu'à après-demain. Quoique après tout...

D'une main ferme il lui releva le menton :

— Ne seriez-vous pas aussi bien prête demain, Jeanne ? Seriez-vous prête tout à l'heure, à l'aube ?

Elle dégagea sa tête, rassembla péniblement son bon sens à la débandade :

— Chevalier, commença-t-elle d'une toute petite voix, voyons, chevalier, pourquoi vous jouer de moi ? Je vois fort bien que vous me donnez la comédie, car vous ne pouvez vouloir soudain vous emparer de la fiancée d'un autre, d'une personne que vous connaissez d'à peine une heure !

— Combien de temps croyez-vous donc qu'il me faille pour savoir que je désire une jeune beauté et que je la veux ? demanda Vincent avec un grand calme. Quant au fait que vous soyez, paraît-il, à quelqu'un... Voyez-vous, mademoiselle, je n'ai jamais fait une bonne prise qui ne soit déjà la propriété d'un autre. Cela ne me gêne pas.

— Vous êtes très fou, monsieur le chevalier, dit Jeanne en voulant se lever.

Il la retint sans peine.

— Très fou, admit-il. Mais rassurez-vous, Jeanne, je suis aussi doux que fou.

Il l'appuya confortablement contre le dossier du canapé, l'y maintint entre ses deux bras, lui sourit et commença de rapprocher son sourire du visage de Jeanne... Elle ferma les yeux un instant et, quand elle les rouvrit, ils avaient pris leur merveilleuse couleur de trouble. Vincent l'écrasa doucement entre sa poitrine et le dossier du canapé et lui prit la bouche. Les dents se choquèrent, mais vite le baiser mollit, s'épanouit, dura... Vincent aurait pu le faire durer jusqu'à la fin des mondes sans que Jeanne osât bouger ! Et quand enfin il la quitta, il ne put empêcher la jolie tête poudrée à frimas de s'enfouir dans son épaule, grisée, perdue.

« Elle a douze ans ! » pensa-t-il, ému et amusé plus que contrarié. Le fiancé, selon toute apparence, ne lui avait pas appris à faire l'amour en perruques. « Je ne comprends pas pourquoi les curés sont toujours à tonner en chaire contre les fards et la poudre, se dit-il. La mode des femmes poisseuses protège leurs ouailles des grands méchants loups mieux que n'importe quoi ! » Tout de même, sa chaste jouissance du moment valait le gâchis de son habit. C'était quelque chose que d'avoir fait aimer son premier baiser à une enfant de quinze ans. Il était incroyablement content de lui, comme s'il en était à sa première vierge. Sa seule inquiétude était que son valet ne fût pas à sa place dans le vestibule pour brosser les dégâts sur la soie gris d'agate. La dernière fois qu'il avait aperçu Mario, ce gredin lui avait paru aussi peu propre au service qu'à la fin d'un banquet de partance.

8

— Si c'est y pas malheureux d' gâcher comme ça d' la si chère et d' la si belle ouvrage! geignait Bellotte en frottant la chevelure de Jeanne.

— Rincez, rincez bien, ma Bellotte, dit Jeanne, rincez encore un grand coup et après, un dernier broc, avec du vinaigre dedans...

Tatan contemplait la scène d'un œil noir:

— Ah! madame sera contente de vous voir toute décoiffée à l'heure du dîner! I' nous reste plein d'invités, devant qui vous aurez la honte de paraître comme sortant de vot' lit. Et au souper, vous y avez pensé, que votre futur il y sera? Qu'est-ce qui dira de ça, monsieur vot' procureur, lui qu'est toujours tiré à quatre épingles?

— Les dames que le Niçois s'est donné la peine de poudrer hier ont bien sagement passé leur bout de nuit assises, leur tête enveloppée d'une mousseline, dit Pompon, qui buvait en baîllant son lait cafeté. Il n'y a que vous, mademoiselle, pour avoir des idées pareilles, de vous remettre en négligé pour aller devant le monde. Vous avez parfois des idées de fille des bois.

— Et regardez-moi mon par-terre! s'exclama Tatan. Ce plâtras, c'est une vraie saloperie qu' j'ai pas à voir dans ma cuisine! Pourquoi que vous avez pas été vous débarrasser dans le cabinet aux bains, d'abord?

— Eh bien, voyez, Tatan, que vous pensez, comme moi, que l'amidon est une saloperie, dit Jeanne gaiement. Le cabinet de bains est envahi. Et ici, j'ai le bon feu de Nanette. Allez, Tatan, ne me boudez plus et donnez-moi du café pendant que je me sèche. Je sais fort bien que vous me trouvez très jolie dans mon naturel.

Elle avait besoin de se sentir très jolie. Vincent lui avait demandé un rendez-vous secret. Elle lui avait désigné un pavillon de chasse abandonné, isolé dans une clairière du bois de Neuville. Il devait l'y attendre à midi. C'était une sensation délicieuse que de porter en soi, cachée, une complicité avec un homme. La nuit passée déjà, quand ils étaient revenus se joindre à la compagnie elle avait senti qu'un lien magique s'était formé, qui la rattachait à Vincent à travers l'encombrement des corps et des voix. Pauline les avait observés l'un après l'autre avec une question des yeux indéfinissable, avant de dire qu'elle mourait de sommeill. Vincent l'avait enveloppée dans un vaste châle des Indes et l'avait emmenée.

L'avait-il embrassée pendant le trajet? Et plus tard, à Vaux, l'avait-il prise dans ses bras? En se couchant à trois heures du matin avec de telles devinettes en tête, Jeanne n'avait eu qu'un très court sommeil agité de soubresauts. A six heures elle était debout, se trouvait cernée, fripée, laide et de plus sale, avec sa coiffure de marquise maltraitée sur l'oreiller, transformée en une meringue manquée et de guingois, à l'écorce craquante et pelant par plaques. Elle était descendue à la cuisine pour s'ôter cette horreur du crâne. A présent, assise devant la cheminée, sur un banc de pieds, lapant à petits coups son café brûlant, elle se sentait ressusciter.

Les deux commis pâtissiers de maître Florimond, premiers arrivés à l'ouvrage, roulaient leurs feuilletages en louchant vers l'ondine en jupon, dont la chevelure ruisselante tombait jusqu'au milieu du dos comme un fleuve ensoleillé, dans lequel les flammes du feu mettaient d'épais courants de couleurs ondoyantes.

Jeanne rendit sa tasse vide à Nanette:

– Tatan, dit-elle, votre café n'est pas assez fort.

– Je l'aime pas fort, dit hargneusement Tatan. Et l' matin, c'est moi qui commande. Pour le matin, mademoiselle Sergent m'en fait prendre de çui en poudre que j'aime, chez l'épicier de Châtillon. C'est pas qu'elle veut me faire plaisir, c'est qu'il est plus économique pa'ce que l' père Jacquet y mêle de la farine de pois chiche, qui lui retire son amer. Et j' trouve que ça lui donne aussi ben du liant.

– Tatan, réflexion faite, votre café est abominable, dit Jeanne avec une grimace.

– Faut pas de femmes aux cuisines, sauf pour laver la vaisselle, lança insolemment le commis Darnois.

– Pour sûr qu'il y a pas de femmes qu'ont les qualités qui faut pour être aux cuisines! brailla Tatan. Mais vot' Florimond, soyez tranquilles, mes drôles, il les a ben toutes: l'est vaniteux, l'est ruineux, l'est fripon, l'est brutal, i' vous met la main aux fesses, l'est ivrogne, l'aura l' goût brûlé avant ses quarante ans, et c'est ça que j' devrais saluer ben bas?

– M'dame Tatan, dit narquoisement le commis, je peux pas croire que m'sieur Florimond vous y met la main à vous?

– Manquerait plus qu' ça! gronda Tatan au milieu d'une explosion de rires.

Riant aussi, Jeanne se sauva. Elle n'avait pas envie d'assister à une nouvelle bataille de la grande guerre des cuisiniers et des cuisinières, déclarée depuis quelques années déjà dans les demeures parisiennes et qui ricochait jusqu'au fond des châteaux de province.

Elle avait décidé de se vêtir en cavalier plutôt qu'en amazone. Aussi bien ne possédait-elle qu'une vieille jupe d'amazone tandis qu'elle était riche en nippes masculines. Avant de se mettre à la détester, Denis, qui en un an l'avait soudain dépassée d'une demi-tête, lui avait offert ses trois habits devenus trop petits, dont le plus neuf en drap ponceau, qui lui allait si bien. Comme il était gentil alors, comme il l'aimait... Elle enfila la culotte ponceau en soupirant. Pourquoi faut-il perdre des amours au fur et à mesure qu'on en gagne d'autres? A-t-on, inscrit quelque part sur un livre de comptes, un juste dû d'amours qu'on ne peut dépasser?

Quoique de coupe un peu ancienne la longue veste n'était pas trop ample et marquait bien sa taille fine que n'étranglait aucun corps baleiné. Bouchoux avait bien ciré les bottes de cuir fauve, en crachant beaucoup: même les talons brillaient. Du revers de la main elle fit bouffer son jabot, se jeta un dernier coup d'œil et frémit à la pensée de s'aller montrer ainsi, sans poudre et ses cheveux négligemment noués sur la nuque par un mince ruban de taffetas noir. « J'irais à mon rendez-vous sans chemise que je ne me trouverais pas plus hardie! pensa-t-elle. Quelle sotte éducation on donne aux femmes! »

Le printemps de ce matin d'avril était d'un blanc lumineux, mais glacé. Saisie, Jeanne pressa le pas pour traverser la cour pavée. Elle ne croisa que des domestiques en se rendant à l'écurie. Il était midi moins un quart. Depuis plus de deux heures déjà, les chasseurs que leurs émotions de la veille n'avaient pas épuisés étaient repartis pour une chasse au fusil. Les autres invités ne descendraient que pour le dîner, que la baronne avait fait repousser à trois heures.

Un palefrenier l'aida à seller Blanchette.

La jument avait envie de galoper comme d'habitude, mais sa maîtresse la mit au petit trot. Elle ne voulait pas arriver la première au rendez-vous. Puis c'était tellement agréable d'aller vers son secret ! C'était un plaisir à ne pas bousculer.

Elle prit par les sentiers qu'elle prenait toujours pour aller se promener dans le bois de Neuville. Mais ce n'est jamais par un chemin ordinaire qu'une jeune fille va vers son premier rendez-vous. Sous les sabots de Blanchette, l'herbe verdoyait plus vivement que d'habitude et, ce matin, elle entendait sans avoir besoin d'y mettre l'oreille le chuchotement intérieur de la sève qui montait mûrir les bourgeons des arbres précoces. La douce force du printemps bourdonnait dans ses veines aussi, mettait dans son sang une impatiente joie de tout aimer. Elle eut une bouffée de reconnaissance pour un buisson de genêts qui avait éclaté en fleurs, une bouffée de tendresse pour un écureuil grimpant à un chêne, un sourire ravi pour le chant puissant d'un troglodyte caché, un geste d'amitié pour le crapaud figé de peur au milieu d'une allée et dont elle écarta le pied de sa jument. Le vol jaune d'un loriot raya le bleu du ciel pris entre deux ormeaux. Un merle lui laissa tomber sur la tête une roulade éperdue. Toute la campagne semblait lui faire des signes pour lui manifester que le jour n'était pas banal.

En entrant dans le clair-obscur du sous-bois elle mit Blanchette au pas. Le silence bruissait, craquait, pépiait, sentait fort la mousse humide. Des traînées de pâles violettes suivaient les deux côtés de l'allée forestière, dominées de place en place par le jaune des bouquets de primevères qui s'étaient trouvé des ronds de soleil pour fleurir. Elle respira à pleins poumons cette fraîche nature d'avril, lui trouvant une saveur de champignon cru. Elle était contente et sans peur. Dieu merci, elle allait vers Vincent avec une parfaite lucidité. Ce qui s'était passé entre eux la nuit dernière avait été la faute au vin d'Espagne, aux violons, à la danse, au climat de la fête. A Pauline, qui l'agaçait. A Philibert, qui l'oubliait. A Louis-Antoine, qui n'était pas là. A Denis, qui boudait. Mais, ce matin, elle se sentait de taille à s'offrir son rendez-vous avec le corsaire comme on s'offre un verre de vin de Champagne. Au bout de son chemin l'attendait une heure pétillante, rien de pire. Le beau chevalier était grand conteur de fleurettes, s'entendre un peu conter fleurette était justement ce qu'elle désirait, la rencontre était bonne. Pour avoir emprunté en cachette quelques comédies grivoises de Collé dans la chambre de la baronne, Jeanne se croyait de bonne foi assez avertie pour commencer de jouer à ce que Geneviève de Saint-Girod appelait « de la débauche décente et raisonnée », en haussant son éventail pour en parler par-derrière. Si elle avait oublié de raisonner quand le chevalier l'avait un peu débauchée, c'est qu'elle en était à son premier baiser. Maintenant qu'elle avait de l'expérience, elle ne se laisserait plus surprendre. Que diable! Aucune hardiesse ne devrait pouvoir troubler une jeune fille qui a lu *La Vérité dans le vin* et *L'Amant poussif*. Aux paroles les plus hasardées du corsaire il lui suffirait de répondre du vif au vif, derrière un mince sourire spirituel... et en ne livrant jamais que sa main. Ce jeu de marivaudage était très bien expliqué aussi dans les romans de Crébillon fils que l'abbé Rollin lui défendait de lire.

Il ne lui restait maintenant qu'une demi-lieue à faire pour apercevoir le pavillon.

Cet ancien pavillon de chasse servait de débarras oublié aux dames de Neuville. C'était une vaste bâtisse à étage en pisé fissuré. Un ramassis de meubles cassés, moisis, vermoulus, emballés dans des toiles d'araignée bourrait les pièces du rez-de-chaussée. Une provision de bois encombrait le vestibule, il fallait se glisser derrière pour trouver l'escalier qui grimpait raide jusqu'à la seule chambre habitable du premier. Sans demander permission à personne Charles de Bouhey se l'était aménagée, l'année de ses quinze ans, pour y ramener les bergères dont le grand collégien faisait une bonne consommation pendant ses vacances au château. Ce nid d'amour commençait à servir aussi à Jean-François qui atteindrait bientôt ses quatorze ans, mais aucun des deux frères ne risquait d'y venir un jour de chasse au fusil: entre un fusil et une fille l'un comme l'autre prenaient le fusil, voluptueusement. Jeanne sourit en imaginant la surprise qu'aurait Vincent quand elle lui offrirait une collation dans le pavillon, avec le pain d'épice, les confitures et le vin de Condrieu que Charles chipait à sa grand-mère pour régaler ses conquêtes.

Vincent se promenait de long en large devant la bâtisse en cravachant sa botte. Il fredonnait le vieux chant de guerre des galères de Malte, qui lui sortait des lèvres en rubans de vapeur blanche:

De la Valette à Rabatto,
De Bayda à Sirocco
Passe le banc, la vogue...!
N'y a qu'un phare et six coureaux.
Passe le banc, la vogue...!

Elle descendit de cheval dans ses bras et se sentit tout de suite moins sûre de pouvoir mener le jeu avec la maîtrise du romancier Crébillon fils.

– J'ai un peu froid, mentit-elle. Et si nous piquions un galop?

– Vous n'avez pas froid, dit calmement Vincent.

Il semblait fasciné par ses cheveux, autant qu'elle l'était par les siens. Lui non plus ne portait pas perruque, et sa coiffure était barbare: un foisonnement de courtes boucles très noires lui casquait le crâne, dont Jeanne n'arrivait pas à détacher ses yeux.

– Vous n'osez pas me demander pourquoi je tiens à ressembler à un forçat évadé dont les cheveux n'auraient pas eu le temps de repousser ? C'est pour pouvoir ne porter ni chapeau ni perruque en mer sans me faire happer ma crinière par les haubans.

– C'est beau, murmura Jeanne malgré elle.

Comme il venait de tirer doucement sur son ruban de catogan, docile, elle secoua la tête... Il souleva à deux mains l'épaisse et lisse étoffe blonde et se caressa les lèvres avec le bout d'une mèche. Elle s'était parfumée avec un doux mélange sucré d'iris, de lis et de camomille, et il souhaita avoir un nez d'argile qui en demeurerait longtemps imprégné. Quand enfin il parla, sa voix était sourde :

– Vous faites, ma chère, un très beau garçon. *Belle Vincente* sera fière de vous embarquer comme page.

– Oh ! voyons, chevalier, dit-elle – essayant de rompre, par un ton enjoué, l'enchantement qui les maintenait debout l'un devant l'autre avec des mains dévorées du besoin de se joindre – voyons, chevalier, vous n'allez pas recommencer à vous moquer de moi ?

– Et vous, ne vous moquez-vous pas ?

Il gagna à grandes enjambées la porte du pavillon et la poussa. Elle s'ouvrit en grinçant de toute sa rouille.

– Ne croirait-on pas la tanière d'un boucanier ? Et n'est-ce pas se moquer que d'y donner ses rendez-vous d'amour ?

Elle sourit avec malice, entra, contourna le tas de bois en lui faisant signe de la suivre...

La chambre du haut était balayée, suffisamment meublée, réchauffée de tentures, pourvue d'une cheminée. A la flambée prête dans l'âtre, au panier de bois garni, à la réserve de chandelle et de vin, au linge frais qui garnissait le lit, Vincent reconnut au premier coup d'œil les soins d'un valet fidèle commis à l'entretien d'une chambre d'amour.

– Par Dieu, mademoiselle, dit-il d'une voix dure, je ne m'attendais pas à vous trouver si galamment logée à deux lieues de chez vous !

Interdite par le ton, ne le comprenant pas, elle se hâta d'expliquer :

– Je ne vous reçois pas chez moi, mais chez Charles de Bouhey. C'est coquet, n'est-ce pas ? Charles a rapporté tout ceci de Charmont avec l'aide de son valet. Naturellement, il ne faudrait pas le raconter, même à madame de Vaux-Jailloux, parce que... enfin... Charles vient ici pour faire des expériences d'alchimie, que sa mère lui défend.

– Je le vois bien, dit Vincent en désignant les deux verres et les flacons de vin. Avec toutes ces cornues, il ne peut s'agir ici que d'alchimie.

Ils éclatèrent de rire.

« Ainsi, c'est là le parc-aux-biches du jeune châtelain de Charmont », se disait Vincent, guilleret outre mesure que Jeanne n'y fût pas chez elle. Il l'installa sur le canapé de lampas rouge effiloché, posa sur ses jambes la courtepointe du lit, fit partir le feu, déboucha une bouteille de Condrieu et versa du vin dans les verres après en avoir fait chanter le cristal dans la lumière :

— Si les bergères du petit monsieur de Bouhey valent ses verres et son vin, ce jeune homme n'est pas sans mérite, dit-il.

— Madame de Bouhey n'aime pas les timbales. Elle se ruine sans compter pour suivre les progrès des verriers. Ces verres-ci font partie des premiers cristaux qu'on a taillés en France, ils ont deux ou trois années de moins que moi. La baronne les a achetés à maître Bucher, qui en avait rapporté le secret de Bohême. Charles pourrait lui en emprunter de moins beaux.

— Ils ne sont pas trop beaux pour nous, Jeanne. Tenez, buvez.

— Le vin aussi est volé. Cela ne vous gêne pas ?

— Je me moque de voler comme d'une guigne, je vous l'ai déjà dit. Tout le monde naît voleur. Pour ne pas voler il faut se retenir, or mon métier veut que je m'y pousse.

— Et vous en avez pris le goût ?

— Oui, oui, j'adore voler, surtout quand je peux garder. Hélas, c'est bien rare. Je dois voler pour le Roi, pour le grand maître, pour mes armateurs, pour mes actionnaires... On me vole mes vols et cela m'enrage. Mais, buvons. Je bois à vous, Jeannette...

Cela lui plaisait, qu'il se fût mis soudain à l'appeler Jeannette comme tout le monde, car lui disait Jeannette comme personne : en disant Jeannette il semblait rapprocher Jeanne de son cœur.

— Eh bien, dit-il, ne buvez-vous pas ? Buvez, mon cœur, un peu de vin met de la joie dans le plaisir.

— Je boirai. Mais d'abord... Je dois d'abord vous parler.

— Ah ? fit Vincent en lui reprenant son verre pour le poser sur la table. Pourquoi donc parler ? Savez-vous comment on s'aime à la flibuste ? De la plus sage manière que je connaisse. L'homme dit à la femme qu'il veut : « Qui que tu sois, je te prends ; je ne te demande aucun compte du passé, réponds-moi seulement de l'avenir. »

— Et que dit la femme ?

— Rien. Une femme n'a rien besoin de dire. Si elle est là, c'est qu'elle a envie d'être prise.

— Rendez-moi mon verre, je vous prie, dit-elle brusquement.

Il le lui tendit et, dès qu'elle l'eut pris, lui releva gentiment le menton :

— Donc, vous devez me parler ? Et tout simplement parce que vous avez une langue ? A l'île Bourbon poussent, hiver comme été, et jusque sur les flancs de lave des volcans, de courtes fougères que les indigènes appellent des « langues de femmes », parce rien ne les arrête.

– Vous êtes insupportable ! Vous ne savez que railler. Après ce qui vient d'arriver entre nous, il faut pourtant que je m'explique ?

– Il n'est rien arrivé entre nous. Pas encore.

– Eh bien, justement : je suis venue vous dire qu'il n'arrivera rien, dit-elle avec fermeté. Rien n'est possible entre nous, chevalier. J'ai donné ma parole d'être à un autre.

– Venez toujours faire un tour en mer, vous serez à l'autre après. Votre fiancé, qui est un homme patient, vous attendra.

– D'où tenez-vous qu'il est patient ?

– Je l'ai deviné.

Elle le regarda, indécise. Les yeux de Vincent pétillaient. Avec son mouchoir à glands il époussetait sa manche d'une fine suie de bois en envoyant au nez de Jeanne son parfum d'orangeraie en fleur. Il la traitait en oie blanche de province à la merci de son bon vouloir, c'était clair et très vexant. Elle jeta tout à trac :

– Chevalier, ce n'est pas mon fiancé qui me retient de partir pour l'aventure.

– Je m'en doutais, railla Vincent.

– J'aime un autre homme, lança-t-elle avec défi.

– Bonne nouvelle ! Qui trompe un homme peut en tromper deux. Aimez-moi en troisième. Il y a apparence que vous pourriez m'aimer sans peine.

Rouge pivoine, Jeanne se fâcha :

– Vous rêvez debout, chevalier ! Quelle outrecuidance est la vôtre ! Je ne vous connais que d'hier et m'apprêterais déjà à vous aimer ?

– Jeanne, comme pour écrire un bon sonnet, pour aimer, le temps ne fait rien à l'affaire.

– Vous vous trompez, dit-elle avec une émotion soudaine. Je sais que vous me prenez pour une oie blanche dont vous vous amusez, mais je n'en ai pas moins le cœur plein depuis des années et...

Elle s'interrompit net, se mordit la lèvre et conclut sèchement :

– Je ne vous dois pas de confidences.

Puis, reprenant un ton mondain :

– Voyons, goûterons-nous la confiture de prune ou la gelée de framboise ?

Penché devant la cheminée il se savonna une dernière fois les mains dans la chaleur du feu et revint à elle :

— Maintenant que je n'ai plus les mains gelées, donnez-moi les vôtres de bonne amitié...

Il la tira debout.

— Venez vous regarder. Le miroir est mauvais mais vous le rendrez bon. Voyez donc, Jeanne, l'éclat de votre peau, le brillant de vos yeux, la gourmandise de votre bouche, le frémissement de votre nez, la palpitation de votre gorge... Vous avez un corps terriblement vivant, Jeanne, vous n'êtes pas bâtie à refuser la proie pour l'ombre. Si vous vous forcez à le faire, vous vous trahirez.

— La proie pour l'ombre?

Elle interrogeait le reflet de Vincent dans le miroir.

— Oubliez la bienséance et touchez donc un peu le drap de ma veste, dit-il en la faisant pivoter vers lui. Touchez, touchez, mon cœur, ce n'est pas du vulgaire londres de Provence mais du vrai cariset d'Angleterre. Allons, touchez ma manche... Et touchez aussi la mousseline de ma manchette – pure mousseline mille fleurs des Indes, et touchez donc encore ma main...

— Me donnerez-vous la clé du jeu, chevalier?

— Je vous apprends à reconnaître une proie, Jeannette. Me laisserez-vous filer, moi si palpable et de si bonne volonté, pour continuer de poursuivre l'ombre fuyante du docteur Aubriot?

Elle le fixa, suffoquée, les yeux dilatés, la bouche entrouverte.

— Je ne veux pas que ce nom soit prononcé ici, dit-elle enfin d'une voix rauque. Et d'abord...

— Qui m'a dit ? Madame de Vaux-Jailloux.

— Ainsi, siffla Jeanne entre ses dents serrées de rage, madame de Vaux-Jailloux est du complot ? Embarquerons-nous tous les trois ?

Vincent se mit à rire:

— Je vous adore en jalouse. Ma chérie, Pauline est fine. Elle m'a demandé la vérité, je la lui ai donnée. Voyez-vous, Pauline et moi ne nous sommes jamais promis plus que le plaisir et l'amitié.

— Madame de Vaux-Jailloux n'a rien pu vous apprendre, dit Jeanne avec colère. Elle ne sait rien.

— Mais son amie madame de Rupert sait tout par sa sœur Saint-Girod, expliqua Vincent en souriant. Saint-Girod croit que vous avez une passion d'enfance pour monsieur Aubriot. Il a été votre maître de botanique, vous l'admirez et vous avez quinze ans, vous croyez donc l'aimer, c'est tout simple.

— Cette province n'est qu'un immense salon de ragots! cracha Jeanne, ulcérée.

— Oh! fit Vincent, toute la France est un salon de ragots! C'est ce siècle qui le veut. Nous n'aimons que potiner sur tout. Mais que vous importe que l'on commère sur votre secret de petite fille? Vous n'êtes plus cette petite fille.

– Oh! si, murmura-t-elle, si, cela m'importe, oh! si. Vous ne pouvez savoir, chevalier, ce que monsieur Aubriot représente pour moi. Il m'a tout appris. C'est lui qui m'a faite comme je suis, comme je vous plais, c'est lui.

– Mais non, dit-il en lui prenant la main.

– Oh! mais si! C'est un génie. Ce n'est pas de l'intelligence qu'il a dans la tête, c'est de la flamme! Vous ne pouvez imaginer ce qu'est une promenade avec lui dans le petit matin de la Dombes. Il me faisait toucher tout le beau du jour, entendre la poussée de l'herbe, deviner une truite sous l'eau... Son acuité de perception est incomparable. Sa faim de découvertes, il la retrouve intacte dès qu'il met le pied dehors et il me la faisait partager. Comprenez-vous cela: le bonheur de vivre à côté d'un savant qui tombe amoureux de tout ce qu'il voit et sait vous le raconter avec des mots qui rendent étonnantes, admirables, les petites choses les plus familières de la campagne ? Tenez, par exemple, une cressonnière...

La voix de Jeanne vibrait dans la chambrette, gonflée de piété amoureuse. Sa passion lui était montée aux yeux, dorée, resplendissante. Vincent, le cœur pincé, se dit qu'elle parlait de son amour d'enfant comme une mystique de son dieu et qu'il serait peut-être plus difficile qu'il ne l'avait cru de déraciner le dieu, surtout sans blesser l'enfant. Tout de même, il n'allait pas la laisser continuer à lui faire manger du cresson, surtout assaisonné à la sauce Aubriot! D'un mouvement rapide il se pencha sur elle et lui posa un très court baiser sur la bouche.

– Oh! fit-elle.

– Pardon, dit-il. C'était juste pour prendre mon tour de parole. Je m'ennuie à vous entendre parler comme une héroïne de Racine, entêtée d'aimer celui de ses amants qui n'est pas en scène. Chut! Silence, matelot ! Aubriot a eu tout le temps de vous vendre son vert, laissez-moi un peu vous vendre mon bleu. Moi aussi, Jeanne, j'ai de la belle nature à vous offrir – un immense champ bleu sur lequel la floraison se fait par paysages entiers! Écoutez un peu: en quittant Marseille je vais vers Malte en relâchant en Corse, en Sardaigne, à Naples et en Sicile. Une croisière de vaisseau de commerce; pour avoir des ennuis il faudrait les chercher, j'aurai tout le loisir de vous faire l'amour pendant le voyage. Et entre-temps, pour vous reposer, je vous emmènerai trembler à portée de canon des bandits corses, acheter des brassées de broderies sardes, vous baigner nue dans le golfe de Gaèta et cueillir du persil sauvage au pied d'un temple grec. Que dites-vous de mon menu?

— Que vous y avez oublié Malte, dit-elle en souriant malgré elle.

— C'est le dessert. Car un jour, en effet, vous verrez Malte venir à vous... Tout se passera là-bas là-bas, au bout de votre regard, comme un jeu de couleurs. Vous verrez se lever sur l'horizon une ligne de brume bleuâtre pincée entre les grands bleus de la mer et du ciel, vous entendrez une voix crier « Terre! » et les matelots se mettront à danser de joie sur le pont. De la brume épaissie montera lentement une haute falaise de plus en plus dorée, puis le nez de son promontoire pâlira, bourgeonnera de points blancs et verts et La Valette apparaîtra, suspendue comme un miracle au-dessus d'un grand golfe bleu hérissé de piques noires qui deviendront des mâts, habité de gros oiseaux blancs qui deviendront des voiliers. Alors nous entrerons dans la rade et un vol de cloches vous tombera dessus et vous cassera la tête, parce que Dieu ne fait nulle part ailleurs plus de bruit qu'à La Valette!

Elle avait beau ne pas vouloir se laisser prendre par la voix du conteur, ce n'était pas possible: le conte avait trop de charme.

— Et une fois débarquée à Malte, que deviendrai-je? demanda-t-elle.

— Je vous logerai dans ma petite maison.

— Une maison de corsaire?

— C'est une simple et commode maison que j'ai rachetée à la veuve d'un artisan. Je l'ai fait enjoliver, meubler... Elle a un tout petit potager en terrasse sur la mer.

Les yeux de Jeanne brillaient maintenant de la même lumière d'or humide qu'il y avait vue tout à l'heure, quand elle lui parlait du cresson du docteur Aubriot. Vincent en fut heureux au point de s'en sentir sot. Mais il avait envie d'être sot. De faire des projets roses d'amoureux naïf.

— Vous vous plairez à La Valette, reprit-il, personne qui ne s'y plaise. D'ailleurs vous n'y demeurerez pas assez longtemps pour vous en lasser. Le Roi fera bientôt la paix avec l'Angleterre — il faudra bien, et alors je pourrai sans danger vous faire passer le détroit de Gibraltar pour vous emmener dans l'Atlantique. Je vous ferai tourner la pointe de l'Afrique et nous irons jusqu'à vos chère îles de l'océan Indien.

Il ajouta, avec une malice teintée d'agressivité:

— Je ne dis pas que les belles images de la Dombes qu'*on* vous a montrées soient à dédaigner, mais moi, Jeanne, je vous donnerai toutes les images du monde qu'on peut prendre à force de voiles, et vous verrez que ce n'est pas mal non plus.

Elle soupira de bien-être, secoua ses cheveux, laissa longtemps flotter dans le silence le songe immense qu'il venait de lui offrir et sur lequel elle posait un lointain regard de miel. Enfin elle demanda, d'une voix tout apprivoisée :

– Que pousse-t-il, chevalier, dans votre potager ?

Vincent retint un éclat de rire.

– Cela, fit-il, c'est vous qui me le direz en latin ! Moi, je préférerais vous expliquer mon plan pour vous enlever demain. Ou alors je pourrais vous embrasser ?

– Expliquez-moi le plan, dit-elle vivement en se reculant de lui.

C'était on ne peut plus vrai qu'il en avait bâti un, fort précis, qui commençait à l'aube prochaine. Il la voulait vêtue comme elle l'était ce matin, en jeune homme, et avec un tout petit bagage. Mario serait à l'attendre à la porte du château la plus discrète que Jeanne lui aurait indiquée et il aurait des chevaux à l'entrée du parc, pour la conduire jusqu'à la chaise de poste louée par Vincent... Le corsaire avait vraiment tout prévu, même la manière dont, la chose faite, il la réconcilierait de loin avec Mme de Bouhey. Jeanne l'écoutait comme on écoute une histoire de fées quand on a dix ans, à mi-chemin d'y croire et de n'y pas croire, prête à se réveiller sur le canapé de la bibliothèque, le nez dans un roman.

– Je me demande si vous m'avez écouté ? dit soudain Vincent. Que me répondez-vous ?

Répondre, mais elle ne le pouvait pas ! On ne peut répondre à une offre d'enlèvement que par oui ou non, et elle en était à se demander laquelle des deux syllabes la tentait le plus ? Pour gagner du temps elle porta la main, timidement, à la croix à huit pointes qu'elle voyait briller à la boutonnière du chevalier :

– Que dit le grand maître, quand un chevalier de l'Ordre ramène sa maîtresse à Malte ?

Vincent vit passer, dans son beau jardin des mille et une nuits, le petit vieillard vif et malin au regard d'inquisiteur sévère par-devant mais sensé par-derrière. Un grand maître bien de son siècle, rapace, toujours prêt à négocier une frasque contre une poignée d'or à bâtir ou à engloutir dans son laboratoire pour fabriquer la pierre philosophale qui lui assurerait l'immortalité – la bonne, celle d'ici-bas.

– Sous cape, notre grand maître Pinto de Fonseca est gai comme un Portugais, dit-il. Pour plus de sécurité il fait son paradis sur terre, et, comme il a autant d'esprit que de libertinage, il est indulgent.

– Vous avez réponse à tout, chevalier. Mais sans doute savez-vous déjà fort bien comment le grand maître reçoit vos maîtresses ?

L'amour à la légère est votre grand jeu, j'imagine, votre plus joyeux passe-temps ?

– Par Dieu, Jeanne, que pensiez-vous donc que fût l'amour ? Une tâche pénible ? Je veux vous ôter cette idée à l'instant, ma chérie...

Il la prit dans ses bras. Comme il la surprenait moins que la première fois son baiser mit plus de temps à forcer le barrage des dents serrées mais, quand il l'eut franchi, maladroitement, Jeanne tenta par instants d'y répondre. Il déboutonna la veste de drap ponceau, sentit que sous la chemise le buste était nu et commença pudiquement de poser ses caresses sur la batiste... Du sein menu et rond jaillit un bouton dur, Jeanne se raidit et trembla. Elle tremblait doucement, d'une houle de tout son corps. Il attendit qu'elle se fût apprivoisée, amollie, pour écarter la fine cotonnade, emprisonner le fruit de chair nue dans sa main... Longtemps il la garda ainsi serrée contre lui et à demi abandonnée, la bouche envahie par son baiser d'amant inventif. Elle lui montrait si ingénument qu'elle subissait son premier contact avec un homme, découvrait sa sensualité avec une confiance si touchante que la tendresse montait en Vincent au même rythme que le désir. Il voulut tout à loisir savourer la volupté de la patience. La dégageant de ses bras il la reposa avec douceur contre le dossier du canapé, rapprocha un peu les bords de sa chemise et se recula d'elle pour mieux la voir.

Elle ne disait pas un mot, ne bougeait pas, ne remuait pas un doigt pour mieux recouvrir sa gorge. Les paupières mi-closes, le visage habité par l'ombre d'un sourire intérieur, elle se donnait aux caresses des yeux de Vincent comme elle s'était donnée aux caresses de ses mains, en chatte instinctivement docile aux cajoleurs délicats.

Lui s'attardait dans sa contemplation, rêvant aux cent manières exquises d'achever sa vierge et s'offrant un sursis avant de n'en choisir qu'une, hélas. Ce lui était une jouissance aiguë que d'attendre ainsi. La même que celle qu'il éprouvait sur mer devant une trop jolie corvette à prendre et visiblement désemparée par plus grand et plus habile qu'elle, et à qui il donnait un temps de grâce, quitte à la voir fuir, parce que lui avait le démon de l'élégance et qu'elle était si charmante dans son désarroi.

Un galop de chevaux fonçant droit sur eux jeta Jeanne debout, empourprée, fermant nerveusement sa chemise. Le galop tourna court sur la gauche et se renfonça dans le bois, mais le moment de sortilège charnel était brisé. Comme elle s'exaspérait sur ses boutons il voulut l'aider, mais elle s'écarta de lui avec brusquerie, dit d'une voix brève : « Je me demande quels étaient ces cavaliers et s'ils auront reconnu ma jument? » Elle ramassa sa cravache sur la table et se précipita dans l'escalier.

Vincent saisit la pelle de la cheminée et se mit à frapper avec rage sur le rougeoiement du feu en se traitant de tous les synonymes d'imbécile qu'il put trouver sous sa langue.

Elle l'attendait devant le pavillon en grattant sa Blanchette entre les oreilles. Le soleil, enfin sorti de la brume dont fumait la terre, couvrait ses cheveux d'un brillant d'huile blonde.

La voir là, alors qu'il l'avait cru perdue, lui fut un bonheur si suave qu'il lui sembla mériter l'éternité. Il plongea dans l'un de ces instants où un homme dit oui devant un prêtre en croyant oui.

Elle vint à lui toute souriante, balançant exprès sa chevelure:

– Je ne pouvais pas m'enfuir, vous avez mon ruban dans votre poche.

Il passa derrière elle pour l'aider à rassembler ses mèches dans le lien de taffetas, comme il aurait pu le faire après l'amour. Ses mains tremblaient un peu, inhabituellement maladroites. Quand il en eut fini:

– Si vous ne venez pas au rendez-vous demain, au moins renvoyez-moi votre ruban, dit-il d'un ton mal accordé aux paroles légères.

Elle le regarda bien en face:

– Je crois que je viendrai, chevalier.

Il la saisit et la broya contre sa poitrine.

– Chevalier, je ne veux pas vous tromper, dit-elle avec gravité en se dégageant. Je ne vous aime pas. J'ai envie d'être enlevée à un mariage triste, rien de plus.

– Vous avez joliment raison, mon cœur! Être enlevée à quinze ans vous consolera un jour d'en avoir cinquante. Par Dieu, Jeanne, je vous promets un enlèvement à vous faire un beau souvenir inusable. Dites-moi seulement quand je puis vous envoyer Mario pour vous entendre avec lui sur la porte où il devra vous attendre?

– A six heures, pendant qu'on servira le thé. Qu'il m'attende dans la cour pavée.

De ses deux mains croisées il lui fit un marchepied pour la remettre en selle. Au moment d'y poser la botte elle fut parcourue d'une grosse, d'une chaude vague de confiance envers cet inconnu. Il lui semblait soudain plus proche d'elle que n'importe qui au monde. Partir avec Vincent à l'aube prochaine lui était devenu la chose la plus naturelle qui soit. Elle osa dire:

— Ne m'embrasserez-vous pas avant que je ne m'en aille?

Cette fois sa bouche s'ouvrit tout de suite, comme un fruit mûr dès qu'à peine mordu.

— Par chance, dit-il un peu plus tard d'une voix railleuse, mes baisers ne font pas partie de ce que vous n'aimez pas en moi.

— J'aime aussi vos cheveux, dit-elle, essayant d'imiter sa désinvolture.

D'un grand coup de son tricorne-lampion il la salua profondément :

— Je vais tenir un inventaire de vos bontés pour moi, mademoiselle. Vous voudrez bien m'informer si, en cours de route, il vous arrive d'aimer d'autres choses encore. Je serai heureux de me retrouver entier dans votre cœur en débarquant à La Valette. Malte est un climat où l'on se console mal de n'être pas aimé.

Le souper de ce second jour n'avait réuni qu'une vingtaine de personnes — des familiers. La soirée finirait tôt. Elle se traînait en bavardages oiseux lesquels, bizarrement, s'imprimaient en Jeanne comme autant de messages à retenir. On aurait dit que sa mémoire travaillait à mettre sous clé la dernière phrase de Marie, la dernière phrase de Delphine, la dernière phrase de l'abbé Rollin — toutes les dernières phrases, insignifiantes et précieuses, d'un monde que l'aube allait engloutir derrière les talons de la fugitive.

« Si vous voulez une belle chasse à la bécasse, allez chez le curé de Chapaize. Il a des enfants de chœur qui rabattent comme des anges ! Et son sacristain, qui lui sert de piqueux... » C'était la voix du capitaine baron de Bouhey.

« Ma tante, j'ai promis au marquis Christophe d'Angrières de lui faire avoir de la peau de daim. De belle peau de daim pour les culottes des officiers, on n'en trouve guère qu'à Lyon, et j'ai pensé... » C'était la voix d'Anne-Aimée Delafaye.

« Je ne me ferai relever de mes vœux que pour faire un mariage d'amour. Je ne désire pas du tout vivre avec un époux, sauf s'il m'était un amant. » C'était la haute voix nette d'Émilie, la chanoinesse en fleur.

« Mon bon ami, je ne sais de quel trou de rustauds sortait cet évêque qui nous a visitées à Neuville? Imaginez qu'il voulait connaître par le détail nos heures de dévotion! Le voilà-t-il pas qui me demande la première chose qu'on fait chez nous en se levant? Pouvais-je décemment lui répondre: " Monseigneur, à cette heure-là c'est chez nous comme partout, on prend son pot de chambre et on pisse ! ” C'était la bonne voix grasse de dame Charlotte, la chanoinesse sur le retour.

« Ma liqueur de Rossoli ? Ma foi, madame, je la fais comme tout le monde, en mêlant fenouil, anis, coriandre, carvi, camomille et sucre, le tout dans de bonne eau-de-vie... » C'était la voix de Mme de Bouhey.

Une grosse boule de larmes se coinça dans la gorge de Jeanne. Cette chère voix-là aussi, dans quelques heures, serait une voix morte. Combien de temps met une lettre pour aller de Malte à Charmont, de Charmont à Malte ? Et d'abord, la baronne répondrait-elle à l'ingrate qui l'aurait fuie sans même un adieu pour courir se jeter dans les bras d'un don Juan de passage ?

« Je me demande toujours, ma chère Jeanne, comment vous vous y prenez pour être plus belle à chacune de mes visites ? Ce soir, vous vous surpassez encore, vous rayonnez. » C'était la voix du procureur Duthillet.

Jeanne dut faire un réel effort pour répondre au compliment : déjà elle ne faisait plus partie de cette comédie de salon ; en lui envoyant une réplique, on la faisait sursauter. Après quelques mots à son fiancé elle retomba dans son mutisme. Mme de Bouhey se pencha vers elle pour chuchoter :

– Tu n'as pas l'air sur la terre ce soir, mais sur un tapis volant. Ne pourrais-tu redescendre un moment parmi nous, ma Jeannette ?

La jeune fille eut un tel élan vers sa tutrice qu'elle eut envie de tout lui dire. Ah ! partir pour la belle aventure en se retournant pour voir Mme de Bouhey agiter son mouchoir sur le balcon de sa chambre, recevoir un dernier sourire, un dernier baiser du bout de ses doigts... Partir pardonnée, en se laissant à Charmont une vieille tendresse intacte. Même pressée de s'arracher à son enfance on aime bien savoir que quelqu'un vous la gardera au chaud. Elle effleura d'une caresse la main de la baronne, se fit un peu plus attentive. Geneviève de Saint-Girod était encore en train de vilipender les jeunes filles du siècle :

– Oh ! c'est pis que jamais ! Elles sont toutes devenues d'un romanesque ! Je conçois qu'on n'ait pas voulu brûler Rousseau, mais au moins devait-on livrer au bourreau sa larmoyante Héloïse : un bon feu l'eût un peu séchée.

– Chère madame, dit le père Jérôme, ce sont d'abord les ouvrages de l'abbé Prévost qu'il aurait fallu mettre au feu. Depuis que ces demoiselles ont lu *Manon Lescaut* elles se font enlever pour un oui ou un non. C'est la mode, même dans les couvents !

— Se faire enlever est un fort bon moyen de donner son avis à un père qui ne vous le demande pas, dit Émilie.

— Et c'est que nos fiançailles sont parfois si interminables, soupira Marie.

— Puis tant de parents ont encore, sur le chapitre des mésalliances, de vieilles idées du temps de Louis XIV! dit Anne-Aimée.

— Sans compter que, pour ne jamais faire de folies, il faudrait que l'ennui n'existât pas, renchérit Émilie.

— Mais écoutez-les donc! s'exclama Mme de Saint-Girod. Ne vous disais-je pas qu'aujourd'hui toutes ces demoiselles se prenaient pour des héroïnes de roman? Dans cinq minutes elles s'excuseront de n'avoir pas encore goûté de l'escapade en chaise de poste.

— Oh! fit Émilie avec impertinence, pour moi, madame, je n'ai pas encore dit mon dernier mot là-dessus. Ma cousine Éléonore de Saint-Clair de la Tour s'est fait enlever l'hiver passé par un cornette que mon oncle lui refusait, il paraît que l'aventure a été charmante! Il a bien fallu, au retour, lui laisser son cornette avec la bénédiction du curé de Saint-Roch, et en plus, elle avait eu le voyage et une prison très amusante chez les ursulines de Rochefort. Le lieutenant de police était aux petits soins pour la recluse et toutes les dames de la ville venaient lui porter des douceurs et du vin pour se faire raconter ses amours. Il n'y a que dans les romans de l'abbé Prévost que les demoiselles enlevées tournent mal et que leur péché leur tombe sur la poitrine. Cependant, pour courir la poste, mieux vaut choisir le printemps: en été on étouffe en chaise et l'hiver, on y gèle.

— De tels propos seraient un scandale dans la bouche de n'importe quelle jeune fille, mais, dans la bouche d'une jeune dame de Neuville, ils appellent la colère de Dieu! gronda le père Jérôme outré.

Mais tout le monde riait du discours d'Émilie.

— Ma chère Jeanne, pardonnez-moi de ne point encore vous avoir enlevée, s'excusa plaisamment Louis-Antoine Duthillet. Je manque à tous mes devoirs de futur époux.

Comme, en disant ces mots, le procureur s'était levé et semblait vouloir s'éclipser discrètement de la compagnie, Jeanne l'accompagna jusqu'au vestibule.

— Devez-vous donc nous quitter si tôt? demanda-t-elle poliment.

— Hélas oui, ma chère. Il me faut rentrer à Châtillon. J'ai promis mon carrosse aux Aubriot. Madame Aubriot et sa fille aînée veulent partir dès minuit pour le Bugey. Je n'en ai pas parlé pour ne point attrister une aimable soirée, mais il est arrivé un malheur chez les Aubriot de Belley. La femme du docteur a pris la fièvre pernicieuse des accouchées: elle est morte hier.

9

Elle s'était jetée sur son lit tout habillée et sanglotait. Elle sanglotait en cascade, en déluge, comme une désespérée pleurant sa plus chère amie. Ses larmes s'épuisèrent avant son besoin de pleurer. Pendant longtemps elle demeura prostrée sur ses oreillers, les tempes serrées dans un étau, les yeux brûlés, le nez spongieux, les joues cuisantes. Enfin elle se redressa, s'installa mieux et se mit à penser.

La mort de Marguerite Aubriot était tombée sur son désir de fugue comme un filet. Maintenant, son élan paralysé, Jeanne contemplait l'immense nouvelle : l'homme qu'elle adorait pieusement depuis son enfance allait revenir vivre à sa portée – libre ! Car pourquoi resterait-il à Belley, loin des siens, puisque Marguerite ne l'y retiendrait plus ?... Tous les souvenirs doux qu'elle avait de Philibert commencèrent de lui retomber de la mémoire au cœur, un par un. Un coup de vent marin les en avait balayés pendant deux jours, depuis deux jours Jeanne avait presque oublié de vivre avec le fantôme de Philibert – comment l'avait-elle donc pu ? Elle se revit dans les bras de Vincent et parvint à peine à s'en croire.

Qu'allait-elle faire du chevalier ?

Elle se leva pour aller baigner son visage en bouillie, s'aperçut qu'elle grelottait, s'enveloppa dans un châle et s'assit devant sa table...

Que les mots lui venaient donc difficilement, et si plats, pour congédier Vincent ! Pour lui écrire il fallait bien l'évoquer, et le poids de sa beauté sombre, de ses baisers, de ses caresses, de ses promesses, recommençait à peser sur elle. Elle déchira trois lettres, en commença une quatrième. N'était-il pas étrange qu'ayant retrouvé miraculeusement l'espérance de Philibert elle pût encore si bien entendre la voix railleuse de Vincent, voir ses yeux bruns se moquer d'elle, sentir sa main lui relever le menton et sa bouche se poser sur ses cheveux, sur ses paupières, sur ses lèvres, sur son cou ? La bouche absente était encore si chaude sur sa peau, si gênante pour écrire que Jeanne jeta sa plume avec colère, froissa sa quatrième lettre en boule, tira une cinquième feuille de papier d'un tiroir : « Tant pis, se dit-elle excédée de fatigue, je vais mettre n'importe quoi. De toute manière nous ne nous reverrons jamais, cela ne se pourrait pas. » Quand elle eut enfin écrit « Partez sans moi » sur une dixième feuille elle se sentit exténuée d'idées, et prit son bâton de cire à cacheter... A sa fenêtre, la nuit pâlissait. Soudain elle rouvrit son pli, enferma dedans son ruban de catogan en taffetas noir et le recacheta.

A l'aube, quand Mario vint chercher Jeanne, il ne remporta qu'une lettre humide fleurant le lis et la camomille.

Deux hommes seulement s'étaient heurtés au cours de la mousson sentimentale qui avait secoué Jeanne : Philibert et Vincent. Son troisième homme, l'officiel, le pauvre gentil Louis-Antoine, elle l'avait oublié, totalement ! Elle n'y repensa qu'au milieu de la matinée et ce fut pour se demander comment elle obtiendrait de la baronne la rupture de ses fiançailles ? Car une chose au moins était devenue certaine pour elle : elle ne pourrait pas épouser le procureur. Se garder libre pour Philibert redevenu libre n'était pas sa seule raison. Le souvenir des étreintes de Vincent faisait lever en elle une angoisse affolée : si Louis-Antoine voulait l'embrasser comme le chevalier l'avait embrassée, la caresser comme le chevalier l'avait caressée, elle ne le supporterait pas. Vincent lui avait ôté sa résignation candide au sort commun des jeunes filles qu'on donne à des maris « bien sous tous les rapports » qu'elles n'ont pas choisis. Restaient à inventer de bonnes, de décentes raisons de rupture pour les présenter à Mme de Bouhey.

La baronne devina tout de suite que la vraie était le veuvage subit du docteur Aubriot et la trouva une fort mauvaise raison. En plus de dix colères elle dépensa un ruisseau de tendresse et un fleuve de bon sens pour sauver son projet Duthillet. A son ordinaire elle ne mâcha pas ses mots et, s'il l'avait entendue, peut-être le procureur de Châtillon n'eût-il pas goûté sa façon de le défendre en le représentant comme le cocu idéal le plus proche de la maison Aubriot !

Autour de sa châtelaine, le tout-Charmont coalisé tenta en vain de convaincre Jeanne que renoncer à épouser le rang et les rentes de M. Duthillet était une irréparable sottise. Tout s'usa contre l'entêtée – le mépris de Delphine, l'amitié du baron François, les sermons de l'abbé Rollin, les hauts cris de Pompon, et même l'offensive inattendue de la Sergent, laquelle, sortant soudain de sa coutumière réserve, engouffra dans les oreilles de la fiancée récalcitrante toute sa poésie ménagère, le bonheur de pendre un trousseau de clés à son jupon, d'administrer des armoires pleines de linge et de régner sur des journées de lessive et de confitures. Paroles perdues ! Même le réel chagrin et les offres de « sursis » de Louis-Antoine ne purent remettre le mariage en route.

— Ma bonne Marie-Françoise, votre affaire est manquée, conclut un jour dame Charlotte. Nous vivons en 1762 avec des jeunes filles de 1762. Notre époque est encombrée de femmes de lettres qui parlent haut et ne cessent d'écrire que le droit à l'amour est un droit licite pour une femme aussi.

— Hé! fit la baronne, croient-elles nous faire part d'une trouvaille? Et le fait de clamer le bon droit des femmes à l'amour fait-il pousser plus d'amants parmi les hommes? Nous avons toujours dû nous les partager derrière le dos des maladroits. Se marier était justement le moyen d'entrer dans le jeu avec bienséance. Mais aujourd'hui, même les jeunes filles voudraient permission d'avoir la cuisse légère!

— Baste! fit dame Charlotte, depuis que le sieur Maille a inventé son vinaigre astringent, la virginité la plus bousculée est récupérable pour le soir des noces. Maille fait une fortune avec sa spécialité.

— Qu'il se presse de la faire, car ces demoiselles ne voudront bientôt plus de maris du tout, ni avant ni après! grommela la baronne. Vous avez entendu l'autre soir les discours de votre petite dame Émilie? Elles ne veulent plus que des amants, ou alors il faut que vous leur dénichiez l'oiseau rare, le mari-amant pour lequel elles sont toutes prêtes, paraît-il, à s'ensevelir dans une éternelle fidélité trempée de larmes.

— Eh bien, après tout, maintenant Aubriot est veuf, laissa tomber la chanoinesse, que sa belle-sœur avait mise dans la confidence.

La baronne sursauta:

— Y pensez-vous vraiment, Charlotte? La famille Aubriot est vaniteuse de ses armoiries, elle croit fort à sa bourgeoisie.

— Duthillet est aussi un bon bourgeois de Châtillon, et pourtant...

— C'est vrai. Mais qu'Aubriot ne fasse pas partie des princes qui épousent des bergères, j'en jurerais. En plus, ne le prétend-on pas veuf inconsolable?

Le jeune homme avait couru le guilledou, l'homme jeune n'avait pas boudé les aventures, mais le veuf de Marguerite Maupin n'était plus ni l'un ni l'autre. Le même écho de lui revenait sans fin aux oreilles de Jeanne: le docteur Aubriot se remettait mal de son deuil, traînait une âme désolée. Son humeur altérait sa santé au point que ses proches lui conseillaient de partir s'installer à Paris, lui faisaient valoir que Paris le distrairait de son chagrin, qu'il y pourrait fréquenter la société scientifique qui lui avait toujours manqué dans sa province. L'un de ses meilleurs amis de jeunesse, natif de Bourg, l'astronome Jérôme de Lalande, y demeurait déjà et le pressait de l'y rejoindre. Bernard de Jussieu, l'illustre naturaliste du Jardin du Roi, en faisait autant, ayant pris grande considération pour son confrère provincial dans les lettres botaniques qu'Aubriot adressait à Lalande. Ces prières étaient flatteuses et, si le savant hésitait à céder à la tentation de Paris, ce n'était qu'en regardant le minuscule Michel-Anne Aubriot sourire dans son berceau. Son oncle, le curé Maupin de Pugieu, s'offrait à le garder, mais ce nourrisson était un morceau vivant de sa femme morte et Philibert avait plus aimé Marguerite que Jeanne n'aurait supporté de le croire. Ni l'homme ni le médecin ne pouvaient se pardonner vite, le premier d'avoir engendré la mort, le second d'avoir été impuissant à guérir. Aubriot n'avait pas encore fermé son cabinet du Bugey, hésitait et, en attendant, faisait la navette entre Belley et Châtillon.

Jeanne allait rôder dans Châtillon et ne tombait que sur ses absences. Elle en revenait toujours plus trempée de nostalgie, montait dans sa chambre, appuyait son front contre la vitre de sa fenêtre et contemplait longtemps l'horizon calme. Si calme ! Jeanne, ma sœur Jeanne, ne verras-tu donc jamais rien venir ? Volontairement elle s'était renfermée dans l'attente de Philibert, mais sans plus aucune patience ; elle n'était plus la petite fille que ses rêves d'amour nourrissaient assez. Le désir de Vincent l'avait affamée, l'amour avait été soudain dans sa main comme un fruit lourd et mûr à manger tout de suite ; par fidélité à Philibert elle avait rejeté le fruit mais il aurait fallu que vite, très vite, Philibert vînt la prendre dans ses bras pour la consoler de lui avoir été fidèle. Entendre parler du désespoir du médecin l'exaspérait. Avec la cruauté de ses quinze ans elle l'avait débarrassé d'un seul coup de Marguerite tout entière ; son amour pour elle, sa vie, ses souvenirs, ses projets avec elle, Jeanne avait tout jeté dans la tombe, à côté de la morte, comme si le survivant, lui, venait simplement de rajeunir de deux ans. Et dans ce cas qu'attendait-il pour reprendre sa bonne vie châtillonnaise de médecin-botaniste célibataire, dont Jeanne faisait partie ?

Ce fut Mme de Saint-Girod qui la première croisa Aubriot en ville et en donna des nouvelles dans le salon de Mme de Bouhey :

– Savez-vous que notre cher docteur Aubriot est en passe de périr de mélancolie, et cela parce qu'il n'essaie d'oublier son deuil qu'en se tuant de travail ? dit-elle en lorgnant vers le coin où Jeanne jouait aux échecs avec le père Jérôme. Le voilà qui recommence à passer ses jours à trotter, ses nuits à veiller, mais il n'a plus vingt ans. Il tousse, souffre de rhumatismes mais part herboriser sous la pluie, disant que la nature lui est bonne et qu'il croit trop peu à la médecine pour s'autrement soigner – ce qui est au moins imprudent pour le renom du médecin si ce ne l'est pour la santé de l'homme. Je souhaite qu'il trouve bientôt sous ses pas une fleur assez jolie pour le consoler d'avoir perdu sa Marguerite. Son ami Bernard, le pharmacien de Bourg, prétend qu'il ne veut plus exister que pour la mémoire de sa chère épouse, mais j'en suis moins sûre que lui ! Il n'est pas possible que la complexion amoureuse d'Aubriot ne lui ait laissé de la chaleur dans le sang. Qui a aimé, aimera.

Geneviève avait été presque sans respirer jusqu'au bout de sa tirade, de peur d'être interrompue par la baronne. Ce n'était pas qu'elle se souciât de faire le bonheur de Jeanne en l'envoyant s'offrir à son ancien amant ; mais elle estimait que si cette vierge pouvait empêcher un savant de mourir de langueur à trente-cinq ans, elle aurait fait un bon usage de sa virginité.

Jeanne entendit le message. La persuader qu'un nouvel amour pouvait sauver Philibert n'était d'ailleurs pas difficile : elle l'avait toujours su – et que cet amour s'appelait Jeanne. Mais comment aller lui dire : « Monsieur Philibert, prenez-moi comme remède à votre mal et, du même coup, vous guérirez le mien ? »

– Jeannette, si vous ne jouez pas avec plus d'attention, je vous ferai mat en moins de temps qu'il ne m'en faut d'ordinaire, observa le père Jérôme.

La baronne tourna son regard vers les joueurs et, s'adressant à Mme de Saint-Girod :

– Ne croyez-vous pas, mon amie, que nous pourrions commencer de prier Aubriot à des dîners intimes ? Qu'il sente un peu notre amitié, la chaleur de notre compassion. J'essaierai de l'avoir pour un jour de la semaine prochaine...

Jeanne se mit à attendre avec une dévorante impatience l'heure du soir où elle installait sa tutrice dans la bergère de sa chambre. Mais quatre heures plus tard, quand elle l'eut fait et se fut assise à ses pieds sur la douceur du tapis, elle n'osa pas reparler de Philibert, et ce fut la baronne qui lui lança, comme négligemment :

– Si ton Aubriot vient dîner je serai curieuse de voir, Jeannette, comment tu t'y prendras pour lui faire comprendre que tu es toute prête à le consoler.

La jeune fille prit la main de Mme de Bouhey, l'embrassa, se caressa la joue dessus :

– Vous êtes si bonne de vouloir l'inviter, dit-elle.

— Non, je ne suis pas bonne: je suis pressée! dit la baronne d'un ton bourru. Je voudrais te voir au plus tôt prendre ton Aubriot comme on prend la petite vérole, parce qu'à ton âge on revient le plus souvent de la petite vérole et qu'on en revient préservée à jamais!

Le docteur Aubriot fit répondre qu'il ne se sentait pas le cœur d'accepter aucune invitation. L'espérance de Jeanne, encore une fois, retomba.

Pour comble de tristesse, la vie de Charmont s'était appauvrie. Le baron François était aux armées, son fils aîné Charles dans son académie militaire et, au début de l'automne, Jeanne se retrouva seule au château entre la baronne et Delphine. Jean-François, dont la grand-mère à bout de résistance avait dû accepter la vocation héréditaire, avait été expédié à l'École de Mars de Paris où, vêtu d'un uniforme rouge à parements bleus et à tresses d'or qui le rendait fou d'orgueil, il apprenait à faire la jolie guerre des gentilshommes fortunés. L'abbé Rollin et son valet Longchamp l'y avaient accompagné, l'un pour cirer ses bottes, l'autre pour le surveiller. Quant à Denis, il avait à peu près disparu de Charmont. Au collège de Trévoux, le fils de l'intendant Gaillon s'était découvert un cerveau avide, il s'y était passionné de chimie et, revenu chez son père pour ses dix-sept ans, avait vite trouvé à s'employer à l'apothicairerie de l'hôpital de Châtillon, auprès du pharmacien Jassans. Féru lui aussi de nouvelle chimie, Jassans avait installé un laboratoire d'expériences dans sa maison, et Denis n'en sortait plus: il voulait découvrir des applications industrielles de ses connaissances pour les offrir aux manufacturiers lyonnais, toujours prêts à financer les chercheurs. Pour se désennuyer Jeanne tenta de s'intéresser aux recherches de Denis, lui proposa son aide, mais le jeune chimiste l'écarta, comme s'il la boudait encore. Chagrinée, elle retourna se repaître de songes sur le canapé de la bibliothèque.

A table, même quand des familiers du voisinage venaient s'y asseoir, les conversations étaient grises, elles avaient le goût de la fine pluie têtue de septembre. La guerre, qui durait depuis bientôt sept ans, ne pouvait que finir très mal pour la France. Du front où il n'avait cessé de reculer devant les troupes prussiennes le baron François envoyait des lettres alarmistes, dans lesquelles ses généraux et ses maréchaux en prenaient pour leurs grades! Il est vrai que depuis le début des hostilités ils s'étaient montrés bien médiocres, et plus occupés à se mutuellement détester, à s'éclabousser de fêtes de camp et à rivaliser de pillages pour leur compte qu'à s'unir pour vaincre en commun les ennemis de leur roi. Quant à la flotte, ce qu'il en restait était en débâcle sur tous les fronts de mer. Il devenait certain que le duc de Choiseul devrait bientôt se résigner à signer une mauvaise paix. Depuis beau temps le peuple s'était désintéressé de cette guerre trop longue et lointaine mais, dans les châteaux, celles qui n'en recevaient que des nouvelles sans gloire continuaient de s'attrister toujours plus: les morts et les blessés pesaient plus lourd dans la défaite qu'ils n'eussent pesé dans la victoire et la liste ne s'en allongeait pas moins. Le climat devint si morose à Charmont qu'un soir la baronne décida d'envoyer Jeanne passer une semaine à Lyon, chez ses neveux Delafaye, pour y reprendre un air de joie.

L'hôtel Delafaye était un gai séjour.

Quand Mme de Bouhey avait installé à Lyon ses deux neveux, Joseph et Henri, elle les avait mariés avec deux sœurs, les riches et gentilles filles d'un soyeux prospère. Cinq enfants étaient nés dans les deux ménages, et tout ce monde s'était retrouvé à vivre en commun dans une vaste et belle demeure neuve construite dans le quartier Bellecour. Les cinq jeunes Delafaye, d'âges rapprochés, formaient une joyeuse compagnie, d'autant que leurs pères et mères les laissaient fort libres, n'ayant pas trop de tout leur temps pour s'occuper de leurs ateliers de tissage, de leur grand magasin de la rue Mercière et d'un négoce actif avec l'étranger.

Quand Jeanne arriva place Bellecour, Laurent, le fils de Joseph Delafaye, se préparait à descendre à Marseille où il aurait à faire avec l'armateur Pazevin. Le jeune homme allait sur ses vingt ans, c'était la première fois qu'il se voyait confier la responsabilité d'un contrat d'armement à signer et il en avait profité pour demander qu'on le nippât à neuf, histoire de faire bonne figure dans la société marseillaise.

Réjouissante affaire, pour toutes les jeunes filles de la maison, que d'aider à se faire beau le précieux Laurent, l'unique mâle sorti des deux couvées Delafaye! L'héritier entra chez le tailleur Pernon entouré d'un harem jacassant, chacune de ses femmes bien décidée à l'enjoliver selon ses goûts. Ses sœurs Élisabeth et Margot ne voulaient que de l'habit classique à la française, le plus convenable pour un négociant sérieux. Ses cousines Anne-Aimée et Marie-Louise se chamaillaient pour les couleurs des velours de soirée, rouge, bleu ou noir. Jeanne en tenait pour le gris et la culotte à pont, en souvenir de Vincent. Le sieur Pernon aurait du mal à imposer son avis ! Il y parviendrait pourtant, il y parvenait toujours ; à Lyon, en matière de mode masculine, Pernon était l'oracle, on s'y fiait. Même les riches étrangers de passage venaient se vêtir chez lui. On chuchotait que les charmes potelés de la belle Mme Pernon ne pesaient pas rien dans le succès de son mari, mais ce n'était peut-être qu'une calomnie – les commerçants heureux sont jalousés.

L'atelier des Pernon était très vaste, éclairé de hautes fenêtres. Sur la table de travail allongée devant le jour, cinq ouvriers assis à la turque tiraient l'aiguille, leurs casiers à fils posés entre eux. Un somptueux déplié d'étoffes s'étalait sur le comptoir du fond. D'ordinaire, en arrivant chez un tailleur, Jeanne courait tout de suite aux soieries pour y plonger ses mains mais, cette fois, son attention fut d'abord retenue par la scène qui se jouait au milieu de l'atelier. M. Pernon était en train d'y essayer une veste d'un lumineux rouge de cinabre sur un client d'environ trente-cinq ans, que Mme Pernon, mains jointes et secouée de menus cris, environnait d'une extase commerciale très au point.

L'homme était grand, large d'épaules, fin de taille, avec un teint bis et des lèvres très rouges. Un mince nez en bec d'aigle et des yeux noirs brillants et légèrement saillants lui donnaient, quand il ne souriait pas, un air d'oiseau de proie assez inquiétant. Mais en voyant entrer la bande des jeunes gens il se mit à sourire et il souriait généreusement, d'un sourire à très bonnes dents. Jeanne lui trouva bel air. De son côté lui dut trouver Jeanne à son goût, puisqu'il ne cessa plus de la regarder. Même quand un apprenti vint lui présenter un satin à culotte au toucher de fesse d'ange, il le tâta sans quitter la jeune fille des yeux, si bien qu'elle put prendre pour elle les caresses et les compliments qu'il fit à la soierie. Le français de l'inconnu était parfait mais très chantant, souvent timbré à contretemps. Ce seigneur venait d'Italie sans nul doute. Comme soudain pris d'une impatience extrême il pressa M. Pernon d'en terminer, et passa bientôt derrière le paravent pour ôter la veste rouge criblée d'épingles et se rajuster.

Quand il en ressortit, les six jeunes gens eurent peine à retenir un « Oh ! » de surprise éblouie : le seigneur étranger ressortait follement élégant – trop, vraiment ! Il portait un habit en velours gris de perle lourdement brodé d'or, sur lequel il jeta un manteau flottant de soie noire avant de caler sous son bras un grand tricorne démodé, mais ouvré au point d'Espagne et empanaché de plumes blanches. Des breloques d'or, d'émail et de pierres scintillantes pendaient en nombre aux chaînes de ses montres de gousset, des bagues précieuses surchargeaient tous les doigts de ses fines mains brunes. Dans la capitale du Lyonnais où la richesse ne s'affichait sur soi que sobrement, la mise extravagante du voyageur ne devait pas passer inaperçue!

Mme Pernon s'avança en minaudant pour présenter aux Delafaye le chevalier Casanova de Seingalt.

Après une fort basse révérence aux demoiselles, Casanova vint vers Laurent comme à son secours:

– Je vous vois, monsieur, trop bien environné. Certes nous sommes faits tout exprès pour le bonheur d'accomplir les volontés du beau sexe mais, quand ses désirs nous pressent en si grand nombre chez notre tailleur, nous risquons fort d'en sortir déguisés en oiseau d'un étrange plumage!

Laurent trouva si drôle d'entendre ce déguisé-là parler de déguisement qu'il fut pris d'un fou rire. Tout le monde l'imita plus ou moins et le bavardage devint animé autour de M. Pernon, qui récitait sa dernière mode pendant que l'apprenti montrait à Laurent dans quelles étoffes on la pouvait tailler. Casanova, sans gêne aucune, donnait son avis sur tout, prenant soin de se tenir auprès de Jeanne, laquelle, par malice, ne cessait de tourner autour de la compagnie, comme un furet peu pressé de se laisser prendre. Dehors, la pluie qui s'était mise à tomber se transforma soudain en une grêle rageuse qui cingla les vitres de l'atelier.

– Nous voilà jolis! s'écria Margot. Nous sommes venus de Bellecour à pied, histoire de nous promener, avec ce temps nous ne trouverons pas de fiacres libres et nous rentrerons chez nous crottés comme des barbets!

– Non pas, mademoiselle, intervint Casanova. J'ai loué carrosse pour la durée de mon séjour à Lyon, il est à m'attendre à la porte, et mon cocher nous pourra reconduire tous en deux courses. J'entends que vous demeurez à Bellecour et c'est là que je vais aussi, chez madame d'Urfé, qui me donne l'hospitalité.

– Je croyais la marquise d'Urfé partie pour sa terre de Bresse? jeta Laurent, qui ne pouvait se retenir de suspecter ce chevalier doré sur tranches et trop beau parleur.

– C'est vrai, monsieur, reconnut Casanova. Elle y était déjà quand je suis arrivé à son hôtel. Je n'y ai trouvé qu'un billet, par lequel elle me prie de la rejoindre là-bas, soit à sa campagne, soit chez une amie d'auprès, au manoir de Vaux. Je comptais y courir dès demain, mais...

Son regard, velouté à merveille, chercha le regard de Jeanne tandis que celle-ci interrogeait vivement:

— Irez-vous donc à Vaux?

Et comme Casanova semblait surpris :

— D'ordinaire je vis au château de Charmont, très près de Vaux, ajouta-t-elle.

Aussitôt Casanova se récria sur sa bonne fortune inouïe, qui lui faisait rencontrer à propos le plus aimable des guides pour ce pays de Bresse où il craignait de se perdre.

L'extrême vivacité de parole et de gesticulation du Vénitien étourdissait et irritait Laurent, Lyonnais pondéré :

— Monsieur, coupa-t-il sèchement, n'ayez crainte de vous perdre en Bresse, votre cocher s'y retrouvera. Les cochers de Lyon sont fort bien informés des chemins de cette province, où leurs clients courent à toute occasion choisir de près leurs chapons et leurs poulardes.

— Mais c'est que je dois passer par les marais de la Dombes, dit Casanova. A Genève, d'où je viens, je me suis chargé d'un paquet pour un savant de Châtillon.

— Vraiment? s'écria Jeanne. De quel savant parlez-vous, monsieur le chevalier?

Dans la vibration de la voix de la jeune fille le Vénitien sentit passer sa chance de l'intéresser :

— Je dois trouver le docteur Aubriot, dit-il. En dînant à Ferney chez mon ami Voltaire j'ai rencontré un savant suisse, le docteur de Haller, qui m'a plus tard confié deux centuries de plantes alpines pour deux de ses confrères botanistes français. Je dois remettre l'une à monsieur Poivre, qui demeure en cette ville, et l'autre à monsieur Aubriot. J'ai hâte de délivrer mes messages car ils contiennent aussi quelques boutures fraîches à repiquer.

— Mon Dieu! s'exclama Jeanne, sont-elles emballées dans des linges humides et les avez-vous parfois tirées de leur colis, aérées, arrosées? Oh! ne pourriez-vous me les remettre, et dès aujourd'hui, afin que j'en prenne soin? Je vous assure que monsieur Phil... — que monsieur Aubriot serait au désespoir de ne pas recevoir ses boutures en état d'être plantées.

Elle avait parlé avec une animation si extraordinaire qu'un silence étonné s'était établi autour d'elle. Elle s'en rendit compte, rougit violemment et ajouta très vite :

— Voyez-vous, monsieur le chevalier, je suis un peu botaniste aussi et justement l'élève du docteur Aubriot.

— Mademoiselle, dit Casanova exultant de la tournure que prenait l'affaire, je ne m'en vais pas refuser aux plantes du docteur de Haller l'infini bonheur de passer de mes mains dans les vôtres. Si vous acceptez de m'accompagner chez madame d'Urfé où je les ai déposées...

Laurent intervint presque impoliment :

– Monsieur, nous irons tous ensemble dans un petit moment.

Mais Jeanne frémissait d'impatience :

– Voyons, Laurent, dit-elle, je sais fort bien que les histoires botaniques vous ennuient. Achevez donc de choisir votre garde-robe avec vos sœurs et vos cousines tandis que je rentrerai à Bellecour avec monsieur le chevalier, pour y prendre les plantes et les soigner au plus tôt. Dès que je serai à Bellecour, je vous enverrai votre berline.

Laurent afficha son visage de bois mais n'insista pas. Après tout, Jeanne n'était ni sa sœur, ni sa cousine, ni sa fiancée.

Casanova fut à peine assis dans le carrosse qu'il s'empressa de justifier la méfiance de Laurent en couvrant aussitôt sa passagère d'œillades en velours et de mots sucrés. La passagère ne faisait qu'en sourire – pouvait-elle se fâcher contre un homme qui allait lui fournir un alibi pour courir chez Philibert ?

– Je vois, chevalier, que vous tombez vite en conversation badine, dit-elle d'un ton léger.

– Badine ? s'écria Casanova, la voix soudainement douloureuse. Prenez-vous donc mes compliments pour un simple badinage ? Ne sentez-vous pas qu'ils sont des aveux, ne comprenez-vous pas que, d'emblée, votre beauté m'a surpris le cœur ?

– Le cœur ? répéta Jeanne, narquoise. Vous avez le cœur fragile ! Il est vrai qu'il est en dentelle, ajouta-t-elle en riant, avec un coup d'œil au volumineux jabot bouillonnant de plus de Valenciennes qu'elle n'en avait jamais vu sur la poitrine d'un homme.

– Riez, mademoiselle, riez de moi, je vous en prie. Quand vous riez vous achevez de m'enchanter : vos dents sont des perles.

– Fi donc, monsieur ! Les Vénitiennes se contentent-elles de louanges aussi plates ?

– Ah ! c'est que devant vous je perds l'esprit, dit-il avec emportement. La crainte de vous déplaire me rend sot, et je crains de vous déplaire en brusquant une déclaration que je ne puis pourtant plus vous taire : vous êtes la Française la plus divine que j'aie jamais vue depuis que j'ai posé le pied en France !

Ce disant il se laissa tomber à genoux devant elle et se mit à baiser passionnément sa jupe.

Après un instant de stupéfaction :

– Courage, monsieur, brûlez, brûlez les étapes, vous avez l'excuse que nous n'allons pas loin, dit Jeanne avec ironie. Mais placez donc un mouchoir sous votre genou, le velours de votre habit me semble d'un ton si délicat...

La calme raillerie de la jeune fille mit réellement Casanova au bord d'une de ces crises de désespoir presque sincères autant qu'éphémères, dont il était coutumier. Jamais il n'avait pu supporter de perdre une femme avant de l'avoir eue. Une sensation de frustration intolérable embrasait sa chair, l'aiguillonnait d'un désir aigu qui le poussait aux promesses les plus folles, et jusqu'à deux doigts d'épouser pour se satisfaire. Se rejetant sur les coussins de la banquette il se lança dans une tirade enflammée, si encombrée de mots excessifs, de gestes, de regards suppliants et même de larmes – il pleurait à sa volonté – que Jeanne, ébahie, se crut transportée dans un théâtre où se donnait une tragédie d'amour! Jamais elle n'avait vu un aventurier de la galanterie menant une entreprise à l'arraché sans aucun souci de sobriété, et elle ne savait pas que celui-ci était le trousseur de jupons le plus actif de toute l'Italie. Hélas pour ce don Juan déjà célèbre et habituellement plus heureux, elle fut plus sensible au ridicule qu'au romanesque de la situation et se mit à rire. Le séducteur en pâlit sous le rose de son fard, comprima à deux mains l'emballement de son cœur :

– Non! ne vous moquez pas, pria-t-il d'une voix sourde. Vous ne pouvez savoir à quel point j'étouffe du besoin de vous serrer dans mes bras. Non! redit-il précipitamment en la voyant se reculer, non, mon ange, vous ne devez rien craindre de moi. Je me réduirais à l'extrémité de m'étrangler plutôt qu'à celle de vous forcer. Tenez, mon ange...

Il lui tendit de très petits ciseaux d'or qu'il venait de détacher de l'une de ses chaînes :

– Donnez-moi une mèche de vos cheveux, et donnez-m'en assez pour m'en tresser une corde si vous ne voulez pas m'aimer!

Le fou rire reprit Jeanne sans qu'elle y pût rien :

– A vous voir avec ces ciseaux de voyage, je conclus, monsieur, que vous êtes toujours prêt à couper de quoi vous pendre aux cheveux des dames? Je garderai pourtant tous les miens, s'il vous plaît, parvint-elle à dire enfin. Oh! non! Non, je vous en prie, non! s'exclama-t-elle ensuite, et elle repoussa si rudement une attaque contre sa gorge que, un cahot aidant, Casanova se retrouva de nouveau à genoux.

Cette fois il ne l'avait pas cherché, mais tenta d'en profiter pour soulever le bas de la jupe de Jeanne, et baiser sa cheville.

– Allons, monsieur le chevalier, en voilà bien assez, dit la jeune fille d'un ton ferme en retirant son pied.

– Quoi, s'écria-t-il, navré de chagrin, me refuserez-vous tout, et jusqu'à ce baiser dont seule votre chaussure eût souffert ? Me haïssez-vous à ce point ? Ne m'autoriserez-vous vraiment rien ?

– Mais si, monsieur le chevalier, je vous autorise l'espérance, dit-elle en lui tendant sa main.

Il se jeta sur la main de Jeanne, pour l'embrasser avec un tel transport qu'elle en fut un instant effrayée. Le Vénitien ne comprenait rien, décidément, au marivaudage à la française ! C'était un vrai sauvage, estima-t-elle.

Le lendemain matin, Jeanne fit appeler un fiacre pour se rendre rue des Quatre-Chapeaux. Elle s'était fait remettre par Casanova les deux centuries de plantes alpines – celle que le docteur de Haller destinait au docteur Aubriot et celle qu'il destinait à M. Poivre. La seconde allait lui permettre de connaître enfin le célèbre M. Poivre avant de repartir pour Châtillon.

Pierre Poivre n'avait alors que quarante-trois ans mais, dans sa ville natale, il était déjà un personnage de légende. Sa folle vie avait tôt débuté. Collégien puis séminariste à la tête aussi vite bien faite que bien pleine, il avait pris, chez les pères missionnaires qui l'avaient éduqué, les deux passions de la botanique et des voyages. Embarqué à vingt-deux ans sur un vaisseau faisant voile vers la Chine, arrivé là-bas il avait aussitôt transformé sa mission religieuse en mission commerciale. On n'est pas pour rien l'héritier de trois siècles de négociants de la rue Grenette ! La Direction des Missions, fâchée, avait rejeté Poivre dans le siècle, où la Compagnie des Indes, séduite, l'avait ramassé. En 1745 il se trouvait à Pondichéry quand il avait reçu l'ordre de rentrer en France. Il ne devait y parvenir que trois ans plus tard. Entre-temps un boulet de canon anglais lui avait emporté le bras droit et il avait pris, en Isle de France, l'envie de planter là, pour son roi, un grand jardin d'épiceries grâce auquel la France détruirait le monopole hollandais des épices. A Versailles, on avait été enchanté de voir reprendre, par un jeune botaniste aventureux, ce vieux projet national de la conquête des épices, qui traînait dans les portefeuilles des ministres depuis l'an 1503 ! Restait à Poivre le soin de voler, aux Hollandais qui les gardaient férocement, des plants de girofliers et de muscadiers. L'intrépide avait donc repris la mer et le fil de ses aventures et, jusqu'en 1757, sautant de frégate en corvette, de flûte en rafiot, de brigantin en cargo, se faufilant entre corsaires, pirates et patrouilleurs, goûtant de quelques prisons, échappant aux roitelets en colère, soudoyant les mandarins et séduisant les favorites, rampant sous les palissades, passant entre les coups de feu et les coups de fièvre, évitant vingt fois la mort, renaissant de tous ses échecs, de tous ses naufrages, de tous ses combats, de toutes ses blessures, de toutes ses geôles, un beau jour, enfin ! Poivre avait débarqué au Port-Louis de l'Isle de France, un peu fatigué mais avec le sourire, portant, serré entre son cœur et sa chemise mouillée par une dernière tempête, un maigre butin de muscadiers et de girofliers en herbe, qui lui avait coûté neuf années de vie frénétique. Dévotement, le conquérant planta les plus beaux à Monplaisir, dans le jardin créé par le gouverneur Mahé de La Bourdonnais. Traîtreusement, derrière son dos, un autre botaniste jaloux de son confrère les arrosa avec une solution mercurielle, pour les faire crever. Fou de rage, Poivre était reparti pour Paris pleurer sa douleur et sa haine au Jardin du Roi, dans les girons de Buffon et de Jussieu ; et ces messieurs, outrés, l'avaient emmené se plaindre au Roi.

Louis XV adorait les jardins. Il plantait lui-même les oignons de tulipes dans les jardinières de la terrasse de Versailles, visitait ses potagers, discutait avec ses jardiniers, se régalait des bouquets que la Pompadour, passionnée de fleurs, semait à profusion dans les petits appartements. Poivre n'avait eu aucune peine à lui attendrir le cœur avec l'espérance d'un beau jardin d'épiceries et, pour l'avoir, le Roi avait tout promis à « son cher botaniste » : de racheter l'Isle de France à la Compagnie des Indes, d'y envoyer un gouverneur à l'âme verte dont Poivre serait l'intendant tout-puissant, de lui donner une frégate bien armée, avec sa flûte d'escorte, pour qu'il s'en aille razzier des girofliers et des muscadiers aux Moluques, à la barbe des Hollandais. Poivre était rentré de Versailles persuadé que ses lendemains embaumaient l'épicerie. Mais Lyon est loin de Versailles et la volonté de Louis XV était loin de la constance ; aussi, à la fin de 1762, Poivre continuait-il d'attendre sa frégate et tout le reste. Pour tromper son impatience, et parce qu'il avait de bons revenus, il se plantait un grand parc fleuri dans les environs de Lyon, sur la colline de Saint-Romain-au-Mont-d'Or, dont on racontait qu'il serait une merveille, et plein d'espèces exotiques apprivoisées.

Tel était le personnage de roman chez qui Jeanne se faisait conduire, son paquet d'herbes suisses posé à côté d'elle sur la banquette du fiacre, le cœur battant de curiosité.

Il demeurait dans le cœur du vieux Lyon groupé autour de l'église de Saint-Nizier et des Saints-Apôtres, rue des Quatre-Chapeaux. Depuis le Moyen Age rien n'avait changé dans l'enchevêtrement des rues, des « traboules » et des maisons de ce quartier jouxtant la Halle aux Grains. C'était une paroisse surpeuplée de soixante mille âmes et tout encombrée d'animation commerçante.

Pierre Poivre reçut sa visiteuse avec beaucoup de courtoisie, la remercia et, dès qu'il sut qu'elle avait étudié la botanique avec le docteur Aubriot, il ouvrit le colis de plantes et commença de lui parler de quelques échantillons. Il semblait loin de connaître la flore alpine aussi bien que Philibert, mais elle était ravie et fière de converser avec une célébrité de la ville et dévorait son hôte du regard.

Il n'était plus le jeune casse-cou aux muscles d'acier dont elle avait entendu évoquer les exploits. Lyonnais de pure souche, c'est-à-dire gourmand, Poivre s'était un peu enrobé de bonne chère. Vêtu d'un habit beige bien coupé éclairé de linge fin, coiffé d'une perruque poudrée à trois rouleaux, de taille moyenne, d'allure posée, il faisait grand bourgeois de qualité. Aussi, physiquement, décevait-il un peu la jeune fille, qui n'avait pu s'empêcher d'attendre l'aventurier de vingt ans. Sa figure non plus n'aurait pas été remarquable s'il n'y avait eu ses yeux, et on ne voyait qu'eux. Leur expression était aimable mais, surtout, l'intelligence en rayonnait de façon si intense qu'elle semblait s'échapper d'un soleil.

Poivre fit servir à sa visiteuse un délicieux vin de cassis agrémenté de pâtes de fruits, et elle osait lui demander de lui parler de ses voyages en Chine, quand une servante vint annoncer que M. le chevalier Casanova de Seingalt demandait à être reçu.

– Quel ennui, mon Dieu! laissa échapper Jeanne. Il vient savoir si j'ai bien délivré son colis.

– Mais je n'ai que des compliments à lui faire de sa messagère, dit Poivre en souriant.

– Sans doute, monsieur, mais...

Elle rosit, acheva :

– Je n'avais pas envie de partager ce petit moment que vous me donnez avec un bavard.

– Que voilà un aveu flatteur, mademoiselle! Eh bien, mais je vais faire dire au chevalier que je n'y suis pas et il en sera quitte pour revenir demain. Et ainsi, peut-être me ferez-vous le plaisir d'accompagner ma petite marche du matin? Je ne me lasse pas de me promener dans mon vieux Lyon depuis que, si souvent, j'ai pensé ne jamais le revoir.

Il l'emmena jusqu'aux tilleuls du rempart d'Ainay. C'était la promenade favorite de tous les Lyonnais, dont la vie se concentrait dans la presqu'île entre Saône et Rhône, depuis l'antique abbaye romane de Saint-Martin d'Ainay jusqu'à la ligne de fortifications joignant Saint-Clair au faubourg de Vaise. La matinée n'était pas brumeuse mais exceptionnellement claire, quoique plus grise que bleue. Les collines de Croix-Rousse et de Fourvières commençaient à se charger de traînées d'automne jaunes, brunes et rouges, mais une forte remontée de roses couvrait les tonnelles des guinguettes. Aux ceps des vignes les grappes de raisin devaient déjà peser lourd. Ils s'assirent sur un banc, au bord du paysage, et Poivre parla de la Chine, et de Java et de Manille et des Moluques, et de l'Isle de France... Emportée bien loin par l'oreille Jeanne regardait se construire, dans le ciel pâle familier, d'exotiques décors échevelés de couleurs, à travers lesquels un jeune et fol aventurier quêtait la girofle avec la fougue d'un chevalier de la Table Ronde quêtant le Graal. Quand son regard revenait sur le conteur il éprouvait chaque fois la même surprise en retrouvant un profil de paisible bourgeois lyonnais amateur de vie cossue. Elle finit par demander :

– Ne regrettez-vous jamais tant de merveilleux pays? Toutes ces fleurs, tous ces parfums, tous ces soleils que vous avez vus?

– Je regrette d'autres pays, d'autres fleurs, d'autres parfums, d'autres soleils – ceux que je n'ai pas vus. Mais notre ciel gris a son charme, ne trouvez-vous pas? Vous ne sauriez croire à quel point on aspire après un brouillard d'ici quand on est en train de griller sous un implacable beau temps bien épais de moustiques! Mais comme nous passons notre vie à nous la compliquer, ici où le soleil est sage j'essaie de me faire pousser un jardin de là-bas, plein de plantes frileuses.

– On me l'a dit. Votre campagne n'est-elle pas sur la paroisse de Saint-Romain-au-Mont-d'Or?

– Oui, au lieu-dit La Fréta. Je ne vous en propose pas la visite, La Fréta n'est encore qu'un rêve à peine sorti de terre. Il lui faudra bien quinze années pour devenir un jardin d'illusions.

– D'illusions ?

Le regard de Poivre s'éloigna jusqu'à l'horizon. Après un temps de silence :

– C'est en Chine que j'ai pris le goût d'entrer dans un jardin pour m'y dépayser à chaque tournant d'allée, commença-t-il.

Certes, je n'avais jamais pénétré dans un beau jardin sans ravissement mais, dans les parcs chinois, j'ai compris qu'un morceau de nature pouvait être remodelé pour donner la félicité. Je me suis alors promis que, si je revoyais jamais la France, je m'y planterais un jardin à surprises sur l'un des monts du Lyonnais – un jardin d'évasion. Je veux y mettre des arbres, des arbustes, des fleurs de terres lointaines; j'aurai à Lyon mon coin de Chine, mon coin de Manille, mon coin de Java, mon coin d'Isle de France... Quand je sortirai des sentiers d'un petit paradis tropical je serai bien étonné, en débouchant sur ma terrasse, de voir couler la Saône au pied de la colline et ainsi, de là-haut, même la Saône me donnera une image imprévue. Créer un jardin pour s'en faire un univers, imaginez-vous un plaisir plus délicat?

– Ne me demandez pas cela à moi, qui ai besoin de jardiner autant que de boire ! s'écria Jeanne. Hélas pour se créer le jardin de ses rêves il faut pouvoir s'y ruiner.

– Soyez sûre que je n'y manquerai pas! dit Poivre en riant. Mais un jardin bien venu vaut tous les biens du monde. Il ne cesse de vous donner de la paix dans un beau décor, et je tiens que vivre en paix au milieu de la beauté est la meilleure des recettes de longévité heureuse.

– N'est-il pas drôle que ce soit vous qui me disiez cela?

– Si, sans doute. Mais c'est qu'en joignant mon âge on commence à envisager avec intérêt les moyens de vivre vieux en demeurant jeune! Il y a tant de jouissances à prendre sur la terre qu'il faut se garder bon appétit jusqu'au bout de sa route.

La main unique de Poivre, machinalement, s'était posée sur un fragment de statue échoué contre le banc. C'était un morceau de torse féminin, dont il réchauffait patiemment l'épaule nue de douce pierre polie, remontant parfois jusqu'à la déchirure du cou ou se laissant glisser vers le renflement annonciateur du sein perdu. Le fait de n'avoir qu'une main pour se donner la volupté de caresser ne semblait pas l'attrister le moins du monde. « Il est comme Vincent, un animal de bonheur, pensa Jeanne, frappée de son expression de contentement. Un mauvais sort l'a fait infirme, mais son instinct et son intelligence du bonheur ont triomphé de sa misère et il en sera sans doute toujours ainsi. » Cette pensée lui causa une bouffée de mélancolie : pourquoi Philibert n'avait-il pas une nature aussi prompte à se saisir des joies qui passent? Pourquoi s'attardait-il dans un malheur enterré? Pourquoi ne l'avait-il pas embrassée le soir où ils avaient soupé en tête à tête pendant l'indisposition de Mme de Bouhey ? Elle était soudain certaine que, si Poivre avait été à la place de Philibert, il n'aurait pu se retenir de poser sa main sur elle...

– Vous êtes bien songeuse, dit son voisin en lui souriant.

A cause de ce qu'elle était en train de penser, ce bout de phrase la fit rougir et le sourire de Poivre s'accentua :

– Je ne sais d'où vous vient cette roseur subite, mademoiselle, mais elle vous va bien. La plus belle femme de pierre ou de marbre ne rougit jamais, c'est là l'un de ses gros défauts.

Il appuya un long regard sur Jeanne avant de reprendre :

– Vous êtes fort jolie, mademoiselle Beauchamps. Quel est votre prénom ?

– Jeanne.

– Vous êtes fort jolie, mademoiselle Jeanne. Mais on vous l'a bien sûr déjà dit ?

– Oui.

– Cela ne fait rien, un compliment est toujours neuf. D'autant qu'on peut le dire avec des mots nouveaux...

Il lui décocha une phrase dans un idiome tout à fait imperméable.

– Et cela signifie, monsieur ?

– Cela signifie à peu près – en chinois de Canton – que vous êtes jolie au point d'en être un moment de béatitude pour vos vis-à-vis.

– Oh ! fit-elle, avez-vous donc appris la langue chinoise ?

– Oui, et surtout la langue chinoise à l'usage des jeunes filles. Les Chinois ont la fâcheuse coutume de vous jeter en prison pour faire mieux votre connaissance et, en prison, le plus urgent est d'apprendre à attendrir la fille du geôlier !

Il la fit beaucoup rire en lui contant un bout de ses prisons tragicomiques. Comme ils redescendaient sans se presser vers la ville, Poivre se tourna vers sa compagne et demanda :

– Reviendrez-vous me voir, mademoiselle Jeanne ?

Elle en resta muette, suffoquée de joie. Pierre Poivre, le célèbre M. Poivre, la priait de revenir le voir !

– Vraiment, je pourrai ? balbutia-t-elle enfin. Je ne vous ennuierai pas ?

Il lui glissa un coup d'œil gentil :

– Il est inutile de jamais poser cette question à un homme, mademoiselle. Pas maintenant, en tout cas. Gardez-la pour beaucoup plus tard.

10

Un client des Delafaye qui montait en Bresse l'avait fait profiter de sa chaise de poste et laissée au relais de Villars. Là, Jeanne s'apprêtait à faire seule la dépense d'une course jusqu'à Châtillon lorsqu'elle vit passer, dans son carrosse, dame d'Espiard d'Auxanges, une chanoinesse qui rentrait à Neuville après un voyage dans le Midi. Dame Suzanne la prit volontiers à son bord pour la déposer devant la maison Aubriot.

Elle demeura immobile à la porte pendant plusieurs longues minutes, soudain paralysée par la crainte de s'entendre dire que Philibert était en Bugey. Le commis du boulanger, en venant livrer ses pains, lui jeta un coup d'œil étonné qui la remit en marche derrière le garçon. Le sourire joyeux de Clémence, la plus jeune sœur de Philibert et sa préférée, lui apprit d'emblée que le grand frère chéri était à Châtillon :

– Il vient juste de partir pour l'hôpital, d'où monsieur l'aumônier l'avait fait appeler. Mais si vous voulez l'attendre dans la salle, Jeannette, vous ne vous y ennuierez pas : j'ai là un chevalier Casanova de Saint Quelque Chose que Philibert m'a laissé en garde, et il est beau, ma chère ! Et divinement mis, couvert de dentelles et de bijoux ; je jurerais que c'est un prince sous l'incognito.

Jeanne eut un mouvement d'impatience : le don Juan de Venise était tenace !

– Puisqu'il vous plaît tant, Clémence, je vous le laisse tout pour vous, dit-elle. J'irai plutôt, moi, prendre monsieur Philibert à l'hôpital.

Avant, elle souhaitait se rafraîchir et se défroisser, et Clémence la fit entrer dans sa chambre.

Son cœur battait la chamade. Elle se voyait là, en train de vivre intimement dans *sa* maison, s'y baladant en jupon de dessous, la gorge et les bras nus, les cheveux relevés, le visage éclaboussé de bulles de savon, les nippes qu'elle venait de tirer de son sac de voyage étalées sur la courtepointe du lit, une paire de bas blancs jetée sur le bras du fauteuil de paille. C'était bon, bon ! Bon à s'embrasser de plaisir dans la glace ! C'était *comme si*. Elle mit son jupon et son caraco en drap d'Usseau dont le doux vert amande seyait comme un fard à son teint de thé clair, choisit le seul bonnet qui lui restât frais – une légère coiffure en diadème de mousseline blanche plissée piquée d'une rose-chou de même tissu, une nouveauté flatteuse que la lingère de Bourg appelait « à la Douce Raillerie », Dieu savait pourquoi. Se mettrait-elle un peu de rose? Elle y renonça, le bonheur qu'elle avait dans la tête animait bien assez ses joues, mais, trouvant sur la toilette de Clémence une eau de senteur ménagère à son goût, elle en aspergea son décolleté avant de nouer son fichu. « Je suis très bien », jugea-t-elle avec aplomb en se toisant dans le miroir. Pour la première fois elle se sentait sûre d'elle au moment d'affronter Philibert. Depuis qu'elle ne l'avait vu elle avait appris qu'elle plaisait aux hommes. Enivrante certitude! De n'avoir qu'à paraître pour plaire on ne devait pas s'en lasser! Elle s'essaya à des gestes provocants, cambra les reins, gonfla ses seins, mouilla ses lèvres, tendit sa bouche entrouverte à son rêve... Il était temps, vraiment, qu'elle prît l'initiative de se jeter dans les bras de ce grand distrait qu'était le savant de Châtillon.

La ville, sous un beau soleil, éclatait de gaieté. Elle resplendissait comme pour un jour de Fête-Dieu, mais c'était là son ordinaire. Jeanne se demanda s'il y avait une autre petite cité aussi bien fleurie dans tout le Royaume? Par contagion les Châtillonnais avaient pris d'Aubriot l'amour du jardinage et jardinaient dans tous les coins, de manière à enchanter l'œil du promeneur. Partout le regard trouvait une abondance de couleurs d'automne plantées dans les jardins, aux fenêtres et sur les balcons, sur les rives de la Chalaronne et du Durlevant. Des potées de géraniums suspendues égayaient la magnifique halle de bois sombre, la façade du couvent des ursulines, la cour de l'école et même la poutraison du lavoir sur le Durlevant. Deux barques de bouquetières étaient lâchées sur la Chalaronne et, des ponts couverts enjambant les deux rivières, croulait, vers l'eau paisible verdie de cresson, un ruissellement de guirlandes éclairées par une profusion de capucines. A la défloraison, des milliers de graines s'envolaient des plantations pour retomber en semis sauvages sur les ruines du château médiéval, les remparts de la cité vieille, le haut de la tour et du beffroi de Saint-André, l'herbe du Pré de la Foire, partout! La ville, d'elle-même, se fleurissait jusque dans les trous de ses murs. Jeanne se demandait toujours comment Philibert avait pu quitter une ville si plaisante avec tous ses bouquets et ses jolies maisons à colombage en briques savoyardes rouges, pour s'en aller vivre en Bugey — un pays sévère d'épaisses forêts noires?

Elle arriva devant l'hôpital. Ce beau bâtiment d'architecture classique avait toujours abrité plus de pauvres que de malades, parce qu'il faisait bon vivre pauvre à Châtillon. En 1617, un certain

M. Vincent, devenu depuis saint Vincent-de-Paul au ciel, avait créé là, dans la chapelle d'une paroisse dont il était le curé, la Confrérie des Dames de Charité. Ce geste n'avait fait que renforcer la bonne nature des Châtillonnais, lesquels avaient toujours aimé avoir des pauvres gras. Nulle loi ne les y forçait ; c'était simplement pour eux, et depuis la nuit du Moyen Age, une question de point d'honneur que de ne laisser personne souffrir la faim dans une province surpeuplée de poulardes ; aussi l'hôpital de Châtillon était-il un hôpital exceptionnel, où l'on ne venait pas mourir dans la crasse et l'indifférence, mais survivre de bonnes soupes grasses parmi de bonnes odeurs de cire et de savon, derrière des fenêtres éperdument fleuries de géraniums.

Le portier dit à Jeanne qu'elle trouverait sans doute M. le docteur Aubriot chez M. Jassans, à l'apothicairerie.

Du haut en bas de la petite pièce sombrement boisée les pots ventrus en faïence de Meillonnas luisaient faiblement sur les étagères, clos sur leurs secrets. Debout dans l'odorante pénombre, penchés sur la balance du comptoir encombré de mortiers et de mesures d'étain, le médecin et le pharmacien, bien qu'ils fussent en train de parler le plus normalement du monde, semblaient se chuchoter une recette d'alchimie.

– Jeannette! s'exclama Philibert. Vous n'avez pas de malade à Charmont, j'espère?

Elle s'expliqua. Assez mal, en vérité. Elle avait l'impression de lui dire des choses bêtes, tellement inutiles, tellement éloignées de ce qu'elle avait à lui dire!

Rapidement Aubriot acheva sa conversation avec Jassans et prit sa petite amie par le coude pour la reconduire dans le soleil de la cour. Dès qu'elle sentit la chaleur de la main de Philibert à travers le fin lainage de sa manche, la tête lui tourna. Toute sa certitude d'être assez belle pour lui aussi la quitta d'un bond. La stratégie de courtisane qu'elle s'était fixée : 1. je le regarde dans les yeux, 2. je lui souris en montrant mes dents, 3. je me tords la cheville et me retiens à son bras, 4. je fais « aïe! » et je boite pour qu'il me soutienne un moment... – d'une si belle stratégie elle ne songea pas même à exécuter la première manœuvre! Elle ne pouvait plus songer qu'à une chose, elle n'était plus qu'une seule chose : le morceau de peau bienheureux qui tiédissait sous la paume de Philibert.

Ils franchirent le portail de l'hôpital, atteignirent la clôture des ursulines :

— Voyons un peu votre mine? fit alors Philibert en marquant un arrêt. Regardez-moi, Jeannette... Eh bien, mais je ne suis pas mécontent de votre teint, il a de la santé. Et je suis content de vous voir, mon Jeannot, ajouta-t-il dans un sourire.

Le dernier bout de phrase toucha Jeanne si fort que deux larmes lui sautèrent des yeux, qu'elle renifla vite. C'était le moment, mon Dieu, c'était le moment de lui crier : « Moi, monsieur Philibert, ce n'est pas du contentement que j'ai, mais du bonheur, je suis heureuse, heureuse de vous voir à m'en éclater, heureuse à en mourir parce que je vous aime! » Comme elle s'en voulait d'être idiote, muette, plus souche qu'une souche! Était-ce pensable, raisonnable, vivable, que d'être amoureuse de cet homme au point d'en perdre tous ses moyens de le séduire? Elle se serait battue! Mais pour n'aboutir à rien, elle en était sûre. Jamais elle n'avait rien pu, jamais elle ne pourrait rien contre ce respect extasié que lui provoquait Philibert. Elle ne pouvait que trembler du violent besoin inassouvi de se jeter dans ses bras.

Aubriot lui lança un coup d'œil :

— Vous n'avez jamais été fort bavarde, Jeannette, mais ne le seriez-vous pas moins encore que naguère?

— Je vous trouve un peu pâli, dit-elle avec effort, et maigri. Je suis certaine que vous travaillez trop et ne dormez pas assez.

— C'est que vous ne me surveillez plus, répliqua-t-il avec bonne humeur. Je vais me faire une prescription pour que vous m'accordiez deux visites par semaine chaque fois que je séjournerai à Châtillon. Peut-être savez-vous que je reviens d'herboriser en Auvergne? Mes portefeuilles de plantes montagnardes sont encore dans un abominable désordre. Que diriez-vous de m'aider à y voir clair? ... Hé! mais, Jeannette, où diable courez-vous soudain? Voulez-vous pêcher la truite du pont?

Elle ne voulait que se cacher, le temps d'arrêter ses larmes, vite, vite, avant qu'il n'aperçût cette ridicule inondation. Penchée sur la Chalaronne au milieu du pont de la Boucherie elle s'essuyait les joues avec ses mains mais aurait aussi bien pu, avec le même résultat, essuyer la rivière!

Un moment le médecin la contempla en silence, prit enfin sa voix la plus douce :

— Pourquoi pleurez-vous, Jeannette? Quel chagrin êtes-vous venue me confier que vous n'osez pas me dire?

— Non, non! bredouilla-t-elle précipitamment en se tamponnant avec son mouchoir roulé en boule, je n'ai pas de cha...agrin, pas du tout! C'est bien le contraire et un tr... trait nouveau de mon tempé... rament. Je pleure pour un rien quand j'ai du plai... aisir. Le père Jérôme prétend que... que cela arrive souvent aux jeunes filles de mon â... âge. Il me conseille les bains froids.

– Les bains froids?

– Oui. Auriez-vous une meilleure or... ordonnance, monsieur?

– Cela se pourrait bien, dit Aubriot.

L'ombre d'un sourire tendait sa bouche, dessinait fortement ses mâchoires sous la peau de son visage maigre.

– J'ai, en tout cas, une ordonnance à vous proposer pour ce soir, qui est de vous amuser un peu, reprit-il. Connaissez-vous le chevalier Marlieux?

– Bien sûr, dit Jeanne, qui s'était enfin séchée et tâchait de cacher son nez – il devait être tout rouge, affreux! Le chevalier vient parfois à Charmont. L'été passé, il nous a même fait le plaisir de nous électrocuter. Il électrocute à la perfection, ne manque jamais son coup.

– Eh bien, dit Aubriot, je veux vous faire souper avec Marlieux ce soir. Je dois retrouver chez lui Jassans et l'abbé Rozier, dont j'ai fait un botanomaniaque fervent, et qui s'est aussi toqué de physique. Nous emmènerons avec nous ce chevalier Casanova que je n'ai encore fait que croiser et qui m'attend chez moi. Je lui dois bien une soirée pour s'être encombré d'un paquet pour moi depuis Genève. On le dit d'ailleurs assez amusant, attardé dans l'alchimie et féru de sottises magiques dont il fait quelque peu commerce. Mais au fait, vous l'avez vu avant moi. L'avez-vous trouvé intéressant?

– Je l'ai trouvé bavard. Et féru de galanterie.

– Oh, oh! Vous aurait-il fait sa cour, Jeannette?

– Ma foi, oui, dit-elle avec coquetterie.

Il la lorgna de côté :

– Et sa cour vous a-t-elle plu, Jeannette, ou déplu?

Elle fit mine d'arranger son bonnet, lâcha d'un trait :

– J'adore qu'on me fasse la cour, là!

– Cela aussi est sans doute un trait nouveau de votre tempérament?

– Oui, dit-elle, osant le regarder au visage.

Lui aussi la regardait, malicieusement :

– Et contre cela, que vous conseille le père Jérôme? La prière?

– Je prie en effet beaucoup pour cela, monsieur Philibert, dit-elle, enhardie puisqu'on plaisantait. Je prie pour qu'on me fasse la cour!

Il eut un éclat de rire, un de ses beaux rires d'autrefois, une bouchée de rire, ferme et brève. Depuis combien de temps, mon

Dieu, n'avait-elle pas entendu ce rire? Ah! il y a de ces instants où, vraiment, le paradis retombe sur la terre!

– N'en doutez pas, disait Casanova, madame d'Urfé est rompue à toutes les opérations du grand œuvre. A Paris, dans sa demeure du quai des Théâtins j'ai vu sa bibliothèque – un trésor prodigieux! Rien de moins que l'héritage du grand d'Urfé, l'époux de Renée de Savoie, alchimiste savant s'il en fût et d'impérissable mémoire.

– Pourtant, connaissant bien la marquise je sais qu'elle n'a point encore fabriqué l'*aurum potabile,* la panacée qui rend jeunesse et beauté, observa l'apothicaire Jassans avec férocité.

– Oh! la marquise est encore une beauté, susurra Casanova, toujours galant. Une beauté du temps de la Régence, évidemment.

– S'il est fort pardonnable d'avoir une figure du temps de la Régence, il ne l'est guère d'avoir encore un esprit du temps de la Régence à la quarante-huitième année du règne de Louis XV, remarqua Aubriot.

– Madame d'Urfé n'est point une sotte, monsieur, dit Casanova, un peu vexé. Ses connaissances sont grandes, même en médecine. Savez-vous bien qu'elle a lu et relu tout Paracelse et le sait par cœur?

– Votre amie n'a pas là un savoir bien utile aux malades, dit Aubriot, sarcastique. Je ne vous souhaite pas, chevalier, de vous faire jamais soigner par un médecin trop imbu de trop vieux grimoires. On meurt pour bien moins que cela.

– Faut-il donc, monsieur, s'en tenir aux barbiers ignares? demanda Casanova d'un ton vif.

– Dieu! s'exclama l'abbé Rozier, n'allez pas, chevalier, entamer devant monsieur Aubriot l'éloge des suppôts de saint Côme * ! Il ne les peut souffrir. De leurs méfaits il aurait à vous en réciter pour la nuit.

– C'est qu'ils ont appris à purger dans des écuries et qu'ils saignent comme si le sang d'un corps n'était bon qu'à être répandu dans leurs cuvettes, dit Aubriot.

– Dame! fit Jassans, il faut vivre. Le coup de lancette, c'est le pain quotidien des chirurgiens. A trois francs la veine, comment se retenir de saigner?

– Six francs, si la veine est difficile, corrigea Aubriot.

– Eh bien, cela ne vaut-il pas mieux que cinq francs pour un

* Patron des barbiers-chirurgiens.

accouchement? demanda Jassans. Au temps passé... La saignée est même meilleure que le clystère, quoique le clystère, à quatre francs, ne soit pas mauvais.

– De toute manière il faut préférer le clystère à la saignée, dit Aubriot. Il tue moins, donc il conserve le client. On ne peut pas toujours trouver trente à soixante livres d'un coup en coupant une jambe.

– Oh! s'écria Jassans, la bonne opération d'aujourd'hui n'est plus l'amputation, c'est la pierre! A six cents livres par vessie il se faut faire spécialiste de l'appareil à pisser.

– L'opération de la pierre est donc dès maintenant au point en France? interrogea Casanova.

– Cela va sans dire, chevalier. L'opération est miraculeuse, la preuve en est que vous ne l'entendez raconter que par des malades guéris ; les autres se tiennent cois, dit Aubriot.

Le pharmacien éclata de rire, et Mme Marlieux, qui tentait depuis un moment de reprendre la maîtrise de la conversation, en profita pour intervenir :

– Vous êtes insupportables tous les deux! s'écria-t-elle, s'adressant au médecin et au pharmacien. Vous ne pouvez être assemblés un quart d'heure sans tomber tout exprès dans un cynisme effrayant.

– Cela est vrai, chevalier, confirma Mme Jassans en se tournant vers Casanova. Dès que mon mari et monsieur Aubriot commencent à parler de médecine leurs propos deviennent bientôt atroces.

– C'est que notre médecine est atroce, dit Aubriot.

– Ainsi, monsieur, vous ne croyez point à votre art? demanda Casanova.

– Je serais bien effronté d'y croire, voyant ce que je vois! s'exclama Aubriot. Savez-vous ce que j'ai vu pas plus tard qu'hier, sans qu'on me permît de l'empêcher? J'ai vu mon confrère de Saint-Trivier administrer huit grands lavements de suite à un ventre de bois. Le mal n'est pas trop grand parce que le patient laisse plus de trente-deux livres d'héritage pour régler sa dépense, mais imaginez le dommage si mon confrère eût ainsi traité un gueux insolvable après sa mort?

– Ah! non! dit fermement Mme Marlieux, non, docteur, vous n'allez pas recommencer!

– Je vous promets que non, dit Aubriot en saluant son hôtesse d'une inclination de tête. D'ailleurs, n'est-il pas l'heure de passer au jeu de l'électricité?

Le chevalier Marlieux se leva :

— Si vous vous y sentez tous disposés... Mon cher Aubriot, l'électricité vous fera un jour une guérisseuse magique, je vous le prédis.

— Votre bouteille de Leyde est-elle prête, mon ami ? lui demanda sa femme.

— Cela va de soi, ma chère Rose, elle l'est toujours.

— Le fait est, soupira Mme Marlieux, que votre bouteille vous voit plus que moi ! Je ne suis que votre femme et elle est votre maîtresse.

Le chevalier Marlieux soupait rarement chez lui : à des lieues à la ronde tous les curieux de « physique amusante » se l'arrachaient. Il savait faire des tours avec le fluide mystérieux, et se faire électrocuter en chœur après le café était une distraction très prisée des gens de qualité.

Jeanne attendait avec impatience l'instant de former la ronde, l'instant de glisser sa main dans celle de Philibert. Elle n'avait guère dit plus de trois mots pendant le souper, attentive seulement à son bonheur. Placée à la gauche d'Aubriot elle ronronnait avec la volupté tranquille d'une chatte ronronnant dans le halo d'un poêle. La tiédeur de Philibert l'enveloppait, et son odeur, et sa voix, et son regard parfois ; elle respirait le même air que lui, portait sa fourchette aux mêmes plats, buvait du vin qu'il buvait... L'heure avait été pleine, parfaite, couleur d'orange. Et cela continuait : ce fut Philibert qui, d'autorité, lui prit la main quand se forma le cercle. La main de Jeanne tressaillit, Philibert la serra dans la sienne et se pencha pour demander bas :

— Peur ?

Elle secoua la tête :

— J'ai déjà senti la secousse deux fois.

Le furet électrique passa si violemment dans la ronde que les trois dames présentes poussèrent trois cris et que Casanova — surprise, nervosité ou comédie — en tomba renversé sur un fauteuil. « Cet amusement est au fond assez stupide, pensa Aubriot en contrôlant le pouls du Vénitien, nous devrions bien attendre d'en savoir un peu plus sur le phénomène avant de jouer avec. » Mais les autres et même l'accidenté se récriaient de plaisir, enchantés d'avoir été si bien secoués, s'efforçant de s'expliquer leurs sensations à l'aide d'expressions nuancées.

— Certes, il fait nuit noire, mais le temps est si opportunément gros d'un orage... N'avez-vous pas envie d'envoyer votre cerf-volant dans un nuage ? demanda soudain Jassans en se tournant vers Marlieux.

— Si nous faisons cela, il serait amusant d'en profiter pour électriser une dame, dit Marlieux avec empressement. J'aimerais assez montrer au chevalier Casanova comme je tire des étincelles d'une dame : c'est absolument ravissant.

Mme Marlieux vint s'asseoir plus près de son mari :

— Voilà plus d'un an, mon ami, que je vous entends parler des belles étincelles que vous tirez des dames. Ne vous serait-il donc pas possible d'en tirer parfois d'un homme aussi ?

— Ma foi, fit Marlieux, je dois avouer que je n'ai jamais essayé que sur des dames. Leur sensibilité est meilleure que la nôtre, plus fine, plus subtile — cela n'est-il pas reconnu ? Il me paraît donc logique qu'elles conduisent mieux le fluide.

On entendit sonner le rire ferme et bref d'Aubriot, et Marlieux se retourna vers lui :

— Bien entendu, vous doutez ? dit-il avec vivacité. Pourtant, que nous ayons tous un pouvoir d'électricité dans le corps, que nous l'ayons plus ou moins fort et que les femmes l'aient plus impressionnable que celui des hommes, je serais prêt à en jurer Mais nous autres Français tenons à être sceptiques en tout. Le scepticisme est désormais notre religion en toute matière, plutôt que la vérité.

— Mais non, protesta Aubriot. Pour ma part, j'ai fort envie de croire que tout corps animal mâle ou femelle est une bouteille de Leyde organique, mais mon soupçon ne me paraît pas suffisant pour me laisser relier à un orage afin de vous procurer un feu d'artifice !

Le chevalier Marlieux se déplaça, vint s'accouder au dossier d'une bergère placée au milieu du salon et leva la main pour appeler l'attention :

— Eh bien, mes amis, commença-t-il dans le silence établi, eh bien, mes amis, vous venez tous, et par un soir lourd d'orage, de souper à l'ombre d'un paratonnerre !

— Dieu ! s'écria Mme Jassans, perdez-vous l'esprit, chevalier, d'ainsi nous exposer ?! Posséder ce diabolique objet n'est-il pas tout à fait interdit ? D'où le tenez-vous donc ?

— D'Angleterre, madame.

— Rassurez-vous tous, dit Mme Marlieux, c'est sur mon poulailler que mon mari a fait monter son nouveau jouet.

— A la bonne heure ! respira Mme Jassans. Vous pourrez toujours donner un banquet de poules si elles vous tombent toutes pâmées d'un coup de foudre.

— Madame, dit narquoisement Marlieux, ce n'est point par crainte du ciel mais par crainte de mon curé que j'ai choisi le poulailler plutôt que la maison. Mon curé ne se souciant pas encore du salut de mes poules, il ne me dénoncera pas au lieutenant de police.

Tout le monde sourit, sauf Casanova, qui interrogea la compagnie du regard. Ce fut l'abbé Rozier qui expliqua :

— Nos théologiens français ont condamné le paratonnerre, chevalier. Ils estiment impie de s'opposer aux arrêts du ciel, qui aime pouvoir foudroyer quelqu'un de temps en temps.

— Nous avons des idées bien à nous, ajouta Aubriot. Nous préférons aussi continuer d'être vérolés plutôt que de nous faire inoculer la vaccine, et c'est toujours pour l'amour de Dieu. Nos théologiens ne peuvent oublier que Job a reçu sa petite vérole du Diable luimême et qu'en conséquence, en introduire un peu dans un corps est pratique satanique.

— Je suis surpris, dit Casanova. En Suisse tout comme en Angleterre, en Allemagne, en Russie, aux Amériques et chez les Orientaux, on inocule déjà. Les médecins d'ici n'ont-ils pas leur mot à mettre là-dessus autant que les théologiens ?

— Un mot ? Après en avoir agité des milliers dans les facultés, mes doctes confrères se sont finalement rangés à l'arrêt scientifique de l'Eglise, dit Aubriot avec ironie. Voyez-vous, chevalier, beaucoup des malheurs des malades français viennent de ce que leurs médecins adorent se réunir à leur chevet pour discuter de quoi ils meurent.

Casanova grimaça une moue d'effroi :

— Du ton dont vous traitez de la médecine de votre pays, monsieur, on n'a pas envie de tomber malade chez vous. Pour l'être je tâcherai d'attendre mon retour à Genève. Là-bas ils ont au moins Tronchin, dont ils font grand cas.

Jassans tiqua :

— Si vous voulez mon avis d'apothicaire, chevalier, je vous dirai que Tronchin ne vaut rien. Il soigne avec de bon air, de la marche, de l'eau et des compotes... Cet homme-là est des plus dangereux !

— N'en reviendrons-nous pas à l'électricité ? intervint Marlieux, impatienté.

Il avait été convenu que Casanova et l'abbé Rozier demeureraient les hôtes du manoir des Marlieux jusqu'au lendemain, et que Jeanne serait reconduite à Charmont par le vieux carrosse qui servait aux gens de l'hôpital mais, au moment du départ, le Vénitien s'empressa de lui offrir le confort meilleur de son carrosse de louage. Aubriot fronça les sourcils et Jeanne, contrariée, chercha à poliment se défaire de l'importune proposition : du tête-à-tête roulant avec ce don Juan d'étoupe, elle en avait déjà goûté ! Mme Marlieux s'aperçut de son embarras, en devina la raison et vint à son secours :

– Je crois que mademoiselle Jeanne préférera encore le cabriolet de mon mari, dit-elle en souriant. Elle l'a beaucoup admiré quand nous l'avons pris pour visiter la baronne de Bouhey cet été.

– Oh ! oui, chevalier, si votre cocher n'est pas encore couché, faites-moi le plaisir de me renvoyer en cabriolet ! s'écria Jeanne, soulagée, en s'avançant vers Marlieux.

A Paris on écrasait déjà couramment le piéton avec du cabriolet, à Lyon on commençait d'en voir et d'en souffrir mais, à Châtillon, celui du chevalier était encore une originalité de haut goût qu'on regardait passer. Marlieux ne l'avait que depuis six mois, il en était très fier et ne se fit pas prier pour commander d'atteler :

– Et point n'est besoin de mon cocher, dit-il joyeusement, je conduirai moi-même.

– Non pas, intervint la voix d'Aubriot. Marlieux, mon cher, je comptais justement vous demander permission de conduire un jour votre beau jouet, pourquoi pas ce soir ? On doit se sentir remis à vingt-cinq ans, quand on roule cabriolet ?

– Voyez vous-même, il est à vous, dit Marlieux. Donnez-vous le bonheur de le faire galoper jusqu'à Charmont, mais tâchez de ne verser qu'au retour, quand vous serez seul !

Jeanne se pinçait pour y croire. C'était vrai, pourtant. Elle vit un valet caler et fixer son bagage derrière la caisse, Philibert grimper lestement à la place du cocher, lui tendre la main pour l'aider à monter, saisir les guides, elle entendit claquer son appel de langue et le fouet cingler l'air au-dessus de la croupe du cheval... Ils entrèrent au petit trot dans le silence du boulevard de Bourg.

Aussitôt franchi la porte de la ville, les claquements des sabots devinrent de sourds martèlements : la campagne herbue avait commencé, engloutissant l'attelage dans sa vaste paix. Une paix toute mouillée de brume, que la pleine lune invisible transformait en fine poussière lumineuse. Les premiers plans du noir paysage étaient voilés de gaze, les lointains étouffés dans de l'ouate grise molle et brillante, douce à l'œil. Des amas de gros nuages blancs, posés au ras du sol, signalaient les emplacements des étangs. C'était une nuit à voir danser des fées sur la prairie. Jeanne, palpitante, se laissait envahir par sa puissance poétique. Cette nuit à l'humide toucher pénétrant lui ensorcelait les yeux, le cœur, toute la chair... Mais pouvait-elle être une nuit ordinaire, celle où pour la première fois Philibert l'emportait à travers un décor presque effacé, au trot muet d'un cheval blanc? Le but n'était qu'à deux lieues, mais en deux lieues de rêve que ne peut-il pas arriver?

– N'avez-vous pas froid, Jeannette? Il me semble que vous frissonnez.

– Non, dit-elle tout bas, en resserrant machinalement son châle, je suis bien. Je suis très bien.

– Prenez toute la couverture pour vos jambes, je n'en ai pas besoin. Nous nous étions bien souvent promenés ensemble par ici, mais jamais encore au clair de lune, n'est-il pas vrai?

– Cette nuit, rien n'a l'air vrai.

– Se promener la nuit vous sort facilement de la réalité. A présent que la science gagne sans fin et sans retour sur le merveilleux, il ne me déplaît pas de savoir qu'il restera toujours le clair de lune pour me faire voir un peu de surnaturel.

– Oui, dit-elle, je pense comme vous. Je sens toujours comme vous.

Elle l'entendit rire à peine.

– C'est que je vous ai enseigné mes façons de voir et d'entendre. Peut-être ai-je ainsi gâté un naturel que vous aviez meilleur que le mien?

– Oh! non! J'aime savoir que je vous ressemble un peu, dit-elle dans un souffle. Je voudrais que vous m'ayez façonnée de vos mains, et toute à votre idée.

Pendant le reste du trajet elle se demanda si elle ne venait pas de lui déplaire par un propos trop familier, car il ne parlait plus. Elle ne ressentait pourtant pas son silence comme une fâcherie, mais comme une douceur sans mots, comme un avant-goût d'une douceur plus grande, floue, dont l'attente l'oppressait. Quand elle reconnut l'ormeau géant planté à la croisée des chemins dont l'un montait à Charmont elle vit Philibert tirer sur les guides pour remettre le cheval au pas et il dit enfin, gaiement :

– J'aime que vous aimiez me ressembler, Jeannette, mais de grâce ne vous alignez pas sur ma beauté : la vôtre a l'avantage!

Elle tressaillit, demanda vite pendant qu'elle l'osait :

– Me trouvez-vous belle, monsieur Philibert? Trouvez-vous que je deviens une jolie femme?

Il se mit à rire :

– On peut vous regarder sans peine.

Il arrêta le cabriolet sur le chemin moussu, à l'entrée de la cour pavée, pour que son roulement n'éveillât pas les dormeurs du château. Dès qu'à terre, il passa de l'autre côté de l'attelage et tendit les bras :

– Sautez ! chuchota-t-il.

Ainsi, quand elle était une petite fille, la faisait-il sauter du haut d'un talus pour le rejoindre au fond d'un fossé.

– Je vais entrer par la cuisine, dit-elle à voix basse. Sa porte de derrière n'est jamais fermée au loquet.

Il lui déposa son sac sur le seuil et, avant de le franchir, elle s'arrêta pour lui dire adieu. Une moitié de lune était sortie de la fumée et ils se voyaient assez bien. Dans une fraction d'instant l'heure exceptionnelle allait finir, pensait Jeanne, désespérée. Comment était-il possible que le plus violent désir ne pût prolonger, d'une seule minute, le temps de garder un visage aimé sous ses yeux ? Sa détresse de le perdre encore une fois fut si aiguë qu'elle la jeta vers lui presque à le toucher, la tête rejetée en arrière, la bouche tellement offerte à un baiser que nul homme ne pouvait s'y tromper. Tendrement Philibert posa ses deux mains sur les épaules minces, se pencha et l'embrassa sur les deux joues :

– J'ai été très content de vous voir, Jeannette, dit-il. N'oubliez pas de venir visiter votre vieux professeur de temps en temps.

« Comment pourrais-je oublier de vous aimer ? » pensa Jeanne, si fort qu'elle fut plus tard incapable de savoir si elle ne l'avait pas dit haut. Philibert, en tout cas, se recula d'elle avec brusquerie :

– Allons, rentrez, rentrez vite, dit-il de sa voix impérative de médecin. Vous savez qu'un coup de lune ne vaut rien, si vous tardez là, vous prendrez le serein.

11

Jeanne eut une peine folle à se retenir de galoper jusqu'à Châtillon dès le lendemain, mais le surlendemain, et de bon matin, elle y fut.

Le docteur Aubriot était reparti pour le Bugey fermer son cabinet de Belley et régler ses affaires. Clémence conseilla à son amie de commencer à trier et à classer seule la récolte des plantes de l'Auvergne. Jeanne se mit à la tâche en chantant : Philibert s'occupait à liquider sa vieille vie, l'attente du bonheur n'était plus qu'une question de jours.

Il ne revint pas à la date promise à Clémence. Un mois plus tard seulement une lettre de lui parvint à sa famille, dans laquelle il annonçait son départ pour Orange : sa toux l'avait repris et il descendait dans le Midi chercher un climat d'hiver plus doux à ses bronches ; sans doute irait-il jusqu'à Cotignac, où son ami Gérard lui offrait l'hospitalité. Sa santé rétablie, et s'il en trouvait le moyen, il s'embarquerait pour Minorque au printemps ; depuis longtemps il désirait en étudier la flore, et il lui fallait se hâter pendant que les Français tenaient encore l'île prise aux Anglais en 1756 mais âprement regrettée par les vaincus.

Jeanne fut atterrée par ces nouvelles. Elle ne comprenait pas. Leur course féerique en cabriolet, si proche encore, n'avait pourtant pas été un songe ? Elle était sûre que Philibert avait deviné son amour cette nuit-là ; comment aurait-il pu ne pas le deviner, au moins à l'instant de l'adieu, quand elle s'était sentie devenir transparente autour de son cœur ? Oh ! oui, cette nuit-là elle avait enfin tenu son rêve dans le creux de sa main ! Et voilà, l'oiseau rebelle s'était encore échappé... Tout le long du chemin qui la reconduisait à Charmont elle sanglota dans la crinière de Blanchette. Quand elle atteignit l'ormeau géant marquant le sentier du château elle se ravisa, retint sa jument qui voulait tourner et, l'éperonnant, fila droit sur Rupert pour aller s'abattre sur l'épaule de Marie en redoublant de sanglots.

Marie estima qu'il convenait d'aller prendre l'avis d'Émilie.

A quatorze ans à peine passés, dame Émilie de la Pommeraie, la jeune chanoinesse de Neuville, donnait volontiers des consultations d'amour. Bien qu'apparemment sage, elle passait pour érudite dans les nuances du cœur. Gaie, spirituelle, espiègle en diable, d'une maturité et d'une autorité fort au-dessus de son âge, elle pouvait discourir à l'infini sur les sentiments, la passion, l'amitié, le mariage, l'adultère, le sexe. Elle avait puisé sa science dans ses dons d'observation, les romans, et la correspondance acharnée qu'elle échangeait en secret avec des amies couventines ou défroquées de fraîche date. Son journal intime n'était qu'une longue réflexion sur l'état amoureux. C'est que, fort jeune, elle avait été conduite à désirer l'amour comme le bien défendu.

Ses parents, les marquis de la Pommeraie, avaient vécu sur la lancée de leurs ancêtres — très au-dessus de leurs moyens et très loin du travail. Ayant rendu trois enfants à Dieu, trois autres leur étaient demeurés à pourvoir : deux garçons et une fille. Dans un cas de ce genre on sauvait les garçons d'abord et, comme rien ne restait pour doter la fille, on la mettait au couvent. Etre ensevelie vive au fond d'un cloître pour le bien de ses frères avait révolté Émilie, qui avait alors huit ans et pas du tout l'esprit de famille. Par chance, sa grande noblesse lui pouvait assurer un avenir de chanoinesse plutôt qu'un enterrement de nonne. Une parente de son père établie à Neuville l'avait adoptée comme nièce de prébende pour lui laisser sa place en héritage, après quoi, le plus affectueusement du monde, elle s'était empressée de mourir. Si bien qu'Émilie avait tout juste neuf ans quand le chapitre de Neuville l'avait reçue. Dame Charlotte de Bouhey, dont Émilie était la filleule, avait emmené Jeanne à la cérémonie. La pupille de Charmont avait alors dix ans et devait toujours se souvenir du grand froid qui l'avait saisie quand elle avait vu une petite fille d'à peine son âge postée devant l'autel comme une mariée solitaire, qu'on était en train de faire veuve pour la vie au milieu des chants d'allégresse. Plus tard elle avait regardé avec horreur, posée sur les boucles rousses, l'étroite bande de mousseline blanche chenillée de noir qu'en riant la nouvelle petite dame, à l'imitation des anciennes, appelait « mon mari ». Mais il ne lui avait pas fallu longtemps pour apprendre d'Émilie que, s'il est avec le ciel des accommodements, nulle part ils ne sont plus commodes à trouver que dans une abbaye !

L'état de chanoinesse était fort bon. Si délicieux même que peu de dames profitaient de la permission qu'elles avaient de se faire relever de leurs vœux pour se marier. En fait, en ce XVIIIe siècle, se faire recevoir chanoinesse était l'unique moyen de mener une agréable vie de célibataire, sous les soupirs d'envie des innombrables mal-mariées de la noblesse. On vous donnait le titre de comtesse avec un bénéfice assuré, un logement mais en même temps le droit de s'en absenter à sa volonté ou d'y recevoir ses amis et ses parents, sous réserve que tout visiteur mâle voulût bien en sortir avant la clôture vespérale – ce qui n'était vraiment point trop demander. Si souple règle ne rendait que plus grand le mérite des dames de Neuville, dont la plupart menaient une existence mi-retirée mi-mondaine mais toujours bienséante, et dont la dévotion, pour être intermittente, n'en était pas moins sincère à ses heures. On venait d'ailleurs admirer leur foi de loin. Elle était fort harmonieuse à voir et à entendre au temps de la grand-messe ou des vêpres, quand les dames, toutes en longues robes et gracieux bonnets de soie noire, s'avançaient à pas comptés jusqu'aux grilles du chœur de l'église Sainte-Catherine, suivies de leurs immenses traînes bordées d'hermine déployées par les mains de leurs pages, et que, bientôt après, commençaient de se répondre, mélodieusement, les phrases sacrées du plain-chant.

Le sévère et beau costume de soie noire n'était que pour les offices. Dans le monde ou chez elles les chanoinesses portaient ce qu'elles voulaient sauf du rose, condamné en tant que couleur de bal. Sortie de l'église, Émilie ne se mettait qu'en vert, en blanc ou en bleu-pers, les trois couleurs qu'elle avait choisies pour s'assortir au mieux à ses boucles rousses, à son teint clair grêlé de son et à ses yeux gris-vert. Jeanne et Marie la trouvèrent en négligé blanc, le nez plongé dans un livre de comptes.

– Vraiment, s'exclama-t-elle en voyant entrer ses amies, quel bonheur d'habiter en Bresse ! Ce matin nous avons eu nos poulets pour quinze sous la couple, de bon beurre à six sous la livre et des œufs pour trois sous la douzaine. Savez-vous qu'à Paris les œufs sont montés à dix sous et le beurre à treize ? Et devinez ce qu'il en a coûté à mes frères pour avoir une matelote dans une guinguette des Champs-Élysées ? Six livres par tête !

– Six livres par tête ! répéta Marie, suffoquée, six livres pour une assiettée d'anguille et de carpe aux oignons !

– Et encore aimerais-je savoir à quel mauvais vin de bois on l'avait cuite ! dit Émilie. Mais aussi on n'est pas plus sot que mes frères qui s'en vont, pauvres comme ils sont, régaler des grisettes, au lieu de faire leurs parties avec des dames de qualité, qui paieraient leur écot et n'en seraient pas plus farouches. Je les punirai de leur sottise. Des dix écus que ces Sardanapale me mendient pour réparer leur dépense je n'en enverrai que deux – un pour chacun.

– Dame Émilie, vous êtes ladre, dit Marie en riant. Je suis plus généreuse avec mon frère Jean.

– C'est que vous n'avez qu'une sangsue pendue à votre bourse ;

moi, j'en ai deux. Et qui sucent fort! Le jeu, la galanterie, les jolis nœuds d'épée, le bon vin et la bonne chère, tout ce qui coûte leur va. Si j'étais le Roi je ferais collecter l'impôt par les aubergistes; les gens se ruinent chez eux avec empressement. Mais au fait, êtes-vous là pour dîner avec moi? On m'a porté voilà trois jours une récolte d'escargots gris — ils devraient se trouver prêts.

— Oh! oui, s'écria Marie alléchée, faites-nous faire un dîner de cagouilles!

— Bon. Je vais demander qu'on tire du vin blanc de Mâcon et envoyer chercher une corbeille de corgnottes * pour notre entremets.

— Je ne crois pas que moi, j'aie faim, soupira Jeanne.

Émilie posa sur elle son vif petit œil gris-vert :

— Je vois ce qu'il en est, Jeannette : monsieur Aubriot se conduit toujours en veuf, stupidement?

— Je ne puis l'obliger à me rendre mon amour, dit Jeanne d'un ton mourant.

— C'est justement ce qu'il conviendrait de discuter, dit Émilie. Mais permettez que, d'abord, je donne mes ordres...

— Là. Maintenant asseyons-nous et causons, reprit-elle un moment plus tard.

Elle avait pris le temps de passer une fort seyante robe d'étamine vert pâle, sur le corsage de laquelle scintillait sa croix d'or émaillée de blanc portant l'effigie de sainte Catherine auréolée de la devise *Genus Decus Virtus — Noblesse Honneur Vertu.*

Les trois amies s'installèrent dans un petit salon qu'Émilie avait voulu tout blanc et rechampi de vert, meublé de sofas douillets en damas de soie blanche. Le parquet marqueté à la versaillaise était une merveille, comme aussi la cheminée à rocaille en marbre vert de Florence. Émilie n'habitait pas l'une des grandes et harmonieuses maisons capitulaires ouvertes sur la charmante place du chapitre, mais une maison un peu moins ancienne et plus petite, située en contrebas, qu'elle avait héritée de sa parente, dame Marie-Alphonsine de la Pommeraie. La règle n'autorisant pas une chanoinesse de moins de vingt-cinq ans à vivre seule en son privé, Émilie logeait avec elle une très vieille dame Donatienne, percluse de rhumatismes, à demi aveugle et sourde tout à fait, qui lui faisait un chaperon à son goût; il suffisait de lui sucrer le bec pour le rendre content de vous.

Jeanne s'assit de manière à voir le parc. Replanté par dame

* Petites gougères rondes.

Marie-Alphonsine un peu avant sa mort, ses jeunes arbres étaient déjà hauts, mais permettaient encore au regard de dévaler librement jusqu'au creux de la campagne bocagère qui verdoyait par-delà le mur de clôture de l'abbaye et s'étendait, immense, jusqu'aux lointains monts bleutés du Beaujolais.

– Émilie, votre décor me repose l'âme, dit Jeanne. Si je vieillis fille et dois me faire lectrice un jour, j'aimerais que ce soit chez une dame de Neuville.

– Je vous prendrai avec moi, mon amie, dit Émilie avec élan. Enfin, je vous prendrai si je suis encore là. L'état de chanoinesse se peut quitter, après tout.

– Y songeriez-vous? s'étonna Marie.

Émilie écarta la question d'un geste léger de la main :

– Quitter le commode et plaisant état de chanoinesse demande mûre réflexion, dit-elle. Parlons plutôt de l'état moins heureux du cœur de Jeannette...

Dame Émilie prit une gorgée de vin et se resservit d'escargots :

– Je suis d'avis que votre lâche a fui, décréta-t-elle. Jeannette, vous avez manqué d'audace. Je ne sais pourquoi, vous si vive d'esprit et de caractère, vous conduisez avec votre Aubriot comme une bécasse? Vous attendez sa volonté comme on n'attend plus celle d'un père!

– Eh! fit Marie en riant, voulez-vous qu'elle l'enlève? Ce n'est pas déjà la mode, il faut encore être enlevée.

– Non, dit nettement Émilie, il faut se faire enlever. Les enlevées que je connais ont préparé leur affaire autant que leurs enleveurs. En amour, au dernier moment un homme est souvent pris d'indécision.

– Dame! s'écria Marie, si l'affaire tourne mal c'est à lui que le bourreau tranchera le col! La demoiselle en sera quitte pour un peu de prison dans un cloître. Souvenez-vous de l'enlèvement d'Anne-Marie de Moras; si le comte de Courbon n'y a pas perdu sa tête, c'est qu'il l'avait déjà portée de l'autre côté des Alpes quand le tribunal du Châtelet l'a condamné.

– Vous revenez sur une histoire vieille de vingt ans, que nous ne connaissons que par nos parents, lesquels nous la racontent comme nos nourrices nous racontent l'histoire du croque-mitaine pour nous faire tenir sages, dit Émilie. A cette époque le ministre était le cardinal de Fleury, un vieux monsieur pudibond. En plus, le comte de Courbon était l'amant de madame de Moras et, que voulez-vous, on n'enlève pas l'amant de sa mère ! La mère s'en est vengée en portant plainte et la plainte a fait agir la justice – ce que je trouve d'ailleurs du dernier commun. Quand on n'est pas contente de son amant on va à lui avec un pistolet, on n'y envoie pas le lieutenant de police. En tout cas, pour ce qui est de Jeannette et du docteur Aubriot, je ne vois pas quels juges...

Émilie s'arrêta net, brusquement gênée. Jeanne eut un coin de sourire :

– Voyons, Émilie, pourquoi ne pas le dire? Une fois sur mille la roture est avantageuse et en voilà bien un cas : quels juges se soucieraient de la fugue d'une demoiselle Beauchamps avec un bourgeois de Châtillon? Hélas, le bourgeois se soucie moins encore de fuir avec la demoiselle Beauchamps. Sans déplaire à Philibert je ne lui plais pourtant point, voilà le vrai.

Émilie secoua furieusement ses boucles rousses :

– Je n'en crois rien! Une personne aussi jeune et jolie que vous plaît toujours à un homme... au moins le temps d'en obtenir ce qu'elle veut. Un homme peut avoir le cœur mort ou le cœur ailleurs il n'en prend pas moins des maîtresses avec plaisir, et plutôt toutes celles qui s'offrent, si étonnant que cela puisse nous paraître à nous.

– Il est vrai que, si je m'en tiens aux conversations de maman avec madame de Vaux-Jailloux, je dois croire les hommes fort différents de nous sur le chapitre du sexe, dit Marie. Ils n'ont pas besoin d'aimer pour... pour être galants.

– Mais je veux être aimée! s'écria Jeanne, que les propos de ses deux amies ne consolaient pas du tout.

– Cela va de soi, ma chère, dit Émilie. La plus grande ambition d'une femme doit être l'amour. Etre aimée de qui l'on aime, sentir que l'on s'entre-chérit avec la même vivacité, la même force et la même constance, cela seul peut apporter à une femme la plénitude du bonheur, j'en suis convaincue. Mais je ne le suis pas moins qu'un tel miracle est peu souvent réalisé. La manière qu'ont les meilleurs hommes de nous adorer sans pour autant se priver de nous mentir, de nous tromper ou d'au moins nous oublier à tout bout de champ saute par trop aux yeux!

– N'y a-t-il pas de belles exceptions? Ne voit-on pas parfois un fiancé volage tomber pour jamais sous le charme de son épouse dès le lendemain de ses noces? gémit Marie, qui pensait à son distrait Philippe.

– Cela se voit, je vous le concède et Dieu merci! admit Émilie. La possession agit beaucoup sur le cœur d'un homme.

Elle ne baissa pas la voix mais au contraire lui donna de l'emphase pour ajouter, tournée vers Jeanne :

– En clair, mesdemoiselles, il me paraît plus aisé de se faire aimer d'un homme qu'on a dans son lit que d'un homme qui court les routes.

Les joues brûlantes, Jeanne explosa :

– Infiniment merci, madame, de votre conseil, dit-elle avec colère. J'entends que vous m'envoyez à l'assaut de monsieur Aubriot avec des façons de courtisane – courtisane de bien petite espèce, car je gagerais que même une danseuse de l'Opéra attend une offre avant de se mettre au lit !

Émilie leva la main pour signifier qu'elle ne le gagerait pas et en profita pour sonner la servante afin d'avoir un second plat d'escargots et la salade. On sentit arriver, gaiement, le beurre d'ail frétillant de chaleur, et le nez gourmand de Marie en aspira l'odeur à pleines ailes. Des trois frustrées de volupté amoureuse assises autour de la table ronde, Marie était celle qui savait le mieux se consoler de l'absence d'un bel amant par la présence d'un bon plat. Dès que la servante les eut de nouveau quittées, la jeune chanoinesse reprit son sujet. Jamais elle n'était lasse de discuter des coutumes passionnantes de l'Amour, ce pays inconnu où elle mourait d'envie d'aller :

– Il y a beaucoup à réfléchir sur les habitudes qu'ont prises entre eux les hommes et les femmes, dit-elle. Sont-elles si naturelles, après tout ? Écoutez parler les curés qui confessent en campagne et vous saurez que ce sont toujours les petites filles qui entraînent les petits garçons vers les jeux amoureux. Il paraît que certaines bergères, à peine nubiles, se font des amants passables avec des drôles de huit à douze ans. C'est plus tard que cette mode-là change et que les filles minaudent devant des garçons effrontés, parce qu'alors tout ce petit monde se met à imiter les mœurs des seigneurs.

– Et serait-ce plutôt à nous d'imiter les mœurs paysannes ? demanda Marie en riant, tandis que Jeanne affichait un air ulcéré.

– Je ne dis pas cela, Marie. Mais il n'en est pas moins visible que les jeunes gens sont timides, les hommes faits dispersés dans leurs occupations. Finalement, seuls les vieux sont pressants ; et comme ce n'est pas là notre compte, il nous faut bien un peu encourager les autres ? Tenez, j'ai là depuis hier une lettre de ma cousine Sourzy... Jugez-en. Sourzy est orpheline. Son tuteur, le comte de Belmont, qui l'a élevée, doit avoir aujourd'hui près de quarante ans. Eh bien, voici ce que Sourzy m'apprend : « Vous vous étonnerez, ma chère Émilie, de me savoir désormais installée à Paris, mais j'ai désiré y suivre le comte de Belmont. Je m'étais aperçue dès mes douze ans qu'il avait pris du goût pour moi quoiqu'il fût marié, et les douces manières qu'il m'a montrées ont fait que je me suis mise à l'aimer à mon tour. Quand je lui en ai fait l'aveu il m'a parlé de ses scrupules, mais je n'ai guère eu de peine à les lui lever. Nous sommes amants, nous sommes heureux et, si j'ai un remords, c'est de ne pas avoir provoqué plus tôt notre bonheur... » Voilà, conclut Émilie en repliant la lettre. Avouez que les termes de Sourzy ne laissent pas de doute sur les initiatives qu'elle a prises contre l'indécision du comte.

— Quel âge a votre cousine de Sourzy? demanda Marie.

— Bientôt quinze ans.

— Elle ne pouvait guère provoquer son bonheur plus tôt, remarqua Jeanne, la dernière phrase de Sourzy en tête.

— Ma chère, dit Émilie, nous autres femmes ne pouvons nous permettre de débuter tard à vivre. Entendez ce qu'on dit d'une amoureuse de quarante ans! La brocarde-t-on assez, la pauvre vieille! Croyez-moi, il faut nous assurer notre meilleur temps avant nos vingt ans.

— Pour Dieu, Émilie, ne me désespérez pas! s'écria Jeanne qui, avec ses seize ans à venir, se sentit soudain toute proche de l'âge du renoncement. Et d'abord, ajouta-t-elle, n'est-ce pas déjà vivre que d'aimer, même douloureusement?

Émilie prit sa voix d'ironie :

— Je pensais cela à douze ans, Jeannette. Depuis que j'ai grandi, le sort larmoyant d'une héroïne de roman vertueux ne me tente plus du tout! Pour rester dans leur rôle ces amoureuses-là doivent passer partout l'air absent et les yeux humides, ne s'asseoir à table que pour manger peu, parler moins encore...

— En effet, cela ne vous irait pas, dit Marie en souriant.

— Et croyez-vous que cela m'aille mieux? s'écria Jeanne, exaspérée. Et qui parle d'attendre en pleurant? Il est vrai, après tout, que monsieur Philibert a les poumons fragiles et que l'air du Midi lui sera bon, ce n'est point un mensonge. Il m'a toujours vue avec un visage content, l'autre nuit j'ai bien senti qu'il comprenait mon cœur, et il ne m'a pas défendu d'espérer ?

— Voilà justement une tartuferie que vous seriez en droit de lui reprocher, dit vivement Émilie. Sentant votre amour et ne voulant pas y répondre, il pouvait vous priver d'espérance et le faire d'un mot.

D'un geste elle coupa la réplique que Jeanne s'apprêtait à faire :

— Non! ne me dites point qu'il vous a laissée dans le doute par bonté ! Un homme n'a pas de ces délicatesses envers qui l'encombre vraiment. C'est donc par calcul qu'Aubriot est aimable sans l'être assez, vous promène en cabriolet sous la lune sans vous embrasser, et vous prie de le venir voir et revoir en s'apprêtant à lever le pied. En clair, Jeannette, je crois que s'il ne vous a pas désespérée avant de partir, c'est qu'il n'avait pas envie que vous vous consoliez de lui pendant son absence. Je l'imagine bien aise de pouvoir penser en galopant vers le sud qu'on l'aime en Dombes, et qu'on montera chaque jour à sa tour pour voir si la route d'Orange ne poudroie pas sous les sabots des chevaux qui le ramèneront au pays. Eh bien, ma chérie, si j'étais que de vous j'enragerais de me voir ainsi traitée, en amoureuse de réserve !

– Ce n'est pas mal raisonné, jugea Marie en choisissant de l'œil la corgnotte la mieux gonflée.

Jeanne s'était illuminée sous le feu du discours d'Émilie.

– Ainsi, dit-elle à mi-voix rêveuse, comme moi vous estimez, Émilie, que monsieur Philibert m'a devinée et qu'il est heureux de mon amour, même s'il diffère de me le dire ?

La chanoinesse rousse fit voler ses boucles ensoleillées autour de sa tête :

– Jeannette, vous me donnez honte d'appartenir au même sexe que le vôtre ! Tout ce que vous avez retenu de mon propos, c'est la sotte permission d'attendre qu'Aubriot veuille bien user de vous, sans même lui expédier le moindre billet de rancune pour secouer sa nonchalance. Vous y perdrez de votre jeunesse, ma chère, et ce n'est pourtant point par ce bout-là qu'il faut raccourcir sa vie d'amour. ...

– Tu le crois aussi, Marie, que notre meilleur temps doit être pris avant nos vingt ans ?

Pendant qu'elles rattrapaient leurs juments qui paissaient dans un pré de l'abbaye, Marie commença de s'entortiller dans une réponse que Jeanne n'écouta pas. La phrase cruelle d'Émilie la poursuivit le reste de la journée et jusque dans son lit. L'aube suivante la trouva plantée en camisole devant son miroir, en train d'anxieusement chercher sur son visage des preuves de la solidité de sa beauté. Même un matin triste elle semblait tout de même pouvoir durer encore plus de quatre ans !

L'hiver se traîna à l'unisson de son ennui, tout entier gris de pluie, lourd de boue. Mais le printemps rieur qui le suivit fut encore plus triste pour Jeanne, car il ramena les violettes et les boutons d'or, les pétillements du soleil sur la rosée du matin, un parfum d'aubépine dans les haies, des nids d'hirondelles sous le toit des écuries et des éclosions de poussins dans la basse-cour, il ramena de la douceur, de la beauté, de l'émoi dans le décor de Charmont sans ramener Philibert à Châtillon. Elle eut seize ans sans joie et, à la fin de ce printemps-là, le rossignol du bois de Neuville fut vraiment l'oiseau de larmes dont parle le poète, qui ne chante que pour vous faire pleurer un amour perdu. Enfin, en mai, une longue lettre lui arriva d'Antibes.

Philibert venait de se fixer là pour un mois de repos, après avoir longuement herborisé le long de la côte provençale avec son ami Gérard de Cotignac. Le soleil était chaud, le paysage d'une infinie beauté azurée, la campagne sentait la menthe et la farigoule, sur les plages les pêcheurs cuisaient dans d'énormes chaudrons noirs des soupes de poissons embaumées qu'ils trempaient avec du pain frotté d'ail, c'était à s'en lécher les doigts quand ils vous invitaient à dîner sur le sable. Le voyageur ne toussait plus, il avait repris trois livres de chair et un teint doré de santé et, en plus, il était riche comme un crésus de plantes du Sud. A cela le botaniste ajoutait qu'il avait mis aux voitures une caisse contenant près de deux centuries d'échantillons secs étiquetés. Il priait Jeanne de bien vouloir la recevoir, l'ouvrir et commencer les planches d'un herbier de Provence en attendant son retour.

Sa tempête de joie passée, quand Jeanne relut pour la dixième ou douzième fois la lettre tirée de son jupon elle la trouva moins bonne. Philibert n'y parlait que de lui et de ses petits bonheurs. Jeannette ne lui venait à la plume qu'en fin de missive, et c'était pour lui donner des ordres. Les tendresses et le « je vous embrasse » de la formule de politesse ne rachetaient pas assez les manques. Elle pensa qu'Émilie critiquerait cette lettre et ne la lui montra pas. Mais elle s'empressa de lui montrer, en même temps qu'à Marie, les présents qu'avec ivresse elle avait découverts, cachés pour elle sous les plantes, au fond de la caisse venue d'Antibes. Il y avait un flacon d'eau de lavande dans un joli coffret en bois d'olivier, des pâtes de citron et d'orange, et un rouleau de chansons provençales.

– Monsieur Aubriot est décidément très distrait, dit Émilie. Le voilà qui vous envoie des superflus avant de vous avoir assurée du nécessaire !

– Mordez votre méchante langue, madame, dit Marie à qui son fiancé n'avait jamais offert une épingle. Je trouve, moi, toutes ces attentions charmantes, et un fort bon début.

Vers la mi-juillet, une seconde lettre de Philibert parvint à Jeanne, datée cette fois de Roquestéron, un village des Alpes du

Midi. Se sentant proche d'une totale guérison le médecin s'était prescrit un allongement de son séjour dans un climat si propice aux pulmoniques. Il passerait tout le temps de la canicule en altitude, à se promener dans le bon air balsamique des bois de pins. En septembre, il rejoindrait à Grasse son ami Gérard de Cotignac qui l'avait décidé à un voyage en Piémont; ils en reviendraient par la Suisse pour visiter le docteur de Haller au passage, aussi Philibert ne pouvait-il dire s'il serait de retour à Châtillon pour la fin de l'année ou seulement au début de 1764. Tout un feuillet de la missive était consacré à l'annonce d'un nouvel envoi de flore qui devait parvenir à Jeanne en automne. Il s'agirait cette fois de plants frais, fragiles et précieux, qu'un riche amateur de Hyères, possesseur d'un jardin exotique hérité de son grand-père, avait promis au botaniste.

Ordinairement, le docteur Aubriot s'exprimait sans trop de recherche, si ce n'est que son style s'encombrait de citations latines. Mais là, pour peindre les rouges et le violet de soie d'évêque des fuschias, donner à sentir l'odeur de vanille des héliotropes, décrire les décors enchanteurs de ses excursions le long de l'Estéron et sur la corniche du Var, sa plume, complaisamment, s'était égarée dans les lacets d'un lyrisme touffu. Jeanne, enivrée, trouva cette lettre-là fort bonne à être lue à ses amies et leur en détailla les expressions les mieux trouvées de sa voix la plus mélodieuse.

Jeanne possédait une fort belle voix de contralto léger; pleine et moelleuse, habile aux inflexions caressantes, portée par une diction parfaite d'un parfait naturel, elle était l'un de ses charmes les plus sûrs.

La lecture à peine achevée :

– Quelle voix! soupira Émilie avec bonheur. Combien n'est-il pas dommage, Jeannette, que le métier d'actrice soit un métier de catin : vous y auriez fait merveille. Je me demande si, en mettant dame Charlotte de mon parti, notre prieure ne me permettrait pas de faire installer un théâtre dans l'une de nos grandes maisons? Nous y pourrions...

– Mais la lettre? coupa Jeanne impatientée. Comment trouvez-vous la lettre de monsieur Philibert ?

– Pour moi, je me suis crue transportée au bord de l'Estéron, dit Marie. J'en suis encore tout étourdie de couleurs et d'odeurs. Il y a des morceaux d'une poésie ! On s'y enfonce avec délices.

– Oui, dit Émilie avec rosserie, on s'y enlise. Voilà une prose qui vous berce à ravir.

Jeanne lui jeta un regard flamboyant et ne lui parla plus de tout un mois.

L'automne vint et, avec lui, le colis de Hyères. Les boutures rares, retardées en chemin, faisaient triste mine en arrivant à Charmont. Un tiers creva sans avoir manifesté la moindre velléité de reprise. Jeanne, désolée, décida de confier sans attendre les plus chétives du reste au jardin botanique de Lyon, qui possédait une serre chaude. Elle leva les pauvrettes avec leurs mottes, les emballa avec soin, et Thomas fixa la caisse derrière le carrosse.

Mme de Bouhey, qui observait machinalement ces préparatifs du balcon de sa chambre, rappela soudain sa pupille prête à s'embarquer :

— Jeannette! Tant qu'à faire le voyage jusqu'à Lyon pour tes malades, pourquoi n'y pas rester plus de deux jours? Prends des robes et passe quelques semaines chez les Delafaye. Il fait si gai, à Lyon.

Elle vit que la jeune fille hésitait, un soulier déjà posé sur le marchepied.

— Voyons, Jeannette, reprit-elle, ne sois pas sotte : on peut jouer les Pénélope là-bas aussi bien qu'ici, et le temps y passe tellement plus vite.

12

En cette fin d'année 1763, Lyon était plus florissant que jamais. Son industrie et son commerce en pleine expansion mettaient en effervescence les techniques et les arts, la vie sociale était animée, gaie, élégante, la vie intellectuelle brillante.

En étant ainsi, la ville ne faisait que refléter l'état de prospérité et d'optimisme de tout le Royaume. La guerre de Sept Ans perdue venait pourtant de s'achever le 10 février 1763 par un traité désastreux. A ses vainqueurs la France avait dû abandonner le Canada, le Sénégal, l'Acadie*, le protectorat de l'Inde, Minorque, et s'était défaite en plus de la Louisiane avec une légèreté généreuse, pour la céder à sa piètre alliée l'Espagne. De son bel empire colonial ne lui restaient que des bribes dispersées et la plupart de ses îles à sucre. Mais qu'importait ce parchemin signé par les princes ? Il était l'affaire du Roi. Ses sujets, eux, s'occupaient ailleurs, à s'enrichir et à faire des enfants. Dès l'instant que le Roi tenait toujours les champs de canne des Antilles, tout allait bien, on pourrait continuer de se sucrer. Quant au reste – aux « chimères » canadiennes, américaines, africaines et autres, adieu et bon débarras ! Ces mythes lointains n'avaient déjà que trop coûté en argent et en soldats, la cause était entendue depuis longtemps, on pouvait mettre en chansons les malheurs de la guerre des bouts du monde – on n'y manquait pas. La guerre avait fait un million de morts, mais les morts n'étaient pas là pour s'en plaindre, et les vivants se sentaient trop en forme pour ne pas oublier leurs morts. Bref, la France vaincue de 1763 se portait à merveille, avec une monnaie merveilleusement solide, le Roi et ses ministres successifs ayant fermement tenu leur ligne politique monétaire depuis 1726, appliqués à effacer la méfiance dans le franc qu'avait causée, sous la Régence, la tumultueuse banqueroute du financier Law. Les capitaux abondaient, s'investissaient facilement, le commerce, plus vif que jamais, entraînait l'industrie qui s'intensifiait à une vitesse accélérée – à Lyon surtout. Personne n'y chômait. Il est vrai que les manouvriers des fabriques et les nombreux travailleurs immigrés profitaient moins et moins vite que les autres sujets de Louis XV de l'enrichissement national, mais qui se souciait d'écouter les faibles voix de deux minorités, lesquelles, de

* Nouvelle-Écosse.

toute façon, n'étaient jamais contentes de leur sort? Pour les Français qui comptaient, la vie du jour était bonne.

Chez les Delafaye, elle était couleur d'or et d'argent. Peut-être bien ces messieurs Delafaye eussent-ils même consenti d'avouer qu'ils vivaient le temps de cocagne du petit et du grand commerce, s'il n'y avait eu le fisc pour « les tondre »? Dame! c'est que le fisc suivait le mouvement général, réclamait toujours plus d'écus à ceux qui s'en mettaient plein les poches, et ce n'était pas plus supportable en 1763 que jamais.

Jeanne arriva justement place Bellecour un jour de grogne contre la Ferme. M. Joseph revenait d'un voyage à Paris et racontait que le Roi allait augmenter le bail de la Ferme générale, exigerait une rentrée de cent cinq à cent dix millions de francs pour l'année 1764 :

– Mes cheveux s'en sont dressés sous ma perruque ! dit M. Joseph. Pour donner cent dix millions au Roi, les fermiers, ces bandits, voudront en ramasser cent cinquante! Les impôts vont encore s'envoler, et Dieu sait pourtant que nous payons déjà des droits exorbitants aux douanes!

– Et aux gabelles! renchérit Mme Joseph.

– Allons, soupira comiquement M. Henri, le plus joyeux caractère de la famille, je vois bien qu'il faut commencer de nous révolter et d'apprendre à manger nos poulardes sans sel pour faire la nique aux gabelous.

– Vous en plaisantez, mon oncle, dit Laurent, mais j'estime, quant à moi, que l'impôt sur le sel est immoral, comme me le paraissent tous les impôts sur les vivres et...

L'héritier Delafaye allait se lancer comme souvent dans un discours économique fort ennuyeux lorsque la voix acidulée de sa jeune sœur Margot le coupa :

– En tout cas, dit-elle, la marchande de beignets du quai des Célestins a déjà commencé la révolution. Elle braille qu'elle pissera désormais sur sa marchandise, pour l'arroser d'un sel qui ne devra rien aux fermiers généraux !

– Juste ciel, ma nièce, quelle affreuse nouvelle répandez-vous là ! s'écria M. Henri. Notre ville ne peut vivre heureuse sans les beignets de la Célestine !

En dépit de la grave menace pesant sur ses beignets, la ville allait son existence si gaiement que Jeanne écrivit à Mme de Bouhey pour lui demander permission d'y demeurer jusqu'à l'hiver.

Le monde des affaires l'amusait, presque autant que le monde des plantes. Il lui fouettait le sang. Elle allait voir agioter en Bourse le courtier des Delafaye et, prise dans la gesticulation, les cris, les chuchotis, les faces animées de cette foule qui achetait, vendait, troquait actions, marchandises et monnaies, se donnait l'impression de vivre dans le creuset de la cité, là où se fabriquaient dans un bouillonnement perpétuel sa richesse et sa puissance toujours plus grandes. Place Bellecour comme chez tous les négociants de France on lisait la *Gazette du Commerce*, le *Journal de l'Agriculture* et les éphémérides bourrés de renseignements scientifiques avec le même appétit qu'on lisait les articles de l'*Encyclopédie* de MM. Diderot et d'Alembert ; les dames et les demoiselles ne s'y plongeaient pas avec moins d'ardeur que les hommes, et Jeanne s'y mit avec plaisir. Il n'était d'ailleurs pas question de fréquenter la société lyonnaise sans pouvoir, comme tout le monde, parler du rouge d'Andrinople, la couleur dernier cri du fil de coton, ou du concours ouvert par l'Académie sur la meilleure manière de décreuser la soie, ou des passionnantes observations faites, dans les fabriques anglaises, par l'espion industriel que Lyon entretenait à Londres. Il fallait aussi savoir comment les Indiens teignaient leurs « indiennes », comment les Hollandais imprimaient leurs toiles chittes, ne pas ignorer l'histoire de la cannelle à parfumer les compotes, ni du bois d'amarante dont l'ébéniste fleurissait ses commodes, ni du poc-poc « à relâcher les ventres » nouvellement mis à la mode par les apothicaires, il fallait, en bref, connaître par le menu toute chose qui s'introduisait dans le quotidien, et cela faisait beaucoup à apprendre. Les conférences de l'Académie des Sciences, des Arts et des Belles Lettres étaient aussi fréquentées que les spectacles et les concerts.

Les séances importantes de la Société Royale d'Agriculture fondée en 1761 ne l'étaient pas moins. Il semblait qu'il y eût toujours beaucoup de Lyonnais prêts à s'intéresser aux fruits nouveaux, aux progrès des légumes et à l'amélioration du gigot de mouton ! Pierre Poivre parlait souvent à la Société d'Agriculture, et la salle, chaque fois, se bondait de public féminin. Un nombre insoupçonnable de jeunes filles et de mères se passionnaient alors pour les maladies des mûriers ou le croisement des races de blés : Poivre était un orateur prenant... et le riche célibataire le plus en vue de la ville. Jeanne essayait de s'asseoir au premier rang, Poivre ne manquait pas de lui sourire dès qu'il l'apercevait, alors les yeux jaloux de ses voisines convergeaient sur Jeanne, qui s'en trouvait flattée jusqu'aux os.

Elle aurait beaucoup aimé, en attendant Philibert, rendre Poivre amoureux d'elle. Hélas, il se montrait charmant avec toutes les charmantes. Mais au moins n'avait-il pas une réputation d'homme inoffensif, et c'était très plaisant. Auprès de lui Jeanne se sentait dans un très agréable état d'insécurité civilisée. Et force lui était de constater qu'elle s'attardait maintenant volontiers à côté d'un homme un peu dangereux. Tout en se reprochant ses nouvelles façons comme des infidélités envers Philibert, elle n'en ramassait pas moins les hommages et les désirs qui s'approchaient d'elle avec l'empressement d'un aimant ramassant toute la limaille de rencontre. Il lui arrivait même de supporter les fades louanges d'un imbécile exactement comme elle se serait étendu de bon onguent sur la peau, pour la calmer d'une sorte de faim. En plus de la faire languir, maintenant l'absence de Philibert lui hérissait les nerfs, l'empêchait de s'endormir vite le soir. Elle revivait leur dernière promenade de nuit en cabriolet, sautait à terre dans ses bras, imaginait le baiser qu'il ne lui avait pas donné en retrouvant, dans sa bouche, le goût du baiser de Vincent. Des milliers d'aiguilles lui picotaient la chair, un creux douloureux s'ouvrait au milieu de son corps et elle finissait par bombarder son oreiller de coups de poing rageurs. Ah ! si elle avait pu tenir là, fragile sous sa colère, le temps qui la séparait encore des caresses de Philibert ! Elle se relevait et courait fermer brutalement ses rideaux pour ne plus voir briller le clair de lune qui se moquait d'elle, parce qu'elle était seule dans son lit sous une lumière de miel faite pour des amants.

L'après-midi, souvent, Jeanne accompagnait Marie-Louise et Margot jusqu'au grand magasin de la rue Mercière dont l'enseigne, Au Cocon enchanté, redorée à neuf chaque année, cliquetait au vent en lançant aux passants des clins d'œil joyeux dès qu'il faisait soleil. Elle demeurait en bas à s'occuper de la vente au détail, ou montait au premier rejoindre Marie-Louise. Celle-ci, ses dix-huit ans atteints, s'était vu confier la charge du négoce avec l'étranger, sous la tutelle d'un très avisé juriste de trente ans, Edmond Chapelain, dont elle venait de faire son fiancé avec la bénédiction de sa famille. Jeanne avait tout d'abord pensé qu'elle s'ennuierait beaucoup en la compagnie d'un couple de commerçants nés, qui prenait les affaires et l'argent des affaires au sérieux, lisait surtout des livres de comptes et n'avait même jamais ouvert *Le Spectacle de la Nature* de l'abbé Pluche – une lacune incroyable ! Et pourtant, tout de suite Jeanne avait découvert un plaisir poétique dans le bureau de Marie-

Louise et d'Edmond : celui d'y entendre à tout bout de champ parler de la mer.

Non, jamais Jeanne n'aurait pu imaginer à quel point la mer était présente à Lyon, au premier étage d'un magasin de la rue Mercière ! La mer semblait être derrière la porte. En écoutant Edmond et Marie-Louise, acheter et vendre devenait une aventure au long cours, pleine de périls et de coups de chance, qui pouvait vous apporter la richesse ou la ruine mais, l'un dans l'autre, vous apportait la richesse. Vue du Cocon enchanté la mer était une grande route bleue, par laquelle des caravanes blanches lourdes de marchandises s'en allaient vers le Levant pour en revenir chargées de rouleaux d'or. A feuilleter le Livre des Expéditions, sur lequel un commis recopiait les courriers expédiés par Marie-Louise à ses lointains correspondants, Jeanne sentait des voiles lui pousser dans le dos, qui se gonflaient de brise et la poussaient vers l'aventure :

« Par le navire *Le Solide*, qui doit quitter Marseille le 5 décembre pour se rendre à Smyrne, nous vous envoyons... Par le navire *L'Aurore*, qui relâchera à Naples aux environs du... Par le navire *Neptune...* » *Dauphiné, Belle Thérèse, L'Impatient, Ville de Grenoble, L'Espérance, Mascotte...* Jeanne avait l'impression que Marie-Louise tenait rassemblées dans sa main les laisses de toute une flotte. De sa table à écrire elle commandait et les vaisseaux s'emplissaient de trésors, les voiles escaladaient les mâts et les gros oiseaux blancs, dociles, filaient déposer tout autour de la Méditerranée ses pièces de taffetas, ses draps, ses rubans, ses galons, ses dentelles, ses chapeaux « de poil à haute forme livrés en pains de sucre », ses souliers « bien faits » en peau de maroquin, ses mouchoirs en bleu-fin, ses chandeliers de chez Blanc Neveu demeurant rue Corche-Bœuf, ses ceintures, ses gants, ses épingles, ses bas de soie et de coton, ses écheveaux de fils à broder... et en plus, deux fois sur trois, pour compléter gaiement le chargement, « de bon vin rouge, du meilleur de Bourgogne, qui se devrait vendre avec avantage, puisque à l'arrivée d'un navire venant de Marseille on s'attend à du vin de Provence et que la surprise d'avoir du vin de Bourgogne est bonne à délier les cordons des bourses ».

— Marie-Louise, votre commerce par mer se lit comme un roman, dit Jeanne un jour en refermant le Livre des Expéditions.

— C'est que la mer est un roman, dit Giulio Pazevin.

La phrase frappa Jeanne comme un écho.

— Oui, un marin m'a déjà dit cela, murmura-t-elle en levant les yeux sur celui qui venait de parler.

De taille médiocre mais bien prise, l'homme avait l'élégance et la prestesse d'un danseur, un teint de pain d'épice, de longs yeux noirs étincelants frangés de cils de fille, le sourire facile, une voix douce. L'armateur marseillais Pazevin, ne s'étant jamais marié, avait été tout heureux de légitimer sur le tard ce bâtard que lui avait fort bien réussi une Sicilienne de Palerme. Giulio avait aujourd'hui trente-deux ans, dansait bien, chantait à ravir, grattait joliment la guitare, touchait assez bien le clavecin et savait parfaitement vendre tous ses attraits aux dames car, pour le bonheur de son père, Giulio savait tout vendre avec avantage. Affairiste d'envergure et de grande audace il faisait un peu peur aux prudents Lyonnais mais, après tout, le comte Pazevin répondait pour lui. Giulio montait souvent à Lyon acheter des marchandises ou vendre des parts dans les armements de son père, si bien que Margot, la petite sœur de Laurent, s'était amourachée de lui. Quoique apparemment peu pressé de se choisir une victime légitime parmi les nombreuses candidates qui briguaient l'emploi, le beau Giulio se laissait volontiers adorer par ce tendron mignon de quinze ans, espiègle, tentant, dont la dot serait ronde. Cela ne l'empêchait pas, bien entendu, de tourner autour du jupon de Jeanne quand il la rencontrait rue Mercière. Il se rapprocha d'elle, s'assit avec négligence sur le coin d'un bureau :

– Rêvez-vous de la mer ? demanda-t-il en souriant.

– Oui, dit-elle, depuis longtemps. Mais sans jamais l'avoir vue. Vous, sans doute avez-vous déjà beaucoup navigué ?

– J'ai déjà pas mal bourlingué, oui, dit Giulio avec quelque suffisance. Je connais toutes les îles de la Méditerranée, la côte barbaresque, la Grèce, Constantinople...

– Et l'Isle de France ?

– Pas encore. J'attends qu'un capitaine de mes amis veuille bien m'y emmener, mais lui attend que l'île soit passée au Roi.

Edmond Chapelain intervint :

– Sait-on quand cela se fera ?

Giulio leva une épaule :

– Quand le Roi et la Compagnie des Indes se seront enfin entendus sur le prix des Mascareignes. La Compagnie veut dix millions de francs or et le Roi n'en veut donner que six ou sept. Ils finiront bien par couper la poire en deux.

– Le plus tôt sera le mieux pour nous autres négociants, dit Edmond. La levée du monopole de la Compagnie nous permettra enfin de vendre librement là-bas.

– Encore faudrait-il que les colons aient de quoi vous payer vos marchandises ! ironisa Giulio. Pour l'instant, ils ont plus d'envies que d'argent. Et leur port n'est, paraît-il, guère accueillant. Le chevalier Vincent m'a dit que le Port-Louis était quasiment en ruine. Les colons n'ont pas un franc pour le reconstruire, ils sont bien forcés d'attendre que le Roi ait racheté leur île pour mendier un peu d'or à Choiseul. Mais, le port une fois relevé, je prédis qu'il y aura une fortune à faire en Isle de France. Cela me tenterait d'y établir un comptoir de traite. C'est toujours au début du développement d'un pays que les nègres...

Depuis que le nom de Vincent avait été prononcé Jeanne respirait un air bleu. Bien qu'elle eût perdu le chevalier à jamais, que sans doute il ne se souvînt même plus de Jeanne, son nom prononcé par hasard venait chaque fois se reloger en elle comme s'il revenait au nid après un voyage. Et alors elle se mettait à écouter ce qu'on disait de Vincent avec une attention zélée, qui faisait bourdonner les mots dans ses oreilles et résonner son cœur. Mais, pour l'instant, Giulio parlait des nègres :

— ... et si la culture du coton et de la canne s'étend dans l'île, il y faudra toujours plus d'esclaves. Jusqu'ici les colons ont pris des Malgaches, qui sont leurs proches voisins, mais ils ne valent pas grand-chose ; les Hollandais, qui les ont exploités en premier, l'ont fait avec une telle barbarie qu'ils leur ont gâté le caractère. On devra aller chercher de la main-d'œuvre en Mozambique et même jusque sur la côte occidentale de l'Afrique, et j'armerais volontiers pour ce trafic : le bon bois d'ébène se fera de plus en plus rare et, marchandise rare, marchandise précieuse.

Il y eut un silence. Soit répugnance morale, soit erreur de jugement commercial, les frères Delafaye n'avaient jamais voulu de « parts de nègres » dans leur portefeuille, ce pour quoi ils avaient maintenant des prises de bec avec Laurent, qui en voulait prendre.

— Je ne suis pas bien chaud pour le commerce de traite, dit enfin M. Henri. On peut certes y gagner gros, mais on peut s'y ruiner.

— On s'y ruine quand la traite est mal faite et qu'on ramasse n'importe quoi, dit Giulio. Si je m'y mets, j'essaierai de ne traiter que des congos. Ils sont robustes, beaux, résistants et gais.

— Gais ? fit Jeanne. Gais avant la traite, sans doute ?

— Gais avant, gais après, dit Giulio. La fatigue ne les empêche ni de danser ni de chanter. Puis les femmes congos se parent joliment, elles sont rieuses et aiment beaucoup faire des enfants, et cette qualité-là vaut de l'argent, qui fabrique des esclaves gratuits. Les congos sont de bonne marchandise, on doit pouvoir faire du quatre cents pour cent avec.

— Tout de même, insista M. Henri, je sais qu'on essuie de fortes pertes dans le trafic de traite.

– Parce que la traite est mal faite, répéta Giulio. Le chevalier Vincent m'a expliqué qu'à peu près aucun négrier n'essaie de protéger sa marchandise intelligemment, qu'il s'estime content de pouvoir en débarquer la moitié vivante, en plus ou moins bon état de vente. Il faudrait faire la traite avec des bâtiments spécialement aménagés et n'employer que des capitaines doués d'humanité et même d'un peu de bonté. Croyez-moi, l'intérêt y trouverait son compte, aussi bien que la morale.

Jeanne, dont la colère était montée en silence pendant les discours du futur négrier, contrôla sa voix avant de lancer :

– Et votre ami le chevalier Vincent serait-il, monsieur, l'un de ces capitaines assez bons pour traiter du bétail noir aussi bien que s'il lui croyait l'âme blanche ?

L'émotion avait percé assez fort dans la question pour faire se tourner tous les regards vers Jeanne. Giulio eut pour elle un sourire ironique, interrogea :

– Nul doute, mademoiselle, que je doive vous compter au nombre des lectrices ferventes du baron de Montesquieu ?

– Oui, monsieur, répondit-elle en rendant le sourire ironique. Je ne rougis point de me déclarer contre l'esclavage.

– Et vous n'y avez pas, mademoiselle, plus de mérite que Montesquieu, lequel ne possédait que des vignes en Bordelais, dit Giulio. Il trouvait des journaliers pour y travailler, qui n'auraient pas été avec le même bon gré se couper les mains dans les champs de canne. Or, il faut bien trouver des mains pour le faire, ou renoncer à sucrer notre café.

– Là où pousse la vigne on accepte librement de cultiver la vigne pour gagner son pain. Là où pousse la canne on pourrait librement accepter de cultiver la canne pour gagner son riz, dit Jeanne fermement.

Giulio prit un air tout à fait moqueur :

– Je souhaite, mademoiselle, que vous deveniez un jour maîtresse d'une habitation coloniale. Rien de tel que d'acquérir quelques arpents de terre dans les îles pour changer soudainement de philosophie. Voyez-vous, tant que nous voudrons vendre et manger du sucre il faudra des esclaves car, sans les esclaves, le sucre serait trop cher.

– Laissons cela, monsieur, sur quoi nous ne tomberons jamais d'accord, dit Jeanne sèchement. Je ne voulais que vous entendre répondre à ma demande : le chevalier Vincent s'apprête-t-il à se faire négrier ?

— Pour me faire cette demande, mademoiselle, connaîtriez-vous le chevalier ? s'étonna Giulio.

— Je le connais fort bien. Je sais qu'il a essuyé naguère des remontrances du grand maître de son ordre pour avoir libéré des esclaves au lieu de les conduire à Malte. Auriez-vous su le persuader de changer sa philosophie ?

Elle avait parlé avec une violence contenue, et rougit en voyant que Giulio l'observait avec curiosité.

— Eh bien, monsieur ? fit-elle avec impatience.

Toujours l'observant, Giulio la laissa attendre un long instant avant d'enfin lui répondre :

— Mademoiselle, puisque l'état d'esprit de mon ami Vincent vous soucie, soyez rassurée : je ne crois pas qu'il se fera négrier de sitôt. Il refuse obstinément de croire que les nègres sont dix fois plus malheureux libres chez eux qu'esclaves chez les blancs. Car la vérité, mademoiselle, est que nous leur rendons service en les arrachant à la sauvagerie. Savez-vous bien que...

— Je le sais sans doute, monsieur, coupa Jeanne avec une impolitesse voulue. Les propos philanthropiques des négriers me sont bien connus. Comme m'est aussi bien connu le fait qu'ils libèrent les sauvages de leurs rois nègres en les enchaînant, pour ensuite les civiliser à coups de trique. Laissons donc cela et parlez-moi plutôt de *Belle Vincente*. J'en suis curieuse. J'imagine que vous l'avez visitée ?

— Et j'en suis encore ébloui. Quelle frégate ! La plus racée qu'on ait jamais vue se balancer en rade de Marseille. Quant à l'aménagement intérieur... Le luxe a été mis partout où on l'y pouvait mettre. La chambre du capitaine est un boudoir, la chambre du conseil un salon, et toutes les cabanes de dunette pourraient être données à des dames. Même les cabanes des pilotes et du chirurgien ont reçu quelque confort. Mais puisque les choses de la mer semblent vous passionner, pourquoi, mademoiselle, ne pas venir admirer *Belle Vincente* de vos propres yeux ? En ce moment vous le pourriez : elle est à quai. Accompagnez-moi à Marseille et je vous conduirai jusqu'à son bord.

— Si vous faites cela, monsieur, il faudra m'emmener aussi ! s'écria Margot, piquée de jalousie. J'ai fort envie de voir la mer.

— Margot, votre frère Laurent vous a promis le voyage à Marseille pour vos seize ans, il vous tiendra sa parole au printemps, intervint l'oncle Henri. On ne court pas les routes agréablement en hiver.

— D'autant qu'il te faudrait les courir sans débotter pour arriver au port avant le départ de *Belle Vincente*, ajouta Marie-Louise.

D'un courrier de Marseille, je sais qu'elle lèvera l'ancre le 17 décembre, et nous voilà déjà le 11.

– Non, *Belle Vincente* ne partira que le 19 ou le 20, corrigea Giulio. Elle attend des draps d'or et d'argent et aussi trois caisses d'une vaisselle de vermeil dont la fabrication s'achève à peine.

Maintenant qu'elle savait Vincent à Marseille, Jeanne ne disait plus mot, agacée de se sentir troublée et presque tremblante sans y pouvoir rien. Elle essaya d'un peu de dédain :

– Les temps modernes sont bien décevants pour les romanesques, où l'on voit un corsaire se soumettre aux ordres des drapiers et des orfèvres avec la même patience qu'un capitaine de vaisseau marchand ! jeta-t-elle à la cantonade.

– Il faudrait que vous tâtiez d'un voyage en Méditerranée orientale pour vous convaincre que le commerce par là est encore une aventure digne d'un corsaire, dit Giulio. L'endroit est infesté de pirates voraces, et mieux vaut charger ses marchandises précieuses sur un corsaire pour les envoyer se vendre à l'Orient.

Edmond Chapelain compléta l'explication :

– Les chargeurs savent que tout pirate de bon sens craint de se frotter à un corsaire. En plus, la cargaison d'un vaisseau corsaire fait toujours bon prix en arrivant au port parce qu'elle y arrive seule. Les vaisseaux marchands sont à peu près obligés de naviguer en convoi escorté pour échapper au pillage et, sur un marché où vous jetez plusieurs cargaisons d'un coup, les cours s'effondrent.

– Je comprends, soupira Jeanne. Mais je voyais la course autrement...

– Au fait, demanda M. Henri, comment se fait-il que, cette fois, nous n'ayons pas vu Vincent à Lyon ?

– Je ne sais pas, dit Giulio. Mais à Marseille non plus nous ne l'avons guère vu, sauf le matin de son arrivée, voilà deux semaines. Il court depuis, sans avoir dit où. C'est son lieutenant qui s'occupait du chargement lorsque j'ai quitté la ville...

« Il est à Vaux, je suis sûr qu'il est à Vaux », pensait Jeanne en commençant machinalement de plier ses jupons, avant même de savoir qu'elle avait décidé de rentrer à Charmont.

On gratta à la porte de sa chambre et elle vit passer dans son entrebaîllement la face lunaire, rose et trouée de fossettes et pour le moment tout à fait effarée d'Appoline, la petite servante à trotter de l'hôtel Delafaye :

– Un homme est en bas, mademoiselle, qui demande à voir

mademoiselle Jeanne Beauchamps. Il a dit la chose comme ça, en cérémonie, et d'un ton grave. Il n'a pas dit son nom, mais...

La petite marqua un temps, reprit tout bas avec un air de mystère :

– Je l'ai bien reconnu, mademoiselle : c'est monsieur de Beaulieu, le lieutenant de police !

– Le lieutenant de police ? s'étonna Jeanne. En êtes-vous sûre ?

– Oh ! oui, mademoiselle. Mademoiselle...

– Oui ?

Appoline baissa la voix plus encore :

– Si vous voulez lui échapper, vous pouvez descendre par le petit escalier et sortir par la porte de derrière.

– Êtes-vous sotte ! s'exclama Jeanne. Allez dire à ce mondieur de Beaulieu que je descends.

Sur son invitation le policier prit une chaise.

L'homme était grand, fort, imposant, mais il avait de la distinction et nul trait de méchanceté sur le visage. Jeanne le contemplait sans mot dire, ses mains légèrement tremblantes posées sur sa jupe. Beaulieu vit le tremblement, un signe qui lui était bien familier et ne prouvait jamais rien, ni en mal ni en bien.

– Rassurez-vous, mademoiselle, dit-il en souriant, je ne viens pas voir une accusée. Mais il se peut que vous puissiez m'aider à arranger une affaire très sérieuse. On m'a rapporté que vous étiez depuis l'enfance une amie de Denis Gaillon, le fils de l'intendant de la baronne de Bouhey ?

De plus en plus surprise Jeanne inclina la tête.

– Puisque cela est, reprit M. de Beaulieu, votre ami vous aurait-il fait part d'un projet de voyage ? Non ? Vous ne voyez pas ce que je veux dire ? Monsieur Gaillon a disparu, mademoiselle, disparu de Châtillon depuis deux jours.

Les yeux de Jeanne s'agrandirent et M. de Beaulieu pensa que cette jeune fille avait l'un des plus émouvants regards qui l'eût jamais dévoré. Il prit sa voix de bon papa :

– Que ce jeune homme de dix-neuf ans ait décidé de courir le monde ne regarderait pas la police dès l'instant que son père ne s'en plaint pas si, le jour même de son départ, dame Émilie, comtesse de la Pommeraie, n'avait, elle aussi, disparu de l'abbaye de Neuville.

– Oh ! non !

Le cri de Jeanne avait jailli en même temps qu'elle se dressait, toute pâle et le cœur affolé. M. de Beaulieu lui fit signe de se rasseoir :

– Votre réaction me prouve assez que vous n'étiez pas dans le secret, ce qui vaut mieux pour vous. La complicité dans une affaire d'enlèvement peut se payer fort cher ; on se fait marquer à la fleur de lis, fouetter et bannir à jouer ce jeu-là, quand encore on ne se fait pas pendre.

Jeanne prit son courage à deux mains, entreprit le policier :

– Et qui vous fait croire, monsieur, qu'il s'agit là d'un enlèvement et que les deux fugues soient liées ? Ceux que vous recherchez ont-ils laissé des lettres ?

M. de Beaulieu fixa son interlocutrice avec un air de sympathie qui la dérouta. Il rapprocha d'elle sa chaise et dit à voix plus basse :

– Ce n'est pas une mauvaise idée qui vous vient, mademoiselle, que de dissocier les deux affaires. J'avoue même que vous savoir convaincue de votre suggestion me soulagerait grandement... pour peu que personne ne vînt m'apporter la preuve du contraire.

Jeanne regarda le policier dans les yeux, cherchant à percer sa pensée. Il s'expliqua mieux :

– Je n'aime pas qu'une histoire d'amour se termine en tragédie, mais pourquoi, en effet, s'agirait-il d'une histoire d'amour ? A ma connaissance, ni la comtesse de la Pommeraie ni monsieur Gaillon n'ont laissé aucune lettre. Alors... Voyez-vous, toute la police du Royaume va se jeter aux trousses de la fille du marquis de la Pommeraie, et elle la retrouvera. Et mieux vaudrait qu'elle la retrouvât seule – ne fût-elle séparée d'un éventuel compagnon de route que d'une heure. On ne fera que la ramener bien doucement à son couvent. Si, par hasard, un commis de pharmacie se faisait prendre en même temps qu'elle...

– Denis n'est pas un simple commis, mais un chimiste déjà très...

M. de Beaulieu la coupa d'un geste :

– Mademoiselle, vu du haut des tours du château de la Pommeraie, un chimiste ne vaut pas plus qu'un pileur de drogues. Tel qu'il est, votre ami serait jeté en prison, et pendu s'il a de la chance. Mais il serait roué plus probablement.

– Roué !

Elle avait crié le mot et, maintenant, de grosses larmes lui jaillissaient des yeux.

– Reprenez-vous, mon enfant, dit le lieutenant avec bonté. On ne les a pas encore rattrapés, après tout.

– Et on ne les rattrapera pas, n'est-ce pas ?

– Je crains que si. La police est devenue très bien faite. Puis, dans un tel cas, la partie du chat est facile : où voulez-vous que courent des souris poursuivies ? Elles galopent toujours vers le port le plus proche pour sortir du pays cachées dans un vaisseau. Mon confrère de Marseille est passé maître dans la prise des couples d'amoureux qui se promènent sur les quais, une bourse à la main, en quête d'un capitaine cupide, sans penser qu'un homme cupide vend toujours sa parole autant de fois qu'il le peut. De toute manière, les tavernes à mariniers sont infestées de mouchards.

Jeanne continuait d'écouter, mais en suivant maintenant par la pensée l'espérance que venait de lui donner M. de Beaulieu en prononçant le nom de Marseille. Émilie et Denis n'avaient-ils pas appris, par Mme de Vaux-Jailloux, que *Belle Vincente* était ancrée à Marseille ? Et n'était-ce pas justement pour cela qu'ils avaient choisi de partir avant-hier, sachant d'avance qu'un vaisseau les accueillerait ?

Le policier, surpris de lui voir soudain l'ombre d'un sourire, s'arrêta au milieu d'une phrase, interrogea avec douceur :

– Vous viendrait-il une idée nouvelle et riante, mademoiselle ? Je dois vous demander laquelle.

– Oh ! ce n'est rien. Non, je n'ai pas une seule idée, monsieur, qui pourrait vous aider.

Il se leva, s'inclina :

– Eh bien, si vous appreniez du nouveau...

Arrivé sur le seuil de la porte il jeta un coup d'œil au vestibule désert, se retourna et dit d'une voix lente :

– Mes avis de recherche ne sont pas encore partis pour Marseille. Mes gens de paperasserie sont débordés et il se pourrait qu'ils le fussent encore demain, mais il faudra bien qu'ils s'y mettent après-demain. Je puis fermer les yeux sur un embarras de travail, mais non pas sur une négligence prolongée, dès l'instant qu'il s'agit de retrouver une dame chanoinesse de Neuville.

– Merci, monsieur, dit-elle. Vous êtes très bon.

– Non, je ne le crois pas. J'essaie seulement d'être juste, ce qui nécessite déjà assez de cruauté.

Son regard traversa Jeanne, se fit lointain :

– J'ai vu rouer un maçon de vingt ans qui avait troussé une nonne dans la chapelle de son couvent, entre deux coups de truelle. Le châtiment m'a paru fort disproportionné au crime, dont la nonnette semblait s'être très bien remise.

13

Bouchoux traînait une grande malle d'osier dans le vestibule de Charmont. Cadiche et Lison, les deux femmes de chambre du château de Rupert, le suivaient en portant des coffrets de toilette. Pompon fermait la marche, les bras étendus de côté comme ceux d'un épouvantail à moineaux, un châle jeté à cheval sur chacun, deux bonnets de mousseline aux poings. Campée devant la porte du salon jaune et lilas, Mlle Sergent surveillait la manœuvre sans un sourire.

– Que se passe-t-il donc ? s'écria Jeanne en tombant les yeux ronds au milieu de cette agitation.

– Ah ! mademoiselle Jeannette, enfin ! Mademoiselle Jeannette est arrivée ! brailla Pompon en direction du salon.

Mlle Sergent en ouvrit la porte.

– Te voilà donc, dit Mme de Bouhey. Et par quel miracle aussi vite ?

– Mais... je suis partie de Lyon de bon matin, dit Jeanne, interloquée.

– De bon matin, répéta la baronne. Tu avais donc décidé de ton retour toi-même ?

– Mais oui ! Pourquoi cette question ?

– Parce que, de bon matin aussi, je t'ai expédié Thomas avec le carrosse et mission de te ramener au galop. Ne l'as-tu pas rencontré en route ?

– Non.

– Qu'importe ! Il reviendra bien. Pourquoi rentrais-tu ? Que sais-tu ?

– Émilie et Denis, dit-elle – c'était le plus simple à dire.

– Comment l'as-tu appris ?

– Le lieutenant de police de Lyon est venu me voir.

– Monsieur de Beaulieu, vraiment ? dit la baronne d'un ton très inquiet. L'enquête a vite démarré... Denis est un fou, il se fera pendre. Son malheureux père ne cesse de pleurer. Si je tenais Émilie, je la fouetterais au sang ! Lancer par jeu un bon et sérieux garçon dans une pareille affaire, où lui joue sa vie !

– Vous dites « par jeu »..., commença timidement Jeanne.

– Ah ! non ! Ne t'avise pas de jamais défendre Émilie devant moi ! Elle est bien de sa famille, avec la morgue, l'insolence, le sans-gêne des la Pommeraie. Tout pour leur plaisir, tout à leur plaisir, qui qu'en grogne, qui qu'en crève !

– J'avais remarqué que Denis..., essaya encore de dire Jeanne.

– Tais-toi ! gronda la baronne. Quoi qu'il en soit de leurs sentiments mutuels, c'est Émilie qui aura manigancé cette affaire, j'en mettrais ma main au feu. Quand on est une la Pommeraie et qu'on veut jouer gros jeu on prend un partenaire dans son monde ; c'est la moindre des politesses que de ne faire tuer ni au lit ni en duel ceux pour qui la vie n'est pas facile. Et maintenant, rassure-moi : qu'as-tu répondu aux questions de Beaulieu ?

– J'y ai répondu avec d'autant plus de discrétion que je ne savais rien !

La baronne lui prit le visage entre ses deux mains, plongea ses yeux gris dans les yeux dorés :

– Vraiment, tu ne savais rien? Tu n'étais pas dans le secret?

– Madame, je vous en donne ma parole.

– Allons, c'est bien, voilà au moins un chagrin que je n'aurai pas, celui de te savoir complice d'un mauvais coup, dit Marie-Françoise en lâchant le visage de sa pupille après l'avoir embrassé. Si tu reçois un appel au secours, viens m'en parler aussitôt. Et abstiens-toi d'aller jaser à Neuville, où tout est encore en folie, avec monseigneur l'évêque campé au milieu, qui fait défiler à confesse le peuple entier de l'abbaye. En fait de folie, tu en trouverais d'ailleurs ton compte ici. D'abord tu as pu voir que...

Après un grattement inaudible Pompon la curieuse venait d'ouvrir la porte trop bien fermée, sous couleur de prendre un ordre :

– La Sergent pense qu'il faudrait faire allumer les feux dès à présent dans les chambres de ces dames de Rupert. Dans des chambres inoccupées l'air humide s'accumule et...

– Et depuis quand Sergent a-t-elle besoin de mon ordre pour faire allumer les feux nécessaires ? coupa Mme de Bouhey. Qu'on fasse tout pour le confort de ces dames, comme il se doit. Maintenant file, et ne reviens plus d'un moment, s'il te plaît. Comme tu le vois, Jeannette, reprit-elle un instant plus tard, ton amie Marie et sa mère s'installent ici pour quelque temps. Pendant l'orage que nous avons eu lundi la foudre est tombée sur l'ormeau deux fois centenaire qui dominait le côté ouest du château de Rupert ; sa tête s'est abattue sur le toit – les dégâts sont gros. Charpentiers et couvreurs sont déjà à l'œuvre, le tapage est infernal ; avec sa tendance aux migraines Étiennette n'y tenait pas, je lui ai proposé de se réfugier ici avec Marie. Elles arriveront pour le souper.

– Cette nouvelle-là est mauvaise du côté de Rupert, mais bonne du côté de Charmont, dit Jeanne. J'aime l'idée d'avoir Marie près de moi pour un temps.

– Et moi aussi. Elle et sa mère nous aideront à préparer la noce.

– La noce ?

Les yeux de Jeanne interrogeaient le visage de la baronne, soudain allumé de malice :

– La noce... de Marie ? Madame de Rupert a enfin consenti ? Philippe a pu avoir une compagnie ? Et Marie ne m'a rien écrit !

– Il ne s'agit pas de ton amie. C'est moi, qui m'en vais marier mon petit-fils Charles en janvier, dit Mme de Bouhey avec une feinte tranquillité.

– Charles ? Charles ! Mais madame... mais, Charles était donc fiancé en secret ?

– En grand secret, je t'assure !

Jeanne, abasourdie, se laissa tomber sur un fauteuil :

– Mais pourquoi, madame ? Pourquoi l'avoir fiancé secrètement ?

– Je ne le fiance pas, je le marie. Encore un peu, et c'est le baptême que nous faisions tout de go.

– Oh !

– Oui, ma belle. On nous joue de tous côtés *Les Surprises de l'amour* : les uns fuient, les autres couchent. Charmants enfants que ceux du siècle. Ils ne sont pas monotones.

– Pour Charles... qui est-ce ?

– La petite de Saint-Vérand, Adrienne.

– Une assez jolie brunette potelée, et qui danse bien ?

– Et qui est fraîche, robuste, accorte... Elle a dix-sept ans, Charles en a dix-huit – on voit souvent des mariés moins bien assortis par l'âge.

– Vous n'avez pas l'air fâchée ?

– C'est que je suis enchantée ! exulta Marie-Françoise. Delphine ne décolère pas d'être contrainte de donner son fils aîné à une fille de hobereaux, mais moi j'en suis enchantée. Charles ne l'a sûrement pas fait exprès, mais la petite est parfaite pour lui. Bien que pouvant aligner un nombre rassurant d'écussons tant du côté maternel que paternel, elle n'en est pas moins une paysanne, et comme Charles est un housard, la rencontre me paraît bonne. Ils s'entr'aideront à danser, à chanter, à galoper, à chasser, ils se culbuteront de bon cœur pour nous faire des marmots et ne se compliqueront la vie ni avec des livres ni avec des idées : ils seront heureux.

– Eh bien, dit Jeanne, de cet accident-là au moins je vous vois jubiler.

— J'en jubile parce que j'y trouverai peut-être le moyen d'arrêter enfin une lignée de soudards à cheval en faisant de leur descendant un éleveur de chevaux. Adrienne adore les chevaux, ne parle que de chevaux, s'y connaît en chevaux et rêve d'avoir un haras, pour produire cette fameuse race de coursiers que les vétérinaires viennent de créer en croisant l'oriental et le barbaresque. Les Saint-Vérand possèdent un grand domaine d'élevage à deux lieues au nord de Pont-d'Ain, Adrienne est leur fille unique... Je mettrai bien quelques rouleaux d'or dans l'établissement d'un haras, moi. Que dis-tu de ma petite idée, Jeannette? Toi aussi, tu aimes les chevaux?

— Je dis que voilà bien des nouvelles d'un coup, dit Jeanne en faisant mine de s'ébrouer. Est-ce bien là tout ? N'en avez-vous plus de reste ?

— Si fait, ma belle. J'ai un second mariage dans ma manche, que je m'en vais te sortir à présent. Madeleine de Charvieu de Briey est ici. Elle vient de m'arriver de Lorraine hier au soir, pour me demander la main de mon petit-neveu Laurent.

— Ah ! bah ? fit seulement Jeanne, émoussée par trop de surprises.

Puis elle ajouta, réflexion faite :

— Pourquoi venir la demander ici, plutôt que d'aller directement place Bellecour ?

— Un reste de pudeur virginale, dit Mme de Bouhey avec ironie.

— Et... depuis quand est-elle amoureuse de Laurent ? Depuis la dernière fête de Charmont ?

La baronne secoua la tête :

— Depuis qu'elle veut placer un assez gros capital dans l'industrie des tissus. Tu as su, n'est-ce pas, que Madeleine avait perdu son père l'été dernier ? La voilà héritière de la fabrique de verre et aussi de fortes liquidités. Pour diversifier ses affaires elle cherchait à les investir soit dans le textile soit dans la métallurgie et, en fin de compte...

— Elle préfère les bénéfices de la soie aux bénéfices du fer.

— Ne sois pas mauvaise langue, dit la baronne. Elle juge Laurent plus beau et plus aimable que les héritiers qui se trouvaient disponibles sur le marché du minerai de fer.

— Il y a du sentiment là-dedans ! fit Jeanne en riant. Et croyez-vous, madame, que Madeleine aura Laurent ?

— Je crois mon petit-neveu fort capable de se passionner pour des capitaux frais et pour la fabrication du verre de cristal, dit la baronne.

Le tonnerre de son rire roula dans le salon, affriola Pompon qui parut sur le seuil, le nez palpitant :

– Madame ne vient-elle pas de m'appeler ?

Par la porte ouverte, on entendit Nanette piailler à l'aigu sous les cris de Bellotte jusqu'à ce que la Tatan se mît à aboyer aux éclats contre ses deux aides.

– Les voilà qui commencent déjà à mettre un climat de fête en cuisine, gronda la baronne. Pompon, va me les faire taire.

– Je veux une belle fête de mariage, reprit-elle après la nouvelle sortie de Pompon. Je veux une fête joyeuse, dût Delphine en jaunir de dépit ! Sais-tu que cette marâtre ne voulait qu'une bénédiction de minuit après un petit dîner de contrat intime entre nous et les Saint-Vérand ? Elle voulait marier des mariés honteux, cette pimbêche. Seulement, voilà : c'est la douairière qui paie la noce, la corbeille de la mariée et tout le reste, alors la jeune baronne en passera par où le veut la vieille baronne, et la vieille veut faire danser le ban et l'arrière-ban de la famille au mariage de son petit-fils.

– Et vos amis, ne les prierez-vous pas ?

– Ma foi, si ! Je veux les parents, les amis et tout ce qui compte dans la province, du vin de Champagne, de la musique et de la joie. Une enfant de dix-sept ans est assez punie d'avoir péché par l'enfant qu'elle a trop tôt dans le ventre, sans se voir infliger en plus un jour de noce où l'on s'ennuie.

Jeanne prit la baronne par le cou, l'embrassa :

– Je vous reconnais bien là, dit-elle en reposant un moment la tête sur son épaule. Vous êtes bonne comme de la crème. Et à propos, inviterez-vous aussi madame de Vaux-Jailloux ? Avez-vous de ses nouvelles, ces temps-ci ?

– Pourquoi oublierais-je Pauline plutôt qu'une autre ? s'étonna la baronne. J'ignorais tout de cette amitié pour elle que tu me fais soudain paraître. D'où te vient-elle ?

– Oh ! fit Jeanne d'un ton léger, je ne vous ai rien caché et il n'y a nulle amitié secrète entre nous. C'est simplement que j'aime à m'entretenir des îles avec elle, et voilà tout.

– Toujours tes rêves au long cours, soupira Marie-Françoise. J'aimerais pourtant bien te garder en France, moi...

Puisque la baronne n'avait rien dit de Pauline et de ses occupations du moment, il fallait que Jeanne s'en donnât le cœur net. Elle avait largement le temps de galoper jusqu'à Vaux avant l'arrivée des dames de Rupert – mais sous quel prétexte ?

A force de se creuser la tête elle finit par en trouver un et courut jusqu'à la serre pour y empoter deux de ses précieux plants d'œillets doubles. Frêles, à peine sortis de terre d'un pouce, ils provenaient d'un présent de graines de Pierre Poivre. Le botaniste lyonnais les avait reçues d'un jeune homme extraordinaire, le fils du jardinier en chef du Jardin du Roi. Le fils Thouin n'avait que seize ans mais depuis son enfance passait pour un génie du jardinage, et il venait de réussir à doubler un œillet simple très parfumé pour en faire une fleur bien fournie de pétales. Tous les jardiniers amateurs avaient appris la grande nouvelle, au moins par le *Journal de l'Agriculture*, et c'était leur folie du jour que de réussir à se procurer deux ou trois graines, voire, par fortune, un pied de la dernière obtention d'André Thouin. Jeanne ne pouvait avoir aucun doute sur la manière dont elle serait reçue par la dame de Vaux en arrivant chez elle avec deux pieds des œillets du miracle.

De son grand manoir au classicisme solennel datant du règne de Louis XIV la créole avait réussi à faire une demeure d'un charme moins guindé. De Paris l'art récent de rendre douillette la vie intime avait gagné la province et, environ une dizaine d'années plus tôt, Pauline avait appelé un architecte, un peintre, un ornemaniste et un ébéniste de la capitale pour remettre sa maison au goût du jour. Artistes plus qu'artisans, les quatre Parisiens s'étaient entendus à merveille pour découper deux petits appartements « à la Pompadour » dans les trop grandes pièces du rez-de-chaussée et remodeler tout le premier étage en riantes chambres à donner complétées d'un boudoir et d'un cabinet de commodité. De faux plafonds habillés de stucs, des boiseries peintes, des alcôves sculptées à la rocaille, des trumeaux, des dessus de portes et des volets intérieurs décorés à la façon de Boucher de pastorales et de scènes d'angelots, les murs et les sièges tendus de brochés de soie aux tons éclatants, une profusion de miroirs, quelques bonnes toiles sur lesquelles nymphes et bergers mythologiques s'ébattaient sur un fond de ruines romaines poétiques – tout cela avait chassé de partout le froid et le noble trop raide du Grand Siècle. Le lourd mobilier avait été vendu et remplacé par du flambant neuf exécuté à la commande. Commodes, secrétaires, chiffonniers, coiffeuses, tables à café et tables à écrire, rafraîchissoirs, vide-poches, guéridons... tout était à la mode, en bois satiné de rose, de violette et d'amarante, sauf les derniers-nés des petits meubles volants, dont le bel acajou sombre chatoyait comme une moire. Les deux salons de réception s'encombraient de bergères, de sofas, d'ottomanes; il y avait même une de ces chaises longues nouvelles dites « péchés mortels », si visiblement inventées pour le papotage et la galanterie à la paresseuse. On devait s'y laisser aller d'autant plus volontiers qu'à Vaux, dans les appartements du rez-de-chaussée, le climat demeurait toujours tiède. Au moment de son remaniement, l'architecte avait parlé à sa cliente d'un chauffage par le sol, qu'un ingénieur des bâtiments venait de proposer à la marquise de Pompadour pour la salle à manger de l'un de ses châteaux ; aussitôt, Pauline avait fait venir en Dombes l'habile ingénieur qui avait su, en faisant son tour d'Italie, redécouvrir l'idée du chauffage central par circulation d'eau chaude sous la mosaïque d'une villa antique dégagée par une fouille ouverte sur le site de Pompéi. L'installation du petit chef-d'œuvre de tuyauteries sous les parquets du rez-de-chaussée du manoir avait fait accourir toute la province à Vaux et demeurait une curiosité que tout nouveau venu demandait permission de tâter du pied en marchant sur ses bas. C'était bel et bien la douceur de vivre la plus raffinée du siècle que l'ensemble des travaux avait installée chez la belle, nonchalante et frileuse créole, qui avait l'intelligence de tous les plaisirs du corps et de l'âme, et assez de fortune pour se les offrir.

Pauline était riche. Non seulement elle avait hérité à Saint-Domingue de la plantation de canne et de la sucrerie de sa mère – que lui gérait un oncle pas trop voleur – mais, en plus, elle s'était arrangée pour devenir à vingt ans la veuve dorée d'un financier de soixante. Venu aux îles pour y chercher des investissements neufs, le sieur Jailloux, banquier-négociant lyonnais, s'était d'abord jeté sur la plus adorable des fleurs de l'île ; aussitôt, mollement allongé dans le mariage exotique, bourré d'aphrodisiaques, surmené de bals et de soupers par sa jeune épouse aux appétits frais, Lucien Jailloux n'avait mis que trois ans à passer de vie à trépas, mais sans regret et le plus agréablement du monde. Deux années plus tard, sa légataire universelle, qui voulait visiter les immeubles et les terres dont elle héritait, avait été ramenée en France par un officier de la Royale. Par les récits des voyageurs, les jolies créoles s'étaient acquis une telle réputation dans les imaginations des Français que Pauline, d'emblée, avait été fêtée dans toute la province, adulée, adorée ; on se l'arrachait, on la couvrait de désirs, d'amour et d'amitié, tant et si bien qu'elle n'était jamais repartie pour son île. Devenue intime avec Étiennette de Rupert, elle avait fini par acquérir le domaine de Vaux, contigu à celui des Rupert, pour s'y fixer. Après quoi, s'étant baptisée Mme de Vaux-Jailloux en en riant plus encore que la noble société de ses environs, elle avait entrepris de vivre en Dombes le plus délicieusement possible, à la fois de ses gros revenus et de son goût du bonheur. Invitant chez elle, à longueur d'année, de la compagnie gaie, spirituelle, frivole et libertine elle y parvenait au mieux, si ce n'est à bon marché. Elle avait dû apprendre à congédier avec grâce ses hôtes par trop fidèles pour retrouver parfois un peu de repos.

Elle devait justement se trouver seule en ce moment – Jeanne le sentit dès qu'elle pénétra dans la maison, qui respirait l'ordre et la paix. Cocotte, la servante noire préférée, la fit entrer dans l'exquis petit salon crème et miel de Pauline, où verdoyait une abondance de plantes de terre chaude. La jeune fille nota tout de suite la présence nouvelle d'un magnifique paravent de laque noire décoré d'un paysage à l'or. « Le dernier présent de Vincent », pensa-t-elle, pincée au cœur. Beaucoup de choses d'ailleurs, dans la pièce, évoquaient le passage d'un corsaire débouclant ses malles au retour d'une campagne lointaine : les chinoiseries blanches et bleues, les porcelaines translucides du Japon, la jonchée somptueuse des tapis en soie d'Orient. « Il faut bien qu'il paye le loyer de son pied-à-terre », pensa Jeanne, méchante. Mais elle ne put se retenir de caresser d'une paume sensuelle le flanc sang-de-bœuf d'un vase de la Chine posé sur une commode, bien qu'il fût aussi, à n'en pas douter, le détestable présent d'un amant plein d'attentions. Et soudain, prise de panique, elle eut une folle envie de se sauver : et si Vincent était bel et bien à Vaux, et s'il entrait brusquement dans le salon?

– J'ai plus récent que cette potiche à vous faire admirer, dit derrière elle la voix câline et sans hâte de la créole. On vient de m'offrir une douzaine d'assiettes à fond rubis du dessin le plus séduisant. Elles sont encore rangées dans ce tiroir, venez voir... Regardez à votre aise pendant que je demande du thé. Ou préfèreriez-vous du punch?

Cocotte passait et repassait, dans le bruissement doux de ses jupes bariolées et le tintement de ses bracelets. Cupidon apporta le plateau de thé. Cupidon était une « pièce d'Inde » superbe, un valet noir d'une beauté princière, que Vincent avait ramené à Vaux après l'avoir racheté malade et dolent à mourir à un maître de Port-Louis qui le maltraitait. Cupidon servit le thé avec des gestes lents, d'une harmonie fascinante. L'odeur du thé, légère, fuma imperceptiblement au-dessus des tasses pleines. Le moment avait de la magie. Jeanne avait l'impression de vivre une parcelle de la vie étincelante des îles, posée là-bas, là-bas comme un mirage, sur le désert azuré, calme et chaud de la mer des tropiques. Quand Cupidon gratta le pain de sucre sur le thé ce fut comme s'il lui sucrait son infusion avec l'âme de son pays.

– Madame, on peut venir bercer chez vous sa nostalgie des îles, murmura-t-elle. Ne regrettez-vous jamais leurs ciels, leurs fleurs, leurs oiseaux?

Pauline sourit :

– Je regrette assurément moins mon île que vous ne regrettez la vôtre. La nostalgie de l'inconnu est plus forte que la nostalgie du souvenir.

Jeanne eut une réaction agacée :

– D'où savez-vous que je rêve d'aller aux îles?

– Si vous posiez votre question à Cocotte, elle vous répondrait que son petit doigt le lui a dit. Voyez-vous, à vivre au milieu des nègres on devient perméable à tous les rêves qui traînent autour de soi. Les nègres sont des paquets de rêves.

Jeanne laissa son regard s'en aller jusqu'au vestibule à travers le vitrage de la double-porte : Cocotte s'y promenait de long en large avec indolence, les bras croisés, chantonnant à bouche close une plaintive, languissante mélopée.

– Votre servante n'est-elle pas en train de s'ennuyer plutôt que de rêver?

– Sentimentalisme et dolorisme sont les deux occupations favorites des noirs. Ils ne les exercent pas moins qu'ici dans le pays qui les a vus naître.

– Qui les a vus naître esclaves, précisa Jeanne.

Pauline accentua son sourire, mais n'éleva pas sa voix d'un demiton :

– Ce moment est charmant; ne le gâtons pas en discutant de philosophie. J'ai eu des esclaves et vous n'en avez pas eu. J'essaierai de vous persuader que j'ai été une bonne maîtresse et vous refuserez de le croire, puisque vous êtes convaincue que le mot « maître » est mauvais en soi. C'est pourtant par choix que Cocotte et Cupidon demeurent chez moi, où ils se sont mariés et m'ont fait déjà deux négrillons à nourrir. Ils n'ont aucune envie que je les affranchisse pour les expédier vivre à leur compte sur quelques arpents de terre de Saint-Domingue que je leur abandonnerais volontiers. Et n'ont-ils pas bien raison? La douceur de vivre habite plutôt la France que le reste du monde, même si les Français le savent moins que les étrangers.

– C'est peut-être seulement l'inquiétude, qui les retient de retourner là où ils ne furent jamais que des prisonniers? Un voyageur revenant des îles m'a dit un soir que les yeux des nègres sont tous des yeux de prisonniers.

Pauline eut un rire léger, saisit son éventail et le déploya d'un gracieux tour de poignet :

– La prochaine fois, conseillez à ce voyageur-là de regarder aussi les yeux des colons et des créoles, quand il retournera aux îles. Tous les habitants cloués sur une île ont des yeux de prisonniers. Je n'ai connu à Saint-Domingue que des gens qui rêvaient de s'en évader. Les colons, quand ils auraient fortune faite. Les créoles, pour connaître Paris. Les nègres mal tombés pour fuir leur misère, et les autres, pour mettre un peu pied à terre. Une petite île n'est pas une terre, c'est une chaloupe ; l'envie d'en descendre finit toujours par saisir n'importe lequel des passagers. Le mal de mer ne se souffre pas qu'en mer !

Elle observa l'air incrédule de sa visiteuse, ajouta pour conclure :

– Mais je ne voudrais pas, chère mademoiselle, continuer de ternir votre rêve par mon expérience. De toute manière, si vous touchez un jour au rivage de votre île vous y débarquerez vos espérances, et elles enrichiront assez le paysage pour vous donner un bon moment de bonheur. Ne me croyez donc pas – d'ailleurs, vous ne faites que cela !

Jeanne ne répondit pas. Son hôtesse voyait juste : elle n'était pas disposée à la croire – en rien.

Dans la cheminée, une bûche incandescente s'effondra. La chaleur dégagée par le feu était vive. A coups lents la créole balança l'air devant son visage. Ce geste lui seyait et elle le savait. La jeune fille aux doigts vides assise en face d'elle s'en agaçait, et Pauline n'était pas fâchée de l'agacer un peu. Comment cette petite dinde trop ravissante avait-elle pu résister à Vincent ? Les vierges sont tentantes mais, Dieu merci ! elles sont souvent idiotes. Dès qu'elles aiment, elles croient dur comme fer avoir choisi pour l'aimer l'homme le plus aimable de la terre ; les autres, qui leur tombent tout rôtis de désir, elles les laissent passer sans regret. « Enfin, tant mieux ! » se dit Pauline. Mais tout de même elle en voulait presque plus à Jeanne d'avoir déçu Vincent que de l'avoir séduit. Une envie rentrée est mauvaise ; elle peut devenir dure et amère comme un noyau dans le cœur d'un homme. Dix-huit mois après avoir manqué son enlèvement Vincent semblait encore sensible à Jeanne. Quand il était venu à Vaux au début de décembre il avait un soir parlé « des femmes » avec causticité plutôt qu'avec son habituelle moquerie tendre. Un autre soir, d'un ton négligent il avait interrogé Pauline sur les gens de Charmont et, comme elle prononçait exprès le nom de Jeanne, il lui avait tourné brusquement le dos, comme pour s'absorber dans le café qu'il était en train de préparer – mais combien son dos avait écouté !

En se prolongeant le silence gêna Jeanne au point qu'elle fit effort pour relancer elle-même la conversation, ce qu'elle ne faisait à peu près jamais :

– Je vous ai apporté deux plants d'œillets doubles, dit-elle Votre Cocotte a pris les pots. Vous les a-t-elle montrés ?

Pauline se leva d'un air content :

– Des plants d'œillets doubles ? Quelle merveille ! Que ne le disiez-vous plus tôt ? Allons les voir...

Voilà. Il était plus que l'heure de mettre un terme à sa visite et elle n'avait pas su s'attirer la moindre confidence de son hôtesse. Ses questions retenues lui brûlaient la langue, mais il fallait pourtant partir, poliment, il en était grand temps.

« Elle est venue pour me questionner sur Vincent et elle n'a pas osé, se disait Pauline en la regardant s'apprêter à prendre congé. Bah ! soyons bonne, elle vient de me faire un présent recherché. Puis ne suis-je pas aussi curieuse de l'entendre parler de Vincent qu'elle de m'entendre parler de lui ? » Tout haut, elle proposa :

– Avant de partir, n'aimeriez-vous pas voir un cabinet de bains que je viens de faire redécorer à neuf ? C'est celui de l'appartement que je donne au chevalier Vincent lorsqu'il me fait l'amitié de séjourner à Vaux. Une inondation accidentelle l'avait endommagé et j'en ai profité pour...

Le cœur bondissant, Jeanne suivait Pauline sans écouter.

Le cabinet de bains de Vincent était d'un luxe raffiné, pourvu de deux baignoires de cuivre – l'une pour s'y faire savonner, l'autre pour s'y rincer. On avait sculpté des dauphins sur les panneaux boisés des murs et peint des scènes de toilette sur les volets intérieurs des fenêtres et sur les deux portes. Baigneurs et baigneuses étaient très roses, très nus et très portés aux attouchements câlins.

– C'est beau, murmura Jeanne, impressionnée. Ce cabinet-là me semble digne d'un prince. D'un prince assez libertin, cela va sans dire !

– Vous tombez fort juste, ma chère enfant. Je l'ai voulu conforme – ou presque – au cabinet de bains de Louis XV, dont mon architecte s'est procuré le plan. Mais je crois, entre nous, que mes peintures sont de moins bonne main que celles du Roi, et sans doute plus coquines. Sont-ils assez en fesses, mes bonshommes, et assez roses ! On dirait des sorbets à la fraise. Vous regardez la coiffeuse ? Vous plaît-elle ?

– Elle est admirable...

C'était une très grande coiffeuse d'homme, plaquée en bois d'acajou. Le miroir central était dressé et tout un nécessaire de toilette en vermeil gravé s'y reflétait – brosses, peignes, ciseaux, fer à boucler, plissoir, flacons : une bonne demi-douzaine de flacons en porcelaine de Vincennes, à laquelle Jeanne ne put résister ; elle se laissa choir sur le tabouret placé devant le meuble et commença de soulever les bouchons pour deviner les odeurs :

– Vinaigre aromatique...

– Pour le feu du rasoir, dit Pauline.

– Fleur d'orange de Malte...

– Pour le mouchoir, dit Pauline.

– Eau de Cologne...

– De chez Jean-Antoine Farina – la meilleure. Pour les frictions, dit Pauline.

– Essence de lavande...

– Il en use en gouttes derrière les oreilles, contre la contagion, dit Pauline.

Les regards des deux femmes – lumière dorée, lumière noire – se rencontraient dans le miroir de la coiffeuse, se défiaient, se pénétraient... Entre celle qui savait tout de Vincent et celle qui n'en savait presque rien se jouait un jeu troublant, un peu cruel, d'où sourdait un début de volupté. Leurs jalousies devenaient une complicité contre l'absence d'un même amant. Complaisamment, elles s'aidèrent à violer les petits secrets intimes de l'homme en contemplant, tripotant, flairant, racontant chacun de ses objets familiers. Et leur manège de chattes indiscrètes les ravissait.

– Mummm..., fit Jeanne en relevant son nez du goulot d'une petite bouteille de verre commun. Ce parfum-ci est d'une grande fraîcheur persistante, mais qui ne m'est pas connue. Il va me falloir tricher et lire son nom.

– Vraiment ? dit Pauline en saisissant la bouteille pour en cacher l'étiquette. Vraiment, vous ne vous souvenez pas avoir jamais goûté ce parfum ? Essayez encore...

La voix de Pauline avait traîné ses mots, moqueusement. Jeanne se demanda où la dame en voulait venir, mais n'en remit pas moins avec obéissance son nez sur la savoureuse odeur...

– Je ne devine pas, dit-elle.

– C'est du Trésor-de-la-Bouche, dit Pauline d'un ton encore plus traînant. La célèbre eau spiritueuse du sieur Pierre Bocquillon de Paris. Elle est censée procurer à ses usagers une haleine pure et le pouvoir de donner des baisers d'un goût exquis.

Le sang aux joues, furieuse de s'être laissé prendre, Jeanne fixa dans le miroir le visage de la créole, dont la bouche rose sombre s'épanouissait dans un sourire malicieux. Elle ne put s'empêcher de voir cette bouche s'ouvrir lentement et fondre sous les lèvres de Vincent en même temps qu'elle-même sentait, derrière ses propres dents serrées de haine, l'envahissant souvenir de ce baiser qu'elle partageait avec une autre. Le mélange de l'image et de la sensation était odieux, obscène, révoltant, tenace, voluptueux.

Pauline laissait flotter sur Jeanne la caresse de ses yeux chauds, imaginant, avec une perversité légère, les mains de Vincent en train d'éveiller la peau de cette ingénue. Comme chaque fois qu'elle montait à cheval, Jeanne avait serré ses cheveux dans une bourse et, soudain, glissant ses doigts entre le cou et le satin ciré, Pauline libéra la cascade blonde, qui croula d'un bloc sur le dos de la jeune fille.

– Oh ! fit faiblement celle-ci.

Mais elle ne bougea pas. Pauline avait pris une brosse sur la coiffeuse et lissait un ruisseau lisse qui n'en avait pas besoin.

– Mettez-moi de la fleur d'orange, pria Jeanne tout bas.

Pauline renversa plusieurs fois le flacon d'eau de senteur sur son bouchon, pour porter des traces embaumées sur les cheveux blonds. La tête prise par l'arôme puissant, Jeanne, en frissonnant de bien-être, ferma ses paupières : elle se donnait l'impression de respirer Vincent lorsqu'il époussetait, d'un coup de mouchoir, l'ombre d'un grain de poussière tombé sur son habit. Elle se sentait si bien qu'elle ne rouvrit même pas les yeux quand elle sentit les mains de Pauline desserrer sa cravate de mousseline et déboutonner à demi sa chemise pour passer le bouchon humide autour de son cou et faire descendre un sillon d'eau de fleurs d'orange jusqu'au creux de ses seins.

– Ma chère enfant, si vous en voulez aussi dans la fossette de votre nombril, il va vous falloir m'aider un peu à vous défaire, dit avec ironie la voix de Pauline.

Jeanne poussa un gros soupir, rouvrit enfin les yeux et s'efforça de plaisanter :

– Le chevalier ne se laisse vraiment manquer de rien, dit-elle en survolant la toilette d'un geste. Il possède là un petit ménage de grand coquet.

– Dites plutôt un ménage de grande courtisane ! Eh bien, ma chère, il faut tout cela à son Mario pour le bichonner à point. Et croyez-moi ou non, mais il paraît qu'en mer il ne lui en faut pas moins !

– On dit ce Mario fort dévoué au chevalier ?

– Dévoué ? Votre mot est trop pâle. Mario idolâtre Vincent !

C'est au point que je le prends en pitié de l'avoir pour maître plutôt que pour maîtresse !

Jeanne rougit et se mit à remonter ses cheveux. Pauline l'aida, pour le bonheur de froisser encore un peu dans ses mains l'épais et doux tissu de soie floche :

— Jeannette, dit-elle, l'appelant par son prénom pour la première fois, avant de partir ne voulez-vous pas m'avouer le but de votre visite ? On ne se défait pas de deux pieds d'œillets du Roi sans une bonne raison ?

La jeune fille lui fit face :

— C'est vrai, madame. Je voulais savoir si le chevalier était venu à Vaux récemment et j'ai compris que oui. Mais j'espérais aussi apprendre de vous qu'il avait promis à mes amis Émilie et Denis de les recueillir à son bord.

Pauline secoua la tête :

— Je ne le sais pas. Un capitaine n'a pas le droit d'embarquer des fugitifs, le faire est une faute grave et celui qui s'y décide n'ébruite pas l'affaire. Le chevalier a quitté Vaux le 8, pour redescendre directement sur Marseille où il avait beaucoup à faire avant de mettre à la voile. Vos amis ont disparu le 9 — c'est tout ce que je sais, mais vous le savez aussi.

— Où le chevalier doit-il aller ?

— A Smyrne. Sa cargaison est précieuse et toute destinée à des palais de Smyrne.

— Smyrne... Est-ce une bonne cachette, pour des amants en fuite ?

— La meilleure cachette pour des fugitifs, c'est l'or, dit Pauline.

— Ils doivent en avoir bien peu.

— S'ils sont avec Vincent ils auront l'or de Vincent. Le chevalier est prodigue. En plus, par chance, il adore les histoires d'enlèvements. Savez-vous, ma chère Jeannette, qu'à l'occasion lui-même est un forceur de tendrons aussi hardi qu'un mousquetaire ?

— Non ? Vraiment ? fit Jeanne d'un ton suave, en ouvrant un regard candide sous les yeux pétillants de la créole.

14

La noce de Charles et d'Adrienne passa dans le château comme une farandole. La mariée plut à tout le monde. Brunette aux boucles abondantes et sans poudre, potelée, plus rose de bonheur que de fard, elle portait une jolie robe à la française d'un bleu clair très doux exactement assorti à l'iris de ses grands yeux de madone de vitrail : à cette épousée grosse de trois mois on aurait donné le bon Dieu sans confession. Comme ses parentes « au courant » l'empêchaient de trop danser elle se divertissait à se mettre aux petits soins des invités, passant les châles, offrant des dragées, cherchant les cannes et les tabatières avec une gentillesse qui lui coulait de source, si bien que même Delphine commençait à regarder « la hobereaute » d'un œil amolli.

Le bal ne se termina qu'à deux heures de la nuit, par un ambigu de viandes froides, de salades et de confitures.

Mme de Bouhey avait fait dresser une table séparée pour la jeunesse, dans la bibliothèque. Dans la belle pièce odorante, inhabituellement illuminée, Jeanne se sentait chez elle. Les flammes des bougies lustraient les dos des reliures de clartés mouvantes, tous ses vieux amis semblaient lui sourire, dont elle connaissait si bien les places que souvent elle s'était amusée à venir en chercher un ou deux à tâtons dans la nuit. De temps en temps, elle adressait un coup d'œil au dossier du canapé de bois doré sur lequel Vincent lui avait appris ce qu'était un baiser. Bientôt deux ans déjà, depuis ce jour où elle avait failli s'enfuir de Charmont pour courir à une folle aventure. Deux ans. Un immense espace de temps ! Pendant lequel il ne lui était rien arrivé. Rien de rien. Enfin, si : une trotte au clair de lune avec un distrait qui avait oublié de l'embrasser. Elle soupira. Elle se sentait comme on se sent quand on est seule dans une fête où la plupart de vos amis vont par deux, en amoureux. Même Marie, cette nuit, avait près d'elle son fiancé Philippe et nageait avec lui dans un bonheur bien clos; les fiancés soupaient fort près l'un de l'autre, chuchotaient, échangeaient des rires étouffés, se faisaient des gracieusetés de poularde et se portaient des santés à voix basse chaque fois qu'ils buvaient. « Les égoïstes ! » se dit Jeanne, boudeuse. Son regard tomba ensuite sur Jean-François de Bouhey et les larmes lui vinrent presque aux yeux, puérilement, parce que lui aussi semblait l'avoir totalement oubliée. L'avant-veille, quand il était arrivé de son école militaire avec l'abbé Rollin pour assister au mariage de Charles, dans son désarroi de voir soudain une femme s'interposer entre son frère et lui il s'était rapproché de Jeanne, avait repris le tutoiement de leur enfance pour évoquer leurs jeux à trois de naguère; mais, cette nuit, Jean-François s'était pendu au volumineux panier rose de Solange de Chanas et il semblait très loin le temps où, dans le parc de Charmont, deux frères jouaient à sauver la bourse et l'honneur d'une petite fille enlevée par la bande du brigand Mandrin. Peut-être la bonne vie finit-elle à dix ans, au moment où les choses commencent à terriblement rapetisser autour de vous – la pelouse, les blés, les moutons, les chiens, les grandes personnes, les pots de confiture, le bois de Neuville, le canapé de la bibliothèque?... Jeanne eut envie de quitter la table pour aller retrouver son enfance en ouvrant un livre dans son vieux refuge mais, quand elle jeta un nouveau coup d'œil vers le canapé, elle aperçut, sous le siège, deux souliers de satin jaune et deux escarpins noirs.

– Longchamp, apportez-moi un verre de vin d'Espagne, je vous prie, dit-elle au valet de Jean-François qui passait derrière elle.

Elle but son vin à petits coups en écoutant bavarder Laurent et Madeleine, qui lui faisaient face de l'autre côté de la table. Comme Mme de Bouhey l'avait pressenti, le fils des soyeux lyonnais et la fille du gentilhomme-verrier de Lorraine s'étaient vite donné la main; déjà leurs notaires commençaient à s'accorder, le mariage devait se faire au printemps, son approche leur causait des envies pleines d'audace :

– Pensez donc, disait Laurent, qu'il existe encore actuellement en Poitou une poussière de petits fabricants de toiles, il y en a bien cinq cents, dont pas plus de cent font travailler des ouvriers chez eux. Ils en sont encore là-bas à l'artisanat de Louis XIV ! Comme ils sont loin de Lyon, aucun de nos concurrents d'ici n'a encore eu l'idée de les rassembler pour son compte et, si j'arrive le premier en Poitou avec des capitaux, je suis certain de parvenir à faire bientôt travailler toute la province pour moi.

– N'avez-vous pas assez affaire avec vos sous-traitants des environs de Lyon? demandait Madeleine.

– En Lyonnais, mon amie, les Delafaye ne sont pas les seuls à vouloir faire main basse sur la main-d'œuvre dispersée ! dit Laurent. Il y a beau temps qu'autour de Lyon, et jusqu'à une bonne journée de voiture, les artisans campagnards ne sont plus que des manouvriers auxquels le travail est livré et repris par les gros fabricants de la ville. C'est tant mieux pour eux d'ailleurs : ils ne manquent plus jamais d'ouvrage et il leur est payé sans qu'ils aient à se soucier de le vendre. A côté d'une pareille sécurité la liberté ne vaut rien. Et voilà de quoi je voudrais convaincre les petites gens du Poitou qui travaillent encore à leurs risques et périls.

Mais Madeleine non plus ne manquait pas d'idées pour l'emploi de sa dot :

– Certes, Laurent, votre projet de mettre la main sur toute la toile du Poitou est à étudier. Mais, voyez-vous, je suis persuadée que nous allons vers un temps où les métaux rapporteront davantage que les textiles. La substitution du coke de houille au bois de chauffe peut permettre à quelqu'un qui serait suffisamment pourvu d'argent de réunir les petites forges éparses à la lisière des forêts pour en faire une forge géante et, en l'installant près d'un fleuve à bon débit, en accolant une soufflerie hydraulique à chacun des hauts fourneaux... Je suis certaine, mon ami, certaine qu'il y aura bientôt une énorme fortune à trouver dans le traitement du minerai de fer. Les alchimistes ont longtemps cherché à transmuer le vil métal en or – sans doute ne sommes-nous pas si loin de réaliser leur rêve!

Dame Charlotte de Bouhey, venue faire un tour dans la bibliothèque, et qui s'était assise auprès de Jeanne, se pencha à son oreille :

– Jeannette, comment diable faites-vous pour vous tenir à l'écoute de fiancés aussi ennuyeux? Leur duo d'amour est d'un style fort nouveau. Leurs enfants joueront très tôt au jeu des petits paysans, qui font sauter des cailloux entre leurs mains en chantant « Greli grelo, dis-moi combien j'ai de sous dans mon sabot »!

– Ils sont mortels, reconnut Jeanne.

Et elle ajouta, avec un coin de sourire triste :

– Si Émilie était ici, elle nous régalerait de commentaires acidulés sur ces fiancés du siècle du fer. Toutes les jeunes filles, apparemment, ne se sont pas gâté la cervelle à lire des romans !

– Allons nous asseoir ailleurs, proposa dame Charlotte. Je n'ai jamais été trop folle, mais trop de raison dans l'air m'incommode. Si, à la philosophie et à la politique qui suffisaient bien à gâter les meilleurs plats, l'économie vient s'ajouter dans les propos de table, il n'y aura bientôt plus de conversation. Quand on aura des becfigues il faudra les manger chez soi, crainte de les voir saucés de vulgarité.

Elles allèrent derrière le paravent du petit salon jaune et lilas, et dame Charlotte demanda aussitôt :

– Jeannette, où croyez-vous qu'elle soit?

– En mer, dit Jeanne d'un ton ferme. Nous devons les croire en mer, à l'abri des exempts du Roi. Émilie vous manque beaucoup, n'est-ce pas?

– Elle me manque, dit dame Charlotte d'un ton morne. Neuville a perdu son feu follet.

– J'ai trouvé curieux que, même à vous, elle n'ait pas laissé le moindre billet. Émilie vous aimait beaucoup, et elle aimait tant s'expliquer par écrit...

– Elle m'a laissé une lettre.

– Comment ?!

– Hé! devais-je le crier haut pour en faire profiter le lieutenant de police? Je ne l'ai montrée qu'à la baronne.

– Et à moi, madame, ne la lirez-vous pas? Je suis muette dès qu'il le faut, vous le savez bien.

La chanoinesse sortit de sa poche de jupon une feuille bien des fois dépliée et repliée, la tendit à la jeune fille. Jeanne lut :

« Madame et chère marraine,

« Vous m'en voudrez, et puis vous me pardonnerez. La vie chez les dames de Neuville est un si doux sommeil et le sommeil, un penchant si naturel, qu'en dépit du sentiment d'amour qui me pousse vers ailleurs il me faudra demain un gros courage pour m'arracher de ma clôture. Mais j'ai craint de ne m'y réveiller qu'au jour de ma mort, pour regretter de n'avoir jamais mis le nez dehors. Depuis plus d'un an que je songe à bouleverser mon destin j'ai eu le temps de réfléchir et à ce que je laisse et à ce qui m'attend. Je quitte un sort de privilégiée que j'avais trouvé dans mon berceau pour me jeter dans celui, hasardeux, de celles qui naissent sans nom et sans fortune. Cela est fou sans doute, sot peut-être, mais je veux voir ce que je vaux par moi-même. Puis il me paraît juste, après tout, de me retrouver privée du soutien de parents qui m'ont empêchée de les aimer. Je ne me sens pas des leurs. Je n'ai pas à redouter leur chagrin, je les ai vus, quand j'avais neuf ans, me regarder partir de chez eux d'un œil sec et, de toute manière, une belle partie de chasse peut vite guérir n'importe lequel de leurs déplaisirs. Comme je sais qu'il n'en sera pas de même pour vous, ma chère marraine, je vous ferai tenir de mes nouvelles dès que je le pourrai sans nous mettre en danger. Je vous dispense d'en donner à mes père et mère mais donnez-en, je vous prie, à mes amies Jeanne et Marie, dont je me souviendrai avec une tendresse fidèle.

« Je vous embrasse de tout mon cœur.

« Votre Émilie, pour laquelle je demande vos prières. »

Jeanne s'essuya les yeux. Dame Charlotte se mouchait.

– Le plus triste, dit la chanoinesse, c'est qu'en relisant et relisant cette lettre, je finis par me demander si j'ai vécu. Je vais dans la bibliothèque de l'abbaye et je fais tourner la mappemonde, en voyant trotter dessus une minuscule Émilie. Elle traverse les continents verts et bistre, s'engage dans les grands espaces blancs de l'inconnu, marche sur le bleu des mers, elle habite l'univers. Quand j'ai assez joué avec la grosse boule je retourne en soupirant m'asseoir sur *mon* banc, sous *mon* tilleul, en replaçant machinalement mes pas dans ceux de la veille et sous ceux du lendemain. Arrivée là, j'apprends que la grande affaire de la semaine sera de décider si, oui ou non, nous aurons l'audace de faire venir le chevalier Marlieux à Neuville pour qu'il électrocute la communauté, cela parce que les pères de la trappe Notre-Dame se sont fait sauter en l'air cinq jours plus tôt, que nous avons notre dignité et pensons que les religieuses ont autant de droit que les religieux aux facéties diaboliques de l'électricité. Toutes nos frivolités additionnées jour après jour finissent par devenir une sagesse d'un monotone !

Elle laissa passer un mol démenti de Jeanne et revint à son sujet :

– Jeannette, franchement, savez-vous où Denis comptait emmener mon Émilie ?

– Non, madame. Mais je crois que c'est plutôt Émilie qui décidera de l'endroit !

– Le pharmacien Jassans de Châtillon, que j'ai interrogé, prétend qu'il était devenu un bon chimiste, meilleur même que lui. Il correspondait avec d'autres chimistes, dont un de Paris, un sieur... Lavoisier – le fils savant d'un commerçant. Savez-vous ce que Denis préparait avec toutes ces correspondances ?

– Non, madame. Sans doute voulait-il savoir toujours plus de chimie, comme il se doit quand on se passionne pour une science.

– Si vous receviez des nouvelles avant moi, Jeannette, m'en donneriez-vous ?

– Certes, madame.

– Voyez-vous, si j'apprenais un jour qu'Émilie s'est fixée dans un joli bout du monde...

Elle se pencha vers sa voisine pour une confidence :

– ... peut-être irais-je y faire un tour !

Jeanne se mit à rire :

– Voilà t-il pas que vous prenez, tout comme moi, ce mal des îles dont madame de Bouhey se moque si fort ?

– Laissons-la se moquer. Il n'est jamais trop tôt, après tout, pour se remettre à ses douze ans. J'avais douze ans, quand le chapitre de Neuville m'a reçue. Je me suis fort pressée de devenir une dame bienheureuse à l'image des autres, tout occupée de mille petits riens plaisants, très fière d'avoir été triée sur le volet pour jouir d'une aussi bonne vie. A ce régime, on oublie vite les rêves aventureux de son enfance. A l'âge d'Émilie j'en étais sûrement déjà très éloignée. Comment s'y est-elle donc prise pour conserver une liberté de pensée frondeuse au milieu des molles délices de notre paradis ?

– Émilie est de la fin du règne de Louis XV, madame. Imposer sa volonté et choisir sa vie quoique femme est devenu une question de principe. Principe excellent – selon moi.

– Sans doute avez-vous raison...

La chanoinesse laissa son regard errer sur le coin visible du salon et reprit, pointant du menton vers un joli couple de soie bleu et jaune aux manières énamourées :

– Voilà encore une jeune personne qui s'apprête à choisir sa vie de femme en dépit de tous les obstacles qu'on y mettra. Elle imposera son petit marquis à sa famille, et son bourgeois de papa devra l'acheter fort cher à la marquise douairière, qui doit à tous les usuriers de Lyon et n'a plus que ses fils à vendre.

– Bah ? fit Jeanne, imaginez-vous vraiment qu'Anne-Aimée Delafaye et le petit marquis Christophe d'Angrières... ? Cela ne se fera pas, madame. Cela se sait, que la marquise d'Angrières porte ses armoiries jusque sur ses chemises et ses pots de chambre !

– Mais cela se sait aussi, rétorqua dame Charlotte, que la noblesse la mieux armoriée d'aujourd'hui préfère payer les lingères et le faïencier avec l'or sale des roturiers plutôt que de finir en pissant par la fenêtre et en allant cul nu !

« Eh bien, pensait Jeanne dix minutes plus tard en regardant les jumeaux d'Angrières faire une dernière fois la roue dans le vestibule en prenant congé de ceux qui restaient au château, eh bien, si ce mariage de carpe et de lapin se fait, je devrai me procurer une forte réserve de sirop de julep pour soigner les ébullitions * de ma chère baronne, car l'affaire lui échauffera joliment la bile ! Il est clair que monsieur Henri n'aurait pas le petit marquis à bon marché. »

– Montons-nous, Jeannette ? demanda gentiment Elisabeth en lui prenant le bras.

Il avait fallu bourrer les chambres et, comme chaque fois en pareil cas, Jeanne avait offert la moitié de son lit à l'aînée des demoiselles Delafaye, sa préférée. Élisabeth était une petite maigri-

* Indigestions.

chonne sérieuse et douce, qui vivait de musique, de peinture et de poésie. Par extraordinaire elle abhorrait le commerce, avait déjà refusé quatre bons partis parce qu'ils étaient des fils de négociants et, à vingt ans, se donnait des airs de vouloir devenir douillettement vieille fille entre son clavecin et son chevalet plutôt que de se marier contre son goût. Mais comme elle était de visage et de caractère avenants et de famille qui dotait bien on continuait de la courtiser, et Jeanne ne fut pas surprise de lui voir prendre des pommettes roses et un ton de mystère pour lui dire : « Je suis contente de partager votre chambre, j'ai une confidence à vous faire », dès qu'elles furent en train de s'aider à sortir de leurs paniers.

– Oh ! oh ! fit Jeanne, je devine ce qu'il en est : encore un prétendant dont on ne voudra pas ?

La roseur d'Élisabeth s'accentua et elle se détourna de son amie :

– Dont on voudra peut-être, si décidément vous-même n'y prétendez plus, dit-elle avec une timidité toute nouvelle chez elle.

– Si je n'y prétends plus ? s'étonna Jeanne. Serais-je aimée sans le savoir d'un homme ayant assez peu de jugement pour partager entre nous ses projets d'établissement ?

Comme Mlle Delafaye semblait hésiter à répondre :

– Il est bien tard dans la nuit, ma chère Élisabeth, pour nous mettre aux devinettes, ajouta-t-elle. Je donne ma langue au chat.

Élisabeth lui saisit les mains pour l'interroger les yeux dans les yeux :

– N'avez-vous plus le moindre sentiment pour le procureur Duthillet et ne regrettez-vous pas d'avoir rompu vos fiançailles ?

– Duthillet ! s'exclama Jeanne. Il s'agit de Duthillet ! Vous a-t-il fait sa demande ?

– Jeannette, répondez-moi d'abord : ne le regrettez-vous pas un peu ?

– Je n'ai jamais eu de sentiment d'amour pour le bon Louis-Antoine, et j'ai eu avec lui de bien mauvaises manières. Mais si elles font qu'aujourd'hui il vient à vous, alors je vais pouvoir me les compter pour de bonnes actions, et il faut que je vous en remercie. Venez que je vous embrasse... Ainsi, vous allez épouser le procureur Duthillet ? Vous serez heureuse. Sa courtoisie est charmante et je le crois assez bon vivant. Mais ce parti n'est-il pas un peu mince pour une demoiselle Delafaye ?

Élisabeth eut un beau sourire :

– Il est temps que les castes se mélangent un peu, ne le croyez-vous pas ? Sinon soyeux et drapiers ne formeront bientôt plus qu'une innombrable famille de cousins et de petits-cousins à la mode de Versailles, dont les enfants ne recevront jamais une goutte de sang frais. L'idée m'enchante, de quitter la caste des soyeux lyonnais pour aller vivre au calme chez un homme de loi de Châtillon. Je serai tout près de vous, mon amie. L'hiver je vous donnerai des soirées musicales, l'été vous me donnerez des leçons d'herborisation. Ah ! c'est à moi de vous remercier de m'avoir laissé monsieur Duthillet !

– Vous voilà donc tout à fait décidée ?

– Certes. Pour l'être il ne me manquait que d'avoir sondé votre cœur. Vous étiez si enfant quand vous avez rompu avec Duthillet : souvent cœur d'enfant varie. Si vous m'aviez appris que vous le reprendriez s'il vous revenait... Je le lui aurais dit aussi franchement que je lui ai dit que j'aurais cette conversation avec vous... dont il ne m'a pas dissuadée. Vous êtes très jolie, Jeannette, bien plus jolie que moi. Je sais fort bien que Duthillet ne m'aime qu'en second.

– Mais il vous aimera tellement longtemps que le souvenir de son amour pour moi deviendra comme celui d'une poussière qu'on a eue dans l'œil et qui vous empêchait de voir clair, dit Jeanne avec gentillesse. Je suis enchantée de votre bonheur à tous les deux. Mais, pour Dieu, couchons-nous vite, sinon nous attraperons un bon catarrhe. Il fait un froid de chien, ici !

En dépit de ce qu'elle avait affirmé à Élisabeth, se voir environnée de toujours plus de couples neufs ne lui causait qu'un plaisir mitigé. Ces garçons et ces filles qui s'en allaient maintenant par deux avaient tous appartenu à la bande joyeuse des fêtes de son enfance, et les regarder s'en détacher et s'éloigner vers leur avenir lui donnait dans le dos un froid de laissée-pour-compte attardée dans un vieux temps à l'agonie. « Il ne manquerait plus que le bon oncle Mormagne tînt la parole de ses médecins et mourût demain afin de jeter Marie dans les bras de Philippe ! » pensait-elle souvent. Le bon oncle Mormagne était un héritage de huit mille livres de rentes sur l'État qui devait tomber sur la tête du lieutenant Chabaud de Jasseron, et c'était bien assez pour qu'en y ajoutant ce qui lui venait de son père naufragé dans l'Ain un soir de gros temps, Marie obtînt de Mme de Rupert permission d'épouser enfin son fiancé sans attendre son brevet de capitaine. Et alors Marie s'en irait sans nul doute habiter la belle demeure d'Autun qui allait avec les rentes de l'oncle Mormagne. Jeannette demeurerait seule à Charmont pour s'y morfondre en attendant le retour de Philibert –

qui ne se pressait pas de quitter Berne, où il séjournait chez son illustre confrère, le médecin-botaniste-poète Albert de Haller. Ce savant presque universel, fort versé en anatomie, était en train – racontait la dernière lettre d'Aubriot à sa sœur Clémence – de chatouiller des cuisses de grenouille pour démontrer l'irritabilité spontanée de leurs fibrilles charnues ; c'était, paraît-il, passionnant et Jeanne ne doutait pas de l'irritabilité des fibrilles de la chair animale en sentant les siennes se soulever de rage, chaque fois qu'elle évoquait Philibert retardé à Berne par une histoire de rainettes chatouilleuses ! Elle ne parvenait pas à le lui pardonner. Là, vraiment, il exagérait. Il finirait par dépasser la mesure de sa longue patience. Il avait presque promis d'être de retour à Châtillon pour le début de l'année 1764 au plus tard, on était déjà à la mi-février, dans six semaines Jeanne aurait dix-sept ans, et jamais dans ses gestes de fidélité – quand elle avait laissé partir Vincent, quand elle avait rompu avec Duthillet, quand elle avait fait exprès de ne pas voir les œillades du superbe fils de l'orfèvre de la rue Mercière de Lyon – jamais elle n'avait cru, dans le fond de son cœur, qu'elle serait encore vierge de Philibert à dix-sept ans ! Elle se sentait tourner à la vieille fille : il y avait vraiment de quoi se ronger les poings !

Quand son chagrin la dévorait par trop, elle sautait sur Blanchette et galopait à travers le froid coupant de l'hiver jusqu'à ne plus sentir sa chair prise en glace. Alors, l'âme gelée aussi, ne sentant plus rien qu'une grande envie de chaleur, avant de rentrer à Charmont elle passait par Vaux, où l'aimable créole semblait se faire chaque fois un plaisant devoir de la dégeler jusqu'aux éclats de rire. Elle attisait le ronron du feu, enflammait des papiers d'Arménie, jetait des coussins par terre pour s'asseoir avec elle sur la tiédeur du parquet, la grisait un peu avec son punch au rhum blanc et à la vanille, l'ébouriffait, la dégrafait, jouait avec elle comme une mère chatte avec sa chatonne. Plus tard elle la déguisait avec ses robes, lui essayait à coups de foulards les coiffures bariolées des négresses de son île natale, la parfumait, l'embrassait dans le cou pour lui donner des frissons, lui chantait des berceuses créoles qui faisaient accourir Cupidon et Cocotte, les jetait à genoux sur les tapis, les fesses sur leurs talons. Yeux clos, bouches tendues sur un sourire d'âme, les noirs se balançaient d'avant en arrière au rythme mou du chant avec la docilité de deux grands serpents oscillant devant leur charmeuse, et Jeanne, hypnotisée, finissait par ne plus savoir si elle dormait ou veillait sous les mains câlines de la trop tendre Pauline. En revenant de Vaux elle se disait que les après-midi au manoir n'étaient peut-être pas des choses à raconter au confessionnal mais, depuis longtemps, elle avait appris que, dans un confessionnal, la conversation doit rester prudente si l'on ne veut pas se gâcher sa vie avec des repentirs sans issue. De reste, pour le ciel ce sont les intentions qui comptent, et Jeanne n'allait à Vaux que pour jouer au tric-trac avec Pauline – et c'était vrai qu'elles y jouaient parfois.

Un jour qu'elle s'était attardée à Vaux plus que de coutume et rentrait à l'orée de la nuit, Mme de Bouhey l'apostropha dès qu'elle la vit :

– Te voilà tout de même ? Tu tueras Blanchette entre tes cuisses !

– Je me suis arrêtée à Vaux pour faire le tric-trac de madame de Vaux-Jailloux.

Le regard gris de la baronne pétilla :

– Eh bien, tu as mal choisi ton jour. Tu avais de la visite ici. *Il* t'a attendue plus d'une heure. Oui, ma belle. Après cela, on pourra venir me raconter ce qu'on veut sur l'intuition des amoureuses !

Jeanne se laissa tomber sur un fauteuil, le cœur si fou, et si pâle de visage que la baronne se leva et tira brutalement sur la sonnette pour avoir un flacon d'essence de mélisse.

– Et apporte-nous aussi de l'eau-de-vie, commanda-t-elle à Pompon. Ma chérie, tu es vraiment trop émotive, reprit-elle après avoir fait boire un peu d'alcool à sa pupille. Je n'ose plus t'apprendre la suite.

– Si, je vous en supplie, murmura Jeanne. Je me sens mieux. J'étais trop fatiguée de ma longue chevauchée, voilà tout.

– Croyons cela. Eh bien donc, ton Aubriot est rentré de Suisse et désirait te parler. Il a une proposition à te faire – que je désapprouve, mais que je lui ai donné permission de te dire.

– Il ne me la dira donc que demain ? s'écria douloureusement Jeanne. Oh ! Thomas ne peut-il me conduire tout de suite en carrosse à Châtillon ?

– Ce serait peine perdue. Aubriot est reparti sans débotter pour le Bugey : son beau-frère, le curé qui garde son fils, est malade, il l'a su par une lettre qui l'attendait chez son père. Mais je me suis chargée de te délivrer son message. Écoute-le donc, et ne m'interromps pas avant que j'en aie fini.

C'est d'une voix soudain durcie que la baronne parla :

– Aubriot compte demeurer à Pugieu chez son beau-frère jusqu'à l'été, afin de connaître un peu son enfant avant que de le quitter pour un long temps. S'il veut quitter son fils et sa province, c'est pour partir s'installer à Paris vers la fin de l'été. Ne m'interromps pas, je te prie ! Si tu te sens mal d'impatience, bois un coup de marc. Je poursuis. Tu connais Aubriot, ses idées sont des plus originales en tout, le voilà aujourd'hui persuadé que son diplôme de la faculté de Montpellier est caduc, qu'un médecin d'hier ne vaut plus rien aujourd'hui et se doit remettre à l'école de la physique et de la chimie modernes, bref, il veut entendre les leçons des maîtres qui enseignent au Jardin du Roi. Et là-bas il aura besoin... d'une aide, d'une secrétaire, d'une gouvernante pour sa maison, de Dieu sait quoi ! car cette partie de son discours ne lui sortait pas bien clairement de la bouche – tout comme s'il ne concevait que fort confusément la raison pour laquelle il me demandait permission de te fourrer dans son bagage !

Jeanne se redressa, les yeux étincelants :

– Il... il vous a proposé de m'emmener, de m'emmener à Paris !

– Pour cent quatre-vingts livres de gages par an. Plus la table et le logement, cela s'entend, dit la baronne d'une voix rude.

– Il veut me payer ? bégaya Jeanne. Il veut me payer pour partir avec lui ? Il m'offre de l'argent pour partir avec lui ?

Elle avait l'air si horrifiée, tremblait si fort et articulait avec tant de peine que Mme de Bouhey ne pouvait que la prendre en pitié. Tendrement elle réchauffa entre les siennes les deux mains de la jeune fille et se mit à lui parler comme on parle à une enfant qui vient de recevoir un coup sur la tête et en garde une bosse dont il faut la consoler :

– Jeannette, qu'importe les mots qu'il a choisis pour venir te chercher ? Sait-il seulement déjà lui-même pourquoi il veut t'emmener ? Je n'en jurerais pas. Je jurerais même que tu le sais mieux que lui. La question n'est pas dans les mots, mais dans le fait qu'il te demande de me quitter à la fin de l'été pour le suivre à Paris. Le feras-tu ?

– Ah ! dit Jeanne en fondant en larmes, je voudrais le suivre sans vous quitter !

– Je le devine, ma Jeannette. Mais il faudra choisir. Enfin, tu as quelques mois pour réfléchir.

– Il y a si longtemps que je l'attends, balbutia Jeanne entre ses pleurs.

– Et tu es sûre, bien sûre de ne pas confondre une idée fixe de petite fille avec un amour de jeune fille ?

– Oui ! oh oui ! Je l'aime, et toujours plus.

– Dans ce cas..., soupira la baronne. Tu ne vas pas passer ta vie à continuer de l'attendre après lui avoir dit non.

— Ainsi, dit Jeanne en relevant la tête, vous me conseillez d'accepter ?

— Dieu me soit témoin du contraire ! gronda la baronne en colère. T'ai-je jamais conseillé d'aimer Aubriot et de vouloir être à lui ? Je te permets de décider de ta vie, voilà tout. Je ne t'ai pas recueillie pour faire ton malheur, et comment savoir si je le ferai ou ne le ferai pas en t'arrachant de vive force à Aubriot ? La raison n'est pas une recette de bonheur infaillible.

— Madame, je sais que je partirai, murmura Jeanne.

Marie-Françoise posa sa main sur les cheveux blonds :

— Ne me le dis pas trop souvent, ma mie, que je puisse en douter encore un peu.

Le silence s'établit entre elles, que Jeanne ne rompit qu'au bout d'un long moment, pour se mettre à répéter avec une mélancolie teintée d'amertume :

— Cent quatre-vingts livres de gages, plus le vivre et le couvert...

Puis avec une violence soudaine :

— De quel droit, madame, se permet-il de m'estimer à cent quatre-vingts livres plus la table et le logement, de quel droit se permet-il de me peser au poids du marc d'argent ? Comment puis-je le supporter ? Comment supporterai-je l'idée qu'il me paye pour partir avec lui, pour l'aimer, pour... Je l'aime, madame, je l'aime ! En échange de ma vie que je lui veux donner je n'accepterai que de l'amour, que de l'amour, que d...

Les sanglots l'étouffèrent. Elle se laissa glisser sur le tapis pour enfouir son visage dans la jupe de la baronne et y pleurer tout son content, comme lorsqu'elle était petite et venait de lire une histoire bien triste.

Perçant son chagrin, un petit sourire de moquerie vint à Marie-Françoise :

— Ne te fais donc ni douleur ni scrupules avec cette bagatelle, ma Jeannette, dit-elle en lissant les mèches blondes en désordre. Dès qu'un homme a compris qu'une femme l'aime il ne la paye plus. Je veux bien tenir le pari que celui-ci ne te versera pas même la première année de tes gages. Il y a chez tout homme, surtout s'il est un bourgeois de longue souche, un besoin d'être aimé gratuitement qui saisit sans faute l'occasion de se satisfaire.

15

Ils partirent le 6 septembre 1764.

La campagne, desséchée, vibrait d'un grand bourdonnement. Juillet et août avaient brûlé la terre. La fin de l'été s'enfonçait dans une poussière d'or, dénudant trop tôt les arbres calcinés. En traversant un bois de hêtres la diligence roula sans un bruit de sabots, sur une moquette de feuilles roses. Chaque étendue d'eau du paysage, en miroitant sous le soleil, blessait les yeux. Pour profiter du peu de fraîcheur de l'aube on attelait à quatre heures du matin mais à neuf, déjà, la chaleur accablait les voyageurs de somnolence. Toutes les deux heures les postillons stoppaient l'attelage, en sous-bois si possible. Les passagers descendaient s'ébrouer dix minutes sous les arbres, se dégrafaient, offraient leurs visages cuits et leurs cous ruisselants à la trop courte averse d'ombre, buvaient un peu de l'eau tiède qu'ils avaient. Puis ils remontaient en enfer pour deux nouvelles heures. Aubriot tentait toujours de lire, mais les cahots ne lui permettaient pas de le faire bien longtemps. Le second jour, un moment après qu'ils eurent quitté Roanne il referma son livre :

— Il n'y a décidément pas que l'os sacrum qui souffre des voyages, dit-il en soupirant. Ma vue ne s'en truve pas trop bien non plus. L'*Almanach Royal* de cette année exagère, de tant nous vanter les nouveaux ressorts des coches !

— Vous ne pouvez sans injustice vous plaindre de vos routes, monsieur, dit le Lorrain qui lui faisait face. La France a les meilleures routes de l'Europe, et celle de Lyon à Paris est la mieux entretenue du Royaume. J'admire fort le sieur Trudaine, votre directeur des chaussées. Il a fait beaucoup pour le bonheur des gens qui circulent dans son pays en ouvrant une école d'ingénieurs qu'on instruit tout spécialement pour leur apprendre à bien construire des ponts et des chaussées *.

— On prétend que dix mille lieues ont été arrangées tant en plaine qu'en montagne depuis que Trudaine gouverne les chaussées, pourtant j'ai toujours l'impression de ne jamais passer par celles-ci ! ironisa un commerçant lyonnais. Mais une chose vraie est qu'on peut désormais circuler en sécurité sur les voies principales, de nuit comme de jour : on ne verse pas.

* L'École des Ponts et Chaussées, créée à Paris en 1747.

– Et croyez-vous, monsieur, que ce soit le cas dans mon pays ? demanda le Lorrain. Ce n'est le cas nulle part hors de France, monsieur. Partout ailleurs je vois encore réparer les ornières des chemins avec des fagots et du gravier, ou jeter un pont de guingois sur une rivière grâce aux faibles lumières d'un entrepreneur de village. En vérité, le monde entier peut vous envier votre corps d'ingénieurs des chaussées.

– Cela va de soi : nos ingénieurs sont français et les Français sont en tout les meilleurs du monde, jeta Aubriot d'un ton sarcastique.

– Monsieur, c'est souvent vrai, dit le Lorrain.

Un court silence dubitatif suivit la remarque du Lorrain. C'était un grand homme massif au visage carré troué de deux billes bleu clair lumineuses. Il s'était présenté comme le courtier de plusieurs faïenceries, et s'empressait de dire du bien de la France chaque fois que ses voisins français s'en plaignaient – à tout bout de champ ! Les Français écoutaient chacun de ses longs éloges d'abord avec un sourire de vanité bien chatouillée, puis ensuite avec impatience, pressés qu'ils étaient de recommencer à dire du mal de leurs gouvernants. Cela ne manqua pas plus cette fois-ci que les autres. M. Caillaud, le commerçant lyonnais que Jeanne connaissait de vue, fit remarquer que les appointés de M. Trudaine seraient bien fripons de n'avoir pas de mérite, vu le prix qu'on les payait aux frais des bourgeois :

– Dans notre province, le premier ingénieur des chaussées gagne huit mille livres par an, que l'État lui paye en prenant dans ma poche une part d'un si beau salaire.

– Préféreriez-vous, pour être détaxé, verser à tout instant sur des pistes en friche ? demanda le Lorrain.

– Monsieur, lui dit Aubriot pour couper court à une discussion qui l'ennuyait, je prévois que vous serez heureux quand la Lorraine reviendra à la France à la mort de votre roi Stanislas. Croyez que nous serons, nous, contents de vous y recevoir pour compatriote, qui paiera désormais et de bon cœur sa part de taxes.

– Ma foi oui, acquiesça le Lorrain, je la paierai de grand cœur pour ne plus verser dans la boue et passer la nuit à me geler dans un fossé, ou à m'échouer dans un coupe-gorge où l'on me détroussera pour le moins !

Une dame, que Jeanne avait baptisée la Dame Bleue à cause de sa robe, intervint vivement, l'œil émoustillé :

– Ainsi, monsieur, voyager par chez vous serait encore une aventure piquante ?

Le Lorrain regarda sévèrement l'écervelée :

– Oui, madame, piquante est bien le mot : on y tombe encore sans trop de difficulté sur un couteau de cuisine, dit-il froidement.

– Oh, oh ! fit un vieux gentilhomme sec et gris. Entendez-vous nous dire, monsieur, qu'en l'an 1764 il reste des auberges rouges en Lorraine ?

– Il en reste, affirma le Lorrain.

Dans le silence qui s'établit sur ses derniers mots il reprit bientôt :

– Le mois dernier, dans une hôtellerie de campagne isolée, voilà qu'un officier de passage surprend son cheval en train de furieusement gratter le sol de l'écurie. Il se baisse, voit un morceau de drap rouge à terre, tire dessus, ramène à l'air toute une manche avec un bras dedans et un corps au bout du bras ! Curieux de voir la suite il appelle ses soldats, les met à creuser... Ils ont déterré cinquante cadavres !

– Cinquante ! My God ! s'exclama l'étudiant anglais, sortant pour une rare fois de son mutisme.

Le chiffre était si énorme qu'il empêchait de s'apitoyer. D'un tel mélodrame on ne pouvait que plaisanter :

– Que voulez-vous, fit Aubriot sans rire, dans une auberge écartée il ne vient pas grand-monde ; dès que l'aubergiste tient un client l'envie lui prend de le garder.

Deux ou trois voyageurs pincèrent la bouche, n'appréciant pas cet humour noir, mais les autres sourirent et la Dame Bleue éclata d'un rire provocant, ce qui lui arrivait pour un oui pour un non, surtout quand l'occasion lui en venait de son vis-à-vis le médecin, un bel homme, ma foi, un compagnon de voyage fort distingué, comme on en rencontre peu, et dont elle aimait attirer l'attention. A défaut d'avoir à offrir une aussi grandiose tragédie que celle du Lorrain elle se mit à raconter ses petits malheurs sordides dans les auberges où, sans vouloir franchement vous assassiner, on vous empoisonne.

« Ils vont encore étaler leurs mésaventures d'estomac », se dit Jeanne, écœurée d'avance. Et après, quand ils en auraient fini avec les ragoûts de chat qu'on leur avait servis en guise de lapin, les salades truffées de mouches, les soupes nauséabondes et les vomissements qui s'ensuivaient, l'un des causeurs bifurquerait sur une enfin bonne digestion, entamant ainsi le récit des menus mémorables, auquel chacun contribuerait pour une oille grasse à lard, un rôt de prince ou six assiettées d'entremets « divins ». La jeune fille bâilla discrètement dans sa main, ferma ses oreilles et doucement, bien doucement pour ne pas déranger son précieux voisin Philibert, essaya de se tourner pour mieux voir le paysage.

– Vous avez trop chaud, mon pauvre Jeannot ? fit Aubriot à mi-voix en se penchant vers elle.

Il l'appelait Jeannot, puisqu'elle l'avait prié de lui laisser porter un habit d'homme, plus commode qu'une robe pour subir les hasards de grand chemin. Il avait accepté avec d'autant moins de réticence que, vêtue en garçon, Jeanne trompait très bien son monde. Grance, mince, assez étoffée d'épaules mais étroite de hanches, les fesses hautes, les seins menus faciles à effacer sous une bande de toile, le visage beau mais sans mièvrerie, dès qu'elle serrait ses cheveux dans une bourse elle pouvait bien passer pour un jeune homme – d'autant mieux qu'elle avait pris dès son enfance l'habitude des culottes et que sa voix assez basse de contralto ne la trahissait pas trop. En la voyant, les inconnus pensaient facilement ce que pensait présentement la Dame Bleue : qu'elle était un garçon trop joli, au menton trop lisse, au parler trop doux, aux gestes trop gracieux. Mais certains vrais jeunes hommes ne sont-ils pas ainsi, des presque filles ?

Par temps de grosse chaleur, ce déguisement si réussi avait pourtant un inconvénient : celui d'empêcher le faux garçon d'ouvrir sa veste. Jeanne étouffait, stoïquement.

– Ne voulez-vous pas boire un peu d'eau citronnée ? lui demanda Aubriot. Peut-être est-elle encore assez fraîche ?

Elle aurait avalé de l'eau chaude, pour le bonheur d'accepter de lui la gourde qu'il lui offrait ! Il s'occupait d'elle : elle but en lançant un regard de triomphe à la Dame Bleue qui affichait son sourire railleur, celui qu'elle prenait depuis le départ pour observer la dévotion de ce drôle de valet pour son maître et l'étrange attention que montrait parfois ce maître pour son valet. « Quel siècle ! pensait visiblement la Dame Bleue. On ne se cache plus de rien, pas même de ses mœurs hors nature. » Mais cette pensée ne l'empêchait pas de continuer à faire ses agaceries au médecin – le goût des jolis garçons ne nuit pas fatalement au goût des belles femmes. La dame en robe légère bleu de lavande, encore jeune, grasse, fraîche, blanche et rose de peau sous de blonds cheveux à peine poudrés, se sentait assez appétissante pour avantageusement remplacer un beau garçon dans le lit d'un homme. Et comme elle avait beaucoup voyagé elle savait qu'on peut, dans le noir d'un gîte d'étape bondé, se tromper opportunément de chambre. La route de Lyon à Paris se faisait en six journées coupées de cinq nuitées, dont une seule était passée. Ce serait bien le diable si, en quatre nuits... S'aidant d'un cahot providentiel la Dame Bleue vint buter contre les deux genoux du médecin, qui fit une grimace mais avança les mains pour retenir et replacer la voyageuse. Jeanne en fut ulcérée. Certes, moitié par amusement, moitié pour s'orgueilleusement venger d'être gagée cent quatre-vingts livres, à chaque arrêt elle s'efforçait de remplir en conscience son rôle de valet empressé et attentif au bien de son maître, mais elle ne pousserait assurément pas le dévouement jusqu'à lui permettre de fleureter sous son nez avec une gourgandine ! Dans un grand élan de rébellion elle profita du cahot suivant pour envoyer rouler sa tête contre l'épaule de son voisin.

Surpris de ce second choc Aubriot regarda Jeanne qui regardait férocement la Dame Bleue toute moqueuse – et comprit. L'ombre d'un sourire lui vint. Se voir l'objet d'un duel de femmes lui fut agréable, infiniment. « Et sottement », jugea-t-il. N'importe : c'était rajeunissant. Puis, que faire de sérieux en diligence ? Depuis qu'il roulait vers Paris avec Jeanne auprès de lui il avait l'impression d'avoir été longtemps un homme en hiver, dont il s'évadait.

A trente-sept ans, physiquement Aubriot était resté séduisant. De taille moyenne mais avantageuse, les épaules athlétiques, sans une once d'embonpoint, la jambe très bien faite, mis avec une sobre recherche, il avait de l'allure et attirait toujours les femmes. Par ailleurs il parlait bien et, dans son visage aux dures mâchoires très marquées sous la peau, l'intelligence aimantée de ses grands yeux noirs remplaçait la beauté. Quoique tempéré par la maturité son caractère demeurait emporté. Aussi franc que dans sa jeunesse, il ne se privait pas davantage de railler les sots, si bien qu'il savait encore se faire des ennemis aussi bien qu'au temps de ses vingt ans, ce qu'il jugeait d'ailleurs indispensable à la dignité de la vie. Ses amis, eux, le tenaient en haute estime, car il était fidèle en amitié et infatigable épistolier de surcroît. S'il riait moins et se dépensait moins que naguère en exercices du corps, c'est qu'en plus de son deuil encore récent sa santé s'était altérée. Il avait toussé fort jeune, toussait davantage depuis trois ou quatre ans, avait eu plusieurs hémoptysies et il souffrait de rhumatismes aux jambes. Mais l'air du Midi avait assez bien arrangé ses misères et, de toute manière, nul ne pouvait s'apercevoir de ses incommodités. A défaut de pouvoir s'appliquer des recettes de guérison qu'il ne trouvait pas, il s'était donné un conseil de stoïcien : « Que ton âme forcisse en même temps et de la même allure que ton corps décline et ceci compensera cela. » Il n'en était pas moins attristé, parfois, de sentir sa carcasse s'user plus vite que son cerveau. L'immense tâche de défrichage de la nature qu'il avait commencé d'accomplir, il savait bien qu'il n'aurait pas le temps de l'achever, même en y consacrant toutes les minutes de quatre-vingts années d'existence ; mais il souhaitait ardemment pouvoir l'avancer le plus possible avant de mourir. Il aurait tant voulu avoir assez de science médicale pour savoir faire durer son corps jusqu'à la dernière fleur inconnue qu'on cueillerait sur la terre pour la coller dans le dernier des herbiers avant d'écrire sous elle son nom de baptême en latin ! Pour se donner de la longévité, faute de croire à une panacée il se contentait de suivre un régime frugal, de s'aérer et d'éviter les mondanités, attentif à garder son temps et son énergie pour ses travaux. Son style de vie en était peu à peu devenu si austère, qu'en retrouvant Jeanne à Lyon, au bureau des Messageries, le matin de leur départ, une ondée de panique l'avait parcouru, mêlée de remords : n'allait-elle pas bouleverser ses habitudes laborieuses ? l'emmenait-il vers une vie supportable pour elle ? Les deux questions l'avaient affolé un instant, puis il les avait balayées de son esprit. De toute manière, pour réfléchir il était trop tard. Il n'allait pas la laisser plantée là sur le quai des Célestins ? « La pauvrette a bien trop envie de partir avec moi », s'était-il dit avec tartuferie.

Philibert Aubriot était pourtant rien moins qu'un inconscient. Quand il avait assis Jeanne auprès de lui dans la diligence il savait qu'elle l'aimait ; mais il s'arrangeait pour croire qu'elle l'aimait d'un amour sans chair, né d'une admiration que Paris diluerait. A cette provinciale la capitale allait offrir mille nouveautés merveilleuses. Puisqu'il comptait fréquenter le tout-Paris des sciences, l'excitation intellectuelle dans laquelle elle se trouverait plongée la mûrirait, la distrairait de lui, la conduirait à cent rencontres de qualité. Si elle avait rêvé de lui, c'est que les autres hommes de son entourage trop étroit l'ennuyaient. Arrivé à ce point de son raisonnement, Aubriot s'agaçait en constatant que la pensée de voir bientôt Jeanne s'évader de lui le réjouissait moins qu'il ne l'eût désiré ; mais au moins cette pensée lui donnait-elle bonne conscience : il emmenait cette enfant pour lui offrir un monde dans lequel elle pourrait se trouver un plaisant destin. Rien de moins impossible, de plus heureux pour Jeanne que d'épouser, par exemple, un jeune botaniste du Jardin du Roi. Aubriot s'offrirait à les loger – fondre deux ménages en un est économique – et ainsi aurait-il deux aides sous la main, dont l'une pleine de tendresse filiale...

Au balancement berceur de la voiture, Aubriot s'était assez bien habitué à son beau songe chaste et pur de père adoptif. Au bout du compte et tout bien pesé, avoir pris avec lui cette petite Jeanne familière – et devenue si jolie – lui paraissait une action pie. Qu'avait-il donc craint à l'instant du départ ? Il était sûr qu'elle ne serait pas même encombrante : on ne l'entendait pas. Elle ne se faisait pas remarquer, ne le dérangeait jamais, se contentant de lui donner, contre son flanc gauche, la douce présence à la fois apprivoisée et mystérieuse d'une chatte blottie.

Elle ne disait à peu près rien, plus muette que jamais, enlisée dans un brouillard bleu. Jamais elle ne devait se souvenir de sa première heure de diligence. Son rêve venait enfin de lui tomber sur la tête, il y avait bien de quoi en demeurer un moment étourdie ! Elle ne s'était réveillée de son somnambulisme qu'au premier échange de propos entre la Dame Bleue et un Genevois dont le puissant accent vaudois ne pouvait vraiment pas se glisser dans un rêve sans le fracasser. Et alors elle n'avait plus osé bouger, consciente désormais que sa cuisse droite était allongée contre la cuisse gauche de Philibert. Sa jambe ankylosée lui pesait autant qu'une jambe de bois, mais pour rien au monde elle ne l'eût remuée, de peur de perdre un pouce d'un contact grisant. Elle ne se souvenait pas avoir jamais vécu une telle promiscuité avec le corps de Philibert. Chaque fois que le médecin reprenait la parole, fût-ce pour simplement dire « Je crois que nous approchons de Tarare », toute sa chair tendue résonnait à sa voix comme une corde de violon heurtée. S'il se mettait à développer brillamment une idée elle prenait religieusement l'écoute, et alors lui revenait sans fin, tandis qu'il parlait si bien, la même pensée éblouie : « C'est moi, Jeanne Beauchamps, c'est moi, personne, que ce grand savant a choisie pour vivre à Paris avec lui ! » Et ses yeux faisaient le tour de la compagnie pour s'assurer que chacun donnait son dû d'admiration à l'intelligence de Philibert – vaste il est vrai, infatigable, aiguë, féconde, et dont la rapidité à s'exprimer ne pouvait que séduire.

A Tarare, où ils avaient relayé et pris leur premier dîner, sauf le Gentilhomme Gris qui tenait ses distances de talon rouge, tous les voyageurs, conquis par ce causeur exceptionnel, s'étaient pressés vers la table d'hôte en même temps que lui, dans l'espoir d'occuper les chaises proches de la sienne ; et Jeanne avait commencé de détester la Dame Bleue, que le médecin avait courtoisement installée à sa droite. Avec mauvaise humeur le valet Jeannot, rejeté au bout de la table par une petite tape désinvolte sur l'épaule, avait fait exprès de ne rien manger mais, hélas, sans que son maître remarquât rien. Très à son aise sous les regards convergents, Aubriot ne s'était occupé que de charmer son auditoire.

C'est qu'il se conduisait comme un homme saisi par un grand appétit de revivre. Ce fourmillement du sang qui se réchauffe, Aubriot le sentait dans ses veines depuis qu'il avait pris la décision de partir pour Paris. Pour montrer des regrets à sa famille et quelque douleur de quitter son fils, il avait dû s'appliquer. Certes, il avait aimé Marguerite et ne l'oublierait pas, mais en évoquant sa vie avec elle il évitait de se trop sonder pour éviter de se dire qu'il s'était bien ennuyé en Bugey, où son épouse l'avait tendrement enfermé dans un milieu bigot, intellectuellement fort inférieur à lui, pour lui faire endurer deux années d'une vie douillette et terne de médecin de province – à lui qui détestait le repos et haïssait l'exercice de la médecine. Maintenant, emporté au galop vers la capitale, débarrassé à la fois de ses pantoufles bourgeoises et de sa trousse de médecin, il avait l'impression délicieuse d'avoir réendossé son bon vieux personnage d'éternel étudiant. Et cela le disposait à se mettre en frais pour des compagnons de route qui, pourtant, l'intéressaient peu. Il avait débarqué à l'auberge de Roanne déjà enchanté de sa nouvelle vie.

La réputation des auberges françaises n'était pas bonne et elle était méritée. Trop petites, souvent mal tenues, elles ne pouvaient offrir que ce qu'elles avaient : toujours moins de chambres que de voyageurs, lesquels devaient se déclarer contents quand chacun pouvait s'étendre à demi-vêtu sur la moitié d'un lit aux draps douteux.

L'étape de Roanne s'était tout de suite montrée sans agrément. Une vente aux enchères de terres et de bétail avait attiré une petite foule dans la ville, les gros enchérisseurs encombraient déjà l'Hôtel des Messageries où, de surcroît, se trouvaient arrêtées plusieurs chaises de poste quand les occupants de la diligence y débarquèrent bons derniers. Ils durent se contenter d'un exécrable souper – du pain trempé dans le pot et un cuisseau de veau dur comme du fer. Après avoir partagé si maigre chère, il avait encore fallu se partager les lits qui restaient. Le serviteur du docteur Aubriot s'était, comme il se devait, vu offrir le coucher rustique des valets, sur l'une des paillasses du grenier. Les deux lurons accrochés derrière la diligence – l'un était au Gentilhomme Gris, l'autre au Genevois – entraînaient déjà Jeannot paniqué quand, Dieu merci ! d'un ordre bref Aubriot avait réclamé son bien pour le loger dans son propre lit, sans aucun souci du qu'en dira-t-on. Restait que, pour dormir, le matelas d'Aubriot n'avait pas mieux réussi à Jeanne que n'aurait fait la paillasse des valets !

Se retrouver allongée pour la nuit, fût-ce habillée d'un caleçon et d'une chemise, à côté d'un homme dont la vue seule vous comble de ravissement, c'était... C'était à se garder éveillée pour y croire! Bouleversée, recroquevillée à l'extrême bord du lit, éperdument attentive à ne pas rouler dans le creux du milieu, Jeanne avait en vain cherché l'oubli de sa gêne dans le sommeil. Y sombrer était d'autant moins aisé que les deux autres occupants de la chambre ronflaient, eux, à gorge déployée. Son insomnie se prolongeant, elle s'était mise à trembler d'énervement, au point d'entendre claquer ses dents. Alors Philibert lui avait parlé à voix basse :

– Ne pouvez-vous dormir, Jeannot? C'est la chaleur. Et cette lumière de lune qui vient par la fenêtre aux rideaux trop minces. On croirait toujours que nos aubergistes sont dans une pauvreté noire, tant leurs chambres sont misérablement agencées. Je vais vous donner du sirop soporifique – j'en prends toujours avec moi quand je voyage.

Elle avait bu deux cuillerées d'un amer sirop de valériane et un moment après s'était enfin assoupie, davantage apaisée par le soin du médecin que par son remède. Et lui, accoudé au traversin, l'avait contemplée...

En s'endormant elle s'était retournée sur le dos, les bras à l'abandon. Des traînées de lune blanchissaient sa chevelure dénouée, qui lui faisait un oreiller de soie blonde diaprée. Elle semblait maintenant reposer paisiblement, les mains ouvertes, offerte peut-être à un bon rêve qui lui donnait un visage lisse, et si beau, si suave... Un flux de sentiment était monté en Philibert, mélange indécis de tendresse et de désir. Il la voyait devenue une beauté infiniment attirante, elle s'était transformée en jolie femme à prendre mais en même temps avait gardé sur elle son odeur d'enfance, de bouquets de coquelicots, de cerises sauvages, de pommes volées dans le verger des ursulines, de grands éclats de rire barbouillés de mûres – elle avait l'odeur de cette petite fille de la campagne de Châtillon que jamais ne pourrait avoir pour lui aucune autre femme, sauf celle-ci.

Une décision amoureuse se forme d'elle-même. Penché sur Jeanne endormie dans ses cheveux de lune, Aubriot ne s'était pas aperçu qu'il était en train d'accepter de la prendre. Des gestes d'amant lui étaient sournoisement venus aux doigts : la sueur perlant au front de la dormeuse, avec douceur il l'avait épongée de son mouchoir; il avait dégagé le cou d'une écharpe de cheveux moites, ouvert le col de la chemise, relevé les manches au-dessus des coudes pour permettre aux veines des saignées de se rafraîchir un peu. S'apercevant ensuite qu'elle avait conservé ses bas, précautionneusement il les lui avait tirés. Plus tard, il lui avait semblé que la poitrine de la jeune fille se soulevait à un rythme trop rapide et il avait cherché le pouls du poignet : le cœur de Jeanne était venu lui battre dans la main... Ainsi, sans méfiance, par une série d'attouchements naturels au médecin, l'homme s'engageait dans un prélude amoureux dont le charme lui embellissait le visage d'un sourire ému. Il ne pouvait rien voir du corps trop vêtu mais jouait à le deviner coulant nu et soyeux sous son regard, depuis la mince attache du cou bruni par le soleil jusqu'aux pieds d'un ambre plus clair qu'il venait de dénuder. C'était un rapt secret qu'il faisait d'elle, un viol patelin. Et cela avait duré jusqu'à ce que son corps lui précisât sans pudeur que sa tendresse pour Jeanne n'était pas chaste et pure jusqu'au bout de lui-même! Effrayé, il s'était jeté hors du lit pour descendre prendre un bain d'air dans la cour de l'auberge...

Là, croisant de long en large dans la nuit claire, il avait su réfléchir avec assez d'astuce pour se rasséréner. N'avait-il pas toujours pu établir, en fin de compte, un modus vivendi entre sa volonté de sobriété et sa trop entreprenante virilité? Certes, par ses appétits mal contrôlés il avait jadis bien mérité le surnom de Tige d'Amour que lui donnaient ses camarades du cours de botanique. Mais depuis son temps de vertes ardeurs boulimiques, Tige d'Amour avait vieilli. Entre les deux exigences de son corps qui voulait toujours plus de femmes et de son esprit qui voulait toujours plus de connaissances, l'homme mûrissant avait choisi de plutôt satisfaire son esprit. La partie d'amour n'en demeurait pas moins son meilleur loisir et bien avant la partie d'échecs, mais de là à s'offrir à la légère une partie d'amour avec Jeanne... Non!

Philibert Aubriot était extrêmement civilisé donc hypocrite dès qu'il le fallait, et bien assez pour se faire reculer, épouvanté, devant une image d'inceste. Or de la vierge en fleur trop belle pour ne pas le tenter, se levait sans fin le fantôme de la petite fille pendue confiante à sa grande main paternelle. Si bien qu'au terme de sa balade sous la lune entre la cuisine et l'écurie de l'Hôtel des Messageries, Aubriot avait parfaitement réussi à se persuader que jamais il ne toucherait à Jeanne : il y a de ces forfaits qu'un honnête homme ne commet pas, en eût-il la plus furieuse envie.

Dès le lendemain matin, pour se remettre tout à fait dans son assiette et dans la bonne humeur de son premier jour de voyage, Aubriot avait voulu reprendre de temps en temps, au fil du paysage, son beau songe de père adoptif. Et alors il s'était aperçu que l'aube ne l'avait pas délivré de la nuit de Roanne. L'innocence de son dessein paternel était sans cesse troublée par la honte exquise d'un souvenir qu'il ne pouvait pas, qu'il ne voulait pas chasser. Jeanne était devenue floue en lui, comme le portrait au miel d'une proie désirée. Et il ne se pressait pas de ramener son regard sur Jeannot pour retrouver le réel. En fait, dès qu'il se laissait aller à la fine jouissance de la lucidité – l'un de ses grands plaisirs – Aubriot savait que, depuis la nuit de Roanne, il attendait avec plus de curiosité que de crainte l'épreuve suivante : la nuit de Moulins.

– Dieu merci, dit la Dame Bleue, ce n'est pas à Moulins même, mais à Bessay, que nous relayerons ce soir. Ceux qui ne connaissent pas La Belle Ymage de Moulins ne savent pas à quoi ils échappent! On y est si maltraité qu'un jour, pour quarante-cinq sous par tête plus vingt sous la demi-bouteille de piquette, nous n'avons eu que sept mauvais plats de ragoûts et deux petites salades pour seize! Quant à leurs chambres, elles sont tapissées de toiles d'araignées et meublées de punaises!

– On devrait noter dans un livre le nom d'un pareil coquin d'aubergiste et de tous ses pareils; cela ferait un guide fort utile et qui ôterait bientôt tous leurs clients aux gargotiers, remarqua le Genevois.

– Vous comptez là sans les postillons, monsieur, objecta le Lorrain. Eux aussi sont des coquins, qui nous mènent où leur intérêt se trouve bien.

– Cette fois nous ne risquons rien de ce côté, dit le Gentilhomme Gris. Sur cette route les étapes sont décidées par la compagnie, et nous avons payé pour.

– Oh! ce que vous payez d'avance n'est pas si fermement assuré! s'exclama M. Caillaud. Pas plus tard que l'an passé, j'ai encore vécu par ici une tentative de fraude. Nos conducteurs, soudoyés par l'hôtelier de Moulins, ont prétendu nous faire relayer chez lui plutôt qu'à Bessay.

– Et alors? fit la Dame Bleue.

– Alors, madame, une émeute a éclaté dans la diligence! Et force a bien été à nos gredins d'oublier leur pot-de-vin pour galoper à nos poulardes : ils n'auraient pas réchappé la vie sauve de nous les avoir ôtées!

– Est-il donc vrai que la table de Bessay vaille le détour? demanda le Genevois, les papilles de l'oreille émoustillées.

– Monsieur, mais elle est la consolation du voyage! s'écria M. Caillaud.

Et le Lyonnais, s'enthousiasmant, se mit à raconter les cailles,

les perdreaux et les chapons de Bessay, les pâtés gras à la langue de mouton, les langoustes en sauce blanche, les poulets d'Inde à la framboise, les culottes de bœuf à l'écarlate, le gras-double au verjus, et puis les tourtes, et puis les crèmes, et puis les vins de derrière les fagots. Sur la route du courrier de Lyon à Paris, l'arrêt à Bessay était attendu comme une fête par tous ceux qui avaient déjà tâté ou entendu parler de cette auberge renommée. Le passager de la compagnie, qui payait son transport cent livres, nourriture et couchées comprises, était toujours bien décidé à s'en fourrer jusque-là à la bonne table du long chemin.

– Fanfan Lafleur fait sa cuisine lui-même, dit encore M. Caillaud, et c'est toujours chez un aubergiste qui cuisine lui-même qu'on est le mieux traité, parce que son plus grand plaisir n'est pas de compter sa caisse mais d'entendre colporter des compliments de lui.

– Cela est vrai, approuva le Gentilhomme Gris, mais l'ennui est que, grâce aux éloges qui s'en font, tout le monde court chez lui, pour lui faire sa fortune et lui enfler le bonnet. Voilà le bonhomme Lafleur devenu vain de sa personne jusqu'à se sentir l'égal des seigneurs qui fréquentent ses assiettes. Ma parole, certains de nos cuisiniers portent aujourd'hui si haut leur toque que je serais tenté de leur laisser le fauteuil quand je m'assois chez eux !

– Nos célébrités suisses ne le leur cèdent en rien là-dessus, assura le Genevois. A Zurich, nous avons un cuisinier qui fait les honneurs de sa table d'hôte l'épée au côté et le chapeau sous le bras ! Et ne vient-il pas de se faire recevoir par l'Académie de sa ville en y croyant tout de bon ?

A travers les rires le Genevois conclut :

– Allons, il faut en passer à nos cuisiniers dès l'instant qu'ils nous veulent du bien. On est rarement expédié à l'hôpital par un grand vaniteux de sa table.

Le jeune étudiant anglais, qui écoutait attentivement tout sans presque jamais rien dire, se permit là d'ouvrir la bouche :

– J'ai en effet remarqué qu'en France on servait des denrées malsaines, observa-t-il timidement. Il y a quelques mois, un gargotier de Nevers m'a mis à deux doigts de la tombe avec un plat de morue. N'y a-t-il pas de lois contre ces gens-là ?

– Si fait, dit Aubriot. Un vendeur de vivres frelatées qui se fait pincer est arrêté, emprisonné, privé de sa patente, en un mot il est quasi ruiné. Mais quelques centaines de contrôleurs ne peuvent être partout en même temps. Pourtant, monsieur, croyez-en un médecin et rassurez-vous : en France, dans l'ensemble, c'est la bonne nourriture qui l'emporte : elle tue infiniment plus que la mauvaise.

– Ah! monsieur le docteur, c'est que les bonnes choses sont si bonnes! s'écria fougueusement la Dame Bleue. Essayeriez-vous de nous convaincre d'y renoncer?

Aubriot eut un rire ferme et bref, lorgna sans déplaisir l'appétissante femme blonde, rose et grasse, toute trouée de fossettes et déjà légèrement couperosée, mais juste assez pour lui donner bonne mine :

– Je vous assure, madame, dit-il avec un léger salut de tête, que je n'entreprendrai point tâche si ardue dans un pays où Frédéric II, attaquant le prince de Soubise, n'a trouvé devant lui qu'un régiment de cuisiniers et de marmitons armés de casseroles et de lardoires! Notre roi lui-même prêche l'exemple et se pique de cuisiner, alors... Je vois à tout bout de champ que mes compatriotes veulent vivre pour manger, quitte à s'en crever.

– Ma foi, monsieur le docteur, le plaisir de vivre n'est-il pas dans le plaisir plutôt que dans la vie? dit la Dame Bleue en se penchant en avant pour montrer ses seins, accompagnant sa phrase d'un regard langoureux qui permettait tout d'avance à l'homme auquel il s'adressait.

Jeanne se demanda si elle réussirait longtemps encore à ne pas labourer de ses griffes le visage rose de la Dame Bleue? Une gourgandine, à n'en pas douter! Dans la grande discussion féminine ouverte dans le *Courrier de la Mode* pour ou contre le port du caleçon de dame, elle devait à coup sûr se ranger du côté des contre : sans caleçon, l'aventure galante de rencontre se court plus commodément! Philibert avait plongé l'œil dans le corsage bleu avec tant de complaisance que Jeanne, pour détourner son attention, se jeta dans la conversation :

– J'ose espérer que les lits de Bessay seront aussi bons que les rôts ? Car, pour moi, je tiens qu'un bon lit compte autant qu'une bonne table dans le plaisir de vivre.

Si elle avait souhaité faire de l'effet, elle y avait réussi! Le ton naïf du joli garçon imberbe, allié à l'ambiguïté de sa remarque, fit sourire tous les passagers et la Dame Bleue pouffa de rire. Aubriot balaya son Jeannot d'un regard intensément moqueur, mais dans les yeux dorés qui se levèrent sur lui il lut : « Pourquoi riez-vous de moi? » alors les siens s'adoucirent à l'extrême et Jeanne lui sourit, rassurée. Pendant une seconde ils furent seuls ensemble dans une bulle de tendresse. Cependant, M. Caillaud répondait à la question posée à la cantonade :

– Les lits de Bessay sont fort bons, jeune homme, et les

chambres très belles, et nombreuses. Même le logement des valets y est fort propre.

– Voilà une bonne nouvelle pour les valets fragiles, lança la Dame Bleue, goguenarde. Et une meilleure encore pour leurs maîtres, qui ne seront pas obligés de les souffrir dans leurs lits pour les protéger du foin et des puces.

L'infernal soleil avait enfin sombré sous l'horizon quand il arrivèrent à Bessay. Il n'y avait que quatre chaises garées dans la cour, si bien que, sur les vingt chambres de maîtres que contenait l'hôtellerie, seize se trouvaient encore libres. Chacun put choisir la sienne.

Jeanne s'extasia devant l'apppartement d'honneur réservé aux hôtes de distinction et tendu de tapisseries de haute lisse, puis poussa un cri de plaisir en voyant une salle de bains et demanda à se baigner d'urgence. La Dame Bleue se baigna après elle, Aubriot ensuite et enfin l'étudiant anglais. Les autres voyageurs se contentèrent de se rafraîchir chez eux et d'y vite changer de linge, pressés qu'ils étaient de redescendre se jeter à table. Toutefois le bon ton exigeait-il qu'avant de s'asseoir devant les chefs-d'œuvre du maître de Bessay on allât un peu flâner dans sa cuisine.

La cuisine, illuminée de cuivres et gorgée d'air sapide, promettait d'emblée de riches jouissances au gourmand admis dans le sanctuaire. Mais il devait savoir s'y tenir comme il fallait, prendre une mine confite pour se pencher sur les marmites et tremper son nez dans les sauces, passer à la concupiscence éclairée devant le rôt du tournebroche, déguster comme une hostie le morceau de chair bienveillamment offert, hocher la tête en s'humectant l'œil de béatitude – bref, il lui fallait savoir jouer en artiste le jeu du gourmand de qualité. Alors seulement le maître de Bessay consentait à remarquer sa présence et à le traiter de manière flatteuse, c'est-à-dire avec une familiarité loquace.

Fanfan Lafleur savait à merveille se mettre en scène au milieu de sa cuisine. Comme bon nombre de ses pairs il venait de l'armée, où il s'était pris de passion pour son art pendant la guerre de la Succession d'Autriche, parce que les Autrichiens l'avaient fait prisonnier à Ulm. Ô! bienheureuse captivité en Moravie! Pour évoquer le foie gras de Krems arrosé d'un joli vin blanc sec et fleuri, Lafleur se mettait tout de suite la larme à l'œil. Et les écrevisses de la Carinthie lui donnaient encore de longs frissons de langue :

– ... et dès que j'eus goûté, tourné dans ma bouche un peu de cette pâle chair friable, fraîche, au subtil parfum d'eau vive... ah !

messeigneurs, c'est à ce moment précis que Lafleur a senti s'éveiller sa vocation de cuisinier. Je me suis mis, dans ma tête, à inventer des sauces divines pour accroître encore la succulence de ces incomparables bestioles.

Arrivé à ce point de son évocation, Lafleur prenait un temps de comédien préparant la chute de sa tirade. Sa ronde et joviale figure de trop bien nourri au beurre étincelait de vanité, et il achevait, mezza voce :

– Mesdames, messieurs, le jour où mon régiment a capitulé devant les Autrichiens la France a sans doute perdu une bataille, mais elle a gagné un saucier, dont un pays se peut réjouir bien plus longtemps !

Jeanne écoutait avec amusement le bonhomme réciter son rôle de « grand toqué » à la mode, mais elle se dégagea vite du spectacle pour sortir, impatiente de se dégourdir les jambes pendant que Philibert se baignait.

La cour était très animée, gaie de la liesse qui se préparait dans l'auberge et débordait dehors par les fenêtres grandes ouvertes. Dans la moitié est du ciel, bien assombrie déjà, en forçant ses yeux elle pouvait deviner les premières dizaines d'étoiles qui allaient naître, et la plus précoce jaillit sous son regard, aussi brillante qu'un ver luisant. Elle eut un élan de prière vers l'étoile : « Qu'il m'aime, mon Dieu, faites qu'il m'aime enfin ! » Au bout de la longue route poudreuse encombrée de bruits et de gens, l'infini silence désert de là-haut lui tombait sur le corps et dans l'âme comme un baume divin : il avait un goût de Dieu bon, de Dieu à l'écoute. Longtemps, la tête renversée, les yeux béants, elle se laissa remplir par l'inhumain et fascinant silence de l'éternité...

Autour d'elle le remue-ménage était vif, surtout du côté des écuries où garçons, cochers et valets s'affairaient, chantaient, sifflaient, chahutaient en rangeant les voitures et en pansant les chevaux. Deux femmes de chambre secouaient et brossaient des nippes à tour de bras, toussant et crachant la poussière en riant. Un portefaix ne cessait de coltiner des seaux d'eau entre le puits et la cuisine, comme s'il lui avait fallu entretenir les courts-bouillons de dix marmites percées ! Ceux des hôtes de l'auberge qui étaient sortis pour prendre un peu d'exercice avant de gagner la salle à manger commençaient de rentrer. Jeanne pensa qu'il serait sans doute temps pour elle de les suivre, mais une brise chaude venait de se lever, qui pouvait faire office de fraîcheur nocturne, et elle décida de se promener encore un peu. Pour fuir les lourdes odeurs des chairs grasses embrochées qui s'échappaient de l'auberge elle s'en éloigna, s'en alla marcher de long en large à quelques toises des écuries, offrant son visage au vent. Elle s'apprêtait à retourner quand un jeune homme se planta soudain devant elle, surgissant de derrière une carriole. C'était l'un des deux valets qui voyageaient au cul de la diligence, le plus insolent et le plus rieur, celui du Gentilhomme Gris. Le premier mouvement de Jeanne fut de s'arrêter pour voir ce qu'il lui voulait mais, comme il se rapprochait, la vague menace qu'elle perçut dans son comportement la fit au contraire s'écarter de côté et presser le pas.

– Minute, mon tout beau, pas si vite! fit une voix joyeuse. J'ai fait un pari avec mon camarade de route et j'aimerais le gagner, car c'est une bouteille à boire.

Le second valet surgit de l'ombre et barra le chemin à Jeanne. Si le premier avait l'air d'un luron espiègle sans méchanceté, celui-ci, un homme fait aux yeux luisants très enfoncés sous des sourcils hirsutes, ne rassurait pas. La jeune fille recula, lança un regard vers l'auberge, qui lui parut soudain très lointaine au bout d'une cour maintenant déserte.

– Fort bien, dit-elle, prenant son parti. En quoi dois-je vous départager? Faites vite, je suis pressée.

– Ce ne sera pas long, reprit la voix joyeuse. Figurez-vous que depuis que je vous vois un maître si gentil qu'il vous fait rouler carrosse par dedans, vous donne à boire de sa gourde et vous couche dans son lit, je tiens que vous êtes une fille déguisée en garçon, tandis que mon camarade que voilà tient que vous êtes seulement un garçon qui sert de fille à son maître. Dites-moi si, par hasard, ce n'est pas moi qui dois boire la bouteille sans la payer?

– Non, dit Jeanne d'un ton bref, payez-la. Votre camarade a gagné : je suis un garçon encore imberbe.

Et elle voulut passer.

– Et moi, je dis que vous mentez! s'écria le valet en la rattrapant par la taille. Je dis que vous mentez comme un charlatan et que je m'en vais trouver, sous votre chemise, de quoi boire gratis à votre santé!

Dieu merci le second parieur ne se mêla pas de leur lutte mais, bien qu'elle se débattît avec force – sans toutefois oser crier, de peur de déclencher un scandale – le vigoureux domestique du Gentilhomme Gris, qui riait aux éclats, parvint à lui tâter les seins et poussa un juron de triomphe :

– Tudieu! mon tout beau trop beau! Si ce ne sont pas là des outils de fille que j'ai dans les mains, je veux bien être pendu à l'aube!

— Et botté? Ne veux-tu pas l'être à l'instant? gronda une voix rauque de colère.

Jeanne vit son agresseur expédié loin d'elle et tête première dans la roue de la carriole par un formidable coup de pied aux fesses, tandis qu'une main dure, emprisonnant son bras, la retenait pour que le garçon ne l'entraînât pas dans sa chute. L'homme laid aux yeux de goret s'était éclipsé comme par enchantement.

Aubriot reprit son calme en une fraction de seconde. Il se pencha sur le jeune valet encore abruti et qui se frottait la tête, fourragea dans sa tignasse, lui palpa le crâne avec soin :

— Tu en seras quitte avec une bosse, ce n'est pas cher payé, dit-il en se relevant. Mets dessus un linge trempé d'eau bien froide. Et maintenant, file. Allons, file!

Le garçon décampa. Le médecin se retourna vers Jeanne qui tremblait sans bouger, honteuse de cette scène :

— Et vous, rentrez, commanda-t-il sèchement. J'aimerais ne pas avoir à me colleter pour vous avec des valets. Je n'en ai plus l'âge et je n'en ai jamais eu le goût.

Des larmes brûlantes montèrent aux yeux de la jeune fille :

— Ce n'est pas ma faute, balbutia-t-elle. Je suis si désolée de cet incident, monsieur. J'avais justement évité d'appeler à l'aide pour qu'on ne vous dérange pas et voyez, malgré cela...

— Bravo, mademoiselle, voilà qui est fort courageux! coupa Aubriot avec ironie. L'occasion en survenant de nouveau, laissez-vous donc violer pour ne pas me déranger! Eh bien, allons dîner. Et d'un meilleur pas, je vous prie. L'aventure vous aurait-elle coupé les jambes, ou l'appétit?

Elle renifla ses larmes. Ils rentrèrent dans l'auberge sans plus échanger un mot.

La table d'hôte n'était pas obligatoire à Bessay, les clients pouvaient s'y faire servir par petites tables. Mais, outre qu'Aubriot ne tenait pas à se faire toujours plus remarquer en soupant tête à tête avec son trop beau compagnon, il n'était pas fâché de pouvoir punir Jeanne de la mauvaise humeur où elle l'avait mis ; aussi l'expédia-t-il d'un signe au bas bout de la grande table, et il fut cruellement satisfait de la voir pâlir quand lui-même prit place auprès de la Dame Bleue. La coquette lui avait retenu une chaise et lui fit fête avec une allégresse démonstrative de chatte en chaleur. Aussitôt Aubriot commença d'entamer leur bavardage avec une feinte gaieté, mais une vague de rage le parcourait par dedans chaque fois qu'il jetait un coup d'œil à l'exilée. Il était furieux qu'on eût porté la main sur elle, furieux de sa réaction animale contre l'assaillant et furieux d'être encore furieux un quart d'heure après l'incident! Car, au fond, il n'y avait pas eu de quoi fouetter un chat. Mais c'était plus fort que sa raison : l'image odieuse des grosses pattes sales tripotant les seins menus de Jeanne lui faisait encore des poings de fer au bout des bras. Ce grossier jeune imbécile, il aurait aussi bien pu le tuer si sa tête avait plus malencontreusement frappé la roue – et alors, quel drame! Cette petite sotte imprudente n'allait pas commencer à lui compliquer la vie? Il la couvrit d'un regard sévère. Mais alors, le beau visage muet aux yeux abaissés sur une assiette vide lui sembla si malheureux, que l'envie le submergea de prendre l'enfant triste dans ses bras, d'écarter doucement les bords de sa chemise pour poser ses lèvres partout où la jeune brute avait posé ses pattes...

Il était en train d'ainsi délicieusement laver l'outrage fait à Jeanne quand la voix roucoulée de sa voisine le fit sursauter :

– Ne prendrez-vous pas de la poulette d'eau? demandait-elle. Elle est succulente. Vous mangez bien peu. Ne mangez-vous jamais davantage?

Comme à l'accoutumée il mangeait sobrement, se contentant de viandes rôties, de salade, de fruits et d'un peu de vin rouge. D'ordinaire Jeanne se réglait sur lui mais, ce soir, rien ne passait. Désespérée d'avoir déplu à Philibert, elle souffrait, en plus, d'une grande hargne contre la Dame Bleue. Cette courtisane s'était changée pour descendre souper et, si elle était toujours aussi bleue – d'un bleu commun de perruquier! – elle l'était avec une indécence achevée. Le décolleté de sa nouvelle robe de fine cotonnade présentait en balcon la presque totalité de deux globes d'un blanc de crème satiné, auxquels les yeux de tous les hommes s'accrochaient comme des sangsues voraces dès qu'ils les relevaient de leurs assiettes : tous des paillards lubriques! Et les yeux de Philibert ne paraissaient pas moins goulus que les autres de cet étalage dégoûtant. Un dépit énorme gonflait le cœur du faux garçon : elle aussi, elle aurait pu se mettre en robe et montrer des seins à la compagnie – et de bien plus mignons!

– Donnez-moi à boire, je vous prie, dit-elle brusquement à une servante.

Elle avala d'un trait un bon demi-verre de vin et se sentit aussitôt presque assez remontée pour faire une scène à son maître lorsqu'ils seraient dans leur chambre : sa conduite était injuste, méchante, scandaleuse, débauchée!

Trois officiers entrèrent dans la salle et s'installèrent à la table d'hôte, là où s'étaient vidées quelques places, assez près de Jeanne. C'étaient des lieutenants d'infanterie qui sifflèrent d'emblée deux bouteilles avant de se mettre à bâfrer et, tout de suite, étourdirent leurs voisins d'une conversation volubile autant que niaise, truffée de gaillardises usées jusqu'à la corde.

Aubriot connaissait assez la vulgarité de la plupart des jeunes officiers pour deviner le genre de propos dont ils aspergeaient Jeanne, d'autant qu'il en captait des bribes entre les roucoulades de plus en plus canailles de la Dame Bleue et la description des splendeurs du lac Léman par le Genevois, que la bonté du vin rendait nostalgique. Cette petite allait-elle, une seconde fois ce soir, le mettre en situation de se fâcher pour la tirer d'embarras ? D'un signe il l'appela près de lui et, quand elle fut debout derrière sa chaise :

– Jeannot, dit-il d'un ton de commandement, montez chercher, dans mon sac, mon flacon de poudre digestive. Vous en diluerez une forte pincée dans un verre d'eau tiède que vous poserez à mon chevet. Ensuite vous m'attendrez là-haut.

Sachant que Philibert digérait parfaitement, Jeanne ouvrit la bouche pour s'étonner, puis se dit soudain qu'il la renvoyait pour qu'elle ne le vît pas fleureter avec la Dame Bleue et du coup puisa, dans son chagrin indigné, le courage de répliquer :

– J'irai, monsieur, et préparerai votre remède. Mais permettez qu'ensuite je redescende. J'aimerais prendre d'un biscuit glacé dont je n'ai pas eu.

C'était bien la première fois qu'Aubriot entendait Jeanne lui tenir tête, fût-ce aussi modestement. A la fois surpris et amusé, il déguisa cela sous sa voix la plus froide :

– Jeannot, je viens de vous donner un ordre, ne m'en demandez pas un autre qui vous plaise mieux. Allez, obéissez.

La Dame Bleue gloussa. Furibonde, Jeanne la foudroya d'un regard à la mettre en cendres, pirouetta sur ses talons et se dirigea vers l'escalier.

La Dame Bleue se pencha vers son voisin de manière à lui montrer deux mamelons d'un émouvant rose sombre :

– Votre beau valet a besoin du fouet, chuchota-t-elle. Ne voyez-vous pas qu'il s'avise d'être jaloux et de vous surveiller ?

– Madame, chuchota Aubriot en retour, ne comprenez-vous pas qu'il suffit de vous voir pour craindre que je me perde ?

Leur chambre était vaste, agréable, tapissée selon la mode la plus récente, d'une toile de coton à motifs de pastorale. Il fallait que l'aubergiste de Bessay fît joliment bien ses affaires pour avoir déjà sur ses murs les fabrications du sieur Oberkampf : elles avaient la vogue et n'étaient pas bon marché. Cela défâchait tout de même un peu Jeanne de se dire que Philibert avait choisi cette chambre tendue de toile de Jouy parce qu'elle s'était récriée de plaisir à la vue de tous ces moutons roses gardés par des bergers roses assis sous des arbres roses, que le naturaliste avait reconnus pour être *Salix fragilis* portant des feuilles de *Salix viminalis* – une monstruosité créée par le dessinateur de la fabrique. Seulement, s'il n'avait pris cette belle chambre que pour s'en aller dormir dans une autre avec une femelle impudique, en laissant Jeanne se consoler à compter les moutons, alors là, son aimable attention changeait d'aspect ! S'il ne montait pas bientôt boire sa poudre à digérer, elle redescendrait lui porter le verre, ah ! oui ! Puisqu'elle n'était que son valet, et un valet dont il se souciait comme d'une guigne, que lui importait qu'elle mangeât ou non du biscuit glacé pendant qu'il coquetait avec la grosse Bleue ? Elle redescendrait manger du biscuit glacé, que cela lui plût ou non ! Qu'est-ce qu'il croyait donc ? Qu'elle allait attendre en pleurant et tremblant qu'il voulût bien lui pardonner de s'être fait assaillir par un idiot ? Ah ! mais non ! Non et non ! Et d'abord, elle ne pleurerait pas, il serait bien trop content !

Elle arpentait la pièce d'un lit à l'autre à longues enjambées nerveuses pour se maintenir en état de colère. Et surtout pour ne pas sombrer dans la crue de larmes qui lui gonflait la poitrine jusqu'à la gorge.

La porte s'ouvrit et Philibert entra.

Elle s'arrêta, clouée debout entre les deux lits, à la fois inondée de joie et d'inquiétude par son apparition si rapide. Ne venait-il pas seulement pour lui entonner du sirop soporifique avant de repartir à ses turpitudes ?

Il haussa les sourcils :

– Que diable faites-vous là au milieu de la chambre, plantée raide comme la justice, et les bras ballants ? N'oseriez-vous pas choisir votre lit ? Ce sont les deux mêmes. Prenez celui qui vous convient ou tirez-le au sort.

– Je vous ai préparé votre médicament, chevrota-t-elle. Là... Je l'ai posé là.

– Merci. Mais ce remède était pour vous, Jeannot, pour vous

ôter d'avec les militaires, dont je ne vous souhaitais pas la mauvaise compagnie plus longtemps.

– Oh ! fit-elle.

Elle était trop surexcitée pour avoir bien compris ce qu'il venait de dire, mais à son oreille la chose avait sonné plutôt gentille, alors elle murmura :

– Merci, monsieur.

– Eh bien, insista-t-il, allez vous coucher. N'êtes-vous pas lasse de la route ? Ce soir, par chance, vous pouvez vous mettre à l'aise.

Du geste il lui désignait la porte du cabinet de commodité...

Ce cabinet était charmant, peint en rose avec des filets gris. La garniture de toilette de faïence blanche était semée de bouquets, le pot empli d'eau fraîche. Sur le sol on avait posé un grand broc d'eau tiède.

Jeanne agissait dans un état second, se déshabillait, versait l'eau dans la cuvette, s'aspergeait toute, laissait les gouttes s'évaporer sur sa peau, qui devait les brûler tant elles séchaient vite. Elle se coiffa, lissa longuement ses cheveux à la brosse, les parfuma avec ce qu'elle trouva au fond de son sac – une eau de senteur campagnarde de sa façon, dans laquelle dominait l'arôme religieux du lis candide qui pullulait autour d'un vieux poirier du jardin de Charmont. C'est quand elle se recula du miroir pour juger de l'effet de sa coiffure qu'elle s'aperçut, avec infiniment de trouble, qu'elle était nue. Pour se coiffer elle était demeurée nue ! Jamais encore elle n'avait commis pareille extravagance. Fallait-il que son aventure d'avant souper et l'irritation de Philibert et tout lui aient mis la tête à l'envers !

La camisole que Mme de Bouhey lui avait fait mettre dans son sac de voyage était du solide et du pudique. En soupirant elle enfila cette longue chemise de couventine sage, resserra les rubans du cou et des poignets. C'était bien la peine d'avoir dans son trousseau des chemises en linon fin ornées de volants, s'il fallait les réserver à sa solitude, et se promener dans les chambres d'auberge en demi-hollande bien épais tout juste garni d'un peu de Valenciennes ! Quoique, à la réflexion, elle dut s'avouer qu'elle ne se serait pas sentie fort à l'aise en lingerie légère ; car enfin elle était prête, et plus que prête et depuis plusieurs longues minutes, et elle n'osait pas sortir du cabinet.

Aucun bruit ne venait de la chambre. Philibert s'était-il déjà couché ? Pourrait-elle courir sur la pointe des pieds se fourrer sous son drap sans se faire voir en chemise ? Mais alors, s'ils n'échangeaient qu'un bonsoir avant de souffler leurs chandelles, comment saurait-elle s'il était encore fâché ou non ? L'idée de laisser passer une nuit entre eux sans savoir qu'il ne lui en voulait plus lui fut insupportable. Elle entrouvrit la porte et, sans sortir du cabinet, d'une toute petite voix oppressée, elle osa l'appeler, du nom que lui donnait naguère la petite fille :

– Monsieur Philibert ?

– Oui, Jeannot ?

La réponse lui parut venir d'assez loin pour qu'elle se risquât dans la chambre. Philibert tournait le dos à la porte du cabinet. Assis devant la table à écrire placée devant la fenêtre, le bras gauche accoudé, il notait quelque chose sur un carnet. Il s'était défait de sa veste, de son tour de cou et de sa perruque aussi. Ses cheveux châtains, mi-longs, étaient noués sur sa nuque par un ruban noir.

– Oui, Jeannot ? répéta-t-il, écrivant toujours.

– Monsieur Philibert, tout à l'heure... dans la cour... le valet qui... Ce n'était pas ma faute.

– Je sais, Jeannot, dit-il sans se retourner. La fatigue rend nerveux, je me suis emporté. N'y pensons plus.

« N'y pensons plus » : il avait beau jeu de le conseiller, alors qu'en quelques mots elle venait justement de lui redonner la tentation d'y penser de nouveau ! L'image obscène des pattes du valet sur les seins de Jeanne revint le frapper, brûlante, suivie du violent désir qui l'avait pris tout à l'heure à table d'effacer la souillure avec ses lèvres. Il jeta sa plume et avec une vigueur brutale se savonna tout le visage à deux mains comme pour s'arracher de derrière le front un rêve criminel : « Mon Dieu, pria-t-il, vous n'allez pas me laisser faire cela ? Je ne vais pas faire cela, je ne peux pas, je ne veux pas faire cela ! » Comme un éclair le traversa l'idée d'aller s'épancher férocement entre les cuisses roses de la Dame Bleue pour s'ôter le pouvoir de toucher à la pure petite fille blonde des bois de Charmont. Un bref rire nerveux lui échappa, qui fit tressaillir Jeanne.

Elle avança dans la chambre de quatre pas sans bruit.

– Monsieur Philibert..., redit-elle, parce que soudain elle ne savait plus que faire, se sentait perdue dans un climat étrange.

Au son plus proche de ses paroles il eut conscience qu'elle était sortie du cabinet, se leva et fit volte-face..

Dans la suave lumière des bougies elle se tenait très droite et toute blanche dans sa longue camisole de vierge sage. Ses cheveux blonds coulaient de chaque côté de son visage, elle avait un timide sourire d'offrande aux lèvres et de l'or plein les yeux. D'un filet de voix suppliant elle répéta : « Monsieur Philibert », et alors une seule question demeura en lui, angoissée, presque médicale : « Comment est-ce que je commençais l'amour, dans son rêve d'enfant ? » Il lui sourit avec une infinie tendresse. Figé d'émotion, n'osant qu'à peine respirer, il la laissa venir à lui à petits pas hésitants, comme il lui avait appris à laisser venir à elle un oiseau, un lapin sauvage, une biche... Quand elle s'arrêta devant lui il ouvrit les bras et les referma sur elle, comme si elle les lui avait ouverts et refermés par magie.

II.

Le Jardin du Roi

1

En sortant de la serre chaude Mlle Basseporte aperçut le groupe des trois promeneurs qui remontaient en bavardant vers le Cabinet d'histoire naturelle, et elle s'arrêta pour les attendre. Elle ne serait pas fâchée si, avant de repartir passer l'hiver à Montbard, le patron voulait bien jeter un coup d'œil à ses derniers portraits de fleurs : Madeleine-Françoise Basseporte ne détestait pas la louange et M. de Buffon ne s'en montrait pas avare avec elle. Mais après tout, ne fallait-il pas qu'elle eût bien du talent pour avoir été jugée digne, quoique femme, d'occuper le poste de peintre-dessinateur du Jardin du Roi et de continuer l'admirable collection des vélins commencée sous Louis XIII pour Gaston d'Orléans ? Toujours chichement pensionnée à mille sept cents livres – moins le dixième du fisc ! – arrivée à soixante-trois ans Mlle Basseporte se sentait le droit de beurrer son pain trop sec d'un peu de vanité en se répétant qu'elle avait son nom dans l'*Almanach Royal* et qu'elle œuvrait à l'ombre du grand Buffon. Car enfin, après Bacon, Newton, Leibniz et Montesquieu, Buffon était bel et bien le cinquième génie apparu sur la terre, lui-même en était conscient et le disait d'aussi bon cœur qu'il le pensait. Et en plus de son esprit et de sa gaieté, quelle allure n'avait-il pas, le Génie du Jardin ! Mlle Basseporte le couvait d'un œil jamais las.

En vérité, un maréchal de France ne faisait pas plus d'effet que l'intendant du Jardin du Roi. Campé au milieu de ses deux compagnons de promenade – le cardinal de Bernis et le naturaliste Valmont de Bomare – Georges-Louis-Marie Le Clerc, comte de Buffon, gesticulait amplement son discours, levant tantôt une main tantôt l'autre avant de reprendre pour deux minutes sa tenue de marche favorite – main droite enfoncée dans sa poche de culotte, main gauche glissée sous son gilet, comme s'il voulait en user sans façon avec son luxueux vêtement, puisqu'à son ordinaire il était vêtu superbement, d'un habit de velours rouge galonné et rebrodé et d'une veste en soie mordorée ouverte au col sur un flot écumeux de dentelle. Tout le monde reconnaissait qu'à cinquante-sept ans, M. de Buffon portait beau et majestueux. Sa haute et droite stature de cinq pieds et demi, la manière dont il dardait la tête, lui donnaient une dignité qui provoquait le respect sans figer les gens ; l'homme savait ce qu'il valait mais se montrait accueillant : l'ouverture de l'esprit se lisait sur tout le visage au large front noble, au regard très noir ombragé par d'épais sourcils aussi noirs. Ce regard chaleureux, curieux, souvent rieur, s'activait sans cesse, errait de-ci de-là, s'enfuyait au loin comme pour percer le secret de l'horizon, revenait percuter les yeux de son interlocuteur; et le noir brillant de l'œil accentué par le trait noir du sourcil fascinait d'autant plus qu'au-dessus de lui moussait, en abondance, la neige des beaux cheveux frisés en gros rouleaux. Tant de beau naturel et d'élégante recherche faisaient de l'ensemble un seigneur magnifique, et Mlle Basseporte en soupira une nouvelle fois, de tendresse et de regret. Ah! jadis, s'il avait voulu!

Hélas ! elle n'avait jamais eu l'âge de lui plaire. Elle avait trente-huit ans quand le Roi avait confié l'intendance du Jardin à Buffon et c'était déjà plus de vingt années de trop pour courir sa chance: le goût du patron pour la chair fraîche était bien connu. Mlle Basseporte sourit en apercevant la silhouette encore lointaine de Jeanne, qui redescendait avec Thouin du jardin haut, perché sur la butte des Coupeaux. En voilà une qui avait encore assez de tendreté pour donner faim à M. de Buffon, bien qu'après tout il la jugeât peut-être, avec ses plus de dix-sept ans, un peu passée de fleur – mais passée si joliment...

– Il semble que notre ami Thouin trouve toujours un petit bout de temps pour instruire en jardinage l'aimable secrétaire du docteur Aubriot, dit la voix sonore et enjouée de Buffon.

Le groupe des promeneurs venait d'arriver devant le seuil du cabinet, saluait Mlle Basseporte.

– Avouez, monsieur, que l'élève a bien du charme, dit Valmont de Bomare, dont le regard avait suivi celui de l'intendant.

– Inutile, Valmont, de loucher sur cette belle nouveauté du Jardin, dit Buffon. Thouin n'en fera pas de boutures et Aubriot ne vous cédera pas son original.

– Mais ne pourriez-vous m'apprendre au moins si cette superbe plante androgyne à l'œil est mâle ou femelle à l'usage ? demanda Valmont. Ce matin je la vois en culotte comme toujours, mais j'ai bien cru, avant-hier, l'apercevoir en jupon dans le potager des religieux de Saint-Victor. J'en ai reçu un coup au cœur – agréable, je le confesse. Car auparavant je me disais que si le secrétaire d'Aubriot avait raison d'être beau il avait tort d'être garçon.

– De gestibus et coloribus non disputandum, dit sobrement le cardinal.

– Et d'autant, poursuivit Buffon d'un ample ton de sermon, qu'on peut très bien parvenir à des résultats magnifiques par des voies étroites, ad augusta per angusta – n'est-il pas vrai, éminence ?

– Oh ! s'exclama Mlle Basseporte, si vous débutez ainsi de si bon matin je quitte la place !

Mais elle demeura, tandis que Buffon répondait à Valmont :

– Mon cher, vous savez que je ne décide rien sur des on-dit, et la fleur en question ne m'a pas encore permis de lui examiner les organes. Aussi, bien qu'on me l'ait présentée sous un nom féminin, en suis-je encore à me demander, pardieu ! si, en entrant le soir dans le lit de son maître, Jeannot s'étend sur le ventre ou sur le dos.

– Cette fois je déserte ! dit Mlle Basseporte. Dès que monsieur l'intendant veut polissonner, une femme n'a plus qu'à déserter. Elle n'y saurait tenir.

– Chère Basseporte, ne jouez pas à la duègne, je ne veux pas de duègnes au Jardin, elles sont tristes. Puis demandez donc à Son Éminence si l'ambiguïté sexuelle n'est pas devenue une vertu à la mode depuis que mademoiselle le chevalier d'Éon sert le Roi aussi brillamment en cotillon de courtisane qu'en culotte de capitaine des dragons.

– Chut ! fit le cardinal. N'ébruitez pas les secrets d'alcôve de notre diplomatie.

L'œil de Buffon pétilla :

– Pardieu, éminence, ne viendriez-vous pas de reconnaître la sodomie pour une qualité diplomatique ?

Le cardinal de Bernis, ancien ambassadeur à Venise et ancien chargé des Affaires étrangères, s'essaya une expression choquée qui n'allait pas du tout à son visage rose et poupin. Quinquagénaire, l'archevêque d'Albi portait toujours la mine avenante d'une pomme d'api et, bien qu'il ne fût pas bégueule, se donnait du mal, depuis qu'il avait été aux Affaires, pour faire oublier son passé de poète galant. Mais Buffon, qui adorait patauger dans le scabreux, reprit impitoyablement :

– Ça, tout franc, monsieur le cardinal, croyez-vous que des juges d'aujourd'hui oseraient encore rôtir des sodomites ?

Le prélat prit son parti de plaisanter :

– Y songez-vous, monsieur ? Le temps est aux économies. Pour brûler un couple il faut deux cents fagots de bois plus sept voies de brindilles et la paille. Par les mœurs qui courent, c'est une fortune qui s'en irait du Trésor en fumée !

Ils riaient encore de la boutade lorsque Thouin et son joli compagnon s'arrêtèrent respectueusement à dix pas des causeurs. Buffon eut un grand sourire pour les jeunes gens :

– Eh bien ? fit-il, d'où revenez-vous donc ?

– Nous nous sommes promenés autour du cèdre bleu du Liban, murmura Jeanne, intimidée.

– Un bien bel arbre, dit Buffon. Mon ami Thouin vous a dit, je suppose, qu'il a trente ans ? Hé oui, voilà trente ans déjà que monsieur Bernard de Jussieu l'a volé aux Anglais et rapporté ici caché dans son chapeau. Ça, mademoiselle, ajouta-t-il en tendant la main à Jeanne, ne soyez pas timide et avancez un peu, que je vous présente à monsieur le cardinal de Bernis, si Son Éminence me le permet... et que je vous présente ensuite l'ami Valmont de Bomare, qui devrait vous plaire : il est plein d'aventures.

Bien que n'ayant passé la trentaine que de trois ans, Valmont avait parcouru déjà toute la France et toute l'Europe, il était monté jusqu'en Laponie en ramassant partout végétaux et minéraux. De retour à Paris il y avait ouvert un cours privé de botanique où se bousculaient les Parisiens les plus distingués :

– ... et il organise aussi des excursions géologiques que je vous conseille, mademoiselle, de ne pas manquer, acheva Buffon. Allez-y, vous y rencontrerez la fleur de pois.

– La fleur de pois ? répéta Jeanne sans comprendre.

– Pardieu, Basseporte ! n'apprenez-vous point à votre protégée à parler le parisien ? Venez donc passer un peu de l'hiver à Montbard, mademoiselle. A Montbard j'ai plus de temps à moi, je vous donnerai volontiers quelques leçons de parisien en même temps que d'histoire naturelle et tout ça.

La soie rose et blanche de son visage toute plissée de malice, le cardinal se pencha à l'oreille de l'intendant :

– Sous les yeux d'or de la trop belle élève
A enseigner vous peineriez en vain ;
Votre savoir se tournerait en rêve
Et le sentiment noierait l'écrivain.

– Ça, éminence, vous n'avez donc point perdu votre habileté à taquiner le quatrain ? s'écria joyeusement Buffon. Puisque vous voilà archevêque d'Albi par la grâce de Dieu, arrêtez-vous à Montbard quand vous descendrez chez vous, pour me souffler au jeu des bouts rimés dont nos dames de Bourgogne sont entichées.

– Comptez que je m'y arrêterai et plutôt un bon moment, car ce n'est point par la grâce mais par la disgrâce de Dieu que me voilà archevêque d'Albi ! soupira le cardinal.

Buffon éclata de rire, prit familièrement le bras de Bernis, empoigna le jeune Thouin de l'autre côté et les entraîna à grands pas finir son tour d'inspection. Valmont et Louis Daubenton, qui venaient d'arriver, suivirent le trio. Bouffonnette, l'espiègle guenon de l'intendant, se redressa de son mieux, cambra cul et tête, fourra sa main droite dans une invisible poche, posa sa main gauche sur son estomac après l'avoir agitée comme pour faire un bel effet de manchette, et se mit en marche sur les talons de Buffon, à longues foulées nobles fort bien imitées de son maître.

– Venez-vous voir mon *Aster amellus*? demanda Mlle Basseporte à Jeanne. Je l'ai presque achevé.

Mlle Basseporte avait pris Jeanne sous sa protection dès qu'elle était apparue, trois mois plus tôt. Le peintre se souvenait assez des difficultés de ses débuts pour aider les femmes qui lui en semblaient dignes à se faire de petites places au Jardin. Certes, Jeanne y avait été admise à la suite du docteur Aubriot, lui-même accueilli à bras ouverts par les Jussieu, tous Lyonnais d'origine, avec lesquels il correspondait de longue date; mais c'était à la charmante Basseporte qu'elle devait d'avoir été vite présentée à Buffon et aux autres personnalités du Jardin. Aujourd'hui elle s'y sentait chez elle, et n'était pas peu fière d'être connue et reconnue au passage par des savants dont les leçons attiraient la foule.

– Monsieur de Buffon est toujours tellement aimable, dit-elle en entrant chez Mlle Basseporte. D'ailleurs, tout le monde est gentil pour moi, si gentil...

– Vous êtes bien jolie, dit Mlle Basseporte en souriant.

Jeanne observa la vieille demoiselle en silence. Sur son visage fané demeurait comme un écho suave du ravissant visage de ses vingt ans, dont Jeanne avait vu un autoportrait au pastel. Elle finit par demander, inconsciemment cruelle:

– Jadis, cela vous a-t-il aidée dans votre carrière, d'être jolie?

– Cela ne m'a pas nui. Dans une femme, une livre de charme pèse plus lourd qu'une livre de mérite. Alors, ma foi, si les livres se peuvent additionner...

Après une hésitation, Jeanne reprit:

– Comment, vous si aimable, êtes-vous demeurée sans mari au milieu d'un monde d'hommes?

– Mes amis ont épousé d'autres femmes, Dieu merci!

– Dieu merci?

Le peintre posa son pinceau:

– Jeanne, ne jugez pas de mon cœur par le vôtre. Le vôtre est affamé d'amour. Le mien a été distrait par son ambition. J'ai toujours eu plus envie de faire des fleurs que des enfants.

— Vous me parlez pourtant volontiers de votre amour pour monsieur von Linné ?

— Je l'ai aimé, il m'a aimée, nous continuons de nous aimer par lettres, je lui envoie parfois une de mes fleurs, mais c'est sa chère Sarah-Élisabeth qui lui a donné ses cinq enfants. Pendant qu'elle accouchait, tout pénétré du danger qu'elle encourait, il m'écrivait que s'il devenait veuf je serais sa seconde épouse de gré ou de force – ce beau trait de l'amour d'un homme ne vous paraît-il pas meilleur pour sa maîtresse que pour sa femme ?

— Ainsi, vous n'avez jamais regretté de n'être que la maîtresse de monsieur von Linné ?

— Non, jamais. Je suis certaine que l'homme le plus délicieux du monde n'a qu'une manière de se faire supporter longtemps : celle de s'absenter souvent ! Jeanne... Regrettez-vous donc tant de n'être pas l'épouse de monsieur Aubriot ?

La jeune femme tressaillit, secoua la tête :

— Non. Mais je pense qu'on quitte une maîtresse plus vite qu'une épouse, je me demande s'il voudra toujours de moi et j'ai peur.

— Et vous, voudrez-vous toujours de lui ?

Elle regarda Mlle Basseporte avec stupéfaction avant de lâcher un « Toujours ! » vibrant.

— Ma chère enfant, dit Mlle Basseporte sans y croire, vous avez un cœur de nonne. Et dans ce cas il est prudent d'épouser Dieu. Dieu ou un jardinier. Je ne vois que l'un ou l'Autre qui prennent éternellement plaisir à vivre d'amour sans jamais changer de paradis. Épousez Thouin. Il est déjà amoureux de vous et vous ferez une jardinière du Roi délicieuse.

Thouin et Jeanne s'étaient souri avec amitié dès leur première rencontre. Que désormais cette amitié fût amoureuse de son côté à lui, Jeanne n'en doutait pas, mais le timide amour d'André était une douceur si légère à porter qu'elle se complaisait dedans sans en être jamais gênée. Agé d'à peine dix-huit ans, André avait gardé beaucoup d'enfance en lui. C'était pourtant ce jeune homme au corps gracile, aux joues encore rondes, de maintien modeste et de manières tranquilles, qui s'était vu offrir pour ses dix-sept ans le titre prestigieux de jardinier en chef du Jardin royal des Plantes. Il y succédait à son père Jean-André, mort prématurément. Ce poste était si convoité, que Louis XV avait sursauté lorsque M. de Buffon – lequel lui faisait rarement l'honneur de se déranger jusqu'à Versailles – y était venu pour lui proposer de nommer un adolescent au

Jardin : « Monsieur, vous n'y pensez pas ! s'était récrié le Roi. Même si je désignais ce garçon il ne pourrait tenir. Que ne diraient pas, que ne feraient pas contre lui les gens de sa partie plus âgés et plus compétents que j'aurais dû lui préférer ? » Buffon n'admettait pas qu'on le contestât sur un point de son intendance, fût-ce du haut du trône, aussi avait-il insisté fermement : « Sire, on ne dira rien si vous prenez le fils Thouin, parce qu'on ne pourra rien dire : en le choisissant, vous aurez choisi le meilleur des jardiniers. Nul candidat ne m'a paru de valeur supérieure ni même égale à celle de cet enfant de dix-sept ans. » Le Roi avait signé. Alors, sans rien changer à ses habitudes, André Thouin avait continué de vivre dans son jardin pour y mettre au monde des fleurs toujours plus belles. Ses pouces verts devinaient d'instinct les mille soins inventifs et tendres qu'il fallait donner à une corolle des champs un peu simplette, un peu pâle, pour en tirer une corolle d'art éclatante sur laquelle les Parisiennes accouraient s'extasier en quémandant boutures et graines. N'ayant jamais étudié ni dans une école ni dans des livres il ne devait sa science qu'à l'observation directe de la nature, pratiquée depuis qu'il avait eu assez de jambes pour trotter derrière son père. Cet étonnant jeune homme, toujours simplement mis d'une culotte de gros drap, d'une chemise et d'un tablier à grandes poches, faisait montre, dans ses répliques et ses causeries, non seulement d'un savoir pratique inépuisable, mais encore d'une telle érudition botanique que plus d'un visiteur du Jardin demandait quel était ce savant si précoce. Si la question lui était posée à lui-même Thouin répondait en souriant qu'il n'était rien qu'un des jardiniers du Roi. Un matin qu'à son habitude il faisait cette réponse à un distingué naturaliste allemand de passage, M. de Jussieu, qui accompagnait son confrère, corrigea :

– Vous devriez vous accoutumer, mon jeune ami, à répondre plutôt « Je suis LE jardinier du Roi » ; vous renseigneriez plus justement.

Jussieu et l'Allemand partis, Jeanne, qui se trouvait avec Thouin entre deux parterres, murmura rêveusement :

– Jardinier du Roi... Peut-il exister, André, un plus joli titre que le vôtre ?

– Oh ! non ! Aussi n'en voudrai-je jamais un autre. Il faut que je sois né coiffé puisque me voilà, à moins de dix-huit ans, parvenu au faîte de mon ambition.

– Et vous n'en êtes pas effrayé ?

– Pourquoi le serais-je ? Je vais pouvoir vivre toute ma vie à mon goût sans bouger de chez moi.

— Mais n'aurez-vous jamais envie de bouger de chez vous?

— Mais Jeannette, dit-il d'un ton surpris, je ne puis m'absenter: on ne quitte pas un jardin.

— Même pour aller de par le monde chercher des fleurs nouvelles?

— On me les apporte à domicile!

A longueur d'année, marins, missionnaires, explorateurs rapportaient au Jardin les plantes, les arbustes, les jeunes arbres qu'ils avaient recueillis aux quatre points de l'univers. Thouin recevait tout avec une joie silencieuse, soignait, raccommodait, pansait, acclimatait. Songeant à cela:

— Je suis un jardinier, Jeannette, je n'ai pas l'âme d'un conquérant, reprit-il. C'est vous autres, les botanistes, qui avez des âmes de conquérants, parce que vous voulez toujours plus de fleurs séchées, mortes. Moi qui sème, plante et arrose, je veux voir pousser des fleurs vivantes, et les miennes, mes filles. Des fleurs, voyez-vous, j'aime mieux en donner que d'en prendre. L'an dernier, j'ai fait partir d'ici plus de cinquante mille sachets de graines.

— Cela m'émeut, dit Jeanne, de penser que vos graines d'œillets doubles sont venues jusqu'à moi à Charmont par l'entremise de monsieur Poivre. C'était une jolie façon de faire pousser de l'amitié entre nous avant même de nous connaître.

— Je me sème des amis partout, dit Thouin en souriant de plaisir. J'expédie des graines à la terre entière. Du vivant de mon père je le faisais déjà.

— Même en temps de guerre?

Thouin hocha la tête:

— Un roi peut avoir des ennemis, c'est dans l'ordre des choses, mais ne serait-il pas ridicule qu'un jardinier en eût? Un jardinier n'a pas d'ennemis — à part les taupes. On a vu des Anglais et des Prussiens laisser passer nos colis de graines comme ils laissaient passer la poupée de Paris porteuse de la mode. N'est-il pas bien urgent de fleurir un monde en guerre? Plus on sèmera de jardins sur la terre, plus vite elle redeviendra le paradis terrestre. Je voudrais voir chacun commencer sa demeure comme le Seigneur a commencé celle d'Adam, en plantant le jardin.

— André, vous êtes un marchand de bonheur.

— Mais vous aussi, Jeannette, savez rendre les gens heureux, et rien qu'en paraissant, murmura-t-il en rosissant.

Quand il avait ainsi profité d'une bonne occasion pour accoucher d'un compliment pudique, Thouin en avait pour la journée à y repenser, à ruminer son audace jusque dans son lit, à la fois content de lui et inquiet de la manière dont elle l'aurait pris. Être amoureux l'étonnait tellement ! De bonne foi, Thouin avait naguère décidé de ne jamais s'intéresser aux filles afin de pouvoir se consacrer tout entier aux fleurs et, en vérité, sans effort il ne s'y était jamais intéressé ; né dans un jardin de curé avec l'âme d'un moine, il avait spontanément réservé toute la tendresse de sa bonne nature à ses pois, à ses roses et à son réséda. D'abord, à sa connaissance, aucune fille ne savait être belle comme l'est une belle fleur, c'est-à-dire sans attifements, sans fards, sans mille petites manières. Or voilà que Jeanne avait paru... Avec sa peau de santé mal cachée du soleil et grêlée de rousseurs, ses joues sans blanc ni rouge, ses longues paupières sans noir, ses cheveux blonds sans poudre, son corps le plus souvent commodément logé dans des culottes, ses yeux attentifs, ses mains utiles et habiles, ses jambes infatigables, ses paisibles silences pendant le travail, celle-ci n'était pas comme les autres. De celle-ci il pouvait penser qu'elle était belle comme une fleur – par hasard et sans bruit. Ingénu comme il l'était, Thouin avait oublié de voir que Jeanne était l'ombre du nouveau savant botaniste réuni à l'équipe des Jussieu, et se laissait aller à un sentiment dont il goûtait la douceur sans se poser de questions. Savait-il seulement qu'il s'agissait là d'amour, et que l'amour risque de vous compliquer la vie ?

La sienne était réglée comme une horloge. Il se levait avec le jour, sortait dans le jardin, inspectait tout, distribuait sa première fournée d'ordres à ses subordonnés, se chargeait lui-même de cent tâches délicates en les expliquant, parlait d'une plante ou d'une autre. Un grand nombre de jardiniers amateurs et d'étudiants se tiraient du lit aux aurores pour accourir l'écouter, si bien qu'il finissait chaque matin par discourir au milieu d'un cercle de beaux habits. Certains de ses auditeurs le poursuivaient de leur curiosité jusque dans sa cuisine, où, à neuf heures tapant, il rentrait s'asseoir pour manger sa soupe. Le jardinage était devenu si fort à la mode que même un duc pouvait se faire un régal de tremper une cuiller dans le pot du jardinier du Roi. Aussi Jeanne se sentait-elle une grande privilégiée depuis que Thouin l'avait priée, une fois pour toutes, de venir partager sa soupe chaque fois qu'elle le voudrait bien.

On était bien, dans la cuisine des Thouin. Mme Thouin mère servait dans de grosses assiettes de faïence bise l'épaisse soupe trempée aux légumes d'où montait une odorante fumée de campagne potagère. Autour de la longue table de bois ciré la pièce était paysanne, avec sa poutraison basse et noircie, ses murs chaulés, son carreau rouge au sol. Le jardinier du Roi habitait avec sa mère et sa nichée de jeunes frères et sœurs la modeste maison où il était né, adossée à la grande serre chaude.

– On m'a dit que monsieur de Jussieu avait voulu vous faire donner une maison plus grande et que vous l'aviez refusée, dit Jeanne un matin.

– On ne me fera jamais quitter celle-ci, dit Thouin. De ma chambre je peux deviner qu'une plante malade m'appelle et, par temps chaud, quand je fais ouvrir les verrières, j'entends de mon lit les feuilles de mes palmiers se balancer de plaisir. Trouvez-moi une maison plus agréable ?

– André a toujours entendu ce que personne d'autre n'entend, dit Mme Thouin mère. Il n'a jamais pleuré quand il était bébé. Il semblait toujours écouter avec ravissement une musique qui jouait pour lui seul.

– Vous êtes tous des sourds, dit Thouin. Ma mère, vous aviez posé mon berceau à la porte d'une forêt exotique prisonnière, et vous vous étonnez que j'en aie perçu les mille et un bruissements ?

Il avait fini sa soupe et se tourna vers Jeanne d'un air interrogateur.

– Oui, allons, dit-elle en se levant. Il fait si beau...

Cette matinée de début décembre était exceptionnellement douce. L'automne de cette année-là ne voulait pas mourir, laissait aux arbres des paquets de feuilles rouillées, des fleurs aux chrysanthèmes et même quelques soucis dans les parterres, que leur jaune de soleil réchauffait sans doute assez pour leur faire oublier les aubes frisquettes.

Ils se dirigèrent comme souvent vers la butte des Coupeaux. C'était une habitude qu'ils avaient prise, leur soupe dégustée et s'il ne pleuvait pas, de grimper là-haut d'où l'on découvrait un vaste site agreste planté de moulins. En contrebas du Jardin s'étendaient les cultures maraîchères du clos Patouillet, de chaque côté de la rivière de Bièvre. Il était reposant de suivre des yeux le mince ruban gris lumineux qui s'en allait sans hâte fournir son eau au moulin de la Salpêtrière, arrosant au passage les grands carrés de légumes de l'hôpital avant d'entrer se perdre dans la Seine sur laquelle se croisaient, nonchalantes, les pataches bondées de passagers et les barques marchandes. Jeanne contempla longuement l'aimable paysage offert sans obstacle jusqu'à l'horizon poussiéreux de soleil, respira l'air tiède et dit à mi-voix :

– Voyez-vous, André, ma grande surprise de campagnarde importée en ville a été de découvrir que Paris est plein de jardins. Les chanoines de Saint-Victor, qui m'ont prise en sympathie, me donnent permission de tirer de temps en temps un chou de leur potager. En le choisissant j'entends soudain rouler un train de carrioles et jurer les charretiers qui reviennent de charger des tonneaux de vin au port Saint-Bernard, et je me dis « Voilà bien pourtant des bruits de Paris ? » et je crois rêver en me voyant gratter la racine de mon chou tout comme si j'étais encore dans le potager de Charmont !

– C'est qu'à Paris vous avez choisi de vivre à la campagne, dit Thouin en souriant. Pour moi aussi, Paris n'est qu'un grand jardin.

– Je voudrais pourtant bien connaître aussi la vraie vie parisienne, moi ! lança Jeanne d'un ton d'impatience.

– La vie parisienne ? répéta Thouin, surpris. Mais Jeannette, le centre de la vie parisienne est ici !

Il le croyait sincèrement, avec de bonnes raisons : en 1764, le Jardin du Roi était devenu l'un des cœurs de Paris. Il y venait un monde fou ! Non seulement les naturalistes, les médecins, les pharmaciens, les physiciens et les étudiants le fréquentaient avec assiduité, mais encore y voyait-on tous les simples curieux de sciences naturelles, et Dieu sait s'ils pullulaient ! Bourgeois et bourgeoises piqués de jardinage, gentilshommes passionnés de chimie, nobles dames fanatiques de l'anatomie et toujours au premier rang de l'amphithéâtre pour voir disséquer une tête de mouton par M. Daubenton ou un poumon de pauvre par M. Le Monnier, et encore tous les faiseurs d'herbiers, et les gazetiers et les philosophes en quête des nouvelles de la Nature – tous ces gens se trouvaient plus ou moins à faire au Jardin, dans lequel s'engouffraient aussi, pour y prendre en passant un air de verdure, les visiteurs de la Manufacture des Gobelins remontant vers le pont Neuf. Et bien sûr pas un voyageur étranger, fût-il prince, archevêque ou simple fils d'avocat faisant son tour d'Europe, ne manquait de venir saluer les célébrités humaines et végétales du Jardin, depuis le glorieux Buffon, si possible, jusqu'au moins le grand aloès de Tournefort. En ajoutant encore les promeneurs du quartier, cela faisait vraiment du monde, et tant d'humanité cosmopolite traversant continûment son domaine pouvait bien donner au jardinier le sentiment que son Jardin était le nombril de Paris.

– Je vous assure, reprit Thouin, que vous n'avez pas à bouger d'ici pour connaître la vie parisienne. En ne faisant que vous asseoir sur le banc placé devant ma porte vous finirez par voir passer tout ce qui compte dans le Royaume, et même au dehors ! Et n'est-ce pas bien gai, de vivre au Jardin ?

– C'est des plus gais, reconnut Jeanne. Le climat du Jardin est...

comment dire ? Crépitant. Crépitant de bonne humeur savante. Et c'est merveilleux. Il n'empêche que je voudrais m'en évader parfois pour... pour faire des choses !

– Des choses ? répéta Thouin, désemparé de ne pas la comprendre.

– Oui, des choses. Des choses ! Un tas de petites choses bêtes. Des choses frivoles. Par exemple, aller manger des écrevisses là-bas...

D'un coup de menton elle lui désignait une auberge posée de guingois au bord de la Bièvre. Thouin secoua la tête :

– Il faut que ce soit une bien vieille personne qui vous ait parlé des écrevisses de la Bièvre ! On raconte qu'elles étaient les meilleures du Royaume, que madame de Maintenon venait encore s'en régaler, mais ce plaisir s'est perdu. La claire rivière de Bièvre est devenue la rivière des Gobelins, celle des tanneurs, peaussiers, corroyeurs et mégissiers du quartier – de la bien mauvaise compagnie, qu'ont fuie les écrevisses.

– Quel malheur ! s'écria Jeanne. On naît toujours trop tard.

Thouin lui fit un sourire tendre :

– Je sais où trouver quelques survivantes : dans le jardin des cordelières, en aval de la Manufacture.

– Mais je suppose que les cordelières ne permettent pas qu'on pêche dans leur morceau de Bièvre ?

– Elles sont très friandes de leurs écrevisses, mais elles m'aiment bien. Je les conseille pour leurs herbes médicinales. Elles nous inviteront bien un jour ou l'autre à goûter d'un buisson de leurs bestioles roses.

– Oh ! André, comme vous êtes gentil de me promettre ce plaisir !

Ravi de lui avoir plu il détourna vite son regard d'elle, l'abaissa sur une motte d'herbe. Du moine, il avait l'habitude de savourer ses contentements d'âme en silence et, du jardinier, l'habitude que tout contentement lui vînt de la terre.

– C'est gentil de vouloir m'offrir un plaisir de Parisienne, poursuivait Jeanne, car il est vrai, André, que j'ai envie, tant envie de faire des choses ! D'aller à l'Opéra bien sûr, et à la Comédie-Française et à Versailles, mais je voudrais aussi aller à la foire Saint-Germain, et dans les boutiques de la rue Saint-Denis, et chez un coiffeur de la rue Saint-Honoré, et boire du petit vin blanc à la Courtille, et manger des beignets sur le pont Neuf, et danser au Moulin de Javel, et toutes ces choses enfin, qui font qu'on se dit « Je vis à Paris, je suis devenue une vraie Parisienne » !

Thouin n'avait pas profité longtemps de son petit bonheur clos.

Qu'elle eût tous ces désirs si étrangers à lui l'attristait beaucoup, encore qu'il sût mal pourquoi. Il releva les yeux et fit un effort pour lui répondre en reprenant les derniers mots qu'il avait dans l'oreille :

– Les beignets du pont Neuf sont trop gras, à ce qu'on dit. Et puis, le Moulin de Javel... Ce n'est rien qu'un moulin des environs de la ville, pas plus beau qu'un autre, dont on a fait un moulin à boire et à danser. Mais Jeannette, c'est un endroit... pour les grisettes.

– Je sais, je sais, dit Jeanne, et elle détourna la conversation.

Le Moulin de Javel était une histoire privée, une histoire à régler entre Philibert et elle. André n'avait pas à savoir qu'elle voulait y aller parce que Philibert ne l'avait pas emmenée quand le petit de Jussieu l'avait entraîné là-bas un soir. Pour s'en aller courir le guilledou dans un moulin à grisettes, pensez donc comme il allait l'emmener !

2

Les grisettes du Moulin de Javel, Jeanne ne comptait pas les pardonner à Philibert. Pas avant, en tout cas, d'avoir été elle aussi gambiller et ramponer * hors barrières.

L'escapade à Javel avait été arrangée par le neveu des Jussieu, Antoine-Laurent, pour fêter son entrée à la faculté de médecine. Fréquentant quotidiennement les Jussieu, Aubriot avait accepté de jouer ce soir-là le rôle du cousin médecin de province débauché par les cousins médecins de Paris, et il avait laissé Jeanne à la maison, comme si la chose allait de soi. Et il était rentré à trois heures de la nuit! Et le lendemain matin au déjeuner, pas un mot de repentir. Son café au lait, sa tartine de beurre, son chapeau sous le bras et hop! Jeannot! au Jardin comme à l'accoutumée, d'un bon pas, et toujours sans piper de rien!

Elle avait pleuré. Beaucoup. Puis elle avait ragé. Énormément. Enfin elle avait décidé de bouder, de dormir seule. Un bon moment. Au moins un mois!

Elle avait tenu un quart d'heure, le temps d'une consultation indécente. « Tu te sens donc malade? – D'où souffres-tu? – Donne-moi ton poignet. — Tire la langue. – As-tu toussé? – Si j'appuie ici, est-ce que je te fais mal? – Et ici? – Et là? » Philibert était un médecin bizarre, qui vous promenait ses mains partout. Il avait eu d'ailleurs pas mal d'ennuis en province à cause de ses manières inconvenantes. Derrière son dos on chuchotait que le docteur Aubriot se conduisait sans tact, même avec les dames, et ses cabinets avaient toujours moins bien marché que ceux de ses confrères moins sans-gêne. Mais a-t-on idée aussi de vous palper la poitrine et les côtes et le ventre jusqu'à... Jusqu'à vous faire avouer votre mensonge! Et votre faiblesse sous ses chatouilles, et votre jalousie, et votre colère.

Il avait ri. Ri et juré à Jeannette qu'ils iraient danser dans une guinguette de la Courtille un dimanche, comme un bon petit ménage d'ouvriers. Mais un savant n'a pas de dimanches. Si bien que, de « la vie parisienne », de ce pétillement doré dont la provinciale s'était promis l'ivresse, Jeanne n'en avait pas encore vu la cou-

* Boire joyeusement du gros rouge ou du petit blanc dans un cabaret-guinguette – en français Louis XV. De Ramponeau, cabaretier à la Courtille, qui a laissé son nom à une rue dans le XXe arrondissement de Paris.

leur depuis son arrivée à Paris. Bien entendu Philibert prétendait le contraire mais, franchement, que connaissait-elle de la capitale?

Quelques paysages de pierres admirables, quelques jardins enchanteurs. Elle avait vu aussi l'*Herbarium vivum* du père Plumier au couvent des minimes et les machines scientifiques de M. de Lalande à l'Observatoire royal. Elle avait visité l'école de médecine, l'Hôtel-Dieu, la Salpêtrière, le collège de physique expérimentale de Navarre, le collège de chirurgie de Saint-Côme, l'hôpital de la Pitié, la cathédrale Notre-Dame, la Sainte-Chapelle, le palais des Tuileries et toutes – toutes! – les bibliothèques: la Royale, la Mazarine, la Bénédictine, la Jacobine, la Feuillantine, la Célestine, la Sorbonnarde et etc., etc., et ouf ! ouf ! ouf ! Que de mots, mon Dieu, que de mots moisissaient dans Paris, emprisonnés bien serrés derrière des aunes et des aunes de grillage! En défilant devant, Jeanne avait plus d'une fois apprécié le bon sens de M. Poivre, qu'elle avait entendu répondre au libraire Duplain, un jour qu'il le pressait d'écrire ses souvenirs: « Cher monsieur Duplain, jamais je n'écrirai. Il y a déjà bien trop de mots sur la terre! »

Et il y avait aussi trop de tableaux, comme elle avait pu le constater en parcourant, après la littérature, les *Noces de Cana en Galilée* et autres immensités picturales, et en fin de compte les *Batailles d'Alexandre le Grand* – des lieues! Pourquoi diable les peintres ne se contentent-ils pas de faire des portraits et des bouquets – c'est beau, et en plus il en tient beaucoup dans le même salon. « Dimanche après dîner, si nous allions prendre une demi-tasse au café Procope ? » suggérait Jeanne, soucieuse de proposer une heure de vie parisienne au prix raisonnable de la demi-tasse. Au Procope on avait chance de voir Piron, Fréron, Marmontel, peut-être même Diderot et d'Alembert, et tout ça pour le prix d'une demi-tasse de café! Hélas: « Nous n'aurons pas le temps, Jeannot, répondait Philibert. Dimanche je compte t'emmener au Val-de-Grâce. On m'a dit que l'abbaye était splendide, qu'il nous faut voir la fresque de Mignard. Sais-tu que ce magnifique ouvrage ne contient pas moins de deux cents personnages? » Jeanne, accablée par le nombre, se disait que la foudre ne tombe jamais là où il faudrait déblayer un peu. Le dimanche arrivé, elle levait un regard morne sur les bienheureux du paradis de Mignard. Son cœur s'ennuyait dans un corps plein de fourmis qui se démangeait de courir ailleurs, quelque part où la vie étincelle. Sa lune de miel avec Philibert, si follement bien commencée trois mois plus tôt à l'auberge de Bessay, avait prématurément tourné trop court et trop sage en entrant dans Paris.

C'est le joyeux tapage montant de la cour où s'apprêtait le départ de la diligence qui l'avait réveillée. Elle était seule dans le grand lit aux courtines peuplées de bergers et de moutons roses, et il n'y avait pas un bruit dans la chambre. Une sensation d'abandon démesurée l'avait empoignée, privée de raison, et elle avait poussé un grand cri. Aussitôt la courtine s'était écartée et Philibert avait été debout devant le lit. Habillé, botté, coiffé, poudré, il la regardait en souriant reprendre conscience. Le plus beau rouge de pivoine venait à Jeanne en même temps que la mémoire et elle allait se renfouir sous le drap quand on avait gratté à la porte. La courtine était retombée et, un instant plus tard, une bonne odeur chaude de café et de pain frais était entrée dans la pièce.

— Jeannot, viens déjeuner, avait dit la voix de Philibert.

Alors elle avait vu qu'elle était nue. Et su qu'elle ne trouverait pas un mot pour l'avouer et réclamer un vêtement. Dieu merci, presque tout de suite elle avait découvert sa camisole, tombée dans la ruelle du lit, et s'était cachée dedans avec une fébrilité maladroite : on est tout de même plus à l'aise en chemise que sans pour se dire que M. Philibert est devenu votre amant.

— Alors, Jeannette? Viens-tu?

Elle s'était laissée glisser à terre dans un silence de couleuvre, avait osé quelques pas sur le bout de ses pieds nus. Lui, comme si de rien n'avait été, commençait de beurrer des petits pains :

— Eh bien? Viens t'asseoir.

Il avait versé du lait dans les tasses en répétant :

— Viens t'asseoir, Jeannette. Tu vois bien que c'est un jour où les maîtres servent les valets.

Brusquement, la rumeur de la cour s'était amplifiée, Jeanne avait entendu le cocher houspiller les postillons pour un bagage mal arrimé, et ses yeux s'étaient portés vers la fenêtre :

— Mais... Mais, monsieur Philibert, on va partir sans nous!

— Ma foi, oui. N'avais-tu pas assez de cette caisse brûlante encombrée de gens ennuyeux? Au diable l'économie! J'ai loué une chaise et nous allons courir la poste à notre fantaisie.

Elle avait mis une longue minute à réaliser ce qu'il lui offrait : un voyage de noces! Et alors elle s'était sentie fondre, fondre, fondre de bonheur, toutes ses digues rompues. Elle s'était jetée sur ses genoux et dans ses bras et, le nez dans son habit, avait répété « Je vous aime, je vous aime, je vous aime, je vous aime... », interminablement, comme si le flot de sa passion, si longtemps souterraine, après s'être trouvé la force de percer ne pouvait plus s'arrêter de couler. Pour se tirer lui-même d'émotion, Aubriot avait fini par lui relever la tête et lui fourrer un petit pain dans la bouche. Mais comme elle l'en avait ôté en bredouillant Dieu sait quoi sur l'impossibilité d'avaler quand on est aussi heureuse, il l'avait reportée sur le lit...

Ils avaient bu du café au lait froid. Et après, fouette cocher!

Ce voyage, ah! ce voyage! Le tour de Cythère. Chaque fois que Jeanne repensait à la route de Bessay à Paris, elle la sentait se dérouler de nouveau en elle comme un trop court ruban de délices. Ils avaient eu chaud à s'en éclater, ils avaient avalé des livres de poussière, ils avaient été roués de cahots, ils avaient versé sur la place de Pouilly par la faute d'un postillon à demi ivre, ils avaient eu des punaises au Grand Monarque de Briare et des paillasses par terre à la Magdeleine de Montargis, à l'Estoile de Fontainebleau on les avait volés comme au coin d'un bois et à l'Ecu d'Essonnes le gigot de mouton puait le bouc, mais ah! le beau voyage, le beau voyage qu'ils avaient fait! Les étapes étaient des lieues de tendresse, les relais des heures de caresses. Un peu de vin d'Espagne métamorphosait en soupers fins les repas de gargotte et, quant aux laideurs du décor, leurs regards mangés l'un par l'autre ne les voyaient pas. Nuit après nuit les mains et les lèvres de Philibert inventaient pour Jeanne des voluptés inconnues qui lui laissaient au matin le corps ébloui, le cœur idolâtre et l'âme douce comme de la crème. Un jour – c'était à Nemours – son amour l'avait tellement débordée qu'elle lui avait demandé : « Comment faire, pour qu'il sentît qu'elle l'aimait autant qu'elle l'aimait? » En riant il avait bécoté son cou, son menton, sa bouche, ses paupières, ses cheveux, et il avait dit : « Il ne faut rien faire, Jeannot, je sais. » Il l'avait dit avec l'air de vraiment savoir. Mais trois mois plus tard le savait-il toujours aussi bien, et le savoir lui plaisait-il autant?

Arrivé à Paris, l'amant de jour et de nuit du beau voyage avait aussitôt repris ses jours pour son usage personnel. Et ses jours duraient plutôt jusqu'à minuit. Il est toujours trop court, le temps de travail d'un chercheur penché sur ses loupes, et il est très encombré, le petit temps de loisir d'un botaniste de province encore campé à la porte de l'Académie des sciences, où il aimerait bien entrer s'asseoir. Après avoir été pendant une semaine d'ivresse la conquête neuve d'un homme en vacances, Jeanne était brusquement devenue la maîtresse quotidienne d'un savant passionné de science et saisi d'ambition. Elle se remettait mal de sa chute; d'une étreinte à l'autre se sentait oubliée. Elle ne l'était pas, pourtant. Aubriot l'emmenait au Jardin, l'associait à ses travaux, la poussait à l'étude, la surchargeait de copies et de démarches, lui laissait sur les bras tout le soin de leur petit ménage – non, vraiment, il ne l'oubliait pas! Mais il n'avait plus une minute pour s'extasier sur l'or de ses yeux à trois heures de l'après-midi. Or elle n'avait pas eu son compte de petits soins dévots. D'abord, une femme amoureuse en reçoit-elle jamais son compte? Les hommes sont si... hommes. Il y a de ces heures où, dans l'attente de leur bon plaisir, la nymphe au cœur le plus fidèle finit par se demander s'il n'en faudrait pas avoir plusieurs, des hommes, pour recevoir son juste dû de preuves d'amour?

Un pas résonna dans le vestibule de l'appartement...

Ce n'était que le pas de leur logeur, le docteur Vacher, qui rentrait toujours au moins deux heures avant Philibert. Encore deux heures, donc. Jeanne se mit devant la glace de la cheminée pour arranger le fichu de son décolleté. La mousseline blanche, si légère aux seins, ne semblait posée là que pour être écartée par les mains d'un amant pressé dont la bouche veut croquer les deux bonbons roses cachés seulement pour mieux tenter. En pensant à cela elle poussa un soupir de courtisane désœuvrée. Même quand Philibert rentrerait, la tête bouillonnante, du laboratoiure de chimie de M. Rouelle, il ne s'empresserait pas de se conduire avec des gestes de gravure licencieuse. Depuis qu'avec Rouelle il s'acharnait sur un inconnu vert, ce pigment, ce mystère qui colore, pourquoi? comment? la peau végétale, à côté de ce vert troublant, passionnant, magique, encore innommé, que pesait le rose sans plus de secret des jolis mamelons de Jeanne, tant que le lit commun ne le lui mettait pas dans les mains?

Car tout de même, chaque nuit, Philibert redevenait très présent, elle devait le reconnaître. Si tard qu'il rentrât, et elle endormie, il l'éveillait d'un baiser gourmand.

Sans l'avoir prémédité, mais avec une jouissance lucide, Aubriot avait laissé s'établir entre eux des rapports amoureux habilement tyranniques de son côté à lui, pieusement consentants de son côté à elle. Qu'elle fût à la fois très sensuelle et très timide dans ses bras ne cessait de le ravir. Elle frissonnait, frémissait, ronronnait, gémissait à sa volonté, mais sans jamais se permettre la moindre avance ni une caresse osée. Il aurait pu la tirer peu à peu de sa réserve mais ne le faisait pas. De maîtresses savantes et agressives, de maîtresses mûres, il n'avait pas manqué; de celle-ci il avait envie de cultiver l'égoïsme ingénu, avec une paternelle perversité. Elle restait sa petite fille des bois de Châtillon. Sur sa fraîche chair docile il aimait continuer d'inventer seul leurs deux plaisirs. Le sien en prenait une arrière-saveur grave, troublante infiniment, d'inceste perpétré par excès de tendresse. Que d'ailleurs Jeanne trouvât délicieux d'être son jouet nocturne bien-aimé il n'en pouvait douter, tout allait donc pour le mieux dans le meilleur des couples possibles. Elle l'aurait stupéfié, mais là, vraiment stupéfié, en lui avouant qu'elle ressentait parfois des impatiences ou des mélancolies d'amoureuse négligée, alors qu'il la comblait de câlins avec une virilité dont il avait tout lieu d'être content.

Mais Jeanne n'avait pas encore appris qu'un homme croit de bonne foi avoir tout fait pour le bonheur d'une femme quand il lui a bien fait l'amour, et elle n'avait pas encore l'âge de se dire qu'après tout et tout bien pesé ce n'est pas si faux – dans ses autres désirs si souvent femme elle-même se perd! Car enfin, que voulait-elle exactement, la Jeanne de ce soir, noyée pensive et vagabonde dans son reflet autant qu'une Ophélie dans sa rivière? Elle était belle, elle était jeune, elle avait Philibert, elle avait Paris et même, par-dessus le marché, elle avait un bonnet de Paris!

La pensée de son nouveau bonnet lui rendit le sourire. Elle alla le prendre dans l'armoire, s'en coiffa et revint devant la glace avec son miroir à main pour s'en régaler de face, de profil et de dos. Ravissant. Ra-vis-sant. Ah! il n'y avait qu'une lingère de la rue Saint-Honoré, pour savoir mettre autant d''esprit pimpant dans un bonnet! C'était certes une folie pour sa bourse, que ce bonnet dernier cri « à la Ramponeau », mais, après être imprudemment entrée chez Mlle Lacaille, une lingère dont Pauline de Vaux-Jailloux lui avait parlé, elle n'avait pas pu résister à la tentation. Et dire que Philibert ne remarquerait sans doute pas plus qu'un autre ce séduisant bonnet. Dans le domaine de la mode il ne voyait rien. A peine rentré il voyait que la cactée naine du Mexique avait perdu une épine à sa deuxième tige gauche, mais ne voyait pas que Jeanne avait changé de coiffure. Enfin... Sans doute la lingère Lacaille avait-elle raison: il faut acheter un bonnet pour se faire plaisir à soi, et si en plus on en tire un compliment de son amant, alors il est encore temps d'amener l'amant chez Lacaille pour qu'il y choisisse un second bonnet tout à fait à son goût.

Elle prit un livre et s'assit dans le fauteuil, laissa flotter son regard sur le souper froid qu'elle avait préparé et dressé sur la table ronde. Même les tranches de veau n'avaient pas l'air gai à force d'attendre Philibert dans une chambre aussi triste.

Le logement de garçon découpé dans le vaste appartement bourgeois du docteur Vacher – deux chambres et un grand cabinet de commodité – n'était pas un séjour folichon. Mais, en débarquant à Paris Aubriot avait jugé commode d'accepter l'hospitalité à bon marché que lui offrait Lucien Vacher, un ancien camarade de la faculté de médecine de Montpellier. Aubriot n'était pas très riche et il était économe. Non pas avare, mais économe; de toute une lignée de notaires il avait hérité le besoin de tenir ses comptes en ordre et d'ajuster avec soin sa dépense à son revenu. Vacher ne lui louait pas cher un logis admirablement situé rue du Mail, en plein cœur de la ville. Certes les pièces étaient sombres, décorées avec une froideur solennelle et encombrées de trop de vieux meubles lourds, mais la rue du Mail n'était qu'à un pas du calme et verdoyant couvent des Petits-Pères, à deux pas de la belle place des Victoires, à trois pas du Palais-Royal.

Bien qu'entre ses études au Jardin, son travail à la maison, ses courses pour Philibert et ses lectures, Jeanne eût peu de temps de reste pour la promenade, elle s'arrangeait pour au moins traverser chaque jour le Palais-Royal, de préférence un peu avant la tombée de la nuit, lorsqu'il s'animait, devenait vraiment « la capitale de la capitale », ce riant enclos mondain que les guides de Paris à l'usage des étrangers recommandaient de fréquenter.

Elle prenait par l'allée d'Argenson longeant la rue des Bons-Enfants et revenait par l'allée des grands ormes parallèle à la rue de Richelieu, s'attardant au passage dans le cercle des badauds agglutinés autour des nouvellistes pour en attraper des potins, ou musardant devant la baraque du libraire. Si elle n'était pas trop pressée, elle s'asseyait un moment pour s'amuser du manège des messieurs qui ne venaient au Palais-Royal que pour y acheter de la petite vertu aux demoiselles à louer du jardin. Cette clientèle galante ne se privait pas de lorgner aussi la belle jeune dame d'allure honnête parce que, n'est-ce pas, on ne sait jamais? et qu'une idylle gratuite vous rafraîchit bien des aventures frelatées et taxées à l'heure. Jeanne passait comme indifférente au milieu des coups de chapeau et des ronds de jambe, les yeux lointains. Elle savait n'avoir rien à craindre tant qu'il faisait jour: le climat du lieu était policé. On y croisait force gens élégants, soyeux et poudrés à frimas, usant d'un pur français de salon; aussi espérait-elle toujours y rencontrer *quelqu'un* – la silhouette d'un nom célèbre. Hélas, comme elle ne connaissait pas encore les célébrités « bien parisiennes », s'il en passait, elle ne les distinguait pas des obscurités ! Si bien qu'en tout et pour tout, depuis qu'elle venait au jardin elle n'avait repéré que Diderot, parce que, cette gloire-là, on pouvait la reconnaître à son banc. Vers les cinq heures il s'asseyait toujours sur le même, placé devant l'hôtel d'Argenson – et tout le quartier le savait. Les autres promeneurs, même les gazetiers, semblaient respecter si bien la rêverie solitaire du philosophe que pas un, jamais, n'allait s'asseoir sur le fameux banc d'Argenson. Et Jeanne se demandait si, par hasard, elle n'aurait pas le courage de le faire un soir – comme ça, pour voir? Et un beau soir, elle y alla.

Elle se posa sur le bout du bout du banc, qu'un papillon n'eût pas ébranlé davantage. Et pourtant Diderot tourna la tête, étonné, prêt à froncer les sourcils. Hum... l'audacieuse était bien jolie. Un sourire souleva un coin de la lèvre du grand homme. Jeanne rendit un sourire à pleines dents, éblouissant. Diderot en resta choqué une seconde, indécis une minute: nouvelle grisette de luxe? bourgeoise naïve? Il pencha à son envie, pour la candeur, et ouvrit la bouche...

A dire le vrai, pour engager la causette avec une belle inconnue la Philosophie ne parla pas avec plus d'imagination que le commun des suiveurs de jupons. La Philosophie dit :

– Ce mois de décembre qui n'a pas tué notre été de la Saint-Martin n'est-il pas, mademoiselle, un présent du ciel dont on ne se lasse pas?

Elle en convint. Puis elle se mâcha nerveusement la lèvre et s'élança :

– Pardonnez-moi de vous questionner, monsieur, mais... ne seriez-vous point monsieur Diderot?

Il inclina la tête. Il le fallait bien. Et puis, on n'est jamais las d'être reconnu par de jolies femmes d'esprit, et sa voisine l'était assurément. Elle louait l'*Encyclopédie* fort intelligemment, avec une grande pénétration de jugement, une admiration très juste. Et avec une voix ravissante.

La charmeuse en remit tant et tant, et avec tant de grâce, qu'elle finit tout de même par rassasier l'écrivain:

– Oublions un peu mes articles de l'*Encyclopédie*, dit-il après vingt minutes d'éloges. De toute manière nous voilà d'accord sur eux – j'en pense moi-même le plus grand bien! Parlez-moi donc de vos propres œuvres. Car vous écrivez, n'est-ce pas?

– Ma foi non.

– Est-il possible? J'ai peine à le croire. Une spirituelle personne du sexe sans plume à la main, aujourd'hui cela ne se rencontre plus!

– Vous m'avez pourtant rencontrée. Je n'écris que des résumés de leçons de sciences. Je fais cela pour... (Elle hésita imperceptiblement, acheva en rougissant) mon maître. Je suis la secrétaire d'un grand botaniste, le docteur Aubriot.

– Monsieur Aubriot ? Mais je le connais bien ! s'exclama Diderot. Je l'ai rencontré maintes fois lorsqu'il était très jeune et séjournait à Paris pour étudier au Jardin du Roi. Je le savais reparti dans sa province – le voilà donc fixé ici de nouveau ?

– Depuis septembre dernier.

– Depuis septembre et je ne l'ai pas encore vu chez le baron d'Holbach ! Pourquoi donc ?

– Pourquoi donc l'y verriez-vous ?

– Parce que le baron tient à nourrir tous les savants et tous les philosophes de Paris le jeudi et le dimanche, et qu'il ne faut pas le priver de ce plaisir. Quand il saura que monsieur Aubriot lui manque, il sera fâché. Il me faut réparer cela d'avance. Priez votre maître de ma part de me faire sans faute demander chez le baron, un jeudi ou un dimanche – à l'heure du dîner il m'y trouvera toujours.

– Monsieur, je le lui dirai.

En s'en retournant, elle pensait avec un peu d'humeur que Diderot emmènerait Philibert chez le baron d'Holbach comme Lalande l'avait emmené chez Mme Geoffrin – sans elle. Dans les grands salons parisiens on se flattait de ne point recevoir les femmes, ou alors une, très exceptionnellement, et à condition qu'elle fût une brebis à cinq pattes ! Voilà qui donnait raison à un propos d'Émilie, se souvenait Jeanne. La chanoinesse de parole hardie ne se gênait pas pour faire observer, l'occasion échéante, que les Français étaient plus avancés dans le culte phallique que les Grecs ou les Romains parce que, chez eux, la fête du Phallus durait toute l'année ! Enfin, tout de même, Diderot lui avait parlé. Elle avait beaucoup joui des coups d'œil appuyés des promeneurs dévisageant la jeune personne que le père de l'*Encyclopédie* estimait digne d'écouter ses paroles, et elle en jouissait encore : la provinciale d'hier se sentait devenue en un soir une habituée du Palais-Royal.

La nuit commençait à monter du pavé. Des paquets d'ombre comblaient déjà, au ras du sol, les anfractuosités entre les maisons. Parvenue rue des Petits-Pères elle se dépêcha d'entrer dans le couvent.

Comme elle l'avait espéré, le père Joachim était encore dans la bibliothèque. Il se penchait sur une grande carte déroulée :

– Vous arrivez à propos, ma chère enfant. Le père Eustache vient de m'apporter le tout dernier plan de la rade du Port-Louis, dit-il, sachant que sa visiteuse s'intéressait à l'Isle de France.

Le joli vieillard potelé avait une voix douce d'enfant qui rêve.

Conservateur des cartes marines – dont le dépôt central était aux Petits-Pères – le père Joachim avait depuis longtemps perdu le goût du réel à force de voyager sur les images des mers et des continents. Jeanne s'était vite mise à adorer cet augustin déchaussé, qui n'avait jamais quitté son clos, mais se promenait comme chez lui sur la mappemonde. A sa demande il savait l'emmener faire le tour d'une côte lointaine lieue par lieue, avec tant de vivante précision qu'elle finissait par sentir rouler sous ses pieds le navire qui la promenait en cabotant le long du rivage.

Le père Eustache déroula une seconde carte sur la table :

– Voici maintenant la côte de Coromandel, dit-il. Et la côte de Malabar, ajouta-t-il en montrant le troisième rouleau qu'il tenait en main. Tous les mouillages possibles y sont, même les plus précaires. Pour la mise à jour nous avons tenu compte des relevés que nous avaient passés le capitaine Vincent et le pilote du capitaine de Beauregard.

Le nom de Vincent, comme chaque fois qu'elle l'entendait, fit tressaillir Jeanne, la renvoya passer un doux moment de bal à Charmont. Elle n'oubliait pas Vincent, ne se poussait pas à l'oublier, même depuis qu'elle vivait son amour avec Philibert. Non qu'elle regrettât le chevalier. Simplement, elle aimait bien ses beaux souvenirs de Charmont, et elle l'avait rangé parmi eux, en bonne place.

– Vous voilà partie bien loin, dit la voix frêle du père Joachim. Pour quel pays ? L'Isle de France ou l'Inde ?

– Non, non, dit-elle. Je pensais... à monsieur Diderot. Mon père, je viens d'avoir une longue conversation avec monsieur Diderot !

– Me l'apprenez-vous pour que je vous en félicite ? Je ne le ferai pas. Diderot est un mal-pensant, qui ne vous donnera que des idées malsaines. Il est le pilier de la bande à d'Holbach. Ces malfaiteurs ont leur repaire tout près d'ici, dans la rue des Moulins, et leurs vociférations contre Dieu reviennent sans fin nous cogner aux oreilles.

– Sont-ils si terribles ?

– Ils sont à damner ! La maison du baron est le Vatican de l'Impiété !

– Oh, oh ! On assure pourtant, mon père, qu'une foule de gens de qualité s'y presse ?

– Dame ! On y détruit Dieu autour d'une table divine ! Ces mauvais esprits sont de bons estomacs.

– Rassurez-vous, mon père, dit Jeanne, monsieur Diderot ne m'a pas invitée à m'aller perdre aux bons dîners du baron : c'est un plaisir d'homme, à ce qu'il paraît. Mais monsieur de Lalande aussi vitupère Dieu et cependant, lui, vous l'aimez bien.

– Monsieur de Lalande, c'est différent. Il se clame impie mais vit en chrétien. Son logis est toujours plein d'étudiants qu'il nomme « mes pensionnaires », mais à qui il oublie de faire payer leurs pensions, parce qu'ils sont pauvres.

– Mais mon père, le baron d'Holbach non plus ne fait pas payer ses dîners ?

– Mais lui nourrit des gredins ! Et nourrir des gredins pour leur donner la force de forfaire n'est pas une action pie. Tous ces révolutionnaires déguisés en philosophes se mêlent de vouloir apprendre à gouverner au Roi et à ses ministres mais, dans l'éloignement superbe où ils se tiennent des affaires du pays, ils ne forgent rien de mieux qu'une politique de grands mots. Cela ne serait que risible s'ils n'enfournaient leurs utopies dans les têtes vides du peuple, toujours prêt à croire qu'on lui fait par malice vivre le pire, quand on pourrait lui donner le paradis des philosophes rien qu'avec un peu de bonne volonté. Dieu veuille, mon enfant, qu'il ne sorte pas un jour un grand mal de la salle à manger du baron. De la salle à manger de Lalande, je suis bien tranquille, il n'en sortira jamais que des marchands d'étoiles.

– Un astronome fait un impie de bonne foi, ajouta le père Eustache. Si Lalande finit par trouver Dieu au bout de son télescope il le chantera sur tous les toits – et comment ne l'y trouverait-il pas un jour ? Une longue contemplation du miracle de l'univers céleste ne peut que conduire vers Dieu une âme sensible.

Pendant un instant de silence Jeanne rechercha en elle l'exaltation qui l'avait prise quand, pour la première fois, Lalande l'avait rapprochée du ciel avec ses longues lunettes. L'astronome s'était installé un petit observatoire privé dans les combles de la maison qu'il habitait sur la place du Palais-Royal et, lorsqu'il invitait des amis à souper, il leur servait des étoiles au dessert. Jeanne appréciait d'autant plus ce dessert-là que, de tous les savants que fréquentait Philibert, Lalande était le seul à la recevoir, l'ayant accueillie avec autant de naturel et d'amitié que si elle se fût appelée Mme Aubriot. Elle dit d'une voix douce :

– J'entends que vous vous cherchez de bonnes raisons d'aimer un mécréant plutôt qu'un autre, mais le fait est sans doute que vous aimez Lalande comme je l'aime, comme on l'aime : parce qu'il est aimable.

– Il faut avouer que Lalande est un fol excentrique fort plaisant, reconnut le père Eustache.

Le père Joachim sourit à Jeanne:

– Voilà qui est penser juste, dit-il. On aime un homme parce qu'il est aimable, et ce qu'ensuite on en dit pour se justifier n'est que pour parler.

La cloche du réfectoire sonna pour appeler les religieux à leur souper, qu'ils prenaient tôt. Jeanne demeura seule dans la bibliothèque et alla jusqu'à la fenêtre, pour voir si Philibert n'était pas dans le jardin. Il fallait qu'il fût bien en retard pour ne pas prendre le temps de faire le tour du clos avant de rentrer chez eux le soir.

C'était un charmant jardin de curés, que celui des Petits-Pères. Même quand l'hiver le défleurissait et défeuillait les tilleuls du mail il y restait le calme, les beaux carrés de choux rouges et de choux bleutés, le vert des lauriers-sauce et la causette avec les pères. Presque tous cadets de grandes familles, les augustins déchaussés, érudits, courtois, semblaient toujours disposer de tout leur temps pour bavarder, surtout si le bavard était de qualité. C'est dire qu'Aubriot se trouvait chez eux d'infatigables partenaires pour la causette. Au moins un soir sur trois, il arrivait au couvent bras dessus bras dessous avec son cher ami Lalande, qui l'était allé prendre au Jardin du Roi en sortant de l'Observatoire. Grands parleurs tous les deux et mutuellement amoureux de leurs intelligences, s'il faisait beau ils en avaient parfois pour une heure à se disputer la parole en croisant sous les tilleuls; après quoi, ravis l'un de l'autre et ne pouvant décidément se quitter, ils passaient chercher Jeanne avant de retourner souper chez Lalande, et un souper chez Lalande s'achevait tôt si on en sortait à deux heures du matin.

Vieux garçon avec entêtement, Lalande disposait à son gré de ses nuits comme de ses jours et ne voyait pas plus qu'Aubriot la nécessité de s'ennuyer à dormir avant de tomber d'épuisement. Sa vie bohémienne de savant forcené amusait le tout-Paris. A trente-deux ans, Joseph Jérôme Le Français de Lalande, professeur d'astronomie au Collège de France, était une gloire déjà populaire. Il est vrai qu'il avait commencé fort jeune dans le génie, comme enfant prodige. Reçu académicien à vingt et un ans il s'était alors appliqué à se rendre célèbre avec une tenace roublardise, un sens aigu de ce qui plaît au public – bien moins le génial que l'extravagant. Sachant bien qu'un bon *Mémoire sur la théorie de Mercure* ne peut être applaudi que de quelques initiés et soucieux de s'attirer en sus les bravos des concierges, en même temps que son mémoire il publiait son goût pour les chenilles ou les araignées et ne manquait pas de s'en régaler ouvertement – exploit dont même les crétins peuvent s'émerveiller et les nouvellistes s'ébaudir en long et en large dans leurs gazettes. Il prenait aussi grand soin d'avoir les femmes avec lui, leur racontant des anecdotes du ciel dans l'*Almanach*, où il prédisait bon an mal an la pluie et le beau temps, tout heureux quand une blanchisseuse l'arrêtait dans la rue pour lui demander si elle pouvait compter sur un lendemain sec pour étendre son linge. Il ne réussissait pas moins bien avec les mondaines qu'avec les lavandières, et une foule féminine soyeuse envahissait le Collège de France pendant les leçons de Lalande. L'astronome avait commencé la rédaction d'une *Astronomie pour les Dames* et fondait de grands espoirs sur son public en jupons pour obtenir, de son vivant, sa statue à la porte de l'Observatoire. Il n'ignorait pas que Buffon avait une bonne chance d'avoir la sienne dans le Jardin du Roi avant sa mort et, comme il prétendait égaler Buffon à la fois en orgueil et en génie, lui aussi voulait se voir coulé en bronze avant de quitter la place.

Tel quel, avec sa fougue, sa bonté, ses outrances, ses vanités, ses fulgurances d'esprit, ses éclats de voix et ses fous rires, son énorme front bombé à la démesure encore accentuée par une petite perruque étriquée à la cavalière, ses longs yeux toujours à demi fermés sur la fente d'un pénétrant regard, ses sourires étirés de singe malin et, sur la nuque, son double catogan noir aussi gros qu'une paire d'ailes, Lalande avait fait la conquête de Jeanne et faisait les meilleures récréations d'Aubriot. A celui-ci, son ami de jeunesse, il rendait le goût du rire iconoclaste et des farces, qu'il avait un peu perdu en traversant le mariage avec Marguerite Maupin. Puis Lalande sentait bon l'air bressan — il était né à Bourg — et cela lui donnait un charme familier de plus pour les deux expatriés de Châtillon.

Jeanne laissait flotter son regard sur le potager des Petits-Pères en se demandant si ce serait un soir avec ou sans Lalande, lorsqu'elle vit les deux compères franchir la porte de la clôture. Leur discussion semblait animée. Lalande gesticulait comme à son ordinaire, s'arrêtait pour rire en rejetant la tête en arrière avant de rattraper sa petite perruque pour se la rajuster d'une grande tape sur le crâne. « Je vais les laisser bavarder un moment seul à seul », se dit la jeune femme, et elle prit un livre. Ses oreilles, pourtant, auraient dû lui tinter et l'attirer dehors : ces messieurs parlaient d'elle.

— Ne riez pas, je déteste tout de bon ce que vous m'apprenez, grondait Aubriot. Ainsi, on me chansonne au Jardin ?

– Hé! mon cher, réjouissez-vous-en! s'écria Lalande. Être chansonné est une fort bonne chose. En attirant le quatrain sur elle, votre aimable hermaphrodite attire l'attention sur vous.

– Je connais vos idées sur la manière de se rendre populaire et ne les approuve pas. Je ne suis pas venu à Paris pour y montrer ma maîtresse, mais pour y montrer mes mérites, dit froidement Aubriot.

– Que vous êtes encore provincial! Croyez-moi, ne refusez pas l'occasion de vous faire remarquer autrement que par vos mérites. Les mérites sont longs à placer – ils gênent tant de médiocres!

Aubriot se campa devant Lalande, les jambes écartées, les bras croisés, le regard dur:

– Parfait. Conseillez-moi donc, je vous prie. Dois-je envoyer Jeannette sur le chemin du ministre pour en obtenir l'audience qu'il tarde à m'accorder?

– Hé! fit Lalande. N'en déplaise à votre orgueil, mon cher, elle l'obtiendrait plus vite que vous. Je connais Choiseul. Il a beau ne pas avoir une minute à lui, il en trouve plusieurs pour recevoir une jolie solliciteuse! Une point sotte, dans ses bras, ferait vite un académicien.

– Lalande, je suis né violent. Ne m'en faites pas ressouvenir.

L'astronome éclata de rire au nez du ciel, renfonça sa perruque et lança tout content:

– Enfin, vous avouez! Voilà trois mois que j'essaie de vous faire dire que vous êtes amoureux, et vous l'êtes, vous l'êtes bel et bien!

– Le sentiment exalté que vous me prêtez n'est plus de mon âge, dit Aubriot d'un ton sec.

– Que si! Votre tendron vous aura remis à vingt-sept ans.

– Vingt-sept? Pourquoi pas vingt? Pourquoi pas trente?

– Parce que je suis un mathématicien, que 37 plus 17 me font 54, qui me donnent 27 quand je les divise par 2.

– Oh! fort bien. Et maintenant quittons ce sujet puéril. Je...

– Non! coupa Lalande. Il me plairait trop d'apprendre que vous aimez Jeannette.

Aubriot secoua la tête:

– Je ne veux plus employer le verbe aimer. Je n'en ai plus le droit.

Les yeux de Lalande s'ouvrirent, juste le temps d'un éclair de surprise.

– C'est un serment que j'ai fait sur la tombe de ma pauvre Marguerite, dit encore Aubriot.

L'astronome retint une réplique agacée, se força à prendre un ton posé:

— Que me chantez-vous là ? Voilà un serment qui me ferait rire si je ne vous aimais assez pour m'en fâcher ! Vous vous êtes par trop entiché de jean-jacqueries, poursuivit-il en s'animant malgré lui. La prose de Jean-Jacques va bien à lire mais mal à vivre. C'est tout juste si je reconnais à un garçon de quinze ans le droit d'essayer la douleur éternelle quand il voit sa plus belle cousine jetée au couvent ou dans le lit d'un barbon ; je la tiens pour impardonnable chez un homme d'esprit.

Puis se laissant aller à toute sa vivacité :

— Pardieu, Aubriot, vous avez pris en Bugey une touche de vertu qui m'enrage ! La morale austère vous va, mon cher, à peu près aussi bien que m'irait la modestie. Et qu'avez-vous donc à expier dans le renoncement, je vous prie ?

— La mort de Marguerite.

Le silence tomba entre eux comme un couperet. Puis Lalande reprit, d'une voix calmée :

— Tant de femmes, hélas, meurent en couches... Les hommes en sont-ils coupables ?

— En tout cas, ils n'en sont pas innocents.

Encore un temps de silence. Puis :

— Surtout quand ils sont médecins, ajouta Aubriot.

Affectueusement, Lalande passa son bras sous celui de son ami :

— Aubriot, la seule chose bonne que nous pourrions faire pour nos morts serait de les réveiller. Mais on voit que jamais les pleurs ne réveillent la mort, couleraient-ils mille ans. Les morts l'ont compris. Imaginez-vous qu'ils espèrent quelque chose des vivants ? Observez les mourants : déjà ils ne se soucient plus de nous.

— Marguerite n'est pas morte tout à fait. Elle m'a laissé un fils. Lui a besoin que je lui réserve tout mon amour.

— Eh quoi ! s'exclama Lalande, encore du Rousseau ! Attendez que votre marmot ait besoin d'un père. Pour l'instant il ne lui faut qu'une nourrice.

Et, sans laisser au botaniste le temps d'une repartie, l'astronome enchaîna sur son idée :

— Je crois — pardonnez-moi — que si vous voulez vous empêcher d'aimer c'est moins par fidélité que par égoïsme. Je n'ai qu'à me contempler pour le deviner. Le constant bonheur clos que nous trouvons dans nos recherches laisse peu de chance d'y ajouter quelque chose aux femmes qui nous aiment, et les aimer ne ferait que nous en déranger.

Aubriot mit longtemps à relever le propos :

— J'avais renoncé à ma liberté et à une grande part de mes ambitions pour épouser Marguerite et ne le regrettais pas, dit-il enfin. Mais je ne me remarierai jamais.

« Parbleu ! pensa Lalande, Roméo a-t-il eu le temps de se fatiguer de Juliette ? » Haut, il dit :

– Les serments de ne point se remarier et de ne plus aimer ne vont pas fatalement de pair. Il suffit d'être égoïste pour ne pas aimer. Pour éviter le mariage il faut en plus être lucide – une qualité moins courante, et capricieuse de surcroît. Tenez, si Dieu existait je le prierais de veiller avec moi sur mon célibat. Je ne me vois pas du tout en train de nigauder le soir en famille ! J'ai déjà assez de peine à installer dans mon emploi du temps les maîtresses que je me donne.

– Mon cher, dit Aubriot, à ce qu'on sait, vous ne les installez pas : vous les campez !

Lalande pouffa de rire à la renverse, rattrapa sa perruque et dit en la recalant :

– Je n'ai pas encore rencontré ma Jeannette.

Sa voix se nuança de tendresse pour ajouter :

– Ne me laissez pas vous la voler, Aubriot, je serais capable de m'en faire une folie qui me dévorerait un temps fou.

– Lalande, vous ne me volerez pas Jeannette, dit tranquillement Aubriot. Personne ne me volera Jeannette.

Lalande aiguisa son regard en le refermant un peu plus :

– La prendriez-vous pour une branche de lierre enroulée à vous ?

– Oui, dit Aubriot.

– Hum..., fit Lalande. Il se tut un moment avant de reprendre :

– Et si finalement vous obtenez ce que vous désirez : une mission de botaniste pour une expédition lointaine, que deviendra-t-elle ?

– Elle m'attendra.

– L'homme est un rêveur incorrigible ; même en se proclamant veuf endurci, il espère une Pénélope, dit Lalande avec ironie.

– Reste que Choiseul n'accorde pas un franc aux Jussieu pour financer les voyages d'aucun Ulysse, nota Aubriot.

– Cela risque de venir. Choiseul a fort envie qu'il se passe de grandes choses sous son ministère, des choses inoubliables. La découverte d'une terre encore inconnue ferait jaser et couler l'encre.

– Que Choiseul lâche demain un peu d'or pour une expédition scientifique ne me garantirait pas d'être le botaniste embarqué dans l'aventure. D'autres naturalistes de mérite soupirent après une bourse de voyage, et Adanson, Poivre, Commerson, Valmont de Bomare – ceux-ci au moins me semblent avoir autant de chances que moi. Et pour concurrent je me vois encore dom Pernéty, dont le colonel de Bougainville a chanté partout les louanges en revenant des îles Malouines, et il est vrai que dom Pernéty est un merveilleux dessinateur de l'histoire naturelle.

– De toute manière, dit Lalande, c'est la faveur du moment qui décidera. Jusque-là faites le nécessaire : courtisez.

– Qui ? Le Roi ?

– Ne jouez pas le naïf. Si le Roi décidait lui-même de ses choix, cela se saurait. Mais même pour coucher avec lui il faut d'abord plaire à son valet de chambre.

– Je suis au mieux avec les Jussieu et ne suis pas mal avec Buffon.

– Et avec Le Monnier ? Suivez-vous bien ses démonstrations d'anatomie ?

– Je n'en vois pas l'utilité; elles sont banales.

Lalande émit un soupir comique :

– Aubriot, depuis l'âge de collégien vous avez toujours eu l'art de vous faire un ennemi en un minimum de mots. Avez-vous oublié que Le Monnier est le premier médecin ordinaire du Roi ? Il a l'Oreille, mon cher, il a l'Oreille ! Et un homme qui a l'Oreille n'est jamais banal. Soignez-le. Ou mieux encore, offrez-lui de vous soigner. N'avez-vous pas un bobo à vous faire extirper?

– La botanomanie! dit Aubriot en riant. Mais ce mal-là, je crains qu'on ne l'ait qu'avec mon sang!

– Bah ! fit Lalande, au train où je sais que Le Monnier saigne, il en verrait le bout.

Une nouvelle fois l'astronome s'esclaffa au risque d'en perdre sa perruque, avant de reprendre :

– Allons, mon ami, ne songez pas toujours au bonheur de me quitter. J'ai mis des années à vous arracher de votre province, laissez-vous aller un peu au plaisir de vivre à Paris. Votre savoir est immense, votre séduction n'est pas mince, la botanique est une science que tout le monde veut connaître, les femmes s'y ruent... Dispersez-vous un peu dans les salons et les alcôves, et dans six mois vous serez un homme à la mode. Croyez-moi, l'Académie vous guette.

– Dans ce cas, qu'elle m'attrape vite!

Une jolie voix de contralto s'éleva derrière les deux promeneurs :

– Par quelle belle personne, monsieur, souhaitez-vous si fort d'être pris ?

Aubriot se retourna vers Jeanne et lui sourit :

– Par la Fortune, dit-il.

– Inventez un remède miraculeux, dit-elle aussitôt. Les Parisiens adorent acheter du perlimpinpin à tout guérir emballé dans un bagou d'astrologue. Faites-moi la poudre, monsieur de Lalande me fera le bagou, j'irai vendre le tout sur le pont Neuf et nous ferons fortune à trois.

– Jeannette s'ennuie tant dans ma vie studieuse qu'elle cherche un prétexte pour s'établir dans le tohu-bohu, dit Aubriot.

– Son idée n'est point sotte, dit Lalande. A Paris le bagou d'astrologue vaut de l'or. Ah! si j'osais vendre des horoscopes!

Le frère tourier les dépassa, marchant vers les portes de la clôture en agitant une clochette.

– Il faut sortir d'ici, reprit Lalande. Allons souper chez moi. J'ai reçu ce matin un colis de Picardie. J'ai à Montdidier une admiratrice qui me gave de gros pâtés de cochon de lait – ils sont mirifiques!

– Avant d'en aller tâter, passons chez moi prendre du vieux bourgogne que je tiens d'une Dijonnaise dont j'ai parfois enrichi l'herbier, dit Aubriot. Lalande, nos pères n'avaient pas raison de nous prédire qu'avec vos étoiles et mes fleurettes nous ne gagnerions que du pain sec et de l'eau à boire!

Une grêle de sons de cloches les arrosa quand ils sortirent du clos. Les carillons se poursuivaient, se choquaient, s'emmêlaient, finissaient par se fondre dans un tapage de matin de Pâques, qui emplissait les rues et fracassait les têtes, enfonçant la voix de Dieu dans les crânes à grands coups de bourdons.

– Quand donc les gens sensés parviendront-ils à bouter Dieu hors de Paris? hurla Lalande.

L'athéisme de l'astronome était virulent, mais les cloches de Paris pouvaient bien rendre anticlérical le plus dévot des chrétiens dès l'instant qu'il n'était pas sourd comme un pot! De l'aube au crépuscule, à tout propos – une messe, un mort, un mariage, un baptême, un incendie, un beau sermon... – des centaines de cloches s'ébranlaient, coiffant la ville d'un ciel de notes de tous les tons, obligeant les Parisiens à vivre bon gré mal gré au milieu d'un tocsin chronique.

– Le lieutenant de police ne peut donc rien contre l'abus des cloches? demanda Aubriot en criant.

– En France, même le Roi ne peut rien contre les routines, brailla Lalande. Nous vivons dans une monarchie absolue frappée d'impuissance par ses bureaux. Tout a été dit et fait contre les cloches – en vain, parce qu'on n'a pas voulu appliquer la recette de Voltaire : puisque les sacristains ne veulent pas quitter leurs cordes, les leur passer autour du cou pour contenter tout le monde !

La dernière phrase de Lalande avait vibré fortissimo par-dessus une rumeur apaisée, et la fruitière de la rue des Petits-Pères, devant laquelle le trio passait, apostropha le savant :

– Monsieur l'astronome, à toujours blasphémer la religion, un de ces matins vous finirez en place de Grève. Et vrai, ça me fera deuil d'aller vous voir brûler, vu que vous êtes une pratique fidèle et pas regardante. Pour effacer votre péché contre les cloches, prenez-moi des abricots séchés. Je les ai du Languedoc, ils sont un peu chers mais c'est du sucre de soleil, et la belle demoiselle-là, elle s'en léchera les doigts.

– Ne vous laissez pas tenter, Lalande, madame Bertille ruine ses clients, lança Aubriot.

Bertille se retourna vers lui, la langue agressive :

– De quoi vous avez à vous plaindre, monsieur le botaniste ? Vous, je vous ruinerai jamais, vu qu'on peut ruiner que les prodigues.

Jeanne se mordit la lèvre pour ne pas sourire de l'allusion au caractère économe de Philibert. Pendant que Lalande se choisissait les oreillons d'abricots les plus vermeils et les plus moelleux à l'œil, elle se fit servir de l'oseille et quelques racines pour une soupe paysanne qu'elle voulait faire.

– Vous avez point de panier ? remarqua la Bertille. Bon, je vais vous y envelopper...

Elle roula les légumes dans une affiche :

– Je vous en donne une nouvelle ; comme ça, vous avez en prime le programme de la Comédie-Française. Je dis toujours à mon garçon qui va au papier de me prendre les neuves ; elles coûtent pas plus que les vieilles, et elles font plaisir à lire aux clients. J'ai pas raison ? Ça vous fera quatre sous, ma belle. Et pour m'sieur Lalande, c'est une livre et huit sous...

Quand ils se furent un peu éloignés vers la rue du Mail :

– Et voilà, fit Lalande en tapant du doigt sur le paquet de Jeanne. Comment de Sartine * pourrait-il quelque chose contre les curés quand il ne peut rien contre les fruitières ? Toutes les marchandes de Paris tirent gratis leur papier des murs. Il y a dans la ville autant de décolleurs que de colleurs d'affiches, chaque colleur est suivi du décolleur qui travaille sur ses talons. La capitale est une

* Le lieutenant de police.

ville ingouvernable. Il y faudrait un exempt par citoyen. Tenez ! que vous disais-je ?

D'un coup de tête, Lalande avait désigné un ouvrier en sarrau enfoncé dans la pénombre d'une porte cochère pour soulager sa vessie :

– Pisse-t-il dans le baril ? Que non ! Il pisse à son envie, en homme libre. Sartine a fait en vain placer des barils d'aisance au coin des rues ; les Parisiens veulent continuer de pisser et de chier à leur fantaisie par passion de la liberté. Aussi notre air est-il le plus original qui soit, bien épais, gras, piquant, et d'une âcreté d'odeur incomparable.

– Il faut croire que l'air pur n'est pas le premier besoin de six cent mille hommes, dit Aubriot. De reste, je le crois.

3

L'hiver passa, le printemps revint et, avec lui, l'allongement des jours. Puisqu'il faisait désormais clair de bonne heure, Jeanne obtenait parfois d'Aubriot la permission de trotter à pied jusqu'au Jardin. Lui continuait de prendre un fiacre pour ménager ses genoux redevenus douloureux, si bien qu'elle se trouvait lâchée dans la ville, habillée « en Denis » avec l'un des vieux habits noirs qui lui venaient de son ami d'enfance. Son chapeau sous le bras, sa bourse cachée dans sa ceinture, deux liards prêts en poche pour payer le petit décrotteur qui lui ferait ses souliers à la porte du Jardin, toute légère de plaisir elle quittait la rue du Mail en chantonnant un pont-neuf *, traversait le Palais-Royal et débouchait à sept heures dans la rue Saint-Honoré.

Ah! Paris! Paris des rues! Elle ne s'en lassait pas. A sept heures les laitières étaient déjà passées et la kermesse quotidienne commencée. Les boutiquiers décrochaient leurs volets, des artisans en sarraus de cuir couraient déjà chez leurs pratiques, d'autres s'installaient dans leurs échoppes et se crachaient dans les mains avant de reprendre leurs outils. Lancés à grand trot sur le pavé inégal, carrioles, charrettes et haquets vidés de leurs chargements remontaient vers les barrières, mêlés à des mulets aux hottes creuses et aux fiacres des bourgeois matinaux. Tout cela roulait entre les hautes maisons avec un bruit de torrent, mais Jeanne avait acquis l'oreille patiente d'une Parisienne et son adresse pour se réfugier à temps derrière les bornes, que les roues cerclées de fer cognaient sans ménagement – et tant pis pour les jambes mal garées!

Devenue badaude à l'égal d'une native elle se laissait volontiers arrêter par du pittoresque ou par une belle querelle de cochers. Ceux-ci, forts en gueule, toujours prompts à se disputer le passage au juron et au fouet mais au juron surtout, faisaient montre d'une étonnante invention verbale, truculente, joyeuse même dans la vocifération, qui rameutait les passants autour d'eux, laquais et commères s'empressant de prendre bruyamment parti dans la bataille. Plus d'une fois le spectacle finissait dans un éclat de rire général, aux dépens d'un témoin si attentif au duel qu'il n'avait pas vu venir, droit sur sa perruque, une douche d'eau de cuisine versée d'un troi-

* Chanson de rue.

sième étage par une ménagère fâchée du tapage. L'arrosé crachait en l'air un jet de menaces, s'ébrouait et repartait en secouant son chapeau et en grommelant contre le lieutenant de police, ce propre à rien pas même capable de se faire obéir des cotillons ! Les badauds se remettaient en marche et en même temps qu'eux les gosiers des ambulants, offrant à grands cris rauques, glapissants, affreux, la carpe vive ou les pommes cuites, les petits pâtés tout chauds, les cervelas, les balais, la mort-aux-rats, le joli fromage de Brie à la livre, le beurre de Vanves bien jaune et bien frais, les bons œufs du village Monceau ou de la bonne eau de Seine purifiée au vinaigre blanc. La première fois qu'elle s'était trouvée prise dans un carrefour de cris, Jeanne s'était demandé comment, diable, les Parisiens pouvaient supporter à longueur d'année l'atroce concert dont les régalaient leurs marchands ambulants ? Et puis elle s'était rendu compte qu'ils l'aimaient, se faisaient comme un devoir d'acheter aux plus braillards, lesquels, encouragés, redoublaient d'ardeur à gueuler. Il fallait bien s'y faire, ou renoncer à se promener dans Paris, et de ceci, il n'était pas question ! Même s'il avait beaucoup plu pendant la nuit, que les ruisseaux fangeux du milieu des rues avaient enflé, il arrivait à Jeanne de quand même partir à pied pour le Jardin. Leste dans ses culottes, sautant et ressautant les boues comme un cabri, elle s'amusait à regarder les dames encombrées de paniers franchir le ruisseau sur le dos d'un passeur à deux liards la traversée. « A cinquante ans j'aimerai encore vivre en garçon, pensait-elle. Et d'abord, hors de l'amour, vivre en garçon est l'unique chance de vivre. »

Depuis qu'elle pouvait courir la ville à sa fantaisie elle s'offrait des petits plaisirs, dont la répétition ne lui gâtait pas le bon goût. Par exemple, elle s'arrêtait toujours chez la boulangère de la rue des Poulies, pour lui acheter un petit pain mollet bien gonflé avant d'aller boire, pour deux sols, une tasse de café au lait à la fontaine du crieur posté devant Saint-Germain-l'Auxerrois. A cette heure-là il y avait toujours un peu de monde bavard autour de sa fontaine, car les Parisiens de Louis XV s'étaient tous mis au café au lait du matin, que les petites gens prenaient debout dans la rue en l'étoffant d'un pâté ou d'un beignet. Jeanne buvait son café en plaisantant de la pluie et du beau temps, puis reprenait son chemin en souriant aux anges, parce qu'enfin un peu de la vie parisienne lui appartenait — celle du peuple au moins. Arrivée sur le pont Neuf elle s'accordait dix minutes de flânerie.

Même de bonne heure il y avait du mouvement sur le pont, mais pour profiter de son animation la plus vive, c'était après dix heures qu'il fallait y passer. Un matin que, retardée dans sa chambre par un urgent travail de copie, Jeanne n'avait abordé au pont Neuf que sur le coup de midi, elle s'était demandé au milieu de quelle fête elle tombait ! Un bariolage tapageur traversait sans fin le pont dans les deux sens, à pied, en voiture et à cheval, retenu de place en place en paquets de badauds accrochés aux jongleries d'un bateleur, au bagou d'un charlatan vantant ses poudres à faire tomber les verrues ou pousser les cheveux, aux couplets d'une chanteuse, à l'épais fumet du chaudron où se doraient les beignets de la mère Pernette. Mais c'était devant les éventaires du crieur de vieux chapeaux et du soldeur de « tignasses » que les spectateurs se pressaient le plus nombreux, pour s'esclaffer au nez des essayeurs de perruques au rabais et de tricornes mités. Les musards délicats, eux, ralentissaient plutôt le pas devant la marchande d'oranges et de citrons ou devant la bouquetière, qui posaient leurs paniers pleins d'éclats de couleurs de chaque côté de la statue équestre du roi Henri IV, dont un mouleur de plâtre vendait le profil en médailles : « Au nom du Roi, mon bon monsieur, prenez-moi un médaillon ! – Dégage mon chemin, maraud, je n'ai que faire de ta babiole. – Mais monsieur, c'est au nom du bon roi Henri que je vous prie ! » Et c'était gagné : souvent le monsieur mettait la main à sa poche en souvenir du bon vieux temps où le roi n'était pas celui qui régnait. Un matin que Jeanne s'étonnait de voir le mouleur faire d'aussi bonnes affaires avec une marchandise si peu utile, l'ambulant avait pris l'air finaud : « Mon jeune monsieur, ce n'est pas du plâtre mais de la politique que je vends et, de nos jours, la politique se vend bien dès l'instant que vous vous tenez habilement dans l'opposition. Avec la tête de Louis XV, même en or, je ne ferais pas un sol ! En voulez-vous la preuve ? L'an dernier, un richissime Anglais m'a tenu la gageure qu'il se promènerait deux heures sur le pont en offrant des louis d'or neufs à six livres la pièce * ; il mettait douze cents francs dans le jeu, dont l'invendu pour moi. Eh bien, monsieur, dans le temps du pari il n'a réussi à placer que trois de ses louis, tant notre Bien-Aimé s'est démonétisé depuis Fontenoy ! Au reste, monsieur, poussez jusqu'à la place Dauphine, et vous verrez que les vendeurs à la sauvette de pamphlets imprimés en Hollande ne font pas mal leurs affaires non plus. Et tant plus les mouchards de la police leur tournent autour, tant plus ils débitent ! Par le temps qui court, on gagne plus et on risque moins à vendre des injures contre le Roi qu'à couper des bourses », avait conclu le mouleur philosophe.

* Le louis valait 24 livres.

C'est un fait que le métier de filou devenait dur depuis que M. de Sartine faisait stationner des soldats du guet au pied du bon roi Henri. Ces malotrus bramaient « Gardez vos poches ! » chaque fois qu'ils voyaient s'attrouper du monde, et le monde, aussitôt, d'empocher ses mains pour empêcher les gueux de gagner leur pain. Le guet ramassait aussi les mendiants trop agressifs mais, à peine élargis du Petit-Châtelet, mendiants et filous revenaient sur le pont. Et ma foi, absents ils auraient manqué dans le décor. Car c'était justement le méli-mélo, le tohu-bohu de gens de toutes les conditions et de toutes les allures qui rendait fascinant le pont Neuf. Le tout-Paris s'y côtoyait, le noble, le bourgeois, l'ouvrier, l'artiste et le pouilleux. Le pont Neuf était l'un de ces lieux, trop rares, où l'on pouvait venir, presque à coup sûr, promener son espérance d'imprévu, sa faim de rencontres.

L'imprévu survint pour Jeanne un matin d'avril, alors qu'elle passait le pont sur le coup de onze heures.

Elle y était arrivée en même temps qu'un orage de carillons.

Ce jour-là, l'harmonieux paysage d'ardoises, de pierres grises et d'eau grise s'était coiffé d'un très doux ciel de velours gris sans une seule déchirure blanche, comme pour se mettre à la mode des peintres de camaïeux, dont la manière faisait fureur.

– Gare devant !

Jeanne fit un saut de côté pour laisser passer une charrette à bras bourrée d'un échafaudage de meubles – encore un locataire impécunieux qui déménageait à la cloche de bois plutôt que de payer son loyer ! –, se jeta dans un porteur d'eau qui l'injuria, et se réfugia d'un bond sur la banquette *, à côté de la bouquetière. Se retournant elle s'accouda au parapet, pour regarder couler la Seine. Sous ce pont non maisonné le fleuve s'offrait tout à vos yeux, vous glissait sous le corps, grouillant de vie batelière, charriant d'un lent mouvement ininterrompu les habitudes quotidiennes des Parisiens : on ne se lassait pas de les contempler.

Jeanne eut soudain conscience d'un regard appesanti sur elle et se redressa.

L'homme qui l'observait ne devait pas avoir plus de vingt-cinq ans. Il portait sans élégance un superbe habit de velours bleu ciel, lequel lui sembla sortir de chez un bon fripier plutôt que de chez son tailleur. L'inconnu avait son chapeau sur la tête – comme un pay-

* Trottoir.

san. Son visage était rond comme une pleine lune, flanqué de grosses joues, coupé d'un gros nez, fendu d'une fossette au milieu du menton, avenant, coiffé d'une surabondance de fins cheveux bien frisés d'un blond de cuivre à peine touché de poudre. L'œil noisette et la petite bouche charnue souriaient bonnement. L'envie d'entamer la causette s'affichait clairement sur cette figure-là.

– Nouveau à Paris ? demanda l'homme bleu ciel en forçant sa voix pour dominer la rumeur ambiante.

– Pourquoi le croyez-vous ? dit Jeanne, vexée.

Faisait-elle donc encore si provincial ?

L'autre lui mit la main sur l'épaule, familièrement :

– Un Parisien de votre âge ne prend pas le temps de contempler la Seine.

– Vous n'êtes pas bien vieux vous-même, à ce qu'il me semble ?

– Mais moi, je suis un Parisien bizarre, qui vit de sa flânerie. J'écris.

– J'avais toujours cru qu'un écrivain était un homme de cabinet plutôt qu'un flâneur des rues, remarqua Jeanne.

– Je suis bizarre aussi en tant qu'écrivain : je n'écris pas ce que j'ai lu, mais ce que j'ai vu.

Il se mit à rire, enchanté de son mot.

Du campanile de la Samaritaine * tomba un débris de musique carillonnée. Jeanne eut un coup d'œil vers la fontaine :

– Ne réparera-t-on donc jamais les cloches de la Samaritaine ?

– Pour quoi faire ? Ses cloches, sa pompe, son horloge, tout va de travers, mais pourquoi la Samaritaine fonctionnerait-elle ? C'est un gouvernement.

– Un gouvernement ? répéta Jeanne sans comprendre.

– Un gouvernement est une sinécure pour un gouverneur, expliqua l'inconnu bleu ciel d'un ton professoral. La fontaine de la Samaritaine rapporte six mille francs par an à son gouverneur, son office est donc rempli. Il n'est qu'un esprit libertin comme le vôtre pour lui réclamer de l'eau en sus, et encore l'heure exacte et un carillon juste !

– Ne parlez-vous pas là, monsieur, comme un révolutionnaire ?

– Hé ! c'est que je le suis ! Tout est à bouleverser dans ce pays-ci. Il faut démolir la Samaritaine, qui me gâte un merveilleux coup d'œil sur Paris, renvoyer les académiciens français qui gâtent la langue, fermer la Comédie-Française, qui gâte le goût du public en jouant du Racine et du Corneille dont les tragédies sont bouffonnes,

* Fontaine et pompe élévatrice.

au lieu de jouer du Mercier, dont les pièces sont bien meilleures.

– Et qui donc est ce Mercier dont vous faites grand cas?

– Un excellent auteur tombé par la cabale, dit gravement l'inconnu bleu ciel. Monsieur, vous l'avez devant vous!

Le rire les prit ensemble.

– A ce que je vois, dit Jeanne, vous prenez votre infortune avec bonne humeur?

– Chez un écrivain, l'espoir du succès meurt toujours plus vieux que son âge. Et puis, je me sens sauvé : monsieur de Crébillon fils, notre censeur, a bien voulu lire ma dernière tragédie en vers.

– Et il vous fera jouer?

– Non, mais il m'a conseillé d'écrire en prose et, en prose, je suis fameux.

Ils rirent de nouveau pendant qu'une paire d'officiers-recruteurs passait devant eux – têtes hautes, poitrines bombées, uniformes flambants, bottes brillantes, sourires engageants. Ils fixèrent les deux jeunes gens dans les yeux, mais poursuivirent leur chemin sans les aborder.

– Les ramasseurs de chair humaine sont sortis de leur guérite, gronda Mercier. Ça sent le printemps.

Il saisit le bras de son compagnon, le serra:

– J'espère qu'on vous a dit de vous méfier de ces ogres-là?

– Oh! fit Jeanne avec un geste de dédain, ils m'ont plusieurs fois déjà offert la gloire et l'argent et la bonne vie aux armées. Le jour du Mardi gras, ils tenaient table ouverte à l'auberge du bas du pont ; pourvu qu'on fût mâle et bien bâti on pouvait s'y empiffrer et s'y soûler à leur compte.

– Les canailles ! cracha Mercier. C'est que vous ne pouvez que leur plaire, ajouta-t-il en dévisageant Jeanne avec une attention qui l'inquiéta. Vous n'êtes pas très étoffé d'épaules, vous avez encore des joues d'écolier, mais vous êtes un bien joli garçon, et l'air si éveillé... Il n'y a pas un colonel qui ne vous paierait cinquante livres.

– Le colonel serait rudement volé! ne put s'empêcher de dire Jeanne.

– Poltron?

Elle ne répondit pas. Passer pour poltron lui déplaisait, mais s'avouer fille la gênait. Elle changea de propos:

– Que venez-vous glaner sur le pont Neuf, pour le mettre en prose?

– Des mots! s'écria Mercier. Des mots sonores, pimpants, juteux, bienvenus, gras, réjouissants! C'est le peuple qui parle sur le pont Neuf et le peuple n'a pas eu la langue châtrée par l'Académie. Lui use toujours d'un français gaillard et bon enfant, et c'est ce français-là que je veux mettre dans mes livres.

– Ma foi, monsieur, vous êtes un pêcheur fort habile si vous pêchez beaucoup de français sur ce pont !

De fait il y passait en abondance du breton, du picard, du normand, du provençal, du gascon, du champenois... Le parisien n'y dominait certes pas, comme Jeanne le fit remarquer.

– Mais qui prétend que le parisien doit dominer le français ? dit Mercier. Encore une idée répandue par l'Académie, monsieur ! Mais moi, je n'ai que faire dans mes livres de cette compagnie de pédants ; c'est le peuple que je veux y mettre. Moi, monsieur, je veux raconter tout cela, tout cela dans sa diversité vulgaire...

Il ouvrit les bras à la foule bruyante et se mit à déclamer à tue-tête :

Ça, voyons donc, cité de merde
Si la renommée a menti
Et si c'est l'adverse parti
Qui veut que sa langue te perde...

Un bouquet de curieux se rassembla aussitôt devant ce gentilhomme vêtu à la couleur de la mission du Saint-Évangile, qui levait au ciel des bras de prédicateur en tonnant des phrases rythmées. Le discours était incompréhensible, mais la chose intéressante. Allez savoir ce qui suivrait ce prêche ? Une bonne femme en sabots s'approcha du jeune homme en noir qui semblait accompagner le récitant pour lui demander si, à la fin, on distribuerait des images pieuses.

« Il est un peu fou », pensait Jeanne en contemplant Mercier, lequel, maintenant enivré de sa voix et plus encore d'avoir un public pendu après, continuait à déclamer :

Donnons à la Samaritaine
Le bonjour en chemin faisant...

Il était assurément fou. Fou comme l'est un doux fou du pavé de Paris, hardi mais léger, bavard, bouffon, badaud de lui-même autant que du reste. Et bienfaisant, après tout. Ses spectateurs, un moment délivrés d'eux-mêmes, se laissaient docilement aller au tempo de ses vers, saluant les mots de connaissance au passage, d'un rire ou d'un clin d'œil entendu au voisin :

Adieu donc, ville de villages,
Seigneur Paris en Badaudois.
J'en dirai plus une autre fois,

Ou bien j'en dirai davantages ?
Sans boire c'est assez chanté...

Le public s'égrena à regret, dont deux ou trois bonnes volontés en renfonçant dans leur poche le liard que ce drôle de saltimbanque-là ne réclamait pas. La bonne femme en sabots s'éloigna la dernière. Un bourgeois en redingote demeurait, qui donna un coup de chapeau à Mercier :

– Monsieur, pour être à la mode d'antan vos vers n'en sont pas moins fort bons, dit-il dans un français parfait mais frappé d'un accent d'outre-Manche.

– Monsieur, dit Mercier en rendant le coup de chapeau, ils sont fort bons mais ne sont pas miens. Celui qui les fit s'en est allé en fumée. Notre feu roi l'a brûlé.

– Oh ! fit l'Anglais. Qu'avait-il fait ?

– Il était gai, monsieur, et mettait sa misère en chansons. Du temps du roi des jésuites cela s'appelait être un impie, et valait le bûcher.

L'Anglais ouvrit la bouche pour dire quelque chose, mais sa voix fut couverte par les roulements de tambour de l'orchestre du Grand-Thomas. Grand-Thomas opérait une molaire et son tambourinaire l'assistait en étouffant les hurlements du patient. Cet empirique, monté sur une sorte de grand char superbement peinturluré de vert criard et de fausse dorure, était la célébrité du pont. Géant, aussi gros que haut, emballé d'un énorme habit de velours cramoisi galonné d'or, il s'était arrangé pour avoir la bonne tête du bon roi Henri – collier de barbe bouclée, poil gris et dru sous un chapeau rond empanaché de plumes blanches. Sa voix, assortie à son volume, pouvait enjamber la Seine pour aller se chercher de la pratique jusque sur les deux rives du fleuve.

– Voilà un grand homme à la tenaille duquel je vois qu'on fait queue, remarqua l'Anglais. Il doit être riche ?

Mercier ricana :

– Lui ? Il l'est au point d'empêcher de dormir tous les chirurgiens de Paris ! Par beau temps il arrache à ran-tan-plans redoublés. La Faculté cherche à le faire interdire, mais le lieutenant de police n'osera jamais le saisir : il déclencherait une émeute dans la ville !

– Il me semble que Grand-Thomas ne trempe pas sa pince dans l'eau-de-vie entre deux extractions, nota l'Anglais d'un ton sévère.

– Hé ! ne faut-il pas bien qu'il marque sa différence d'avec un vulgaire chirurgien-dentiste diplômé du collège de Saint-Côme ? demanda Mercier.

La bouquetière passa devant eux, des bouquets de pâles coucous des bois aux mains, pour s'en aller tourner autour d'un couple d'amoureux. Machinalement Jeanne suivit du regard le jaune des fleurs et parut sortir d'un rêve :

– Dieu ! fit-elle, je devrais être au Jardin depuis longtemps ! N'est-il pas bien tard ?

– Bientôt onze heures, dit Mercier après avoir sorti sa montre. A quel jardin vous rendez-vous ?

– Au Jardin Royal.

– Vous étudiez la botanique ou l'anatomie ?

– La botanique, et aussi un peu de zoologie.

– M'acceptez-vous pour un bout de chemin ? J'ai à faire rue des Bernardins, chez un écrivailleur de mes amis.

– Ma foi..., hésita Jeanne.

– Voilà qui est dire oui, allons, dit Mercier en lui prenant familièrement le bras. Et maintenant que nous voilà bons amis, ne me direz-vous pas votre nom ?

Franchi le pont, Mercier s'arrêta au bas pour acheter une main d'oublies *. L'oublieur du pont Neuf était l'un des derniers de la ville, et Mercier s'y arrêtait chaque fois qu'il passait par là, pour le plaisir de tendre l'oreille aux propos de l'écrivain public, qui tenait échoppe à côté de l'oublieur.

– Point d'affaire ! criait justement ce jour-là l'écrivain indigné. Le prix honnête, monsieur, c'est quarante-cinq sols pour la lettre en beau style, et trente sols pour le style ordinaire, vous ne me rabattrez point de là ! Et je vous trouve bien ladre de ne point vouloir payer quarante-cinq sols le plaisir d'envoyer du beau style de Paris à votre promise.

– Payez, monsieur. Quarante-cinq sols pour du beau style, c'est donné ! lança Mercier avant de s'éloigner sous les injures du client de l'écrivain. Tout augmente aujourd'hui, pourquoi les mots des bons faiseurs n'augmenteraient-ils pas ? ajouta-t-il à l'adresse de Jeanne. Moi, j'ai mis mon sermon d'évêque à dix louis la pièce et je prends quinze en temps de carême, où le public se double.

Le regard de Jeanne s'ouvrit sur son compagnon, dilaté de surprise :

– Êtes-vous en train de me dire que vous vendez des sermons tout faits aux évêques ?!

– Mon jeune ami, l'ecclésiastique gradé est l'auteur qui paie le mieux ses nègres. Quoique libertin je dois à la vérité de le recon-

* Croquets.

naître. C'est qu'inspiré ou non, quand on est évêque il faut sermonner et mander de temps en temps. La nécessité fait sortir l'or de la soutane.

– Tout de même, dix louis! fit Jeanne, ébahie. Dix louis!

– Mon enfant, dit Mercier avec emphase, dans le temps mécréant que nous vivons, les bonnes plumes dévotes se font rares, et ce qui se fait rare enchérit.

Il s'esclaffa, partagea les oublies entre eux, passa derechef son bras sous celui de son nouvel ami et l'entraîna en fredonnant :

Je suis disciple d'Épicure,
Mon tempérament fait ma loi,
Je n'obéis qu'à ma nature...

« Seigneur! se dit Jeanne en se mettant au pas de Mercier, Seigneur, si Philibert me voyait! »

Ce jeune Beauchamps était diablement sympathique, pensait Mercier. Une conversation charmante : sans en être interrompu il avait pu lui exposer tout au long le plan de son imminent chef-d'œuvre, *L'An 2440,* géniale rêverie utopique dans laquelle il comptait prédire tous les changements à venir, depuis la destruction de l'absolutisme et des parlements, de la Samaritaine, de l'Académie française, des tragédies de Racine et de etc., jusqu'à l'avènement de Shakespeare sur les théâtres de France, des jardins à l'anglaise, de la Justice, de la Raison, des latrines publiques, de l'inoculation obligatoire, des chapeaux ronds et enfin de la poudre infernale, dont une seule étincelle suffirait pour réduire en cendres éternelles les chapeaux ronds et tout le reste, y compris, hélas, *L'An 2440* qui l'aurait annoncée :

– Mon œuvre détruite par la fin du monde... Oh! ce sera bien dommage! soupira Mercier, accablé. Puis, renaissant aussitôt de ses cendres :

– Mon ami, revoyons-nous dimanche : nous ne nous sommes pas tout dit. Vous avez bien congé le dimanche? Soyez à trois heures chez Landel, au carrefour Buci. Les huîtres y sont fraîches et le vin bon. J'y dîne un dimanche sur deux en compagnie d'autres plumitifs, tous plus célèbres que moi, mais tous aussi bons rieurs. Nous poussons la chanson au dessert, venez, vous prendrez là l'air de Paris. Est-ce dit?

Eh! non, ce ne l'était pas! Prendre l'air de Paris, Jeanne en mourait d'envie, mais allez donc traîner Philibert chez un Landel!

Surpris devant cet embarras et de ce silence :

– Eh bien ? fit brusquement Mercier.

– C'est que... je ne pourrai pas, dit-elle avec désespoir. Depuis le retour du printemps, chaque dimanche monsieur Aubriot donne des leçons d'herborisation au bocage de Boulogne et je dois l'accompagner.

– Cela se fait de bon matin, et nous ne dînons qu'à trois heures.

Comme sa remarque ne semblait pas décider Beauchamps, Mercier lui entoura les épaules d'un bras fraternel :

– Nous avons été longtemps jeune et sans un liard en poche. Je paierai votre écot, Beauchamps. J'ai un sermon sur mon établi – du pur gothique ! Il fera son bon prix.

Jeanne se mâcha la lèvre, lâcha sa question :

– Je ne sais si... Est-ce que... Reçoit-on parfois des dames aussi à vos dîners de chez Landel ?

Mercier lui sourit avec une pointe de tendresse :

– Voilà donc le secret ? Ce n'est point notre maître mais une grisette, qui nous retient sur l'herbe après la leçon ? Amenez votre bergère, mon bel ami, nous aimons aimer autant que rire, boire et chanter. Tenez, écoutez un peu notre hymne...

Elle ne put l'empêcher de se mettre à pousser son refrain à la porte du Jardin, et juste, miséricorde ! comme M. de Jussieu en sortait :

Pour voir gentille fillette
Sitôt qu'on l'appellera,
Pour percer une feuillette
Dès qu'on le demandera,
Et lon lanla
Landel irette
Et lon lan la
Landel ira !

Comment emmener Philibert chez Landel ? Plus la semaine s'avançait plus son projet lui semblait impossible, mais plus il devenait en elle gros et dur comme une idée fixe. Jusqu'ici elle n'avait encore osé en parler qu'à Marie – par lettre. Mais maintenant qu'elle avait annoncé la chose à Marie il fallait absolument qu'elle pût lui raconter son dimanche chez Landel dans sa prochaine lettre. Sinon Marie lui reprocherait une fois de plus la timidité puérile qu'elle continuait d'éprouver devant Aubriot.

Depuis qu'elle était enfin devenue Mme Chabaud de Jasseron après la mort du bon oncle Mormagne à héritage, depuis qu'elle vivait à Autun une vie très mondaine dans une société qui se piquait d'imiter Versailles, Marie semblait vouloir reprendre à son compte le ton ferme et hardi qu'avait eu Émilie pour parler des mœurs de l'amour. Et s'il arrivait à Jeanne de s'irriter en lisant des conseils de rébellion contre « la tutelle des mâles » sous la plume d'une jeune aristocrate qui s'était fiancée, mariée et se trouvait enceinte selon les règles les plus conformistes de sa société, elle n'en reconnaissait pas moins, parfois, qu'elle montrait peut-être trop de souplesse à Philibert. Mais c'était plus fort qu'elle. Loin de lui elle parvenait fort bien à rassembler des pensées à elle, des désirs à elle, des aversions, des révoltes à elle; mais dès qu'elle revenait près de lui, ses pensées, ses désirs, ses aversions, ses révoltes se défaisaient, devenaient de la charpie, parce que tout cela n'était plus qu'un superflu dont leur vie commune n'avait que faire. Et elle se retrouvait amante de chiffon dans les bras de Philibert, et ce qu'elle n'avait pas osé dire le jour n'allait pas mieux à dire la nuit.

Le vendredi – le dimanche approchait –, après l'amour, une petite rage la souleva contre le sommeil bienheureux qui l'allait prendre et noyer encore une fois son besoin de parler. La poitrine nue de Philibert était sous sa joue. Elle déplaça un peu la tête, posa sa bouche entrouverte sur un mamelon, et mordit !

Aubriot rouvrit les yeux, s'adossa mieux à son oreiller et la contempla, curieux de ce qui suivrait cette audace neuve. Le visage de Jeanne lui était caché; il ne voyait qu'une masse de soie blonde répandue sur son torse et sillonnée par les frissons que lui envoyait la flamme sautillante de la bougie du chevet. La bouche de Jeanne mordillait, baisait, grignotait, donnait un coup de dent plus vif, léchait sa méchanceté, recommençait de mordre... Un jeu de chatte aimante. Il la serra contre lui et, de sa main libre, lui caressa les cheveux. La bouche s'apaisa... puis reprit goût à son jouet, sauvagement, avant que, enfin lasse, elle se contentât de le picorer à petits baisers secs avant de l'abandonner. Mais, alors que Philibert n'attendait plus rien que le long silence de la nuit, Jeanne, soudain, lui parla :

– Je pensais à dimanche... Le bois de Boulogne est bien agréable, mais, toujours Boulogne...

– Eh bien justement, nous n'irons pas à Boulogne dimanche, coupa Philibert. L'une de nos élèves est malade, j'ai donné congé aux trois autres, aussi nous voilà réduits à nous deux, alors je t'emmènerai à Vincennes. Le docteur Vacher assure que l'air de Vincennes est bien meilleur que celui de Boulogne; il y envoie ses convalescents du poumon. Il m'a dit qu'au printemps, les essences dont ce bois est planté répandent une odeur balsamique vivifiante, si suave qu'elle enchante. Lalande prévoit du beau temps, nous aurons une bonne journée. Je te ferai un panier de dent-de-lion pour tes salades de la semaine. Nous trouverons des violettes et des primevères, les premiers boutons d'or peut-être, et en tout cas de la cressonnette, du cerfeuil sauvage, des bonnets-de-bouffon...

Elle ne bougeait plus du tout, aussi lourde sur lui qu'une morte.

– Tu dors ?

Un chatoiement de cheveux lui répondit non, alors il continua son histoire à demi-voix berceuse – de cette même voix dont naguère il lui racontait la nature et la rendait si contente :

– Tout près du bocage de Vincennes, en montant un peu, il paraît qu'on trouve un pays de collines sauvages qui sert de logis à des milliers, des milliers de lapins. Tu vas pouvoir trotter, sauter, faire mille tours parmi le thym et la rosée. Nous emporterons notre dîner et...

Il s'arrêta brusquement : sa poitrine se mouillait. A deux mains il lui empoigna les cheveux pour lui relever le visage :

– Pourquoi pleures-tu, Jeannot ? Mes paroles te font penser à Charmont ? Tu t'ennuies de Charmont ?

– No...on.

– Alors, pourquoi ?

– Parce que je vous aime, parce... que je...e vous aime trop ! sanglota-t-elle.

Il souffla la bougie, posa sa main sur la douce chevelure et laissa pleurer Jeanne sur son sein jusqu'à la fin de son averse. Il ne voyait rien de mieux à faire : depuis quelque temps les larmes des femmes amoureuses ne venaient plus d'un mal, mais d'une mode. Leurs romans favoris avaient donné à ces dames le goût des sentiments humides !

Le lendemain matin Jeanne s'éveilla l'esprit sec et clair, se souvint, s'habilla vite, déclara qu'elle irait à pied au Jardin, mais courut d'abord à la place du Palais-Royal et monta chez Lalande. L'astronome était déjà parti. Elle redescendit l'escalier quatre à quatre, héla un fiacre et se fit conduire à l'Observatoire.

Aubriot fut très surpris quand, à la fin de la matinée, il vit arriver Lalande au Jardin, qui venait lui proposer de dîner chez Landel le lendemain dimanche :

– Vous nous promettez un dimanche ensoleillé, et vous voulez que nous allions le passer dans un caveau ?

– La cave de Landel n'est pas une taverne ordinaire. C'est un honneur très parisien, mon cher, que d'y être admis le dimanche à dîner. L'endroit plaira fort à Jeannette.

La surprise d'Aubriot redoubla :

– Jeannette? Vous ne comptez pas, je pense, emmener Jeannette chez Landel? Ce cabaret chantant est bien connu pour...

– Aubriot, les enfants ne se font plus par l'oreille, coupa Lalande. Il est vrai qu'on chante du très libertin chez Landel, mais on ne l'y fait pas. C'est Crébillon qui y préside les dîners du dimanche, la bienséance s'en trouve garantie. Tout Paris sait que le fils Crébillon ne se débauche que dans ses romans.

Avec soin, le botaniste déposa sur une feuille de papier blanc le spécimen de *Melissa Moldavica* qu'il tenait sous sa loupe, s'assit sur le coin de son bureau, croisa les bras et fixa son ami :

– Lalande, expliquez-moi pourquoi un homme qui fuit autant que moi le temps perdu aux spectacles vient soudain me conter Landel?

Lalande se posa aussi d'une fesse sur le coin d'une table couverte d'une moisson de plantes sèches, fit jouer un rayon de soleil sur le fin cuir luisant de son escarpin noir :

– Aubriot, je vous aime, et vous aimant il me déplairait que vous fussiez cocu, dit-il enfin avec brusquerie. Voilà pourtant ce qui arrive aux génies de la science avares de frivolité et dont les jeunes maîtresses s'ennuient.

Le rire ferme et bref d'Aubriot répondit seul à l'astronome.

– Oui, oui, je sais, poursuivit Lalande. Quand on s'est tôt accoutumé à jouer le rôle de l'amant on ne se voit jamais dans le rôle du cocu. Mais... Avez-vous du temps pour une confidence ?

Sa voix s'adoucit pour continuer :

– Elle s'appelait Bertrande. Figurez-vous une petite mignonne... mignonne! Quinze ans. Blonde, des yeux de pervenche, une bouche en cerise, des fossettes aux joues et aux fesses – et câline! Avec ça l'air dégourdi mais pas rouée pour un sou, n'ayant rien à dire mais ne disant rien – en bref, un régal. Je l'avais tirée de chez la blanchisseuse de la rue de la Feuillade. Depuis un an qu'elle me livrait mes chemises, m'arrivant ponctuellement deux fois le mois sur le coup de six heures du matin, le bonnet pimpant et sentant aussi bon le frais qu'un petit pain blanc de Gonesse... J'étais encore en robe de chambre, et mon lit défait... Mon cher, pendant cinq mois j'ai vécu comme un Turc : pour avoir ou ne pas avoir mon régal je n'avais qu'à ouvrir ou refermer la porte de la chambre où je l'avais installée avec mes plus belles images du ciel, un flot de rubans et des bonbons. J'étais son roi Soleil. Ah! que la situation de nombril de l'univers est donc plaisante!

Il reprit sa voix moqueuse :

– Hélas, mon cher, même le Soleil est sujet à se faire éclipser! Ma belle petite planète s'est laissé dérouter vers la Courtille par un joyeux jeune imbécile – mon étudiant le plus nul en mathématiques, mais le meilleur danseur qu'on puisse voir au Tambour Royal.

Aubriot poussa un vaste soupir, secoua la tête :

– Du diable si je comprends où vous voulez en venir, grommela-t-il. De quoi vous nourrissez-vous ces temps-ci? De vin d'absinthe? Vos propos s'emmêlent si bien...

Puis brusquement :

– Mais soit! dit-il. Allons demain chez Landel.

En trois enjambées il vint se camper devant son visiteur :

– Ainsi vous prétendez que, dans la chambre où je la tiens avec mes herbiers, mes tisanes et mes livres, Jeannette s'ennuie, et que pour la désennuyer je dois, le dimanche, lui faire donner la sérénade?

– Ai-je dit cela? demanda Lalande, benoîtement.

 4

Jeanne était aux anges. En riant elle se pencha pour prendre une huître dans l'énorme plat posé au centre de la table. On aperçut mieux, au fond de la verte corbeille de son décolleté, les deux petites pommes rondes et ambrées de sa poitrine. Charles Collé, la mine déjà fleurie, leva son verre à sa voisine :

De vous, si je fais l'analyse,
Ah! que je découvre d'appas,
Et ce qu'on voit de friandise
Répond de ce qu'on ne voit pas.

— Monsieur Collé, intervint Crébillon d'un ton de feinte sévérité, ne pars pas trop tôt dans le galant, nous n'en sommes qu'à la troisième bourriche.

— Oui, mais à la septième bouteille! dit Collé.

— Oh! soupira le vieux Panard, nous sommes tant de gosiers! Le mien ne se ressent encore de rien. S'il devait chanter, ses cordes tomberaient en poussière.

— Landel, qu'on abreuve papa Panard d'un peu de lubrifiant, commanda Crébillon. Mademoiselle (il inclina sa belle tête vers Jeanne) doit savoir de quels jolis couplets notre bon papa Panard est capable.

— Venez souvent, mademoiselle, pria plaintivement Panard. Ce buveur de lait s'entête à m'assécher en jurant que c'est pour mon bien. Mais je ne m'en trouve pas bien!

— Voilà, voilà, on vient, papa Panard! cria Maryvonne, l'appétissante servante attitrée des chansonniers du dimanche. Voilà, papa... Et c'est de notre meilleur aligoté bourguignon. Ça, si je vous sers bien, me ferez-vous un couplet qui rime tout en « vonne » ?

— Verse toujours, dit Panard. Verse franchement, le pot bave quand la main hésite.

Le vieux faiseur d'innombrables chansons s'éclaircit le larynx d'un grand coup de vin blanc et remercia en quatre rimes :

Pour se bien réveiller de sa triste lenteur
Mon corps si indolent, craintif, distrait, rêveur,
Paresseux s'il en fût et toujours endormi,
De son content de vin n'a jamais le demi!

Crébillon hocha la tête :

– Et pourtant, monsieur Panard, à m'imiter et ne boire que du lait vous digéreriez bien plus d'huîtres, dit-il. Et longuement, amoureusement, il but à la jatte de lait écumant placée devant son assiette.

Pendant tous les mois en R le fils Crébillon se nourrissait d'huîtres. Il aurait pu en vider la mer ! Commençait son quotidien massacre de mollusques à l'heure du déjeuner où il en gobait deux ou trois douzaines sur le pouce, debout devant l'écaillère de la rue Montorgueil; continuait en dînant d'une demi-bourriche; au souper il y allait à l'inspiration, éventrant coquille sur coquille sans plus compter. Son régime lui convenait à merveille, lui laissant à cinquante-huit ans la silhouette haute, mince et flexible d'un peuplier d'Italie, et l'humeur amène :

– Mais aux huîtres, il faut ajouter le lait et le rire, expliqua-t-il une fois de plus. Dans l'estomac le lait dissout les huîtres, lesquelles glissent alors aux entrailles sans se faire sentir, et d'autant plus vite que le brassage est vif, comme il l'est dans un estomac secoué par le rire. Mais puisque aujourd'hui nous avons l'honneur de recevoir la Faculté, ajouta-t-il en se tournant vers Aubriot, j'aimerais qu'elle voulût bien se prononcer sur ma théorie.

– Monsieur, demanda Aubriot, ressentez-vous la chose comme vous la décrivez?

– Assurément.

– Et donc, vous digérez autant d'huîtres que vous en avalez?

– Pas une de moins.

– En ce cas, monsieur, votre théorie vous est bonne, conclut le médecin.

On entendit s'égrener par-dessus tous les autres le joli rire soprano de Mme Favart, qui le travaillait depuis vingt ans pour le plus grand plaisir des abonnés de la Comédie-Italienne* où elle jouait, chantait et dansait les bergères de charme. Quand il s'éteignit, s'éleva douce et faible la voix de Panard, tremblotée comme l'était sa chair de vieillard vineux :

– Monsieur le docteur, ne pensez-vous pas qu'un petit pain d'un sou fond aussi bien dans une chopinette de vin blanc que deux bourriches d'huîtres dans une jatte de lait, et pour bien moins cher? Je les ruinerai, monsieur le docteur, si je me mettais toute la semaine aux huîtres et au bon lait de Monceau!

En même temps que tout le monde Jeanne regarda Panard en lui

* En 1765, nom provisoire de l'ancien et futur Opéra-Comique.

souriant. Le bonhomme attendrissait. Avec son visage rond, bonasse et presque niais, son ample perruque louis-quatorzième à rouleaux, il rappelait un portrait de La Fontaine et, d'ailleurs, Paris l'avait surnommé La Fontaine de la Chanson. Du fabuliste il avait les distractions, l'esprit fin avec l'air d'une bête, l'insouciance et la fécondité, et l'incurie en matière de finances : après avoir donné à ses compatriotes les couplets de quatre-vingts opéras comiques il n'en devait pas moins, pour dîner gras, se fier à ses amis. Dieu merci, chez Landel, dès qu'on rimait bien on pouvait payer mal, voire pas du tout. Landel était un brave et gai luron, franc buveur et amant passionné de la rime. Tout poète, même crotté, s'asseyait de plein droit dans sa cave, sous l'odeur nourrissante du plafond de jambons. Un peu de la bonne odeur finissait toujours par tomber dans son assiette et même, si le poète allait cul nu, se ressouvenant d'avoir jadis été tailleur, le tavernier lui faisait encore une culotte.

Le dimanche, toutefois, ni poète ni marquis ne se seraient risqués chez Landel sans en avoir été priés : c'était le jour de la célèbre Compagnie du Caveau, et on savait que son président Crébillon, par-delà son exquise courtoisie, ne se priverait pas d'expédier le lundi, à celui qu'on aurait jugé importun, son billet de non-retour : « Monsieur X... est désormais prié à dîner le dimanche partout ailleurs qu'au carrefour Buci. » Mais Crébillon ne refusait jamais un Lalande, savant à la mode et boute-en-train d'esprit. Cette fois-ci l'astronome avait été d'autant mieux reçu à la table des compagnons qu'il y amenait deux amis, dont l'un était une beauté.

Des sourires charmés avaient accueilli Jeanne, ravissante dans une robe de soie vert d'émeraude, si « scandaleusement » décolletée que Philibert avait exigé qu'elle y ajoutât un fichu, dont la coquette s'était débarrassée aussitôt assise un peu loin de lui. Le président Crébillon avait placé la belle à sa droite et, depuis, la belle nageait dans le bonheur d'être admirée et louée en quatrains – lestes ce qu'il fallait mais point davantage – par des hommes d'esprit triés parmi les plus parisiens de Paris.

Il y avait au dîner du Caveau, ce dimanche-là, d'abord ceux qui n'y manquaient jamais : Crébillon, le poète Gentil-Bernard, Panard et Collé, les deux faiseurs de comédies à couplets les plus abondants et les plus réputés du Royaume, et Piron, qui à son propre dire « n'était rien, pas même académicien », mais un vieux rien de soixante-seize ans encore si crépitant d'épigrammes et de bons mots salés que les meilleurs salons continuaient de le recevoir. A ces piliers de la compagnie étaient venus s'ajouter cinq personnages fort cotés dans la ville : Carlo Goldoni, le très célèbre auteur de théâtre importé de

Venise par Louis XV; le très fameux auteur d'opéras-comiques Simon Favart et sa femme Justine; l'éclatant Philidor, compositeur présentement le plus choyé des abonnés de l'Opéra; et enfin le folâtre abbé de Voisenon, autrement nommé Cher Greluchon, parce qu'il ne se tenait jamais loin des jupes de Mme Favart. Et puis enfin, il y avait Louis-Sébastien Mercier, lequel contemplait « Beauchamps » avec l'air extasié d'un ravi de crèche.

De tous ceux qui humaient Jeanne du regard entre deux gobées d'huîtres, Mercier était assurément le plus émerveillé. Il en restait les yeux béants, ronds comme des soucoupes. D'enthousiasme il avait troqué son beau garçon sympathique du pont Neuf contre la belle fille affriolante de chez Landel mais, peu à peu, l'exaltation de son cœur se nuançait d'inquiétude : pourrait-il aller plus loin avec la belle fille qu'avec le beau garçon? Ce docteur Aubriot ne faisait pas vieux, moins encore rassis, et il n'avait pas un air à n'user que de jour d'un secrétaire aussi plein de ressources que le sien. Évidemment Mercier allait s'efforcer d'avoir Mlle Beauchamps – mais l'aurait-il? Pour voir grossir ses chances il buvait plus que de coutume, sans lâcher sa tentation de l'œil. Dans la pénombre de la salle basse le vert soyeux de sa robe luisait comme un morceau du printemps neuf. Machinalement Mercier se mit à fredonner « Verduron verduronnette », sur un tempo plus alangui que nécessaire. Le vieux Piron, qui se trouvait à sa gauche, se pencha vers lui :

– Eh oui! chuchota-t-il, pour ce que j'en puis entrevoir avec mes pauvres yeux aux trois quarts éteints, c'est un bien joli buisson qui verdoie là-bas, et qui donne à tout oiseau l'envie de s'y nicher. Mais il arrive, mon jeune ami, qu'un seul buisson ne veuille pas nourrir deux rouges-queues.

Mercier le regarda de travers :

– On prétendait, monsieur, que pour vous remettre bien en cour vous aviez renoncé à la prose obscène?

– Oui, oui, mon jeune ami, oui, bien sûr. Mais vous verrez plus tard comment va la chose : on y renonce à quarante ans, puis à soixante-dix on y revient.

– Ho! Maryvonne! brama Collé, donnerez-vous toujours à boire aux mêmes? Ne m'aimez-vous donc plus?

Il enlaça la taille de la servante quand elle vint à lui.

– Monsieur Collé, ôtez-moi vos mains! dit-elle en ne se défendant que peu. Vous me donnez des vapeurs.

Le mot « vapeurs » déclencha une explosion de couplets. Plaisanter la maladie des vapeurs n'était pas nouveau – depuis beau temps déjà une élégante ne pouvant pas plus se dispenser d'être vaporeuse que d'avoir une loge à l'Opéra – mais la chanson *Les Vapeurs* était nouvelle, assez ordurière, et furieusement à la mode dans la bonne compagnie. Elle venait d'être faite, paroles et musique, par un coquin déjà notoire, le fils débauché du brave horloger Caron de la rue Saint-Denis, devenu depuis peu messire Caron de Beaumarchais. Beaumarchais s'était déjà taillé une si fâcheuse réputation chez les bourgeois qu'on raffolait de lui chez les aristocrates et les artistes, aussi, chez Landel, chacun y alla-t-il gaillardement de son couplet des *Vapeurs,* en attendant le rôt de saucisses morvandelles qu'on sentait rissoler dans l'âtre. Et il est à noter que tout le monde savait par cœur la chanson-à-rougir. Y compris les deux savants et leur belle enfant aux yeux d'or.

Quand la kyrielle des refrains fut épuisée :

– Voilà pourtant ce qu'aujourd'hui on appelle une chanson libertine, soupira le vieux Piron, qui avait fait mieux dans le genre. Cela est bien mignard.

– Cela est mignard, mais cela passe ! fit Collé en lançant un coup d'œil sévère à Crébillon.

Le censeur royal se mit à rire en aspirant sa dernière huître à pleins poumons.

– Je vous présente, reprit Collé en ouvrant les bras, je vous présente le seul chansonnier jamais censuré par le sieur Crébillon fils ! Monsieur le censeur approuve tout ce qui pleut sur son bureau, les ouvrages les plus plats, les ponts-neufs imprimés sur affiches, les héroïdes les plus effroyables, les sonnets les plus falots, les tragédies de pâtissier les plus indigestes, jamais Crébillon n'a fait attendre son cachet à un auteur, fût-il iroquois dans sa syntaxe, mais on l'aura vu refuser une pastorale à son ami Collé !

– Ne t'en plains donc pas, dit Piron. Culs nus comme ils vont, tes bergers sont bien mieux sous le manteau pour attendre le client. Et ce qui se vend sous le manteau se vend tellement bien !

– C'est bien vrai, approuva Crébillon. Mon cachet dévalue un imprimé.

– Est-il exact, monsieur, demanda Aubriot au censeur, que vous approuviez tous les ponts-neufs ? La plupart sont fort séditieux.

Le beau visage énergique et plein de Crébillon se tourna vers le botaniste :

– Monsieur, ne trouvez-vous pas juste que celui qui va mal vêtu, mal logé, mal nourri, ait aussi le droit de mal penser, qui lui fait oublier le reste ? Je ne sers pas si mal le Roi en laissant chansonner son gouvernement.

Une épaisse bonne odeur de charcuterie de campagne grésillant dans sa graisse s'approchait de la table. Landel arrivait, portant sa platée comme il aurait porté le saint sacrement. Les saucisses fumaient encore sur une braise de sarments de vigne; la saveur alliacée des volutes s'en alla chatouiller le nez spongieux de Panard, qui s'éveilla et se mit à pleurer.

– Eh bien, papa Panard, quoi de triste? interrogea Gentil-Bernard.

– Mon Dieu, mon Dieu, bredouilla le vieux chansonnier en se mouchant, je pense à mon cher Gallet. Lui qui aimait tant les saucisses du Morvan! Ah! il me manque, il me manque! Un ami de trente ans, avec qui je ne chanterai plus jamais, avec qui je ne boirai plus jamais!

Gallet était un épicier-poète-ivrogne, premier compagnon des premiers jours du Caveau. Il était mort depuis huit ans déjà – hydropique et failli comme il se devait et réfugié au Temple, terre d'asile des banqueroutiers insolvables – et Panard ne s'en consolait pas, surtout quand le vin était bon :

– Je ne boirai plus avec lui! répétait-il en sanglotant.

Gentil-Bernard vint l'éponger à grands coups de nappe :

– Allons, papa Panard, dit-il, tranquillisez-vous, Gallet n'a sûrement plus soif, il avait pris ses précautions ici-bas.

– Justement, dit Panard en redoublant de larmes, justement! Quand je vais sur sa tombe, le cœur me saigne. Vous savez où ils me l'ont mis? Ils me l'ont mis sous une gouttière, et chaque fois qu'il pleut, le malheureux doit avaler de l'eau!

Ils rirent sans bruit : le chagrin de Panard méritait des égards.

– Sapristi! lâcha enfin Landel, vous me laissez refroidir mes saucisses ! Allez, allez, toutes les fourchettes, sus aux saucisses ! S'agit pas, bon sang, de s'enterrer avec les morts avant son temps!

– Très juste, approuva Piron.

Et il se dressa pour déclamer d'une voix de père noble attaquant les alexandrins de sa grande scène du deux :

Amis! il n'est pas temps encore de mourir!
Il faut auparavant tout ce plat engloutir.
Et qu'à grands coups de dents on mène l'entreprise,
Car elle saute au nez, la saucis' qu'on méprise!

Le petit abbé de Voisenon, aussitôt, éleva ses mains bénisseuses au-dessus du plat en renvoyant la réplique à Piron :

N'excitez point, Piron, leurs tendres sentiments
Pour ce cochon qui gît sur son lit de sarments.

En exposant un bien si cher à ma faiblesse
Vous exposez le vôtre. Songez-y bien, car est-ce
En le distribuant que nous le mangerons?
Quand la soupe est si bonne, apaisons nos clairons!

Gentil-Bernard quitta Panard pour s'en aller frapper dans le dos de Crébillon qui se pâmait de joie au point de s'en bloquer l'arrivée d'air :

– Cela va passer tout seul, docteur, dit-il, répondant à un regard interrogateur d'Aubriot. C'est un mal hilarant qui saisit notre président chaque fois que la moindre bribe de tragédie lui chatouille l'oreille. Voilà pourquoi tout tragédiste déposant son œuvre à la censure reçoit son cachet dans l'heure : Crébillon timbre de confiance; à lire il se tuerait.

– C'est un mal d'enfance, ajouta Collé. Il l'a pris dans les tragédies de son père.

– Servez vos saucisses, mon brave, dit Piron à Landel. Les estomacs ont secoué, les huîtres sont loin.

Ils attaquaient la deuxième platée de morvandelles quand une grosse bouffée de rue entra dans la salle en même temps que l'abbé de l'Atteignant et deux amis de sa suite.

Le brave vieux chanoine de Reims n'avait plus assez de force pour aller dire sa messe en Champagne, mais il lui en restait pour aller dire ses chansons dans tout Paris. Il en avait toujours une dans sa poche, qu'il venait volontiers soumettre à l'opinion des illustres chansonniers du carrefour Buci. Cette fois encore, à peine assis il tira un mince rouleau de son habit :

– Je crois que celle-ci n'est pas trop mauvaise, dit-il avec une feinte modestie en le déroulant. Monsieur de Choiseul m'a fait le plaisir de l'essayer sur sa flûte et, ma foi...

– Oh! oh! lança Piron, l'avis d'un ministre, puissance passagère, primerait-il le nôtre?

Le compositeur Philidor intervint :

– Je ne sais ce qu'il vaut pour les affaires du Roi, mais en tant que flûtiste le duc est excellent.

– C'est que je perdais un peu mon air, expliqua le chanoine. Monseigneur a bien voulu m'en noter la musique. Voilà...

Plusieurs mains se tendirent vers le feuillet.

Il y avait, chez Landel, un très bon clavecin qu'on poussa vers la table. Favart s'assit devant et Philidor tira sa flûte. Après un petit moment d'accordailles le silence se fit. Crébillon réveilla Panard et, après un appel allègre du clavecin, la voix étonnamment juste quoique un peu chevrotée du chanoine de Reims, épousée par un mince ruisselet de flûte, entama un gai cantique au tabac :

J'ai du bon tabac dans ma tabatière,
J'ai du bon tabac, tu n'en auras pas!
J'en ai du fin et du râpé...

La chanson de l'abbé de l'Atteignant fut reçue à l'unanimité.

— Elle est simple et bien venue et fera son bonhomme de chemin, estima Crébillon. Monsieur l'abbé, elle vaut un bon coup...

« Je ne devrais plus boire, pensa Jeanne, je suis déjà grise. » Elle porta pourtant son gobelet à ses lèvres, mais il était vide. Crébillon, en souriant, lui passa le sien. Elle y but deux gorgées en regardant l'écrivain par-dessus bord, d'un regard langoureux. En dépit de son âge elle le trouvait encore très bon à séduire. Et puis d'abord, aujourd'hui, elle se sentait si contente qu'elle avait envie de séduire tous les hommes! Une main se posa sur la sienne, l'emprisonna : celle de Mercier, qui s'était déplacé pour venir s'asseoir auprès d'elle. Un peu honteuse d'avoir une attitude qui lui attirait des audaces, Jeanne dégagea sa main et jeta un coup d'œil vers Philibert.

Il ne s'ennuyait pas non plus! Coincé entre Alexis Piron et Justine Favart il riait ferme du côté Piron et roucoulait doux du côté Favart. Mener un peu la vie de cabaret ne semblait pas lui coûter du tout. De temps en temps il se penchait pour prendre Lalande, l'autre voisin de Mme Favart, à témoin d'une bonne plaisanterie de Piron et, ce faisant, sa tête poudrée frôlait comme à plaisir le sein demi-nu de la dame, et la dame ne reculait pas son sein — au contraire! Des arpèges de rire voluptueusement modulés lui sortaient du gosier, dont les dernières notes arrivaient à son voisin bouche contre oreille. On ne pouvait rien deviner de ce qu'elle lui chuchotait, mais ce ne devait pas être une leçon de solfège! Jeanne, chatouillée de jalousie, reporta son regard sur M. Favart pour voir comment lui prenait la chose.

Il ne la prenait pas. Depuis quelques années, Dieu, par grâce, lui avait fait l'œil flou; et avant, par sagesse, il l'avait eu myope.

Le marivaudage de Justine et d'Aubriot échappait moins au vif et malicieux abbé de Voisenon mais, lui aussi, depuis le temps qu'il menait ménage à trois avec les Favart, avait pris pour Justine l'indulgence d'un bon époux d'opéra-comique. Demeuré à la soixantaine aussi remuant qu'une poignée de puces, le petit abbé fort petit ne terminait jamais un repas où il l'avait commencé à moins d'avoir fait le tour complet de la table, aussi se trouvait-il présentement accoudé à l'épaule de Piron.

— Selon vous, Piron, lui glissa-t-il à mi-voix en désignant le duo, Diafoirus baisera-t-il, ou ne baisera-t-il pas ?

— Il serait avisé de baiser, l'abbé. Pour un médecin qui vient de sa province, je ne vois pas de plus court moyen pour entrer d'un seul coup dans l'intimité du grand monde.

L'abbé pouffa : le mot était bon donc l'honneur était sauf.

— Monsieur Aubriot me ferait un bon parent, dit-il à Piron. Avec le printemps mon asthme m'a repris, le docteur Pomme se fait cher, Bouvart et Tronchin sont montés au plus haut, je ne serais pas fâché de me faire soigner gratis en famille.

Piron hocha la tête, fit signe à Cher Greluchon d'approcher son oreille :

— L'abbé, murmura-t-il.

Si vous me passez une strophe,
Je dis qu'on aurait la berlue
De vous prendre pour un cocu
Quand vous n'êtes qu'un philosophe.

L'abbé pouffa derechef et sautilla jusqu'à l'épaule de Collé pour y poursuivre ses grimaces et ses chuchotis.

L'agape était entrée dans sa grande folie chansonnière. Autour de la table où ne surnageaient plus, entre les verres, que des îlots de dragées, la ronde des couplets s'accélérait ; si l'on trouvait le temps de parler entre deux il fallait parler en vers, ou payer sa prose d'un gage en faisant cul sec avec un gobelet d'aligoté. Jeanne, étourdie de chansons, de madrigaux et de vin, avait l'impression d'avoir la tête dans un tambour. Goldoni dut lui répéter par trois fois son invite : « A vous, mademoiselle », pour qu'elle s'aperçût que le Vénitien s'adressait à elle.

— A moi, monsieur ? répéta-t-elle sans comprendre.

Les dîneurs avaient soudain fait silence et la regardaient tous en souriant.

— Vous savez bien quelque chanson de votre province ? suggéra Goldoni.

— Oui, une chanson de pays, quelle bonne idée ! s'écria Philidor. De la limpidité champêtre on ne se lasse pas.

Comme il était près du clavecin le musicien s'assit et laissa courir ses doigts sur le clavier, montant et descendant des variations d'un charme naïf, dans lesquelles on entendait triller les oiseaux, ou l'eau d'un ru sauter, vive et légère, sur son lit de cailloux.

— Mon cher Philidor, tu nous ravis l'âme, lança Simon Favart.

— Il court dans ma Normandie natale une foule de petits chefs-d'œuvre ravissants à recueillir, dit Philidor en continuant de jouer avec une savante négligence. Ma Normandie est sûrement la province de France où l'on chante le plus – il me semble qu'elle fait presque autant de chansons que de pommes ! Elle en a vraiment pour toute occasion : semer, moissonner, cueillir, marier, filer, tisser...

– Et dans votre province, mademoiselle, ne chante-t-on pas aussi la moisson, l'amour ou les vendanges ? demanda Goldoni en revenant obstinément à Jeanne, qu'il prit par la main pour la conduire auprès du clavecin.

Rouge, affolée, Jeanne fixait le Vénitien. Avec ses traits fins et réguliers un peu empâtés par la gourmandise, son grand regard rêveur velouté de gentillesse, sa bouche parfaite et sa longue perruque à la vénitienne gonflée de boucles lâches qui l'auréolaient de douceur, Carlo Goldoni lui avait paru l'inconnu le plus rassurant, le moins intimidant de l'assemblée ; et voilà que c'était lui qui la précipitait dans l'horreur de chanter au milieu de ce cercle de moqueurs avinés !

– Monsieur, lui dit-elle, tâchant de s'en tirer par une boutade, je suis bourguignonne et, d'où je viens, on chante surtout à la Noël pour célébrer la bourdifaille *. Je ne connais pas un seul de nos noëls qui ne soit lourd de fricandeaux précédés de godiveaux et suivis de dindonneaux, or, vraiment, nous n'avons plus faim !

– Hé là ! intervint vivement Lalande, moi qui me flatte d'un chauvinisme outré je ne vous laisserai pas, Jeannette, faire passer les Bressans pour des estomacs sans cœurs. Nos noëls sont indigestes, j'en conviens, mais le printemps revient chez nous comme ailleurs et vous allez, s'il vous plaît, nous chanter un mai.

– Oui, un mai ! Un mai, un mai ! crièrent une demi-douzaine de voix – on se serait cru à un dessert de noce.

– Un m... mai ! bredouilla Panard réveillé en sursaut.

Les nerfs à fleur de peau, furieuse contre la trahison de Lalande, Jeanne prit un ton froid pour s'adresser à lui :

– Vous savez, je pense, monsieur, que tout mai de chez nous est un duo. Si je fais la belle, ferez-vous le galant ?

– Pardine ! je ne demande que cela ! s'exclama l'astronome en se levant sous les vivats.

Alors il se passa une chose si surprenante que Jeanne devait s'en souvenir toute sa vie comme d'un instant extraordinaire. Un de ces instants fous qui vous tombent dessus sans que nul vous ait crié

* Bonne bouffe, en bressan.

gare et semblent avoir été imaginés par Dieu au cours d'une ivresse, pour faire croire aux mortels d'en bas que soudain la vie délire, merveilleusement. Elle vit Aubriot se dresser et retenir Lalande par le bras :

— Mon ami, dit-il, vous avez déjà beaucoup chanté. Moi, je dois encore sur mon écot, laissez-moi le mai.

Jeanne pensa en avoir le souffle et les jambes coupés. « Mon Dieu, se dit-elle, je vais tomber », mais ce fut, au contraire, comme si on venait de lui faire vider cul sec un verre de liqueur. Elle entendit sa voix partir sans peine, allegro moderato, dans un joli mai tout frétillant de doubles croches :

J'avais un' ros' nouvelle,
Galant, tu m' l'as volée
Galant, tu m' l'as volée...

Philibert était passé derrière elle comme il se devait dans la chanson. Elle sentit ses mains lui saisir la taille et sa bonne voix forte lui chatouilla le cou, fit voler les frisons de sa nuque :

Ne pleurez, la belle,
Car on vous y rendra...

« Pas une fausse note ! » se disait-elle, radieuse, fière de lui à en mourir. Elle attendit sans trop y croire le baiser du deuxième refrain... Le baiser tomba à la racine de son cou, sonore. « Ah ! je t'aime ! » pensa-t-elle et sa voix, grisée comme un oiseau saisi par un grand vent bleu, bondit à l'assaut du troisième couplet.

Une heure plus tard, encore un peu hors d'eux-mêmes, ils s'efforçaient d'avancer à trois de front dans la rue Dauphine, Jeanne serrée entre Aubriot et Lalande, protégée des coudes et des pieds de la petite foule populaire qui remontait vers le pont Neuf ou en descendait. Ils finissaient d'user leur entrain de fête en chantant à pleine voix une vieille marche lyonnaise, et leur chanson, ma foi, forçait le passage et leur cueillait des sourires.

Jeanne marchait, chantait, riait, pressait les mains de ses compagnons, mais ce n'était pas vraiment cela qu'elle faisait. Elle était en train de porter son cœur comme on porte un verre plein, en faisant bien attention de n'en pas perdre une goutte de joie.

 5

Ce fut la poissonnière Angot qui l'éveilla le lendemain matin en gueulant son « frais saumon de printemps ». Jeanne était seule dans le lit. Il devait être affreusement tard. Avant qu'elle eût le courage de se tirer de la tiédeur de la plume, l'horloge de la chapelle des Petits-Pères répondit à sa question par huit coups. Elle sauta à terre, courut à la chambre voisine : Philibert était parti, sans l'avoir éveillée. Elle en demeura stupéfaite, plantée en camisole au milieu de la pièce, jusqu'à ce qu'une très suave odeur sucrée la tirât vers un gros bouquet de narcisses des poètes qui trempaient dans leur pot à eau. Un feuillet couvert de l'illisible écriture qu'Aubriot écrasait à toute vitesse sur le papier était coincé sous le pot :

«Un petit trop de vin a des vertus dormitives. Tu n'as pas même entendu la bouquetière qui est venue crier ses narcisses sous nos fenêtres. Je t'ai laissé du travail de copie que je voudrais pour ce soir. Va-t'en copier chez les Petits-Pères, on y voit mieux. Ne m'attends pas pour souper, je rentrerai fort tard. Ph. A. »

Elle enfouit son visage dans les fleurs grisantes, en aspira l'arôme à pleins poumons et, comme il était tenace, le transporta en chantonnant jusqu'à la cuisine, accroché à ses cheveux et à la dentelle de ses manches.

Mme Favre, la cuisinière qui faisait office de gouvernante chez le docteur Vacher, toisa sévèrement la jeune femme en chemise :

– Z'êtes cor là, vous ? J' vous croyais partie. C'est pas qu' vous pensez déjeuner à c'tt' heure ? J'ai d'jà rangé tout, moi !

– Ça ne fait rien, madame Favre, dit précipitamment Jeanne en battant en retraite, ça ne fait rien, je vais...

– Ya cor du lait mais, dame ! l'est froid. Voulez qu' je vous y réchauffe ?

L'offre était faite d'un tel ton qu'il aurait fallu bien du sans-gêne pour l'accepter !

– Oh ! merci, madame Favre, dit Jeanne en dépensant un sourire, j'aime beaucoup le lait froid, alors, si vous en avez...

Elle se sauva avec son aumône de lait.

– Z'avez cor du pain chez vous ? cria Mme Favre à travers le couloir.

Jeanne fit semblant de ne pas entendre et se renferma vite dans son logis, sauvée de la mégère encore une fois. Mme Favre lui hérissait la peau. Cette Bourguignonne bâtie pour faire un dragon régentait tout dans la maison, et au trot ! Le docteur Vacher assurait qu'elle était « très bonne au fond », mais il devait falloir descendre plutôt jusqu'au tréfonds pour trouver sa bonté ! Il est vrai qu'elle était dix fois plus aimable avec « son » monsieur et avec l'ami de monsieur qu'avec « la donzelle ». « Cette grenouille de bénitier se permet de me mépriser », rageait Jeanne en suçant son lait froid sans plaisir. Pour la vertueuse Favre, la Beauchamps qui couchait dans le lit de son maître n'était rien de plus qu'une servante-maîtresse. Le fait qu'il y eût dans le Royaume une masse de ces épouses illégitimes n'empêchait pas les servantes « honnêtes » de toiser de haut les « pas-grand-chose » qui assuraient leur service de nuit comme de jour, et une pas-grand-chose jeune et jolie s'amassait le maximum de haine à l'office. Mais quand, quand, quand Philibert se déciderait-il à louer un appartement ailleurs, où ils seraient vraiment chez eux, dans leurs meubles ? Il avait tout de même un petit côté pingre exaspérant ! « Oh ! pardon, Philibert, vous qui venez de m'offrir un bouquet de narcisses. Pardon, je suis méchante, je ne vous mérite pas... »

Une voix monta de la rue, aigrelette, pour la tenter avec des craquelins, aussitôt recouverte par la basse éraillée de Barnabé : « Pain du Louvre ! Pain chaland ! Pain mollet ! » Jeanne bondit sur ses pieds, mit quatre sols au fond du panier, l'envoya à Barnabé et, tirant sur la ficelle, se remonta un long pain mollet. Il y avait dans un placard du cabinet des pots de confiture de prune et de melon que lui avait envoyés Mme de Bouhey : elle se fit un festin de tartines et se sentit réconciliée avec son état de pécheresse. Aussitôt prête, elle fila chez les Petits-Pères pour se mettre au travail.

De sa plus belle écriture, patiemment, elle s'appliquait à vanter les bienfaits de *Pervinca vulgaris*, la pervenche vulnéraire, astringente et fébrifuge.

Le pharmacien Valmont de Bomare avait demandé à Aubriot de lui passer la liste commentée des plantes dont il se servait le plus souvent en médecine. Quel pensum ! Jeanne tailla sa plume en soupirant, mais sourit en voyant arriver *Melissa officinalis*. Philibert avait toujours montré beaucoup de gourmandise pour la mélisse : « J'en fais tirer une huile essentielle très suave, très céphalique, très propre à réveiller les esprits, aussi va-t-elle contre le surmenage intellectuel et la mélancolie aussi bien que contre les étourdissements et les vapeurs des dames. Les feuilles fraîches de *Melissa* écrasées et posées en cataplasme calment la douleur causée par les piqûres d'insectes. Avec ses sommités fleuries, macérées dans de bonne eau-de-vie édulcorée au sucre, on prépare un ratafia médicinal propre à exciter les digestions lentes, et d'un goût si grâcieux que, dans bien des ménages bressans, on n'use pas d'autres liqueurs. »

Elle posa sa plume et se mit à rêver à *Melissa.* Elle était repartie dans la campagne de Charmont. Juin brillait dans un ciel à peine rayé de fins nuages blancs et elle courait devant M. Philibert le long des talus ensoleillés, pour découvrir avant lui les îlots de fleurettes bleuâtres. *Melissa* était la première plante dont le botaniste avait mis une poignée de feuilles froissées dans la main de la petite fille de dix ans en lui disant : « Sens. Sens très très fort. » Elle avait tiré par le nez une merveilleuse, envahissante odeur à la fois citronnée et miellée, assourdie par une trace d'amertume rappelant le géranium. Plus tard Philibert lui avait fait tremper les lèvres dans son ratafia de mélisse et elle avait retrouvé sur le bout de sa langue, décuplée, la forte saveur douce-amère découverte dans sa main, qui lui avait mis les larmes aux yeux...

Elle se moucha, émue de nostalgie.

La frêle voix d'enfant du père Joachim vint se pencher sur son épaule :

— Il me semble que vous avez besoin d'un peu bavarder : votre copie n'avance plus guère. Accompagnez-moi donc jusqu'aux cuisines. Je viens de voir passer le mitron de la rue de la Verrerie, nous trouverons chez le frère Amédée des échaudés tout frais, et nous lui en volerons !

Quand ils furent assis devant deux gobelets d'orgeat, leurs pâtisseries à la main :

— Eh bien, demanda le père Joachim, avez-vous déjà goûté de si bons échaudés ?

— Guère souvent, reconnut Jeanne. Leur croûte craque sous la dent et le dedans n'est pas que du vent tout sec, mais un nuage moelleux qui vous fond dans la bouche. D'où viennent-ils ?

— A Paris il n'y a d'échaudés que de la rue de la Verrerie, dit le père Joachim. Il les faut prendre là et nulle part ailleurs. Quand Favart a vendu sa boutique il a vendu sa recette avec.

— Est-ce d'un parent du Favart des opéras-comiques dont vous me parlez, mon père ?

— Non pas d'un parent, mais de lui-même. Il a été pâtissier à ses débuts, et c'est rue de la Verrerie qu'il tenait boutique. Son père avait perfectionné l'échaudé commun pour en faire cette gourmandise, et le fils l'a mise à la mode. Favart a débité des milliers d'échaudés avant de débiter des centaines de couplets.

— Monsieur de Lalande m'a justement fait rencontrer monsieur Favart hier, dit Jeanne, évitant de prononcer le nom du cabaret Landel dans un couvent.

— Cela ne m'étonne pas. Monsieur notre astronome adore fréquenter les gens de théâtre, dit le père Joachim.

— J'ai vu aussi madame Favart. Et monsieur Philidor. Et...

Elle lui énuméra toutes ses brillantes connaissances nouvelles d'une voix excitée.

— Aux noms et à votre mine je devine que votre dimanche n'a pas été mélancolique, observa le religieux en souriant.

— C'est vrai. J'aime tant quand il m'arrive du nouveau.

Elle posa sur le petit-père un regard devenu grave :

— J'ai besoin qu'il m'arrive du nouveau. Je voudrais qu'il m'arrive du nouveau chaque jour, je sens que je ne demanderais jamais grâce. Pourquoi suis-je ainsi, mon père, toujours avide d'autres choses ?

— Parce que vous avez dix-huit ans.

— Dix-huit ans... Ce n'est déjà plus si jeune, pour rêver d'un lendemain toujours plus beau que la veille ?

— Ma fille, j'ai dix-huit-ans-soixante et n'ai pas encore trouvé le courage de ne voir les choses que comme elles sont !

— Mais, mon père, je suis heureuse. Ce que je possède aujourd'hui devrait me rassasier.

Le père Joachim secoua la tête :

— Le bonheur dont on ne ressent jamais la monotonie s'appelle béatitude, et on n'obtient pas la béatitude ici-bas.

— Si !

L'exclamation lui avait échappé, vibrante ; elle ne pouvait plus la rattraper et rougit violemment aux images de béatitude qu'elle avait dans la tête. Mais, après tout, le père Joachim était bien trop fin pour ne pas avoir deviné depuis longtemps la nature de ses rapports avec le docteur Aubriot. Toutefois ne s'attendait-elle pas à la franche remarque du vieil homme :

— Ce que vous prenez pour de la béatitude n'est que de la passion, mon enfant. Mais je reconnais que la passion est un sentiment assez exaltant pour qu'à votre âge on s'en croit comblée. Et voyez-vous...

Il prit une mine de gentille malice :

— Votre vague ennui de tout à l'heure devant une aune de copie à faire vient peut-être de ce que vous éprouvez moins de passion pour la botanique que pour le botaniste ?

– Oh ! mais j'aime infiniment la botanique ! s'écria-t-elle, toute rose encore et un peu fâchée.

– Sans doute, admit le père Joachim, sans doute aimez-vous beaucoup la botanique. Mais il n'y a que la passion, qui passionne au point de ne jamais vous laisser bâiller.

La passion.

Une passion qui puisse passionner vos jours autant que vos nuits.

La remarque du père Joachim lui donna des distractions tout le reste de l'après-midi. Tandis que sa plume grattait courageusement le papier, à travers les fumets aromatiques du genièvre, les mille et un secrets bleus de la myrtille à tout faire, les délices stimulantes, vermifuges, emménagogues, diurétiques, expectorantes et stomachiques de la liqueur de serpolet, sa pensée vagabonde se cherchait une passion. Quand elle s'en rendit compte elle demeura un instant choquée, plume en l'air, puis tout de suite elle fut saisie de panique. Jamais encore elle n'avait clairement réalisé qu'elle s'ennuyait d'un gros désir. Philibert, le fruit si longtemps défendu, s'était laissé prendre, et elle s'apercevait avec angoisse, et autant d'incrédulité, que ce fruit merveilleux ne la nourrissait peut-être pas assez. « Je dois avoir un moment de folie, ou alors un moment de bêtise ou de fatigue », se dit-elle. Au lieu d'entamer le récit des vertus antirhumatismales du millepertuis, elle jeta sa plume et se frotta le visage, dans l'espoir d'en chasser les billevesées qui s'étaient amassées derrière. Car enfin, elle n'avait pas menti au père Joachim : elle aimait la botanique. Et elle adorait le botaniste. Ces deux occupations combinées auraient dû la contenter à plein. Or ce n'était pas. Non, ce n'était pas. Il lui restait du désœuvrement dans l'âme.

« La vérité est que je suis née rêveuse, que ce mal est sans doute incurable et que j'ai besoin de rêver comme j'ai besoin de boire et de manger », finit-elle par se dire. Souvent elle avait entendu Aubriot, médecin désabusé, formuler l'une de ses plus solides croyances : « Il y a des maladies accidentelles, qu'on peut essayer de guérir, et il y a les maladies de nature venues au monde en même temps que nous et dont le sage se doit accommoder, en les traitant avec assez d'amitié pour s'en faire des amies, ou au moins des ennemies supportables. » Et comme Philibert avait toujours raison, elle n'avait qu'à suivre son conseil. Se trouver un nouveau rêve, mais un petit, un raisonnable, pas trop dérangeant pour lui. Un joli nuage. Juste de quoi rendre à son présent trop bien établi la palpitation de l'incertitude et à son avenir la mirobolante couleur d'une chose à conquérir. Eh bien, elle allait y penser. Elle reprit sa plume avec bonne humeur...

La bonne idée lui vint alors qu'elle expliquait les mérites de l'infusion de sauge. Le docteur Aubriot avait une confiance multiple en *Salvia officinalis*. Chaudement il la recommandait pour toutes sortes de maux, dont « la fatigue d'âme, intermittente ou chronique ». La fatigue d'âme... Le cas de Jeanne ? Plus elle y réfléchissait, ma foi oui, plus elle se sentait dans le cas d'une fatiguée d'âme intermittente. En songe, elle se pencha sur la forte senteur exquise amère de l'infusion de sauge, et c'est à cet instant précis que l'idée lui monta à la tête : « Et si j'ouvrais une boutique de tisanes ? »

Une cascade d'images enchanteresses se mit à lui couler dans le crâne à toute vitesse. Ah ! Salvia salvatrix, natura conciliatrix ! – comme se serait écrié Philibert : dans l'odeur revigorante de la vapeur de sauge elle se voyait debout derrière le comptoir de bois bien ciré d'une jolie boutique de la rue Saint-Denis, en train de conter le bon usage de ses bonnes herbes à une élégante clientèle tout ouïe. Ses premiers chalands de hasard se trouvaient si à leur aise Aux Mille Fleurs, ils étaient si contents de la marchande, de sa vaste connaissance des plantes, de son amabilité et, pourquoi pas ? de son charme – qu'ils couraient la ville et la Cour pour y chanter les louanges de la nouvelle boutique de tisanes de la rue Saint-Denis. La réputation de Mlle Beauchamps finissait par chatouiller les oreilles les plus distinguées, et, un beau jour, il y avait devant sa porte un chaos de carrosses aussi réjouissant pour l'œil de la caissière que celui qui se formait presque chaque après-midi devant La Civette du Palais-Royal... Les mains de Jeanne abandonnées sur sa copie se mirent à palper l'air à pleines poignées, et l'air froissé tinta aussi joyeusement dans son rêve que des écus ramassés à la pelle. La musique était si plaisante qu'elle lui donna un sourire béat.

Le regard du père Joachim, qui travaillait à un pupitre placé en face du sien, tomba sur ce sourire :

– Seriez-vous en train de passer la porte du paradis, mademoiselle ? demanda la demi-voix menue du religieux. Vous avez un air de miraculée.

– Je pense à une chose que je dois demander au père apothicaire, dit-elle en se levant brusquement et en plantant là et son ouvrage et le père Joachim étonné.

Aucune plante médicinale n'était cultivée ni préparée chez les Petits-Pères, aussi leur apothicaire n'était-il qu'un aimable gardien de bocaux dont Jeanne n'avait rien à apprendre. Mais une démangeaison l'avait prise de courir à l'apothicairerie. Renifler le pot-pourri d'odeurs qui flottait dans la belle pièce sombre, regarder le père Firmin peser des rations de queues de cerise, de tilleul ou de menthe, lui passer ses pots, les remettre en place, bavarder médecine avec le père Anselme qui venait se plaindre de son eczéma, il lui semblait que c'était d'ores et déjà commencer à s'occuper de sa boutique. Elle eut grand mal à retourner achever sa copie et, dès que ce fut fait, reprit son grand projet à tête entière, le promena un moment dans le jardin du Palais-Royal et le remonta chez elle pour continuer de le fignoler en attendant le retour de Philibert.

Grande affaire, que de s'installer dans cette boutique ! Les difficultés de l'entreprise apparaissaient au fur et à mesure que Jeanne s'efforçait de bâtir en détail la réalité de son rêve. Elle déménagea sa boutique de la rue Saint-Denis pour essayer la rue Saint-Honoré avant de décidément revenir rue Saint-Denis, où la forte densité des commerces de luxe attirait presque en permanence une foule de promeneurs. Si elle le pouvait, pour se sentir un peu protégée, elle s'établirait près de La Rose Picarde, le plus grand et le plus prospère magasin de draps de la rue, que dirigeait le vieux Mathieu Delafaye, le frère si ressemblant de la baronne de Bouhey. Mais à peine avait-elle accroché son enseigne à l'ombre de La Rose Picarde qu'elle se réveilla de son euphorie : les jurés des épiciers-apothicaires ne la délogeraient-ils pas au plus vite d'un si bel endroit ? Certes, la puissance des jurandes corporatives s'émoussait sous les attaques redoublées des libéraux et l'esprit frondeur des ouvriers révoltés contre les privilèges des maîtres, mais les maîtres se défendaient encore bec et ongles contre « les usurpateurs », avec une rage d'autant plus vigilante que M. de Gournay, l'intendant du commerce, parlait d'abolir purement et simplement les monopoles des mille cinq cent cinquante et un métiers inscrits au Livre, pour instaurer la liberté de travailler et d'entreprendre. « Bah ! se dit Jeanne après un temps d'arrêt, j'irai au Temple et ce n'en sera sans doute que mieux. » Elle savait comme tout le monde que la fureur des jurés des corporations était obligée de s'arrêter aux frontières du Temple aussi bien que les exempts du Roi, et elle savait aussi que les Parisiens adoraient se fournir au Temple parce qu'ils avaient l'impression d'y acheter de la marchandise de contrebande. Cette terre d'asile, où même les créanciers et les huissiers n'entraient pas, n'avait qu'un défaut : elle était trop petite pour la demande, si bien que le moindre trou à rat s'y louait au prix fort. Jeanne sortit sa boîte aux trésors...

Elle savait par cœur ce qu'elle contenait d'argent : 762 livres et 11 sols. Mais elle aimait toucher sa fortune de temps en temps et en repointer l'origine sur la feuille de vélin pliée en quatre qu'elle gardait dans le fond du coffret de buis. Non qu'elle fût avare ; mais son or et ses blancs * représentaient sa famille, sa dignité. Jamais elle n'oublierait le grand moment du matin de ses treize ans où sa tutrice lui avait remis son patrimoine – la bourse et les titres de propriété d'une maison de pisé avec aisances et potager et de quinze pièces de pré d'une demi-fauchée. Elle avait pressé le tout contre son cœur, comme si Mme de Bouhey venait de lui rendre soudain les lambeaux de ses père et mère, et s'était sauvée dans sa chambre en sanglotant. A dater de ce jour elle s'était sentie moins orpheline. Et maintenant, chaque fois qu'elle reparcourait de l'œil le décompte scrupuleux établi par la baronne, un sourire pieux lui flottait sur les lèvres, parce qu'elle pouvait se croire en train de faire un pèlerinage dans l'humble décor de sa petite enfance :

- 2 lits de plume et leurs traversins : 18 l.
- 1 maie, 1 saloir, 2 chaises paillées : 3 l.
- 7 bons draps : 12 l.10 s.
- 150 livres de tuiles et 6 livres de clous à tout : 48 l. 8 s.
- 6 muids vides et 1 avec 30 pintes de vin : 11 l.
- Un lot de bons outils communs, pesant 23 livres : 17 l.15 s.
- Deux voitures de bois de fagots...

Cela continuait ainsi jusqu'au bout, vite atteint, de la pauvreté sans misère du couvreur bourguignon. La chère baronne n'avait fait grâce de rien aux acheteurs, ils avaient dû allonger leurs 2 sols pour avoir le vieux chapeau, leurs 4 sols pour la mauvaise seille à puiser l'eau et leurs 6 deniers pour une *Vie de Jésus-Christ* amputée de ses trois dernières pages. Et elle avait très bien vendu le quartier de lard avec deux jambons, pour 5 livres et 4 sols – les jambons devaient être superbes ! En fin de compte, la dame de Charmont avait si férocement veillé sur la vente des biens laissés par le père Beauchamps qu'après avoir ajouté à son produit les économies du bonhomme et payé les dettes du mort au chirurgien, à l'apothicaire, au curé et au

* Écus.

fisc, c'était un peu plus de cinq cents livres qu'elle avait pu serrer dans la bourse de peau brune que Jeanne contemplait. Et depuis, la bourse s'était encore alourdie de toutes les étrennes données par la baronne et des deux cents livres qu'elle avait glissées dans le bagage de sa pupille avant de la laisser partir pour Paris. Aujourd'hui, en 1765, pour se mettre en boutique, Jeanne aurait disposé d'un capital de presque huit cents livres, si elle n'avait pas follement prodigué vingt-cinq livres pour avoir un bonnet à la Ramponeau. Le bonnet étant, il lui restait tout de même un gentil magot : 762 livres et 11 sols, exactement. Ce n'était pas rien ! Avec un tel apport et une bonne mine, on peut emprunter.

Jeanne alla jeter un coup d'œil à sa mine et son bonnet à la Ramponeau lui apparut en folie utile : on ne prête qu'aux bien nippés.

La vie est lunatique. Pendant des mois elle se traîne moderato, puis soudain s'emballe, prend l'allegro et vous fait danser tous les jours.

Jusqu'au gai dimanche passé chez Landel, les jours parisiens de Jeanne s'étaient recouverts comme si on les avait taillés sur le même patron : le Jardin dès le petit matin, le retour au logis vers deux heures, le dîner hâtif et solitaire, ses travaux de botanique jusque vers six heures du soir, puis une promenade dans le quartier et l'attente de Philibert, le souper, l'amour. Et voilà qu'un beau midi, sur le pont Neuf, Mercier le tout-fou était tombé au milieu de ce quotidien tranquille comme un caillou au milieu d'une mare pour y mettre du remous.

Le jeune écrivain avait l'esprit assez vif pour s'être d'emblée résigné à ne courtiser Jeannette que de loin... en attendant l'occasion. Elle se dégoûterait bien un jour – au moins de temps en temps – d'un amant trop vieux et pas assez gai pour elle, et alors Mercier proposerait ses services de complément. On était à Paris en 1765, un lieu et un temps où la fidélité ne tenait pas aux corps des femmes. « Je vais toujours devenir l'ami de Jeannot et faire rire Jeannette, et puis on verra bien », s'était dit le joyeux philosophe.

Un jour sur deux il venait la chercher au Jardin du Roi et tous deux repartaient à pied vers le Palais-Royal – en riant. Mercier cultivait son extravagance, avait toujours un flot d'absurdités à répandre sur n'importe quel sujet, mais le flot était truffé de pépites de bon sens. Traînant sans fin les rues, il connaissait son Paris et ses mœurs à fond, et Jeanne ne mit pas deux semaines à lui confier son rêve d'ouvrir une boutique de tisanes au Temple. Mercier s'extasia sur l'idée :

— Elle est en or ! Il y a trois ou quatre ans, un épicier failli a refait sa fortune au Temple avec une tisane purgative. Il en débitait jusqu'à douze cents pintes par jour ! Le bonhomme est mort, sa place est à prendre. Les Parisiens sont las des médecins et des apothicaires ; vendez-leur des recettes de guérisseuse et vous aurez queue à votre porte. Je me charge de vous faire chansonner chez Landel ; l'éloge en quatrains est celui qui marche le mieux. Puis le docteur Aubriot peut aussi vous envoyer force clients en prescrivant vos tisanes.

— Ici, il n'exerce pas, dit Jeanne. Quoique peut-être devra-t-il le faire s'il n'obtient pas vite un poste à pension au Jardin : sa fortune est modeste. Mais voilà que vous m'inquiétez en me disant que les Parisiens boudent leurs médecins ?

— Ils les moquent, mais ils leur font de bonnes rentes ! Plus d'un médecin d'ici roule carrosse.

— Mais comment devenir un médecin fameux dans une si grande ville ?

— En ayant une spécialité, c'est-à-dire une originalité qui fasse parler. Ne soigner que ceci ou cela, ou alors ne soigner qu'avec une panacée bien chère, ou se faire connaître par quelques manies bruyantes. Prenez Tronchin. Il n'entre point chez un malade sans se mettre à crier : « Monsieur (ou Madame) s'empoisonne par le poumon ! De l'air, de l'air, de l'air ! » Il met toute la maisonnée à décalfeutrer les fenêtres, à dépendre les rideaux, à rouler les tapis, à allumer des feux purificateurs de genièvre, bref, il ne passe point inaperçu au chevet de son client. Arnaud fait courir ses cardiaques à petit trot pour leur fortifier le cœur, on n'avait jamais vu cela, et les cardiaques qui n'en meurent pas ne jurent que par lui. On prend Bouvart pour la méchanceté de ses bons mots et Pomme pour sa passion de l'eau de Vichy, parce qu'il y a du contentement à se laver le foie avec l'eau la plus chère du monde, qui vaut cinq livres la bouteille. La spécialité du docteur Aubriot pourrait être une essence à tisanes dont vous auriez seule la recette. A propos, pour consulter, jusqu'à quel étage monte-t-il ?

— Comment cela ? fit Jeanne interloquée. Mais... il monte jusqu'à l'étage du malade !

— Vraiment ? C'est bien dévoué. On voit qu'il arrive de province. Ici, un bon médecin ne passe pas le premier. Monsieur Aubriot pourrait se spécialiser dans le second étage. Au premier les malades sont déjà très pris et, au troisième, ils sont pauvres.

Jeanne s'était mise à rire aux larmes. Quand elle put reprendre son sérieux :

— Revenons à mes moutons, dit-elle. Pensez-vous que je trouverais au Temple un modeste local pas trop cher pour y faire mes débuts ?

— Au Temple, avant de discuter le prix il faut d'abord trouver le vide ! Mais justement, on vient d'y vider un local d'un escroc mondain qui s'était cru assez malin pour fabriquer là, à l'abri des poursuites, une contrefaçon des toiles de Jouy du sieur Oberkampf. Comme ce grand filou ne connaissait rien à l'art de l'impression et qu'il couchait avec sa caissière, il n'a réussi qu'à faire gâter d'encre trois cents pièces d'étoffe, pendant que sa belle caissière filait avec le reste de son capital. Pour éviter de se faire rouer par ses dessinateurs — qu'il a oublié de payer — ce beau monsieur a levé le pied pour filer en Hollande, en plantant tout là. Le grand local de la fabrique a déjà été repris, mais le Vénitien possédait aussi, au bout de la même rue, une petite aisance qui vous ferait une charmante boutique et que vous trouveriez fort propre et même coquette, car il l'utilisait pour tâter de près les talents de ses ouvrières les plus jolies.

— Pourquoi l'appelez-vous le Vénitien ?

— Dame ! parce qu'il l'est ! Et cela se voyait ! Il allait toujours vêtu comme pour le carnaval de sa ville, éclatant de couleurs sous sa cape noire, ruisselant de breloques, le tricorne emplumé comme sous Louis XIV. Il...

Frappée par le portrait :

— Ne savez-vous point son nom ? coupa Jeanne.

— Casanova de Seingalt — chevalier Casanova de, à ce qu'il prétend !

Jeanne eut un grand sourire joyeux :

— Mercier, je veux cette boutique, il me la faut ! Elle me portera bonheur. Ma rencontre avec le chevalier Casanova à la porte d'une boutique du Temple est si inattendue que je veux la tenir pour un signe du destin. Mercier, aidez-moi à avoir cette boutique, je vous en prie ! acheva-t-elle d'une voix excitée.

Et comme il lui montrait des yeux ronds, elle ajouta :

— J'ai connu le chevalier Casanova à Lyon. Cela m'amuserait follement d'avoir son local plutôt qu'un autre.

— Ma foi, la chose me paraît possible. La nouvelle locataire principale n'en a pas l'usage et veut le sous-louer. C'est une marchande à la toilette déjà cousue d'or, bien en Cour et mieux encore chez le prince de Conti *, que j'ai fournie de quatrains à vanter ses marchandises et même d'un sonnet à ses charmes, car elle en a. Elle

* Grand Prieur du Temple.

s'installe au Temple dans l'idée d'y vendre des nippes de contrebande – de l'anglais surtout, et de l'oriental. L'endroit est bon pour trafiquer de cela : tous les chevaliers de Malte de passage à Paris logent au Temple et tous les Maltais de marine sont contrebandiers. L'Amélie Sorel est au mieux avec un certain chevalier Vincent, qui est le pirate le plus habile de sa profession. Si vous voulez un chapeau de paille made in London, ou la plus belle des robes de chambre turques, c'est chez la Sorel qu'il faudra vous servir.

– Mercier, s'écria Jeanne, je veux, je veux, je veux cette boutique ! Je la veux de préférence à toute autre, et je la veux si fort qu'il faudra bien que je l'aie !

Entendre le nom de Vincent avait mis le comble à son excitation. Elle marchait comme portée par des ailes et Mercier, rien moins que pressé, tentait en vain de la modérer. Ils arrivèrent au pont Neuf. Quand ils furent au milieu du fleuve, Jeanne s'adossa au parapet et prit enfin le temps de s'expliquer mieux :

– Mon impatience d'avoir cette boutique peut vous surprendre, mais j'ai trouvé des signes dans vos paroles et je crois aux signes. Puis j'ai d'autres raisons raisonnables de la vouloir. Je me demande, par exemple, si je ne pourrais pas profiter aussi d'un peu de marchandise de contrebande ? Des tisanes exotiques, cela devrait plaire ?

– Génial ! s'exclama Mercier. Jeannot, vous parlez d'or. Imaginez que vous mettiez en cornets la tisane aphrodisiaque dont use le Grand Pacha pour mieux honorer son harem : ma mie, vous auriez chez vous la presse en permanence ! Et le prince de Conti tout le premier, qui vous prendrait de votre fortifiant à la livre, car il est bien connu dans les bordels qu'on sort difficilement du prince autre chose que du vent.

– Mercier, dit Jeanne, vous êtes une langue de vipère.

– Une langue de nouvelliste, ma mie, une langue de nouvelliste. Il faut bien gagner sa vie. Il n'est pas pire de le faire en s'appropriant les faits et gestes d'autrui qu'en s'appropriant ses biens – c'est ce que j'ai dû expliquer un jour à ce chevalier Vincent dont je vous parlais, et ce qu'il a eu la bonne foi de reconnaître. Il était venu pour me frotter les oreilles, il est reparti bien content de ma logique, nous voilà bons amis depuis et, si vous le voulez, je vous recommanderai à lui pour vos petites affaires d'importation.

Jeanne réussit à s'empêcher de trop rougir, prit un ton détaché pour interroger :

– Quel tort aviez-vous donc causé à ce chevalier, pour qu'il vous voulût du mal ?

– Oh ! fit Mercier, mes ennuis ne me viennent jamais que de ma plume. Je dois fournir mon contingent de lignes à ma gazette et j'avais griffonné un écho sur les amours du chevalier et de la danseuse Robbe, un soir que je n'avais rien de mieux à jeter dans mon encre.

– Et le chevalier Vincent se fâchait pour défendre l'honneur d'une danseuse ! s'écria Jeanne, soudainement furieuse.

– Ce n'est pas cela. C'est que Robbe était à Lauraguais, et que le comte n'était pas encore bien sûr d'être cocu avant de m'avoir lu.

– Et alors ? demanda Jeanne avidement.

– Alors ? Vincent et Lauraguais sont allés sur le pré de l'Advocat.

– Quoi ! Pour une danseuse ! Ils se sont battus pour une danseuse ?

– Non, ils se sont battus parce que Lauraguais a traité Vincent de pirate. Chez un corsaire, ce mot-là ne passe pas.

– Racontez-moi donc la suite, s'écria Jeanne avec impatience. Vous ne cessez de vous arrêter, c'est exaspérant !

– Pardonnez-moi, dit Mercier surpris, je ne savais pas que vous aimiez tant les potins d'alcôve. Et ma foi, il n'y a pas eu grand-chose. Pour l'injure Vincent a pris une goutte de sang à la main de Lauraguais et, pour la danseuse, Lauraguais n'a rien voulu. Ils se sont embrassés et sont repartis bras dessus, bras dessous faire un dîner d'huîtres, le temps de se mettre d'accord sur l'emploi du temps de mademoiselle Robbe.

– C'est scandaleux ! cracha Jeanne, les yeux étincelants.

– Mais que vous importe ?

– Il ne m'importe pas du tout, il ne m'importe pas le moins du monde ! dit rageusement Jeanne. Pourquoi la conduite de deux débauchés m'importerait-elle ? Mais avouez que toute femme a le droit de s'agacer quand on lui rapporte un nouveau trait de la désinvolture des hommes. Comment ! En voilà deux qui se partagent en frères le corps de leur poupée de tulle, sans même avoir la courtoisie de l'inviter à leur ripaille pour entendre son avis et la faire profiter du vin de Champagne qu'on boit à sa santé ? C'est trop fort ! Il y a de ces instants où je nous trouve bien sottes de parfois pleurer d'amour pour ces animaux-là. Nous devrions les aimer comme ils nous aiment – pour rire.

Son emportement devait avoir grandement surpris Mercier, Jeanne en avait conscience. Montrer d'abord un tel désir de s'installer dans le souvenir du trop galant Casanova, et montrer ensuite une telle colère contre les hommes à propos d'un potin mondain : Mercier devait se poser beaucoup de questions.

Elle marcha un moment dans le clos des Petits-Pères pour se remettre au calme avant de monter préparer son dîner. Elle sentait ses joues encore chaudes du rouge de l'émotion qui les avait envahies tout à l'heure. Quelle guigne c'était, que de ne pouvoir s'empêcher de rougir pour un oui, pour un non ! Passe à quinze ans. Mais à dix-huit, et devenue femme, rougir encore ! Elle se laissa tomber sur un banc du mail, s'éventa avec son fichu. Son regard flotta sur la haie de lilas dont les grappes mauves mûrissaient, se couvraient de milliers de petites étoiles d'un mauve plus pâle... Et c'est alors que la voix de Mercier commença de lui faire quelque chose au cœur. La voix racontait une fois de plus la stupide histoire de Vincent, de Robbe et de Lauraguais, et ses mots avaient des dents de souris qui lui grignotaient le cœur. C'était vraiment trop bête ! Qu'est-ce que ça pouvait bien lui faire, que Vincent eût couché avec une danseuse ? Ou avec trois, ou avec dix ? Il pouvait bien coucher avec tout le corps de ballet si ça lui chantait ! Un marin en bordée a des goûts si vulgaires... « Pauvre Pauline », pensa-t-elle.

Une grande pitié la prit pour Mme de Vaux-Jailloux, que son amant trompait bassement avec une fille d'Opéra. C'était bien la peine de lui décorer et redécorer son pied-à-terre en Dombes pour qu'il soit toujours plus beau et plus douillet ! C'était bien la peine d'avoir fait copier pour lui le cabinet de bains de Louis XV, c'était bien la peine de tenir amoureusement en ordre et sans poussière les précieux biens de l'absent, ses robes de chambre en soie de Chine, ses brosses, son peigne, ses plissoirs, ses trente-six babioles et flacons de grand coquet, ah ! oui ! c'était bien la peine d'aussi tendrement se souvenir, pour être si bien oubliée entre les cuisses à gages d'une danseuse ! Pour un peu, Jeanne aurait sangloté sur le malheur de Pauline.

6

Mlle Sorel lui sous-loua le petit local dont elle ne faisait rien pour deux cent quatre-vingts livres par an, avec un semestre payé d'avance. C'était un loyer d'usurière, mais il n'était pas question de trouver un seul propriétaire honnête dans tout l'enclos du Temple. Puis, le local était situé au mieux, tout près de la porte d'entrée, à l'angle de la rue du Temple et de la rue Meslay. Où qu'il aille à l'intérieur du clos, un promeneur venu de la ville passait devant, comme y passait aussi la foule quotidienne des visiteurs qui se rendaient chez le grand prieur ou chez sa maîtresse, la comtesse Marie-Charlotte de Boufflers, une dame très fréquentée. Et c'était là aussi, à deux pas de la longue promenade ombragée du rempart, que le menu peuple redescendu de la Courtille venait musarder devant les boutiques, lorsqu'il « faisait lundi » au lieu de courir reprendre son travail au lendemain du dimanche.

– Et vous êtes sur le chemin de la Nadine ; c'est bon aussi, ça, lui fit remarquer Mercier. Nadine attire les étrangers.

– Elle vend des bijoux ? demanda Jeanne.

Elle savait que les bijoux du Temple, faux mais souvent très réussis et d'ailleurs très chers, faisaient accourir les amateurs de souvenirs de Paris. Mais elle vit Mercier se mettre à rire de bon cœur :

– En effet, dit-il, la Nadine loge chez elle une demi-douzaine de jeunes ouvrières qui vendent leurs bijoux*! Pour peu que vous teniez ici des sachets de sent-bon vous aurez déjà la pratique de ces demoiselles.

– Et pour peu que j'y tienne des redingotes anglaises** sous le manteau, j'aurai de surcroît la pratique des clients les plus prudents de ces demoiselles! lança Jeanne en contrepoint.

– Peste! voilà que vous prenez d'avance le libre ton d'une marchande familière des duchesses!

– J'étudie sous votre direction, Mercier, dont la langue se tient toujours à la pointe de la mode.

Elle était d'humeur à plaisanter, se sentait légère comme hiron-

* Depuis la publication, en 1748, des *Bijoux indiscrets*, le roman licencieux à gros tirage de Diderot, le mot « bijoux » avait gardé un sens anatomique très précis.

** Capotes anglaises, en français Louis XV.

delle par beau temps. Si son installation continuait de s'avancer aussi vite qu'elle avait démarré, elle pourrait sans doute ouvrir La Tisanière dès le 1er juillet. Elle ne passait pas un jour sans venir inspecter le travail de son menuisier en sortant du Jardin et, déjà, elle avait commandé son enseigne à un artisan du Temple. Ce serait une grosse tisanière en émail blanc, décorée d'une branche de fragon piquant tout enjolivée de ses baies rouges, surmontée des mots La Tisanière en écriture de fer bien ronde et peinte à l'or dans un encadrement vert bouteille.

Elle avait trouvé le local fort propre ainsi que l'avait prédit Mercier. Mais, pour l'usage qu'il en faisait, Casanova l'avait aménagé en boudoir à sofas après l'avoir aveuglé sur la rue. Jeanne avait fait déclouer les volets et mis un menuisier à l'ouvrage, chargé de transformer le charmant petit lupanar en herboristerie de charme. Pour le rayonnage et la boiserie, l'ouvrier avait proposé un bois de cerisier d'un ton uni de châtaigne aux luisances pourpres que sa cliente, l'œil ravi, décida de ne pas faire peindre, mais simplement cirer. Pour le trumeau de la cheminée, Mlle Basseporte lui recommanda l'apprenti le plus habile de Clermont, un décorateur en vogue, et, pour huit livres et quinze sols, ce jeune artiste de seize ans peignit très bien une moisson de fleurs des champs négligemment jetée sur une table, à côté d'un chapeau de jardinière à rubans. C'était simple, frais, très gai, et Philibert jugea que les fleurs étaient même reproduites sans trop d'erreurs.

Car Philibert était désormais dans le secret.

En fait, il y avait été mis bon dernier. Elle avait eu si peur de le fâcher, qu'après avoir d'abord essayé son idée sur Mercier elle l'avait encore essayée sur ceux dont l'avis lui importait. Et Mlle Basseporte avait aimé l'idée, et le père Joachim aussi. Lalande, généreux à son ordinaire, avait offert d'ouvrir sa bourse pour un prêt. Le timide Thouin avait eu un moment d'effarement – Jeanne lui semblait si jeune pour se mettre dans le commerce ! Mais, bientôt après, il avait promis son appui pour l'achat de bonnes plantes médicinales classiques, qu'on cultivait en abondance dans certains couvents parisiens. Puis enfin étaient venues les réponses aux deux lettres que Jeanne avait envoyées à Marie et à Mme de Bouhey – celle de Marie enthousiaste, celle de la baronne très réjouie. Pour aider son amie, Marie avait proposé ce qu'elle pouvait : des herbes potagères de son jardin et du cassis autant qu'on en voudrait, et aussi de la bourrache, qu'à Autun on ramassait en quantité, pendant tout l'été, aux alentours pierreux de la porte Saint-André. Quant à Mme de Bouhey :

« Réussis : voilà mon seul mot d'ordre, avait-elle écrit à sa pupille. Fais fortune avec ta boutique de tisanes et tu me rendras contente. Je ne t'ai pas vue de gaieté de cœur partir avec Aubriot. Mais si, grâce à ton entêtement, tu dois trouver à Paris le chemin de l'indépendance, alors je serai consolée et ne prierai plus pour que tu cesses d'aimer Aubriot avant qu'il ne soit trop tard. Ton affaire de tisanes me plaît tant que je veux en partager les débuts avec toi. Si tu as besoin de conseils ou d'argent, va chez mon frère Mathieu, à La Rose Picarde. Donne-moi tes ordres pour le jardinier, il te plantera ce que tu voudras. Et tu sais que, pour huit sols la journée, je peux t'avoir une cueilleuse d'herbes sauvages et en trouver deux ou trois s'il le faut... Tu sembles craindre de mettre Aubriot au courant de ton projet, disait-elle plus loin. Imagines-tu vraiment qu'il sera fâché de te voir gagner de quoi payer au moins tes robes et ton coiffeur ? Qui t'a mis cette idée fausse en tête ? Ne crois pas, Jeannette, que le commun des hommes préfère qu'une maîtresse lui doive tout ; le commun des hommes préfère qu'une maîtresse ne lui coûte rien ! »

Philibert avait pourtant d'abord montré une forte surprise, et de la contrariété, en apprenant que Jeanne avait eu une idée qui ne lui devait rien, et s'était avancée dans son projet sans demander ni son avis ni sa permission. Mais elle avait su lui expliquer que c'était justement en raison de l'importance de son avis qu'elle avait reculé en tremblant, et jusqu'à la dernière minute, le moment de le solliciter. Alors il s'était rasséréné, n'avait pas dit mais laissé entendre que cette histoire de Tisanière n'était peut-être pas si bête. Il était allé voir la boutique et, plus tard, s'était installé à sa table à écrire pour rédiger des recettes de tisanes et dresser une liste des marchandises qu'il faudrait engranger dans la boutique avant l'ouverture.

Depuis qu'elle se savait approuvée par tous ceux qu'elle aimait, la future boutiquière ruisselait de joie. Elle travaillait comme une négresse, se levait avant l'aube et ne se couchait pas avant minuit, mais s'en trouvait à merveille, ne s'était jamais si bien portée depuis son arrivée à Paris. « Ah ! que je voudrais déjà connaître mon premier client ! » disait-elle à tout bout de champ, et elle jouait à deviner quel il serait.

— A votre place, Jeannette, pour première cliente j'essaierais d'avoir la Favart, lui dit un jour Mercier. En tant que comédienne elle est assez passée de vogue, mais il ne faut pas oublier qu'en plus d'être « la nièce » de l'abbé de Voisenon elle est « la veuve » du maréchal de Saxe, et que ces parentés-là lui valent de connaître bien du monde dans le grand monde. Puis elle n'aura qu'un mot à dire au Théâtre-Italien pour que vous comptiez toute la troupe parmi vos clients. Avec la troupe vous aurez les amants et les maîtresses – encore du beau monde.

– C'est, dit Jeanne, que je n'ai pas revu madame Favart depuis notre dimanche passé chez Landel.

– Oh! fit Mercier, vous la reverrez! Elle se découvrira bien une maladie à montrer à votre médecin.

– Qu'entendez-vous par là? demanda Jeanne en fronçant les sourcils.

– J'entends, dit Mercier, que madame Favart m'a demandé hier encore des nouvelles du docteur Aubriot, et que je lui ai répondu qu'elle le trouverait chaque mardi soir au Café de la Régence.

Chez Landel, Aubriot avait connu Philidor.

Dernier rejeton brillant d'une lignée de bons musiciens, le compositeur Philidor n'avait pas que le génie de la musique, il avait aussi celui des échecs. Il passait pour le meilleur joueur de son temps, disputait des parties contre les plus fameux « pousseurs de bois » de l'Europe. Aubriot était un bon joueur – le jeu d'échecs était le seul qu'il ne fuyait pas, aussi sa rencontre avec un champion l'avait-il décidé à désormais fréquenter une fois par semaine le Café de la Régence.

Ce café de la place du Palais-Royal était très couru depuis que, vers 1760, la passion des échecs avait empoigné les Parisiens. Les plus ou moins virtuoses de l'échiquier le fréquentaient assidûment, entourés d'un public recruté parmi l'habituelle clientèle des grands cafés de la ville. On y voyait des hommes de lettres et des nouvellistes, des officiers en retraite, de vieux bourgeois célibataires, des étrangers de passage. En fin d'après-midi quelques dames entraient s'y asseoir un moment, pour potiner en dégustant des bavaroises au lait, et leurs couleurs soyeuses ajoutaient au charme d'un décor déjà charmant. Remise au goût du jour, la salle de La Régence était entièrement décorée de hauts panneaux de glace séparés par des boiseries d'un ton de vert éteint relevé de filets d'or pâle. Les tables étaient de beau marbre blanc. Le soir, quand les garçons avaient allumé les bougies des lustres et des appliques, les miroirs répétaient à l'infini, gaiement, les étincelles jetées par les cristaux des pendeloques. Le séjour en un tel lieu était si plaisant que certains habitués y passaient le plus long de leurs après-midi, ne rendant leurs échiquiers ou leurs damiers qu'à l'heure tardive où paraissaient ceux qu'il fallait regarder jouer : Philidor, d'Alembert, Marmontel, Crébillon, Helvétius, le libraire Panckoucke, le comte de Grimm et Daubenton – un petit homme chétif, discret, courtois, dont on ne découvrait qu'à la longue la santé de roc, la constante et fine ironie sans fiel et l'inlassable puissance de concentration, peu commune, qui faisait du collaborateur de Buffon un adversaire redoutable aux échecs. D'autres personnalités bien parisiennes, quoique n'aimant pas jouer, n'en venaient pas moins régulièrement à La Régence, tels Diderot, Lalande, le baron d'Holbach, La Harpe, le critique littéraire du ***Mercure***, Suard, le directeur de la *Gazette*, d'autres encore, parce que « tout le monde », finalement, tenait à se montrer à La Régence. Si bien qu'en y venant une fois par semaine on était à peu près sûr de réussir à voir « tout le monde » en peu de temps, c'est-à-dire les deux cents personnes qui faisaient Paris. La plus aimable urbanité régnait entre les familiers de La Régence, dont tout inconnu de bonnes manières bénéficiait d'emblée. Et c'était une aubaine, pour l'étranger ou le provincial que n'auraient admis ni Mme Geoffrin, ni Mme du Deffand, ni le baron d'Holbach ni personne, que de pouvoir être reçu, pour le prix d'une tasse de café, dans un salon ouvert où fréquentait le tout-Paris. Les voyageurs anglais, en particulier, se retrouvaient tous à La Régence, ne tarissant pas d'éloges sur la delightful vie de coffee-society dont on pouvait jouir là, au débotté, dès l'instant qu'on avait été assez bien élevé outre-Manche pour parler l'européen, c'est-à-dire le français. N'y voyait-on pas parfois même jusqu'à monseigneur le duc d'Orléans ?

Le mardi était un jour très animé par la présence du champion Philidor, ce pour quoi Aubriot l'avait choisi. Le médecin arrivait ponctuellement à six heures, quand les parties s'organisaient. Jeanne regardait les joueurs s'installer, laissait les garçons déposer deux chandelles et deux tasses de café de chaque côté des échiquiers, avant de s'en aller, sur la pointe des pieds, vagabonder un peu entre les tables... Assez vite elle se retirait dans un angle de la salle où Lucien, *son* garçon, lui apportait d'autorité, et avec un immense sourire, une bavaroise au Rhum des Isles, la *Gazette* du jour et une feuille de nouvelles à la main.

Elle pouvait rarement lire pendant plus de dix minutes. Deux ou trois autres personnes la rejoignaient bientôt pour engager une conversation à voix basse. A La Régence, ou on devenait d'emblée un habitué ou on ne le devenait jamais, et Jeanne y était devenue une habituée dès son apparition. Sa beauté, son charme et son esprit lui assuraient toujours de la compagnie, elle avait même « ses piliers » : Mercier, toujours trop bavard, et un jeune homme au contraire si muet, à l'air sombre et au regard à la fois si vague et si gelé qu'on aurait pu le croire frappé d'imbécillité. Ce jeune homme prenait une chaise, s'installait dessus à califourchon, tourné vers Jeanne, qu'il contemplait fixement mais comme sans la voir, en se rongeant les ongles. La première fois qu'elle l'avait vu, Jeanne lui avait trouvé une étrange allure pour un client de La Régence : il portait un habit brun très défraîchi avec une cravate et des manchettes fripées, grisées plutôt que blanches ; sur sa perruque posée de travers manquait toute la poudre qui lui collait aux oreilles et sur les épaules et, en guise d'épée, il tenait sous le bras un gros parapluie roulé, un parapluie de paysan partant pour le marché un matin mouillé. Jeanne, médusée, n'avait pu détacher son regard de cet incongru parapluie, jusqu'à l'instant où d'Alembert, s'approchant, s'en était saisi pour le remettre à un garçon en grondant le jeune homme de sa voix de castrat : « Eh bien, mon bon ami, quel point de géométrie avez-vous réglé tout à l'heure, au moment que vous preniez votre épée ? Je vous ai déjà cent fois conseillé de ne point la placer auprès de votre parapluie. » Et, passant son bras sous celui du distrait, d'Alembert l'avait amené devant Jeanne en poursuivant : « Je vois que vous avez le bon goût d'admirer mademoiselle comme si elle était le plus beau des triangles isocèles, aussi lui demanderai-je permission de vous présenter... Mademoiselle, je vous présente mon bon ami, le marquis de Condorcet. Montrez-lui de l'indulgence si vous le voyez sourire alors que vous lui contez une tragédie ; ce n'est pas qu'il ait le cœur mauvais, tout au contraire, il l'a aussi bon qu'un cœur de laitue ; mais son oreille est désespérante, toujours à l'écoute de sa tête plutôt que de vos paroles ! »

Jeanne s'était accoutumée aux contemplations moroses et silencieuses du jeune marquis de Condorcet. Le trio qu'elle formait avec l'intarissable Mercier papillonnant et le taciturne Condorcet ankylosé était assez typique pour qu'il fût devenu tout de suite l'un des dix ou quinze « tableaux de fond » du décor de La Régence. A la suite de Lalande, quelques-uns de ceux qu'on appelait « les vagabonds », parce qu'ils ne jouaient pas, prirent l'habitude de venir s'asseoir auprès de ce trio-là plutôt qu'ailleurs, et comme tous étaient des hommes, Jeanne eut désormais, le mardi, sa petite cour dans le café le plus célèbre du plus célèbre quartier de Paris. Ce n'était pas pour déplaire à la coquette, et la future marchande de tisanes n'était pas fâchée de se faire un avant-bruit de renommée. Mercier et Lalande s'entendaient comme larrons en foire pour faire valoir la science herboriste de leur amie en lui lançant comme par hasard les questions qu'il fallait. Émerveillé comme les autres par le savoir de Jeanne, Condorcet, un mardi, arriva devant elle bras dessus bras dessous avec un jeune homme d'à peu près son âge au visage tout rond, tout clair, tout sourire :

– Mademoiselle, voici un ami, monsieur Lavoisier, que je vous veux confier, dit-il. C'est un botaniste des dimanches, bien embarrassé d'une récolte qu'il a faite en courant le mont Valérien pour en analyser le sol. Je lui ai dit que vous pourriez l'aider à la classer. Il ne vous donnera pas de peine ; dès qu'il se met à une chose il n'est pas mauvais élève.

Le nom de Lavoisier fit tressaillir Jeanne. Lavoisier, n'était-ce pas ainsi que s'appelait le chimiste avec lequel Denis Gaillon correspondait avant de s'enfuir avec Émilie ? Elle perçut le jeune savant si simple et chaleureux qu'elle dit tout de suite, leurs saluts à peine échangés :

– Vous êtes chimiste, monsieur, n'est-il pas vrai ? J'ai eu dans mon coin de province un ami d'enfance qui l'était aussi et professait la plus grande admiration pour vous – je veux parler de Denis Gaillon.

– Vraiment, êtes-vous aussi de Châtillon-en-Dombes ? demanda Lavoisier.

– Oui, presque.

– J'ai été bien surpris d'apprendre par une lettre de Malte que votre ami Gaillon était là-bas, reprit Lavoisier. Je m'étais plutôt attendu à le voir débarquer au Jardin du Roi pour y étudier chez monsieur Rouelle.

Jeanne buvait une minute de joie pure. Son instinct ne l'avait pas trompée : Émilie et Denis étaient à Malte, en sécurité, et ce ne pouvait être que Vincent qui les y avait emmenés. Une question de Lavoisier la rappela au présent :

– Pourquoi donc votre ami a-t-il quitté la France ?

– Une affaire de cœur, dit-elle après un instant de silence.

– Oh ! fit Lavoisier.

Et il ajouta :

– C'est dommage. Je crois qu'à Paris il serait devenu un fort bon chimiste.

– Peut-être l'amour contente-t-il un homme mieux que la chimie ?

– Peut-être, mademoiselle, lui accorda le chimiste d'un ton qui n'en croyait absolument rien.

Elle eut un petit rire :

– Je devine à votre voix que vous ne lâcheriez pas vos cornues pour vous en aller courir les mers avec la femme que vous aimez !

– Je ne le crois pas, mademoiselle Mais pourquoi diable la

femme que j'aimerais voudrait-elle me séparer de mes cornues ? Un chimiste est un homme très amusant, je vous assure. Venez parfois à l'amphithéâtre du Jardin quand j'y travaille avec Rouelle, et je vous montrerai de quels jolis tours je suis capable.

– Je sais que les chimistes et les physiciens vous montrent de bons tours. Mais moi, je préfère qu'on me révèle des secrets et, pour cela, je tiens qu'un marin... ou un astronome vaut mieux qu'un chimiste, dit-elle avec un coup d'œil de complicité vers Lalande.

– Mais pas du tout ! protesta Lavoisier. Vous pariez pour perdre, mademoiselle. Si vous m'écoutiez quelque peu je vous ferais entrevoir de prodigieux secrets. Tenez, je vous raconterais comment vous respirez.

– Le beau secret, vraiment ! Je sais fort bien, monsieur, comment je respire !

– Dans ce cas, apprenez-le-moi vite, soupira Lavoisier. Car je voulais vous tenter mais, à vous parler franc, comment nous respirons, je ne le sais pas encore tout à fait bien !

– Et c'est bien dommage, monsieur, dit derrière eux la voix bien timbrée d'Aubriot, qui les fit sursauter.

Depuis un petit moment la rumeur s'amplifiait dans la salle où s'achevaient une à une les parties d'échecs, à moins qu'on ne les abandonnât jusqu'au lendemain soir. Jeanne et son interlocuteur n'avaient pas entendu Aubriot libéré venir à eux. Celui-ci reprit, s'adressant au chimiste :

– Monsieur, quand vous en saurez beaucoup plus sur la respiration, je pourrai peut-être en savoir un peu plus sur les maladies du poumon. Et j'ai grand besoin d'en vite savoir davantage, ajouta-t-il rapidement.

Le poids de la dernière phrase du médecin parut si lourd à Jeanne qu'elle dévisagea Philibert, saisie d'angoisse : ces crachements de sang, dont elle avait entendu parler à Charmont, et par la baronne et par Mme de Saint-Girod, l'auraient-ils repris sans qu'elle s'en aperçût ?

Cependant Aubriot poursuivait :

– Les médecins de demain devront se faire chimistes et physiciens, à moins qu'ils ne préfèrent continuer d'être ridicules, ce qui n'est pas exclu !

Aubriot et Lavoisier se connaissaient déjà pour s'être rencontrés souvent aux leçons de Rouelle. Très vite ils se mirent à parler de chimie et Jeanne, ennuyée, les quitta, rejoignit le cercle des auditeurs pendus aux lèvres de Diderot. C'était toujours ainsi lorsque Diderot parlait : le public de la salle se rassemblait irrésistiblement autour de la fontaine d'où coulait sans panne, abondante et limpide, une prose à tout dire. Lalande, qui traînait là aussi, son sourire de singe au visage, entoura de son bras la taille de Jeanne, l'attira contre lui pour mettre son oreille à portée de sa bouche :

– Vraiment, chuchota-t-il, c'est miracle d'entendre à quel point les mots lui arrivent aisément pour exprimer même ce qu'il ne conçoit pas clairement !

Jeanne eut un rire sacrilège qui fit tourner les têtes et que Lalande lui étouffa dans sa main.

– Il est encore parti pour aller jusqu'à onze heures, murmura-t-elle quand elle eut repris son sérieux.

En principe, au printemps tous les cafés devaient fermer à dix heures, mais devant un établissement aussi bien fréquenté que La Régence, les soldats du guet passaient sans voir les lumières. Même les espions du lieutenant de police demeuraient au-delà de l'heure légale, continuant de tendre leurs grandes oreilles dans l'espoir de récolter un propos séditieux pour leur patron, ou un cancan grivois qu'on enverrait au Roi. Ce soir comme toujours, les créatures de Sartine étaient là. Assis tout auprès, Marmontel et d'Alembert, ayant achevé leur partie, s'amusaient à chatouiller les tympans des mouchards avec une causette révolutionnaire en jargon codé. Tout le monde savait que les serveurs de La Régence vendaient, pour cinq louis la copie, la clé du code des philosophes, mais chacun faisait semblant d'être seul dans le secret : c'était le jeu.

– La baraque, c'est quoi ? demanda Jeanne, qui ne savait pas encore tout du faux mystère.

– C'est le gouvernement, voyons, dit Lalande.

– Et Leroux, c'est Choiseul ?

– Oui, comme son poil l'indique.

– Et *le* vicomtesse ?

Un éclat de joie brilla aux yeux de Lalande :

– C'est le prince de Conti, dit-il.

Et comme le regard surpris de Jeanne lui demandait : « Quel rapport ? » il ajouta : « Le prince est l'amant d'une comtesse », s'esclaffa sans retenue et rattrapa de justesse sa perruque bousculée par le rire.

Des « Chut ! » courroucés parvinrent aux deux trublions : non loin d'eux, Helvétius et le comte de Grimm méditaient sur un coup difficile. Lalande et Jeanne s'éloignèrent sur la pointe des pieds, se retrouvèrent debout avec Mercier derrière un Anglais qui levait des croquis d'ambiance. Soudain, Jeanne perçut un bruit de soie criant sur le crin d'un panier, qui se rapprochait d'eux à si vive allure qu'elle se retourna...

Mme Favart faisait à La Régence une entrée de théâtre. La gorge en proue, la tête bien dégagée des épaules, un très rouge sourire aux lèvres, la comédienne s'avançait vers Jeanne les deux mains tendues, avec le même empressement que si elle s'allait jeter dans les bras d'une amie chère retrouvée après dix ans d'absence! Derrière elle, trottait la moitié d'un gringalet de compagnie, dont sa jupe en cloche escamotait tout le bas.

Jeanne voyait Justine Favart pour la seconde fois et se demanda, pour la seconde fois, comment cette femme avait bien pu naguère s'y prendre pour devenir la coqueluche de Paris. Avec son visage de quarante ans outrageusement masqué de blanc et de rouge et sa coiffure « en tapé » aplatie comme une galette de crottes sur son crâne, ses joues creuses, son menton pointu et le bariolage aux couleurs de cerise et de serin dont elle était vêtue, l'ancienne coqueluche des Parisiens lui semblait tout au plus bonne à donner un rhume de huit jours. Gênée, raidie, elle se laissa presser avec impatience contre le cœur de la dame :

– Chère mademoiselle, c'est vous que je viens voir, lui disait Justine en l'embrassant trop.

– Moi, madame? fit Jeanne, toujours plus étonnée.

– Mademoiselle, ceux qui me connaissent bien vous le diront : je ne suis faite que d'emportements, dit Justine avec une exaltation de scène. Que je prenne de l'amitié ou que je demeure indifférente, c'est du premier regard, et vous m'avez plu dès que je vous ai vue chez Landel. Vous êtes charmante à voir et à entendre, aussi me plairait-il que vous chantiez une romance à la petite fête que je donnerai dans ma campagne de Belleville pour la Saint-Claude. Eh bien?

– Pour la Saint-Claude, répéta Jeanne, ahurie. Et je... vous avez affaire pour la Saint-Claude?

Le gringalet pris dans les jupes de Justine ricana bêtement et se fit expédier d'une phrase :

– Drouillon, mon petit, ne reste pas là planté comme un sot à nous écouter, va-t'en plutôt faire ta cour à monsieur Marmontel si tu veux t'en tirer un rôle dans son prochain opéra-comique. Mercier, emmenez-le donc se faire un peu valoir...

Elle revint à Jeanne, la fit asseoir près d'elle pour un tête-à-tête :

– Mon bon oncle l'abbé de Voisenon se prénomme Claude – ne le saviez-vous pas? Voilà que la duchesse de Choiseul s'apprête à me l'enlever pour le traîner aux eaux de Barèges, où elle a peur de s'ennuyer si elle n'y transporte toute sa cour d'amuseurs. Leur départ est fixé à la mi-juin et, avant que l'abbé ne me quitte, je veux lui faire la surprise d'une belle fête. Mon jardin sera bientôt plein de roses et de cerises, je mettrai des musiciens sous la tonnelle, nous danserons, nous chanterons, nous rirons comme des fous ! Voyons, dites-moi un peu ce que vous nous chanterez ?

« Elle est folle ! » pensa Jeanne.

– Mais madame, dit-elle, jamais je n'oserai me produire dans votre salon ! Je suis touchée, bien sûr, que vous songiez à m'inviter chez vous, mais...

Elle comptait ajouter : « ... mais je me trouve trop peu de talent pour chanter devant le public de madame Favart » quand, lui coupant la parole, Justine crut pouvoir achever sa phrase :

– Mais les herborisations autour de Paris ont repris avec le printemps, vous devez assister le docteur Aubriot, et lui se ferait scrupule de décommander ses abonnés du dimanche. Je sais tout cela, chère mademoiselle : monsieur Aubriot me l'a fait répéter deux fois, et par Philidor et par Crébillon, que j'avais chargés de lui porter mon invitation. Mais je suis une personne très obstinée, aussi me suis-je décidée à venir moi-même la renouveler. Et cette fois je m'adresse à vous, parce que les femmes se doivent entraider contre les hommes lorsque les hommes prétendent les empêcher de s'amuser. Allons, c'est dit, n'est-ce pas, vous viendrez à ma fête et vous m'y amènerez votre savant ?

Une muette colère s'était levée en Jeanne pendant que Justine pérorait sans souffler. Ainsi Philibert n'avait pas même jugé bon de l'avertir de l'invitation de Mme Favart ? Qu'à tout bout de champ il décidât sans la consulter, elle en avait pris le pli dès l'enfance ; mais qu'aujourd'hui encore il dédaignât même de l'informer de ses décisions, voilà qui lui agaçait les dents ! Sa petite fille avait grandi, il aurait quand même pu s'en apercevoir de temps en temps. Elle surprit Justine, qui s'était attendue à être renvoyée à Aubriot, en lui répondant d'un ton rapide et net :

– Après tout, oui, madame, vous n'avez pas tort, les femmes se doivent entraider à se faire un peu la vie bonne. Pour ma part, je ne bouderai pas la fête que vous m'offrez. Je m'efforcerai certes de vous y amener monsieur Aubriot, mais nul ne le fait aisément changer d'avis. Bien que ma chétive personne ne soit sans doute plaisante que dans l'ombre de la sienne, puis-je me flatter que vous me verriez sans trop de dépit arriver seule à votre partie de campagne ?

« Bah ! si elle vient, lui n'osera pas me manquer », pensa Justine. Pressant les mains de Jeanne, elle l'assura démonstrativement qu'elle serait toujours la bienvenue chez elle, seule ou accompagnée, à Paris comme à Belleville. Ce faisant elle soupesait dans sa tête les paroles animées de la jeune femme, flairait un peu de brouille dans le ménage et se disait que, dans ce cas, le moment serait bien choisi pour s'y glisser en tierce. Elle ne lâcherait pas Jeanne d'ici à sa fête, pour se tenir au courant :

– Passez donc chez moi, rue Mauconseil, un prochain matin, dit-elle. Nous répèterons votre chanson. Vous voyez ma rue, je pense? Tout près des Italiens – n'importe qui vous indiquera ma maison. Me couchant tard je me lève tard, aussi êtes-vous certaine de toujours me trouver en train de lire dans mon lit jusque vers midi. Ces temps-ci j'y reste même à me reposer plus longtemps, d'ordre de la Faculté, ajouta-t-elle en lançant ses derniers mots dans la direction d'Aubriot.

– Êtes-vous souffrante, madame? demanda poliment Jeanne.

Justine n'avait attendu que cette question pour se mettre, à voix point trop basse, à détailler ses vertiges, étouffements de poitrine et spasmes de la gorge, avant de conclure, à voix plus haute encore, qu'elle aurait grand besoin de trouver enfin un médecin qui voulût bien prendre ses symptômes au sérieux. Jeanne s'amusait des efforts de Justine : Aubriot était en train de s'entretenir avec Lavoisier de la nouvelle substance que, chez Rouelle, on venait d'extraire de l'urine, et que ces messieurs du Jardin faisaient goûter à tout le monde avec des mines de confiseurs offrant de l'ambroisie; pour le déranger d'une si passionnante conversation il aurait au moins fallu que la Favart tombât pâmée dans un grand cri!

– Avez-vous essayé, madame, de supprimer vos malaises en supprimant votre corps baleiné? lança-t-elle pour être méchante.

– Mais qui peut faire cela? s'écria Justine. Tronchin m'en a déjà parlé, c'est sa manie que de vouloir gâter vos robes en en ôtant les corps, mais qui peut obéir à cela ? Ne me dites pas que monsieur Aubriot est de son avis ?

– Si fait, madame. Mais, n'est-ce pas, il y a manière et manière d'exiger d'une femme qu'elle renonce à son corps, et je puis vous assurer que monsieur Aubriot a la bonne manière. Vous ne sauriez croire combien de femmes il a persuadées d'enlever leurs corps pour lui plaire.

Justine interrogea des yeux le visage moqueur de Jeanne, dit machinalement :

– Il est vrai que les baleines des corps ont aujourd'hui la réputation de donner des boules aux seins, mais...

– Si vous craignez quelque chose, montrez vos seins à monsieur Aubriot, dit Jeanne avec perversité. Son pronostic est très bon. Surtout si on lui permet de voir et de toucher les maux.

Justine eut un frisson de gourmandise, s'écria étourdiment :

— Ainsi, ce qu'on prétend serait vrai, le docteur Aubriot aurait des façons de vétérinaire ?

— Il y a de cela, accorda Jeanne, imperturbable. Mais j'ai remarqué que certaines dames de complexion un peu animale s'en trouvaient très à l'aise pour se faire soigner.

Elles croisèrent leurs regards comme on croise le fer, après quoi Justine lança une frivolité de détente, avant de se lever pour partir : apparemment, ce soir elle n'obtiendrait d'Aubriot rien de plus qu'un distrait salut. Elle s'avança pour embrasser Jeanne avec toute l'effusion désirable. Encore mal familiarisée avec les foisonnantes embrassades à la parisienne Jeanne faillit reculer devant l'assaut mais elle se reprit et rendit à Justine son content de faux baisers.

Lalande se rapprocha de sa jeune amie dès qu'elle fut de nouveau seule :

— N'aviez-vous pas craint d'être mordue ?

— Lalande, dit-elle, répondez-moi tout franc comme à votre habitude : madame Favart vous plairait-elle ?

Les longues fentes des yeux du savant brillèrent de malice :

— Je n'aurais pas la moindre envie de vous tromper avec elle, si c'est bien là ce que vous me demandez.

— On dit pourtant qu'elle a rendu fou de passion et presque fidèle le très volage prince de Saxe ?

— J'ai très bien connu Saxe : il aimait aller au bordel.

Jeanne se mordit la lèvre, prit une voix caressante :

— Lalande...

— Oui ?

— Je vous adore. Vous devinez toujours ce que j'ai envie d'entendre.

Les fentes des yeux noirs diminuèrent encore de moitié :

— Chère petite mie... vous étonnez-vous encore qu'un génie ait des traits de génie ?

Le surlendemain matin, Jeanne rentra du Jardin très tôt. Elle ôta son habit d'homme, ouvrit le coffre de sa chambre et médita devant son choix de jupons et de caracos. Finalement elle passa l'un sur l'autre deux jupons de fin droguet d'été — une qualité Delafaye, à laquelle le fort pourcentage de soie donnait un joli brillant. Elle retroussa dans ses poches le jupon de dessus à très larges rayures vertes et blanches, pour bien dégager le vert uni du jupon de dessous à falbala. Le casaquin collant à basques arrondies et simplement boutonné, du même vert feuille printanier, moulait joliment son buste. Puisqu'il faisait beau, elle ne prendrait qu'un léger fichu de batiste blanche pour garnir son décolleté. Elle ramassa ses cheveux dans son grand bonnet à la Ramponeau et ne chaussa ses souliers de cuir blanc qu'en dernier – elle n'avait pas perdu son habitude de vivre sur ses bas dans l'intimité de sa chambre.

Sur le point de partir, elle retourna dans le cabinet pour se mettre un peu de rose aux joues et frotter ses lèvres de rouge. Il était certes entendu avec Philibert qu'elle avait renoncé aux fards et à la poudre en même temps qu'aux corps baleinés, mais elle était bien obligée de tricher souvent : on n'a pas toujours l'audace de se risquer peau nue dans un monde de femmes enluminées jusque dans leurs tombeaux. Tout en estompant jusqu'au-dessous de ses yeux son rose-de-bergère - blonde-émue-fabriqué - par-Mlle-Lomé-avec - l'approbation-de-l'Académie-de-Médecine, elle se disait avec une joie mauvaise que Philibert serait mécontent de la voir faire : elle avait très envie de lui déplaire. Lorsqu'elle lui avait appris sa décision d'aller à la fête de Mme Favart il avait été odieux. Pis qu'odieux : glacial. Il avait pris son air de confesseur offensé par un péché vraiment trop gros, avant de dire d'une voix rogue : « Fort bien, mademoiselle, passez-vous cette toquade si ces parties de campagne vulgaires vous amusent. Mais ne vous étonnez plus de me voir vous traiter parfois en enfant, alors que votre comportement n'atteint pas même encore l'âge que vous avez. » Là-dessus, il avait refusé d'en reparler, « n'ayant pas de temps à perdre ». Qu'est-ce qu'il croyait donc? Qu'elle allait méditer sa réprimande dans le silence, se repentir, renoncer à son beau gai dimanche et le prier de lui pardonner son vilain dessein et de plutôt l'emmener à Boulogne comme d'habitude faire une partie de campagne « intelligente »? Oh! mais non! Ça, non! Elle avait bien trop envie de prendre une bouffée d'air frivole! En sortant du cabinet elle donna un coup de pied rageur dans les pantoufles de Philibert, qui valsèrent au milieu de la chambre. C'étaient d'élégantes pantoufles de tapisserie au petit point, sur lesquelles Jeanne assouvissait ses mouvements d'humeur contre son amant, parce qu'elles avaient été amoureusement brodées par la défunte Marguerite Maupin.

Quand elle sortit, Toutou, le gros chien poilu du docteur Vacher, un briard encore jeune et très joueur, profita de la porte ouverte pour bondir dans la chambre défendue. Il vit les pantoufles à la dérive sur le parquet, se saisit d'une avec un appétit joyeux...

Jeanne poussa un « Lâche! » retentissant, tira sur la pantoufle que vint aimablement lui présenter Toutou. Toutou, aussitôt, tira vaillamment de l'autre côté, et « crac! » fit la pantoufle. Jeanne contempla un instant l'ouvrage disloqué de feu Mme Aubriot, ne put retenir un sourire, gratta affectueusement le crâne du briard entre les deux oreilles:

– Bon Toutou, dit-elle, oh ! le bon gentil Toutou ! Va, mon chienchien, mange l'autre!

Les Favart n'habitaient pas loin de chez le docteur Vacher. Depuis une dizaine d'années ils louaient un appartement dans la rue Mauconseil, tout près de la Comédie-Italienne. A leur arrivée, la galante marquise de Mauconseil, dont l'hôtel donnait son nom à la rue, avait aussitôt pris le couple d'artistes en amitié et, dès lors, plus aucune fête ne s'était déroulée à Bagatelle – la ravissante campagne que la marquise possédait en plein bois de Boulogne – sans le concours des Favart. La protection de Mme de Mauconseil était tombée à point : Justine venait de perdre Maurice de Saxe embroché de sang-froid par le prince de Conti et, avec lui, sa vie princière. Les fêtes de Bagatelle l'avaient remise sur un pied de familiarité avec la noblesse, et c'était à Bagatelle qu'un beau jour elle était tombée derrière un buisson, pêle-mêle avec l'entreprenant petit abbé de Voisenon. L'amant en titre de sa maturité était moins grand seigneur et moins glorieux que l'amant en titre de sa jeunesse ; il ne vivait pas au château de Chambord mais dans un modeste logement de la rue des Bons-Enfants, mais lui, au moins, avait bon caractère et la courtoisie de s'entendre à merveille avec le mari de sa maîtresse. Par Mercier, Jeanne savait que les Favart et Voisenon formaient le meilleur ménage à trois de Paris, mais ne s'attendait pourtant pas à la scène d'intimité dans laquelle elle tomba en arrivant rue Mauconseil.

Marguerite, la brave sœur-servante de Simon Favart, lui ouvrit la porte et s'en alla gratter à la chambre de sa belle-sœur. « Est-il donc si tard, Margot? » répondit la voix de Mme Favart. Marguerite entrebâilla la porte pour annoncer la visiteuse, puis l'ouvrit toute grande pour la faire entrer... Jeanne avança de trois pas, et alors la stupeur faillit la rejeter d'un bond en arrière : Mme Favart et son petit abbé reposaient côte à côte dans un lit dont les courtines de satin bleu pâle étaient relevées par de grosses cordelières dorées. Justine était en mousseline rose à dentelle, l'abbé portait un bonnet de nuit et tenait un gros livre à deux mains.

– Entrez, entrez, ma charmante demoiselle, gazouilla l'abbé de sa voix fluette. Je finissais justement de lire mon bréviaire.

– Allons, l'abbé, vous voyez qu'il est tard, il faut songer à se lever, dit Justine d'un ton enjoué. Nous ne voulons plus de vous, s'il vous plaît, nous avons un secret à nous dire, mademoiselle et moi.

– Amen, dit l'abbé en refermant son bréviaire.

Le petit corps emballé d'une longue et pudique camisole blanche à manchettes parées de Valenciennes sauta de la couche de satin bleu, enfila des pantoufles en velours rouge, passa la robe de chambre du même ton qui traînait sur un fauteuil :

– Puisqu'on me chasse, j'irai boire ma tasse de café chez mon cher neveu Fumichon, dit-il. Il en sera à sa troisième pipe du matin, il m'empestera et je tousserai – où sont mes pastilles? Est-il vraiment déjà onze heures?

Il avait posé sa question à Jeanne.

– Je crois, monsieur, que les onze heures sont bien passées, articula-t-elle avec effort.

– Pardine! voilà pourquoi mon estomac bâille à m'en donner le vertige. Ma nièce, il vous faudra faire réparer votre pendule de chevet.

– L'abbé a un estomac aussi régulier qu'une bonne horloge, expliqua Justine en riant. Il lui faut ses trois tasses de petite sauge de Provence à son réveil, son chocolat à dix heures et son café à onze, ses ragoûts aux anchois à une heure, son infusion de véronique à trois, et cela va ainsi tout le jour, jusqu'à sa tasse de café et ses opiats de minuit!

– Je suis un religieux, je dois avoir une vie réglée, dit l'abbé avec componction.

– Eh bien? demanda Justine dès que Voisenon eut refermé la porte sur lui, ne voulez-vous pas vous asseoir? Venez vous mettre ici...

Elle tapotait le bord de son lit avec un sourire engageant.

Jeanne se posa sur la couche de Mme Favart comme elle se serait posée sur un lit de braise. Elle avait grand mal à se conduire avec naturel dans un climat si nouveau. La dame appuyée contre ses trois oreillers bleus répandait un parfum douceâtre, trop sucré, écœurant. Sa chemise transparente laissait voir des seins en poire aux larges mamelons bruns, des seins un peu lourds mais encore beaux pour leur âge, que Justine aidait à se tenir fièrement en croisant ses mains derrière sa nuque. Le visible embarras de sa visiteuse amusait beaucoup la comédienne : dégourdir un peu cette fraîche ingénue ne lui aurait pas déplu. Dans le couvent des pénitentes d'Angers, où

Saxe l'avait fait jadis enfermer un moment pour lui assouplir le caractère, Mme Favart avait pris goût au doux passe-temps des nonnes aux nuits privées d'amants. Cette Jeanne aux yeux d'or faisait une très tentante nonnette. Et comme son médecin avait aussi de quoi tenter, ce couple était à ne pas perdre de vue, décidément.

— M'avez-vous apporté une chanson ? demanda enfin Justine.

— Oui, madame. J'ai noté la musique d'une romance que j'aime beaucoup, dit Jeanne, enchantée de trouver l'occasion de se lever pour aller vers le clavecin.

Le clavecin de Mme Favart — un cadeau de Saxe — était bleu pâle, assorti au meuble de la chambre, peint de guirlandes de roses tenues par des amours fessus qui étaient de la main de Boucher.

— Je veux vous accompagner moi-même, dit Justine en sortant de son lit.

Elle resta en chemise et Jeanne, les yeux hauts, chanta en prenant soin de ne pas voir la grosse toison brune qui bouclait entre les cuisses de Mme Favart.

La chanson, *Le Rosier*, était pleine de grâce, et peu connue bien qu'elle fût de Rousseau. La mélodie de Jean-Jacques, touchante, expressive, convenait au tendre contralto de Jeanne. Quand sa dernière plainte d'amour se fut tue sur un nostalgique *la* bémol, l'accompagnatrice demeura un instant la tête penchée vers son clavier, comme encore à l'écoute ; enfin, elle dit : « C'est vraiment très bien, mademoiselle » et Jeanne en rosit de plaisir, tant le ton des paroles semblait exprimer le sincère jugement d'une chanteuse de métier. Du coup, toute gêne envolée, elle alla prendre le déshabillé rose qu'elle apercevait dans le cabinet de toilette et revint en envelopper Justine. Celle-ci la prit par la taille et l'emmena s'asseoir avec elle sur le sofa :

— Savez-vous bien qu'avec votre mine et votre voix vous pourriez sans peine vous produire sur un théâtre? Mes invités seront ravis de vous entendre. La marquise de Mauconseil sera là, et je suis sûre qu'elle vous priera de bien vouloir chanter à l'une de ses soirées ; elle adore offrir à ses amis la primeur de jeunes talents inconnus.

— Madame, je suis un trop menu talent pour intéresser la compagnie d'une si grande dame !

— Oh ! ne croyez point cela, dit Justine en l'enveloppant d'un regard appuyé qui fit rougir Jeanne d'instinct, sans qu'elle sût pourquoi. Les amis de la marquise sont grands seigneurs et comme tels fort blasés, aussi n'en ont-ils que plus de goût pour les nouveautés de mérite.

On gratta à la porte, où parut la tête encotonnée de Voisenon :

– Peut-on revenir, mesdames les cachottières?

– Oui, dit Justine.

Le bon Favart, sa pipe au bec, entra sur les talons de l'abbé, deux feuillets couverts de notes à la main :

– Simon a mis la musique à mes couplets d'hier matin, dit Voisenon. Cet air-là n'est que pour votre partenaire, ma nièce, mais nous aimerions l'entendre un peu tout de suite...

– C'est l'air du berger, pour le prochain opéra-comique que nous donnerons aux Italiens, expliqua Justine à Jeanne en s'adossant au clavecin devant lequel s'était assis son mari.

Le déshabillé rose flottait, grand ouvert, laissant paraître sous la fine mousseline de la chemise tous les détails du corps imparfait, maigre aux épaules, lourd aux hanches, trop court de jambes, impudique en raison même de ses imperfections et des beaux seins pointus trop appétissants.

Quand la chanteuse eut déchiffré l'air en le solfiant, elle le reprit en y mettant les paroles. Le mari, les doigts sur son clavier, balançait la tête en fermant les yeux, tandis que l'amant, grimpé sur un tabouret de pied, battait la mesure :

J'ai vu bien des tétons charmants
Tétons rebondis et très blancs,
Tétons à séduire un cœur tendre,
Tétons invitant à les prendre...

« Que de lait, que de lait dans ces couplets-là! pensait Jeanne; et dire qu'ils sont d'un abbé! Sa nourrice a dû lui laisser un grand souvenir! »

Jeanne fut éblouie quand Mercier lui apprit que cette marquise de Mauconseil qu'elle verrait à Belleville était grande dame au point d'avoir reçu le Roi chez elle. Le Roi! Elle était invitée à une fête où serait une dame qui recevait le Roi! Le soir du jour où Mercier lui raconta cela, à peine rentrée rue du Mail, elle courut ouvrir et la grande armoire et son coffre, sortit tous ses trésors...

Quand Mme Favre poussa la porte pour proposer à « la donzelle » de l'oille aux petits légumes et une part de tourte aux épinards pour son souper, la Bourguignonne demeura muette, la bouche grande ouverte, les yeux exorbités : tout un chiffonnage de couleurs chatoyait dans le jour gris de la chambre, jeté en amas mousseux sur le lit et les sièges et à cheval sur le paravent. Deux jolies taches rouge et verte étaient même arrivées jusque sur les piles de livres posées sur le marbre de la commode, et c'étaient deux paires de souliers à danser de quasi-princesse, qui piétinaient la littérature avec des talons en pure soie. En arrivant du sombre couloir desservant les pièces de l'appartement sans joie du docteur Vacher on devait tomber dans cette oasis de tendresse féminine comme dans un miracle.

La cuisinière, hélas, ne fut pas sensible à la poésie du spectacle, mais à son scandaleux parfum de luxe mal acquis. Toutes ces nippes, et quelles nippes! Ah! c'étaient sûrement pas des gages de « secrétaire » qui avaient payé tout ça ! « Putain, va ! » pensa clairement le visage osseux durci par une colère jalouse. Si c'était pas malheureux, de constater une fois de plus que la vie ne récompensait ni la peine ni la vertu, de voir que toutes les richesses allaient aux débauchées — heureusement qu'elles crevaient presque toutes à l'hôpital avec le cul pourri, les gueuses!

Comme il suffisait à Jeanne de lire sur la figure de l'intruse pour être renseignée sur ses bonnes pensées, elle opta pour le sourire de l'insolence :

— Entrez donc, madame Favre. Vous tombez dans mon amusement favori et, pour chiffonner, on s'amuse tellement mieux à deux. Voyons, pour un dimanche de fête à la campagne, que me conseillez-vous : celle-ci... ou celle-ci?

Debout en jupon au milieu de la pièce elle présentait deux robes sur chacun de ses bras, qu'elle laissa tomber pour se saisir d'un jupe à falbalas :

— Ou alors plus simplement ceci, avec un caraco galonné?

Mme Favre la foudroya du regard, gronda :

— Z'imaginez tout d' même pas, ma p'tite, qu' ma sainte femme de mère m'a mise au monde pour qu' je serve d' javotte à une... à une...

Elle ravala son insulte à grand-peine, recula dans le couloir et claqua la porte sur sa fureur.

« Bon. Je vais devoir descendre nous acheter du jambon », se dit Jeanne avec philosophie. Mais comme elle avait encore un peu de temps devant elle, elle se replongea avec délices dans ses incertitudes.

La stupéfaction montrée par Mme Favre pouvait se comprendre. Le déballage faisait honneur autant à l'affectueuse générosité de la baronne de Bouhey qu'au talent de Mlle Marthe, la couturière de Bourg-en-Bresse. Enfin, l'une de ces élégances allait pouvoir quitter sa prison pour aller se faire admirer!

Jamais, depuis son arrivée à Paris, Jeanne n'avait eu l'occasion de mettre l'une de ses belles robes. Son genre de vie lui imposait une tenue de petite bourgeoise coquette mais sage, et c'était du reste ainsi que se vêtaient maintenant même les jeunes dames de la noblesse tant qu'elles demeuraient « en négligé »; seulement, les aristocrates pouvaient souvent sortir de leur négligé, tandis que Jeanne ne le pouvait pas. Ceux qui recevaient le docteur Aubriot le recevaient seul, et ce n'était pas pour aller faire la dînette à trois chez Lalande ou déguster une bavaroise à La Régence qu'une demoiselle de son état aurait pu se mettre en grand panier, ou en soie blanche, ou en robe d'avant-garde coupée à l'anglaise. L'invitation inespérée de Mme Favart la jetait avec ivresse dans le régal de se choisir enfin une parure de fête. Elle savait très bien qu'en fin de compte elle choisirait de se mettre en bergère avec la robe estivale en toile d'Alsace peinte de bouquets multicolores qu'elle n'avait portée qu'une fois à Charmont pour le double mariage champêtre de Marie-Louise Delafaye avec Edmond Chapelain et de sa cousine Élisabeth avec le procureur Duthillet, mais il ne fallait pas se décider trop vite. Elle se mit devant la glace de la cheminée pour essayer le ravissant chapeau de paille plat qui complétait la toilette...

– Dieu! s'exclama Philibert en ouvrant la porte, habiterais-je sans le savoir une boutique de modes?

Elle se mâcha la lèvre, contrariée de s'être laissé surprendre.

– Ainsi, reprit Philibert avec ironie, c'est ce chapeau de bergère qui meurt d'envie d'aller chez madame Favart ?

– Le docteur Vacher sort tous les jours pour promener son chien; sortir un dimanche pour promener son chapeau n'est pas plus sot, dit-elle avec humeur, les larmes aux yeux.

La réplique fit sourire Philibert :

– Allons, ne te fâche pas et range un peu, dit-il. Ce chapeau te va très bien et, sur toi, la robe doit être charmante. Mais ton cavalier Mercier sera-t-il en pastoureau?

– Il se mettra comme il voudra, dit-elle en ramassant ses jupons. Je ne m'en soucie pas. De toute manière...

– De toute manière?

Elle ne voulait pas le dire – il serait trop content ! – mais cela lui bondit du cœur :

– De toute manière, quel que soit son habit je serai moins jolie à son bras que j'aurais pu l'être au vôtre.

En deux enjambées il fut devant elle, l'attrapa par le menton, plongea son regard dans le sien :

– Vraiment? Tu ne m'avais jamais dit que tu me considérais comme un accessoire utile à ta toilette. Eh bien, mais, je suppose que voilà un compliment d'importance dans la bouche d'une coquette ?

– Venez avec moi. Venez donc, dit-elle d'une voix enjôleuse.

– Je viendrai. Je viendrai pour faire plaisir à ta robe !

Les yeux dorés s'ouvrirent, n'osant croire encore :

– Non ? C'est vrai ? C'est vraiment vrai ? Vous viendrez ?

– Boule de feu, boule de fer, si je mens je vais en enfer.

– Oh ! mais je vous aime ! Je vous aime, je vous aime, je vous aime !

Elle tournoyait au milieu de la chambre comme une toupie bariolée, les bras chargés de nippes, et finit tout de même par s'arrêter net devant le coin aux plantes vertes :

– Mais je l'aime ! dit-elle à la cactée naine du Mexique.

 7

Le ciel avait la couleur du petit lait. Comme un tissu de velours il couvrait tout Paris sans un pli, sans une froissure, luisant du très doux éclat que lui donnait une doublure d'invisible soleil. Même s'il ne devenait pas bleu, ce premier dimanche de juin serait chaud. Il ferait bon barboter dans la Seine. Dès le 1er juin les établissements de bains froids pour hommes s'étaient installés, sur la rive Maubert pour les Parisiens de la Ville, à l'ombre de Notre-Dame pour les Parisiens de la Cité, et, ce matin, la tiédeur de l'air avait fait s'ouvrir à leur tour, en amont et en aval du pont Marie, les bains des dames. Les Parisiennes pouvaient s'y ébattre soit en commun soit en cabines individuelles et, chaque année, une explosion de rires et de quolibets saluait l'accrochage de l'enseigne blanche sur laquelle on lisait : « Bains de dames publiques et particulières. » A onze heures, le bain Marie avait déjà sa galerie de jeunes gars et de vieux galants établie sur le pont, à l'affût des bandes de grisettes qui sortiraient de faire trempette et ne refuseraient pas de prendre de la compagnie à l'heure de payer la friture et le vin blanc d'une guinguette.

Les marchands de boire et de manger feraient bien leurs affaires : tout le petit peuple descendu de ses maisons encombrait les rues d'une joie d'été, roulait serré comme bancs de poissons vers les barrières. Rudement, fiacres et carrosses se frayaient là-dedans leurs chemins et l'injure pleuvait dru – de l'injure du dimanche, tournée à la rigolade par des gens peu pressés. Le cocher qui menait Philibert et Jeanne à Belleville débordait de verve rabelaisienne, semblait rechercher les embarras comme autant de bonnes occasions de s'engueuler, et c'est ainsi qu'il jeta délibérément son sapin dans un méli-mélo coincé au carrefour de la rue du Temple et de la rue de Vendôme. Deux carrosses armoriés s'y disputaient déjà le passage, contournés par le flot des piétons goguenards qui, en passant, frappaient sur les caisses pour exciter la colère des adversaires. Le cocher du fiacre gueula aussitôt plus haut que tout le monde en jouant du fouet au-dessus des têtes :

– Gare donc, gare donc, maudits gueux ! R'muez-moi un peu vite vos culs ou j'vas vous les fesser à vous les dépiauter !

– Fesse donc, fesse donc, papa ! cria une jeune voix en mue, fesse donc, la peau du cul, ça repousse toujours !

– Les ceux qui sont pressés d'aller fendre l'abricot sur l'herbe, ils ont qu'à y aller comme nous, sur leurs paturons, ajouta une voix d'homme graillonneuse de rire.

– Mais écoutez-moi donc ces crasseux, ces vérolés, ces garces et ces boudins que j' m'en vas crever ! brailla le cocher, dont les moulinets de fouet claquaient superbement et habilement dans l'air, sans déranger ni une perruque ni un bonnet.

Les beaux cochers galonnés, un instant dominés par le verbe tonnant du cocher en futaine, se remirent à vociférer en haussant le ton, alliés tout soudain contre « le fils de pute, le vieux débris de galère » qui prétendait, avec « son cercueil mal lavé », l'emporter sur les voitures des gens de qualité ! Mais comme, pour rien au monde, « le gibier de potence » n'eût cédé le pas « aux jean-foutre, aux tire-bottes et aux torche-culs » des nobles équipages, le chaos demeura à rager sur place pour la joie de toujours plus de spectateurs toujours plus bruyants.

Ordinairement, en cas de querelle, les occupants des voitures se tenaient cois en attendant l'issue du chahut, les uns par arrogance, les autres par dignité, mais la patience d'Aubriot n'était pas longue, aussi risqua-t-il sa tête hors de la portière pour calmer son cocher :

– Reculez donc, voyons ! Pourquoi vous entêter ? Nous ferons dix fois plus vite en cédant le pas.

Alors, dominant le tapage, se fit entendre la voix suraiguë d'une crieuse de pains d'épice qui venait de jeter un coup d'œil à l'intérieur du sapin :

– Accompagné comme vous l'êtes, mon procureur, vous allez pas vous plaindre de traîner en route ? Ça vous laisse tout le temps de mettre la main sur le hérisson !

Aubriot rentra précipitamment sa perruque aspergée de gros rires tandis que, du carrosse d'en face, jaillissait tel un épouvantail la vieille et laide figure furibonde d'une douairière outrageusement peinte et clamant son bon droit :

– Eh bien, mes gens, que fait-on ? Comment tolère-t-on qu'on ne dégage pas devant moi ?

La vitre gauche du très luxueux second carrosse s'abaissa sans hâte. Le buste de Louis-Léon-Félicité, duc de Brancas, comte de Lauraguais, Féfé pour les demoiselles de l'Opéra, s'encadra au-dessus de ses armoiries de famille – lumineux portrait en soie bleu céleste, écume de dentelle et cheveux à la neige. Le grand seigneur n'était qu'un sourire :

– Madame, s'écria-t-il en sortant le bras et le chapeau pour saluer l'affreuse apparition, que ne vous montriez-vous plus tôt ? Ne savez-vous pas bien qu'à votre vue tout d'emblée recule ?

– Monsieur de Lauraguais ne laisse jamais passer l'occasion de faire un mot méchant, nota Aubriot quand leur fiacre eut enfin repris sa route.

Jeanne réagit vivement :

– Ce gentilhomme est le comte de Lauraguais? D'où le connaissez-vous donc?

– Je le vois au Jardin. Il vient aux leçons de Rouelle – c'est un passionné de chimie. Comme il dispose d'une grande fortune il soutient certains travaux de recherche, ceux de Lavoisier en particulier.

– Tiens! fit Jeanne. D'après les potins qui courent sur lui, j'aurais pensé que son or soutenait des danseuses plutôt que des chimistes?

– Sa fortune suffit à soutenir et un peu de la Science et un peu de l'Opéra. Lauraguais est un seigneur tout à fait de son siècle : libertin, débauché, insolent, frondeur, habitué de la Bastille, prêt à se faire tuer pour ne pas manquer un bon mot, mais éclairé sur tout, curieux de tout, aussi disposé à se ruiner pour nourrir des savants que pour avoir des maîtresses et des chevaux.

Jeanne n'eut qu'un hochement de tête pour réponse et se laissa de nouveau aller au bercement de la caisse. Le brillant gentilhomme avec lequel Vincent partageait la danseuse Robbe flottait, azuré, entre son regard et la campagne...

Passé la porte du Temple, le paysage était devenu un camaïeu de verts. Des prés. Des boqueteaux. Des vergers. Des champs où levait le blé. Des potagers autour de hameaux épars. Et parfois, au milieu d'un plus grand carré de verdure unie, le blanc mouvant d'un troupeau de moutons dont tintaient, grêles, les clochettes. Un chien de berger noir galopait en rond autour d'un amas de brebis pour le seul plaisir d'en faire une pelote de laine bien serrée. La barrière de Belleville franchie, en entrant dans la Haute-Courtille la route commença de monter doucement vers un haut horizon habillé de vignes et de prairies pentues qu'émaillaient de blanc et de jaune les fleurs du printemps. Des guinguettes bordaient les deux côtés du chemin. Un petit vent s'était levé, un « joli vent » de marin, qui faisait tourner les ailes des moulins et balayait le ciel.

Leur fiacre les laissa au bas de la butte Chaumont : les chevaux de fiacre étant communément des canassons à bout de souffle, c'était à pied que beaucoup des invités des Favart arrivaient chez eux, en haut du coteau. Robustes marcheurs, Jeanne et Aubriot rattrapèrent sans peine la poignée de grimpeurs déjà accrochée au milieu de la montée. Il y avait là Crébillon, le vieux Piron que soutenait Mercier, le gros gars Caillot, un acteur de la Comédie-Italienne, l'abbé Cosson, maître ès-arts de l'université de Paris, Goldoni et sa femme Nicoletta. L'air embaumé sentait les derniers lilas et les premières roses. Le raidillon s'encastrait entre des haies vives derrière lesquelles se cachaient, basses, petites, simples mais pimpantes, les maisons de plaisance des Parisiens. La brise jetait aux passants des pétales d'aubépine, blanches chatouilles auxquelles Jeanne tendait son visage, le nez bien ouvert pour en aspirer le parfum ténu.

– Pourquoi, diable, sont-ils allés percher leurs dimanches en montagne ? gémit Piron en s'épongeant.

Il faisait vraiment chaud maintenant. Le ciel avait caillé au vent, qui chassait vite devant lui de gros amas de grumeaux laiteux, dégageant d'énormes trouées d'un bleu brillant d'où tombait à pic le soleil de midi.

– J'avais juré qu'on ne m'y prendrait plus, mais je ne me tiens jamais parole, reprit Piron.

Goldoni et le gros gars Caillot soufflaient aussi comme des bœufs à la charrue.

– Courage, mes amis, dit Mercier, nous touchons au but. N'entendez-vous pas grincer les ailes des moulins ? La Pardinette n'est plus qu'à une suée...

La Pardinette habitait par-dessus les guinguettes de la Courtille et par-dessous les moulins de Belleville, sur la grand-rue de la Villette conduisant aux terres de la butte Chaumont. Maison à deux étages, blanche avec des volets verts, coiffée de tuiles plates moussues, bien bâtie mais sans recherche, elle n'avait pour charme que sa simplicité bon enfant. Mais son grand jardin de derrière était un endroit exquis, vers lequel Jeanne se précipita... Dessiné en jardin de curé aux allées sablées, il était posé au bord d'un vaste paysage campagnard qui descendait sans se presser jusqu'aux milliers de toits de Paris. Par temps pur on voyait, sur la droite jusqu'au village de Montmartre, sur la gauche jusqu'au Montlouis. Entre les hameaux, les villas et les cabarets à tonnelles, la végétation verdoyait, exubérante, abreuvée par une quantité de sources minces et réputées pour leur limpidité, lesquelles se réunissaient en ruisseaux pour dévaler le coteau, ou se perdaient dans le vert fouillis, captées par des amoureux de l'eau qui s'en faisaient des jeux pour leurs jardins. La vue était à la fois douce, reposante, très gaie aussi, surtout du côté de la chaussée de Ménilmontant que le regard de Jeanne découvrait en contrebas d'une pente de vignobles et de blés, tracée bien droite entre deux haies de jeunes peupliers déjà hauts que chaque coup de vent balançait, toute peuplée de couleurs par les couples des dimanches montant aux bals du village.

– Aimerez-vous Belleville, mademoiselle ?

Jeanne se détourna de sa contemplation : le gros Simon Favart, son inséparable bouffarde à la main, l'interrogeait avec un bon sourire.

– J'adore votre jardin, dit-elle avec élan. Vous avez trouvé un paradis.

– Alors, venez-y souvent ; il n'en sera que plus divin.

De sa main de bergère d'opéra-comique gantée de coton blanc jusqu'au coude elle montra, courbé entre les villages de Belleville et de Ménilmontant, un étroit chemin poudreux qui se faufilait sous une enfilade de charmilles :

– Je parie que le cabaret du célèbre Ramponeau se trouve par là ?

– Non, Le Tambour Royal est plus près de chez nous, comme l'est aussi Le Pistolet de la Courtille, où Cartouche s'est fait prendre. Les cabarets que vous me faites voir sont ceux du chemin des Couronnes, mais ils sont tout aussi mal fréquentés que ceux de la Courtille ou des Porcherons. Aussi mal et aussi bien, car les grands seigneurs adorent s'encanailler par ici ! Tenez, n'en voilà-t-il pas un bien bel exemple qui nous arrive ? acheva-t-il en saisissant le bras de la jeune femme pour l'entraîner vers le portail de bois donnant sur la rue.

Le carrosse armorié du maréchal de Richelieu, vigoureusement hissé sur la montagne par six chevaux isabelle superbement pomponnés aux couleurs du duc, venait de s'arrêter devant La Pardinette...

Les grands saluts et les révérences à monseigneur le duc et à la marquise de Mauconseil qui l'accompagnait s'achevaient à peine dans un concert de pépiements que Mme Favart poussa tout son monde dans la maison :

– Chut ! fit-elle, un doigt sur les lèvres, dès qu'elle eut entassé sa trentaine d'invités dans le salon. Je supplie qu'on fasse le plus épais silence. Notre bon oncle Claude ne se doute de rien, gardons-lui le secret jusqu'au dernier instant. Une heure va sonner, il ne tardera plus.

Le silence s'établit avec une si prompte complicité qu'on entendit bientôt crisser le sable du jardin sous le pas alerte de l'abbé qui arrivait de sa campagne, contiguë, comme il se devait, à celle des Favart.

La paix profonde du salon explosa en vivats quand le petit amant de la maîtresse de maison, tout fluet dans sa soutanelle noire, parut sur le seuil de la porte...

Pour fêter l'amant, le mari n'avait pas ménagé sa muse! Justine, une gerbe de roses dans les bras, détaillait couplet sur couplet, en passant une à une ses fleurs au héros de la Saint-Claude planté devant elle, et dont le vieux visage reluisait d'un plaisir puéril.

Jeanne se pinçait pour y croire tant elle trouvait ridicule – et mauvaise de surcroît – cette scène d'amour tendre jouée par deux amoureux dont l'un était un prêtre sexagénaire scandaleux et l'autre une chanteuse mûre et déjà fanée costumée en jardinière, dont le bonnet perché au sommet de son tapé produisait tout juste l'effet d'un mouchoir mis à sécher sur un buisson! Mais le plus étonnant était que la fine compagnie conviée à ce spectacle d'un goût douteux semblait s'en divertir beaucoup. De nouveau, le regard de la moqueuse fit le tour du salon...

Chacune de ces personnes-là avait un nom dans Paris. N'était-il pas surprenant de voir un Goldoni, un Crébillon, un Philidor, un Carle Vanloo, un Greuze, écouter avec la plus souriante des patiences l'enfantine chanson de Mme Favart? Même la femme de Vanloo, la très célèbre Christina Somis, dont la voix exquisement ample et la parfaite beauté avaient enchanté toute l'Europe des amateurs de musique, semblait conquise. Même le narquois Mercier affichait son air de ravi de crèche. « Ils sont tous bien meilleurs comédiens que la Favart! » pensa Jeanne. Philibert, Dieu merci, avait le bon goût de se tout à fait désintéresser de la comédie mais c'était, hélas, pour s'intéresser à sa voisine, l'encore belle Christina Somis.

Elle eut beau s'efforcer de ne pas poser le regard sur l'autre voisin de Christina, elle en fut empêchée par un appel pressant, tourna la tête malgré elle, reçut dans ses yeux les yeux gourmands du maréchal de Richelieu, tressaillit à leur contact comme elle avait déjà plusieurs fois tressailli, baissa vivement la tête et ne vit pas le sourire satisfait du vieux beau.

Depuis l'instant où Favart lui avait présenté cette ravissante inconnue, le maréchal la plumait de l'œil. A soixante-neuf ans, l'infatigable séducteur savait encore déshabiller une belle à distance avec une concupiscence qui donnait au moins, à la proie convoitée, un frisson de vanité. Aussi avait-il noté sans surprise que la bergère d'en face marquait un trouble furtif chaque fois que leurs regards se croisaient, et que celui de la belle revenait irrésistiblement l'effleurer, rapide comme le vol d'un oiseau à la fois appâté et craintif. Allons, il la mettrait dans son lit comme les autres : on ne refuse pas le désir de Louis-François-Armand de Vignerod du Plessis, duc de Richelieu, arrière-petit-neveu du grand cardinal, gouverneur de Guyenne et de Gascogne, maréchal et pair de France, premier gentilhomme de la Chambre du Roi et académicien le plus illettré mais le plus drôle de l'Académie. Certes, vu de l'extérieur tout cela était assez décrépit, mais si luxueusement emballé ! L'or a toujours vingt ans. Il aurait cette beauté, il n'en doutait pas. Voluptueusement, le maréchal respira une prise, à titre de petit hors-d'œuvre sensuel.

Au milieu du salon, la Favart en avait enfin terminé avec ses vœux musicaux, la gerbe de roses avait changé de bras, encombrait ceux du petit abbé, qui la jeta sur le clavecin pour subir l'assaut des embrassades générales, la ruée des « Bonne fête, tonton Claude ». La voix du maréchal s'alla verser dans l'oreille de la marquise de Mauconseil :

— Aurez-vous l'esprit de me trouver un alibi pour que je puisse baiser la bergère plutôt que le Claudinet ?

La marquise lorgna son vieil ex-amant :

— Patience, chuchota-t-elle : la bergère chantera.

La tumultueuse fricassée de museaux fut interrompue par un appel perçant de Mme Favart :

— Vite, vite, au dîner ! On m'annonce que si les chapons demeurent une minute de plus à la broche, ils seront calcinés !

— Bien que les chapons soient de tristes sires, ne les laissons pas brûler, s'écria Richelieu en offrant son bras à la maîtresse de maison tout en souriant à la bergère.

Une longue table avait été dressée dans le jardin, au bord du paysage, et deux plus petites sous les deux tonnelles enrubannées de rosiers roses et jaunes. De grosses gouttes d'or odorantes suintaient des chapons, les ragoûts posés sur des réchauds d'argent embaumaient le piquant des épices, de gros pâtés ventrus, des flans d'épinards et des tourtes aux pruneaux mettaient, sur la blancheur des nappes, des flaques dorées, vertes et violettes du plus bel effet, les premières fraises forcées sous cloches luisaient, purpurines, sur leurs plats de feuilles fraîches. On se servait de petit vin blanc du pays à deux tonneaux et le petit vin blanc coulait sans trêve, allègre, moussant un peu dans les hauts des verres. La gaieté montait, montait, montait sous les ombrages, se glissait déjà, coquine, dans les gorges gonflées de rires des demoiselles de la Comédie-Italienne et dans les veines amoureuses de leurs voisins. Le vieux gamin héros de la fête chatouillait à droite et pinçotait à gauche, sous le prétexte d'offrir aux dames des rasades de scubac, une liqueur digestive au safran dont il jurait qu'on se trouvait aussitôt désencombré de ses rots et de ses pets de l'après-dîner.

Le maréchal de Richelieu baisait à pleines lèvres une cuisse de chapon, goulûment, sans cesser d'épier Jeanne qu'avait enlevée Vanloo et qui semblait ravie de son entretien avec le célèbre peintre. Quand son hôtesse passa devant lui il la happa sans façon de sa main prestement essuyée à la nappe :

– Chère Favart...

D'un coup d'œil il montra la jolie bergère :

– ... cette belle enfant est-elle de vos amies ?

– Monseigneur, je l'espère.

– Je l'espère aussi. Elle m'intéresse. A-t-elle une famille ?

– Je ne sais. De toute manière, ce ne serait pas une famille qui vous puisse gêner, dit Justine avec une trace d'amertume dans la voix. Elle vient d'une province assez lointaine, et depuis peu.

– Où loge-t-elle ?

– Dans la rue du Mail, chez le docteur Aubriot – que vous voyez là-bas. Lui est un botaniste qu'on dit fort prisé au Jardin du Roi.

– Son amant depuis longtemps ?

– Amant, ce n'est point là son titre officiel. Elle passe pour être, en somme, sa secrétaire. Elle aussi est très experte en botanique.

– Tchiittt... ! cracha le maréchal. Un bas-bleu ? Avec une beauté pareille, quel gâchis ! Les femmes deviennent folles.

Justine, pourtant dressée de longue date à tous les mépris mâles, ne put s'empêcher de réagir – elle avait un peu bu :

– Hé ! monseigneur, une femme n'a-t-elle pas bien le droit d'avoir une tête aussi ?

– Bon, bon, maugréa Richelieu. Ne commençons pas, Dieu du ciel, à disputer là-dessus ! C'est une querelle que le siècle n'épuisera pas. Croyez-moi, madame, une femme savante est un plaisir de pédéraste. Enfin, une fois n'étant pas coutume...

Il tira Justine par le bras pour s'isoler avec elle :

– Sauriez-vous me ménager une entrevue avec... Comment l'appelez-vous donc ?

– Je ne l'ai jamais entendu appeler que Jeanne. Mercier dit : mademoiselle Jeannot.

– Va pour Jeannot. Pour l'entrevue, puis-je compter sur vous ? Et bientôt, s'il vous plaît, car je dois repartir dans dix jours pour mon gouvernement de Bordeaux.

– Monseigneur, commença Justine en minaudant...

– Je ne veux que oui ou non, trancha Richelieu, et plutôt oui. Et si c'est oui, voyons?... Eh bien, disons que si j'obtiens l'entrevue, je ferai ôter ses rôles à mademoiselle Frédéric * ?

– Monseigneur, dit Justine devenant fébrile, je ne demande qu'à vous servir pour rien.

– Non, non, dit Richelieu, pour rien, c'est trop cher. Je vous donnerai Frédéric contre Jeannot. L'affaire vous convient-elle?

Mlle Frédéric était une jeunesse prometteuse, que le compositeur La Borde venait de placer sur la scène des Italiens et dont le parterre commençait à s'amouracher aux dépens de Mme Favart, étoile vieillie. Avoir la peau de Frédéric était présentement le rêve le plus cher de Justine. Aussi esquissa-t-elle une révérence maniérée devant le duc :

– Monseigneur, j'essaierai de réussir...

– Non, madame : il ne faut point essayer, mais réussir. Sinon, mademoiselle Frédéric aurait beaucoup de chance.

Une seconde fois, malgré sa prudence, Justine ne put se retenir de regimber contre l'arrogance de Richelieu, qui lui rappelait si bien celle d'un autre maréchal de France lui donnant à choisir entre son lit et un couvent :

– Hé, monseigneur, ne pouvez-vous donc craindre un seul instant qu'on ne vous veuille pas en dépit de tous mes soins?

Le duc affecta de lustrer la pomme d'agate de sa canne contre la soie de sa manche :

– Chère Favart, dit-il en souriant, toute femme n'a-t-elle pas envie de recevoir un jour son bâton de maréchal? Vous avez eu le vôtre. Pourquoi mademoiselle Jeannot refuserait-elle le sien?

La bâfrerie champêtre dura plus d'une heure encore. Enfin, on revint au salon pour voir danser deux pensionnaires des Italiens. Puis le gros gars Caillot joua une pantomime paysanne avec une camarade, l'abbé Cosson dit quelques-uns de ses mauvais vers, l'oncle Claude poussa trois ou quatre couplets grivois, et ce fut le tour de Jeanne.

Elle était rose et intimidée, mais un dernier verre de vin blanc du joli cru des Pas Noyaux **, versé par le bon Simon Favart, lui avait

* Les premiers gentilhommes de la Chambre du Roi régnaient sur le peuple des comédiens.

** Vignoble du hameau de Ménilmontant, à raisin sans pépins. Deviendra plus tard la rue des Panoyaux.

donné de l'aisance juste à temps, et elle chanta délicieusement. Elle avait à la fois l'instinct et un bon art du chant. Sa voix ronde et tendre de contralto léger épousait la ligne mélodique de sa romance sans éclats ni hachures ; elle chantait sans efforts ni effets, comme un rossignol chante, parce qu'il a un bon larynx et que l'été lui monte à la gorge. Son succès fut vif. On l'applaudit sans retenue et Christina Somis se leva pour aller l'embrasser, suivie à un pas par Richelieu enthousiasmé, qui ouvrait tout grand ses somptueux bras de drap de soie ivoire :

– Que je vous baise aussi, joli rossignol !

Jeanne crut s'enfoncer dans un bain de musc et suffoqua. Mais quoi ? c'était là l'étreinte d'un maréchal pair de France : elle la subit stoïquement, eut tout le temps de devenir bleue d'asphyxie tandis que s'imprimait durement sur l'une de ses joues la colombe d'or pur d'une croix du Saint-Esprit.

– Cette enfant est un trésor, exulta le maréchal en se rasseyant auprès de la marquise de Mauconseil. Sa peau est un satin, elle vous fond sous les lèvres, elle sent bon, elle...

– Je me demande comment vous pouvez sentir les parfums des autres ! coupa la marquise avec ironie.

– Quel malheur, marquise, qu'ici on ne fasse point l'amour après le dîner ! Quel oubli dans un menu. La peste soit des maisons bourgeoises ! Au dessert, on est mieux chez vous.

La marquise se mit à rire, se pencha vers le vieux débauché :

– Peut-être pourrait-on vous aider à vous trouver mieux un autre jour ?

Richelieu pensa aussitôt que cette alliée-ci pourrait bien, en effet, se montrer plus habile que la Favart. Et comme il savait la marquise ruinée et à l'affût du moindre écu, il dit simplement :

– J'irai bien jusqu'à cinq cents livres de récompense...

– Allez jusqu'à mille : elle les vaut.

– Vous marchez, madame, à rebours de tout le monde : plus vous allez, plus les dents vous poussent, dit Richelieu avec humeur. Mais soit, mille livres, si vous faites vite. Les envies qui me viennent ne montrent plus aucune patience. Mais après tout, il se pourrait qu'on n'ait qu'à se déclarer ? Elle est fille d'esprit, me dites-vous ? Une fille d'esprit ne me refuse pas.

La marquise s'agita, inquiète pour son pot-de-vin :

– N'allez pas tout gâter avec une ardeur militaire déplacée en la circonstance. Ne voyez-vous point à quelle personne vous vous en prenez ? Je sais juger d'une femme sur sa mine. Vous avez là une jeune bourgeoise encore tout imprégnée de vertu provinciale.

Richelieu eut un geste de doute :

– Madame, nous sommes aujourd'hui dans le chaos. Toutes les traditions foutent le camp. Perdez vos préjugés, marquise : il n'est plus besoin d'être grande dame pour coucher facilement. Mais je vous donne quelques jours – deux ou trois.

– Laissez-moi faire, dit la marquise, laissez-moi faire sans vous en mêler. Avez-vous jamais regretté de vous être fié à moi pour une entreprise délicate ?

– Je vous reconnais volontiers, chère marquise, pour l'une des plus fines maquerelles de Paris, dit-il en souriant.

– Venant de vous le compliment n'est pas mince, répliqua-t-elle sur le même ton narquois, car vous êtes sans conteste, mon cher duc, le meilleur client des meilleures.

– C'est que j'achète *pour deux*, fit le duc avec un air entendu.

Sa propre réplique le fit rêver et il ajouta, pensif :

– Ce rossignol est un morceau de roi. Fraîche à ravir, mais point fillette... Jolie voix, de l'esprit, de la grâce, de fines manières... Elle aura reçu une bonne éducation – ne le pensez-vous pas ?

Mme de Mauconseil observait le duc avec une attention pesante :

– Songeriez-vous déjà à faire de Jeannot un coup double ?

– Je l'ai fait si souvent avec de l'occasion médiocre... Et c'est toujours à refaire, et depuis trop longtemps.

Il y eut un long silence entre eux, meublé par une musique de clavecin sur laquelle un couple des Italiens dansait un pas de deux. Puis Richelieu reprit d'un ton sérieux :

– Il y a vraiment trop de passage dans le lit de Louis, et du bien vulgaire parfois. Son valet de chambre en prend trop d'autorité, surtout quand je dois être à Bordeaux. Choiseul s'agite fort pour établir une nouvelle favorite de sa clientèle dans la succession de la Pompadour et, si je n'y parviens avant lui, j'aurai une ennemie dans la chambre du Roi. J'avoue que je serais bien aise d'y avoir plutôt mis une alliée.

Les paroles de Richelieu avaient laissé la marquise de Mauconseil éblouie d'espérance. Enivrée, elle se voyait remontant le cours de son temps, rattrapant sa jeunesse et sa richesse, remplissant à nouveau de fêtes galantes les salons aujourd'hui éteints de sa campagne de Bagatelle. Car enfin, que ne pourrait-elle pas obtenir d'un roi vieilli, mélancolique et traînant son ennui de jouisseur blasé dans des aventures graveleuses, si elle savait lui procurer une jeune amante jolie, spirituelle, distinguée, à laquelle il pourrait s'attacher sans rougir? Ce ne serait, du reste, pas la première fois que Louis XV prendrait une maîtresse de la main de la Mauconseil, dont la vocation de procureuse s'était éveillée de bonne heure. Hélas, pour avoir le plaisir de fournir une clientèle versaillaise il faut tenir boutique de luxe et, les frais ayant excédé les recettes, la marquise s'était ruinée à son jeu : depuis cinq ans déjà, le beau décor galant de Bagatelle n'était plus peuplé que de ses nostalgies. Ah! redevenir maquerelle royale! Revoir les seigneurs affluer à ses après-midi d'amour, finir ses jours environnée de soupirs cachés dans tous les coins de sa maison des bois bourrée d'alcôves et meublée de paravents! Sans s'en douter le moins du monde, Jeanne avait fait lever un grand dernier rêve dans l'âme d'appareilleuse de la vieille marquise en chômage.

Mais il lui fallait réussir – et réussir avant les autres. La Pompadour n'avait pas encore été remplacée dans les Petits Appartements du château de Versailles, mais elle était morte depuis plus d'un an déjà – autant dire depuis une éternité! – et les coteries de la Cour s'agitaient fébrilement pour caser dans ses meubles la favorite neuve qui ferait la fortune de ses inventeurs. Mme de Mauconseil savait très bien que le Roi était devenu d'une méfiance fort expérimentée et que plusieurs parties de dames s'étaient déjà jouées contre lui, et perdues. Aux dernières nouvelles, las de toutes ces duchesses et comtesses qu'on ne lui offrait que pour le piéger, le Roi s'en était retourné aux tendrons du peuple que Mme Bertrand, « l'abbesse » de son petit bordel privé du Parc-aux-cerfs, tenait à la disposition de sa fantaisie. Celles-ci, au moins, savaient rassurer leur royal client sur sa virilité chancelante et n'avaient pas de famille à caser ni dans l'Église, ni dans l'Armée, ni nulle part. Voyant cela, les coteries prenaient le temps de respirer, mais une surprise demeurait toujours possible, et Mme de Mauconseil connaissait assez la vulnérabilité de Louis pour comprendre que Richelieu ne serait vraiment tranquille et heureux que s'il parvenait à offrir à son maître un beau jouet durable, assez malin pour l'aider à affaiblir le clan des Choiseul, à faire sauter le ministre et nommer Richelieu à sa place. Devenir « le patron de la Boutique » était depuis longtemps l'idée fixe et toujours déçue du maréchal. Estimant que le ministère suprême lui était dû puisque son arrière-grand-oncle le cardinal avait fait un premier ministre inoubliable dans l'Histoire de France, il considérait tous les ministres choisis par Louis XV comme autant d'usurpateurs. Plus il avait détaillé Jeannot, plus il s'était persuadé que la demoiselle pourrait lui faire une excellente alliée chez son cousin le Roi et, dans son emballement, n'avait pas craint de confier l'échafaudage de ses rêves à sa vieille complice la marquise, lorsqu'ils étaient rentrés de Belleville ensemble. Et la marquise, qui s'apprêtait à devoir finir ses jours comme « dame de chambre * » dans un couvent, avait vu s'entrouvrir devant elle la porte d'un miracle.

Elle se jeta à la conquête de Jeanne avec un appétit d'ogresse. Dès le lendemain de la fête, celle-ci reçut un billet de Mme de Mauconseil, qui la priait à la Comédie-Italienne pour le mercredi. On y donnerait *Les Trois Sultanes*, un chef-d'œuvre de Favart et de Marmontel dans lequel Mme Favart remportait toujours un triomphe, aussi, écrivait la marquise, tout Paris serait-il aux Italiens. Elle ajoutait qu'un refus la mettrait au désespoir, car elle s'était prise de tendresse pour « le rossignol de Belleville » et lui demandait son amitié pour une vieille dame trop solitaire.

Jeanne fut étonnée du ton du billet, mais point trop : les commissionnaires portant des paroles d'amour et d'amitié à deux liards la course couraient bon train Paris et gagnaient leur pain à cela — preuve que le sentiment faisait couler beaucoup d'encre. Puis elle n'était pas tout à fait assez naïve pour ne pas deviner la silhouette de Richelieu derrière l'empressement de la marquise, mais ce soupçon la flattait et l'amusait plus qu'il ne l'effrayait. Elle se sentait assez de bec et d'ongles pour se défendre contre le libertin maréchal, et elle n'allait pas manquer l'occasion d'aller enfin au théâtre. Pour Philibert, s'il fronçait les sourcils, elle tenait une excuse très bonne : la nécessité où elle se trouvait de voir beaucoup de monde pour commencer à parler de sa boutique d'herbes qui, décidément, s'ouvrirait à la mi-juillet. Il devenait d'ailleurs difficile à Philibert de refuser à Jeanne la liberté de ses soirées depuis que lui-même ne rentrait plus guère jamais avant minuit, Lalande ayant pris la nouvelle habitude de l'emmener philosopher chez les Helvétius chaque fois qu'il n'allait pas chez les Jussieu. Les spectacles finissaient tôt, elle serait de retour rue du Mail encore bien avant lui. Elle griffonna un mot de réponse pour Mme de Mauconseil, ouvrit sa grande panière de voyage garée dans un coin de la chambre et sortit de ses toiles sa merveilleuse robe en gros de Tours à grand panier.

* Pensionnaire laïque.

8

Cette robe... Elle avait fini par croire que sa chère baronne aurait eu raison de la lui refuser, qu'elle ne la porterait jamais. Mais Jeanne avait eu tellement envie d'emporter à Paris une toilette folle, une toilette trop somptueuse, que Mme de Bouhey, mollie par le départ imminent de sa pupille, avait cédé. Si bien que ce soir, en attendant la dame de compagnie qui devait venir la prendre de la part de la marquise, Jeanne avait envie d'embrasser son image.

Tintin, le coiffeur en vogue de la rue Saint-Honoré, l'avait délicieusement coiffée, en longues anglaises épaisses regroupées sur la nuque par un lien de mousseline crème piqué d'une grosse rose ton sur ton. Puis il y avait la robe, coupée dans un magnifique gros de Tours à fleurs. Son manteau, étroitement ajusté sur le buste, s'ouvrait largement depuis les épaules, d'abord sur un devant très décolleté de blonde * plissée, ensuite sur un jupon à double falbala. Sous les manches arrêtées aux coudes, les engageantes étaient de blonde triplée, comme le devant. Le brochage de la soie – des bouquets de roses roses noués de nœuds verts – chatoyait gaiement sur le lumineux fond crémeux. Un étroit tour de cou de minuscules roses de mousseline et des souliers de satin crème à boucles dorées complétaient la ravissante toilette. Le panier était si volumineux que Jeanne pouvait laisser reposer avec grâce ses mains sur la soie de sa jupe comme sur deux coussins, et elle se réjouissait d'avoir soudoyé la couturière, derrière le dos de la baronne, pour qu'on ajoutât quelques pouces à l'ampleur prévue. C'était la première fois qu'elle portait une robe aussi encombrante et elle s'en promettait monts et merveilles : ce devait être grisant, quand on n'est pas laide à voir, de tenir autant de place dans le décor! Elle se demanda si Mme de Mauconseil pousserait son amitié jusqu'à l'emmener prendre un sorbet après le spectacle – à La Régence, par exemple? Si souvent, le mardi soir, vers la demie de neuf heures, elle avait admiré le défilé des grandes robes revenant des théâtres et entrant faire un tour de café avant de s'envoler vers les salons où l'on soupait... « Cendrillon, va ! pensa-t-elle avec ironie. Ne perds surtout pas de vue, princesse, que demain à l'aube tu redeviendras Jeannot comme devant, avec ta fortune encore à faire dans la tisane! »

On gratta à sa porte.

* Très légère dentelle au fuseau, de soie écrue.

– Mon Dieu, madame ! s'exclama Jeanne en apercevant l'assemblée des hommes badaudant sous le péristyle du théâtre, ne pourrions-nous pas descendre un peu plus loin ?

La forte femme couleur noir-de-duègne qui accompagnait Jeanne eut un petit geste blasé :

– Masquez-vous le visage de votre éventail, dit-elle.

– Mais madame, ce n'est point à mon visage que je songeais !

Faire pudiquement descendre de carrosse un grand panier était tout simplement impossible. Il fallait basculer le cerceau vers l'arrière pour se dégager et, ce faisant, on se dégageait aussi tout le devant, et jusqu'au haut !

– Allons, fit la duègne. Vous ne tomberez jamais que dans le sort commun. Que croyez-vous que fassent là tous ces messieurs ? Ils attendent le dessous du panier de chaque voiture, c'est pour eux le meilleur moment de la pièce. Allez hardiment. Ne seriez-vous pas contente de vos jambes ?

Le public mâle en fut très content, bruyamment.

La duègne fendit la presse d'un pas assuré, distribuant à droite et à gauche des coups de canne brutaux pour se dégager un passage dans lequel Jeanne s'engouffrait à sa suite, dans un friselis de bulle de soie glissant entre deux haies de soies. La jeune femme se cachait jusqu'aux yeux derrière son éventail, sur lequel crépitait une grêle d'exclamations : « Marquis, aviez-vous déjà vu ces chevilles et ces genoux-là ? – Jamais, chevalier, mais la gorge vaut la jambe. Et quel port de reine ! – Baron, avez-vous idée de qui elle est ? – Pour juger du possible, mieux vaudrait, monsieur, savoir à qui elle est !... »

– Allons, entrez vite, commanda la duègne.

Il ne faisait pas bon s'attarder dehors. Les cochers des équipages enchevêtrés commençaient à jouer du fouet, les valets houspillaient et bousculaient la foule pour faire la route de leurs maîtresses, et des gredins d'humeur variée profitaient du désordre pour mettre la main sur une bourse, une montre ou un téton. Heureusement, à l'intérieur, les couloirs menant aux loges demeuraient dégagés par les gardes et la grille du parterre était encore fermée.

– Ouvrez ici, ordonna la duègne en sortant une clé de son jupon.

Un suisse doré sur tranches les fit entrer dans une sorte de boudoir fermé du côté de la salle par un grillage de bois doré.

– Oh ! que c'est charmant ! s'écria Jeanne. Voyons la salle...

Elle s'avança pour ouvrir le grillage, fut arrêtée par la duègne :

– Je ne sais pas, mademoiselle, si madame souhaitera que vous ouvriez. Quand les lustres seront montés, vous verrez suffisamment la salle ainsi.

Jeanne n'osa insister, bien qu'elle fût contrariée de ne pouvoir aller installer sa belle robe sur le devant de la loge. Mais en effet, quand l'éclairage fut à son plein, elle distingua bien une bonne partie de la salle, décorée de colonnes corinthiennes en faux marbre blanc veiné, rehaussé d'or sur les bases et les chapiteaux. Beaucoup d'or aussi illuminait la blancheur du plafond pâtissé de lyres, de rosaces, de couronnes de laurier. La Comédie-Italienne était un théâtre blanc et or, précieux et gai à l'œil. Il y avait encore très peu de personnes bavardant debout dans les loges découvertes, mais le balcon se remplissait vite de couleurs mouvantes. Jeanne remarqua que beaucoup de visages se tournaient vers ces petites loges mystérieuses dont celle de Mme de Mauconseil faisait partie, et c'est à ce moment qu'elle découvrit le plaisir princier de voir sans être vue. Le public était à la merci de sa curiosité, mais elle demeurait pour lui un secret tentant, dont il ne devait apercevoir qu'un fantôme clair bougeant dans la pénombre de sa cage dorée. Elle revint détailler l'arrière-loge, qu'une lourde tenture en damas de soie jaune pâle relevée par une passementerie séparait des sièges de l'avant.

Son mobilier, de taille rapetissée, était très moderne, en acajou garni de bronzes fins. Il comportait un très étroit secrétaire à abattant, une petite table volante en rognon, une fort jolie coiffeuse naine et un sofa en velours, d'un ton jaune assorti au damas de la tenture, garni d'un camaïeu de coussins en soie de Chine. Elle se permit de soulever les abattants de la coiffeuse, aperçut une foison de mignons pots de fard et quelques boîtes à pilules.

— Si vous êtes gourmande, ceci vous plaira mieux, dit la duègne en tirant un drageoir d'argent et une bonbonnière en Sèvres d'un tiroir du secrétaire.

— Merci, dit Jeanne, j'en prendrai tout à l'heure. Madame de Mauconseil a une bien belle loge, un vrai bijou.

La duègne ne répondit pas. On ne l'avait pas chargée d'apprendre à la demoiselle que la loge où elle l'avait amenée était celle du maréchal de Richelieu, lequel l'appelait « son foutoir à musique ». Mais Jeanne s'en doutait : elle avait entendu dire qu'une « petite loge » coûtait une fortune en loyer, bien plus cher qu'un bel appartement dans Paris, et elle avait appris que la marquise était ruinée.

Un charivari soudain la rappela sur le devant de la loge. La grille du parterre venait d'être ouverte, un flot humain s'engouffrait, remplissait l'espace à ras bord jusqu'à la fosse d'orchestre. Les loges découvertes, écrins gainés de damas jaune, s'étaient toutes garnies de précieuses têtes poudrées à frimas et du chatoiement de mille soies. Les éventails palpitaient, les diamants et les pierres des robes, des habits et des coiffures pétillaient – le coup d'œil était d'un luxe féerique. Jeanne reconnut Marmontel et Crébillon auprès d'une jeune femme en rose et se retourna vers la duègne :

– Ne me nommerez-vous point quelques personnes, madame?

La jeune femme en rose était Mlle de Lespinasse. La duègne lui nomma ensuite Mme Geoffrin, une assez grosse vieille dame à mantille noire; Mme de Brionne, l'une des maîtresses de Choiseul, majestueuse Junon au profil héraldique et bizarrement rougi d'une large barre de fard sous les yeux; M. de Marigny, surintendant des Bâtiments et frère de la feue Pompadour; le président Molé; le comte de Guibert; la marquise de Créqui; la princesse de Broglie; Lauzun; Nassau; Rohan; Mlle Clairon; la Vestris; la Camargo... Imbattable à ce jeu, la duègne épelait son Tout-Paris et son Tout-Versailles pour sa jeune compagne éblouie. Mme de Mauconseil ne lui avait pas menti : pour applaudir la Favart dans *Les Trois Sultanes*, « tout le monde » s'était dérangé. Même le prince de Conti. Le grand prieur du Temple, debout au milieu de sa loge, rayonnait de tout son satin jaune paille et de tous ses diamants. Jeanne le trouva superbe et en fut contente : depuis qu'elle avait loué une boutique au coin de la rue Meslay, le grand prieur du Temple était, en somme, son seigneur. Elle abaissa son regard sur la dame assise devant lui, ne fut pas surprise d'apprendre qu'elle était Mme de Boufflers.

La maîtresse en titre du prince de Conti l'intéressait. Elle venait d'apprendre par Mlle Sorel, la marchande à la toilette à qui elle louait sa Tisanière, que c'était chez la favorite du prince, dans son hôtel de la rue Notre-Dame-de-Nazareth, que logeait Vincent lorsqu'il séjournait à Paris. Qu'il habitât une maison amie de l'enclos du Temple lorsqu'il était à Paris, rien de plus naturel; la plupart des maltais de passage en faisaient autant – Conti n'était pas pour rien le protecteur, en France, de l'ordre de Malte. Mais, en détaillant la comtesse à la lorgnette, Jeanne découvrait que le chevalier avait par trop tendance à établir ses pied-à-terre chez des maturités de luxe encore tout à fait aimables. Marie-Charlotte de Boufflers devait, comme Pauline de Vaux-Jailloux, friser la quarantaine, mais son visage était toujours d'un joli potelé, frais et tendre sous une abondance de boucles blondes à peine poudrées, entremêlées de petites roses de soies roses et de ruisselets de perles. Sa robe à grand panier en satin était d'un rose cuisse de nymphe infiniment suave, montée à l'ancienne sur un corps au décolleté arrondi assez bas pour montrer la moitié d'une gorge très dodue aux blancheurs de lait. Le chevalier devait aimer les gros seins, pensa Jeanne, dépitée. Mais, même en réglant mieux sa lorgnette, elle ne put parvenir à trouver la Boufflers vilaine ou vulgaire. Sa sensualité capiteuse n'était pas celle d'une courtisane, mais d'une grande dame. En plus, elle avait l'air doux.

La voix de la duègne vint l'arracher à son examen :

– Décidément, c'est un grand soir, disait-elle. Voici monseigneur le duc de Choiseul...

Dans une grande loge restée vide proche de la scène le ministre venait en effet d'apparaître, conduisant à son bras une petite vieille douairière mince vêtue de soie noire, suivie d'une femme peu jolie mais parée comme une châsse et au port de tête altier. Deux autres couples aux tenues princières s'installèrent avec eux tandis que Choiseul, souriant et demeuré debout, répondait aux saluts du public avec beaucoup de grâce.

– Comme il est petit..., murmura Jeanne.

A force d'avoir entendu parler de Choiseul comme d'un grand homme, sa taille médiocre la surprenait. Il était somptueusement vêtu, mais sans surcharge, d'un habit en gros de Naples changeant bleu et mauve, brodé en camaïeu de soies bleues, sous lequel on apercevait, barrant une veste qui n'était que broderies, le cordon bleu du Saint-Esprit. Quoique un peu trop enveloppé le ministre avait l'allure encore jeune et robuste et, si Jeanne le trouva laid, ce fut d'une laideur agréable, parce que fort gaie. La figure ronde charnue, un teint lumineux de rouquin, de petits yeux vifs, un nez court et relevé aux narines épaisses, de grosses lèvres gourmandes, un double menton frappé d'une fossette poupine, tout l'ensemble annonçait le bon vivant prodigue et malicieux. Même sa petite perruque légère à ailes de pigeon dégageant un haut front d'œuf envahi de rousseurs semblait faite tout exprès pour contribuer à l'aspect rieur du personnage.

– Eh bien, dit Jeanne en rabaissant sa lorgnette, mon gouvernement ne me déplaît pas. Qui est cette dame noire âgée à laquelle il montre tant de déférence?

– La marquise du Deffand.

– La marquise du Deffand, au spectacle? Je la croyais aveugle?

– Aveugle, mais point sourde. Elle est vieille, aveugle, percluse de rhumatismes, vaporeuse à l'excès, sortir l'ennuie horriblement, mais elle ne manquerait une mondanité pour rien au monde!

– J'aurai donc vu une fois au moins la du Deffand et la Geoffrin, les deux salonnières les plus célèbres de mon temps, et ne suis pas fâchée de voir deux antiquités, dit Jeanne. Je leur pardonne à présent le soin qu'elles prennent d'écarter les femmes de leurs salons : ce n'est point sottise, mais prudence! Et l'autre personne proche du duc et costumée en boutique de joaillier, quelle est-elle?

– Sa sœur, la duchesse de Gramont. Il l'a vainement offerte au Roi, qui ne l'a prise qu'en passant.

Par-dessus le gros bourdonnement sourd de la salle, un tapage de cris, d'appels, de grosses plaisanteries montait du parterre où, soudain, des voix de plus en plus nombreuses se mirent à scander : « Commencez! commencez! commencez! » Les silhouettes de la garde armée qui ceinturait le parterre se roidirent, comme pour rappeler leur présence aux éventuels trublions, mais les trois coups, presque tout de suite, furent frappés. Un gosier d'homme brailla : « Bas les chapeaux! » auquel répondit un joyeux : « Monsieur, bas votre nez d'abord, on y verra mieux! » La rampe de bougies s'enflamma, le rideau cramoisi brodé à l'or frémit et se leva lentement...

La pétulante Roxalane – c'était Mme Favart – avait à peine commencé d'agacer l'appétit du pacha Soliman II que la marquise de Mauconseil pénétra dans la loge et dérangea Jeanne :

– Chaulieu, allumez donc les girandoles, que je vois mieux mon invitée, commanda-t-elle à sa dame de compagnie.

La pimpante bergère à galette de paille enrubannée que la marquise avait découverte à Belleville était certes bien jolie, mais ne l'avait pas préparée à la beauté très parée qu'elle avait maintenant devant elle. Elle fut soufflée de sa grâce princière et de sa distinction. Le maréchal avait vu juste : cette jeune femme était bel et bien un morceau de roi. L'entremetteuse d'expérience n'eut plus aucun doute : ce qu'ils méditaient tous les deux pouvait réussir. Il suffirait de placer l'objet sur le chemin du Roi : Louis était tellement inflammable!

Jeanne souffrait l'examen qui la privait du spectacle avec impatience, mais l'effet que visiblement elle faisait l'en consolait beaucoup. Quand elle retourna s'asseoir au grillage elle se permit de lancer, malicieuse :

– Si monseigneur le duc de Richelieu tarde encore, il manquera tout le premier acte.

Il était impossible de ne pas sentir arriver le maréchal! Jeanne, le nez empli soudain de musc, voulut se lever pour faire sa révérence, mais les mains de Richelieu la maintinrent sur sa chaise :

– Point de cérémonie, mademoiselle le rossignol, demeurez à votre plaisir.

L'haleine toute proche du vieux seigneur lui chauffait le cou et elle ne se sentait pas à l'aise mais, après quelques instants, elle se détendit : il avait ôté ses mains, semblait vouloir se contenter d'effleurer de temps en temps d'un chatouillis de manchette le nu de son décolleté.

Etre sage ennuyait terriblement Richelieu. Ayant des habitudes versaillaises, d'ordinaire il mettait promptement la main sous le panier. C'est qu'à Versailles, dame, on vit portes ouvertes : il faut savoir profiter vite d'une minute de solitude à deux. Mais ce soir il serait prudent, il avait promis à la marquise de ne pas gâter l'affaire en effarouchant l'oiselle. En vérité, il se serait peu soucié de la choquer s'il avait été sûr qu'elle se laissât plumer sans en faire un scandale mais, justement, rien n'était moins sûr. Cette bonne maquerelle de Mauconseil n'avait pas tort : la belle ne sentait pas la victime qu'un homme peut s'offrir sans avoir préparé sa manœuvre. Le maréchal se résigna donc à se tenir immobile dans son dos, les lèvres à deux doigts du satin parfumé de ses épaules, les mains démangées, mais coites. Il était extrêmement énervé quand l'entracte survint et se tourna aussitôt vers sa complice :

– N'êtes-vous point curieuse, marquise, d'aller voir qui nous avons ce soir dans les petites loges dont les grilles sont demeurées closes ?

Et il expédia aussi la Chaulieu dehors, pour y chercher des sorbets à la rose.

Avant de quitter la place Mme de Mauconseil lança au duc un coup d'œil de rappel, s'aperçut, une fois dans le couloir, que Froment, le valet de goguette de Richelieu, se tenait devant la porte de la loge avec sa mine de cerbère. Elle s'éloigna fort inquiète.

D'un geste furtif Richelieu poussa le verrou et revint vers la jeune femme. Avant de sortir Chaulieu avait rallumé la loge, et pour la première fois ce soir il vit vraiment Jeanne. Sous la douce lumière des bougies, ses cheveux blonds, ses yeux mordorés, la soie de sa robe crémeuse, tout brillait, elle brillait toute, avec une harmonie délicate, délicieuse.

– Rossignol, vous êtes plus belle qu'il n'est permis quand on est sage, dit-il, sincèrement ébloui. Mais êtes-vous sage, après tout ? Vous offrirai-je un verre de vin de Chypre et quelques dragées ?

– Oui, monseigneur, merci, dit-elle en souriant. Le oui vaut pour vos deux questions : la sagesse et le vin.

— Tant mieux pour l'un, tant pis pour l'autre, dit-il avec bonhomie.

Il ouvrit son secrétaire, en tira deux verres et un flacon de cristal gravé à l'or. Il la servit et, pendant un petit moment, s'efforça de suivre la conversation qu'elle avait mise sur l'opéra-comique de Favart. Il y était si peu qu'il fit bientôt une sotte réponse, elle lui jeta un coup d'œil surpris et il en profita pour jouer la franchise :

— C'est vous, mon rossignol, qui me faites parler sottement. Ignoreriez-vous que le désir retenu rend stupide même un homme d'esprit ? Ne m'ôtez pas mon esprit, sinon il ne me restera pas grand-chose pour vous plaire, et je meurs d'envie de vous plaire. Allons, soyez bonne, mon cœur, accordez-moi le baiser qui me rendra l'esprit. Vous étiez tout à l'heure si absorbée que vous ne m'avez pas donné le bonsoir.

— Je vous le donnerai en vous quittant, monseigneur.

— Nenni, ma belle ! On vous dira partout que je suis un baiseur impitoyable : je veux et le bonjour et le bonsoir, et encore l'adieu si la peau est douce.

Elle rit de bon cœur :

— Monsieur le maréchal, ne trouvez-vous pas étonnantes les coutumes des Parisiens de qualité ? Pour rien au monde un gentilhomme ne ferait main basse sur votre mouchoir, mais il s'empare de la peau de vos joues sans aucune gêne.

— Hé ! c'est que n'importe quel gentilhomme aime la chair de rose ! s'exclama Richelieu, se rapprochant avec appétit.

Une gerbe de cris montant du parterre permit à Jeanne de reculer jusqu'au grillage, pour voir.

— Bah ! ce n'est rien que d'ordinaire, fit Richelieu après un coup d'œil. La jeunesse s'amuse...

En effet, dans le parterre vidé par l'entracte, une bande de petits maîtres s'amusaient à ferrailler à la mousquetaire et il fallut que la garde armée, baïonnettes aux fusils, vînt les sortir de vive force.

— Ma foi, fit Jeanne ébahie, ne se croirait-on pas dans un lieu de mauvais garçons plutôt que dans un théâtre fréquenté par la fleur des pois ?

Au même instant, comme pour lui confirmer sa remarque, elle sentit les mains de Richelieu lui envelopper les seins et sa bouche se coller sur le haut de son dos avec une humide voracité de sangsue. Elle serra les dents, lutta en silence pour se dégager et quand ce fut fait, se retournant elle cingla du bout de son éventail la figure du maréchal, au risque d'en déplâtrer un morceau.

Le vieux maréchal était plutôt indulgent avec les femmes. Néanmoins, là, il ne prit pas bien la chose. Son insuccès le dépitait plus que le soufflet, il restait sur sa faim et montra les dents :

– Mademoiselle, dit-il d'un ton haut, vous oubliez qui je suis et qui vous êtes !

Elle le fixa droit dans les yeux, sans peur ni colère :

– Monseigneur, vous n'êtes pas sultan et je ne suis pas esclave dans votre sérail, dit-elle d'une voix calme avant de plonger dans une profonde révérence.

La fine allusion à la pièce qu'on donnait dérida Richelieu :

– C'est bon, dit-il en la relevant, vous avez gagné votre procès, je vous relaxe. Mais je ne vous tiens pas quitte du baiser : il me le faudra !

Gracieuse, elle alla prendre les deux verres de vin de Chypre qu'il avait posés sur la table, revint lui donner le sien :

– Je bois à votre bonté, monseigneur.

– Je bois à votre beauté, rossignol. Mais attention ! Je ne suis pas bon tous les jours.

– Monseigneur, je n'en crois rien.

– Rossignol, vous avez tort. Asseyons-nous un peu, que je vous conte une histoire... Il était une fois un maréchal de France assez fou pour tomber amoureux d'une belle enfant, et une belle enfant assez folle pour refuser l'amour d'un maréchal de France. Que croyez-vous qu'il arriva ? Tous les deux perdirent un temps de bonheur considérable, lui à s'impatienter dans son désir, elle à se repentir de son dédain... dans un couvent.

– Est-ce là toute l'histoire, monseigneur ? Elle a bien une fin ?

– Les enfants intelligents qu'on met au cabinet noir finissent toujours par demander pardon pour rentrer dans les bonnes grâces des grandes personnes qu'ils ont fâchées.

– Il y a, monseigneur, des enfants obstinés.

– Parbleu ! je le sais : j'ai été trois fois à la Bastille. Mais je m'en suis lassé – on s'en lasse toujours.

Elle trempa ses lèvres dans le vin liquoreux, longuement. Enfin :

– Monseigneur, dit-elle, je vous demande la grâce de me faire plutôt mettre au couvent des ursulines de Châtillon-en-Dombes. Je connais du monde par là, je m'y ennuierai moins. Puis ces dames font d'exquis palets aux anis dont je raffole. Je vous en enverrai.

Quand Mme de Mauconseil reparut au début de second acte, elle ouvrit des yeux ronds : toute soie étalée Jeanne se pavanait sur le sofa et, assis en face d'elle sur une chaise, Richelieu, le chapeau sur la tête, une jambe chevauchant l'autre, la main droite appuyée sur la pomme de sa canne, rieur et bavard, semblait l'homme le plus contenté du monde.

– Ah! voilà Chaulieu avec nos sorbets, dit-il en apercevant la duègne derrière la marquise. Mon rossignol, vous allez pouvoir vous rafraîchir le bec. Mais sans doute avez-vous envie d'entendre encore un morceau de la pièce? Allez-y, mon cœur, tournez-moi le dos sans façon, je vais sortir me dégourdir un peu les jambes en attendant...

Prenant le bras de la marquise il l'entraîna dans le couloir. Il exultait :

– Mon amie, quelle perle ! Une perle rare, une perle rose ! Elle me rend fou, je suis fou et je suis heureux d'être fou! Elle m'a remis à mes vingt ans.

– Ainsi, dit la marquise d'un ton inquiet, vous avez conclu?

– Conclu? répéta Richelieu, son délire un peu douché. Hé, madame, ne songerez-vous jamais qu'à la matière? Je conclurai demain. Ce soir, laissez-moi savourer mon cœur. J'ai le cœur miraculé, madame! En un mot, je suis amoureux.

– Amoureux? Vous!

– Amoureux, moi. Il n'est jamais trop tard pour goûter des plaisirs nouveaux. Elle est ravissante, marquise! Spirituelle, attachante bien au-delà de l'ordinaire des plus jolies filles. Surtout elle a, marchant de pair avec ses rougeurs de timide et ses manières réservées, une parole sans peur, une liberté hardie qui la rend tout à fait surprenante. Elle me surprend. Je n'ai jamais rencontré une fille comme celle-ci.

– Mon cher duc, vous ne sortez de ce pays-ci *, où rien ne vous peut plus surprendre, que pour aller chez les putains, où tout vous est connu. Mais voyons, votre cœur, en se prenant au jeu, a-t-il changé notre projet?

– Marquise, je veux Jeanne plus que jamais! Mais je ne la veux point bousculer. Faites-vous son ombre et rendez-la-moi, bien doucement, souple comme une chatte. Prenez ceci...

Un éclair avide traversa le regard de la marquise quand elle prit la bourse.

– Dépensez pour elle sans compter. Toute femme a un prix, sachez le sien. Peut-être a-t-elle un frère à établir? J'ai remarqué que rien ne coûte à une sœur pour assurer la fortune de son frère.

– Il me faudra du temps pour intriguer, or vous partez pour Bordeaux dans huit jours et n'en reviendrez qu'au bout de l'an.

* La société de Cour.

– Il me la faut avant mon départ ou je n'y tiendrai pas, je la fourrerai dans mon bagage, de gré ou de force!

– Ah! non! Pas d'enlèvement, je vous prie. Nous sommes en 1765, duc, en 1765. Un duc n'enlève plus une bergère sans faire hurler au grand méchant loup. Vous auriez tous les philosophes sur le dos, et avec eux les gazetiers et le Parlement, sans compter l'Église, qui ne pourrait pas ne point suivre.

Richelieu soupira :

– Nos descendants ne seront pas heureux, marquise. La liberté fout le camp. Enfin, reprit-il au bout d'un silence, faites pour le mieux. Mais dès qu'elle y consentira, prenez-la à mes appointements, n'attendez pas mon retour. Vous pourriez l'installer dans ma petite maison des Porcherons et...

– Certes non! Le Roi le saurait aussitôt. Il n'est pas utile, quand vous lui servirez le plat, qu'il sache que vous l'avez goûté.

– Oh, le Roi... Je le ferai attendre.

– Quoi! s'écria la marquise alarmée, vous seriez amoureux au point de renoncer à notre beau projet?

– Qui sait? Et après tout, madame, Louis n'est plus jeune. Si beau présent, une enfant dénuée de rouerie, l'embarrasserait peut-être. Il a des pannes.

Mme de Mauconseil contempla avec quelque admiration ce duc septuagénaire qui plaignait les pannes de son roi de cinquante-cinq ans :

– Ne plus pouvoir... disait Richelieu avec mélancolie. Ah! marquise, quel péché! L'un des rares à prendre en compte, avec la lâcheté. Voyez-vous, marquise, la verge et l'épée font l'homme. Le reste n'est qu'illusion.

 9

Réfugiée dans la timbale * de Richelieu avec Mme Favart et la marquise de Mauconseil, Jeanne contemplait la cohue multicolore, truffée de dominos noirs, qui s'enroulait autour des danseurs. Dans une immense cage couleur d'émeraude et d'or elle vivait un rêve somptueux, comblé de personnages de mascarade. Pour la vingtième fois de la soirée elle toucha son masque. Il était en velours blanc, frangé à la vénitienne d'un volant de dentelle en point d'Argentan. Elle avait été folle de joie quand la Chaulieu était venue la prier au bal de l'Opéra de la part de sa maîtresse, et tout le romanesque de son âme s'était mis en branle quand la duègne avait ajouté : « Mettez-vous assez simplement et sans trop de volume. Vous trouverez un domino et un loup dans la voiture, et le petit souper auquel madame vous emmènera au sortir du bal sera fort intime. » Elle n'avait pas demandé chez qui l'on souperait : elle l'avait su d'emblée. La petite crainte – oh ! légère – que lui causait l'entreprenant vieux maréchal ne faisait qu'ajouter à sa griserie de fête. Même en se sachant sage, ce n'est pas rien que d'être courtisée par un duc et pair de France dont les plus grandes dames du Royaume proclament qu'il faut l'avoir eu pour avoir vécu sa carrière amoureuse sans rien manquer. Certes, Jeanne avait rien moins qu'envie d'avoir Richelieu, mais, pour rire, elle ne détestait pas qu'il eût jeté le mouchoir à *l'autre*, à l'inconnue dont elle découvrait l'énigmatique séduction de velours blanc dans les miroirs. Son masque lui avait comme dévoré le visage. Sous sa tiédeur veloutée elle se sentait tout étrangère à elle-même, vivant un morceau de destin emprunté. Et, malgré la raison de Jeanne, l'inconnue masquée attendait qu'une pluie de folies lui tombât dessus, puisque c'était carnaval.

La grande loge de Richelieu était aussi traversée de gens qu'un moulin ! Bien que le maréchal portât un loup de drap d'or et une perruque en fils d'or que ses vingt-neuf maîtresses de Bordeaux lui avaient parfilée ** pour le remercier en chœur de ses bons services, ses familiers le reconnaissaient et venaient le saluer, bavardaient un moment tout en s'efforçant de frôler le jeune domino aux beaux che-

* Première loge de face.

** Le parfilage, divertissement en vogue dans l'aristocratie, consistait à récupérer les fils d'or et d'argent sur les vieilles étoffes.

veux sur lesquels nul ne parvenait à poser un nom. Ce blond mystère avait d'autant plus d'attrait que le maréchal jouait le jeu, ne se privait pas d'interposer sa canne entre la dame et le gentilhomme qui s'en rapprochait trop. Et Jeanne ravie lui donnait la réplique, remettait un instant le capuchon de son domino et se détournait. Le potin sur le nouveau secret d'amour du célèbre vieux galantin devait courir l'Opéra, car la loge ne désemplissait pas de curieux, auxquels s'ajoutait de temps en temps l'irruption étourdie d'un couple en quête d'un sofa libre, qui jetait une imprécation de dépit et s'enfuyait sous les rires. Les crieuses de confiseries et de rafraîchissements ne pouvaient parvenir aux amateurs qu'avec la plus grande peine et, comme les sorbets à la rose qu'ils avaient commandés n'arrivaient pas, Richelieu ouvrait la bouche pour proposer à ses invitées de sortir en prendre à la boutique de café, quand il vit soudain le Grêlé s'incliner devant lui en tendant un feuillet plié en quatre :

– Je crois, monseigneur, dit l'homme avec un sourire obséquieux, qu'en exceptant celui qui l'a fait et celui qui l'a payé, vous serez le premier à lire ce qu'on chantera mardi dans cette salle quand la Prévot dansera le ballet de *Castor et Pollux* à la place de Lany, que ses caprices ont fait évincer de son rôle.

En dépit de sa coquetterie, Richelieu, alléché, n'hésita pas à chausser ses lunettes en public : le Grêlé connaissait ses goûts et lui fournissait du croustillant. C'était un gringalet à la mine chafouine et copieusement trouée de petite vérole, un nouvelliste de bouche à quarante livres le mois plus la table de l'office, qu'il avait pris à ses appointements et dont il se trouvait content. Cette fois, son mouchard lui avait rabattu deux couplets de la grossièreté la plus crue sur les dangers de « la fente » de la Prévot, que le seigneurial amant de Lany avait payé dix louis au chansonnier Collé. Richelieu s'esclaffa de bonheur, passa la feuille à Mme de Mauconseil en disant à Justine Favart :

– Voyez cela aussi, madame. Votre ami Collé est un honnête homme : il demande cher à la rime, mais il donne le pire.

– Est-ce une nouvelle chanson de monsieur Collé ? La pourrais-je voir ? demanda Jeanne. Chez Landel, un dimanche, monsieur Collé a fait sur moi des quatrains très aimables.

Après un instant d'hésitation Justine Favart lui tendit le libelle...

Jeanne se demanda si son masque n'allait pas prendre feu tant ses joues la brûlèrent. Une grande honte l'incendiait, doublée d'une grande fureur, à voir les mots qu'un homme pouvait assembler pour amuser d'autres hommes en couvrant d'ordures et de sanies l'intimité d'une femme. S'abstenant de lire plus avant, elle froissa le feuillet, le jeta à terre :

– J'espère ne jamais revoir monsieur Collé. C'est un porc qui s'engraisse comme un porc, dans la fange, siffla-t-elle assez haut pour être entendue de tous ses voisins.

Richelieu se pencha vers la marquise :

– Il vous faut, madame, me la décrasser au plus tôt ; sa bégueulerie provinciale est parfois trop épaisse pour être drôle. Et vous, que faites-vous encore là, à m'assister comme un chandelier ? ajouta-t-il avec humeur en s'adressant au Grêlé. Est-ce que je vous paie pour cela ? Filez à votre travail...

Le gringalet s'esquiva, non sans avoir lancé un regard haineux à la pimbêche dont la remarque l'avait sans doute privé d'un écu de récompense. Il n'était pas facile de tirer ses gages du maréchal, ostentatoirement fastueux dans le monde mais d'une avarice sordide envers ses serviteurs. Dieu sait quand le Grêlé retrouverait une aussi bonne occasion que l'ode au c... de la Prévot pour lui mettre la main à la poche. Pour comble de malchance, en sortant de la loge le Grêlé donna tête baissée dans un gentilhomme qui le renvoya d'une poussée cogner rudement le mur de marbre du couloir, en le traitant de butor. « Les salauds ! ragea-t-il en ramassant son chapeau. Il faudra bien qu'un jour le bon peuple en pende quelques-uns, de ces fils de putes, et ce jour-là le Grêlé s'offrira à colporter gratis la bonne nouvelle jusqu'aux frontières du Royaume ! »

Le gentilhomme bousculé s'épousseta de quelques coups de mouchoir inutiles et pénétra dans la timbale de Richelieu :

– Monsieur le Minorquin, pardonnez-moi de forcer votre incognito pour vous présenter mes respects, dit-il en s'inclinant devant le maréchal.

A la belle voix ronde et pleine qui venait de lui donner son titre de gloire le plus cher – celui qu'il avait gagné en enlevant Port-Mahon de Minorque aux Anglais en 1756 – le visage de Richelieu s'était illuminé d'un radieux sourire. Il leva son masque, ouvrit ses bras à l'arrivant :

– Monsieur mon faradin *, c'est votre réserve que je ne vous aurais point pardonnée. Venez que je vous baise... et que je vous contemple...

Le visiteur valait certes la peine d'être contemplé : de haute taille et de belle mine, il était de surcroît splendidement élégant dans un habit de soie jaspée couleur de prune, brodé au fil d'or, ouvert sur

* Mousse, en langage de marin provençal.

une veste de drap d'or. Le tricorne au point d'Espagne glissé sous son bras, l'agrafe de rubis de son jabot, les deux montres-joyaux pendues en châtelaine à ses poches complétaient sa magnificence un peu voyante, mais que son aisance de corps et d'attitudes faisait passer à merveille. Il tenait à la main l'étroit loup noir qu'il avait ôté en entrant.

– Ainsi, vous voilà donc sur terre ? reprenait Richelieu.

– Monsieur le maréchal, il faut bien faire l'amour de temps en temps.

– Si vous n'êtes point trop pressé de vous y mettre, demeurez à souper tout à l'heure avec nous. C'est fort petite chère que j'offrirai cette nuit mais, si vous avez bien faim, vous pourrez toujours, un peu plus tard, aller souper de nouveau chez les Conti. Allons, puisque c'est dit, venez que je vous présente à la compagnie que vous aurez et qui ne sera pas fâchée de voir un homme de plus que moi autour de ma poularde...

– Hé, mon cher duc, fit Mme de Mauconseil, pensez-vous que la présentation soit nécessaire et que le chevalier Vincent ne soit jamais venu danser à Bagatelle ?

Vincent s'inclina devant la vieille marquise et devant la comédienne, se tourna vers le domino blond masqué, posa un regard ardent de curiosité sur le visage de velours blanc.

« Par quel miracle suis-je encore debout ? se demandait Jeanne. Pourquoi est-ce que je ne tombe pas évanouie, comment ne suis-je pas déjà tombée, puisque je ne respire plus depuis une éternité ? » Depuis que, frappée de stupeur, elle avait tressailli d'un long frisson au son de la voix de Vincent, elle avait l'impression de s'être vidée de sa chair. « C'est mon domino qui me tient, pensa-t-elle. Si je devais ôter mon domino, je tomberais. » Quand elle tendit sa main au corsaire il lui sembla lever un bras mort, mais sous l'effleurement des lèvres chaudes elle frissonna de nouveau, tout entière, et au point de voir sa main trembler dans la grande main brunie du marin. Lui, comme s'il voulait l'interroger, retint la main palpitante plus longtemps que la bienséance ne le permettait, tandis que son regard brillant continuait de dévisager le masque avec un tel effort de pénétration que Jeanne sentait le velours céder, s'amincir, devenir transparent... Enfin Richelieu perçut un peu d'insolite dans l'attitude du couple, vint se saisir de Vincent pour le ramener à lui :

– Tout doux, beau chevalier, ne vous attardez point trop par là-bas, chuchota-t-il. Vous avez bien compris, n'est-ce pas, que c'est seulement au partage de ma poularde truffée que je vous invite ?

– Hélas, je le craignais, chuchota Vincent en retour. Mais ne me direz-vous pas même le petit nom de la poulette blonde que vous réservez à votre seul appétit ?

– Livrer le nom d'un trésor, c'est déjà trop. On m'a rendu méfiant – j'ai fait tant de cocus !

Il ajouta plus haut, souriant à ses trois invitées :

– Mesdames sont-elles assez étourdies du bal ? Me feront-elles la grâce d'accepter mon souper dès à présent ?

– Mon Dieu, oui, allons, soupira Mme de Mauconseil. Ces bals étaient naguère très plaisants mais, aujourd'hui, on y sue l'ennui. Ce divertissement sent par trop son vieux temps.

Vincent et Richelieu échangèrent un coup d'œil narquois, après quoi ce dernier, galamment, tendit son poing à Jeanne pour qu'elle s'y appuyât :

– Venez, mon rossignol... Me pardonnez-vous de ne pas vous avoir fait danser ? C'est une pitié que de traîner une vieille blessure qui vous fait le jarret faible les jours où, justement, on voudrait l'avoir bon.

– Monsieur le maréchal, dit Vincent vivement, permettez-moi de remplir votre devoir envers mademoiselle avant que nous ne quittions la place.

Il fallait bien répondre. Jeanne s'efforça tant de déguiser sa voix qu'elle n'émit qu'un murmure :

– Merci, monsieur le chevalier. Allons plutôt souper. Je meurs de faim, dit-elle, se demandant comment elle pourrait jamais avaler une seule bouchée !

Les couloirs étaient pleins de froufrous. Vincent marchait à côté de Jeanne, profitait de tous les embarras de chiffons qu'il leur fallait traverser pour se rapprocher d'elle et la respirer. Elle maudissait sa science des parfums, qui lui faisait composer sur elle un subtil mélange, pénétrant à la longue, auquel ses familiers la reconnaissaient par le nez. Selon ses mouvements elle embaumait la fleur d'orange, la fleur de camomille, la poudre d'iris et de lis blanc mêlés dont elle cousait des sachets à ses jupons. Elle se souvenait qu'à Charmont, Vincent l'avait complimentée sur son bouquet de senteurs, et de quelle manière il s'en était montré gourmand, humant l'arôme de sa peau avec une patiente délectation de chat, enfouissant son visage dans l'odeur de ses cheveux dénoués... Se pourrait-il qu'après avoir eu tant de parfums d'amantes entre les bras, ce don Juan se souvînt de celui d'une ingénue de passage ? Elle l'espérait et le craignait tout à la fois. Ne pas avoir été oubliée lui serait bien doux. Mais qu'il la reconnût marchant au bras du plus célèbre paillard de tout le Royaume, quelle horreur ! Allez donc expliquer à un railleur tel que Vincent l'innocence d'un fleuretage avec un maréchal de Richelieu ! Elle-même, en cet instant, avait un mal fou à ne pas se croire coupable.

A l'orée de la galerie, Vincent ôta de nouveau son loup pour qu'on lui rendît son épée – un petit chef-d'œuvre d'orfèvrerie au pommeau d'or ciselé, incrusté d'opales et de lapis-lazuli.

Cela papotait à foison dans le grand vestibule dont toutes les boutiques étaient ouvertes, illuminées à profusion. Le ravissant café-bonbonnière, scintillant de tous ses ors et de toutes ses bougies multipliées à l'infini par un jeu de glaces, était plein à ras bord. Le chatoyant papotage débordait du théâtre jusque dans le jardin des Tuileries *, s'y dispersait par couples sous les frondaisons obscures. Du beau ciel nocturne de juin ne tombait qu'une fraîcheur douce, très propice aux promenades galantes.

Tandis que le duc et la marquise, bon gré mal gré, se laissaient accrocher à droite et à gauche, Jeanne descendit vers le jardin entre Justine Favart et Vincent. Comme ils s'arrêtaient à la lisière de l'ombre pour attendre les autres, le talon de Jeanne dérapa sur un caillou, elle se retint à la manche de soie prune et sentit la main de Vincent s'abattre sur la sienne, l'emprisonner. Alors elle se remit à trembler aussi fort que tout à l'heure dans la loge et se demanda ce que Vincent pouvait bien penser, à ressentir l'affolement de cette main captive.

Tous les trois se taisaient – Jeanne et Vincent parce que ce n'était pas l'instant de parler, Justine parce qu'elle avait aperçu le geste et ne pouvait que se taire. Leur silence finit par pénétrer Jeanne et lui rendre assez de calme pour qu'elle prît conscience du moment qu'elle vivait. Alors elle souhaita voir Justine s'engloutir sous terre, pour s'en aller glisser avec Vincent sous les marronniers, jusqu'à la fin du monde, jusqu'à la fin de l'éternité. « Je l'aime. » L'évidence lui était montée à la tête avec la brusquerie d'un éternuement et l'inondait de joie. Impulsivement, elle appuya sa tête à l'épaule de Vincent...

– Hum ! fit Justine prise d'un chat dans la gorge. Hum, hum, hum, hum, hum !

Vincent lâcha la main de Jeanne, s'écarta d'elle, se retourna vers les lumières de l'Opéra.

« Le carrosse de monseigneur le duc de Richelieu ! » hurla un aboyeur à la cantonade, sans autre utilité que d'attraper une pié-

* Depuis l'incendie de l'Opéra du Palais-Royal en 1763, la troupe s'était transportée dans une nouvelle salle, construite par Soufflot dans le Palais des Tuileries.

cette puisque Froment, le valet du maréchal, en ouvrait déjà la portière.

– Cher faradin, comment êtes-vous venu jusqu'ici ? demanda Richelieu au corsaire.

– Dans un fiacre délabré qui m'attend là-bas, et dont la vieille rosse devrait pouvoir tenir jusque chez vous – ce n'est pas loin.

« Le carrosse de madame la marquise de Mauconseil ! » brailla l'aboyeur.

Jeanne s'avança vers le carrosse de la marquise en même temps que Justine. Richelieu laissa passer l'une, retint l'autre :

– Faites-moi l'honneur, mademoiselle, de monter près de moi... Savez-vous qu'en fin de compte nous allons nous retrouver à neuf après ma poularde ? Ce n'est plus à un souper que je vous convie, mon cœur, c'est à une famine !

Le magnifique hôtel de la chaussée d'Antin, où Richelieu s'était installé depuis une huitaine d'années, formait le plus somptueux et le plus raffiné des décors pour les réceptions du maréchal. Les sculptures des boiseries, les peintures, les tentures, les rideaux, tout avait été choisi pour combler d'un plaisir harmonieux l'œil le plus difficile. Chaque meuble était un chef-d'œuvre d'ébénisterie, le moindre bibelot, une merveille d'orfèvrerie, de porcelaine ou de bronze. Une foisonnante collection de vieux Chine, d'immenses paravents de laque noire déployant des paysages d'or, des tableaux de Titien, d'Holbein, de Van Dyck, d'Oudry, de Boucher, des bouquets de fleurs fraîches savamment composés ajoutaient, partout, de la beauté parfaite au luxe inouï de l'ensemble. On ne marchait que sur des tapis de la Savonnerie ou en soie d'Orient jetés sur des parquets marquetés à la versaillaise.

Au milieu des autres invités, Jeanne, éblouie, traversa plusieurs antichambres avant d'atteindre le grand salon illuminé. La nuit était assez claire pour qu'en s'approchant de l'une des trois grandes portes-fenêtres vitrées on pût apercevoir les jardins arborés et fleuris, animés de marbres antiques et d'un groupe de Michel-Ange abrité sous une tonnelle couverte de roses.

Un valet ouvrit à deux battants la porte du petit salon en rotonde où se tiendrait le souper, et alors il fut tout de suite visible que la famine qu'on souffrirait chez le duc de Richelieu se pourrait supporter sans trop bâiller. Certes, les poulardes – obèses, enflées de truffes, baignées de crème – n'étaient que deux à mijoter sur leur réchaud, mais on les avait entourées d'un copieux ambigu de viandes froides et de plats sucrés. Le couvert – vaisselle plate et argenterie de vermeil, verres de Bohême, porcelaines blanches de la Chine – était dressé au centre de la pièce, sur une table ronde autour de laquelle se trouvaient dispersées des « servantes » volantes en bois d'acajou.

– J'ai pensé que nous aimerions nous servir nous-mêmes, dit le maréchal.

D'un signe il congédia ses valets, tendit une main à la marquise de Mauconseil et l'autre à Jeanne pour les mener au dressoir :

– Eh bien, mes amis, chargez vos servantes à votre goût, prenez place à votre fantaisie et que la fête commence ! Je me réserve le soin de vous abreuver de tisane. Voyons, marquise, commencerez-vous par de la blanche, ou par de la rouge ?

Une dizaine de bouteilles de vieux vins de Bordeaux s'alignaient sur une console. Le maréchal n'était pas pour rien gouverneur de Guyenne et de Gascogne ; sa cave de Bordeaux était fabuleuse et, grâce à elle, il avait converti le tout-Paris aux vins de sa province qu'on n'appelait plus que « la tisane de Richelieu ». Jeanne pria son hôte de choisir un vin pour elle et il lui versa d'un Graves de Vayres, au jaune de miel très moelleux à l'œil. Vincent la servit de tranches d'esturgeon fumé, et elle se retrouva assise entre le corsaire et le maréchal. Celui-ci leva son verre :

– Buvons à nos belles mystérieuses, dit-il.

Il y avait autour de la table trois jeunes femmes aux visages de velours. Jeanne avait été soulagée d'une indicible angoisse en se retrouvant avec deux autres dominos dans la cour de l'hôtel de Richelieu. L'un accompagnait le comte de Lauraguais, l'autre le maréchal marquis de Contades. Sans doute aucun des possesseurs d'une dame masquée ne se souciait-il de trop montrer sa dernière trouvaille aux autres, car il avait été décidé de ne pas lever les masques des trois incognitos. Vincent, le seul homme à ne pas avoir amené une dame avec lui, répondit le premier à l'invite de son hôte :

– Messieurs, dit-il, je bois donc à vos fruits défendus.

– Voilà beau temps que je n'avais soupé avec des masques, dit Contades. Nous sommes devenus des rustres avides de réalités, nous ne savons plus nous donner les plaisirs de l'imagination.

– Mon cher, dit Richelieu avec une grimace, les présents que nous fait l'imagination sont parfois fâcheux. Une nuit, dans une alcôve de Gênes, j'ai juré mais un peu tard qu'on ne m'y prendrait plus à me coucher avec un masque ! Dieu ! quelle figure j'ai trouvé dans mon lit au réveil !

– Pour une fois que vous aviez fait une bonne action, ne vous en repentez pas, dit Mme de Mauconseil. Vous n'en aurez pas beaucoup à emporter quand vous partirez.

– Eh ! madame, rendre service est un plaisir de jeune homme, dit Richelieu. Ce n'est pas qu'aujourd'hui on ait moins d'allant, mais c'est qu'on a plus de goût.

– Toujours à propos de masques, vous souvient-il, duc, de la fête si peu costumée que vous nous avez donnée en Hanovre un soir ? demanda Contades.

– Contez-nous cela, pria Lauraguais. Je suppose que, fors le visage, tout était à l'air ?

Debout devant le dressoir, le comte découpait l'une des poulardes avec une habileté de maître-queux, sans faire gicler la moindre goutte de sauce sur son habit de satin ventre-de-biche. Mme Favart, près de lui, remplissait les assiettes de volaille et de truffes :

– Dieu ! souffla-t-elle, à quoi songez-vous, comte, de lancer nos maréchaux sur le sentier de leur bon vieux temps de guerre ! En voilà pour la nuit.

De fait, Richelieu et Contades, rubiconds d'ardeur, battaient déjà la campagne prussienne. Rien ne pouvait les contenter davantage que d'évoquer à perdre haleine leurs souvenirs de bataille – ils ne se voyaient que pour cela, pour gagner après coup la guerre de Sept Ans que l'imbécile de Broglie (selon Contades) et l'infâme Soubise (selon Richelieu) avaient naguère perdue.

Vincent se pencha vers Jeanne :

– Vous redonnerai-je un peu de vin ? Notre fournisseur de tisane nous a tous oubliés, et pour un moment je crois.

– J'aimerais voir les desserts, dit-elle en se levant pour l'accompagner.

Elle ne tremblait plus. Ne déguisait plus sa voix. Elle avait pris son parti de la fausseté de sa situation parce qu'elle ne la sentait plus, ne sentait plus rien d'autre que la capiteuse présence de cet homme qui, le premier, l'avait prise dans ses bras, couverte de baisers, désirée au point de vouloir l'emporter. Si là, dans ce salon, devant la compagnie, il lui avait saisi la main pour l'attirer à lui en disant « Partons », elle l'aurait suivi sans un mot. Rien ne lui importait plus, sauf de savoir. Savoir si, aujourd'hui autant qu'hier, il avait envie de l'emporter. Et au fond, elle n'en doutait pas.

– Avez-vous choisi votre vin ?

– Donnez-moi de celui que vous préférez...

Elle but une gorgée en pensant « Je bois à ma folie », une seconde gorgée en priant : « Je ne veux pas que ma folie me quitte. »

L'un des masques, qui s'ennuyait à la guerre des maréchaux, vint aussi se camper devant les desserts, commença à se bourrer de confiseries. Sans aucun doute la jeune fille avait encore l'âge des bonbons : au menton, aux épaules, aux coudes, aux poignets elle portait le pointu de l'adolescence, sa voix rieuse demeurait haute. Elle ne devait pas avoir passé ses quatorze ans : le marquis de Contades les aimait vraiment fillettes. Entre deux bouchées de nougat, la petite plongea soudain son nez dans un gros bouquet de roses pâles installé dans une jatte d'argent :

– Elles sentent bon... Et elles sont bien jolies, n'est-ce pas ? Elles ont la couleur de la confiture de rose.

– Aussi peut-on en faire de bonne confiture, dit Jeanne en lui souriant. C'est de la rose de Puteaux. On en tire aussi de l'excellente tisane, et des sirops.

– Oh ! moi, les tisanes..., fit la petite, avec une moue. Mais la confiture de roses, à la bonne heure ! J'adore qu'on m'en donne à manger avec du café, c'est très élégant, parce que la confiture de roses est si chère !

Jeanne jeta un coup d'œil à Vincent, affreusement gênée soudain. La pauvre petite se conduisait et parlait de telle façon qu'elle-même ne pouvait plus se cacher qu'elle était bel et bien en train de souper avec deux pensionnaires de la Gourdan ou de la Brisset ou de quelque autre maquerelle à la mode, fournisseuse des grands. Comme pour accuser encore l'ambiguïté de sa position de troisième masque, la petite se rapprocha d'elle pour lui parler bas :

– Vous trouvez que ma robe est jolie ?

Le tendron portait en effet une robe fort jolie et de bon goût, à double petit panier, en soie blanche semée de fleurettes polychromes.

– Elle est très gracieuse, murmura Jeanne.

– C'est la première fois que je porte une aussi belle robe, continua la petite, épanouie. C'est en l'honneur que je sortais avec monsieur le marquis. Il est très généreux, le marquis de Contades. Mais le duc de Richelieu est encore bien plus riche, n'est-ce pas ? Est-ce qu'il est généreux à proportion ? Votre robe est belle aussi, ce vert d'amande vous va au teint et aux cheveux à merveille, et puis, vous, vous avez assez de gorge pour faire valoir le corsage... Dites, le duc vous a-t-il donné des bijoux ?

Jeanne était au supplice. Enfin, elle put se délivrer de la bavarde et revint vers Vincent, sous le prétexte de grignoter un pruneau confit.

– On connaît bien les fleurs, à ce qu'il paraît ? jeta négligemment Vincent, prenant un pruneau aussi et montrant les roses de Puteaux.

Elle lui offrit de pleine face son visage de velours blanc, comme si elle se démasquait :

– On les connaît assez bien, dit-elle avec défi.

Il composa avec un soin lent une assiettée de friandises qu'il porta à Mme Favart, revint en composer une seconde pour la marquise de Mauconseil, une troisième pour l'inconnue couleur de bouton d'or assise auprès du comte de Lauraguais :

– J'ai bien failli naguère apprendre la botanique, dit-il enfin. Je devais embarquer une jeune botaniste sur ma *Belle Vincente* mais, au dernier moment, la demoiselle a changé d'avis.

– L'avez-vous regrettée ?

– Je l'ai regrettée quelque temps. C'était une petite fille très charmante quoique savante.

Elle demanda d'une voix très douce, presque mendiante :

– Ne la regrettez-vous plus du tout ?

La réponse tomba comme une gifle :

– Non, plus du tout. Aujourd'hui, elle est vieille.

– Vieille ! s'exclama-t-elle sourdement, et elle n'eut que le temps de vite retourner s'asseoir à table, les jambes fauchées, les yeux pleins de larmes.

« Pourquoi ? Mon Dieu, pourquoi ? Puisque maintenant je l'aime ? » Se pouvait-il qu'Émilie eût raison ? Que, pour une femme, il fût si vite trop tard ?

Heureusement, la compagnie s'était déjà trop échauffée avec la chère, le vin et les propos grivois pour s'apercevoir de la muette tristesse soudaine de l'une des convives. Les maréchaux, emportés par leurs souvenirs, leurs têtes pleines du son du canon et de la musique des chansons à tuer et à boire, réclamaient maintenant *La Fanchon* à grands cris :

– *La Fanchon*, madame, *La Fanchon !* priaient-ils en chœur, leurs verres levés à Justine Favart.

– Ah ! madame, poursuivit Richelieu soudain tout sentimental, tant que vous serez là pour chanter *La Fanchon*, la France sentira couler dans ses veines la gloire de Fontenoy ! Vous en souvient-il, madame, de cet officier en loques et noir de poudre, le cul assis sur un tambour devant la tente de Saxe, et qui griffonnait en hâte une chanson pour fêter la victoire ? « Et surtout, fais-nous en une à moustaches ! » braillait Saxe toutes les cinq minutes. Tout le monde était soûl de joie, avant même d'avoir aperçu l'ombre d'un bouchon. La terre fumait encore de la chaleur de la bataille quand on a vu la petite Favart – une coquine petite Favart de vingt ans, qui se faisait hisser sur un tombereau, par-dessus les hommes morts et les chevaux crevés, pour entonner la plus belle chanson que je connaisse : « Amis, il nous faut faire pause... »

Ce fut comme si un coup d'éperon venait de piquer Justine. Retrouvant d'un bond son enjouement de saltimbanque aux armées, la chanteuse troussa haut ses cotillons, grimpa sur sa chaise et lança à pleine voix le refrain célèbre qui, parti de Fontenoy, avait fait le tour de la France :

Ah ! que son entretien est doux,
Qu'elle a de mérite et de gloire !
Elle aime à rire, elle aime à boire,
Elle aime à chanter comme nous !...

Irrésistiblement tout le monde se mit à la fougueuse chanson, sauf Jeanne. Vincent s'était assis au clavecin, martelait la cadence à coups de poignet bien secs. Cela manquait de fifres et de tambours, mais cela évoquait tout de même un bruit joyeux de soldats et de filles attablés aux ripailles de la victoire. La voix aiguë et fausse de Richelieu s'efforçait sans vergogne de dominer le chœur. Le dos raidi d'une mâle allégresse, le vieux maréchal avait saisi la main de sa voisine et scandait vigoureusement la mesure avec elle. Soudain, entraîné par un couplet plus libertin, il lâcha les doigts qu'il broyait, enlaça étroitement la taille de Jeanne et l'attira pour lui plaquer un baiser dans le cou.

Furieuse – Dieu merci, Vincent n'avait rien pu voir ! – Jeanne se dégagea aussi rudement qu'une vivandière offensée et siffla à mi-voix, mais nettement :

– Monsieur le maréchal, vous vous conduisez comme un cul-blanc * !

Richelieu contempla sa voisine avec des yeux exorbités, puis choisit de badiner :

– Savez-vous, mon rossignol, que l'impertinence n'est pas pour me déplaire quand elle sort d'une aussi jolie bouche avec tant d'à-propos ? répliqua-t-il du même demi-ton de confidence, en glissant sa main sous l'engageante de mousseline pour chatouiller le creux du bras de Jeanne.

– Monseigneur, votre indulgence me rassure d'autant plus que j'en userai encore à l'instant pour vous prier d'ôter votre main d'où elle est, chuchota-t-elle d'un ton aimable.

* Fantassin du dernier échelon.

La Fanchon avait donné le signal des chansons de dessert. Bon gré mal gré, chacun poussa la sienne – il n'était pas question de se dérober à cette mode-là, qui sévissait partout, aussi bien à la fin d'un souper de gentilshommes ou de savants qu'au bout d'un dîner de noces campagnardes. Pour être dans le bon ton de la bonne compagnie il fallait savoir au moins une chanson « poissarde » et, généralement, on en savait plus d'une. La fillette pervertie du marquis de Contades ne savait pourtant que des rondes de son village. Quand sa faible voix haut perchée attaqua celle, naïve et cruelle, où l'on pleure sur une pucelle nouvellement mariée :

Comme la rose effeuillée
Elle sera bientôt.
Comme la prune secouée,
Elle sera mangée.
La pauvre infortunée
Elle sera fanée...

le cœur de Jeanne s'emplit de tendresse pour l'enfant courtisane en même temps que de haine pour ceux qui l'achetaient. Au même instant elle eut conscience d'un regard pesant méchamment sur elle, leva les yeux et rencontra dans ceux de Vincent un éclat si dur que sa tristesse en fut portée à son comble. Elle se sentit malheureuse, malheureuse au point d'en avoir comme le corps rompu, elle qui, d'ordinaire, n'était jamais lasse. A partir de ce moment elle ne fut plus qu'une envie : que cette soirée de torture finisse, qu'elle puisse s'enfuir pour aller sangloter dans son oreiller. Mais elle n'osait se lever pour disparaître, patientait et se méprisait de patienter. Bientôt elle souffrit en plus la peur de voir l'affaire tourner à l'orgie : Contades avait pris la fillette sur ses genoux pour lui faire manger de la frangipane ; l'opulente Vénus bouton d'or de Lauraguais, à demi soûle, gloussait comme une pintade chatouillée, le comte avait une main sous la table et renchérissait sur la Vénus d'historiettes scabreuses, et la Favart, éméchée aussi, étalait sur la nappe les façons de lit hussardes du feu prince de Saxe. Son bon vieux temps galant retrouvé, la marquise de Mauconseil riait comme une folle en bombardant la compagnie de praslines.

Par chance, Jeanne se trouvait à l'abri de presque tout entre Richelieu et Vincent. Quand il avait avec lui l'un des anciens combattants de la bataille de Minorque, rien, pas même le plus nouveau de ses désirs lubriques, ne pouvait empêcher le vieux maréchal de retomber sans fin dans les péripéties du grand succès militaire de sa vie. Le malheureux soldat ou le malheureux marin piégé ne pouvait guère espérer s'arracher au rocher de Port-Mahon qu'en se mettant hors de portée de voix du maréchal, et Vincent n'y paraissait pas songer. Au contraire, un sourire courtois aux lèvres, il semblait prêt à endurer jusqu'à l'aube le monologue de son hôte. Sans cesse son regard revenait balayer la jeune femme silencieuse qu'il avait à sa gauche et dont la main, posée à côté d'une assiettée de fruits déguisés qu'elle n'avait pas touchés, tressaillait sous chacun de ses regards. En pesant de tout le poids de ses yeux bruns sur sa voisine il semblait vouloir provoquer quelque chose... Et elle soupira, enfin. Se pencha vers Richelieu :

– Monseigneur, veuillez me pardonner, mais je ressens soudain une migraine affreuse. Le vin, sans doute... Permettez que je me retire. Si madame veut bien me prêter sa voiture, poursuivit-elle tournée vers Mme de Mauconseil, je la lui renverrai aussitôt que rendue chez moi.

La voix de Vincent domina le petit remue-ménage provoqué par la phrase de Jeanne :

– Monsieur le maréchal, puisque je dois, vous le savez, me rendre à l'hôtel de Conti, je vais auparavant déposer mademoiselle chez elle, si elle me le permet.

– Que non pas ! s'écria Richelieu. Ce serait d'une imprudence ! Mademoiselle ne doit sortir d'ici qu'un peu remise. Mon cœur, ajouta-t-il avec une tendresse non feinte, je vais vous faire prendre de mon eau d'opium et vous irez vous étendre au calme un moment. Je vous ferai reconduire dès que vous serez mieux.

La fausse malade eut toutes les peines du monde à se soustraire à la sollicitude du maréchal et aux empressements de la femme de chambre accourue à ses ordres en jupon et en coiffe de nuit. Elle dut prendre un ton plus ferme de presque ressuscitée :

– Mille grâces, monseigneur, vos bontés me touchent, mais je vous serais reconnaissante de me laisser aller. J'ai chez moi une drogue dont mes migraines se trouvent toujours soulagées. Je suis si désolée d'avoir troublé votre souper que je me sentirais déjà mieux si vous vouliez bien y retourner sans plus vous préoccuper de moi. Puisque monsieur le chevalier s'offre à me reconduire...

Richelieu ne se souciait pas du tout de confier la belle au corsaire de charme dont il avait souffert la concurrence auprès des Minorquaises ! D'un signe alarmé il prévint Mme de Mauconseil d'avoir à jouer son rôle de bonne tante grassement appointée, et il fallut bien que la marquise se précipitât :

— Il n'est pas question, ma chère enfant, que je vous laisse aller sans moi alors que vous êtes souffrante. Je ne serai rassurée qu'après vous avoir mise moi-même dans votre lit...

Pendant qu'on réveillait le cocher de la marquise endormi à l'office, Vincent demanda permission à son hôte de griffonner un billet sur la table à écrire de l'antichambre :

— Un poulet à glisser tout à l'heure dans un corsage, expliqua-t-il en souriant.

— Voilà qui ne m'étonne pas, mon cher. L'hôtel de Conti est la maison de rendez-vous la mieux achalandée qui soit, dit avec aplomb le tenancier de l'hôtel de Richelieu, maison de passe souvent fort bien garnie aussi !

Vincent n'écrivit que trois lignes.

Le maréchal ne put empêcher le corsaire de se saisir le premier du domino qu'apportait un laquais pour en envelopper Jeanne. La jeune femme frissonna d'une émotion délicieuse en sentant le billet de Vincent s'enfoncer entre ses deux seins. Cela fut fait avec une habileté si bien exercée que nul ne vit rien.

Richelieu sortit dans la cour pour mettre ces dames en carrosse.

Lauraguais était venu rejoindre Vincent dans l'antichambre :

— Puisque la caillette du duc vous a échappé, chevalier, j'espère que vous ne partez plus ?

— Si fait, je le dois.

— Morbleu, moi qui m'ennuyais déjà ! s'exclama le comte. Patientez un petit moment de politesse et nous quitterons la place ensemble. Allons finir plus gaiement la nuit où vous voudrez – chez moi si cela vous chante. Ma Roseline n'est pas vilaine même une fois démasquée, et elle est si copieuse...

— Merci non. Vous seriez tous deux mécontents de moi, je suis de méchante humeur.

— Mon ami, nous soignerons cela au vin de Champagne.

— Un autre soir, si vous le voulez bien.

— Je le veux bien, mais vous y perdrez peut-être : les couchers à trente louis ne sont pas tous aussi réussis que Roseline. Je me demande d'où vient la trouvaille du duc ? Je n'ai jamais vu cette silhouette-là, si fine, si distinguée d'attitude. La voix n'est pas commune, les cheveux splendides... J'aurais misé gros pour la démasquer.

— Ce n'est que partie remise, mon cher comte. Allez un peu vous encanailler chez la Mauconseil et vous l'y trouverez assurément ; elles m'ont l'air fort complices.

— J'y comptais. Mais je pensais que vous-même... Je ne voudrais pas traverser votre chasse. M'abandonnez-vous la biche de bon cœur ?

– Mon cher comte, que le plus offrant gagne, dit Vincent d'un ton glacé.

Jeanne pénétra dans sa chambre sur la pointe des pieds...

Une bougie veillait sur la commode, qui l'attendait. Elle voulut tirer le billet de son sein pour le lire avant toute chose, entendit marcher dans la pièce voisine, renfonça le papier dans sa cachette.

Philibert parut. Il était en robe de chambre et montrait un air rien moins qu'aimable :

– Sais-tu l'heure qu'il est ?

– Mon Dieu oui, mais peut-on vraiment rentrer d'un bal de l'Opéra avant trois heures de la nuit ? Pouvais-je en partir sans la marquise de Mauconseil à qui je m'étais confiée, ou pouvais-je la contraindre à quitter la fête avant son bon vouloir ? Me sachant avec une personne d'âge il fallait vous coucher sans m'attendre, dit-elle d'une traite avec un peu d'agacement.

– Tu trouveras bon, s'il te plaît, que j'agisse à ma guise. Jeannette...

Il se posa au bord du canapé :

– Je n'aime pas que tu te lies toujours davantage avec la bande des Favart. Même si certains de ses membres sont des plus huppés.

Elle fit front :

– Et moi, je n'aime pas que vous me laissiez seule tous les soirs pour rester à courtiser Buffon chez les Jussieu ou pour courir apprendre les mystères de la franc-maçonnerie chez les Helvétius.

– Ne fais pas l'enfant, Jeannette. Tu sais très bien pourquoi je m'astreins à toutes ces soirées. Un savant a besoin de la conversation stimulante de ses pairs et, d'autre part, dans les salons je me fais des relations indispensables à ma carrière. Je l'ai commencée bien tard – car je m'aperçois qu'on n'entreprend une carrière qu'en arrivant à Paris. J'ai déjà trente-huit ans, Jeannette, et plus de temps à perdre.

– Serais-je, par hasard, votre temps perdu ? demanda-t-elle agressivement.

Il eut un soupir et un sourire :

– Je ne veux pas du tout discuter du temps avec toi. Tu ne sens pas même encore s'écouler les heures alors que je sens déjà s'écouler les minutes, parce que la curiosité me dévore et que mes jours passent vite tandis que mon savoir croît lentement. Le désespoir me prend quand j'imagine les découvertes que je ne verrai pas. S'il y a des hommes qui devraient croire à l'immortalité de l'esprit pour se consoler de ce qu'ils manqueront sur terre, ce sont bien les chercheurs. Hélas, ce sont encore eux qui y croient le moins.

Surprise, un peu gênée, Jeanne contemplait Philibert comme s'il avait changé de perruque et qu'elle le reconnaissait mal. C'était bien la première fois qu'il lui parlait de lui-même et elle ne savait trop comment se comporter. Elle ouvrit la bouche, la referma, hésita encore un long instant avant de murmurer :

– Vous savez déjà tant de choses... Et vous avez encore tant d'années pour en savoir d'autres... Est-il possible que vous pleuriez d'avance toutes les fleurs que vous n'aurez pas eues ?

– Sais-tu, Jeannette, qu'il m'arrive de pleurer même celles que j'aurai eues ? Oui, parfois, devant une plante dont la beauté m'enchante je me mets à penser que, bientôt, la multiple splendeur de la nature s'éteindra pour moi. De l'autre côté de la mort, y a-t-il autre chose que des champs bleus stériles ?

Déconcertée, elle continuait de l'observer. Ce regard noir vagabond, rêvant sur du rien, jamais elle ne le lui avait vu. Quand l'œil du médecin-botaniste rêvait, c'était toujours sur quelque chose – un livre, un cahier, une feuille, un os, une plume d'oiseau...

– Est-ce que... Vous sentez-vous malade ? demanda-t-elle d'une voix oppressée. Et soudain sa propre question l'affola, la jeta près de lui sur le canapé :

– Vous sentez-vous malade, Philibert ? Oh ! si cela est, je vous soignerai, je vous guérirai, vous ne mourrez jamais, jamais, parce que je ne vous permettrai jamais de mourir !

– Mais non, mais non, répétait-il en souriant et en secouant la tête. Que vas-tu chercher là ? Je me porte au mieux. Je ne sais ce qui m'a pris de me laisser aller à dire des sottises. Je ne voulais que te gronder d'être rentrée si tard.

Du pied elle poussa vers lui un carreau de tapis, se laissa glisser à terre, posa ses bras croisés sur les genoux de son amant et son menton par-dessus :

– Pourquoi ne me dites-vous pas plus souvent des sottises ? Moi aussi, j'aimerais parfois oser vous en dire.

– Dis.

– Oh ! c'est de la fumée... Je vous perdrais du temps !

– Va toujours.

Elle leva les yeux, l'épia intensément pour bien se persuader qu'il s'apprêtait à l'écouter parler pour ne rien dire. C'était tellement inattendu, ce don qu'il lui faisait d'un moment de son précieux temps ! Sous son fichu, la lettre de Vincent lui brûla la peau comme un péché mortel. Comment avait-elle pu croire qu'elle aimait soudain Vincent ? Quel éclair de folie ! Un vertige de carnaval. Le seul homme de sa vie était là, indestructible, et même, comble de bonheur, inhabituellement patient. Elle s'appuya à lui encore plus confortablement. Elle se sentait comme doit se sentir un oiseau regagnant son nid après une bourrasque.

Sans mot dire il la regardait se blottir. Il y avait longtemps, trop longtemps, qu'elle s'était installée presque ainsi pour la dernière fois. Alors elle était une maigre sauvageonne blonde aux yeux blonds, lovée sur l'herbe devant le tronc d'arbre sur lequel il se reposait en lui racontant une histoire de grenouille ou de champignon. Mais en ce temps-là jamais elle n'aurait osé le toucher. Aujourd'hui, elle s'appesantissait sur sa cuisse, lourde exprès, toute confiée. Un sensuel orgueil lui vint, de conquérant d'enfant. Il posa une main douce sur les cheveux trop bien coiffés, commença d'ôter une à une les fleurettes vertes et blanches de soie gommée qui les ornaient. Il faisait cela gauchement, en tiraillant les boucles.

– Monsieur Philibert...

Il tressaillit légèrement. C'était toujours pour réclamer de lui un maximum d'attention qu'elle reprenait cette appellation de leur passé. Il s'arrêta de la décoiffer, se contenta de laisser sa main dans les cheveux à demi défaits.

– Monsieur Philibert, partons ! dit-elle d'une voix sourde et passionnée. Partons tous les deux, partons au bout du monde !

– Où places-tu le bout du monde ?

– N'importe !

– Mais encore ?

– Ailleurs.

– Ailleurs..., répéta-t-il pour lui-même.

Il la souleva un instant pour bouger son genou droit ankylosé, la réinstalla sur son appui.

– Ainsi, tu n'aimes plus Paris ? En voilà une nouvelle ! Je te croyais heureuse au Jardin, et enthousiasmée par ta boutique, et il me semblait qu'en plus, tu commençais à beaucoup t'amuser avec tes nouveaux amis.

– Mais oui ! je suis heureuse, mais oui ! ma boutique me plaît follement, mais oui ! je m'amuse, mais...

Sa voix se fit presque angoissée pour achever.

– ... à la longue, le bonheur à Paris doit devenir fragile.

– Bah ! Quelle idée !

— La ville est si divertissante... Si peuplée. Il passe trop de gens entre vous et moi. Même le dimanche, quand nous herborisons, nous ne sommes jamais seuls. N'avez-vous pas la nostalgie de nos cueillettes en Dombes ? Là-bas, entre vous et moi, il n'y avait jamais qu'un tout petit espace d'air. Tandis qu'à Boulogne ! Cette queue-leu-leu de bavards qui nous suit ! Qui s'exclame, rit tout fort, effraie les oiseaux et vous appelle à grands cris dès qu'elle a mis le pied sur la moindre centaurée, parce qu'une *Centaurea* ramassée devant le docteur Aubriot, oh ! là là ! c'est rien de moins qu'un trésor à mettre dans son herbier !

— En bref, tu voudrais m'éloigner de Paris parce que tu es jalouse de ma petite célébrité naissante ? Aurais-tu peur que je t'oublie ?

— Non.

Il lui releva la tête, fouilla les yeux dorés d'un regard perçant :

— Aurais-tu peur de m'oublier ?

— Oh ! non ! Non.

Il y eut un silence tendu. Puis elle reprit :

— A Paris, on ne peut pas vraiment vivre à deux. Des gens et des choses vous séparent à tout bout de champ.

Il se mit à rire :

— En somme, tu rêves pour nous d'une vie de harengs? Mâle et femelle bien serrés côte à côte dans le sein d'un banc et traversant ainsi toute leur existence?

— Oh! vous vous moquez, bien sûr. Vous refusez de comprendre ce que j'exprime mal. Mais franchement, tenez-vous beaucoup à attraper toutes ces choses dont la conquête vous dévore : des protecteurs à la Cour, un siège à l'Académie, des honneurs, des pensions, vos lettres de noblesse, le cordon de Saint-Michel... Tout cela vous importe-t-il réellement?

Il réfléchit une longue minute, répondit enfin :

— Oui, je pense qu'après tout cela m'importe. Moins que l'étude, moins que la connaissance, mais cela m'importe. Un homme de science a besoin d'être reconnu de ses pairs, mis à sa juste place parmi eux et pour la postérité. J'ai un fils, pour hériter de mon nom. Et au fait, ne pardonnes-tu pas à ton bon ami Lalande de courir après la gloire autant qu'après la vérité?

— Lui aime sincèrement la gloire. Je ne crois pas que vous l'aimiez avec autant de force. Je sais, moi, quand et comment vous êtes le plus heureux : avec une vieille veste, un vieux chapeau, de gros souliers, trottant par monts et par vaux, seul avec moi sur vos talons.

— Ah ! tu me la bailles belle, de me prêcher le retour à la vie sauvage alors que je te surprends de plus en plus souvent en robe de bal !

— Savez-vous, dit-elle gravement, que je ne suis pas bien certaine de faire ce qui me plaît le mieux en courant aux frivolités ? Peut-être bien que me mettre ou ne pas me mettre en grand panier, aller ou ne pas aller à l'Opéra ne me soucie pas vraiment jusqu'aux os ? Vous, avez-vous vraiment envie, jusqu'aux os, de l'Académie et du cordon de Saint-Michel et de tout ça ?

— Pas du tout ! Mais je ne suis qu'un homme. Je serais un sage, Jeannette, si je pouvais me passer des choses dont je n'ai pas envie vraiment.

Elle tira le billet toujours bien plié de sa poche de jupon, le posa sur l'écritoire, palpa une fois de plus, à travers le vélin, le mince serpentin mou enclos dans le pli. Ce ruban-là, elle l'avait donné depuis plus de trois ans. Elle grelottait d'énervement, presque autant que le matin où elle avait rouvert sa lettre à Vincent pour déposer le lien de taffetas sur les mots « Partez sans moi ». Pourquoi lui renvoyait-il son ruban ? Pour quoi lui dire ?

La nuit passée, au sortir de sa douce causerie avec Philibert, elle avait décidé de ne pas lire le message de Vincent. Pas tout de suite, en tout cas. Peut-être le lirait-elle un jour, par curiosité, quand elle aurait repris son bon sens, que le corsaire serait redevenu une longue absence, l'enfantillage de ses quinze ans. Plus tard dans la nuit, quand elle s'était endormie sur la poitrine de son amant, bercée par le rythme sédatif de son cœur plus lent que la normale, elle s'était juré de brûler le billet au matin, pour détruire toute tentation. Mais le matin elle avait eu un alibi pour le cacher dans sa poche au lieu de le mettre en cendres : elle n'était pas seule. Au Jardin, à sa boutique où travaillait le menuisier, dans la bibliothèque des Petits-Pères, elle n'avait jamais trouvé un moment de solitude — ou alors trop court, trop incertain. Si bien que le billet était revenu entier rue du Mail, jusque sur l'écritoire de sa chambre...

Elle l'ouvrit, écarta le ruban, lut les mots affreux : « Reprenez votre souvenir. Celui de l'ingénue fugitive m'était doux. Celui de la p... de haut vol me pèserait. »

Elle eut beau se mordre la lèvre au sang, crisper ses poings, renifler, plonger son visage brûlant dans l'eau froide, les sanglots percèrent en dépit de ses efforts, la submergèrent, l'abattirent sur son lit, qu'elle inonda de rage et de chagrin. L'humiliation la dévastait, jumelée à une impuissante haine contre le goujat. Soudain, brusquement, elle cessa de sangloter, se redressa contre ses oreillers, traversée d'une pensée qui avait bien tardé : « En somme, il portait mon ruban sur lui? »

Où Vincent portait-il son ruban depuis plus de trois ans? En chaîne de breloque? Roulé en fétiche dans sa poche de veste? Tout près de son cœur, pour attacher sa croix de Malte?

Il avait gardé son ruban. Précieusement. Cela ne signifiait-il pas qu'elle aussi aurait le pouvoir de lui faire du mal quand elle le voudrait? Elle se mit à marcher d'un pas enfiévré à travers la chambre, les yeux flamboyants, tordant son mouchoir déjà déchiré et mâchant de la revanche : « A genoux! Je le mettrai à genoux! Je lui ferai implorer son pardon à genoux! Et il l'attendra jusqu'à ce que la corne lui pousse à la peau! »

10

La Tisanière était une bien jolie boutique. La boiserie de cerisier à étagères et à tiroirs, cirée et brossée à tour de bras, chatoyait autant qu'une soie. Sur ce fond brun rosé, quelques gros pots ventrus de faïence jaune et bleue faisaient un effet magnifique, que Mercier ne se lassait pas de contempler. C'était lui qui avait déniché cette aubaine, pour une bouchée de pain et à la barbe de l'huissier, chez un épicier-apothicaire failli de la rue Saint-Jacques :

– Comment trouvez-vous la disposition de mes pots ? Ai-je bien dispersé les notes de couleurs ? demanda-t-il à Mlle Basseporte.

Le peintre du Cabinet d'histoire naturelle se recula jusqu'à la porte pour juger de l'ensemble :

– C'est parfait, dit-elle.

Elle-même venait d'accrocher les aquarelles qu'elle avait peintes pour Jeanne : un coquelicot éclatant, un rameau de genévrier pourvu de ses grosses baies violacées, un plant de pissenlit fleuri de jaune soleil, la grappe d'étoiles bleu lilas d'une campanule dentelée. Ajoutés à la fresque florale du trumeau de la cheminée, les quatre tableautins achevaient gaiement la décoration d'un goût délicat.

– Il faut encore que je vous embrasse quatre fois, dit Jeanne à sa vieille amie. Ce sont des œuvres d'art que vous m'offrez là... Eh bien mais, on dirait que je n'ai plus qu'à m'asseoir à ma caisse pour attendre demain ?

Elle alla se percher sur un tabouret haut, derrière son comptoir, sourit à ses amis. Ils semblaient aussi heureux qu'elle. Il y avait là, non seulement Mercier et Mlle Basseporte, mais encore André Thouin et le père Firmin, l'apothicaire du couvent des Petits-Pères. Le jardinier du Roi était venu faire un apport de dernière heure : des feuilles de citronnelle pour les estomacs lents et des graines de laitue, dont la décoction calme les asthmatiques. Le père Firmin, lui, s'affairait à vérifier le latin des étiquettes. Lucette, la future demoiselle de boutique, pour lors servante à tout faire, ne se lassait pas de donner un coup de chiffon par-ci, un coup de plumeau par-là, redressait l'alignement d'un sachet ou d'une vannerie en quêtant de l'œil l'approbation de sa maîtresse.

– Je peux monter le lustre, mademoiselle, qu'on voie l'effet ?

– Allumez aussi les appliques, dit Jeanne.

La forte voix d'Aubriot arriva une seconde à peine après l'illumination :

— Ma parole, mais c'est Versailles, ici ! On ne se refuse rien, à La Tisanière : six bougies au plafond, huit aux murs... Êtes-vous sûre, Jeanne, que vos bénéfices couvriront vos frais de cire ?

— Je n'en dépenserai guère avant cet hiver et, avant cet hiver, j'aurai fait fortune, dit Jeanne d'un ton assuré.

— Il ne peut en être autrement, claironna Mercier. Voyez donc, monsieur le docteur, si nous n'en avons pas pour tous les goûts ? C'est la caverne d'Ali Baba !

— Il est vrai que je n'ai jamais vu une boutique d'herbes aussi bien pourvue, approuva le père Firmin.

Jeanne n'avait certes pas espéré qu'elle pourrait débuter avec une telle variété de marchandises. Son ami Thouin, toujours aussi calmement, timidement, silencieusement amoureux d'elle, avait fait des miracles. Sans être jamais sorti de son pré carré, le jeune jardinier en chef du Jardin du Roi était tellement connu et tellement estimé à la ronde, que sa recommandation avait suffi pour que Jeanne pût se fournir de bonnes plantes classiques dans les couvents de la capitale qui en cultivaient. Une dizaine de lettres expédiées en province en avaient fait venir d'autres. Le botaniste Gérard de Cotignac, à la prière d'Aubriot, avait envoyé de Provence une copieuse moisson d'herbes embaumées, où dominait le romarin à tout guérir. Mme de Bouhey avait mis dans sa première caisse plusieurs livres de thym, de laurier, de feuilles de ronce et d'écorce de bouleau, des tiges d'angélique et de rhubarbe et d'autres productions du potager de Charmont, et une ample provende de fleurs sauvages de la Dombes. Même Marie, que sa grossesse proche de son terme fatiguait beaucoup, n'avait pas oublié de contribuer à l'approvisionnement de La Tisanière par un envoi de feuilles de cassis, de lierre grimpant et de pétales de rose.

— Absinthe... Bleuet... Bouillon blanc... Capillaire... Capucine... Estragon...

Lentement Aubriot passait la revue des étiquettes.

— Bel et bon assortiment, dit-il enfin avec satisfaction.

Puis revenant vers la lettre Q :

— Mais... je ne vois pas de queue de cerise ?

— Ma queue de cerise ! s'exclama Jeanne, désolée. Elle est toujours chez les chanoines de Saint-Victor : j'ai oublié de la prendre.

— Vous en tournez pas les sangs, mademoiselle. Je la ferai chercher demain de bon matin par mon petit frère Banban. Parce que monsieur le docteur, il a raison : on peut pas ouvrir sans queue de cerise, ça serait manquer de la vente. Les gens, les hommes surtout, c'est inquiet d'avoir assez à pisser que c'en est pas croyable! Aussitôt le pied par terre ça court au pot de chambre, et tant plus que ça le remplit tant plus que ça jubile, comme si pisser après c'était le meilleur moment de la chose!

— Lucette! Ne vous avais-je pas recommandé de laisser là votre parler vulgaire pour adopter un ton de meilleure compagnie? demanda Jeanne, fâchée.

— Bon, c'est vrai, je me repens et pardonnez-moi, dit Lucette. Mais ce soir, je suis encore servante, pas? Vous verrez ça demain, quand je serai arrangée en demoiselle de magasin, vous me reconnaîtrez pas. Y a pas comme une belle mise pour vous donner le bec sucré et des façons de lingère.

— J'y compte, dit Jeanne en se mordant la lèvre pour ne pas rire.

— Crois-tu avoir fait un bon choix? lui murmura Philibert, désignant Lucette de l'œil.

— Mais oui, mais oui, elle se fera très bien.

En fait, elle s'inquiétait parfois d'avoir engagé un peu vite une fille repentie échappée de chez la Nadine, mais se gardait bien d'en parler à Philibert! D'instinct elle le sentait incapable de croire à la conversion d'une ex-pensionnaire de « maison ». A elle, la jeune personne avait tout de suite plu, quand elle avait débarqué un soir à La Tisanière encore en travaux, quêtant de l'ouvrage avec les mots les plus crus : « J'en ai ma claque, d'à côté. Ça me nourrit bien, mais ça me crève. Je cherche une patronne qui vende autre chose que la Nadine — d'un patron j'en veux pas, ça serait retomber dans un lit pour moins cher que j'en sors. Vous faudra pas une aide mignonne et délurée? Question conduite, je peux me garantir : les hommes me dégoûtent, ils m'ont donné de la vertu pour cent ans! » Mignonne, Lucette l'était en vérité, avec ses cheveux roux follets, son nez retroussé, ses yeux ronds d'un bleu hardi. Délurée, elle en avait l'air, un peu trop même. Jeanne avait décidé de l'essayer à la journée, pour douze sols l'été et neuf sols l'hiver, entretenue de souliers et de nippes de comptoir, avec le logement dans l'arrière-boutique — un minuscule cabinet où Casanova avait laissé une chaise, une table et une paillasse de valet.

En faisant une bonne action Jeanne avait fait une bonne affaire. Lucette s'était mise à l'adorer, travaillait plus que son compte et mettait son grain de sel dans les idées de sa maîtresse avec un à-propos qui laissait bien augurer de son sens du commerce. En cette veille d'ouverture, tandis que Mercier, Thouin, Mlle Basseporte et le père Firmin s'étaient rassemblés autour d'Aubriot pour l'écouter discourir du bon usage de quelques tisanes, Lucette se rapprocha de Jeanne pour l'entrenir à mi-voix :

– C'est ma foi vrai que monsieur votre docteur, il cause aussi bien que vous le disiez. Et il a l'air de s'y connaître à fond, hein, dans les infusions et les décoctions et les macérations et tout ce saint-frusquin ?

– Monsieur Aubriot est un grand savant, dit Jeanne avec orgueil.

– Bon, ben faudrait voir que ça nous serve. Parce que y a une chose qu'il faudrait avoir, c'est une bonne tisane contre le gros ventre – une recette secrète, vous voyez ce que je veux dire ? Votre docteur, il va vous établir ça, nous on préparera les sachets et alors, croyez-moi, si la tisane est bonne, notre Tisanière elle désemplira pas !

– Mais voyons, Lucette, chuchota Jeanne, très gênée, il est tout à fait interdit de tenir ces drogues-là.

Du haut de ses vingt ans Lucette lui sourit avec une indulgence de grand-mère :

– On est au Temple, mademoiselle. On vend de tout, au Temple. Et pour les remèdes contre le gros ventre, c'est une bonne adresse, qui plaît aux dames, elle inspire la confiance que ce sera du bon défendu.

– Je veux une clientèle élégante, dit Jeanne, et je ne crois pas que des dames de bon ton oseraient demander... dans une boutique bien tenue...

– Peut-être bien qu'il y a des bourgeoises qu'oseraient pas, mais restent les putains et les grandes dames qu'osent très bien, et croyez-moi, ça fait du monde ! railla Lucette. La Nadine, elle en vend son content, de sa potion à pas enfanter et pourtant, je suis placée pour savoir qu'elle vaut rien ! Qu'elle y mette du gingembre, de la noix de galle ou de la graine de giroflée, c'est tout du pareil au même : vous en prenez, vous en prenez pas, si vous y allez vous risquez la fluxion. Mais monsieur notre docteur que vous dites qu'est un savant, il va pouvoir nous faire mieux qu'une maquerelle ou qu'un charlatan du pont Neuf ?

Jeanne était devenue très rose :

– Lucette, ne me reparlez plus jamais de cela. Jamais !

– Bon, soupira Lucette. Moi, ce que j'en disais, c'était pour votre tiroir-caisse. En plus, ça rendrait tellement service... Mais si vous voulez pas, bon, tant pis, c'est vous la maîtresse.

Les paroles de Lucette avaient infiniment troublé Jeanne. Elle s'imagina posant des questions à Philibert sur un sujet aussi délicat : c'était impensable! Il fallait avoir vécu avec le laisser-aller de la pauvre Lucette pour croire qu'on peut parler de cela avec un homme, même s'il est votre amant, même s'il est médecin. Aucun médecin, d'ailleurs, ne s'occupe de ces choses. Les bonnes recettes ou les bonnes adresses « déshonnêtes », ce sont des histoires de femmes.

Voyant que Lucette boudait d'avoir été rabrouée, Jeanne lui sourit :

– Je n'ai pas l'intention de rejeter toutes vos bonnes idées. Si vous en avez d'autres...

Elle hésita, coula un regard vers le groupe toujours animé autour d'Aubriot, poursuivit :

– Par exemple, j'aimerais pouvoir me ravitailler en plantes exotiques. Je sais que beaucoup de marins maltais vivent au Temple lorsqu'ils sont à Paris, et on m'a dit qu'ils trafiquaient volontiers avec les commerçants. Êtes-vous au courant de cela?

– Je suis au courant de tout ce qui se passe dans le Temple, dit Lucette. J'y suis née et j'y ai fréquenté bien du monde! Les chevaliers, ils viennent tous ici, loger, ou se faire enterrer, ou au moins boire leur café parce que c'est au Temple qu'on boit le meilleur, et qu'un maltais, dame ! vous y feriez faire trois fois le tour de ville pour s'assurer d'un bon café. Ils s'en bourrent jusqu'à des dix tasses par jour, que c'est à se demander comment ils ont pas le teint plus basané qu'ils l'ont ! Enfin, bref, mademoiselle, allez au Café de Malte et vous y trouverez vos maltais, avec des marins dans le lot. Mais dire que vous les intéresserez autrement que par votre belle personne... Un chevalier, ça trafique plutôt du gros que du petit. Quoique certains crachent pas sur la babiole. Y a encore pas mal de claque-becs, parmi les maltais.

Jeanne baissa la voix davantage :

– J'ai entendu parler d'un certain chevalier Vincent... Lui ne dédaignerait pas, m'a-t-on dit, de commercer même avec Sorel, la marchande à la toilette.

– Mais mademoiselle, la Sorel, question sous, c'est du gros! Il lui rapporte des nippes de luxe quand il revient d'Orient, et là, il vient de lui rapporter des robes et des chapeaux de Londres – il paraît que c'est des merveilles de bon goût, et du tout nouveau.

– Ainsi, vous pensez qu'avec mes herbes, je n'intéresserais pas ce Vincent?

Lucette la lorgna par en dessous, ses petits yeux bleus allumés de malice :

– Avec vos herbes, je sais pas. Avec vos autres choses, ça se pourrait bien! Le chevalier Vincent, il crache pas sur des dames faites comme vous.

Jeanne passa par-dessus la familiarité :

– Vous le connaissez donc bien, ce Vincent?

– Ici, tout le monde le connaît.

– Vous un peu plus que tout le monde, peut-être?

– Comme vous me dites ça, mademoiselle, fit Lucette, attristée. Le chevalier Vincent, vous savez, il a mieux que les pensionnaires de la Nadine. Quand il est ici, il loge chez l'Idole, alors...

– Chez l'Idole?

– Chez la comtesse de Boufflers. Vous saviez pas qu'on l'appelle l'Idole du Temple, à cause qu'elle est la grande maîtresse à l'hôtel du prieur ?

– Si, si. J'avais oublié. Le chevalier est-il chez elle en ce moment?

– Il y est venu y a pas longtemps, mais il en est reparti tout de suite, pour Londres encore à ce que dit la Sorel, qu'en attend une nouvelle fournée de nippes de là-bas. Mais ça se pourrait bien qu'il voyage aussi pour le prince de Conti.

– Ah oui? Le prince commerce?!

– Il se passe beaucoup de choses, à l'hôtel de Conti... Quand certains voyageurs arrivent de l'étranger ils s'enferment parfois des heures avec le prince, et après le prince fait atteler et galope à Versailles avec un gros portefeuille sous le bras, qu'il lâche jamais. Des secrets d'État, à ce que prétendent les domestiques. Mais personne sait rien là-dessus, même que la comtesse enrage de pas en savoir plus long que les autres.

– Voulez-vous dire que le prince fait travailler des espions, et que le chevalier Vincent est l'un d'eux?

– Chut! mademoiselle, j'ai rien dit de ça et faut pas parler comme ça! chuchota précipitamment Lucette, effrayée. J'ai connu un homme qu'a essayé de voler le portefeuille du prince, on a raconté que c'était pour le duc de Choiseul, mais le voleur n'a pas eu le temps de dire si c'était vrai ou non, il était mort avant dans son cachot, étranglé.

– Rassurez-vous, les secrets d'État du prince ne m'importent pas, dit Jeanne. J'aimerais seulement savoir quand ce chevalier si bon commerçant doit revenir?

– Je demanderai à Banban s'il le sait, dit Lucette.

Banban, un garçonnet d'une douzaine d'années, boiteux de naissance, avait été recueilli deux ans plus tôt rue Notre-Dame-de-Nazareth, dans les cuisines de la comtesse. Bien manger tous les jours l'avait guéri de ses lésions scrofuleuses, à peu près redressé et, aujourd'hui, vêtu d'une flatteuse livrée aux couleurs de la maison de Conti, il trottait pour le prince ou la comtesse et savait beaucoup de ce qui se passait chez eux.

– C'est cela, dit Jeanne, demandez à Banban. Et que tout ceci demeure entre nous, ajouta-t-elle en voyant se disloquer le groupe de ses amis.

– A demain, Jeannette, dit le gentil Thouin. Je tiens à venir vous acheter quelque chose dès l'ouverture.

– Moi aussi, dit Mercier. Voyons, mademoiselle, quelle tisane conseilleriez-vous pour aiguiser la vue d'une jolie personne qui ne semble pas s'apercevoir de mes mérites ?

La Tisanière devint à la mode en un jour. Pour cela il suffit que M. de Buffon vînt la visiter et voulût bien ensuite colporter, de sa grande voix sonore, l'excellente opinion qu'il avait de la nouvelle marchande d'herbes de la rue Meslay et du bel état des plantes qu'on trouvait chez elle. Ce fut, à La Tisanière, une ruée de gens de qualité. Très vite, un matin, la comtesse de Boufflers, en négligé de satin rose, vint se procurer « quelque chose contre un enrouement subit qui l'avait prise ». Jeanne eut la chance de lui rendre la clarté de sa voix avec des gargarismes de tisane de fleur de sureau miellée et devint, dès cet instant, la fournisseuse d'herbes attitrée de l'Idole du Temple. Tous les familiers de la Boufflers se pressèrent chez Jeanne et, par une après-dînée de la fin août, le prince lui-même entra dans la boutique, soucieux d'y trouver une lotion meilleure que l'eau de bleuet pour adoucir ses yeux fatigués. Jeanne, émergeant tout intimidée de sa profonde révérence, n'en donna pas moins sa consultation avec assurance :

– Si Votre Altesse Royale veut bien m'en croire, elle continuera de se fier à l'eau de bleuet. Je n'en connais pas de plus efficace pour reposer la vue. Ce n'est pas pour rien que les paysans nomment le bleuet du casse-lunettes. On aura donné à Votre Altesse de l'eau vieillie, alors qu'il la faut employer très fraîche, en ayant ajouté à l'infusion un ou deux scrupules de fleurettes de myosotis...

Huit jours plus tard, le grand prieur du Temple, auquel Banban apportait chaque matin son petit flacon d'eau de bleuet nouvelle, ne jurait plus que par Mlle Beauchamps, la savante herboriste de son royaume. Et comme la savante était belle et le prince amoureux de la beauté autant que du savoir, il lui fit une pension de six cents livres, pour s'assurer de ses services en la fixant au Temple.

Aussitôt que Lucette le sut, elle se mit à sauter de joie :

– Eh bien, mademoiselle, vous êtes née coiffée ! Nous voilà mises à notre aise, et dès nos débuts, c'est, ma foi, une bonne chose de faite. Nous avons un bon prieur : la personne de qualité qu'il distingue, il la laisse pas manquer. Y en a qui lui reprochent d'être âpre au gain et c'est vrai qu'il ramasse fabuleusement partout où il peut, mais ça lui ressort tout et plus. Notre prince est à la fois très riche et criblé de dettes et ça, mademoiselle, c'est bon signe. Un prince qu'a de la race doit mourir ruiné après avoir bien engraissé ses sangsues.

– En voilà une philosophie ! dit Jeanne en riant.

– Mademoiselle, un prince est bon ou mauvais. S'il est bon, il ne peut le montrer qu'en donnant jusqu'à sa chemise.

Elle ajouta, riant aussi :

– Celui-ci, il donne même souvent la peau avec ! Mais pour un prince, hein ? la galanterie, c'est péché véniel. Paraît que le nôtre, il en a déjà eu près de deux mille, et c'est pas fini ! Il se soigne pour que ça continue : chocolat ambré et à triple vanille le matin, des truffes au dîner, du potage de céleri au souper – rien que de l'échauffant.

Le chiffre avait ébahi Jeanne qui s'exclama, incrédule :

– Deux mille ?! Vous prétendez que le prince se vante d'avoir eu deux mille maîtresses déjà ?

– C'est Banban, qui m'a raconté ça. Le prince a une cassette dans sa chambre, dans laquelle il jette une bague en souvenir de chacune. Un soir, Banban était resté oublié dans un coin quand le prince les a fait compter à son aumônier, pour s'amuser.

– Et vous le croyez ?

– L'histoire des bagues, je ne peux que la croire, mademoiselle : le prince en a une à moi.

– A vous ?!

– J'ai eu quinze ans et ma fleur, mademoiselle.

– Et vous avez eu aussi une bague à offrir à votre amant de sang royal ? demanda Jeanne en s'efforçant d'atténuer son ironie.

– Pour cette bague-là, mademoiselle, tous les orfèvres du Temple vous font crédit : ils s'y retrouvent. Ils vous vendent trois cents livres un anneau qu'en vaut cent cinquante et, comme le prince sait vivre, lui vous en donne cinq cents quand il vous le prend, et tout le monde se trouve bien content. Je dis que c'est bien, qu'un prince ait une manie qui fasse marcher le commerce.

– Évidemment, dit Jeanne avec froideur. Si nous parlions

d'autre chose? Il me déplaît, Lucette, que vous retombiez constamment dans des propos libertins.

– Pardon, mademoiselle, mais il faut bien que je vous mette au courant. Un jour ou l'autre, c'est sûr, le prince vous fera demander au Temple pour vous interroger sur les tisanes épicées, et si vous tenez pas à faire partie des bagues de son coffret faudra faire attention, parce que le prince, il a du charme.

– Bien, bien, Lucette, merci de vos avis, je prendrai garde.

– On croit ça, mais... Un prince, c'est un prince. Si vous saviez le nombre de grandes dames qui se sont fait leur poignée de louis de profit sur une bague de duchesse ou de marquise!

– Ah oui? fit Jeanne malgré elle.

– Vous pensez! Surtout que le prince a bonne réputation, il sème pas les petits bâtards. Il sait vivre au lit comme ailleurs et ça, je vous le dis, c'est rare! Mais lui, toujours son petit mouchoir à la main pour enfanter dedans, et même si c'est vrai ce que...

– Lucette!

– ... dit la du Breuille, qu'il fait ça pour cacher qu'il n'en sort que du vent, je trouve...

– Lucette, taisez-vous! Vous êtes insupportable. Je déteste vous entendre babiller sur l'intimité de notre clientèle, tenez-vous-le pour dit.

– Ça, mademoiselle, sauf votre offense, laissez-moi rire! Quand je vois notre livre de commandes, et ce que Banban doit porter demain pour les hémorroïdes de monsieur d'Alembert, les coliques à vents du marquis de Contades, la douleur de vessie de la comtesse d'Egmont la jeune, la prostate squirreuse de monsieur Jélyotte, les fleurs blanches de la Bagarotty... Ma foi, mademoiselle, bon gré mal gré, vous connaîtrez l'intimité de vos plus distingués clients ! Nous serons même bientôt si bien renseignées que les mouchardes de Sartine et les nouvellistes viendront hanter notre boutique.

– Lucette, si je vous pince à perdre un seul mot de trop devant eux, je vous bats, dit Jeanne avec énergie.

– Qu'est-ce que vous croyez, mademoiselle? dit Lucette, offensée. Je suis devenue honnête pas rien qu'à moitié.

Elle se mit à compter des graines de fenouil et à les distribuer en sachets, releva soudain la tête :

– A propos d'être honnête, mademoiselle, faudra voir à doubler les prix des fournitures d'eau de casse-lunettes que vous faites au prince.

– Et pourquoi cela?

– Dame! vous savez bien qu'un de ses officiers est venu nous demander le même remède pour ses yeux rouges. Vous pouvez pas lui vendre le même prix qu'à son maître, ce serait pas honnête.

Lucette montra vite un grand talent pour établir des mémoires d'apothicaire, si bien qu'il n'y avait plus qu'à les recopier en y mettant l'orthographe et une belle écriture. Jeanne s'était laissé convaincre qu'elle-même « ne tomberait pas aussi juste » : Lucette comptait selon la tête et connaissait mieux les têtes. Aussi bien sa maîtresse avait-elle assez à faire, et même trop.

Depuis l'ouverture de La Tisanière, Jeanne n'avait plus une minute à elle. Le matin elle suivait toujours les cours de botanique du Jardin et, ensuite, venait passer tout l'après-midi dans sa boutique, jusque fort tard. Elle se plaisait beaucoup au Temple. L'enclos était un vaste marché grouillant de vie; de ses quatre mille habitants un grand nombre faisait du commerce ou de l'artisanat, attirant un flux constant de clients et de curieux. A certaines heures les rues s'encombraient d'un méli-mélo de bourgeoises, de putains, de soubrettes et de belles dames, d'habits gris et d'habits brodés, de militaires bleus, rouges, blancs, de laquais et de portiers aussi galonnés que des maréchaux, de petits collets et de pages, d'étrangers reconnaissables à leurs accoutrements. Tout cela allait et venait devant la marchandise étalée, entrait et sortait des boutiques, s'asseyait dans les cafés pour papoter en prenant une tasse de moka, dont le chaud arôme voluptueux chatouillait les nez dans tous les coins du Temple. Le Temple sentait si fort le café qu'on n'y sentait plus la pisse – un charme de plus pour un quartier de Paris, et non le moindre!

Ne plus avoir que le temps de courir de l'étude au travail avait permis à Jeanne d'oublier un peu sa rage contre Vincent : l'injure qu'il lui avait infligée l'habitait toujours, mais lui cuisait moins. Il serait assez tôt pour raviver sa brûlure quand elle le saurait de retour d'Angleterre, à portée de sa vengeance, que d'ailleurs elle imaginait mal, mais en se disant qu'une femme en trouve toujours une à exercer contre un homme assez sensible pour avoir gardé sur son cœur, pendant trois ans, un de ses rubans de cheveux. Pour l'instant, elle avait assez à inventer pour lutter contre la mauvaise humeur feutrée d'un autre homme.

Évidemment, Aubriot était satisfait du succès de Jeanne, et d'autant plus que sa réussite l'allait décharger d'entretenir cette coquette en robes, bonnets, coiffeur et autres mille riens dispendieux dont se serait mal trouvée sa médiocre fortune. Mais il avait perdu son secrétaire Jeannot. Certes, Jeannot s'efforçait de tenir toujours les herbiers à jour, mais elle ne pouvait plus passer des heures à copier et à écrire des lettres pour lui, si bien que Philibert devait appointer un copiste. Et il avait dû augmenter les gages qu'il donnait à la gouvernante du docteur Vacher, pour que la Favre se chargeât de préparer leur souper puisque, désormais, Jeanne aussi ne rentrait rue du Mail que « pour se mettre les pieds sous la table ». Tandis qu'ils mangeaient leur soupe et leur salade de bœuf elle écoutait aussi religieusement que par le passé Aubriot qui lui racontait sa journée, mais il s'apercevait qu'elle avait des distractions, laissait flotter son regard, ou se mordait soudain la lèvre, ou fronçait les sourcils, sans doute au passage d'un souvenir ou d'un souci de sa propre journée. Il ne disait rien, mais ressentait une traînée d'amertume comparable à celle que doit ressentir un dieu trahi par une nonnette en train de se défroquer.

La nouvelle Jeanne percevait fort bien les bouffées de rancune de Philibert, sa bouderie quand il « oubliait » de lui caresser le dos après l'amour – une bonne manière dont elle raffolait. Dépitée, elle non plus ne se plaignait pas, posait comme si de rien n'était sa tête sur la poitrine de son amant, à l'écoute du lent martèlement familier qui l'endormait si bien... Le lendemain matin, elle constatait avec surprise qu'elle avait très bien dormi, que Philibert fût ou non un peu fâché. Il n'avait plus le pouvoir de la tenir éveillée et douloureuse de lui avoir déplu, épiant l'aube où il rouvrirait peut-être sur elle des yeux plus gentils. Quand elle s'avisait de cela un malaise lui venait, parfois même elle se détestait un bon coup de n'être plus aussi sensible aux humeurs de son grand homme. Mais ses occupations l'emportaient, et elle oubliait de nouveau les humeurs de Philibert en même temps que de se détester. Pour se rassurer, elle pouvait d'ailleurs se dire sans se mentir qu'elle l'aimait toujours autant, de cœur et de corps. Pourtant, sans doute avait-elle cessé de ne vivre que pour lui et par lui – mais c'était sans le comprendre encore.

Aubriot n'était pas le seul à constater qu'il devenait moins commode de mener Jeanne à sa guise. La marquise de Mauconseil la trouvait de plus en plus rebelle à son influence, rencontrait maintenant mille peines pour l'arracher à sa boutique afin de l'emmener à la promenade ou au théâtre.

En quittant Paris pour regagner son gouvernement de Bordeaux cinq jours après le souper masqué de l'hôtel de Richelieu, le maréchal avait laissé des consignes à son amie afin qu'elle achevât pour lui, pendant son absence, la conquête du « rossignol ». Depuis, il lui expédiait lettre sur lettre pour la conseiller : « Accoutumez-la aux plaisirs de l'or, et, dès que vous y serez parvenue, je n'aurai plus qu'à faire le reste » – tel était la rengaine stratégique d'un grand connaisseur de putains de métier et d'occasion. A la marquise éberluée il avait même avoué son intention de loger Jeanne dans son hôtel d'Antin et de la faire maîtresse déclarée, si elle n'acceptait pas sa petite maison des Porcherons – peut-être décorée d'un peu trop de peintures érotiques pour servir de cadre à une lune de miel sentimentale. Car enfin, le vieux débauché était tout de bon tombé amoureux de celle qui lui avait tenu la dragée haute.

Jeanne, hélas, semblait se soucier fort peu, et de moins en moins, des projets du maréchal. C'est tout juste si Mme de Mauconseil avait pu l'entraîner deux ou trois fois à la promenade du cours la Reine et prendre une limonade sous les frais ombrages des Champs-Élysées. Elle n'acceptait que des soirées à la Comédie-Française ou à l'Opéra, mais refusait d'aller souper ensuite et repoussait aussi, avec la même fermeté gentille, le bonnet ou l'éventail, la tabatière précieuse ou le mouchoir à dentelle que la marquise voulait lui offrir de la part du maréchal. Soupçonneuse par expérience, Mme de Mauconseil finit par se dire que tant de constance dans le dédain des bagatelles ne pouvait être qu'un calcul, et que la fine mouche se réservait pour succomber à des présents plus volumineux. Là-dessus, la marquise prit le parti de dépenser l'or de Richelieu pour son propre bien, en attendant qu'il revînt en personne mettre une maison particulière, un attelage et un ruisseau de bijoux aux pieds de la belle entêtée. Pour justifier sa dépense elle expédiait à Bordeaux d'excellentes nouvelles de son amitié avec Jeanne, alors qu'en vérité, elle ne la voyait plus que rarement.

En revanche, Mme Favart, cet autre chantre des agréments du duc de Richelieu, venait très souvent à La Tisanière. Elle s'y était trouvé un petit intérêt, en encaissant dix pour cent des factures que Banban présentait aux demoiselles de la Comédie-Italienne, où Justine se chargeait de publier les mérites des tisanes de Mlle Beauchamps du Temple.

Celle-ci s'aperçut vite qu'elle gagnerait trois fois plus encore en soignant la beauté qu'en soignant la santé de ces demoiselles, et se mit à chercher des recettes originales de pommades et de lotions à blanchir le teint, effacer les rougeurs, la fatigue ou les rides, resserrer les pores, raffermir le menton ou la gorge, embellir les cheveux, affiner les chevilles, atténuer les rousseurs, etc., il n'y avait pas de limites aux besoins des coquettes et, pour se satisfaire, elles ne regardaient pas au prix. Un beau jour, Jeanne mit au point et en petits pots une tartine * de beauté aux graines de concombre, qui se vendait avec un flacon d'eau de rinçage aux roses de Puteaux. Son succès fut tel qu'en moins d'une semaine « Le Masque magique » arriva dans les coulisses de l'Opéra et sur la table de toilette de la duchesse de Choiseul. Les commandes affluèrent, débordèrent les mains de Jeanne et de Lucette, d'autant qu'il fallait bien continuer de préparer et de servir tout le reste, dont une lotion à la tomate contre les boutons d'acné, qui faisait fureur aussi. Jeanne engagea une seconde demoiselle de boutique, Magdeleine Thouin, une petite cousine d'André. Madelon n'avait que seize ans mais, élevée dans les potagers de la Salpêtrière où son père était jardinier, elle connaissait bien les herbes médicinales. Jeanne put lui confier beaucoup de préparations et respirer un peu.

La jeune herboriste du Temple n'était pas peu fière de sa brillante et rapide réussite. Ayant ouvert à la mi-juillet, en novembre elle se retrouvait à la tête d'une boutique qui ne désemplissait pas, dans laquelle s'activaient deux aides, sans compter Banban, car Banban trottait maintenant à six sols la journée pour livrer les clients de La Tisanière. Le nom de Mlle Beauchamps du Temple était désormais aussi connu dans le Paris fortuné que celui de Tintin, le coiffeur de la rue Saint-Honoré, celui de Mlle Sorel, la marchande de nippes exotiques, ou celui du sieur Bernard, le cordonnier de la rue Mauconseil : Mlle Beauchamps faisait partie des fournisseurs à la mode dans la capitale. Les hommes pourtant, quelques gentilshommes surtout, l'appelaient plutôt : la Belle Tisanière. Un midi qu'elle se pressait vers sa boutique, Jeanne entendit même un bourgeois dire, pour renseigner un passant : « Vous trouverez l'orfèvre Jaubert dans la rue de la Belle Tisanière, tout au début. » Elle en tressaillit, éblouie de plaisir : allait-elle donner le nom de son enseigne à sa rue? C'était la gloire!

* Masque.

11

Au Jardin, la gentillesse qu'on avait toujours montrée à la « secrétaire » du docteur Aubriot changeait de ton, s'alourdissait de considération. Les Jussieu ne l'ignoraient plus, M. de Buffon la traitait avec une familiarité flatteuse et se vantait d'avoir « lancé » la Belle Tisanière à la mode – pour un grand homme il n'y a pas de petite vantardise négligeable. Faire mine de flirter avec la Beauchamps lui était, en plus, fort agréable. Elle avait beau avoir de beaucoup dépassé son adolescence, sa peau – lisse, duvetée, tendue comme celle d'un enfant, naturellement épicée – avait l'attrait d'une chair de pêche vivant au soleil, et l'intendant avait toujours été un amateur éclairé de chair de pêche.

Un matin que, la première leçon de l'aube achevée, Jeanne savourait un bouillon de cerfeuil dans la cuisine des Thouin, Buffon fit irruption dans la maisonnette, goûta la soupe, prit sa jeune amie sous le bras et l'entraîna jusqu'au dehors du Jardin pour lui faire visiter deux bâtisses à vendre. Depuis beau temps déjà l'intendant rêvait d'étendre son domaine jusqu'à la rive de la Seine, en se faisant offrir un morceau des chantiers de bois de la ville de Paris et en rachetant plusieurs de leurs potagers aux religieux de l'abbaye Saint-Victor. Pour cela et pour construire des serres neuves il avait besoin d'un crédit de trente mille livres, que Choiseul ne lui lâchait pas. Aussi, chaque fois qu'il flairait une nouvelle chance de faire aboutir sa requête, Buffon ne manquait-il pas de l'employer. Or Mlle Beauchamps avait maintenant ses entrées à l'hôtel de Choiseul où elle approvisionnait la duchesse, et Buffon, connaissant la Cour, savait qu'on y accorde plus facilement trente mille livres à une marchande bien-aimée qui réclame une faveur qu'à un grand commis de l'État qui vient pleurer misère.

Les abords du Jardin étaient encombrés d'autant d'équipages que les abords d'un théâtre un soir de première. Pendant toute la belle saison, et jusqu'à la fin de novembre si le froid ne prenait pas tôt, le Jardin du Roi attirait la foule la plus armoriée. Buffon et Jeanne se faufilèrent entre les voitures...

Les deux maisons guignées par l'intendant se trouvaient dans le clos Patouillet – un grand rectangle de campagne maraîchère contigu au Jardin et traversé par la rivière de Bièvre. Il souhaitait les faire aménager pour lui car, pour l'instant, le naturaliste le plus célèbre de l'Europe, lorsqu'il ne vivait pas à Montbard, continuait d'habiter un logis de fonction si resserré qu'il écrivait sur une table encombrée d'herbiers et dormait sous l'ombrage ailé de sa collection d'oiseaux empaillés.

Jeanne n'avait pas encore eu l'occasion de venir au Patouillet. Le clos n'était que fort peu bâti de quelques maisons modestes et de bicoques en bois entourées de grands potagers très bien cultivés. Les bâtisses à vendre étaient assez vastes et leurs toits n'étaient pas troués — voilà bien tout ce qu'on en pouvait dire. Quand les visiteurs en ressortirent, leurs vêtements voilés de toiles d'araignées, ils se secouèrent dans la brise et se mirent à faire le grand tour, longeant les haies vives des jardins pour s'en retourner au Cabinet par le chemin des écoliers. Ils avaient presque atteint une barrière de châtaignier noircie par les ans lorsqu'un homme de vive et robuste allure y parut, la tira pour sortir de chez lui... et s'y rejeta dès qu'il eut aperçu les promeneurs.

— Tiens ! fit Jeanne surprise, voilà-t-il pas un habitant d'ici qui nous fuit ?

— C'est que, pardieu ! voilà un habitant d'ici qui ne m'aime pas du tout ! dit Buffon avec bonne humeur.

— Vraiment ? Et quel est donc cet iroquois ?

— Un caractère de chien ! Encore suis-je en train de médire des chiens en vous disant cela. La plupart des naturalistes n'ont pas l'humeur douce, beaucoup l'ont même violente, je l'ai remarqué quoi que Rousseau puisse prétendre à propos de la bonté des amoureux de la Nature. Il est cependant rare d'en trouver un spécimen aussi épineux que monsieur Adanson !

— Oh ! fit Jeanne. Est-ce donc là le fameux Adanson l'Africain que je n'ai jamais réussi à voir au Jardin ?

— Il n'y vient guère. C'est un sauvage. Il a vécu trop longtemps avec les nègres du Sénégal, dont il assure que la compagnie vaut bien mieux que la nôtre.

— J'imagine mal qu'un savant puisse se tenir éloigné du Jardin ?

— Je crois qu'il assiste aux démonstrations de chimie de Rouelle. Pour le reste... Adanson peut se donner leçon tout seul, en beaucoup de matières. C'est un grand inventeur de science, un touche-à-tout d'un assez beau génie.

— Monsieur Aubriot l'a rencontré deux fois et prétend qu'en effet, monsieur Adanson semble être un puits de science.

— Un gouffre ! Il doit avoir dans les trente-huit ans, et pour savoir tout ce qu'il sait à trente-huit ans, il faut bien qu'il ait travaillé à peu près jour et nuit depuis qu'il peut lire ! Et ce n'est pas faux. Il a fait ses études au collège du Plessis-Sorbon, où les vieux maîtres se souviennent encore du petit garçon qui se faisait punir parce qu'il raccourcissait ses nuits par les deux bouts pour dévorer des livres. A treize ans il maniait le grec et le latin avec la même aisance désinvolte que le français, il avait assimilé toute la science connue, il était mûr pour inventer la suite.

– Vous ne dites pas de mal de vos ennemis, monsieur, remarqua Jeanne en souriant.

– Ma chère enfant, cela dépend de leur degré d'insalubrité. Adanson est bien trop distrait par son cerveau pour jamais me devenir un ennemi nuisible. Je ne vois que Linné auquel il ait vraiment fait tort en démolissant sa méthode de classification des plantes mais – entre nous – la réputation de Linné a été tellement surfaite ! Pour le reste des gens qu'il déteste, Adanson est le meilleur bougre du monde. C'est un râleur intrépide, voilà tout. Il vous hait avec tant de chaleur qu'on ressent ses morsures de langue comme autant de preuves de son intérêt pour vous, il vous injurie de si bon cœur, avec un si visible effort pour vous arracher à vos erreurs ou à votre bêtise, qu'il oublie de vous offenser. Je ne connais que Rousseau, pour lui garder rancune d'un duel qu'ils ont eu.

– Un duel ?! A l'épée ?

– Ni à l'épée ni au pistolet, Dieu merci pour Rousseau, car Adanson est une fine lame et un tireur des plus adroits. Non, ils ont eu un duel... aux oiseaux !

– Bah !

– Si, si. Chacun d'eux s'était vanté d'être le meilleur François d'Assise du siècle et de savoir parler aux oiseaux. Un jour, ils ont voulu mesurer leur puissance de séduction, les oiseaux sont venus se percher sur le naturaliste, et le philosophe n'a charmé que deux ou trois pigeons, et encore, avec du pain ! Jean-Jacques est reparti l'amour-propre en lambeaux, et la philosophie n'enseigne pas à pardonner les offenses.

– Monsieur Adanson est donc bel et bien un charmeur d'oiseaux ? Aurait-il rapporté d'Afrique un secret de magie ?

Buffon s'arrêta, l'œil lointain, et dit d'une voix plus douce que la sienne :

– Je suppose qu'Adanson a tout juste le même secret que saint François : les oiseaux sentent un homme de bonne volonté dont il n'y a pas à se méfier. Ils se posent sur lui comme sur un arbre.

Comme Jeanne demeurait silencieuse, ravie du tableau qu'elle imaginait, Buffon reprit, se remettant en marche :

– Avez-vous jamais entendu parler du capitaine colonel de Bougainville – qui vient de revenir des îles Malouines?

– A peine.

– Il m'a raconté une bien belle histoire d'oiseaux. Quand il a débarqué son contingent de paysans bretons sur l'archipel désert qu'ils devaient coloniser, ils ont été accueillis par un silence écrasant : les seuls habitants de l'île, des animaux, avaient tous fui la côte. Mais quelques heures plus tard, ceux qui avaient des ailes sont revenus aux nouvelles et un nuage de curieux très bavards les a environnés. Il y avait là des oies sauvages, des outardes, des sarcelles, des canards, des merles, des grives, des plongeons, des mouettes, des alcyons, des bécassines, des aigrettes, des chevaliers, des pies, des alouettes de mer, des roitelets, des becfigues... Fabuleux! Ils ne voyaient plus le ciel. N'avaient qu'à tendre leurs bras pour les voir se transformer en perchoirs. Les aigrettes leur marchaient sur la tête, les roitelets s'installaient sur leurs épaules pour accompagner leurs promenades... Voyez-vous ça, ma belle amie? Pardieu! ils étaient arrivés dans un coin oublié du paradis terrestre. Du capitaine au mousse, tout le monde savait tout à coup parler aux oiseaux.

– Et alors?

– Alors?

Buffon posa un petit sourire mélancolique sur sa compagne :

– Pourquoi demander la suite? Ne vous aurait-on jamais conté la fin du paradis terrestre? Les hommes n'ont pas seulement faim, ils aiment chasser. Aux Malouines, aujourd'hui, c'est comme en France depuis la nuit des temps : les oiseaux n'adressent plus la parole aux hommes. Comment Adanson leur fait-il savoir que lui a gardé des mains douces?... Il réussit avec toutes les bêtes. Il a même apprivoisé des araignées, qui accourent lorsqu'il les siffle! Pour ses chères araignées il s'est fait une affaire avec Lalande, ce monstre qui ose les manger!

– Ma foi, dit Jeanne, vous m'avez donné une pressante envie de connaître l'original du Patouillet. Comment ferai-je?

– Demandez à Basseporte de vous conduire chez lui : elle l'adore et il la supporte. Il la supporte même avec plaisir, pour lui dire le plus de mal possible de son vieil amant Linné.

– Et mademoiselle Basseporte l'adore en dépit de cela ?

– A cause de cela, ma chère enfant, à cause de cela. Quand un savant dispose encore d'un ennemi acharné à le contredire, c'est que son temps n'est pas tout à fait passé, non plus que le temps de ses vieilles maîtresses.

– Au Patouillet, j'ai aperçu monsieur Adanson, dit Jeanne. Hélas, il a fui devant nous.

Mlle Basseporte hocha la tête :

– Il ne peut pas souffrir l'intendant. Il l'appelle le Grand Voleur.

– M. de Buffon l'aurait-il volé?

Mlle Basseporte eut une moue mi-figue mi-raisin :

– Qui, ici, n'a jamais été un peu volé par Buffon? Son *Histoire naturelle* lui apparaît comme un monument national auquel tout homme de savoir se doit d'apporter sa pierre, son os ou sa fleur – gratuitement au besoin, anonymement au besoin. Celui qui se met à crier « Au voleur » le surprend de très bonne foi, car c'est de très bonne foi qu'il l'a pillé, et pour sa bonne cause.

– Mais qu'a-t-il donc volé à Adanson?

– Michel lui a remis pour le Jardin plus de cinq mille objets d'histoire naturelle classés et décrits. Il les avait recueillis en Afrique à ses frais, avec de grandes fatigues et au milieu de grands dangers. Il en espérait quarante mille livres; on lui en a donné trois mille trois cents – avec dix années de retard.

– Quand est-il revenu de l'Afrique?

– En 1754. Il méritait, ô combien, qu'on lui donnât un poste de professeur au Jardin, mais là où il fallait un botaniste on a nommé un médecin, Le Monnier, parce qu'il purge et saigne le Roi. Michel est sanguin, il supporte mal les injustices. Puis je le crois amèrement nostalgique de sa gloire d'il y a dix ans.

– Était-il vraiment si glorieux alors ?

– Son retour du Sénégal a été un triomphe ! Par ses lettres, par ses envois d'échantillons, par des marins qui l'avaient croisé là-bas, ses exploits et ses trouvailles avaient été connus en France et en Europe avant son retour. Les hommes de science et les curieux s'étaient tous passionnés pour les aventures d'Adanson l'Africain. Quand Michel a reposé le pied en France après quatre années d'absence, il y était célèbre. Comme il ne s'en était pas un instant douté l'accueil enthousiaste de Paris l'a bouleversé, un gracieux coup de chapeau du Roi l'a comblé d'espérance. Au Jardin il a vu la foule rendre un culte au *Baobab Adansonia* qu'il avait découvert, il a vu la cohue des gentilshommes se presser à l'amphithéâtre chaque fois qu'il y racontait un peu de l'Afrique noire. L'Académie l'a reçu membre, les belles dames le caressaient, l'invitaient à leurs soupers, se l'arrachaient. On portait des bonnets à l'Adanson, il y avait un vert baobab chez les couturières et chez les rubaniers, on mangeait tout au curcuma, l'épice qu'il avait rapportée, enfin, vous imaginez bien cela, Paris s'était trouvé une toquade neuve. Et puis... Paris sera toujours Paris. Paris adule, et ensuite Paris brûle, ou Paris oublie.

– Paris, bon. Mais ses pairs, les hommes de science, le connaissent toujours ?

– Oui. Mais il n'est plus le savant à la mode et il a froid au cœur. Car voyez-vous, sous sa peau de cactier * Michel a le cœur fragile... Et le fait qu'il ait aussi la bourse plate n'arrange pas son humeur ! En récompense de ses quatre années d'exploration dans la forêt africaine, le Roi lui a accordé une pension de quatre cents livres. La petite comtesse de Séran vient d'obtenir cent mille écus, plus un hôtel derrière l'Oratoire, plus un régiment pour l'un de ses cousins, et tout cela rien que pour avoir tenu la main du Roi pendant trois ou quatre dimanches après vêpres. Certains rapprochements de chiffres vous peuvent aigrir le tempérament. Et même jusqu'à le rendre républicain !

– Oh, oh ? Étant peintre du Roi, deviendriez-vous républicaine ?

– Franchement, cela dépend des jours. Quand ma pension tarde, je le suis un peu, quand on me la paye je le suis beaucoup, tant sa mesquinerie me vexe. Enfin, moi, je n'ai jamais tenu la main du Roi, ni son bougeoir ni son pot de chambre. Voyez-vous, Jeanne, on se dit parfois qu'une république n'aurait ni main, ni bougeoir, ni pot de chambre à faire tenir.

Il y eut un silence, puis Jeanne demanda :

– Croyez-vous que monsieur Adanson voudrait bien me parler des tisanes africaines ?

Madeleine-Françoise Basseporte eut l'air perplexe :

– C'est qu'il vous a vue avec Buffon... A mon avis, il vous recevra comme un chien dans une église !

– Eh bien ! s'il ne s'aperçoit pas que je suis un gentil chien, je le mordrai ! dit Jeanne.

Elles poussèrent la barrière de châtaignier et entrèrent.

Le maître du lieu, assis par terre sur ses jambes croisées, se traînait comme un cul de jatte entre deux planches de son potager : il auscultait ses choux. Il ne fit aucunement mine de se lever pour ses visiteuses – ou plutôt pour sa visiteuse et le jeune homme qui

* Cactus

l'accompagnait, car Jeanne, à son ordinaire du matin, était vêtue « en Denis », d'un simple habit de drap noir.

– Bonjour, Michel ! lança gaiement Mlle Basseporte.

– Bonjour, jeta Adanson d'un ton rogue.

Et il replongea le nez dans ses feuilles de chou, après avoir poignardé d'un regard furieux le beau jeune homme blond.

Mlle Basseporte se courba pour tapoter l'épaule de l'ours :

– Michel, je vous demande un sourire pour mon compagnon, qui souhaite faire ami avec vous.

– Quand on a l'amitié du Grand Voleur on n'a pas besoin de la mienne, grogna Adanson.

Sans se laisser rebuter Jeanne s'accroupit auprès du savant, caressa un chou du bout des doigts :

– Je ne connaissais pas cette race-là, si finement cloquée... D'où la tenez-vous ?

– Je l'ai fabriquée, dit-il de mauvaise grâce.

– Comment cela ?

– En croisant deux autres races, cria-t-il avec exaspération. Est-ce le Grand Voleur, qui vous envoie espionner mes choux gris ?

– Oh ! fit Jeanne, passionnée soudain et ignorant le soupçon injurieux, étudiez-vous les fécondations croisées ? Faites-vous cela * ?

Le ton admiratif chatouilla agréablement les tympans du misanthrope, qui ne put s'empêcher de hasarder :

– J'ai inventé aussi des fraises nouvelles et des melons nouveaux.

– Michel a le cerveau le plus fécond que je connaisse ; il fait une trouvaille par jour, ou alors, c'est qu'il en fait plusieurs, dit aimablement Mlle Basseporte.

– Et qu'importe ! cracha Adanson. Dans ce pays il ne sert à rien d'avoir le cerveau fécond quand on n'a pas l'échine souple.

Et s'adressant au jeune homme blond :

– Êtes-vous jardinier ? demanda-t-il avec brusquerie.

– Non, dit-elle en souriant, je suis jardinière.

Deux flèches d'argent jaillirent des petits yeux gris très enfoncés sous la corniche osseuse des arcades sourcilières. Le gris vif et très mobile des yeux semblait fait de mercure, les sourcils étaient deux épaisses chenilles de fourrure rousse – un roux d'acajou clair, très chaud, très beau.

– Jardinière, tiens, tiens ! Ha ! Et pourquoi cette culotte à tromper son monde ?

* Michel Adanson est l'un des nnovateurs de la botanique biologique.

– Pour être à l'aise au Jardin.

– Hum, fit-il.

Et il lui tourna le dos carrément, pour signifier que l'entretien était terminé.

– Michel, en voilà assez, dit sévèrement Mlle Basseporte. Vous nous avez suffisamment montré vos épines, montrez-nous votre bon naturel d'en dessous. Mademoiselle Jeanne est mon amie, traitez-la comme telle, car je l'aime autant que je vous aime.

– Eh bien, bougonna Adanson, si vous l'aimez ne la laissez pas se promener dans un clos désert avec un vieux cochon. Confie-t-on une jolie fille au Grand Voleur ?

– On voit, monsieur, que vous ne me connaissez pas, dit Jeanne d'un ton trop gracieux. Je trouve à répliquer aussi bien aux vieux cochons qu'aux vieux ours.

Adanson accueillit la repartie avec un tel fou rire, et si contagieux, qu'une tornade de joie les secoua tous les trois. Adanson aida Jeanne à se relever et ils se retrouvèrent debout face à face, leurs mains unies, joints comme pour danser. Ils restèrent ainsi un moment, à se contempler sans mot dire. Leurs antennes se tâtaient... Le coup de foudre existe en amitié comme en amour et il y en eut un, à cet instant, dans un potager du clos Patouillet – si toutefois Michel ne prit pour Jeanne que de l'amitié.

– Puisqu'il est bientôt l'heure de dîner, partagez ma frugalité, proposa enfin Adanson. J'ai du lait, du pain, du fromage et un ragoût de courge sur le feu.

– Dînez tous les deux, dit Mlle Basseporte. Je dois retourner au Cabinet, je sais que du monde m'y attend.

Le petite maison d'Adanson, à peine meublée, abritait un fouillis prodigieux, mélange de collections d'histoire naturelle, d'herbiers, de piles de livres et de quelques objets usuels. Pendant qu'il débarrassait la table d'un monceau de paperasses et s'affairait à trouver une nappe dans une armoire encombrée d'échantillons minéraux, elle eut tout le loisir de l'observer.

Adanson était petit, il devait bien avoir trois pouces de moins qu'elle. Mais son corps remarquablement proportionné n'avait pas une once de graisse, semblait d'une robustesse à toute épreuve et bougeait avec la plus élégante agilité. C'était un corps de danseur ou d'aventurier des bois, un beau et bon corps, dense et précis, assurément sans peur et sans panne. Une coulée de bien-être descendit la moelle épinière de Jeanne : sa propre chair, belle et solide, avide de fatigues et de voluptés, saluait sa rencontre avec une chair jumelle. La vue de Vincent aussi, et plus encore, lui procurait ce frisson de joie sensuelle, elle y pensa et ce rapprochement de sensations la troubla. « Mais quoi, se dit-elle, c'est bien naturel ? On aime à se sentir avec des bien-portants. Si souvent je suis gênée de me sentir bâtie à chaux et à sable au milieu d'une compagnie de porcelaine ! »

– S'il vous plaît, dit-elle, portons la table dans le jardin. Il fait soleil et il me semble n'avoir pas eu depuis mille ans le bonheur de dîner sous un arbre.

– En cette saison, je ne pourrai vous offrir qu'un parasol réduit à sa monture ! Mais soit : allons sous l'abricotier ; c'est lui qui tient le coin le plus chaud de mon clos... J'ai loué la maison pour l'abricotier, poursuivit-il pendant qu'ils déménageaient leur dînette. Avant moi, c'était un Perpignanais nostalgique qui vivait ici. Voilà pourquoi j'ai la charmille la plus originale du Patouillet – plantée de mûriers – et des abricots dont je vous ferai goûter la confiture.

– Vous en avez de la chance, monsieur, d'habiter la campagne en plein Paris, dit-elle avec un gros soupir d'envie.

– Il faudra la venir voir en été, quand mes pétunias courent tout le long de la maison comme une grosse rivière multicolore... J'ai aussi des zinnias. Aucun collectionneur de plantes exotiques n'en a d'aussi beaux, même l'ami Thouin en est jaloux. Imaginez-vous de monstrueuses têtes de velours blondes, rousses, brunes, orange... Ah ! j'ai un carré de zinnias magnifiques ! Je tiens les graines d'un marin revenu du Mexique, auquel j'avais un peu sauvé la vie sur la côte sénégalaise. Thouin en voudrait bien, de mes graines, mais il n'en aura pas : il en donnerait au Grand Voleur !

– Oh ! vous êtes trop méchant, dit Jeanne en riant.

– Je ne rends pas le bien pour le mal, voilà tout.

– Vous n'êtes pas un saint, voilà tout.

– Je ne suis pas un hypocrite. Les saints n'existent pas.

Ils se sourirent et se turent un moment, pour mieux savourer leur plaisir de se sentir si bien accordés. Jeanne s'étira comme elle savait le faire, avec une presque invisible discrétion, offrit son visage, yeux mi-clos, à la tiédeur du soleil. De la Seine proche, masquée par la ramure nue des ormes bordant la Bièvre, lui parvenaient les bruits de la vie batelière de Paris et les chocs sourds du chantier de bois de la Salpêtrière, semblables à ceux que les bûcherons arrachent à une forêt. Des moineaux voletaient autour de la table, prêts à ramasser les miettes qui tomberaient du repas. Adanson commença à leur tendre des mies de pain, qu'ils montaient cueillir dans sa main...

Soudain elle vit arriver, à petits bonds joyeux et jusqu'aux pieds du savant, un lapin au cul blanc. Adanson lui donna une croûte.

– Mais c'est un garenne ? s'étonna Jeanne. Pour un garenne, il n'est guère craintif !

– Les animaux sont craintifs mais rusés. Celui-ci sait très bien que je ne mange pas de viande.

– Moi aussi, dit-elle, je sais apprivoiser les oiseaux et les lapins, et bien d'autres bêtes aussi.

– Je suis certain que nous avons beaucoup de ressemblances, dit-il d'un ton content. Eh bien, avez-vous faim ? Je vais chercher ma marmite...

Le ragoût de courge embaumait la sarriette. Dès qu'ils s'en furent servis :

– Racontez-moi les fleurs de l'Afrique, pria Jeanne d'une voix pressante.

Il commença tout de suite à lui parler des lianes d'orchis * dont les fleurs étranges aux ailes de soie fragile mettent, comme par miracle, des éclats de couleurs précieuses dans la verte monotonie des forêts géantes. Des murailles d'hibiscus couvertes d'énormes liserons béatement ouverts à la folle lumière et révélant, au fond de leurs entonnoirs roses, mauves, bleus, des cœurs blancs cernés de points rouges, aux pistils dardés vers le soleil tels des sexes raidis de désir...

Oubliant de manger elle l'écoutait, immobile, les yeux brillants, la bouche entrouverte sur un demi-sourire. Il la fascinait par l'ampleur de son savoir, la précision de son intarissable mémoire, le charme évocateur de sa parole de conteur passionné. Elle ne pouvait s'empêcher de lever le regard pour voir se balancer au ciel les hautes têtes pommées des beaux fromagers blancs, aspirait à plein nez la lourde odeur de térébinthe du mélèze africain, goûtait le jujube, la figue sauvage et la caroube au goût de pain d'épice, entendait les chants sauvages des négresses embellies au henné et à l'indigo, et ressentait soudain la joie émerveillée, religieuse, qu'avait éprouvée le voyageur en arrivant devant le plus gros arbre du monde, le dieu Baobab, divinité débonnaire qui se laisse arracher ses fruits, ses feuilles, son huile, son écorce, pour donner de la nourriture, des tisanes, des pommades de beauté, des colliers de gris-gris à son peuple...

– Vous ne mangez rien, dit-il, interrompant brusquement son récit. Votre ragoût sera froid. Mais peut-être ne l'aimez-vous pas ?

* Orchidées.

Je suis un très mauvais hôte. Non seulement j'ai les poches pauvres, mais j'ai l'estomac spartiate !

– C'est parfaitement savoureux. Mais ce que j'entends l'est encore tellement davantage ! Dieu ! J'ai l'impression de dîner avec l'*Encyclopédie*.

Il fit la grimace :

– Si je vous plais un peu, ne me traitez pas d'*Encyclopédie*, je vous prie.

– N'en auriez-vous point une bonne opinion ?

– L'*Encyclopédie* est une excellente idée. Il est seulement dommage que son père ait une connaissance moins universelle que sa prétention.

– Ah oui ? Ces temps-ci, seriez-vous donc mal avec Diderot ? demanda-t-elle, se souvenant avec amusement des propos de Buffon sur les fâcheries d'Adanson.

– Diderot ne m'est pas antipathique, mais je souffre trop souvent en lisant son *Encyclopédie*.

– Vraiment ? Moi j'en suis très curieuse, je l'avoue. Mais je n'ai pas encore lu le tome XV qui vient de paraître.

– Quand vous le lirez, sautez la lettre S, sautez au moins l'article « Sénégal ».

– Oh ! fit-elle, je comprends maintenant vos sarcasmes. Ce n'est donc pas à vous que Diderot a demandé l'article « Sénégal » ? Pourquoi donc ?

– Sans nul doute parce que je suis allé au Sénégal, dit-il avec ironie. L'*Encyclopédie* est moins une entreprise de vérité qu'une entreprise littéraire. Pour Diderot je ne suis que ce que je me flatte d'être : un manouvrier de l'histoire naturelle. Pour écrire sur une chose ou l'autre on ne donne pas la plume aux manouvriers de la chose, mais à ses philosophes – ne l'auriez-vous pas remarqué ? Cela saute aux yeux, pourtant ! Je n'ai pas reconnu mon Sénégal chez Diderot, mais qu'importe ? Si peu de souscripteurs de l'*Encyclopédie* l'ont vu !

Ils se mirent à rire ensemble et lui ajouta :

– Allons, mangeons. Mangez...

Il continua de lui parler de « là-bas » entre deux bouchées. Sa voix, qu'il avait animée et volontiers mordante, s'attendrissait en passant sur certains souvenirs, et ses expressions révélaient alors une sensibilité exquise aux beautés du pays tropical qu'il avait déchiffré. Pendant un de ses silences, Jeanne l'interrogea :

– Ce n'est pas la peine, n'est-ce pas, de vous demander si vous avez envie de quitter le Patouillet pour retourner là-bas ?

Le visage d'Adanson se durcit :

– Ce n'est pas de l'envie mais de l'argent qu'il faut pour retourner là-bas, dit-il d'un ton âpre. Qui m'en donnera ?

– Pourquoi pas le duc de Choiseul ? On prétend que le ministre se console mal de la perte de notre empire colonial, qu'il désire le reconstituer, recréer une France d'outre-mer...

– Discours que tout cela ! Quand on est ministre il faut beaucoup parler, et d'un peu tout, pour faire plaisir à toutes les opinions du Royaume.

Jeanne se sentait déjà si familière avec son nouvel ami qu'elle se permit de le morigéner :

– Monsieur l'Africain, vous avez fort mauvais caractère. Vous boudez d'avance et vous terrez dans votre tanière au lieu de sortir pour vous faire voir et solliciter des appuis afin que le ministre...

Le poing lourd d'Adanson s'abattit sur la table, fit tressaillir la vaisselle, répandit un peu de lait sur la nappe :

– Jeannette, jamais vous ne me forcerez à écouter des sornettes, même les vôtres, gronda-t-il.

Elle avait sursauté, autant du « Jeannette » que du choc, le contemplait bouche bée. Il se pencha vers elle, planta son regard vif argent dans le regard doré :

– Choiseul, mademoiselle, est un homme de gouvernement, c'est-à-dire un homme coupé des réalités. Il est incapable de discerner une idée bonne à mettre en pratique d'une idée plaisante à son oreille. Il m'a récemment fait demander mes avis et un plan pour mettre la Guyane en valeur. Je lui en ai soumis un conforme à la géographie et à l'état de ce pays. Il m'en a courtoisement remercié, et puis il a rangé mon plan dans un tiroir et il a envoyé en Guyane le chevalier de Turgot. Turgot n'est ni géographe, ni géologue, ni minéralogiste, ni botaniste, ni cultivateur, ni forestier : il est militaire, mais il philosophe à merveille et dans le goût du jour sur les colonies, les colons, les nègres et l'agriculture idéale de la France d'outremer.

– N'avez-vous pas demandé au duc ce qu'il reprochait à votre plan à vous ?

– D'être trop cher.

– Mais il est vrai que le duc n'a que peu de crédits pour ses projets – cela se dit partout.

Adanson eut un sourire grinçant :

– Mon plan pour lancer le développement effectif de la Guyane prévoyait une dépense totale de cent dix-sept mille livres. Pour seulement penser sur place à ce qu'il pourrait bien faire, Turgot encaisse cent mille francs d'appointements annuels. Belle économie ! Mademoiselle, la France n'aura jamais d'empire colonial utile. Même si ses marins lui en reconquièrent un immense, elle n'en fera rien, ou elle le reperdra, parce qu'elle n'aura pas su en faire des morceaux de France heureux. Choiseul pense à nos terres lointaines en seigneur féodal. Il y enverra des soldats, des gouverneurs, des chercheurs d'or et des faiseurs d'or, alors qu'il y faudrait envoyer des ouvriers aux mains douces, des observateurs patients, des amoureux de l'inconnu.

– Des amoureux de l'inconnu..., répéta-t-elle en écho.

Décidément, ils n'étaient pas jumeaux que par leurs bonnes santés, leurs grains de son sur les joues et leur savoir-charmer les oiseaux. Elle le regarda avec une sympathie accrue.

Son attrayante laideur ne pouvait demeurer indifférente à personne, surtout pas à une femme. Le visage, un peu trop lourd pour le corps, était un large ovale cabossé au menton carré, porté par un cou taurin. Tous ses traits – le surplomb du front marqué de deux rides profondes entre les sourcils, le long nez très charnu, les méplats saillants des pommettes, les joues creusées, la mâchoire carnivore et la grande bouche musclée à la lèvre inférieure gonflée de sensualité – accusaient une virilité puissante. Adanson portait – bizarrement, étant donné la saison – un vieux chapeau de jardinier au bord de devant retroussé à coups d'épingle, qu'il avait oublié d'ôter. Elle allait lui demander si son inutile couvre-chef lui servait de fétiche quand, justement, ayant sans doute prévu la question dans son regard, il lança le chapeau sur un arbuste :

– Pardonnez-moi d'être resté affublé de cet épouvantail. Vous êtes bien courtoise de ne pas m'avoir reproché plus tôt d'être fort vilain à voir.

Sans le chapeau, on se rendait mieux compte de l'inhabituelle grosseur du sac de taffetas gommé dans lequel Adanson serrait ses cheveux par-derrière. Elle se moqua :

– Vous ruinez-vous en crin chez le perruquier du quai des Morfondus pour porter par extravagance la bourse la plus volumineuse que j'ai jamais vue, ou est-ce une prudente habitude africaine que vous avez prise, de cacher votre trésor dans votre coiffure ?

– Hélas, je n'y cache que ma gauloiserie, qu'on s'accorde autrement à trouver indécente, dit-il et, comme elle l'interrogeait des yeux, se levant, il commença à dénouer le lacet qui fermait l'énorme bourse...

– Oh ! cria Jeanne.

Jamais, non, jamais, elle n'oublierait sa surprise éblouissante ! L'étui de taffetas noir gisait sur le sol, et un miracle de beauté ruisselait sur le dos de l'homme. Le fleuve roux coulait jusqu'à sa ceinture. Des vagues de plusieurs nuances de l'acajou clair parcouraient cette splendeur épaisse, à laquelle le soleil arrachait des chatoiements moirés, des éclats de lumière rouge et de lumière d'or. Adanson l'Africain pouvait se draper dans un châle de Vénus. La nature – erreur ou malice – avait donné une parure de courtisane au visage du condottiere.

– Mon Dieu, Michel, mon Dieu, Michel..., balbutiait Jeanne, sidérée au point d'user du prénom de son hôte.

Et ce fut plus fort qu'elle : une houle de sensualité la jeta mains tendues à la conquête de la toison rousse. Ses doigts s'enfoncèrent dans l'élastique merveille, moelleuse, crépitante, tiède et douillette, aussi bonne à caresser qu'un pelage de chat persan. Envoûtée, toute à son plaisir animal, elle se gavait de volupté par les mains. Une saine odeur la pénétrait, d'écorce de bouleau et de racine de saponaire – elle aussi lavait ses cheveux avec ce mélange... La conscience de la folie, de l'impudeur de sa conduite ne lui vint qu'au bout de longues secondes. Et comme lui, immobile, semblait décidé à se laisser chatouiller le poil jusqu'à la fin des temps, d'une secousse trop brusque elle s'arracha à la chevelure magique, se retrouva à dix pas d'Adanson, rouge de confusion, mâchant furieusement sa lèvre :

– Pardonnez-moi, dit-elle enfin d'un ton enroué.

– De quoi, Jeannette ? C'était un délice, que votre admiration... manuelle. Soyez sûre que je ne vous avais pas dévoilé mon secret sans intention : je sais fort bien que, tel Samson, je porte ma puissance de séduction sur la tête.

– Indûment ! Un homme n'a pas le droit d'avoir *ça* sur la tête.

– Ha ! Les dames du siècle ont une curieuse conception de l'égalité. Elles se veulent semblables à nous en tout point du crâne, à condition de n'être jamais chauves et de garder les plus beaux cheveux pour elles. Mais je ne suis pas fâché de ma crinière, moi ; elle m'a deux ou trois fois sauvé la vie.

– Ah oui ?

– Mais oui. Les dames sauvagesses, tout comme les dames civilisées, peuvent tomber amoureuses d'une belle fourrure et se jeter dessus pour la tripoter. Et vous ne sauriez croire à quel point la subite passion d'une Dalila noire vous enchante, quand sa famille s'apprêtait à vous jeter dans son pot-au-feu ou à vous offrir aux fourmis.

– Racontez-moi, racontez-moi !

— Ne serait-il pas bienséant que je m'arrange un peu d'abord ? Je dois ressembler à un Gaulois d'avant l'invention du peigne.

— Ah ! dit-elle en riant, nous devrions tous nous coiffer à la gauloise. Nous serions tellement plus beaux qu'en perruques ou en queues à cadenettes !

D'un geste impulsif elle porta ses mains à son catogan...

Pourquoi fit-elle cela, ce geste de femme s'apprêtant à l'abandon ? Étrange complaisance ! Elle le fit, pourtant, et ses cheveux croulèrent...

Un temps de sablier passa, lent, silencieux. Il contemplait sans un mot l'épaisse et lisse nappe de soie cendrée aux veines d'or plus ou moins bruni, et elle eut soudain peur qu'il y plongeât les mains pour lui rendre ses caresses... Il n'en fit rien. Au bout de sa contemplation il murmura seulement, d'une voix adoucie à tel point qu'elle la sentit passer sur elle comme un souffle d'adoration religieuse :

— Jeannette, vous êtes la plus belle Gauloise que j'aie jamais vue.

Et alors il poussa un soupir, bougea, ajouta de sa voix normale, animée et moqueuse :

— Je sais maintenant pourquoi j'aime tant ma table d'orme jaune : quand je l'ai bien cirée, elle ressemble à votre chevelure.

Il ne restait plus qu'à rire et à se recoiffer.

Ils se retrouvèrent en train d'échanger des recettes pour l'entretien et l'embellissement du poil humain. Elle lui vanta le rinçage à la camomille infusée dans l'eau de pluie et le séchage sur pré au grand soleil du matin, il lui enseigna les mérites adoucissants de la décoction de ***Quillija saponaria*** * et l'utilité de la poudre de ***Véttiveru*** ** pour éviter de ramasser les poux que promènent les crasseux sous leur blancheur de frimas.

— Si vous pouviez me faire avoir assez de racines de *Véttiveru*, je ferais la poudre, je la mettrais en sachets de mousseline et je la vendrais pour porter sous les perruques, dit Jeanne aussitôt. Nous partagerions les bénéfices.

— J'ai une foule d'idées, dit Adanson, j'ai fait une foule de trouvailles qui pourraient être mises en cornets, en pots ou en flacons, mais je n'ai pas le temps de m'y atteler, je ne trouve que le temps de trouver ! Vraiment, pourrions-nous nous associer ?

— Je ne demande que cela ! s'écria-t-elle, ravie. Croyez-moi, rien qu'en misant sur la coquetterie des femmes, il y a une fortune à

* Bois de Panama.
** Vétiver.

faire en vendant de la beauté ou du charme dans de jolis emballages et sous de jolis noms.

– Ceci, par exemple ?

Elle le vit s'asseoir par terre – il ne s'asseyait si possible jamais ailleurs –, s'ôter une chaussure, se tirer un bas et lui exposer, jambe levée, un pied garni de cinq ongles du plus gai vermillon :

– Cela ne vous plaît-il pas ? Croyez-vous que vos clientes auraient envie d'avoir dix pétales de coquelicot au bout des pieds et dix autres au bout des mains ? Et je vous garantis que ça tient ; au frottement et à l'eau, ça tient admirablement.

Elle partit d'un rire qu'elle ne put arrêter et qui frisait le hoquet. Lui, imperturbable, mais le gris de ses yeux pétillant d'étincelles, demeurait la jambe dressée, tenant son pied comme un bouquet dont il faisait gigoter les cinq fleurs rouges :

– Riez, riez, reprit-il, riez, mais dites-moi si celles de vos clientes qui se piquent de modes d'avant-garde n'achèteraient pas mon fard à ongles ?

– Michel, comme nous allons bien nous amuser ! dit-elle quand elle put enfin parler.

Ils s'amusèrent beaucoup.

L'amitié de Michel Adanson tombait à point dans la vie de Jeanne. Depuis la fin du mois d'août, Lalande était parti pour faire son tour d'Italie. Il ne devait pas rentrer en France avant le printemps de 1766, et la jeune femme s'ennuyait de l'affectueuse complicité qu'elle avait perdue en perdant l'astronome. Michel avait un peu le même tempérament mouvementé, excentrique, le goût de la farce et de la gouaille aussi, une semblable jeunesse chaleureuse du cœur, que ses emportements contre les imbéciles, les ingrats et les voleurs ne faisaient que confirmer. Sous ses accès de hargne et l'amertume misanthrope qu'il aimait afficher, une joie profonde l'habitait, celle des hommes que vivre n'ennuie jamais, parce qu'ils logent un cerveau infatigable dans un corps increvable. Être amoureux rend gai et il tombait sans cesse amoureux fou, de l'une de ses idées ou de l'un de ses soupçons, se jetait aussitôt dedans avec un élan de bélier. Jamais ce qu'il était en train de faire ne l'empêchait d'entreprendre autre chose. Il étudiait les trois règnes de l'histoire naturelle et la chimie avec la même frénésie, siégeait activement à l'Académie, noircissait du papier à longueur de nuits, déployait une intense activité agricole dans des jardins d'essais – il avait loué vingt-quatre lopins de terre autour de Paris ! Et tout ceci ne l'empêchait pas de lire abondamment pour remplir sa fonction de censeur royal des ouvrages scientifiques, d'accoucher d'articles critiques pour les gazettes, de ne pas manquer un seul concert où l'on donnait du Gluck, et de même taquiner la Muse, les jours où sa passion de la nature le débordait, s'épanchait en rimes à la mode du temps, où les ruisseaux répondaient aux ormeaux, les montagnes aux campagnes et les fleurs aux cœurs. Pour se donner le temps de tout faire Adanson avait pris d'utiles habitudes : il ne mangeait qu'affamé, et plutôt du pain vite trempé dans du café au lait, ne dormait qu'en tombant épuisé dans le sommeil, et, surtout, il se tenait farouchement hors du mariage, « ce moyen mathématique de perdre la moitié de sa vie en la multipliant par deux ». Et pourtant, par sa belle amie Jeanne, ce grand avare de temps perdu se laissa distraire aussi souvent qu'elle le souhaita.

Puisqu'ils étaient d'emblée devenus des « associés », avec la générosité des pauvres, Michel voulut que deux ou trois fois par semaine, en sortant du Jardin, elle vînt partager sa dînette. Il mettait un ragoût de ses légumes au feu, elle apportait du pain d'épice, des palets aux anis, du fromage de brebis ou des confitures, selon ce qu'elle avait reçu de Charmont. Ils mangeaient sur le pouce en imaginant des recettes de santé et de beauté. En moins d'un mois ils en mirent au point plusieurs, qui devaient devenir des succès : la lotion « Bonne Mine » au lait de laitue, la pommade « Mains Blanches », une « Eau de Gencives » pour lutter contre le déchaussement des dents, et surtout des tisanes aux formules très compliquées destinées à laver les cheveux en les embellissant de reflets. Toutes les jeunes dames qui se piquaient de ne plus poudrer leurs cheveux lorsqu'elles restaient en négligé se précipitèrent à La Tisanière pour se procurer des reflets d'or, des reflets de cuivre, des reflets d'aile de corbeau...

Aussi rapides l'un que l'autre à enfourcher l'optimisme, dès qu'un de leurs produits nouveaux se vendait bien, Jeanne et Michel commençaient à dire en chœur : « Quand nous aurons fait une grosse fortune... » A partir de là ils s'enfonçaient dans un long mirage mouvementé, armaient un vaisseau, s'embarquaient avec Aubriot et Lalande, et, passant outre à la pingrerie de Choiseul, s'envolaient sur la mer pour s'en aller pencher leurs loupes et braquer leurs lunettes sur toutes les merveilles du monde. Ah ! que les quatre points cardinaux du monde étaient beaux, vus du clos Patouillet à travers les mille songes multicolores de Jeanne et les mille souvenirs aphrodisiaques que Michel avait rapportés de sa fête sénégalaise ! Ce qu'il y avait de bon, avec Michel, c'est que chez lui Jeanne pouvait donner de l'air à ses rêves les plus extravagants, ces rêves « sans rime ni raison » qui se figeaient derrière ses lèvres lorsqu'elle se trouvait devant Philibert. Michel, lui, Dieu merci ! n'était pas sage. Aucune idée ne lui paraissait trop folle – quand Jeanne délirait dans l'impossible et le biscornu, il en remettait. Alors Jeanne riait, riait de tout son cœur et de tout son corps de dix-huit ans affamé de courir aux aventures... Sans aucun doute ce fut grâce à son effervescente amitié avec Michel, qui la maintenait dans un climat de joie à la fois active et imaginaire, que Jeanne ne s'aperçut pas que Philibert s'absentait de plus en plus de leur vie commune.

12

Philibert Aubriot n'avait jamais voulu se demander s'il aimait Jeanne. Il l'avait prise avec un émouvant plaisir, et une grande tendresse aussi. Mais que valait la tendresse de Philibert Aubriot pour une jeune amoureuse née à l'amour en même temps que la romantique Nouvelle Héloïse ?

Aubriot était né, lui, trente-quatre ans avant l'apparition de la sensible héroïne de Jean-Jacques Rousseau. C'était une âme du début du siècle, éprise de raison pure et se contentant de sentiments secs. Ce n'était pas son père le notaire, fils d'une longue tradition de notaires, qui avait pu lui mettre dans les veines la moindre goutte de romanesque ! Ni sa mère, fille d'une longue lignée de magistrats, qu'étant l'aîné de sa progéniture il avait toujours vue vertueusement occupée à faire des enfants, et les sermons et les confitures qui vont avec. De surcroît le futur savant était venu au monde avec un cerveau surdoué, précocement dominant, dont les pressants besoins lui avaient toujours laissé peu de temps pour ressentir les élans de son cœur. Un immense appétit de connaître l'avait très tôt porté vers la nature, mais il ne rêvait pas trop devant ses merveilles : il observait, décrivait, classait, même quand il n'avait encore que huit ou dix ans. Sa curiosité l'emportait sur sa sensibilité, jamais le collégien n'avait composé une seule ode à la Rose. Si l'adulte, lui, se laissait aller à parler ou à écrire de la verdure avec effusion, c'est qu'il avait attrapé, au tournant sentimental du milieu du siècle, le vocabulaire lyrique des nouveaux poètes épris de campagne, mais à l'âge des amours élégiaques il n'avait ni rimaillé ni déliré. D'ailleurs c'est aux jeunes filles qu'il faut des sonnets et des battements de cœur, et Aubriot s'était méfié des jeunes filles, parce qu'il avait besoin de grosses rations de chair vite offertes, et que les jeunes filles sont avares et lambines. Son tempérament vorace l'avait jeté d'emblée vers les femmes, chez qui il avait découvert l'art de se débarrasser des fumées de l'amour dans le feu du plaisir. Mais en se faisant de bonne heure coureur d'alcôves grandes ouvertes, s'il avait gagné un doigté amoureux de virtuose, il n'avait acquis que le vernis du cœur. Il s'était marié pourtant et, depuis qu'il était veuf, prenait bien soin de se souvenir qu'il l'avait fait par amour. Vérité? Illusion? Mlle Maupin l'avait certes séduit d'une manière assez originale pour qu'il l'épousât, mais non pas en dépit de sa raison : ce mariage était au contraire des plus raisonnables, qui arrondissait bien sa médiocre fortune. Quand Marguerite était morte, Aubriot avait sincèrement pleuré. Mais, qu'il s'en voulût ou non, il s'était assez vite consolé, de la manière la plus réconfortante qui soit : il ne regrettait rien de sa vie en Bugey avec Marguerite – sauf quand il voulait se le faire croire parce que ce temps « inoubliable » lui servait de diplôme sentimental, et de sauf-conduit pour ne plus jamais s'égarer dans les entraves d'une vie à deux. Pourquoi donc alors cet homme d'observation et de méditation, cet homme si bien à l'aise dans la solitude s'était-il, sa liberté tout juste retrouvée, encombré de Jeanne lorsqu'il avait décidé de monter à Paris pour y conquérir ses ambitions ?

S'interroger là-dessus lui répugnait. Il ne pouvait se faire qu'une réponse hypocrite ou une réponse floue. Sa pensée s'enfonçait, traversait des marécages, et Aubriot détestait par-dessus tout ne pouvoir maintenir sa pensée au clair. Sans doute, avec Jeanne, avait-il surtout emmené l'enfant, la petite fille de Charmont. Jeanne la première, bien avant son fils, avait touché en lui la fibre paternelle qui existe en tout homme, même chez le moins pressé de procréer. Joli bout de femme aux grands yeux d'or, elle lui était apparue tout éperdue de fascination, sage et docile, attentive à l'imiter, toujours prête à pieusement recueillir la manne tombée de sa bouche : l'héritière idéale. Quelques années plus tard, l'annonce de la grossesse de Marguerite avait ravivé en lui le désir viscéral et spirituel d'un héritier à la manière de Jeanne, qui lui trotterait sur les talons, s'assiérait à ses pieds et se nourrirait de sa becquée avec la même dévotion pour s'efforcer de devenir son digne prolongement sur la terre, Aubriot fils d'Aubriot, le second des maillons d'une glorieuse chaîne de savants. Le petit Michel-Anne n'avait pas eu le temps de décevoir son père, mais pas eu, non plus, le temps de le satisfaire. En quittant le Bugey le père n'avait emporté du fils que l'image d'un bambin de deux ans assemblant avec peine ses premières questions sans intérêt, si bien que Jeanne demeurait le seul enfant d'usage agréable qu'eût jamais possédé Aubriot. Au fond, c'était avec Jeannot, si parfait dans son rôle de fils modèle, que « monsieur Philibert » avait voulu vivre. Toujours il s'était senti bien avec le beau Jeannot alerte et solide, rieur, éveillé, endurant à tout, obéissant à tout. Oui, c'était sûrement Jeannot qu'il avait mis dans son bagage. Qu'ensuite Jeannot se fût métamorphosé en Jeannette, passe – passe même fort agréablement. Mais que Jeannette prît soudain un autre poids que Jeannot, et toujours plus de volume, et qui pis est, de l'indépendance, et jusqu'à un point risible... !

Aubriot avait eu un haut-le-corps quand, un soir à La Régence, le marquis de Condorcet – toujours aussi gauche dans ses propos que dans ses attitudes – l'avait présenté à un gentilhomme de ses amis en disant : « C'est à monsieur que nous devons la bonne fortune d'avoir la Belle Tisanière à Paris. » Jamais, dans ses instants de moindre confiance en lui, Aubriot n'aurait imaginé de se penser en botaniste consort de la célèbre marchande du Temple ! Rentré rue du Mail, il avait opposé à Jeanne un refus glacé quand elle lui avait proposé de profiter de ses entrées de fournisseuse chez la duchesse de Choiseul pour obtenir qu'elle attirât enfin l'attention du ministre sur les mérites du docteur Aubriot. Quitte à demeurer plus longtemps méconnu, il voulait atteindre Choiseul par la voie hiérarchique « convenable » : les Jussieu ou Buffon. Il n'allait pas devoir quelque chose à la protection de cette petite fille ?

Quand Jeanne avait connu Michel Adanson, le malaise d'Aubriot s'était accru. Toujours il avait été son grand homme familier, son constant sujet d'admiration et les réponses à toutes ses questions. Soudain, du jour au lendemain, il la vit s'enthousiasmer pour Adanson, se fier à lui, se lier à lui, vanter son savoir et ses trouvailles. Lui-même pouvait trop bien apprécier l'exceptionnel cerveau de l'original du Patouillet pour reprocher son engouement à Jeanne et, comme il n'était pas question non plus de lui avouer sa jalousie, ni même de se l'avouer, il se tut, se crispa, et s'en voulut de son amertume parce qu'elle lui révélait sa fragilité à Jeanne. Il en était là de sa morosité quand il rencontra par hasard la meilleure occasion qu'un homme puisse trouver pour se rassurer sur son prestige écorné : une femme flatteuse à conquérir, qu'il conquit.

Parmi les premiers, Aubriot s'était déclaré partisan de l'inoculation. En France, la chose n'allait pas de soi : l'Académie de médecine était contre, l'Église était contre. Discuter avec les docteurs-régents et les théologiens n'ayant mené qu'à enliser la chose dans les mots, le comte de Lauraguais, partisan de tous les progrès, avait pensé à mettre la mode du côté des justes : « Messieurs, avait-il dit un matin au Jardin, la folie est aux marchandises anglaises, vendons l'inoculation comme telle et elle se répandra comme une traînée de poudre. » Aussitôt, ne doutant pas d'être imité, Féfé avait organisé chez lui un thé à l'anglaise « à la Tronchin », où le réputé Genevois était venu inoculer toute la compagnie entre une bouchée de scone et une cuillerée de pudding. Les parties de vaccine s'étaient bientôt multipliées ; on était dans le ton du jour en offrant « la petite goutte » à ses invités – et à ses domestiques en même temps, puisque la démocratie de comédie devenait très à la mode aussi, sous le nom de philanthropie.

A Paris, Aubriot n'exerçait pas du tout la médecine. Il n'en fut pas moins très flatté quand Lauraguais lui proposa de venir égratigner ses hôtes au cours d'une nouvelle partie qu'il donnait : l'honneur n'était pas mince, de se voir publiquement accorder la confiance de l'un des plus grands seigneurs du Royaume. Aubriot s'y gagna de la renommée en un soir. Et une maîtresse marquise.

Tout de suite la soirée avait été teintée de galanterie. Plusieurs dames s'étant inquiétées de la cicatrice que leur pouvait laisser l'opération, le médecin avait proposé de les inoculer à la cuisse plutôt qu'au bras – comme il l'avait fait pour Jeanne. Les coquettes, aussitôt, s'ôtèrent un bas plutôt qu'une manche. Par bienséance elles se masquaient le visage avant de passer dans le boudoir où officiait Aubriot et, pendant le souper qui suivit, ce fut pour le médecin un plaisant jeu que de mettre des visages sur les cuisses qu'on lui avait montrées.

La marquise Adélaïde de Couranges avait la plus belle cuisse du lot. Longue et fuselée, ferme, rosée, odorante. Le genou et la cheville ne s'y assortissaient pas mal, la gorge était pleine, la trentaine du visage presque jolie, aimable en tout cas. A tous ces agréments s'ajoutaient l'éclat de très beaux diamants et une nymphomanie commode, connue, fréquentée mais de bon goût. Séduite en même temps qu'inoculée, Adélaïde eut des vapeurs opportunes dès le lendemain, envoya son carrosse à Aubriot avec un appel au secours, et reçut deux heures plus tard le médecin dans son lit – où elle l'avait tout naturellement attendu, puisqu'elle était malade.

Dans la nuit qui suivit son festin de marquise, Philibert ressentit de la gêne en caressant les beaux cheveux blonds familiers répandus sur sa poitrine comme à l'ordinaire. Mais l'homme a tant besoin d'habitudes qu'il les prend tout de suite, et Philibert s'habitua d'autant plus vite à vivre entre deux maîtresses que son corps ne s'en fatiguait pas. L'une avait encore des pudeurs rougissantes, l'autre montrait de savantes audaces – c'était parfait. Il se trouva bientôt tellement à l'aise entre Jeanne et Adélaïde qu'il se chercha une excuse contre son manque de remords et la trouva : Mme de Couranges avait intimement connu tant de grands seigneurs utiles qu'elle pouvait en obtenir des faveurs. Le duc de Choiseul reçut enfin Aubriot. Avec beaucoup de grâce le ministre prit le temps de faire des promesses au protégé de la Couranges et assura celle-ci, par un galant billet, « qu'il ne manquerait pas de se souvenir de ce qu'il devait à son joli cul quand un poste pouvant convenir à son botaniste vaquerait quelque part » – le duc adorait parler cru, surtout aux femmes. Huit jours plus tard Aubriot fut nommé censeur royal surnuméraire, ce qui ne l'engageait à rien, sauf à encaisser quatre cents livres de pension annuelle. Quand il l'annonça à Jeanne elle en fut si heureuse, battit des mains avec un tel transport, que Philibert se sentit tout à fait justifié de ses coucheries avec la marquise.

– Sais-tu, ajouta-t-il quand il la vit calmée, que cette première marque d'estime me fait bien augurer des promesses que le duc m'a faites ? Qui sait si, en dépit de la concurrence, je n'aurai pas un poste au Jardin plus tôt que je n'ose y croire ?

– Pour que vous ayez un poste au Jardin, il y faudrait un mort, objecta Jeanne.

– Je pourrais bien, en attendant le mort, avoir la survivance d'une charge ? Mais il me paraît moins improbable d'espérer une mission pour l'une des colonies qui nous restent. Le duc m'a paru très soucieux de faire répertorier leurs richesses.

– Oui, je sais, il en parle, dit-elle avec un petit sourire en songeant aux paroles désabusées d'Adanson. Mais... si vous étiez nommé pour une colonie, ne devriez-vous pas partir sans moi ?

– Mais je pense que... peut-être... non, dit-il en hésitant.

– Je pense que oui, soupira-t-elle, et elle se mordit la lèvre pour ne pas ajouter : « Je ne suis pas votre femme, pour qu'il me soit permis de vous accompagner. »

– En mission d'inventaire, on n'est jamais nommé pour très longtemps : deux ans tout au plus, dit Aubriot.

Il laissa passer un long silence, reprit enfin comme si, tout de même, il lui devait des explications :

– Vois-tu, Jeannette, si une expédition outre-mer m'était proposée, je n'aurais pas le courage de la refuser. Je n'ai pas mille ans devant moi pour connaître le monde. Alors, comprends-tu, je...

– Ne vous souciez pas de moi, coupa-t-elle d'un ton plein de courage. Votre carrière m'importe autant qu'à vous. Si vous deviez partir un jour et tardiez trop à revenir, je saurais très bien m'embarquer seule sur un navire qui ferait voile pour le pays où vous seriez.

Il eut l'un de ces sourires amusés qu'on donne à une vantardise d'enfant, mais l'air, soudain, sembla meilleur à ses poumons et il en prit une grosse goulée.

Elle ne croyait pas qu'il partirait. Adanson lui avait dit pis que pendre de la manière dont Choiseul, sous sa parole brillante, menait en réalité les affaires de la France. Elle aurait pu se méfier de l'opinion de Michel, qui couvrait Choiseul d'une rancune acérée, mais, dans sa boutique et dans les coulisses des hôtels aristocratiques où elle avait maintenant ses entrées, elle avait recueilli d'autres échos confirmant le portrait qu'Adanson dessinait du personnage : intelligent, fougueux, audacieux, ambitieux pour lui et pour le Roi, mais dilettante en diable, dissipé par ses plaisirs, sceptique, insouciant, inconstant, prodigue d'argent mais pour éblouir plutôt que pour investir – tout cela assemblé ne donnait pas l'image d'un grand homme d'État capable de mener à bien une politique coloniale d'envergure demandant de longs efforts persévérants. « Enfin, nous verrons bien, pensa Jeanne. Si Philibert part, je le rejoindrai. A présent, où qu'il aille je pourrai toujours gagner assez d'argent pour le suivre. »

Son regard, orgueilleusement, fit le tour de sa jolie boutique. C'était l'heure vide où elle s'y sentait parfaitement heureuse, en récréation chez elle. Tous ses clients étaient occupés à dîner, leurs domestiques retenus au service, on ne voyait presque personne à La Tisanière, à part quelques ménagères pressées de se procurer une tisane pour un malade. En arrivant du Jardin à deux heures elle envoyait Banban bâfrer et rire avec les marmitons de l'hôtel de Boufflers, Lucette manger un morceau chez le rôtisseur du bout de la rue. Lucette ne revenait pas tout de suite, montait aux mansardes aider Madelon jusque vers quatre heures. Ces deux mansardes contiguës que Jeanne avait pu louer dans le haut de sa maison servaient, l'une de séchoir à plantes, l'autre de pièce de préparation, et servaient aussi, en fin de compte, à lui donner chaque jour deux heures de douce paix silencieuse au milieu de ses bonnes herbes. Elle s'ajustait un bonnet et un tablier de mousseline frais, prenait tout le temps de savourer des yeux le décor raffiné qu'elle avait voulu, ordonné, payé de ses écus, passait son nez, amoureusement, audessus des senteurs qu'elle préférait... Puis elle s'asseyait devant son écritoire pour bavarder un peu avec Marie, ou avec sa chère baronne.

Au début de chaque mois Jeanne expédiait deux gros plis pour la Dombes, l'un pour Mme de Bouhey, l'autre pour son amie Marie, que ses couches avaient ramenée à Rupert auprès de sa mère et qui semblait n'en plus vouloir rebouger, comme si, lui ayant donné sa petite Virginie à pouponner, son mari Philippe Chabaud de Jasseron lui avait donné tout le bon dont elle l'estimait capable.

Jeanne se mit à tailler ses plumes en songeant à Marie. Douce, jolie, rieuse, gourmande Marie de son enfance... Son mariage d'amour n'avait pas l'air de l'avoir comblée. Depuis qu'il avait eu lieu, et passé les semaines de sa lune de miel, les lettres de la jeune mariée avaient pris un ton d'artificielle légèreté qui ressemblait peu à Marie, et aussi, parfois, une surprenante agressivité philosophique contre « les hommes », assez mal imitée d'Émilie. Marie racontait surtout la société d'Autun, les chasses, les bals, les dîners, les potins d'alcôves, ses toilettes, ses lectures... Philippe demeurait étrangement absent de ce décor. « Je me demande comment le fringant Chabaud de Jasseron se conduit dans le lit de Marie? » pensa Jeanne. Là-dessus, elle rougit: n'était-ce pas une idée bien vulgaire, que celle de vouloir juger de la qualité d'un mari d'après cette chose-là? Elle se mit à écrire:

« Ce matin, ma douce, j'ai fêté le 21 mars en me remettant en couleurs. Je suis du plus pimpant bleu turquin avec des raies blanches. Ouf! Depuis que le 20 de décembre dernier monseigneur le Dauphin est mort je n'osais aller qu'en gris ou en beige parce que ma noble pratique n'allait qu'en noir, portant le deuil de son prochain roi perdu. Même les petites gens l'ont beaucoup pleuré; il paraît que, bon et vertueux, il aurait mis de l'ordre à Versailles et sauvé le peuple de ses misères. On dit le Roi mal sorti du désespoir, et comment le pourrait-il ? Il n'est plus jeune et le voilà avec Berry * pour héritier, qui n'est qu'un enfant. " Pauvre France ", c'est le mot des penseurs de la politique, sauf Choiseul. Lui se réjouit, le Dauphin ne l'aimait pas. Ils étaient à couteaux tirés depuis longtemps, le prince tenant pour les jésuites et le ministre pour les jansénistes du Parlement, une vieille querelle, qui d'ailleurs a fait long feu. Pour l'instant, ici, nul ne se soucie plus des rébellions des parlements, ni même de l'interminable procès de M. de Lally-Tollendal; on ne parle que du malheureux petit chevalier de La Barre.

« C'est horrible à écrire : le chevalier a été condamné. Si l'appel de ses avocats n'est pas entendu il sera brûlé vif sur le bûcher après avoir eu la langue et la main coupées. Mais cela ne sera pas, non, il ne se peut que cela soit! Toutes les honnêtes gens sont en révolution. Les plus grands avocats de la ville, les écrivains, les encyclopédistes, les gazetiers et Voltaire aussi, naturellement, tout le monde se jette de partout à son secours. Et même si le Parlement osait confirmer l'abominable jugement, le Roi ferait grâce. Personne ne croit que le Roi laissera supplicier un jeune homme de dix-huit ans pour ne pas avoir salué la procession du Saint-Sacrement et avoir

* Le futur Louis XVI.

chanté une chanson impie. Je ne t'en parlerai pas davantage. Le drame du petit chevalier me brouille la vue de larmes et, encore une fois, il ne se peut que le Roi ne l'arrange.

« Passons à mes soirées du mardi à La Régence, dont tu me réclames le détail. Ainsi tu t'imagines, ma naïve, que nous autres, les buveurs de bavaroises, refaisons le monde à voix basse pendant la partie des joueurs ? Nous sommes bien plus frivoles ! Ces derniers mardis il ne fut question que du petit de La Barre, mais en janvier, par exemple, je n'ai entendu potiner que de deux graves problèmes : les chiens du Palais-Royal et le mariage de M. Suard, le directeur de *La Gazette.*

« Pour les chiens, le fait est que le gouverneur du jardin du Palais-Royal les fait ramasser et occire parce qu'ils pissent contre les maisons et saccagent le gazon. Cela fait une guerre géante entre ceux qui veulent les chiens et ceux qui les refusent, et les meilleurs poètes sont appointés pour écrire des requêtes en vers pour ou contre la crotte de chien dans les lieux de promenade. Les libelles arrivent jusque sur le bureau du duc de Choiseul, et on croit que le ministre sera obligé de se saisir lui-même de cette importante question pour éviter des duels dans le Palais-Royal. Le sujet a passionné aussi fort que les affaires de cœur de M. Suard – ce qui n'est pas peu dire !

« Ce gazetier ne s'est-il pas mêlé de quitter sa vieille maîtresse Mme Krüderer et d'oublier du même coup sa passion pour la baronne d'Holbach afin de convoler avec Mlle Amélie Panckoucke, la sœur du célèbre libraire ? Personne ne l'a supporté ! D'Alembert lui disait : " Voyons, mon ami, vous, presque un philosophe, vous n'allez pas faire le saut périlleux ? On ne s'en remet pas. " Marmontel et La Harpe lui serinaient à bouche que veux-tu qu'un écrivain heureux est un écrivain garçon, Grimm lui conseillait de s'aller plutôt noyer d'un seul coup que de s'enfermer dans le cachot conjugal pour s'y asphyxier à petit feu. Quant à Diderot, chaque fois qu'il croisait Suard, il lui répétait qu'on se repent à la hâte d'un mariage fait à loisir et qu'on se repent à loisir d'un mariage fait à la hâte ! Enfin, tu ne saurais croire le nombre de gens qui se sont mis de la partie pour dégoûter Suard de son Amélie. Même Mme Geoffrin lui a interdit d'épouser, surtout une fille sans dot ; même le baron d'Holbach s'est fâché et l'a traité d'indélicat parce qu'il trouvait mauvaise mine à la baronne d'Holbach abandonnée par son sigisbée ! Pendant qu'autour de lui tout se chamaillait pour savoir si, oui ou non, on lui laisserait prendre Amélie, M. Suard devenait triste à mourir, maigrissait, larmoyait, allait s'asseoir au bord de la Seine avec l'idée de se jeter dedans. En fin de compte, c'est M. de Buffon qui l'a sauvé en allant demander pour lui la main de Mlle Panckoucke. Mon ami Mercier, une langue vipérine, prétend que M. de Buffon l'a fait pour lui-même, qu'il n'allait pas laisser périr un nouvelliste qui écrit toujours d'excellentes critiques de ses livres. Quoi qu'il en soit, voilà M. Suard marié. Mme Suard n'a plus qu'à se faire pardonner de presque tout Paris. Pour l'instant, c'est Mme Necker qui s'y emploie dans son salon, afin de faire enrager Mme Geoffrin. Ainsi, vois-tu, à Paris les amoureux ne sont pas seuls au monde! Le plus plaisant pour moi a été d'entendre répéter pendant un mois, par tout ce qui compte parmi les penseurs du siècle, que le mariage était l'accident le plus fâcheux qui puisse survenir à un homme de lettres ou à un homme de science ou même à un simple homme d'esprit. J'ai écouté dire cela avec un grand sourire, et qu'en somme le mariage n'est bon que pour un homme de rien, parce qu'alors sa femme ne peut pas gâter grand-chose! On n'est pas plus gracieux pour nous que ces messieurs de la Littérature. Mais baste! je sais où le bât les blesse. Tous ou presque sont des claque-becs – comme dirait ma Lucette. Il leur faut se nourrir chez la noblesse et la finance où l'on n'invite jamais leurs épouses, lesquelles doivent pourtant manger et le font à leurs frais – péché mortel!

« Et maintenant, ma douce, un dernier potin pour te faire rire. Je t'ai bien déjà dit, n'est-ce pas, qu'à Paris la police se mêlait de tout? Le bureau d'un commissaire de quartier est le confessionnal des commères pressées de dénoncer les fautes de vie de leurs voisins et, comme les commissaires empochent légalement le tiers des amendes qu'ils infligent aux mal-vivants... Enfin bref, le commissaire de notre quartier est venu dire à M. Philibert qu'il faisait scandale dans la paroisse en vivant maritalement sans être marié avec une jeune personne de sexe douteux, tantôt fille et tantôt garçon. Il prétendait établir le constat du délit et me faire conduire au Petit-Châtelet pour être visitée par les matrones. Le policier a redescendu tout l'escalier d'un seul coup de pied aux fesses! Après cela, il a fallu que je me précipite chez la bonne duchesse de Choiseul pour qu'elle fasse arranger nos deux affaires – et le délit et le coup de pied – par M. de Sartine. M. Philibert a profité de l'incident pour me faire une scène. Il paraît qu'à fréquenter l'excentrique Adanson et la Favart et compagnie, je me donne de plus en plus l'air de faire ce qui me chante sans me soucier de l'opinion du monde, et qu'en voilà un beau résultat et fort déplaisant. Ma douce, il m'a fait vraiment une vraie scène, comme à une vraie maîtresse – comprends-tu ce que je veux dire? J'étais aux anges. Mais j'avais peur que la terrible Favre n'écoute à la porte alors, pour le calmer un peu, je lui ai fait mes yeux dorés... Sa nature l'empêche absolument de longtemps résister à mes coquetteries, je l'ai remarqué. Au fond, Marie, l'humeur de l'homme est fragile, c'est de la porcelaine. »

Elle rêva deux ou trois minutes sur ces derniers mots, un sourire flottant sur les lèvres. C'était tout de même extraordinaire d'avoir pris monsieur Philibert en flagrant délit de fragilité... Soudain elle ressortit sa lettre, qu'elle avait rangée en attendant de la poursuivre un autre jour, reprit sa plume, ajouta vite :

« A propos – à propos de rien, c'est un coq-à-l'âne – pourrais-tu savoir de Mme de Vaux-Jailloux si elle a eu des nouvelles du chevalier Vincent depuis l'été dernier ? Je ne me soucie absolument pas du chevalier, comme tu peux le penser, mais j'aimerais faire une ou deux affaires de plantes exotiques avec lui. On m'a dit qu'il acceptait de trafiquer avec certains commerçants du Temple et, comme nous avons naguère dansé ensemble, j'espère que... »

Sa plume tomba, elle crispa ses poings et se mordit la lèvre, furieuse contre elle, froissa avec rage le dernier feuillet de sa lettre. C'était toujours la même chose : le souvenir de Vincent lui revenait d'abord dans un flot d'images heureuses ; au bout de plusieurs instants seulement elle se souvenait qu'il avait tout gâché par une insulte et qu'elle ne pouvait plus désormais que le mépriser, le détester, le haïr !

Quelqu'un poussa la porte de la boutique...

– Dieu me damne si je m'attendais à trouver la belle tisanière que voilà dans la Belle Tisanière du Temple qu'on m'a tant vantée ! dit une voix sonore et railleuse.

L'apparition coïncidait si miraculeusement avec sa pensée que Jeanne regarda d'abord Vincent avec des yeux qui n'y croyaient pas, doutant si, oui ou non, sa seule imagination ne venait pas d'inventer le personnage. Celui-ci eut tout le temps de se moquer encore un peu :

– Monsieur de Richelieu vous laisserait-il par hasard manquer d'argent de poche, qu'il vous en faille chercher dans l'épicerie ?

Elle fit un effort inouï pour retrouver de la voix :

– Croyez ce qu'il vous plaira, monsieur le chevalier, mais hors de chez moi. Sortez, je vous prie.

– Que non pas avant d'avoir acheté ce qu'il me faut. On loue beaucoup votre savoir en bonnes tisanes.

– Fort bien. Faisons vite. De quoi souffrez-vous ? De sottise ou de grossièreté ?

Il éclata de rire – trop fort. Son regard demeurait dur et ne lâchait pas le visage de la jeune femme, qu'il fouillait avidement. Sous ce regard inquisiteur elle se souvint que lui la revoyait pour la première fois après une absence de bientôt quatre années : en juin de l'an dernier, à l'Opéra, elle était masquée. En dépit de son état de colère mal contenue, elle fut contente d'être en joli bleu turquin et d'avoir sur la tête un bonnet de chez Mlle Lacaille, et se laissa contempler un moment avant de reprendre d'un ton glacé :

– Monsieur, j'ai fort à faire, aussi aimerais-je me délivrer de vous au plus tôt. Que vous servirai-je ?

Il se rapprocha d'elle avec un sourire de loup :

– La marchande, à combien l'estimez-vous ? Pour une heure ?

Elle explosa :

– Sortez, monsieur ! Sortez !

– Holà ! comme vous vous emportez... Prenez du tilleul. Les bains de tilleul sont souverains contre les attaques nerveuses. J'étais donc en train de vous demander une heure... de consultation. On m'a dit que vous vous rendiez à l'occasion chez celles de vos pratiques assez fortunées pour pouvoir s'offrir votre entretien en même temps que vos herbes. Je serai large et vous ferai peu trotter : je loge tout près.

Les yeux dorés flamboyaient, mais Jeanne se maîtrisait à nouveau.

– On ne vous a pas trompé, dit-elle en ouvrant son livre. Mais je ne vais en ville qu'à partir de quatre heures. Si monsieur le chevalier veut bien me fixer un jour de rendez-vous ?

Il s'approcha plus encore, accentua méchamment son sourire, lui jeta en pleine face :

– Mille pardons de m'être amusé, mademoiselle, mais, bien sûr, je plaisantais. Passer après le maréchal de Richelieu, on n'ose. On tient à sa santé.

Elle ne comprit pas à la seconde mais, quand elle comprit, un flot de sang la submergea jusqu'aux cheveux et elle abattit une gifle magistrale sur la joue de Vincent.

Il encaissa la gifle sans reculer, la toisa. Soudain, la saisissant brutalement par les poignets pour l'attirer à lui, il cracha son mépris avec rage :

– Comment avez-vous pu vous vendre à ce vieux cochon pourri ? Comment n'êtes-vous pas morte de dégoût entre les pattes fripées de ce vieil enfileur de catins ? Pourquoi n'êtes-vous pas mille fois morte de honte après, au souvenir ignoble de sa peau gâtée se frottant sur la vôtre ?

Les mots lui firent trop de mal. Malgré son besoin frénétique de le cingler, de le blesser à mort lui aussi, ce fut une phrase tremblée sur un sanglot qui lui vint :

– Le croyez-vous vraiment, Vincent, que j'ai fait cela ?

Il la tint encore un petit moment sous la brûlure de son regard, puis lui relâcha les poignets et s'écarta.

Elle massait ses chairs meurtries, sa haine brisée, ne sentant plus que du désespoir et l'envie de s'enfuir sangloter quelque part, sans même avoir reçu son dû d'excuses.

Calmé, l'air perplexe, Vincent ne songeait d'ailleurs pas à s'excuser. Il finit par dire, d'un ton trop détaché :

– Ma chère, le monde récompense et punit les apparences. Et puisque vous n'y faisiez pas votre métier, que faisiez-vous, je vous prie, dans un souper de pu... – de courtisanes masquées ?

Il lui fallait se reprendre, se reprendre à tout prix !

– Et vous, monsieur, qu'y faisiez-vous ? demanda-t-elle d'une voix encore mal remise.

– Moi ? Je m'amusais. Je m'amusais beaucoup.

– Je m'amusais aussi. En ce pays-ci, monsieur, s'amuser avec ses amis n'est pas défendu aux femmes.

– J'ignorais, mademoiselle Beauchamps, que le maréchal duc de Richelieu fût de vos amis, dit-il avec une ironie méchante.

– Monsieur, vous voyagez trop, vous devenez persan. Les Parisiens de toutes les naissances se mélangent beaucoup ces temps-ci, pour faire plaisir aux encyclopédistes.

Il y eut un silence. Vincent se promenait de long en large avec une nonchalance étudiée, affectait de lire les étiquettes avec beaucoup de curiosité. Enfin il laissa tomber :

– Après tout, si cela vous plaît de vous donner sans l'être des airs de... – à votre guise !

– Encore une fois, monsieur, vous débarquez, laissez-moi vous instruire. Tout est à la démocratie, vous dis-je, et il n'est plus nécessaire d'être pensionnaire chez la Gourdan ou très grande dame pour se donner des airs de putain quand cela vous semble drôle.

Elle nota qu'à sa réplique il avait souri presque comme autrefois, presque avec gentillesse. Reprenant :

– L'heure tourne, dit-elle. Si décidément vous ne voulez rien...

– Je veux la paix, dit-il. Jeanne, faisons la paix.

Elle tressaillit, secoua la tête :

– Non, chevalier. Une paix se mérite.

— Je vous ai pardonné de m'avoir manqué de parole: vous n'étiez qu'une enfant, et moi, j'avais été un imbécile, dit-il avec un cynisme éhonté. Ainsi, faisons la paix.

Elle continuait de le regarder fixement, sans un mot.

— Allons, soupira-t-il, je veux vraiment la paix. Faites vos conditions. J'ai rapporté d'Angleterre une magnifique cargaison de robes d'été et de chapeaux de paille, rien qu'à la voir le souffle vous manquera. Venez, pillez, prenez tout, ruinez-moi, ne me laissez pas un chiffon à vendre, je...

— A genoux, dit-elle.

— Comment? Que dites-vous?

— A genoux, répéta-t-elle.

— A genoux... par terre?

— Au plafond, si vous préférez accroître la difficulté.

Il éclata de rire mais cette fois d'un bon rire, la salua profondément et mit un genou à terre:

— Pardonnez-moi de m'avoir donné l'envie folle de vous étrangler, dit-il.

— Pourquoi ne l'avez-vous pas fait?

— Cela m'aurait conduit à tuer ensuite un vieux cochon de maréchal très brave, que j'aime bien. Ai-je mon pardon?

— Je m'étais juré de vous le faire attendre mille ans à mes pieds! dit-elle en lui tendant la main.

Il se mit à lui embrasser la main de telle façon qu'elle la lui arracha vivement, toute frissonnante.

— Je peux me relever?

— Peut-être...

En se relevant il sortit de sa poche un mouchoir brodé d'où s'envola un parfum d'orangeraie en fleur quand il en frappa les genoux de sa culotte couleur de noisette:

— Et maintenant? lui demanda-t-il de très près et de manière à la faire rosir comme rose de Puteaux. Pour les robes et les chapeaux, mon offre tient toujours: venez choisir avant que la Sorel ne s'y mette.

— Je ne dis pas non. Mais je regarderai seulement.

— A votre aise.

— Avez-vous tout cela à l'hôtel de Boufflers?

— Une petite partie. Le reste est à Vaugirard.

— A Vaugirard?

— Chez moi.

— Avez-vous donc une maison à Vaugirard?

— Une petite maison.

– Oh ! Une « folie » ?

– Une petite maison. Avec des lilas autour – en mai, cela va de soi. Je ne les ai jamais vus fleuris.

– Le prince de Conti aussi a sa petite maison à Vaugirard?

– En effet, et non loin de la mienne.

– On dit que celle du prince est le plus luxueux des lupanars?

– Je n'ai ni l'or ni l'âge d'avoir les goûts du prince. Eh bien, allons-nous? N'avez-vous pas une demoiselle de boutique qui vous remplace parfois?

– J'en ai deux. Mais la question n'est pas là, dit Jeanne, tout énervée soudain. Vous n'espériez pas, j'imagine, m'emmener maintenant à Vaugirard, chez vous, comme ça?

– Je vous trouve très charmante. Ce bleu vous va – moins bien que le vert ou le miel, mais il vous va. Et puis, là-bas, vous pourrez jouer à vous changer : il y en a de toutes les couleurs.

– Oh ! vous êtes toujours aussi... aussi...

Elle n'acheva pas, demeura tendue, redressa un sac de tisane avachi, dit enfin :

– J'irai voir ce que vous avez chez madame de Boufflers. Pourquoi riez-vous?

– Parce que vous allez chez Richelieu et ne venez pas chez moi. Vous placez mal vos peurs, Jeanne.

– Je n'ai peur de personne, dit-elle d'un ton sec. Je n'ai pas le temps d'aller jusqu'à Vaugirard, voilà tout.

– Eh bien, venez donc au moins prendre du café avec moi chez le Turc de la rue du Vertbois. Il fait le meilleur moka du Temple.

– Je... Enfin, oui, mais demain. Nous irons chez le Turc demain, je vous le promets. Je ferai descendre Lucette plus tôt et...

– Non, dit fermement Vincent. Non, Jeannette. Je ne vous laisserai plus jamais me fixer un rendez-vous pour le lendemain. Je ne suis jamais bête deux fois de la même manière. Appelez votre Lucette. Elle ne peut être loin.

– Chevalier, ne soyez pas sot pour n'être pas bête. Je n'ai plus quinze ans.

– Non, vous n'avez plus quinze ans...

Il avait mis dans son bout de phrase tant de mélancolie, mêlée de tant de tendresse que, bouleversée, elle leva sur lui des yeux emplis d'or. Les larges yeux bruns brillants de Vincent se donnèrent aux siens jusqu'à l'âme, et l'âme était douce, infiniment. Le silence, entre eux, vibra d'aveux. Aucun mot n'aurait pu traduire ce que leurs yeux surent se dire : leur temps perdu, leur temps manqué, leur temps miraculeusement retrouvé, où leurs cœurs face à face recommençaient de battre la chamade comme si la longue absence n'avait pas eu lieu. Ils firent durer tout leur soûl leur minute d'éternité...

Elle prit bien soin de ne rompre qu'à peine l'enchantement en posant sa question d'une voix presque inaudible :

– Aux Tuileries, l'autre fois, quand la cheville m'a tourné et que vous m'avez pris la main, m'aviez-vous déjà reconnue ?

– Hélas, je le craignais.

– Mon parfum ?

– Mon instinct de chasseur, dit-il en reprenant son ton moqueur. Le chasseur reconnaît toujours une proie manquée.

Elle baissa les yeux, parut réfléchir, dit en lui souriant :

– Vous avez toujours envie d'aller prendre du café chez le Turc ?

– Ma chère, ce n'était qu'un pis-aller. Si vous aviez la bonté de me proposer mieux ?

– Je me sens... assez bonne. Disons donc que, demain...

– Tss, tss, tss, tssit ! Ne recommencez pas, vous ne m'y prendrez pas.

– Eh bien, soit : ce soir. Ce soir, c'est aujourd'hui ? Soyez à la demie de huit heures à la boutique de café de l'Opéra. J'ai promis d'y rejoindre madame Favart – nous devions souper ensemble, je m'excuserai.

– J'y serai, dit-il en s'inclinant. Est-ce donc avec moi que vous souperez ?

– Si j'ai faim.

Le regard brun pétilla, elle attendit la moquerie, qui vint :

– Votre papa adoptif, monsieur le docteur Aubriot, vous donne donc si aisément permission de courir Paris la nuit avec n'importe qui ?

– Non, non, il me recommande la bonne compagnie et, d'ordinaire, je lui obéis, dit-elle d'un ton suave.

– Touché ! dit-il en riant.

Ils bavardèrent encore de dix riens, pour reculer l'instant de se quitter. Lucette descendit des mansardes, un panier à la main, lorgna du coin de l'œil le tête-à-tête de sa maîtresse avec un beau client, reconnut le chevalier Vincent, fit sa révérence et s'en alla discrètement à l'autre bout du magasin où elle se mit à regarnir quelques corbeilles avec des bottelettes de plantes. Comme Vincent se résignait à partir, Jeanne esquissa un geste qui le retint :

– Chevalier... je ne puis attendre à ce soir pour vous demander des nouvelles de mon amie, dame Émilie, et de Denis Gaillon. Sont-ils en sûreté et heureux quelque part ?

– Mais... comment le saurais-je?

– Chevalier, je sais garder un secret.

– Moi aussi, Jeanne.

– Je vous en prie... Je les aime.

– Alors, oubliez-les.

Il ajouta, d'une voix très basse:

– La police de tout le Royaume recherche encore la comtesse de la Pommeraie. Le marquis son père n'a pas renoncé à faire couper la tête aux complices de sa fuite.

– Oh! fit-elle. Je retire ma question. Je continuerai d'espérer pour le mieux.

– Je crois dame Émilie assez décidée et assez charmeuse pour avoir su persuader un capitaine un peu trop sensible d'embarquer deux amoureux clandestins, murmura Vincent d'un ton léger. Ainsi, dormez sur vos deux oreilles.

– Merci, chevalier. A ce soir.

– A ce soir. A propos, donnez-moi donc votre bonnet.

– Mon bonnet ? Mon bonnet !

– Je veux vous empêcher de me l'envoyer ce soir à votre place.

Elle lui lança un lumineux regard, ôta son bonnet, le lui tendit:

– En gage, dit-elle.

Lucette regarda le chevalier empocher le bonnet avec des yeux ronds comme des billes.

13

Elle se défit au plus vite de Mme Favart et, plutôt que de demeurer seule à une table du café, sortit pour se promener devant les boutiques du grand vestibule. La demie de huit heures approchait mais l'opéra-ballet qu'on donnait devait plaire sans doute, ou alors n'avoir attiré que de la province, car personne n'avait encore déserté la salle, sauf la garde du parterre qui bavardait dans la galerie, l'arme au pied comme par soir de grand calme, bien que trois petits-maîtres à talons rouges fussent occupés à se quereller avec le contrôleur pour ravoir leurs écus de gage *. Des courants d'air froid traversaient le vestibule et, autant pour s'en protéger que pour décourager les œillades de la soldatesque, Jeanne releva le coqueluchon de sa longue mante de velours noir. Et soudain Vincent fut devant elle, souriant, offrant son bras...

Il lui apparut plus splendide que jamais dans un habit fort ajusté en droguet de soie crème broché d'or « à la miniature » et orné de boutons d'orfèvrerie. Sa perruque blanche à l'anglaise lui seyait bien, à peine gonflée sur les tempes, avec une longue queue de cheveux libres qu'un large nœud de ruban noir resserrait sur la nuque. Elle caressa avec volupté, sous le velours de sa mante, le satin blond irisé de rose de sa robe préférée: leurs élégances s'assortiraient à merveille, d'autant qu'elle aussi s'était fait coiffer à l'anglaise, en souples dragonnes ** massées derrière sa tête, sans un seul œil de poudre.

Ils descendirent dans le jardin. Le souvenir de l'autre nuit, de la nuit masquée de juin, remonta à la tête de Jeanne. « Je l'aime », pensa-t-elle de nouveau, cette fois tout offerte à son amour.

— Et maintenant, ma chère, que faisons-nous? interrogea Vincent tout en distribuant quelques piécettes pour se débarrasser de l'aboyeur et des porte-falots trop empressés.

— Avez-vous une voiture?

Il n'eut pas à répondre: un carrosse de remise s'arrêtait devant eux, dont le jeune et beau valet de pied leur ouvrait la portière, en souriant à Jeanne de toutes ses dents. Elle fut émue de reconnaître

* Pour pouvoir « entrer dire un mot à un ami » il fallait laisser un écu de gage au guichet. Le contrôleur avait l'œil et gardait l'écu du tricheur qui n'était pas ressorti assez vite après son mot dit.

** Anglaises.

Mario, l'ombre fidèle du corsaire, celui qui l'avait vainement attendue à la petite porte du parc du château de Charmont, à l'aube d'un lointain matin d'avril.

— J'ai l'impression de me faire enlever avec quatre ans de retard, murmura-t-elle.

— Aussi est-ce bien là ce que vous faites!

Le soulier déjà posé sur le marchepied, elle eut un éclair d'inquiétude:

— Au moins, dit-elle, c'est pour rire?

— Pourquoi diable serait-ce pour pleurer?

« Je suis folle, je ne devrais pas m'y fier », se dit-elle. Et elle monta, installa la soie de sa jupe.

— Et maintenant? demanda Vincent.

— Oh! C'est donc moi qui mène la partie?

— J'avais cru comprendre que vous le désiriez. Préférez-vous me rendre la main?

— Non, non! dit-elle vivement. Eh bien... tenez, allons prendre une bavaroise à La Régence.

— A cette heure-ci nous allons tomber dans la queue des dames qui se rafraîchissent à leurs portières en revenant des spectacles.

— Mais, chevalier, c'est ce que je veux ! Je veux tomber dans la queue! Je n'ai pas encore eu l'occasion de me faire apporter ma bavaroise favorite à une portière de carrosse.

Il se mit à rire:

— Allons, dit-il. J'ai de la chance: vous avez toujours quinze ans.

Il n'y avait encore qu'une demi-douzaine d'équipages devant La Régence, et deux garçons qui faisaient la navette en apportant des rafraîchissements sur des soucoupes d'argent. Jeanne dégusta le plus lentement possible sa bavaroise au Rhum des Isles sous le regard poliment réprobateur de Lucien, son garçon attitré, lequel tenait pour une inconvenance tout changement d'habitude de l'un de ses habitués.

— Et maintenant? demanda Vincent.

— Ne deviez-vous pas m'offrir à souper?

— Voulez-vous aller à L'Escharpe?

Elle fronça les sourcils:

— Osez-vous bien me proposer de souper en cabinet particulier?

— Ma chère, étant donné la mauvaise compagnie en laquelle vous êtes, je ne vous proposais que la discrétion.

— Et pensez-vous qu'on dépense une fortune pour être coiffée par Tintin pour s'aller mettre ensuite sous le boisseau? Allons rue des Poulies, dans la cohue, si vous le voulez bien...

C'était une fureur, depuis quelques mois, que d'aller prendre un repas chez Boulanger, le cabaretier de la rue des Poulies, lequel venait de se décorer du titre tout neuf de « restaurateur ». Les cabaretiers avaient toujours eu le droit de vendre du vin « à assiette », c'est-à-dire sur table et accompagné de certains mets, mais, pour s'attirer la vogue par de la nouveauté, Boulanger avait eu l'idée de servir chez lui des « restaurants », ces bouillons de volaille que la Faculté recommandait aux estomacs fragiles. Son succès avait été immédiat : le beau monde s'était précipité rue des Poulies, d'autant plus volontiers que Boulanger, en commerçant qui sait son Paris, pour faire bien sentir le naturel campagnard et la saine valeur de ses bouillons, les servait sans nappe sur le marbre de ses guéridons et les vendait le plus cher possible. Manger du rustique hors de prix dans un décor fruste, quel régal ! Les ducs et pairs en redemandaient, et les lecteurs de Jean-Jacques Rousseau, et les clients « hygiénistes » du docteur Tronchin, et les femmes du monde à cent louis le souper-coucher en ville.

Le maître-restaurateur, costumé en homme de qualité, l'épée lui battant les mollets, le tricorne-lampion sous le bras, frisé et poudré comme un merlan, arpentait la rue devant son échoppe à bouillons. A tout hasard il accueillait les inconnus comme il accueillait ses princes – avec un mélange justement dosé de respect excessif, de familiarité et de vanité joviale. C'est ainsi qu'il reçut Jeanne et Vincent à leur descente de voiture et les guida jusqu'au seuil de sa boutique avec la noble autorité de l'artiste dont on vient visiter l'atelier. Arrivé là, le couple fut repris en main par la belle Mme Boulanger, dont les appas douillets, les yeux câlins et sa façon de sourire à chaque client comme s'il était son favori du jour et le rêve de ses nuits n'avaient pas peu contribué à rapidement achalander la maison Boulanger. La belle restauratrice installa les nouveaux venus à une petite table, leur donna un menu et retourna trôner à sa caisse.

Quand on soupait rue des Poulies, on ne soupait certes pas dans l'intimité : le bonhomme Boulanger avait voulu de la promiscuité « démocratique » entre ses clients et serré ses guéridons le plus possible. Cet inconfort enchantait car il était de bon ton, chez Boulanger, de faire goûter sa soupe à ses coude-à-coude, chaque soupe ayant son histoire, depuis la Cressonnette au Vermicelle mise au point par le docteur Pomme jusqu'au Consommé Napoli, recette offerte à Mme Boulanger par le marquis Caraccioli. Jeanne et Vincent se trouvèrent placés entre la table du comte de Guibert qui soupait avec l'abbé Morellet, et celle d'un habitué célèbre, Marmontel, lequel avait entraîné Diderot et d'Alembert rue des Poulies en sortant de La Régence : en dépit de sa pauvreté la Littérature aussi se montrait rue des Poulies, car on pouvait s'y contenter d'un potage et d'un œuf à la coque en passant pour un hygiéniste plutôt que pour un pauvre ou un pingre.

L'œil mobile et luisant de d'Alembert passa et repassa sur Jeanne et Vincent avec une très franche curiosité, tandis que l'œil de Marmontel s'appesantissait lui aussi, sans vergogne, sur le couple neuf si merveilleusement harmonieux que formaient la Belle Tisanière du docteur Aubriot et le beau corsaire de la comtesse de Boufflers. Dès qu'il y avait du cocuage dans l'air, le long nez de Marmontel frétillait, s'allongeait en trompe dans l'espoir de pomper toute la bonne odeur du potin d'alcôve qui passait. Diderot s'étonna avec plus de discrétion, par œillades furtives. Et tout de suite, chacun des trois compères mit son mot pour conseiller les deux arrivants dans leur choix. Ils finirent par s'accorder pour leur prôner Le Vrai Restaurant Divin à la Façon de ma Grand-Mère, composé d'un mélange de blancs de volaille hachés menu et cuits dans une eau de veau avec un peu d'orge mondée, une poignée de pétales de roses et du raisin sec de Damas.

– Et le Restaurant à la Clairon, comment est-il ? demanda Jeanne pour paraître s'intéresser à la nourriture.

– Hé ! fit Vincent, avec une telle marraine comment voulez-vous qu'il soit ? Vous n'y devriez trouver que des os !

La boutade fit rire leurs environs et fuser les dernières anecdotes sur la Comédie-Française. Jeanne n'écoutait que d'une oreille distraite, absorbée dans son examen de la salle et du décor. Le décor était brut à dessein. Au moment où cafetiers et hôteliers se ruinaient en glaces de Saint-Gobain, en tableaux, en lustres à cristaux et en porcelaines fines, Boulanger avait réinventé les murs chaulés, les chaises de paille, les assiettes de commune faïence blanche et les gobelets d'étain. La salle n'était pas grande et plus qu'à demi pleine déjà de soupeurs de mise distinguée, dans lesquels la marchande du Temple reconnaissait beaucoup de ses acheteurs de tisanes. Les deux plus jolies soupeuses étaient extrêmement jeunes, avec des décolletés plongeant un peu trop bas et des rires sonnant un peu trop haut. Deux demoiselles d'Opéra ? Deux fillettes de chez la Gourdan ? De chez la Brisset ? De chez la Cadiche ? Deux primeurs en tout cas, emballées dans de la soie et richement accompagnées, par un comte et par un général.

Soudain, autour de Jeanne le ronron des voix mourut, il se fit un silence aiguisé d'attention. Le marquis d'Egreville venait d'entrer et conduisait vers le fond de la salle une jeunesse des plus aimables et des mieux attifées.

— Tiens, tiens, jusqu'ici d'Egreville nous avait caché cela, jeta le comte de Guibert à mi-voix. Sait-on d'où vient cette exquise enfant ?

— Mon cher comte, tout simplement de chez la Gourdan, répondit Marmontel. Mais elle n'était pas faite pour y rester. C'est la petite Verceuil. A seize ans elle promettait joliment, je vois qu'à dix-huit elle est arrivée. Le marquis vient de la prendre à ses appointements. Il la loge dans une petite maison de Montmartre et n'attendait que d'avoir marié son fils pour la produire en ville.

— A ce que j'entends, vous l'aviez découverte avant le marquis ? nota Guibert avec ironie.

— Oh ! une de mes clientes de prédictions, voilà tout, dit Marmontel d'un ton qui réclamait de n'être pas cru. Vous savez bien que j'aime à tirer des prophéties du marc de café. J'avais prédit à Verceuil qu'elle ferait un jour du bruit dans Paris. J'ai le nez bon pour deviner la carrière des demoiselles, acheva-t-il en posant sur Jeanne son regard maquignon de jouisseur de femmes.

Le regard de Marmontel fut très désagréable à Jeanne. D'elle aussi sans doute, lorsqu'elle était entrée avec Vincent, il avait dû ricaner et annoncer à ses commensaux que la Belle Tisanière du Temple faisait enfin ses débuts dans la galanterie. Elle eut une traînée d'agacement mais, au même instant, Vincent lui sourit, et de nouveau elle ne fut plus que bonheur pur. « Qu'importe ce qu'on croira, pensa-t-elle. Qu'on croie ce qu'on voudra, cela m'est bien égal. Et peut-être tout ce qu'on croira ne sera-t-il pas faux ? Je me sens ce soir la morale aussi légère qu'une bulle de savon ! »

— Eh bien, avez-vous enfin choisi votre restaurant ? lui demanda Vincent.

— Celui que vous choisirez pour moi, dit-elle en lui rendant son sourire.

— De la Cressonnette alors ; je me souviens que le vert vous sied.

— Me trouvez-vous moins belle en blond rosé ?

Il fut empêché de répondre par Mme Boulanger, qui venait prendre leur commande.

Après leurs potages ils eurent des œufs frais d'une ferme d'Auteuil pondus par des poules dont Boulanger en personne surveillait la diète, œufs qu'on servait à la paire et avec des mouillettes de pain paysan, pour le prix où se payait ailleurs une poularde rôtie nappée de crème.

Le comte de Guibert se pencha galamment vers Jeanne :

— Permettez, mademoiselle, que je vous enseigne le coup du Roi, dit-il en la voyant s'apprêter à tapoter prudemment le bout de son premier œuf. Je le réussis aussi bien que Sa Majesté elle-même.

Se saisissant de l'œuf de sa voisine, d'un seul coup de fourchette, hop ! il en fit sauter la calotte, qui se retrouva sur l'assiette sans une écorchure, tranchée net. Un « Oh ! » d'admiration environna le comte.

— Mon cher comte, pour ce coup-là, vous méritez d'être de l'Académie ! s'écria Marmontel. Je croyais que le pouvoir magique d'ouvrir ainsi les œufs allait de pair avec celui de guérir les écrouelles. Tous ceux que j'ai vu s'essayer au coup du Roi l'ont manqué, et moi tout le premier. Vous ne sauriez croire combien j'ai massacré d'œufs sans parvenir à réussir ce tour.

Par-dessus les dix têtes qui la séparaient de Marmontel on entendit rire à l'aigu — elle était un peu soûle — la jolie courtisane en fleur du général :

— Mais c'est aussi, monsieur Marmontel, que vous avez les mains toujours si glacées ! On ne peut rien faire de bon avec des mains aussi glacées que les vôtres !

Dominant les rires qui s'étouffaient derrière les mouchoirs, les manchettes et les éventails, le bel organe de Diderot monta charitablement disserter de l'œuf, et la conversation là-dessus se généralisa un peu fort, afin que la confusion de Marmontel se noyât au plus tôt dans une omelette. Néanmoins, Jeanne put entendre l'abbé Morellet dire à Guibert avec allégresse :

— Mon cher, nous aurons appris quelque chose ce soir. N'êtes-vous pas bien aise de savoir que Marmontel le prétentieux n'est après tout qu'un cul gelé qui pelote mal ?

La salle s'était bondée. Sa rumeur chaude couvrait presque complètement le roulis des carrosses et des fiacres, devenu constant dans la rue. La demie de neuf heures était maintenant passée, et les échappés des spectacles qui s'étaient attardés dans les cafés ou en visite galopaient à leurs soupers. Plus d'une voiture s'arrêtait rue des Poulies, l'endroit en vogue. Les bienheureux déjà casés chez Boulanger se serraient pour faire place à leurs amis, les hommes offraient leurs chaises aux dames et demeuraient debout, piochant dans les plats par-dessus les épaules de la compagnie assise. Le jeu était dangereux pour les toilettes, mais il redoubla pourtant quand le comte d'Eu — fort habile dans l'art de se nourrir à la volée — eût déclaré bien haut qu'il s'y était entraîné aux soupers des Petits Cabinets, où la marquise de Pompadour conviait souvent plus d'intimes que sa salle à manger ne contenait de sièges. Mme du Haussette, la proche voisine de d'Alembert, s'écria alors que nul n'atteindrait jamais, pour souper debout et trois fois plutôt qu'une, l'adresse du feu maréchal de Saxe :

— Et ce faisant, il attrapait encore les meilleurs morceaux ! Maurice a toujours su se placer au mieux pour jouir des choses, acheva-t-elle étourdiment.

La conversation rebondit sur l'égrillardise involontaire, dévia sur les orgies de Maurice de Saxe et devint rapidement très grivoise grâce à Marmontel, lequel, ayant naguère abondamment profité des restes des théâtreuses de Saxe, était une mine de potins croustillants glanés sur le sein des veuves du maréchal.

Ce cancanage était par trop superbement masculin pour intéresser Jeanne, et sans doute même l'aurait-il irritée si quelque chose, ce soir-là, avait pu l'irriter. Mais la présence attentive de Vincent l'éblouissait et elle se contentait de savourer ce grand soleil qui l'habitait, laissant flotter son regard sur le vol des papillons de soie multicolores tournant autour des jattes de compotes, des gelées de fruits et des timbales de crèmes « salubres et délicates », que des mains chargées de bagues se repassaient d'une table à l'autre avec d'emphatiques recommandations.

— Par la mordieu, s'exclama soudain Vincent, ce soir nous saurons tout sur Saxe, hormis l'essentiel. Savez-vous au moins, mademoiselle, que Saxe était aussi un très grand chef d'armée ?

Avant celle de Jeanne la voix de fausset de d'Alembert répliqua à Vincent :

— Les Parisiens, monsieur, ont toujours préféré au génie les anecdotes sur les génies. Aussi faut-il, vaille que vaille, que les génies fassent des anecdotes pour passionner le public et les gazetiers, sinon gazetiers et public proclament génies les faiseurs d'anecdotes.

— Cela est vrai, soupira Diderot, mais, Dieu merci, madame Diderot m'aide en ce domaine, surtout quand sa sciatique la prend et lui aigrit l'humeur. Elle a souffleté ce matin une marchande de poissons, et cela me vaudra plusieurs chroniques dans les meilleures feuilles. Me voilà assuré de quinze jours de gloire.

— La frivolité parisienne est une chance pour un auteur médiocre, dit d'Alembert sans rire. Au moins peut-il espérer se soutenir une ou deux semaines dans les mémoires grâce à une querelle de halle où son nom s'est trouvé mêlé. Mon ami, ajouta-t-il en se tournant vers Diderot, il vous faut faire monter à madame Diderot un plat de ces pâtés au cumin dont elle est friande : avec vos trois derniers tomes de l'*Encyclopédie* vous n'auriez tenu le public que trois jours – un par tome.

– Aussi, mon cher, que vous avisez-vous de n'être point embastillé au moment où sort votre ouvrage? jeta l'abbé Morellet. Un auteur embastillé est un auteur heureux, pour lequel tous les nouvellistes brandissent leurs plumes comme autant d'épées, et que les belles dames attendent à la porte de sa prison pour le couronner de fleurs. Je ne sais qui, l'autre soir à La Régence, osait prétendre que notre roi actuel ne fait rien pour les auteurs. Quelle calomnie! Il les envoie à la Bastille, et c'est ce qu'on peut faire de mieux pour eux. Où, plus confortablement qu'à la Bastille, où mon roi me logeait et me nourrissait bien pour avoir publié une brochure mal à son goût, aurais-je pu écrire à ses frais mon *Traité de la liberté de la presse* ?

Jeanne eut un joli rire et se mordit la lèvre, rosissante, parce que son joli rire avait fait tourner plusieurs têtes de son côté. Pour se donner une contenance elle plongea sa cuillère dans une assiettée de crème à la fleur d'orange qu'on venait de poser devant elle, mais ne mangea rien.

– Il me semble, mademoiselle, que vous n'avez plus faim? murmura Vincent.

– Je suis un peu lasse, je crois, de tout ce rien que nous mettons en tant de mots. Voulez-vous encore demeurer?

– Je ne veux ce soir qu'obéir à tous vos désirs – cela n'est-il pas convenu entre nous?

– Dans ce cas...

– Monsieur, dit Mario en ouvrant la portière du carrosse, avant de quitter cette rue nourricière, vous plairait-il de régler ma dépense chez le marchand de vin et chez le rôtisseur dont vous apercevez les enseignes? Ne sachant combien de temps durerait la nuit, j'ai pris sur moi de mettre notre cocher de belle humeur.

– Pas trop, j'espère ? dit Vincent. Tiens, file t'acquitter, ajouta-t-il en lui lançant sa bourse.

– C'est fait, monsieur, je n'ai qu'à me rembourser, dit Mario en plongeant dans la bourse. Je n'ai pas une tête à qui on fait crédit. Et maintenant, monsieur, quels ordres donnerai-je à notre cocher ?

– Cette nuit, tu prends tes ordres de mademoiselle.

– Nous allons danser, dit Jeanne.

– Danser ? s'étonna Vincent. Danse-t-on ce soir ? Chez qui ?

– Chez Ramponeau, dit-elle en riant. N'est-ce pas le premier samedi du printemps ?

– Et youpoupoupou! brailla Mario, enthousiasmé. Vive mademoiselle! Cocher, au galop, nous allons ramponer!

– Hep! Rends-moi ma bourse; il y a trop à boire là-dedans, dit Vincent en tendant la main.

– Monsieur! Osez-vous vraiment, par une nuit qui va si bien pour vous, vous montrer turc avec moi?

– Allons, un peu vite!

– Vous êtes turc, soupira Mario en rendant la bourse. Avouez que c'est le comble de la malchance que d'être traité aussi mal que l'esclave d'un Turc par un chevalier de la Religion!

Il n'en sauta pas moins gaiement à l'arrière du carrosse et, à peine arrimé, se mit à chanter à tue-tête:

De La Valette à Rabatto
De Bayda à Sirocco
Passe le banc, la vogue...!

Les chevaux lancés, Vincent observa :

– L'air pique un peu. N'aurez-vous pas froid, à la Courtille?

– Je n'ai jamais froid quand je fais ce que je veux. Et je veux aller à la Courtille, j'en meurs d'envie: ce sera la première fois.

– Si je comprends bien, cette première nuit du printemps est la nuit de vos multiples petits débuts? railla doucement Vincent. Après votre première bavaroise en carrosse et votre premier souper rue des Poulies, voici venir votre première contredanse à la Courtille... Dites-moi, mon cœur, avez-vous jamais encore avant ce soir trompé monsieur votre papa adoptif?

– Oh! fit-elle, furieuse, en le frappant de son éventail. Ne changerez-vous donc jamais? Serez-vous toujours en train de vous moquer de tout ? Tenez, chevalier, retournons. Ramenez-moi, car en vérité je ne pourrai supporter votre... vos sarcasmes, non cette nuit, je ne le pourrai. Retournons, je vous prie, avant que vous ne gâchiez tout entre nous, retournons, tant pis, retournons !

Comme il avait entendu sa voix se mouiller d'un gros chagrin :

– Pardonnez-moi encore une fois, Jeannette, et redevenez contente, dit-il avec tendresse en lui prenant la main. Je suis un sot et un butor. Me voulez-vous à genoux comme tantôt?

– Oh! non, dit-elle avec vivacité, votre habit est si beau... Je ne veux pas salir mon beau cavalier!

Devant le Tambour Royal la rue du village était restée très boueuse d'une pluie de la veille. Vincent enleva Jeanne dans ses bras pour la déposer au seuil de la taverne.

Ramponeau accourut, sa grosse et niaise figure hilare, son chapeau en main pour un grand salut :

– Monsieur le chevalier, dit-il de sa joyeuse voix grasse, je ne sais dans quelle mer vous avez pêché ce trésor, mais vous avez là un trésor avec vous. Aussi est-il de mon devoir de vous faire ressouvenir que les trésors font des envieux et que, chez moi, on ne met point flamberge au vent. Mais avec vos poings et vos pieds, à la bonne heure, vous pourrez corriger qui vous voudrez !

– Merci, mon ami, je n'ai pas oublié les coutumes de ton mauvais lieu. Fais-nous mettre une table dans le coin le plus calme, envoie-nous de ta piquette et préviens ton râcleux de violon que je serai généreux s'il ne martyrise pas trop nos oreilles – mademoiselle veut danser.

– Mademoiselle veut aussi un bouquet ? dit une fillette en offrant son panier de violettes.

– Et mademoiselle veut un bonhomme avec son nom dessus ? ajouta la crieuse de pains d'épice.

– C'est Jeanne qu'il faut écrire sur le bonhomme, dit Vincent en lui donnant un blanc.

– Et sur le cochon de monseigneur, qu'est-ce que j'écris ?

– Vincent, murmura Jeanne en rougissant.

Elle était tout éberluée de voir du pain d'épice en forme de bonshommes et de petits cochons.

– Ah ! mademoiselle, c'est qu'à Paris, c'est défendu, dit la marchande répondant à son étonnement. Ou vous vendez des cœurs ou vous allez au Petit-Châtelet avec vos bonshommes et vos cochons. Ils ont peur qu'on écrive les noms des gros cochons de Versailles sur les petits ! Mais chez Ramponeau, mademoiselle, tout ce qu'est défendu ailleurs est permis, parce que le bon d' la vie c'est l' défendu – pas vrai ? acheva-t-elle en clignant de l'œil sur Vincent.

– Pourquoi pensez-vous qu'il est mon amant et non pas mon mari ? lui chuchota hardiment Jeanne.

– Bah ! c'est triste de l' dire, mais les maris sont jamais si beaux. Et puis, ils m'achètent pas des pains d'épice, chuchota en retour la marchande.

– Mademoiselle désire des dragées ? proposa une voix fluette.

– Des boules d'anis, mademoiselle ?

– Du sent-bon, mademoiselle ?

– Un porte-bonheur, mademoiselle ?

– Écoutez, trancha Vincent, mademoiselle voudra de tout quand nous serons assis. Pour l'instant, dégagez!

– Dégagez! hurla Ramponeau. Par ici, monseigneur, par ici, mademoiselle...

Vincent saisit fermement la main de Jeanne. Elle était un peu effrayée. Depuis son arrivée à Paris, entre le Palais-Royal et le Jardin du Roi elle avait toujours vécu dans les beaux quartiers, et sa boutique d'herbes, à l'orée du Temple, était aristocratiquement achalandée. Cette nuit, elle découvrait le méli-mélo d'un monde hors barrières.

Tout Paris, de partout, venait chez Ramponeau boire et riboter, peloter la grisette, gigoter la gigue et l'éclanche au son d'un violon de foire. Le plaisir, au Tambour Royal, était robuste. Ceux qui mangeaient bâfraient, engloutissaient des chapelets de saucisses puantes et du pâté encroûté à l'aune, d'énormes terrines de tripes et de bœuf-mode, des bassinées de salades qu'une servante appelée à grands cris venait retourner avec des mains essuyées à son tablier sale. Ceux qui buvaient vidaient pinte sur chopine d'un vin bleu épais, frelaté, abominablement âcre, qui donnait de la grosse ivresse à bon marché. Ceux qui dansaient sautaient, cabriolaient, gambadaient, hurlant la cadence plus fort que l'archet ne la grinçait. Ceux qui fleuretaient mettaient facilement la main au corsage et aux fesses de leurs bonnes amies, et les filles gloussaient ou giflaient, mais riaient toujours. A travers cette kermesse, les garçons de Ramponeau, coiffés de bonnets de papier pointus aux couleurs criardes, couraient pour distribuer mangeaille et boisson à ceux qui en réclamaient le plus fort, à grands coups de pots d'étain entrechoqués; par-dessus les enfants et les chiens qui leur trottaient dans les jambes ils passaient sans peur des pichets pleins à ras bord et des poêlées de graisse bouillante, dans lesquelles la friturière venait jeter des poignées de blanchaille enfarinée qu'elle baptisait goujons. Comme chaque samedi soir de printemps la salle de Ramponeau était bondée à craquer, de petit peuple s'ébrouant de l'hiver, de mauvais garçons cherchant la bourse mal accrochée ou la bagarre roborative, d'étrangers curieux et de quelques seigneurs en partie canaille, autour desquels tournaient « les compagnies » – Manon, Toinon, Perrette aux tabliers de mousseline fraîchement repassés, le bonnet bien amidonné et les bas blancs bien tirés. Ramponeau voulait de la tenue « lingère de bonne maison » du côté des compagnies, avec le soulier fin à boucle d'argent et le crucifix d'or au cou, passé dans un ruban noir.

– Eh bien, Jeannette, vous voilà chez Ramponeau tout comme

une princesse en goguette, dit Vincent. L'endroit répond-il à votre espérance ?

— Je n'osais pas même l'espérer aussi pittoresque, dit-elle, enchantée par la truculence du lieu.

— Voulez-vous sauter une gavotte ?

— Pas déjà. Laissez-moi voir encore un peu...

La vaste taverne au sol de terre battue tenait à la fois de la grange et de la cave. Sous le plafond de planches brunies, entre les hautes fenêtres à carreaux en culs-de-bouteille cernés de plomb, les murs chaulés avaient été décorés de peintures plus ou moins réussies par les artistes clients de la maison. On y voyait Bacchus chevauchant son tonneau, les silhouettes de la comédie italienne, des caricatures d'acteurs à la mode et partout des guirlandes de pampres et des farandoles de devises à célébrer le vin. Tables et bancs de bois grossier étaient entassés sur deux côtés de la salle pour dégager l'espace à danser. Il fallait ne pas craindre la presse pour s'asseoir chez Ramponeau, mais le bonhomme avait l'œil, savait séparer le bon grain de l'ivraie quand il l'estimait utile ; si bien que Jeanne et Vincent, logés à l'abri dans un coin, ne craignaient pas trop les éclaboussures de la liesse populaire. Ramponeau lui-même tint à leur apporter leur premier pot de vin et deux gobelets :

— Voilà, monsieur le chevalier, de quoi boire à la beauté de mademoiselle, mais vous n'en aurez pas assez : il vous en faudrait un tonneau pour célébrer toutes ses perfections. Mais quoi ? Vous ne dansez pas ? Et moi qui faisais râcler de la contredanse à votre intention...

— Venez, dit Vincent en tendant sa main à Jeanne.

Chaque fois qu'un pas les rapprochait, il la sentait comme on sent un bouquet, les yeux fermés, les narines ouvertes, les lèvres à la recherche d'une mèche de ses cheveux.

— Chevalier, je ne vous ai pas encore entendu me dire que vous me trouviez aussi jolie que jadis, murmura-t-elle d'un ton câlin. Suis-je donc moins bien ?

Il l'éloigna de lui, la contempla. Elle était ravissante dans sa robe de satin à jupe presque fluide, à longues manches collantes, à juste * prolongé en pointe, dont le décolleté vertigineux ne semblait voilé d'une mousseline arachnéenne que par un raffinement d'indécence. Une robe audacieuse, à la pointe de la mode à l'anglaise, dont le doux ton blond irisé de rose s'accordait pour enchanter l'œil avec le blond plus sombre de ses boucles, son teint de thé clair et le grand

* Corsage allongé très ajusté.

regard doré que Vincent n'avait jamais pu oublier. Ah! c'était peu de dire qu'il la trouvait aussi belle qu'à ses quinze ans! Il la trouvait plus belle, parce qu'elle l'était en vérité, et parce qu'elle avait été sa longue nostalgie et qu'il ne pouvait plus la voir sans encore enjoliver sa beauté du halo de tous ses rêves. Et elle était aussi bien plus tentante qu'autrefois, avec le moelleux plus accusé de son corps mûri et surtout cet éclat liquide, de sensualité épanouie, qui reposait maintenant au fond de ses yeux, et tout à la fois le troublait de désir et le perçait de jalousie.

– Dieu! chevalier, quel long examen avant de rendre votre jugement! Vous me faites trembler. Ai-je donc enlaidi au point de vous embarrasser?

– Soyez rassurée: vous êtes mille fois plus dangereuse aujourd'hui qu'hier.

– Dangereuse? Est-ce là un compliment?

– Oui, et vous le savez bien. Toute jolie dame adore fonctionner comme un piège. Plus le piège est dangereux plus il est efficace.

Elle eut un sourire coquet:

– Allons nous rasseoir, dit-elle, et faites-moi goûter le vin de la Courtille.

– Vous avez tort!

Elle trempa ses lèvres dans la piquette bleue et fit une grimace:

– Seigneur! Pourquoi boivent-ils cela?

– Parce que cela vaut trois sous et demi la pinte.

– Ce n'est pas une raison suffisante?

– Mais si, Jeanne. Quand on est du peuple, il faut bien l'oublier de temps en temps. Le nom de Ramponeau est mieux aimé du peuple que celui de Voltaire, et c'est justice: Ramponeau est le philanthrope le plus utile des deux; au lieu de donner de l'espérance écrite à ceux qui ne savent pas lire, il leur vend de l'oubli au prix qu'ils peuvent le payer.

– Parlez-vous sérieusement?

– Mais oui. Le vin est le plus grand besoin d'un gueux. Le Tambour Royal est un temple très nécessaire au peuple des faubourgs. Au Roi plus encore, d'ailleurs.

– Au Roi?

– Morbleu, oui! Chaque samedi soir et chaque dimanche, son petit peuple de Paris vient ici noyer les malheurs de sa semaine. Après cela, le lundi, il est assez facile à conduire. Savez-vous que Choiseul vient souvent faire un tour à la Courtille? Cette promenade-là le tranquillise. Quand il rentre dans son cabinet il peut renvoyer de bon cœur les gens qui viennent lui corner aux oreilles qu'il faut faire payer les riches et soulager les pauvres si l'on ne veut pas courir aux émeutes et à la révolution. Ici Choiseul voit le peuple doux, gai, bon enfant, il le voit danser, boire, rire et chanter, et il repart rassuré, persuadé que les philanthropes lui mentent pour faire aboutir la philosophie qu'ils ont dans leurs têtes.

D'un regard circulaire Jeanne survola la grosse joie répandue dans la taverne : elle semblait bien sans arrière-pensées. Elle dit avec incrédulité :

– Croyez-vous vraiment, chevalier, que ce peuple-là ait envie de se mettre en colère ? N'a-t-il pas l'air bien content de son sort ?

– Je crois qu'il trouve plus simple de s'en contenter que de faire un effort de réflexion ou de rébellion pour s'en procurer un meilleur. Je le crois dupe de bonne volonté, par goût de sa tranquillité et par peur des idées compliquées. Au fond, de lui je ne crains qu'une chose : c'est qu'on le pousse à bout, au point que ramponer ne lui soit plus une consolation suffisante. Hier encore, place Louis XV, on a trouvé au matin la statue du Roi coiffée jusqu'aux épaules d'un baril d'ordures...

Jeanne l'avait observé avec acuité pendant qu'il parlait. Jamais encore il ne lui avait ainsi parlé, d'autres choses que d'amour ou de frivolités, et d'une voix sans aucune trace d'ironie. Elle demanda :

– D'où vient, chevalier, que vous, si fastueux, sembliez si bien percer l'âme des pauvres gens ?

Il sourit au lointain :

– Je passe ma vie avec des pauvres, Jeanne. Je vis en promiscuité avec les plus pauvres des pauvres. Un matelot ne possède que ce qui tient dans son bonnet. Il est même tellement habitué à ne rien avoir qu'il ne sait rien garder de ce qu'on lui donne. Que croyez-vous qu'il fasse de sa paye en arrivant au port ? Il s'achète du vin et une femme – de l'oubli. Les matelots sont des pauvres parfaits : eux réservent rarement de quoi s'acheter autre chose que de l'oubli, alors que ceux d'ici dépensent aussi beaucoup chez le fripier et chez le perruquier pour se donner de la munificence. Ces petits marquis de défroque qui dansent ici font des pauvres d'un luxe inouï auprès des miens !

– Je gagerais pourtant que vos mariniers sont les moins miséreux de tous les mariniers du Royaume.

– Disons que je leur donne à gaspiller autant que faire je peux. Cela ne les empêche pas de rester gueux. La pauvreté est un vice tenace ; ce n'est pas une grosse part de butin qui vous en peut délivrer.

– Vous les aimez, n'est-ce pas ?

— Mes hommes? J'essaie d'être juste. Ils ne sont pas tous commodes à aimer, ce ne sont pas des enfants de chœur!

- Mais eux vous aiment?

- Je ne sais pas: je suis leur capitaine. Et je n'ai pas ma statue dressée sur le pont, pour qu'ils puissent lui exprimer leurs sentiments en la couronnant de laurier ou en la barbouillant d'ordures par une nuit sans lune.

Il eut un geste qui fit s'envoler un doux parfum de fleurs d'orange de sa manchette en dentelle :

— Mais de quoi diable me faites-vous parler là au milieu d'une soirée de printemps hors barrières? Aviez-vous vraiment rêvé que je vous entretiendrais de ma courte philosophie de capitaine de frégate? Passons à ma philosophie amoureuse — je vous en dirai plus long.

Elle posa sa main sur la soie de la manche de Vincent, l'y laissa:

— J'avais rêvé que vous me parleriez ainsi, avec sincérité, de n'importe quoi. J'avais rêvé que vous parleriez enfin à la femme, plutôt qu'à la petite fille.

Il regarda la main nue et longue, d'une clarté dorée, courbée sur son bras, caresse immobile, aussi parlante qu'une prière d'amour. Il la recouvrit de sa grande main brunie, dit en souriant:

— Pour une causerie cœur à cœur, vous n'avez pas bien choisi votre lieu!

— Eh bien, partons?

— Quoi? Déjà! Pourquoi diable avez-vous naguère refusé de courir la poste avec moi? Vous n'aimez que cela! Et, supposé que nous partions, où...

Il fut interrompu par l'irruption entre eux d'une gitane rieuse, qui ramassa le bouquet de violettes abandonné sur la table et le fourra dans le corsage de Jeanne en disant effrontément:

— Ma belle princesse, tu n'as pas de bonnes manières; le bouquet, c'est le cachet de l'amant, il faut le porter dans le creux du cœur.

Vincent happa le poignet de la fille, le tordit un peu. Elle poussa un cri léger, ouvrit le poing: le mouchoir de Jeanne tomba entre les gobelets d'étain, un précieux mouchoir de linon brodé au plumetis et à coins de Chantilly blanc — le dernier présent de son éphémère fiancé, le procureur Duthillet.

— Oh! fit la jeune femme ébahie en portant la main à son sein. Je ne connaissais pas encore ce beau tour-là!

La fille tentait vainement de dégager son poignet de la serre du gentilhomme, suppliant à voix âpre:

— Pitié, monseigneur, pitié! Puisque tu as repris le mouchoir fais-moi grâce, n'appelle pas le guet, fais-moi grâce et Dieu te bénira!

— Je n'appelle pas le guet pour régler mes affaires, dit Vincent. Et tiens, la nuit est belle pour moi, je te paye ma reprise...

Il lui lança un louis d'or qu'elle attrapa au vol:

— Dieu te bénira, répéta-t-elle d'un ton grave. Je prierai pour toi. Maintenant, permets-moi de gagner ton louis...

Elle lui saisit la main, la porta à ses lèvres et la garda ensuite pressée entre les siennes, donnant à Jeanne une ondée de jalousie car la gitane était jeune et belle, avec des yeux noirs ardents, un large sourire blanc découpé dans une peau de cuivre sombre.

— Est-ce donc toi, la nouvelle diseuse de bonne aventure du Tambour Royal? demanda Vincent. Je me souvenais d'une vieille femme ridée comme une pomme cuite, qui ne mentait pas si mal.

— C'était ma grand-mère. Elle est morte en me laissant le don.

— Voyons...

Les sourcils de Jeanne se haussèrent de surprise:

— Croiriez-vous aux prédictions des sorcières égyptiennes, chevalier?

Ce fut la gitane qui répondit à la question, avec agressivité:

— Tu connais bien mal ton amant, princesse! Des chiens d'impies, il n'y en a que sur la terre. Un marin me croit toujours!

— Est-ce vrai, chevalier?

— La mer rend superstitieux, dit-il, et la gitane écrasa Jeanne d'un regard triomphant. Toi, l'Égyptienne, tâche pourtant de ne me prédire que du plaisant à croire. Comment t'appelles-tu ?

— Maria.

— Va, Maria, je suis avec toi.

— Tu sens la mer..., dit-elle lentement. Tu en as encore des gouttes fraîches sur toi et elles n'auront pas le temps de sécher que tu te rembarqueras.

— Maria, tu es en train de gagner ton louis trop facilement! dit Vincent en riant.

— Attends. Laisse-moi voir la suite...

— Dis-moi d'abord le présent, Maria. Dis-moi demain. Dis-moi la fin de la nuit.

— Non!

— Pourquoi non? Y vois-tu de loin seulement, comme les vieilles gens?

— Une prophétesse se tient prudemment dans l'avenir, glissa Jeanne, narquoise.

— Tu devrais faire taire ta princesse, gronda la gitane ; elle me gêne.

— Princesse, faites silence, ordonna plaisamment Vincent, j'en veux pour le poids de mon or. Va, Maria. Veuille-moi du bien pour après-demain, si tu ne le peux pour demain.

— Tu as une longue route bleue à faire avant d'arriver où tu seras heureux, dit-elle. C'est un pays presque tout plat, avec des petites maisons plates... Sa terre est très noire et son ciel tout bleu, avec plein d'oiseaux de toutes les couleurs. Je vois des rivières aussi, beaucoup de rivières, avec tant et tant de poissons ! Et des chevaux... Je vois des chevaux à perte de vue ! Et des vaches... Il y a des gens aussi... des blancs et des noirs. Les hommes ont de grands chapeaux blancs, très grands, on dirait que leurs chapeaux ont des ailes. Et les femmes ont des étoffes blanches sur la tête. Les noirs dansent, ils dansent beaucoup, très fort... Ils chantent en même temps. Ils ont sur eux de longues chemises rayées, des chemises qui flottent et tournoyent autour de leurs corps, comme des mantes. Après... Attends, acheva-t-elle en lâchant la main de Vincent, attends un peu, je suis fatiguée. Attends, ne dis rien...

Jeanne interrogea Vincent du regard, et lui mit un doigt sur ses lèvres. Maria reprit la main du corsaire et la serra contre sa poitrine, ferma les yeux, poursuivit son monologue haché :

— Dans ce pays que je t'ai dit, maintenant je vois un jardin... Un très beau jardin, avec des arbres tellement chargés de fruits que les branches s'en cassent... Et maintenant il y a une rivière, une grosse rivière, bordée de plantes fleuries... C'est là, monseigneur. Un grand bonheur t'attend là. Tu le prends dans tes bras et tu l'emmènes avec toi sur la mer. Vite, il faut que tu l'emmènes vite ! Il y a des éclairs de feu autour de toi, mais pas sur toi. Après... après, c'est trop loin. Je ne vois plus que le bleu de la mer, et plus rien.

La gitane ramena sur Vincent ses yeux noirs encore égarés dans sa vision. Doucement, il interrogea :

— Tu ne m'as pas dit, Maria, quelle sorte de grand bonheur m'attendait dans un jardin de Montevideo ?

— As-tu donc reconnu ce pays que je ne connais pas ?

— Je crois l'avoir reconnu. Peux-tu répondre à ma question ?

Elle secoua la tête :

— Je n'y répondrai pas. Je ne veux pas t'abîmer ta joie de là-bas. Un bonheur que tu manges d'avance, quand il t'arrive, tu le trouves moins bon. Cela doit te suffire, de savoir que ton bonheur t'attend dans un jardin du pays dont tu sais déjà le nom.

— Tu ne veux pas, non plus, me dire ce qui m'adviendra avant le grand jour que tu m'annonces?

— Que t'importe? C'est ce jour-là qui compte. Je t'ai dit que, jusqu'à lui, ta route serait bleue. Qu'as-tu besoin d'autres détails? Tu en sais plus que moi sur les peines et les plaisirs d'une route bleue.

— Bon, soupira Vincent. Il ne faut pas forcer la langue aux envoyés de Dieu sur la terre. Tiens, ajouta-t-il en lui tendant l'une de ses bourses, paye-toi à proportion du bonheur que tu vois sur moi.

Elle soupesa la bourse, le regarda en riant :

— Il vaudra le tout, dit-elle. Là-bas, tu serais fâché d'avoir été avare.

Et elle se sauva dans un éclat de rire, en emportant la bourse.

— Chevalier, vous êtes fou, dit Jeanne. La croyez-vous?

— Je ne peux pas la croire.

— Non?

— Non. Le bonheur que j'attends ne peut pas être à Montevideo. Ou bien auriez-vous par hasard une sœur jumelle à Montevideo?

Elle rosit pour répondre, interrogea :

— Puisque vous ne l'avez pas crue, tant de complaisance, et cette bourse, pourquoi?

— C'est une prédiction de sa grand-mère, que je lui ai payée. Selon toute apparence elle n'a pas hérité le don, mais elle peut bien hériter de ma dette.

— Et que vous avait prédit sa grand-mère?

— C'était il y a quatre ans. Elle m'avait annoncé que je me trouverais un bel amour blond aux longs cheveux dans un château entouré de campagne, qu'il s'échapperait de mes mains, mais reviendrait s'y mettre après un long temps d'absence.

— Chevalier, vous me mentez, dit-elle à mi-voix tendre. Mais j'aime tant que vous le fassiez ainsi!

De nouveau elle posa sa main sur le bras soyeux de Vincent et la laissa là, tout énamourée. Il souleva doucement son bras et se mit à butiner la chair tiède à lèvres closes. Elle le regardait d'un œil d'or chérir ce petit morceau d'elle, s'identifiait tellement à lui qu'elle parvenait à ressentir sur toute sa peau, et jusqu'à l'âme, le plaisir troublant et suave que Vincent déposait sur sa main. Autour d'elle la foule et le bruit s'effacèrent... Ils sursautèrent en même temps quand un fêtard proche, que ses compagnons de ribote venait de hisser sur la table, entama à plein gosier bien lubrifié le refrain de *La Mère Gaudichon*, que la tablée reprit en chœur en faisant circuler la bien-aimée rime – le cruchon. Jeanne s'éveilla de cent ans d'un songe exquis au milieu d'une douloureuse cacophonie, et l'âcre fumée graillonneuse d'un plat de saucisses lui passa sous le nez :

– Dieu ! s'écria-t-elle en se pinçant les narines, je crois avoir assez goûté du climat de la Courtille ! Ne m'aviez-vous point proposé, chevalier, de me montrer la mode anglaise que vous cachez dans votre campagne ?

Vaugirard était à l'autre bout de Paris ! Tout un voyage, et par une nuit noire. Avant de quitter la Courtille Vincent vérifia ses pistolets, que Mario lui portait dans sa ceinture.

Avec quatre chevaux frais lancés au galop comme un bruit de torrent à travers le sommeil de Paris, ils ne mirent pas beaucoup plus d'une heure pour gagner Vaugirard – Jeanne criblant Vincent de questions sur Londres et les ports de l'Orient, pour empêcher le silence de tomber entre eux et d'irrésistiblement se remplir de baisers. Depuis leur départ du Tambour Royal elle était dans une excitation fébrile et, d'ordinaire volontiers silencieuse, trouvait un flot de bouts de phrases pour nourrir sa fièvre. L'impression qu'elle avait de galoper volontairement se jeter dans la gueule du loup lui mettait au creux du ventre une angoisse nouée qu'elle n'aurait pas échangée contre un retour au calme pour tout l'or du monde. Parfois, pour corser le climat de l'aventure, elle imaginait une attaque de brigands débouchant de la nuit, évoquait les trognes patibulaires et les pistolets des malandrins braqués sur elle, se faisait peur une grosse minute avant d'appuyer sa joue à l'épaule du corsaire – son défenseur, son sauveur, son héros, son chevalier aux bras invincibles, transformables en berceau pour elle...

Le comportement de Jeanne rendait Vincent perplexe : il ne savait plus que penser. Tout en répondant à sa curiosité trop nerveuse pour être vraie il tentait de deviner ce qu'elle attendait de lui – ce qu'il espérait d'elle. Tout à l'heure, lorsqu'elle lui avait demandé de l'emmener chez lui, sa confiance l'avait ému de douceur et il s'était senti pour elle des trésors de chasteté dans le corps. A présent ses pires soupçons lui revenaient, gâtaient de pensées méchantes son tendre désir d'elle. Il n'était pas possible qu'elle fût encore assez enfant pour courir essayer des robes dans la petite campagne d'un homme sans avoir prévu... le reste ? Et comment, pourquoi, pouvait-elle ainsi disposer de ses nuits pour ses caprices – en juin dernier pour le bal de l'Opéra et un souper chez Richelieu, aujourd'hui pour le faire naviguer d'une foucade à l'autre sans même prendre la peine de se cacher de personne ? Que faisait donc, pendant ce temps, l'honorable docteur Aubriot ? Une patience ? Que disait-il, Aubriot, quand son enfant-maîtresse-servante lui revenait sur le coup de trois, ou six heures du matin, lasse d'une équipée secrète ?

Par Pauline de Vaux-Jailloux, Vincent avait appris ce qu'était devenue Jeanne après avoir manqué à leur rendez-vous. En dépit de lui-même, son amertume d'avoir été lâché lui était demeurée assez sensible pour que jamais il n'eût cherché à revoir sa belle échappée s'il ne l'avait, par hasard, retrouvée un soir à l'Opéra dans la timbale de Richelieu. De la voir là, évoluer comme à son aise sous le désir salace du vieux maréchal, puis, plus tard, souper confondue avec une marquise-maquerelle, une théâtreuse à la cuisse légère et deux putains masquées, lui avaient causé bien plus qu'une déception, une blessure imprévue si cuisante qu'il n'avait pu s'empêcher d'insulter la coupable. Plus tard il avait vainement tenté d'oublier la dégoûtante image de Jeanne collée à celle de Richelieu – à comparer, cela n'avait rien été, vraiment, de l'imaginer auprès d'Aubriot ! Sa mission secrète – relever les moindres mouillages de la côte anglaise pour préparer le débarquement de la revanche à laquelle le Roi et Choiseul rêvaient depuis l'humiliation du traité de Paris – avait retenu Vincent assez longtemps en Angleterre pour que s'atténuât sa douloureuse rage. Mais quand il était revenu à Paris, que dans la Belle Tisanière du Temple il avait à nouveau retrouvé Jeanne, sa cicatrice fragile s'était rouverte et il avait eu envie de la broyer entre ses mains, de la pulvériser pour lui ôter son pouvoir de le mettre en fureur. Mais alors elle lui avait donné ses yeux bouleversés, sa voix mouillée, sa main tremblante, son trouble, ses rougeurs, son doux sourire, ses démentis, sa presque promesse... Il l'avait crue. A quinze ans elle n'avait pas voulu, à dix-neuf elle voulait. L'amour est instable, et femme varie. Il avait cru... le meilleur à croire. Dans son regard il avait lu : « Je vous aime et j'aime le savoir enfin. » Mais voilà qu'il recommençait de ne plus la croire. De craindre d'avoir été joué par une rouée, si rouée qu'elle pouvait passer pour une simple étourdie délicieuse même en trompant trois hommes à la fois – Aubriot, Richelieu et Vincent. Et d'autres en plus, peut-être ? Sa boutique était des mieux achalandées en amateurs de chair femelle de qualité.

– Cette grande rue, est-ce enfin celle de votre village ?

Vincent, qui lui racontait machinalement un port grec en pensant à autre chose, sursauta, jeta un coup d'œil par la portière :

– Oui, dit-il, nous voilà rendus.

Une mince faucille de lune sortie des nuages et les lanternes toujours allumées des relais de poste permettaient d'apercevoir le long tracé de la Grand-Rue de Vaugirard. Ils entendirent Mario hurler un ordre au cocher, le carrosse tourna à angle droit et stoppa bientôt devant la barrière d'un clos. Vincent habitait la dernière maison d'une courte rue campagnarde, à l'orée des vignes, sous une crête plantée de moulins. Au loin, face aux moulins, on apercevait la masse noire des grandes chasses du Roi et du prince de Conti.

— J'espère qu'ici, vot' maît' va enfin s' trouver un lit, pour que j' puisse aller me r'poser ? grommela le cocher à Mario. Y en a fallu, du temps et des lieues, pour préparer son affaire ! C'est pas pour m' vanter, mais moi, à son âge, et sans or en poche, j'y arrivais plus vite !

— Grognez plus, mon pauvre vieux, cette fois, oui, vous pouvez dételer, dit Mario. Nous voilà en effet à pied d'œuvre et nous n'avons pas pour habitude, nous, de brutaliser les dames. Vous ferez le reste de la nuit au chaud dans la paille, et même aussi la grasse matinée je prévois. Cette sirène-là, ça fait quatre ans qu'elle nous fait faux bond ; il va falloir qu'elle nous rembourse toutes les misères qu'elle nous a coûtées, et le coup de pied au cul que j'ai pris le matin que je suis revenu sans elle au rendez-vous. Moi, je lui ai déjà pardonné rien qu'à la vue, parce que c'est une cerise – une cerise ! – mais mon maître, dame ! pour pardonner il voudra prendre son temps.

— Une quoi, vous avez dit qu'elle est une quoi ? demanda le cocher en tendant l'oreille.

— Une cerise, mon vieux, une cerise !

Pour Mario, qui se souvenait avec nostalgie d'un cerisier de Cotignac, seul arbre de Noël de sa rude enfance, la cerise était le miracle de la vie, la beauté, le bonheur, le délice, la friandise suprême, la douceur des douceurs, la joie des joies.

— Une cerise ? faisait le cocher. Une cerise, c'est quel genre de femme dans vot' pays ? D' la belle marchandise chère à la livre ?

— Cherchez pas à comprendre, mon vieux, dételez. L'écurie est bonne, même les puces y sont propres et je sais où vous trouver du jambon et une bouteille.

— Dites donc, l'ami, tant qu'à m' faire une bonne manière, vot' maît' qu'a pas une tête de bourgeois constipé compteur d' ses bouteilles, il aurait pas des fois du bourgogne en cave ? Pa'ce que l' vin bleu à Ramponeau, quand c'est pas moi qui paye la chopine, j'y tiens pas, j' suis pas un aristocrate, moi !

– Oh! que c'est joli, comme c'est riant, comme j'aime! s'écria Jeanne, ne réussissant que de justesse à s'empêcher de battre des mains comme une enfant entrant dans une boutique de jouets.

Le salon de la petite maison avait au plus la taille d'un grand boudoir, mais son décor était aussi gai que raffiné. Une soierie bouton d'or à fond cannelé, brochée de bouquets de couleurs où dominait le vieil argent, ensoleillait les murs, encadrée dans une boiserie très simple, peinte en gris de perle rechampi de blanc. Le même tissu recouvrait les fauteuils cabriolets et le plus gracieux canapé que Jeanne eût jamais vu – petit, douillet, enveloppant comme une corbeille. Une table à trictrac et deux mignonnes tables à café laquées en jaune pâle, à plateaux de Sèvres blanc et bleu, complétaient seules le mobilier réduit de ce boudoir-salon. Une paire de vases de Chine du plus beau ton de céladon, montée en aiguières dans du bronze doré, était posée sur le marbre turquin de la cheminée, de chaque côté d'une pendule au cadran planté dans la bosse d'un dromadaire de lapis-lazuli, que doublait le miroir. Quatre poétiques marines de Vernet pendaient aux murs.

– Ainsi, ma petite campagne a la chance de vous plaire? demanda Vincent.

– Tout me plaît, me plaît, me plaît! chantonna-t-elle en laissant tomber sa mante. Et, oh! le tapis!

En deux coups de pied elle fit sauter ses souliers de satin doré et se mit à creuser ses pas avec volupté dans le magnifique tapis d'Aubusson au point de la Savonnerie, au fond jaune semé de fleurs. Comme c'était bon! Il y avait mille ans qu'elle n'avait ainsi marché à bas nus sur un épais gazon de douce laine... Jamais elle n'avait senti, jusqu'à cette nuit, à quel point le tapis de sa chère baronne manquait à ses pieds. De ce petit bonheur tout bête, qui soudain lui était rendu par hasard, elle en aurait presque pleuré. Elle rouvrit sur Vincent ses yeux qu'elle avait fermés pour mieux savourer la quiète sensation retrouvée. Il l'observait d'un drôle d'air indécis, impossible à définir, qu'elle trouva distant:

– Chevalier, pourquoi devenir soudain si froid avec moi?

– Suis-je froid?

– Il me semblait.

– Vous m'avez fait promettre que je vous laisserais mener la nuit à votre idée. Je ne fais, ma chère, que vous obéir.

Elle se rapprocha de lui sans hâte, s'arrêta à quelques pas, lâcha d'un ton charmeur:

– Chevalier, vous m'obéissez trop!

L'air perplexe de Vincent s'accentua, et il demeura d'une réserve dont Jeanne ne lui sut pas gré.

Mario apparut sur le seuil, une énorme brassée de petit bois serrée contre lui, chantant haut :

A la Courtille, z'un jour de fête
Nos mariés s'en vont tête à tête
Dans un cabriolet bien beau
Afin d' voir c' fameux Ramponeau...

– Te voilà enfin ? dit Vincent. J'ai déjà jeté l'allumette, mais fais-nous flamber ça haut et clair.

Le feu monta d'un seul grand bond rouge, en ronflant comme dans une forge.

– Voilà-t-il pas du beau travail ? demanda Mario. Mademoiselle, dans cinq minutes vous allez vous sentir en été. Et je m'en vais aller vous faire aussi l'été là-haut, que vous n'alliez pas prendre un chaud et froid.

Vincent jeta au gaffeur un coup d'œil furibond, mais Jeanne, au même instant, s'écriait tout enjouée :

– Mais oui, au fait, il faut que je voie là-haut : ce sont les chambres, n'est-ce pas ? Oh ! allons voir, allons tout de suite, je meurs de curiosité !

Elle se serait précipitée dans l'escalier de l'antichambre si Vincent ne l'avait arrêtée par le bras, enragé de douter toujours plus de ce qu'il devait croire : si elle était chèvre ou chou, ingénue attardée ou courtisane espiègle, inconsciente ou effrontée, follette ou coquine.

– Finissez d'abord la visite du rez-de-chaussée, dit-il. Vous n'avez pas vu la salle à manger...

– A propos de manger, intervint Mario, notre brave gardienne-nourrice va vous apporter une terrine de canard, un fromage blanc de brebis et un flacon de vieux Bordeaux. J'ai dit que ça vous suffirait et que le père Gautheron pouvait rester dans sa plume, que je ferais les feux.

La mère Gautheron entra presque aussitôt, et juste au moment où Jeanne ressortait de la minuscule salle à manger bleue et blanche tout enthousiasmée :

– Vraiment, chevalier, votre boudoir-à-manger est ravissant, on se dévore d'envie d'y...

Elle aperçut la grande femme noire et s'interrompit, intimidée. Mme Gautheron était bonne comme de la brioche, mais avec une stature imposante et un sévère visage de jument parpaillote sous sa coiffe empesée bien raide. Jeanne rougit sous son regard comme une écolière surprise dans la chambre d'un mousquetaire par l'abbesse de son couvent. Instinctivement elle se rapprocha de Vincent et demeura là, muette, les joues en feu. Mme Gautheron eut un sourire indulgent de grand-mère, dit simplement :

– Puisque c'est comme ça, monsieur, je vais vous rechercher un pot de ma bonne confiture de prunes de la reine Claude, et quelques croquets.

– Merci, madame Gautheron, dit Vincent, mais nous n'avons pas très faim.

– Bien sûr, fit la gardienne d'un ton qui signifiait : « Bien sûr, mais ça peut venir plus tard. »

Elle rapporta les confitures et les croquets, et une bouteille de vin de Champagne.

– Le vin de Champagne est une bonne idée, dit Vincent. Jeanne, en voulez-vous un peu ?

– Oui, s'il vous plaît, murmura-t-elle d'une toute petite voix.

Son assurance nerveuse, artificielle, était brusquement retombée. Il ne lui en restait qu'une boule dans la gorge et un corps légèrement tremblant. La gardienne était repartie se coucher, c'était au tour de Mario de les quitter. Avant de sortir il annonça « un feu d'enfer là-haut », ramassa les deux souliers de satin échoués sur le tapis pour les poser délicatement sur le plateau d'une table à café, releva aussi la mante de velours qu'il installa sur un fauteuil, sourit à Vincent d'un air de dire que « Monsieur, l'affaire s'annonce bien, on a déjà perdu un peu de sa carapace », rentra son sourire impertinent sous le coup d'œil noir de son maître, houspilla encore un peu le feu, passa enfin la porte du salon, qu'il referma sur lui.

– Et maintenant ? demanda Vincent en regardant Jeanne.

– Eh bien, mais... N'aviez-vous pas de la mode anglaise à me montrer ? C'est bien pour cela, n'est-ce pas, que je suis venue jusqu'ici ?

– Si vous en êtes sûre...

– Mais oui !

– Fort bien. C'est là-haut. Je vais vous en apporter une brassée dans ma chambre, puisque Mario y a fait du feu. Toutefois n'ai-je pas de chambrière à vous offrir pour vous aider dans vos essayages, mais si vous voulez bien accepter mes services ?... Je ne me débrouille pas mal, dans un rôle de chambrière, ajouta-t-il en la fixant dans les yeux. Eh bien, venez-vous ?

Elle se mordait la lèvre, ne bougeait plus. Enfin :

– Chevalier, restons ici, dit-elle. Je... Ce salon me ravit et il y fait si doux... Puis, je... Enfin, il ne me paraîtrait pas très bienséant d'essayer des robes dans votre chambre.

Il éclata d'un long rire moqueur :

— Bienséant ! répéta-t-il d'un ton narquois. Ma chère, vous avez de ces mots qui vous arrivent si tard qu'ils en prennent un sens comique ! Demeurez naturelle, je vous en prie. Vous mouriez d'envie de voir ma chambre : allons-y.

— Décidément, non. Je n'ai pas envie de passer des robes à cette heure de la nuit.

— Ma foi, je ne vous chicanerai pas sur une pensée de très bon sens. Il est un peu tard ou un peu tôt pour s'habiller. Mais pour se déshabiller l'heure convient à merveille.

Avec un calme dont elle ne se méfia pas il passa derrière elle, lui ôta prestement son fichu de mousseline et porta la main à la première agrafe du corsage.

Elle se retourna tout encolérée, lui arracha sa mousseline des mains, dit d'une voix altérée :

— Après la froideur courtoise, la désinvolture grossière ? Est-ce là, chevalier, la manière corsaire de traiter ses invitées ?

— Vous ne faites pas, ma chère, une invitée facile à contenter, soupira-t-il avec nonchalance. Trop d'obéissance vous déplaît, la désobéissance vous choque... Si vous ne voulez pas que je me mette à bâiller en attendant l'heure de notre prochain relais, dites-moi tout uniment, Jeanne, ce que vous attendez de moi à ce relais-ci ? Sur mon honneur, je suis à vos ordres — je vous l'ai promis.

Comme elle ne répondait que par un regard de biche désemparée, il vint à elle, lui saisit les deux mains, plongea ses yeux dans les siens :

— Jeanne, pourquoi êtes-vous venue ici vous mettre à ma merci ?

— Mais je pensais que... Il y avait tant de bruit, chez Ramponeau. Ce n'était pas moitié si amusant que j'avais cru, on ne s'entendait qu'à peine et... Où aller ? Il m'a semblé que c'était trop tôt pour nous quitter. Je voulais... Je voulais que nous parlions encore un peu, de bonne amitié, dans un endroit calme... et plaisant et... Peut-être avais-je aussi bien envie de connaître votre maison — d'abord, j'adore la campagne en mars, oui, vous savez, j'adore franchir les barrières, retrouver des champs, des vignes, des moulins, des talus avec des pâquerettes, des bois avec des lapins et des oiseaux, des...

— Des oiseaux de nuit !

— Vous aimez vous moquer, chevalier, mais je ne suis plus dupe de cela, non, non, plus dupe de vos moqueries. Je sais que vous sentez ce que j'essaie de vous dire, et vous dire quoi ? mon Dieu, c'est bien simple : que je voulais... Enfin, il fallait bien que nous soyons ensemble encore un peu ? Et seuls tous les deux ? Pour... parce que nous... nous avons à nous parler. N'est-ce pas ?

Elle bredouillait sans jamais le regarder et avec une fébrilité croissante, marchait nerveusement de la cheminée au canapé en tordant à deux mains son infortuné fichu de cou. Immobile, muet, il l'épiait. Jamais encore il ne l'avait vue, ni même imaginée ainsi, agitée, bavarde, incapable de se maîtriser. Elle lui faisait penser à un navire démâté par un coup de mer. Il ne cherchait pas à comprendre ses phrases hachées, dont seul le rythme volubile et chaotique avait un sens. Il attendait l'instant où elle allait craquer, sombrer dans une crise de larmes dont il la consolerait en la prenant dans ses bras.

Ce fut le feu qui sauva Jeanne d'aller jusqu'au bout de ses nerfs : un amas de bûches calcinées croula d'un coup dans une gerbe d'étincelles. Un jet d'étoiles rouges brûlantes atteignit Vincent, qui se débarrassa vivement de son habit pour le secouer et le jeta sur un fauteuil avant de repousser les tisons vers le foyer. Puis il attrapa un coussin et s'agenouilla dessus en pestant, pour arranger une nouvelle pile de bûches dans la cheminée.

Le monologue de Jeanne s'était arrêté net. Fascinée elle regardait les bras de Vincent, qu'elle découvrait. Il portait une très curieuse veste-gilet sans manches ; les longs muscles bruns et durs de ses bras transparaissaient sous le coton fin de la chemise, et elle ressentait un ardent désir de toucher sa peau, un désir si violent qu'il lui desséchait la bouche. Elle alla vers lui comme une somnambule... Il se retourna sur un genou, leva le visage et ce fut sur sa perruque qu'elle posa ses mains :

– Vous m'avez ôté mon fichu, laissez-moi vous ôter ceci en échange : je ferai doucement, pria-t-elle avec une tendresse extrême, tremblée.

– Faites ainsi ! dit-il en s'arrachant sa perruque et en la lançant au loin. C'est ainsi que je la jette par-dessus bord à la moindre grande occasion !

Elle plongea ses deux mains dans la toison de boucles noires brillantes, aéra, chiffonna, caressa, détendit les mèches de soie tièdes pour les enrouler de nouveau autour de ses doigts, et en même temps lui montait du cœur aux lèvres un balbutiement de charnelle adoration maternelle :

– Mon bel amour bouclé... mon agneau de soie... mon ange

couleur d'enfer... mon chevalier aux doux cheveux de pâtre grec...

Lentement il se remit debout et la prit dans ses bras, mordilla et baisa les dernières mignardises qui sortaient de ses lèvres avant de lui ouvrir la bouche... Leur baiser ne mourut que d'épuisement et ensuite ils demeurèrent enlacés, soudés, ayant chacun deux cœurs dont un leur battait dans le dos à grands coups de cognée.

– Viens ! dit enfin Vincent.

Elle vit tournoyer du vert, de l'or, du rouge... s'enfonça dans un bain de linon parfumé à la fleur d'orange dont la dentelle lui chatouilla les épaules, retrouva enfin, penché au-dessus du sien, le beau visage bruni de Vincent, qui lui souriait en disant : « Rends-moi mes mains. » Elle s'aperçut qu'elle tenait les deux mains de Vincent prisonnières dans les siennes, les enlaça plus étroitement :

– Attends, pria-t-elle tout bas. Tu ne m'as pas dit que tu m'aimais ?

– Je t'aime.

– Encore...

– Je t'aime, je t'aime, je t'aime, je t'aime ! Je t'aime. Et si tu veux en être tout à fait sûre avant la fin de la première nuit du printemps, rends-moi mes mains : l'aube n'est pas loin.

– Non ! le soleil ne se lèvera plus jamais ! dit-elle avec véhémence en lui lâchant les mains pour jeter ses bras autour de son cou et se serrer passionnément contre lui. Il ne faut pas que cette nuit finisse ! Jamais ! Oh ! aime-moi, mon chevalier, aime-moi assez fort pour arrêter le monde autour de nous, aime-moi pendant cent ans de nuits, aime-moi assez pour que je n'existe plus, pour que je ne puisse pas voir demain !

Il la reposa doucement contre les oreillers, contempla la jolie tête affolée qui roulait d'une joue à l'autre dans la débandade de ses boucles comme pour échapper à ses pensées, à des désirs trop gros pour elle. Elle répéta : « Aime-moi jusqu'à me faire mourir avant demain », très bas, d'un ton d'imploration. Il l'appela à voix tendre :

– Jeanne... Regarde-moi, Jeanne... Crains-tu que demain, Aubriot veuille se battre ?

– Se battre ? Se battre !

Elle s'était relevée sur ses coudes, l'air égaré :

– Mais pourquoi ? Voulez-vous dire : se battre... avec vous ? Pour moi ?

– Hé, fit Vincent. Je n'ai jamais entendu dire en Dombes que le docteur Aubriot fût un lâche non plus qu'un homme accommodant. Mais puisqu'on dit grand bien aussi de son intelligence, peut-être consentira-t-il à ce que nous nous expliquions d'une manière plus humaine que sur un pré ? Après tout, c'est lui qui m'avait volé ; je ne fais que lui reprendre mon bien.

Elle ouvrait sur Vincent des yeux immenses, emplis d'un mélange de stupeur et d'incrédulité :

– Mais chevalier, dit-elle, enfin, vous n'aviez pas l'intention d'aller lui dire... Chevalier, mais... monsieur Aubriot ne doit pas savoir, ne doit rien savoir jamais !

D'un sursaut il se dressa, les poings serrés, le visage dur, la voix cinglante :

– Et vous, ma chère, vous aviez donc l'intention de rentrer chez lui en sortant de mes bras ?

– Mais, je... Je ne sais pas ? Je ne pensais à rien, à rien du tout, je vous le jure ! J'étais seulement... heureuse. Et alors, que s'est-il passé ? Pourquoi être parti soudain si loin de moi, comme si vous ne m'aimiez plus ? Mais vous m'aimez, n'est-ce pas ? Revenez, mon amour, revenez, reprenez-moi dans vos bras, j'ai froid. Vincent, mon amour, venez...

Ses yeux brillaient de pleurs figés, mais elle lui souriait en lui tendant les bras.

La maîtrise de lui-même qu'avait le corsaire était légendaire parmi ses équipages, mais sans doute lui en fallut-il encore plus qu'à l'accoutumée pour ne pas se jeter sur elle et l'envahir de son désir exacerbé. Au lieu de cela il attrapa une chaise, vint s'asseoir près du lit, saisit les mains fiévreuses qui le happaient, parla d'un ton ferme :

– Calme-toi, Jeanne, calme-toi, je veux que tu te calmes ! Et que tu m'écoutes. Je t'aime, ma chérie, mais je ne serai jamais ta récréation.

– Mais je vous aime aussi, Vincent, je vous aimerai toujours !

– Jusque dans le lit d'Aubriot, sans doute ? dit-il en élevant la voix pour la faire taire. Je me demande si je ne vous en crois pas capable ? Mais qu'importe : moi, je n'accepterai pas de vous partager. Je ne te partagerai pas, Jeanne. Si je te prends, je te garde et je t'emporte. Je ne veux pas être aimé en secret, honteusement. Je veux que tu me choisisses et que tu me choisisses maintenant – ou jamais. Ou je te prends et tu me suivras – ou tu pars pour aller retrouver Aubriot.

Elle tordit ses mains dans celles de Vincent :

– Mais pourquoi, Vincent, pourquoi tant de cruauté ? Qu'ai-je fait pour la mériter ? Mon Dieu, je vous aime tant, ne le voyez-vous pas ? Pourquoi faudrait-il qu'en plus vous me demandiez de haïr soudain monsieur Philibert ? Je ne le pourrais pas, Vincent, je ne le puis. Mais pourquoi voudriez-vous cela ?

— Je ne vous demande pas de le haïr, je vous demande de le quitter. Un jour, sans me haïr sans doute, vous m'avez quitté pour lui — souvenez-vous ? Ce tour que vous m'avez joué jadis, je l'ai pris plus mal que je ne l'aurais voulu. Et naguère encore, vous m'avez fait douter de vous jusqu'au point où, ce soir même, tout à l'heure, je demeurais dans l'incertitude en vous regardant. Mais, bon ! à la flibuste comme à la flibuste : « Qui que tu sois, Jeanne, je te veux, je te prends ; je ne te demande aucun compte du passé, réponds-moi seulement de l'avenir. » Ces mots ne te rappellent-ils rien ?

— Si.

— Quand je t'ai proposé ce serment dans la chambre d'un pavillon de chasse enfoui au fond d'un bois, il a fait briller tes yeux, mais tu t'es sauvée.

— J'étais une petite fille.

— Aujourd'hui que tu es une femme, acceptes-tu de te donner à moi sans réserve, dans le présent et dans l'avenir ?

Elle baissa la tête, demeura un moment à réfléchir, dit d'une voix calmée :

— Puis-je avoir un verre d'eau, je vous prie ?

Quand il le lui rapporta elle s'était levée du lit, assise dans un fauteuil :

— Chevalier, dit-elle, je voudrais qu'à votre tour vous m'écoutiez. Non ! Venez plus près, tout près...

Il retourna un prie-Dieu et s'assit à ses pieds.

— Chevalier, reprit-elle, je vous aime autant que je puis aimer. Assurément je suis en cet instant la femme la plus amoureuse de tout le Royaume ! J'ai su trop tard que je vous aimais — c'est mon repentir sans être ma faute. A présent que je vois clair en moi, je sais que je vous ai aimé dès que je vous ai vu, mais j'étais aveugle alors, la passion d'enfant que je promenais faisait écran entre mon cœur et moi. Je n'ai rien à vous apprendre sur ma passion d'enfant que vous n'ayez déjà deviné mais, ce que vous devez savoir, c'est qu'elle n'est pas morte. Elle ne mourra jamais. Elle fait partie de ma chair la plus ancienne, elle a grandi en même temps que moi, elle m'est douce et je n'en ai pas honte, et si je devais me l'arracher j'en demeurerais mutilée à jamais.

Comme il voulait parler, elle lui mit ses doigts sur les lèvres, poursuivit d'un ton rapide :

– Cet amour-là ne vous prend rien, chevalier, j'en ai été la première étonnée quand je l'ai découvert. Il ne vous prend rien et vous ne lui prenez rien – n'est-ce pas un miracle plutôt qu'un malheur ? Je l'aime, je vous aime – devez-vous tant m'en vouloir parce que notre langue n'a qu'un verbe pour exprimer deux amours aussi différents ? Et pouvez-vous être injuste, être cruel au point d'exiger que je cesse d'aimer qui j'aime depuis le début de ma vie, parce que je viens de découvrir que je vous aime plus que ma vie et que je veux être à vous plus que j'ai jamais voulu quoi que ce soit au monde ?

Il se leva dans un mouvement de colère, arpenta sa chambre à grands pas, marcha enfin sur elle, la souleva et la mit debout en l'empoignant par les bras, dont il se mit à meurtrir la chair en lui lançant sa rage au visage :

– Êtes-vous inconsciente, ou réalisez-vous vraiment ce que vous dites ? Oubliez un peu votre cœur et votre âme et ses fumées d'écolière, pensez un peu à votre corps, ma chère !

A deux mains il saisit les bords de son décolleté de soie, tira d'un coup sec.

– Non ! cria-t-elle en même temps que le corsage cédait assez pour révéler la chemise, dont il déchira brutalement le haut :

– Je prends le gauche, dit-il en lui enveloppant le sein dans sa paume, je laisse le droit à Aubriot. Seulement, ma chère, tout ne va pas par paire et, pour ce qui va à l'unité, je refuse de partager. Mettez-vous bien cela dans le fond et le tréfonds de votre caboche entêtée : Jeanne, je ne vous partagerai jamais ! J'ai oublié de vous apprendre ce qui suit le serment de fidélité d'une mariée de la flibuste. Le marié lui passe son pistolet sous le nez en lui disant : « Et souviens-t'en ! »

Elle se mit à sangloter sans bruit en tentant d'arranger son corsage.

Vincent sortit, revint avec un magnifique châle du Cachemire dont il l'enveloppa avant de la garder entre ses bras, malgré lui :

– Ne pleurez pas votre robe, je la remplacerai par une demi-douzaine.

– Je me moque de ma robe ! Je pleure sur votre dureté, sur votre refus de comprendre. Oh ! Vincent, vous ne m'aimez plus, vous ne m'aimez pas...

– Ma petite bien-aimée, il y a longtemps que j'ai tout compris, dit-il en lui caressant les cheveux. J'ai compris, mais je n'accepte pas. Peut-être aussi me suis-je mal exprimé : je ne veux pas vous empêcher de continuer d'aimer le père adoptif, le maître vénéré que vous vous êtes donné quand vous aviez dix ans ; je veux vous empêcher de continuer de coucher avec lui. Épouser son prestigieux papa est une tentation fort répandue parmi les petites filles, mais enfin, ma chérie, il arrive un âge où les jeux d'enfant doivent cesser. On ne doit plus dormir avec son papa quand on prend un amant.

Elle lui fit des yeux horrifiés :

— Vous dites des choses... des choses abominables !

— Je dis clairement des choses plus claires pour moi que pour vous. D'ailleurs, entre la terre et la mer il vous faudra bien choisir : Aubriot et moi n'habitons pas le même monde.

Il vit que sa dernière remarque l'avait frappée, reprit :

— Je repars dans six jours. Jeanne, partirez-vous avec moi ?

— Dans six jours ! dit-elle affolée. Mais vous reviendrez vite ?

— Que vous importe ? Si je pars sans vous je ne reviendrai pas pour vous — jamais.

— Ne me désespérez pas, chevalier, je vous en supplie. Je veux être toute à vous, je le jure, mais sans faire de mal à monsieur Aubriot. Je veux m'expliquer à lui bien doucement... Comment voulez-vous qu'en si peu de jours, presque en quelques heures, je parvienne à lui apprendre...

— Mais morbleu ! Monsieur Aubriot n'exigera-t-il aucune explication tout à l'heure, quand vous rentrerez d'une nuit passée à la belle étoile ?

— Il est à Alfort pour deux jours avec Daubenton. Une histoire de maladies des moutons et des hommes, qu'ils étudient à l'École vétérinaire. Justement, cela tombait bien, n'est-ce pas ?

« C'est donc cela, pensa-t-il avec une violente recrue de rage amère, elle ne m'a donné sa nuit que parce qu'elle pouvait me la donner impunément. Elle avait une nuit de vacance à remplir, et un corsaire, ma foi, c'est amusant, et pas encombrant plus longtemps qu'il ne faut. La petite gueuse ! Toutes les mêmes, décidément, toutes aussi à l'aise dans le mensonge que sirènes dans la mer. Celle-ci, pourtant... Avec ses yeux de miel, ses cheveux de miel, sa peau de miel, sa voix de miel, ses paroles de miel... Dommage. Je l'aurais bien aimée... »

— Je vais vous chercher une brassée de mes nippes anglaises, dit-il d'un ton froid en marchant vers la porte. Il est temps que vous fassiez votre choix — le jour perce. Que désirez-vous que je vous fasse monter : du café, du thé, du chocolat ?

— Je ne veux rien, chevalier, dit-elle avec une tristesse infinie. Je ne veux ni robes ni rien. Je ne veux que mourir avant de tout à fait comprendre que je sors d'un rêve, que vous ne m'aimez pas.

— Mais cornebleu ! explosa-t-il, c'est vous qui me rejetez !

— Moi ? Mais mon amour, je ne veux qu'être à vous, à vous dans l'instant !

Il crispa ses poings, ferma les yeux et resta une seconde ainsi, rouvrit les yeux et dit avec le grand calme de l'exaspération maîtrisée :

— Jeanne, je crois que je vais vous frapper pour faire sortir de vous deux idées fixes : être à moi d'abord, rentrer chez un autre ensuite. Cela ne sera pas, Jeanne. Il va vous falloir rentrer d'abord chez l'autre et me revenir ensuite, avec votre malle. Je vous promets qu'alors je ne vous ferai plus attendre mes services.

Elle devint cramoisie, il en fut enchanté et acheva de sa voix railleuse :

— Moi, je n'ai qu'une seule idée fixe, une idée d'homme amoureux, simple et bête : je ne veux pas être cocu.

Elle eut un sursaut de joie :

— Vous avez bien dit : « d'homme amoureux » ? demanda-t-elle d'une voix câline.

— Je ne me dédis pas. Vous avez six jours, Jeanne, pour choisir mon amour.

Elle vint contre lui, se souleva sur la pointe des pieds, lui posa un chaste baiser sur les lèvres, dit gravement en le regardant avec des yeux humides :

— Quoi qu'il puisse m'en coûter et coûter à un autre je ne pourrai pas ne pas vous choisir, Vincent : je vous aime trop. Je vous aime tant que j'ai peur de n'avoir plus qu'une femme bête à vous donner !

— Hélas, cela ne durera pas, dit-il.

Il lui prit le visage entre ses mains, demanda d'un ton sérieux :

— Dis-moi, ma Jeannette, pendant que nous nous étions perdus, quelqu'un a-t-il osé te montrer la mer que tu désirais tant ?

— Non.

Il soupira de soulagement :

— Bon, dit-il. Je ne t'aurais pas pardonné de m'avoir trompé jusqu'au point d'aller voir la mer sans moi.

14

Rentrée rue du Mail, Jeanne passa un négligé, mais sa poitrine n'en demeura pas moins serrée comme dans un étau de bougran. Comment avait-elle pu se jeter dans cette souricière ? En quelques heures sa douce nostalgie de Vincent était devenue un violent, un tourmentant besoin de lui. Mais comment, pour le rejoindre, pourrait-elle dire « Je pars » à Philibert ? Dans les bras de Vincent toutes les impossibilités s'endormaient, mais hors des bras de Vincent elle voyait soudain grossir, jusqu'à l'infini, l'énorme somme de courage qu'il lui faudrait pour articuler ces deux mots devant Philibert : « Je pars. » Il lui sembla que sa tête allait éclater à force de chercher une solution à un problème insoluble. « C'est que je suis épuisée, se dit-elle. Quand j'aurai un peu dormi, je pourrai réfléchir moins douloureusement. » Elle s'allongea avec une compresse d'eau camphrée sur le front, mais le sommeil était à mille lieues d'elle. Elle se releva, ramassa machinalement des planches d'herbier prêtes à classer, mais au lieu de les ranger fondit en larmes dessus, parce qu'elle pensa tout de suite : « Mon Dieu, il a tellement besoin de moi, comment oserais-je le quitter, et comment supporterais-je le chagrin et le remords de l'avoir quitté ? »

Quand elle se fut un peu reprise, elle se baigna longuement les yeux avant d'aller se préparer du café dans la cuisine. L'odeur et la brûlure du moka lui firent du bien. Elle décida d'aller passer son dimanche au Patouillet, chez Michel Adanson, pour reculer de quelques heures l'instant d'affronter de nouveau sa pensée. De toute manière, Philibert ne rentrerait pas d'Alfort avant le lendemain soir — les circonstances lui accordaient un sursis. Son désarroi était si grand qu'elle ne pouvait s'empêcher de croire à un miracle qui la sortirait de l'enfer d'ici là, sans qu'elle eût à choisir entre deux déchirements inimaginables.

Chaque fois que Philibert l'abandonnait un dimanche, Jeanne courait au Patouillet. Michel l'accueillait à bras ouverts, tirait une salade de son potager, truffait de crème son ragoût de légumes, préparait un pot de café au lait. Leur dînette achevée, qu'il fît soleil, pluie ou vent, Michel allait emprunter à l'abbaye Saint-Victor un antique carrosse grinçant encroûté d'une longue patine de boue, à bout de ressorts, aux coussins effilochés, mais auquel le frère palefrenier attelait quatre superbes chevaux gris pommelés princièrement nourris, lustrés, pomponnés, dont les sabots piaffants et les queues fringantes disaient assez à quel train allègre ils feraient rouler leur guimbarde. Michel s'enfonçait un informe chapeau sur le crâne, grimpait joyeusement sur le siège avant, Jeanne s'installait à côté de lui ou dans la caisse selon le temps et, fouette, cocher ! ils partaient visiter « les terres » d'Adanson – quelques-uns des jardins que le naturaliste louait hors Paris pour y étudier les maladies des mûriers et rechercher des races de blé prolifiques, qu'il appelait « mes blés du miracle », des épis monstrueux grâce auxquels il espérait supprimer la faim du monde. Michel menait son attelage avec maestria, en chantonnant du Gluck, ou en disant un mal atroce et raffiné de Buffon quand il était d'humeur particulièrement « sénégalaise ». Ils allaient au village de Ménilmontant ou à Clichy-la-Garenne, ou même jusqu'à Drancy ou Arnouville, parfois plus loin encore, du côté de Roissy, sur la route de Soissons. Lorsqu'il voyait Jeanne fatiguée de le suivre à travers champs en notant ses observations, Michel la rembarquait en carrosse et ils filaient manger une soupe dans un relais de poste. Parfois, sur le chemin du retour ils tombaient dans un bal de village, alors ils s'arrêtaient et ils dansaient. Jeanne avait découvert en Michel un merveilleux danseur, un danseur né, le meilleur cavalier qu'elle eût jamais eu. Comme elle était toujours en culotte lors de ses escapades avec lui ils formaient un couple d'hommes, mais si plein de grâce et d'entrain, si bien en mesure, si leste, si élégant dans ses évolutions que les paysans charmés finissaient par faire cercle autour d'eux en battant des mains comme autour de deux bons baladins de grand chemin. L'intermède fini, les baladins se retrouvaient à boire et à manger la fouace ou la brioche de fête avec les villageois. Ces beaux dimanches d'amitié fraternelle vécus avec Michel étaient pour Jeanne des moments de sa vie au souvenir si chaud que c'est presque d'instinct, en se retrouvant malheureuse à mourir au matin d'un dimanche, que la jeune femme sauta dans un fiacre pour se faire conduire au Patouillet.

Par extraordinaire Adanson n'était pas seul. Il discutait avec un homme jeune pourvu de grands yeux animés, d'un long nez bossu et d'un menton en galoche. Jeanne reconnut le nouveau pharmacien-adjoint de l'Hôtel Royal des Invalides qui venait souvent aux leçons de Rouelle. M. Parmentier voulait à toute force faire améliorer la qualité d'un tubercule à chair blanchâtre dont il avait découvert l'usage culinaire en faisant la guerre au Hanovre et, jusqu'ici, n'avait trouvé qu'Adanson pour lui prêter une oreille attentive. Les cultivateurs, eux, ne voulaient rien savoir pour s'occuper de « cette cochonnerie » – une racine tout juste bonne pour des cochons.

– Jeannette, dit Michel, vous tombez bien. Nous allons à ma terre de la Pissotte planter des pommes de terre. Si vous travaillez bien, au retour nous ferons un crochet par Ménilmontant – nous irons danser la gigue là-haut.

– Avez-vous déjà goûté de la bouillie de pomme de terre, mademoiselle ? demanda Parmentier, toujours pressé de se faire un partisan.

– Monsieur, je n'ai pas trop envie de la goûter. Dans ma province, on dit que la pomme de terre donne la lèpre.

– Et voilà ! soupira le pharmacien. Tout le monde me prend pour un empoisonneur, même la Belle Tisanière du Temple !

– Jeannette, intervint sévèrement Adanson, je vous défends de répéter des idées reçues avant de les avoir contrôlées. Laissez l'immobilisme d'esprit aux imbéciles. Sinon vous finirez mal, vous finirez anachronique, comme le vieux Linné, avec un cerveau ossifié dans vos erreurs de jeunesse.

– Von Linné finit très bien, dit Jeanne. Le beau monde du monde entier se dérange pour l'aller visiter à Upsal.

– On visite aussi beaucoup les ruines du Parthénon, grinça Adanson. Les fossiles ne manquent jamais de curieux, non plus que les comédiens de badauds. Buffon s'attire aussi beaucoup de spectateurs avec ses effets de manchettes.

– Monsieur l'Africain, dit Parmentier en souriant, reconnaissez que monsieur de Buffon ne possède pas que des manchettes, mais aussi des idées et des œuvres.

– Voulez-vous parler des œuvres de Daubenton, ou des idées que les œuvres de Daubenton me doivent ? demanda Adanson.

– Vous êtes sévère ! dit Parmentier. Et un peu mauvaise langue, peut-être ? Ou prétendez-vous sérieusement que Buffon n'est pour rien dans son *Histoire Naturelle* ?

– Je ne prétends pas cela, dit Adanson. Il aide Daubenton, je ne le nie pas : il arrive toujours avant la signature.

– Voilà un dimanche bien parti ! dit Jeanne, ne pouvant s'empêcher de sourire – comme c'était bon de sourire, de constater qu'on peut sourire encore, même du fond d'un grand chagrin.

– Quand je suis revenu de la guerre, meurtri des horreurs que j'avais vues, je me suis précipité au Jardin avec l'espérance d'y retrouver la paix dans un climat virgilien, dit Parmentier. Je pensais : enfin tu vas vivre loin des porteurs d'épées, tu vas vivre avec des porteurs de loupes, des mangeurs d'herbe aux bouches fleuries, qui ne se blessent qu'aux épines des roses, ne se querellent que pour savoir si, au bout du compte, une corolle de *Chrysanthemum maximum* * se doit de dire un peu, beaucoup, passionnément ou pas du tout. Mais point ! Je suis tombé au sein d'un petit peuple féroce de gladiateurs qui se promènent la renoncule ou l'ancolie plantée entre les dents comme un couteau !

— Attendez l'avenir, Parmentier, dit Adanson. Après-demain les botanistes seront sans doute les pacifiques de la terre, des bergers de fleurs qui n'auront que le mal de se promener dans leurs jardins d'acclimatation, des moines érudits coulant tranquillement leurs jours dans des bibliothèques d'herbiers où tout le végétal du monde sera prisonnier, répertorié, décrit, nommé. Aujourd'hui, pour préparer ce temps-là, il faut des botanistes au tempérament d'aventurier, et les aventuriers ont toujours la peau dure, bec et ongles, et même crocs et serres !

— Le fait est que vous avez tous de ces santés pénibles aux autres ! approuva Parmentier. Je le disais encore l'autre matin à Aubriot, et qu'il ne pouvait que se guérir rapidement de sa toux, parce qu'il était naturaliste et que les naturalistes de ce temps réchappent de toutes les maladies, fussent-elles abominablement exotiques. Au fait, mademoiselle, comment s'est-il trouvé de mon vin de morgeline ** pour rétablir son appétit ? ajouta-t-il en se tournant vers Jeanne.

Philibert ne lui avait rien dit de cette potion apéritive. Tout l'hiver elle l'avait entendu tousser un peu chaque matin, mais, lorsqu'elle s'inquiétait, il lui répondait toujours avec insouciance que sa toux n'était pas méchante, lui venait d'une gorge sensible aux poussières. Pour répondre à Parmentier elle prit pourtant l'air de tout savoir afin d'en apprendre un peu :

— Monsieur Aubriot a toujours été très sobre à table, dit-elle. Néanmoins il est vrai qu'il mange parfois trop peu quand ses accès de toux l'ont fatigué. La seule nourriture qu'il veuille prendre alors, c'est du lait coupé d'une décoction de pervenche.

— Nourriture excellente pour le poumon, dit le pharmacien, et si le lait est d'ânesse, ce n'en est que mieux. Mais Aubriot sait tout cela par cœur ; il connaît à merveille toutes les décoctions pectorales, il est d'une intarissable érudition là-dessus. C'est lui qui m'a fait ressouvenir d'un fort bon mélange de feuilles de pied-d'âne — *Tussilago vulgaris* —, de fleurs de soufre et de quelques scrupules de

* Marguerite.
** Mouron.

succin *, dont les phtisiques se trouvent grandement soulagés.

Le mot « phtisique » fit tressaillir Jeanne. Elle n'écouta plus la conversation, tenta de retrouver, dans ses oreilles, le son de la petite toux sèche et rare de Philibert. Mais en même temps elle voyait l'homme mince et musclé, toujours impétueux et parfois même violent, infatigable à l'ouvrage, infatigable à l'amour, bourré de projets pour cent ans de vie, éternel étudiant prêt à lever l'ancre pour n'importe quelle aventure. « Bon, pensa-t-elle, ce n'est pas possible. Un phtisique est un homme pâle et toujours exténué, que le moindre effort rebute et qui se cache des courants d'air. J'ai vraiment, aujourd'hui, le génie de me causer du chagrin ! Philibert a la gorge fragile, voilà tout. Je vais rapporter de la boutique des pétales de coquelicot et je lui ferai de la tisane adoucissante. » Puis soudain sa pensée ajouta : « Oh ! mon Dieu ! » Elle venait de se rappeler qu'elle ne serait pas là pour lui donner sa tasse de coquelicot, puisque Vincent avait fixé au jeudi suivant au plus tard le terme de sa vie avec Philibert.

– Michel, n'auriez-vous pas du café ? s'entendit-elle demander d'une voix blanche.

– Avant le ragoût et la salade ? s'étonna Adanson. Ma mie Jeannette, je vous trouve bizarre ce matin. Et pâlotte. Une marche à travers champs vous fera grand bien. N'auriez-vous point, par hasard, passé votre nuit au bal ?

Le crépuscule s'installait. Adanson sourit à Jeanne :

– Devez-vous me quitter dès maintenant, ou me faites-vous le plaisir de demeurer encore un moment – ne fût-ce que le temps de manger de cette bonne tourte au lait ? Ma brave mère Dubreuil a vu de sa fenêtre que vous étiez là. Voyez donc : elle a même balayé et mis de l'ordre – cette chose catastrophique !

– Je mangerai bien un morceau de sa tourte...

– Vous ne dites cela que pour me faire plaisir : vous n'avez pas faim. Qu'avez-vous, Jeannette ? Qu'est-ce qui ne va pas ?

– Rien, Michel, rien. Ce matin j'avais mal à la tête, mais la promenade m'a guérie.

– Elle vous a guéri la tête, mais non pas l'âme. Qu'avez-vous, Jeannette ? Je vous sens bien loin. Où donc ? Si nous n'avions dû promener Parmentier toute l'après-dînée vous m'auriez déjà tout raconté.

* Ambre jaune.

— Je n'ai rien à raconter. Tout à l'instant je ne faisais que rêvasser... à un roman... que je suis en train de lire.

— Racontez-moi le roman, dit finement Adanson, sans en demander le titre.

— Bah ! rien que de très ordinaire : les habituels tourments de l'amour. Michel... que pensez-vous de l'infidélité ?

— J'en pense... que l'amour sédentaire est une tâche difficile !

— Sans doute est-ce la raison pour laquelle, d'ordinaire, on la réserve au sexe le plus faible ?

« Miséricorde ! se dit Adanson, elle a appris que ce polisson d'Aubriot la trompe. C'est tellement bien fait pour ce renégat que, si j'étais mauvais bougre, j'essaierai d'en profiter. » Haut, il dit :

— C'était jadis qu'on réservait la fidélité aux femmes vertueuses. De notre temps, il n'y a plus de femmes vertueuses, sauf celles qui le font exprès et alors ce n'est pas par vertu, c'est par goût, pour se délecter de la douleur de ne prendre un amant que de loin, par courrier.

— Un amant lointain n'est plus un amant.

— Oh ! que si ! Les romanciers modernes ont fait un inestimable présent aux femmes en inventant la passion triste et chaste. Naguère encore, l'infidélité d'une femme était locale et limitée — être cocu était vite fait. Aujourd'hui une femme peut cocufier son mari du bout des doigts, du bout des cils, et à longueur de lettres pendant des années. Et c'est bien pire pour le mari : alors que la première était gaie pour se faire pardonner son vice, la seconde est morose pour se venger de sa vertu.

— Vous me faites rire, Michel. Vous n'aimez que raisonner par paradoxes.

— Vous faire rire était mon but.

— Je ne crois pas que l'héroïne de mon roman trompera son mari de la prompte et grossière manière que vous semblez préférer. Le... Sa tentation est un marin.

— L'amant idéal pour une nouvelle Héloïse ! Le marin est l'homme qui peut offrir à une femme un peu imaginative le maximum de mélancolie romanesque au long cours.

Elle soupira :

— Vous ne croyez pas à l'amour, n'est-ce pas, Michel ? Vous ne croyez qu'à l'hypocrisie ?

Il la contempla d'un drôle d'air :

— Il ne faut pas dédaigner l'hypocrisie, ma mie Jeannette. Elle est parfois l'unique moyen qu'on possède pour fréquenter son amour sans se faire signifier son congé.

— Tout de même, Michel, l'hypocrisie n'est-elle pas une morale bien facile ?

— Jeannette, les hommes ont toujours aimé leur bien-être et, en plus, les hommes d'aujourd'hui sont très occupés : il leur faut une morale facile ou pas de morale du tout ! L'hypocrisie est déjà une morale assez raffinée. Mentir exige des petits soins constants d'esprit et de mémoire ; cela prend un temps fou, on ne s'en donne pas le mal pour n'importe qui.

— Vous le croyez vraiment ?

Elle le regardait avec des yeux emplis d'incertitude. A nouveau, il se dit qu'elle avait appris la trahison d'Aubriot et voulait être consolée de sa fourberie par des paroles bien choisies :

— Je le crois, dit-il fermement. Je suis rien moins qu'un libertin, et pourtant je crois qu'on ment le plus souvent par tendresse. Il est si rare d'être infidèle corps et âme ! Le mensonge de l'infidèle marque la fidélité de son cœur.

Elle répéta, le regard perdu :

— Vous le croyez vraiment ?

— Je le crois. Je crois même que, sans un peu de mensonge, l'amour n'est qu'une barbarie.

— Toujours vos paradoxes, dit-elle en souriant.

Il y eut un silence, puis elle ajouta :

— Encore faut-il pouvoir mentir... Dès qu'on y réfléchit on s'aperçoit que, pour bien mentir, il faut être deux.

Une fois de plus il se méprit, dit ce qu'il croyait devoir dire pour qu'elle fermât les yeux sur les cachotteries d'Aubriot :

— Il faut un peu aider celui ou celle qui nous aime à nous mentir, c'est vrai. Mais pourquoi exiger la vérité ? En amour seuls les pervers aiment la vérité, parce qu'ils aiment la cruauté. Que Dieu garde l'héroïne de votre roman dans le mensonge, elle s'en trouvera mieux.

— Oui, n'est-ce pas ? dit-elle avec une anxiété fébrile.

« Je vais avaler une cuillerée de sirop de pavot et dormir, dormir, dormir ! On verra demain. Le fruit de l'arbre le plus pressé ne mûrit pas en un jour. »

En dépit de sa lassitude elle monta les marches de l'escalier deux par deux, jeta son chapeau sur le fauteuil de l'antichambre, aperçut tout de suite le faible rais de lumière marquant le bas de la porte de la première chambre...

Philibert était déjà couché, assis contre une pile d'oreillers, un livre à la main.

— Oh ! s'écria-t-elle, je suis navrée de n'être pas rentrée pour souper. Avais-je donc mal compris en pensant que vous demeureriez à Alfort jusqu'à demain ?

— Tu avais bien compris. Je me suis senti fatigué et suis rentré plus tôt. Étais-tu au Patouillet ?... Ne prends pas cet air affolé, poursuivit-il en lui souriant, je n'ai pas grand-chose : une quelconque grippe de printemps. Dans trois ou quatre jours il n'y paraîtra plus.

— Avez-vous pris...

— J'ai pris tout ce que mon médecin m'a ordonné, dit-il plaisamment. Mais si tu voulais bien, avant de t'aller coucher, me préparer un pot d'infusion de pervenche... Mets trois poignées de feuilles sèches pour deux pintes d'eau bouillante. Je boirai cela par verres au cours de la nuit.

Elle toucha un flacon qu'elle voyait sur la table de chevet :

— C'est de la teinture de gui que vous avez là ? Avez-vous saigné du nez ou de la gorge ?

— Non, madame le docteur. Mais me sachant la gorge prompte à s'écorcher je prends mes précautions pour ne point saigner, justement.

— Je trouve le noir de vos yeux trop brillant et vos pommettes trop roses. Voyons un peu...

Elle lui saisit les mains, les pressa avec un petit cri :

— Mais vos mains sont brûlantes !

— Fais-moi mon infusion de pervenche et va te coucher ! Te voilà au bord des larmes pour une poussée de fièvre. Ne sais-tu pas que la moindre grippe en donne beaucoup ?

— Jurez-moi que vous ne vous sentez pas plus malade que vous ne le prétendez ?

— Je te le jure, là ! Va me faire mon infusion.

— Si j'allais quérir le docteur Vacher ?

— Es-tu vexante !

Elle se laissa tomber à genoux près du lit, mit une pluie de baisers sur les mains trop chaudes :

— Je n'ai confiance qu'en vos avis mais, dès que je vous vois malade j'ai soudain si peur, si peur que j'appellerais bien à votre chevet toutes les célébrités de Paris !

— Ne fais jamais cela, c'est le moyen de me tuer ! Qui pis est, cela ne ferait pas même vivre les médecins : mes confrères n'oseraient pas me faire payer.

Elle hésita, murmura :

– Le père Firmin m'a dit qu'il y avait un nouveau guérisseur merveilleux rue des Fossés-Montmartre. C'est un Allemand. Il n'est pas dangereux, il impose ses mains sur le mal et c'est tout. Cet hiver, il a guéri cinq petits-pères de leur fièvre et d'un seul coup.

– Jeannette !

Il la regardait avec stupeur :

– Jeannette, ne m'amène jamais un guérisseur. Même moribond, j'aurai la force de me lever pour le défenestrer ! Souviens-toi toujours que je veux guérir ou mourir de la manière la plus moderne possible. Fais-moi ma tisane de pervenche, verse-m'en un gobelet, compte dedans quinze gouttes de teinture de gui et va-t'en dormir.

– Oui, oui, dit-elle précipitamment, pardonnez-moi. Pardonnez-moi d'avoir été bête. C'est que je voudrais pouvoir vous guérir dans l'instant, par magie, parce que je me sens si coupable de n'avoir pas été là tout à l'heure quand vous êtes rentré malade. Oh ! mon Dieu, pourquoi n'étais-je pas là ?

Elle se mit à sangloter en s'essuyant les joues au drap.

– Tu es folle, Jeannette, dit-il, mi-contrarié, mi-attendri. Tu te montres parfois d'une sensibilité par trop excessive. Je devrais te droguer pour cela. Sèche tes pleurs. Ma petite maladie ne vaut pas ton gros chagrin, et ton agitation accroît ma fièvre.

– Pardon, pardon ! dit-elle en se levant et en s'enfuyant à la cuisine, le nez dans son mouchoir.

Elle dormait sans calme, secouée de cauchemars, saisie de brusques éveils pendant lesquels elle prêtait l'oreille, ou bien se levait pour aller, sur la pointe de ses pieds nus, poser un long regard sur le visage de Philibert qui reposait enfin – ou faisait semblant. Vers le milieu de la nuit la lune était soudain sortie de sa couverture de nuages, mettait dans la chambre une clarté d'argent qui pâlissait tout, même le rouge de la fièvre aux pommettes du malade. Un instant elle songea à fermer les rideaux mais n'en fit rien : elle savait que Philibert détestait le noir, voulait profiter sans rien en perdre de toutes les lumières du ciel. Elle se recoucha un peu rassurée de l'avoir vu tranquillement assoupi et se rendormit elle aussi dans un bain de lune.

Le bruit de la toux sèche et rapide de Philibert dut mettre un petit moment à traverser son sommeil pour la réveiller de nouveau. Elle sauta de son lit, se précipita... La rafale de toux ébranlait de spasmes précipités le torse de Philibert assis contre ses oreillers, semblait vouloir chasser tout l'air de ses poumons jusqu'à ce qu'enfin, dans un ultime effort, une écume rose lui vînt aux lèvres...

– Dieu ! vous crachez le sang ! s'écria-t-elle, terrorisée. Je vais chercher le docteur Vacher...

Malgré son épuisement il l'agrippa d'une main, lui fit signe d'attendre qu'il pût parler, parla enfin à voix basse et lente ponctuée de profondes respirations :

– Je sais ce qui m'arrive, Vacher n'y pourra rien. C'est la lune. Quand je tousse, la lune m'a souvent fait saigner, ce n'est pas grave. Ferme les rideaux. Donne-moi de la limonade pour me rincer la bouche... Ensuite, tu me compteras quinze nouvelles gouttes de teinture de gui dans un peu d'infusion et, quand j'aurai bu, tu me donneras quelques feuilles de pervenche à mâcher. Demain, tu porteras une ordonnance à Parmentier... et tu lui demanderas de passer me voir.

Tout en lui obéissant, elle disait d'une voix suppliante :

– Pourquoi ne pas me permettre d'appeler déjà monsieur Vacher qui est là tout près, au bout du couloir, qui est votre ami et qui vous aime ? Pardon d'insister, mais si votre mal s'aggravait devrais-je, pour vous obéir, demeurer seule à votre chevet à me périr d'angoisse ?

Il but à loisir le gobelet de potion qu'elle avait préparé, se laissa avec des soupirs de bien-être bassiner le visage, le cou et les mains à l'eau vinaigrée, installer à demi assis sur des oreillers frais dont elle avait changé les taies. Il ne lui répondit qu'ensuite :

– Mon Jeannot, nous réglerons cette question demain, quand je serai mieux. Pour ce que j'ai, le meilleur traitement, c'est le repos dans le silence absolu. Va chercher l'eau d'opium dans le cabinet, j'en prendrai deux cuillerées, et prends-en donc une aussi. Va, Jeannette, je te promets que j'irai mieux demain.

Mais le lendemain fut bien pire. La fièvre redoubla, embrasa le malade au point que le délire lui venait par bouffées, suivies d'une torpeur à demi inconsciente. Jeanne ne put y tenir, prévint le docteur Vacher. Vacher jugea qu'il s'agissait d'une forte inflammation du poumon avec ulcération hémorragique. Mais, comme étant professeur de physiologie il ne soignait qu'occasionnellement, il estima devoir appeler le docteur Bordeu en consultation : Bordeu était fort réputé pour les maladies de poitrine. En l'attendant, il avait envoyé chercher un chirurgien pour pratiquer d'urgence une saignée et, en dépit des timides observations de Jeanne – Aubriot ne faisait saigner que les apoplectiques et les gros mangeurs –, on saigna Philibert au pied gauche.

A dire le vrai, la saignée lui rendit l'esprit, et d'assez méchante humeur. Ce fut froidement qu'il remercia son ami Vacher de ses bons soins, et d'un œil brillant d'autant de vigilance que de fièvre qu'il vit le célèbre Bordeu – habit noisette galonné d'or, jabot à dentelle – s'asseoir auprès de son lit pour disserter de sa maladie en surveillant son latin. Au bout d'une bonne demi-heure, Bordeu rendit son verdict : son distingué confrère Aubriot souffrait d'un tubercule de lymphe épaisse et acrimonieuse logé dans le poumon depuis sans doute un certain temps, et qui venait de se mettre en fonte – tant mieux ! Il ne fallait que l'aider à s'écouler dans le sang par une bonne purgation, ensuite tirer le sang acrimonieux par une ou deux saignées, enfin réconforter le corps affaibli par de petits bouillons de jeunes poulets et de foie de tortue, précédés chaque matin par un grand bol de lait d'ânesse et un bolus * fait de quinze grains de craie de Briançon en poudre fine, vingt grains de corail préparé, huit grains d'antihectique de Poterius et ce qu'il faut de sirop de lierre terrestre. Aubriot rendit mille grâces à son confrère, lui assura qu'il se rangeait à son avis comme au plus docte, suivrait sa prescription point par point et ne manquerait pas de lui en écrire le bon effet. Après quoi, la porte à peine retombée sur les talons de Bordeu et de Vacher, il déchira l'ordonnance en quatre et tendit les morceaux à Jeanne en lui disant : « Viens ici. »

Elle s'approcha sans hâte, dit d'une très petite voix malheureuse :

– Le fait est pourtant que la saignée ordonnée par monsieur Vacher vous a un peu remis ?

– Assieds-toi. Jeannette, réglons notre différend maintenant et une fois pour toutes. Jeannette, si la médecine pouvait guérir ce défaut que j'ai dans le... dans la gorge, je l'aurais déjà guéri. Mais la médecine est encore fort sotte. La médecine d'aujourd'hui n'est guère plus qu'un métier, au sein duquel médecins et malades, bourreaux et victimes, se donnent la réplique d'une façon aussi comique que dans une comédie de Molière, pour s'aider à durer jusqu'à des temps plus éclairés. Cela n'a qu'un seul bon résultat : celui de rassurer la peur des uns et la vanité des autres. Hélas, je suis un malade médecin et, comme tel, malhabile à me rassurer au son du latin, que j'entends trop bien. Je l'entends même si bien que le verbiage de mes confrères – plus qu'aux trois quarts piètres latinistes – ne fait qu'empirer ma souffrance en m'écorchant les oreilles sans me cicatriser le poumon ! Ainsi, ne recommence plus à m'imposer leur présence. Le promets-tu ?

* Grosse pilule en forme d'olive.

— Mais Philibert, c'est moi que cela soulagerait, d'appeler la science médicale tout entière à votre secours, dit-elle, les yeux pleins de larmes.

— Fort bien, dit-il en lui tapotant la joue. Je ne veux pas te priver, toi, des secours de la médecine. Quand tu souffriras trop de mes maux, appelle Tronchin.

— Lui, le croirez-vous ?

— Dame, oui : il pense comme moi. Qu'il faut laisser faire la bonne nature sans trop lui compliquer sa tâche. Allez, souris-moi : je ne vais pas mourir. Je ne peux pas mourir, Jeannette : tu me veux immortel avec un tel entêtement que je te crois capable d'en persuader Dieu !

Comment aurait-elle pu le quitter ? La détresse qui l'avait empoignée quand elle avait vu Philibert cracher le sang, quand elle l'avait entendu délirer, lui avait rendu irréelle son angoisse de perdre Vincent. Voir revivre Philibert était devenu la grande urgence de sa pensée. Qui plus est, un scrupule superstitieux la retenait clouée au chevet du malade, lui faisait chasser de sa tête, comme péché dangereux, toute bouffée du mal de Vincent qui lui revenait. Philibert ne lui avait-il pas dit qu'il ne pouvait mourir, tant il se sentait rattaché à la terre par l'amour de Jeanne ? Certes il y avait de la boutade dans son propos, mais elle en ressentait aussi, dans son cœur, toute la vérité : Philibert ne pouvait pas mourir, parce que Jeanne ne pouvait pas imaginer sa mort. Est-ce qu'un ange gardien déserte ? Bien qu'elle fût aussi tiède croyante que son siècle, elle se persuada vite que Dieu ou Quelque Chose du ciel avait frappé Philibert juste au bon instant pour faire toucher sa folie à Jeanne et lui montrer qu'un seul homme comptait vraiment pour elle. Que son élan pour le beau corsaire avait été le songe d'une nuit de printemps, un égarement du corps, aussi fragile qu'une bulle de savon. Dès le mardi elle expédia Banban à l'hôtel de Boufflers avec un billet pour le chevalier, lui apprenant la grave indisposition d'Aubriot, qui la retenait auprès de lui ; elle ajoutait que, le mieux persistant, elle ferait une apparition à La Tisanière le lendemain sur le coup de cinq heures et serait heureuse de l'y voir. Elle s'était exprimée en un minimum de mots et dans un style de courtoisie mondaine, tant il lui avait été impossible de retrouver un ton juste pour s'adresser à Vincent depuis la rue du Mail, à côté de la chambre de Philibert.

Vincent ne vint pas à la boutique le lendemain. Quand Jeanne y arriva dans la soirée elle n'y trouva qu'une lettre déposée par Mario.

« Jeanne, mon inconstante, écrivait Vincent, vous voilà donc repartie loin de moi, et si vite ! On ne peut vous lâcher, décidément. Aubriot a le ciel avec lui, en dépit des apparences. Pour vos quinze ans je veux vous enlever, alors il perd sa femme et vous restez pour le consoler. Pour vos dix-neuf ans je veux vous emmener, alors il tombe malade et vous restez pour le soigner. Que puis-je, contre les arrêts du ciel ? Ni ardeur ni astuce ne peuvent rien contre un vent contraire décidé à vous nuire. Je sais déjà que vous ne me suivrez pas. Je crois, Jeanne, que vous vous trompez de destin. Mais peut-être est-ce que je le crois seulement parce que je voudrais que votre destin, ce fût moi ?

« Je quitterai Paris pour Calais vendredi matin, à cinq heures de l'aube. Je vous enverrai Mario jeudi soir – où que vous soyez il vous trouvera pour recevoir votre dernier message. Venez, Jeanne. Venez parce que je vous aime et que vous m'aimez. Et si cela ne vous suffit pas, je vous épouserai. Mais, par ma croix, je ne vous répéterai pas une seconde fois ce que je viens de vous dire là. Vincent. »

– Mademoiselle, qu'est-ce qu'il y a ? Le cœur vous tourne ? s'écria Lucette en se précipitant pour faire asseoir sa maîtresse brusquement pâlie et qui semblait manquer d'air.

– Donnez-moi un peu de mélisse...

– Aussi, vous veillez trop, disait Lucette en préparant l'eau de mélisse. Laissez-moi vous relayer cette nuit auprès de monsieur Aubriot, puisqu'il va mieux. Comme ça vous pourrez vous reposer. Ou bien faire vos courses... des fois que vous auriez des choses pressées à faire ? acheva-t-elle en jetant un coup d'œil sur la lettre.

– Merci, ma bonne Lucette, mais je n'ai pas de chose plus pressée à faire que de soigner monsieur Aubriot, articula Jeanne d'un ton raffermi.

Une heure plus tard, comme elle quittait la boutique, Lucette revint à la charge :

– C'est vrai que vous voulez pas de mon aide pour cette nuit ?... Non, bon. Ça m'aurait pas gênée. Et dites voir... y a pas une réponse que Banban doive porter à l'hôtel de Boufflers ? Une réponse à la lettre ?

– Non, Lucette. Mario... Le valet du chevalier Vincent viendra la chercher lui-même, demain soir.

Lucette lui jeta un tel coup d'œil qu'elle ajouta vivement :

– C'est pour mon affaire de plantes exotiques. Mais je crains bien qu'il ne me soit difficile d'intéresser le chevalier à la botanique et aux trop petits besoins de La Tisanière.

— Vous croyez, mademoiselle ? fit Lucette avec de l'impertinence dans le ton.

— Je le crains.

— Et des bonnets, est-ce qu'on en aura ? Et qu'est-ce qu'on en fera ? On se mettra à la vente des bonnets ?

— Quels bonnets, Lucette ? De quoi diable me parlez-vous ?

— L'autre jour, vous lui avez bien donné un modèle de bonnet, au chevalier Vincent ? Celui que vous aviez sur la tête ?

— Ah ! c'est donc cela ? fit Jeanne avec un petit rire forcé. C'était un... Oui, c'était un modèle, mais pour sa bonne amie de province, qui commande ses bonnets chez Lacaille, comme moi. Dites-moi, Lucette, il me semble que nous n'avons plus beaucoup de paquets de rouleaux * de sauge ? Demandez à Madelon d'en préparer une cinquantaine dès demain. L'abbé de Voisenon se trouve tellement bien de fumer notre sauge qu'il nous envoie tous les asthmatiques de Paris, et, avec le pollen du printemps qui vient...

L'épouser !

Vincent voulait l'épouser ! Perdait-il la raison ? « Et si cela ne vous suffit pas, je vous épouserai. » Ces mots-là lui semblaient si fous, si impossibles sous la plume d'un chevalier de Malte qu'elle doutait constamment de les avoir lus, tirait du creux de ses seins la lettre du chevalier, la dépliait, s'empêchait de sauter tout de suite à la fin, la relisait depuis le début sans tricher d'une syllabe, butait enfin sur la phrase incroyable et la tenait sous ses yeux pendant de longues secondes avant de refermer son regard, ébloui comme s'il venait de fixer le soleil. Vincent n'était que chevalier de grâce et n'avait pas prononcé de vœux, Jeanne le savait. Mais elle savait aussi qu'il était plus facile à un chevalier profès de se faire relever de ses vœux pour faire un mariage décent qu'à un chevalier de grâce de se permettre un mariage indécent. Le chevalier et la bergère unis devant Dieu — quel rêve féerique ! Quel mirage ! Jeanne, de nouveau incrédule, rouvrait le pli et retrouvait noire sur blanc la stupéfiante folie tombée de la main de Vincent : « Et si cela ne vous suffit pas, je vous épouserai. » Alors, en dépit du malade allongé dans la chambre voisine, en dépit de sa peur superstitieuse d'être punie en lui de toute pensée infidèle, elle caressait du doigt les mots extraordinaires, leur souriait, les baisait, les enfermait entre ses deux mains jointes, serrait ce songe fabuleux entre sa joue et son oreiller et se laissait

* Cigarettes.

aller à une orgie de bonheur, épousait dix fois de suite son merveilleux chevalier bouclé, avec tous les détails d'une célébration romanesque, jusqu'à se retrouver face à face avec lui, seuls dans la chambre rouge et or de la petite maison de Vaugirard. Dès que les mains de Vincent la touchaient – ses mains nues sur sa peau nue – elle frémissait, se crispait, mais sans pouvoir empêcher le flot des images défendues de l'inonder...

Elle s'endormit la joue blottie contre la lettre de Vincent, et l'ombre d'un sourire apaisé lui détendit le visage lorsqu'elle se mit à rêver tout de bon. Rêver n'est pas pécher – on n'y peut rien.

Banban prit sa voix de petit bonhomme important sans qui le commerce, en ces jours difficiles, irait à vau-l'eau :

– Pour ce matin, c'est tout ce qu'il y aura à dire à Lucette, mademoiselle ? Et pour Madelon, y a pas de commission ?

– Non, Banban. Mais attends-moi un instant dans l'antichambre : j'ai une lettre à te donner.

– Une lettre pour le chevalier Vincent ?

Elle jeta un coup d'œil à l'enfant trop déluré, répondit simplement :

– Son valet viendra la prendre ce soir à la boutique. Attends-le pour la lui remettre toi-même. Tu as bien compris ? Je veux que tu l'attendes et que tu remettes ma lettre en mains propres.

– J'ai bien compris, mademoiselle : c'est une lettre de grande affaire.

– Oui, dit Jeanne.

La feuille de vélin l'attendait sur la table de sa chambre depuis la veille au soir, déployée, blanche et lisse et prête au pire – un linceul.

Tous les mots auraient été dérisoires. Dérisoires et insincères. Il n'existe pas de justes mots pour dire adieu à l'homme qu'on aime, quand il vous ouvre ses bras. Même le mot « adieu » ment, parce qu'on n'y croit pas. Elle écrivit d'un jet : « Chevalier, je vous aime à jamais et je voudrais mourir », parce que cela, au moins, c'était vrai.

15

Décidément il faisait bon revivre dans une abbaye paillarde, se disait Aubriot en flânant dans la cerisaie en fleur.

Quand, après dix jours de fièvre pulmonaire dont tous les savants amis du Jardin plus le docteur Tronchin s'étaient mêlés, Aubriot avait enfin remis le pied par terre, pâle et amaigri, Tronchin avait tout de suite parlé de convalescence à la campagne, là où l'air se respire pur et embaumé, où le lait se boit pur et chaud au pis de la vache. M. de Buffon avait offert Montbard – mais c'était loin. L'abbé de Voisenon avait offert Belleville – mais le voisinage de Mme Favart en rendait souvent le séjour tapateur. La marquise de Couranges avait offert son manoir de Villette – mais son amant avait craint de n'y trouver qu'un repos épuisant. Si bien qu'il avait accepté avec empressement l'offre des chanoines de Saint-Victor, et une vaste chambre au midi dans le bâtiment conventuel. Certes, l'abbaye Saint-Victor était logée dans un faubourg assez populeux de la ville, mais n'en était pas moins un beau domaine très champêtre.

Franchi la porte de la rue Saint-Victor, on avait devant soi l'église, à sa droite le palais abbatial et à sa gauche les communs. Derrière ce grand ensemble harmonieux les jardins descendaient loin, jusqu'à buter sur le chantier de bois longeant la Seine. Tout le long des murs de la clôture frémissait le vert tendre des tilleuls centenaires aux basses branches desquels se cueillaient chaque été des tonneaux de tisane tandis que, plus haut, les abeilles du père Augustin ramassaient leur miel d'or pâle. Le mail, devant le palais, était une majestueuse cerisaie à cinq travées emplies d'une ombre toujours fraîche, peuplée de chants d'oiseaux. Les chanoines étaient très fiers de dire qu'aucun autre jardin parisien ne donnait asile à autant d'oiseaux, « surtout en juin », ajoutaient-ils avec malice ; et, en juin, tous les gens du quartier accouraient aux concerts d'oiseaux dans la cerisaie illuminée de milliers de cerises.

Car Saint-Victor était une abbaye ouverte, ouverte comme un moulin ! Les mauvais esprits anticléricaux allaient même jusqu'à prétendre que c'était une abbaye folichonne, dont les chanoines s'occupaient sans désemparer à faire leur bonheur sur la terre faute de croire qu'il y en avait du meilleur à attendre du ciel. A écouter les grincheux, ces chanoines-là étaient de futurs damnés, dont ils s'obligeaient à colporter les péchés jusqu'à l'oreille du Roi, dans l'espoir que le monarque fermerait ce trop gai couvent. Mais il ne le fermait pas, Dieu merci, et Aubriot regardait le père Étienne – le père Potager – diriger la plantation de ses carrés de légumes d'été avec la sérénité d'un semeur qui ne doute pas d'être là au temps de la récolte. Le médecin bavarda un moment radis, laitues, cerfeuil et œillets d'Inde avec le père Étienne, marcha encore un peu dans les allées ensoleillées et rentra lire dans la bibliothèque en attendant Jeanne, qui le venait voir chaque jour à la fin de la matinée, en sortant du Jardin Royal.

L'immense bibliothèque, superbement boisée, était gérée par l'abbé Pierre et l'abbé Armand. Eux, au moins, devaient croire en Dieu, car ils n'étaient jamais à leurs postes et laissaient leurs clients se servir à leur gré de livres et de manuscrits. Il est vrai qu'Aubriot trouvait souvent, dans un volume rare, une invite à le remettre en place, du style : « Celui qui songe à me voler, l'abbé Pierre ne le voit peut-être pas mais saint Pierre, lui, le voit, et c'est saint Pierre qui ouvre ou ferme la porte du paradis. » Les voleurs, apparemment, se laissaient mollir par l'œil de saint Pierre, puisqu'il restait encore des milliers de livres à Saint-Victor, sans même compter ceux que les pères chanoines gardaient dans leurs cellules parce qu'ils n'étaient pas à mettre entre toutes les mains. Il arrivait qu'un religieux ayant trop forcé sur le vin blanc de Suresnes – l'ordinaire du couvent – perdît l'une de ces pieuses lectures de poche ici ou là et qu'Aubriot la ramassât, quitte à rendre plus aiguë sa faim de la peau de Jeanne. Sa chaste convalescence commençait à lui donner des fourmis dans le corps et ce n'était jamais de sa marquise qu'il rêvait, c'était de sa Jeannette, et s'en aviser le rendait content ; l'idée qu'il commençait à se détacher de sa dernière passade lui apportait une paix d'âme très agréable.

Ce matin-là, alors qu'encore une fois sa pensée flottait paresseusement de Jeanne à Adélaïde pour le bonheur de se sentir dégoûtée de l'une et fidèle à l'autre, un petit roman coquin replacé par un abbé distrait à côté d'un traité de médecine de Tournefort tomba sous la main d'Aubriot. Le livre s'ouvrit à la page d'un signet, sur lequel on avait recopié une maxime de l'ouvrage suivie d'un commentaire : « Aimer sans foutre est quelque chose, foutre sans aimer ce n'est rien. Bon sujet d'interminable dispute. Le proposer à l'abbé de S... pour notre exercice de dialectique du mardi. » Aubriot eut un rire sonore : « Allons, pensa-t-il joyeusement, voilà un sujet de méditation qui m'arrive opportunément. Ces messieurs de Saint-Victor n'ont pas des préoccupations si frivoles qu'on le dit, l'abbé qui a écrit cela a retenu une maxime qui ne manque pas de profondeur. »

Il alla s'accouder à la fenêtre. L'air était bleu doré, tout aiguillonné de printemps. Les tulipes multicolores du père Étienne se balançaient dans une faible brise qui semait dans tout le jardin des pétales de cerisier. Il vit Jeanne paraître au bout de la grande allée : elle devait être venue du Jardin par le chemin des écoliers, par les chantiers de bois et les quais de la Seine – il faisait si beau. Elle allait de son long pas souple, toute simplette comme il la préférait, vêtue d'un jupon rayé vert et blanc qui dégageait bien la cheville, d'un caraco vert éclairé d'un fichu de mousseline, un assez petit bonnet perché sur la masse relevée de ses cheveux. Au bout de son bras droit son sac à papiers oscillait comme un balancier d'horloge au rythme de sa marche. Elle portait sur le visage l'air songeur un peu triste qu'il lui voyait souvent depuis sa maladie. « Elle s'ennuie », se dit-il, et cela signifiait : « Elle s'ennuie de moi. » Il fixa avec un vague dégoût le sac à papiers qui s'avançait vers lui. Allait-il vraiment, en ce midi radieux plein à ras bord du chant des oiseaux, la faire asseoir à un pupitre auprès de lui, tirer de son sac les notes qu'elle aurait prises au Jardin et commencer de les mettre au clair en en discutant ? Il y a des jours où la bien-aimée botanique n'est que ce qu'elle est : une perversion coupable, qui vous empêche de courir là où les *Ranunculus repens* sont des boutons d'or clignant de l'œil au soleil, où le *Trifolium pratense* s'étend, tel un somptueux banquet de trèfle rouge, sous le vol énamouré des bourdons. Aubriot entendit la musique nuptiale des *Bombus* lui engourdir le cerveau : « Mes bien chers pères, pardonnez-nous de déserter votre compagnie mais, aujourd'hui, nous travaillerons dans ma chambre », marmonna-t-il avec un sourire aux portraits pendus dans la bibliothèque. On pouvait sans façon annoncer à tous ces chanoines gras ce qui s'allait passer au-dessus de leurs têtes : de leur vivant, ils en avaient vu bien d'autres !

Jeanne, écarlate, ferma ses yeux très fort pour ne pas croiser ceux de Philibert. Car, enfin, il était bel et bien en train de la déshabiller après l'avoir jetée sur son lit. Il la dénudait savamment, sans hâte, entrecoupant son impatience de caresses et de baisers. Il l'avait débarrassée de son caraco, de ses jupons, de ses bas, s'attaquait à doigts patients aux rubans de sa chemise, et il était clair, et depuis un moment déjà ! que Philibert avait la ferme intention, l'idée sûrement très inconvenante de lui faire l'amour dans un couvent, avec sa fenêtre grande ouverte au soleil et en guise d'apéritif à son dîner ! Cela bouleversait l'image que se faisait Jeanne de l'amant qui n'avait jamais eu de temps pour elle que la nuit, lui donnait dans ses bras une sensation toute neuve de libertinage. Elle crispa ses paupières pour se faire de l'ombre, tenta de remonter sa chemise quand elle sentit ses seins jaillir hors de la batiste :

– Oh ! Philibert, balbutia-t-elle, le soleil... le soleil...

– Eh bien, quoi, le soleil ? Depuis quand crains-tu le soleil ? Ta peau dorée le boit merveilleusement, dit-il avant d'encercler de ses lèvres le mamelon le mieux offert.

D'une voix à peine audible elle murmura encore :

– Mais Philibert... nous sommes... dans un couvent !

– Ce n'est pas un couvent austère, dit-il entre deux bouchées de framboise et, d'une lente et habile traction, il acheva de la dépouiller de sa chemise en la retournant, comme il aurait dépouillé un lapin de son pelage.

...

Le soleil révélait l'imperceptible duvet blond de son dos, mettait sur sa peau encore moite de volupté un fin brouillard de minuscules lucioles. Par jeu il se fit un fouet d'une des mèches de cheveux blonds et se mit à la chatouiller avec sa pointe. Elle frémit et lui baisa le cœur.

– Regarde-moi un peu, dit-il en s'enroulant cette fois tout un faisceau de cheveux autour de la main.

Elle fit non de la tête, farouchement, dit d'une voix enfouie dans la poitrine de Philibert :

– Je ne veux plus vous regarder jamais ! Oh ! Philibert, comme ça, en plein soleil ! En plein milieu de la journée ! Comme à une courtisane !

Le rire de Philibert explosa dans la chambre, fit craquer les nerfs de Jeanne : elle éclata en pleurs.

Il se contenta de lui presser la tête plus fort contre son sein : elle était vraiment aussi émotive qu'un ciel d'avril, on ne pouvait pas plus empêcher une crue de ses larmes qu'une giboulée de grêle. Pourtant, comme la pluie lui semblait persister un peu trop longtemps, il questionna :

– Dis-moi, Jeannette, dis-moi seulement si tu pleures parce que je t'ai traitée en courtisane, ou si tu pleures parce que cela t'a honteusement plu ?

Sa rage de pleurs eut une recrue. Elle pleurait parce qu'elle se sentait l'âme pleine de bleus, ballottée d'un mal à l'autre. C'était la première fois que Philibert la reprenait depuis sa nuit à Vaugirard avec Vincent. Pendant son absence amoureuse, elle avait tant langui les baisers perdus du chevalier, vécu avec lui tant de rêves à la fois impurs et divins, qu'elle avait fini par se demander comment elle supporterait désormais les caresses de Philibert. Et voilà qu'elle découvrait avec honte et soulagement que son angoisse avait été vaine. Que son corps était demeuré docile à son amant, et vite frissonnant et ravi et comblé de joie charnelle. Elle se sentait un monstre. Une femme deux fois infidèle, au cœur double et au corps pervers. N'y avait-il pas de quoi sangloter sur soi jusqu'à la fin du monde ?

— Allons, cesse de larmoyer comme une petite fille qui mue, ou je finirai par croire que tu as vraiment gémi de douleur plutôt que de plaisir, et je vais recommencer pour faire mieux la prochaine fois, dit Aubriot en lui empoignant la crinière pour lui relever la tête.

Elle piqua une brusque colère contre son pouvoir sur elle :

— Oh ! vous pouvez tout me faire, dit-elle, pourquoi pas ? Vous pouvez me renverser sur le lit d'un couvent, me déshabiller en plein jour comme une courtisane, agir avec moi à votre fantaisie, et je n'ai rien à dire et d'ailleurs je ne dis rien ! Mais figurez-vous que ce n'est pas du tout parce que je suis encore votre petite fille bien obéissante, et bien soumise, et bien timide, non, non ! C'est parce que je suis une Messaline, j'ai une âme de Messaline, voilà !

Cette fois il éclata d'un tel rire qu'il s'étrangla, toussa, lui planta un baiser dans les cheveux :

— Il nous faut fêter ta découverte, dit-il gaiement. Remets ta chemise, Messaline, et allons dîner sur la place Maubert. Que dirais-tu, Messaline, d'une bonne carpe farcie au vert avec un petit vin blanc de Mâcon bien sec ?

Pendant tout le mois où Philibert demeura à Saint-Victor, ils vécurent une façon de lune de miel. Jeanne s'était fort bien habituée à faire l'amour à midi dans la chambre d'un couvent, après quoi, souvent, Philibert l'emmenait dîner chez un traiteur de la rue des Fossés-Saint-Bernard où il avait pris ses habitudes pour fuir la table trop grasse et les ragots des chanoines. Le traiteur des Fossés-Saint-Bernard donnait très proprement à manger pour vingt-six sols par repas — un potage, le bouilli, deux entrées et une demi-bouteille de vin. Mais pour faire si bonne chère pour si peu d'argent il y avait affluence et, quand ils tombaient dans la queue de l'heure de presse, plutôt que d'attendre ils poussaient jusqu'à la place Maubert, où

Philibert leur offrait une petite folie à quarante sols par tête chez la veuve Lescot. Pour ce prix-là, Lescot mettait la main à la cuisine et vous accommodait au mieux une matelote d'anguille, un pot-au-feu de poissons ou une carpe au vert. Ils arrosaient leur plat d'un vin de coteau du Beaujolais que leur bonne hôtesse tenait de sa famille, et se sentaient soudain chez eux, retransplantés par magie dans une auberge de la Dombes. Le plat paysage d'eaux aux douces couleurs lavées leur remontait du cœur, leurs regards se cherchaient, se pénétraient par-dessus la débandade du couvert... Sous la caresse appuyée des yeux noirs Jeanne rosissait avec éloquence, poussait des petits soupirs de bien-être, qui fleuraient l'ail du beurre de persil à la bourguignonne : allons, la vie était un peu belle, tout de même ? Méchante, mais coupée de rudement bons moments. Plus tard, quand elle débarquait à La Tisanière, toujours en retard et un petit sourire aux lèvres, Lucette la perçait de son petit œil bleu rieur, disait : « Fallait pas courir, mademoiselle, je me souciais pas, j'ai pas si faim. Je sais bien que, quand on a un malade, faut prendre le temps de le réconforter. » Un jour, l'espiègle ajouta :

— La convalescence de monsieur Aubriot chez les chanoines paillards, elle vous réussit joliment, vous reprenez votre allant. Parce que vous savez, le mois dernier, vous aviez une drôle de triste mine. Et avec ça, morose comme je vous avais jamais vue. Rien vous disait plus rien, à croire que vous aviez perdu votre raison de vivre. Vous en aviez pris un sacré coup — pas vrai ?

Jeanne tâta, dans sa poche de jupon, les lettres de Vincent. C'était sa façon de les relire — la douce par laquelle il l'épousait, la cruelle par laquelle il la rejetait, cette dernière presque aussi laconique et désespérée que le dernier billet de Jeanne :

« Jeanne, mon incorrigible indécise, vous perdre fait encore bien plus mal la seconde fois que la première. Mais, par ma croix, je ne vous perdrai plus jamais, car je renonce à vous pour toujours. »

Deux lignes avaient été griffonnées sous la signature : « Votre Banban et Mlle Lacaille vous rembourseront de ma part ce que je vous dois et vous prie d'accepter avec mes hommages très respectueux. »

Quand Jeanne avait reparu à La Tisanière, après avoir reçu ce billet, Lucette, la mine alléchée, avait tiré une panière d'osier de l'arrière-boutique où elle l'avait garée : Banban et un cocher de l'hôtel de Boufflers avaient apporté ça pour mademoiselle. Devant Lucette cabriolante et Madelon extasiée, Jeanne avait tiré de la panière, d'abord le beau châle de Cachemire qu'elle avait porté chez Vincent, ensuite une exquise robe d'été à l'anglaise, en poult-de-soie vert de mer. Une capeline à petit bord en fine paille d'Italie crémée garnie d'un ruban d'attache de mousseline verte, une paire de mules à hauts talons en faille verte, une charmante canne de bambou ornée d'un nœud en mousseline et à pomme chiquetée d'or complétaient la fraîche et ravissante toilette. « Ben, mademoiselle... », avait commencé Lucette. Jeanne avait voulu couper court, mais la bavarde avait tenu à dire au moins que « ça en représentait, des écus de six livres, une toilette et une canne comme ça » ! et Jeanne, subitement inquiète, s'était demandé de quel œil Philibert regarderait sa tenue de princesse anglaise si jamais elle osait la sortir sous ses yeux. Mais quand, le dimanche de Pâques, elle avait osé la mettre, qu'elle était arrivée cœur battant à l'abbaye Saint-Victor avec l'impression de porter, criante, son infidélité sur le corps, Philibert avait simplement dit : « Tiens, te voilà déguisée en quoi ? Il me semble que je n'avais pas encore vu cette robe. Ce n'est pas un peu fragile ? » Et la canne, il n'avait pas dû la voir du tout. Lucette avait bien raison d'assurer que « c'est pas tous les hommes, mademoiselle, qu'ont l'œil connaisseur pour la toilette. Les trois quarts, ils pensent qu'à ce qu'il y a dessous » !

Le paquet de chez Mlle Lacaille, Jeanne l'attendit sans curiosité : elle pensait que le chevalier lui ferait renvoyer son bonnet — un bonnet semblable à celui qu'il lui avait pris par jeu.

— Voilà enfin mon bonnet qui me revient, dit-elle en voyant un jour une apprentie de chez Lacaille entrer dans la boutique, un carton à la main.

Elle donna deux sols à la petite.

— Je peux voir, mademoiselle ? demanda tout de suite Lucette.

— Si vous voulez, ma curieuse. Mais c'est mon bonnet, voilà tout, dit-elle en affectant de se replonger dans des comptes.

Elle ne releva la tête qu'en entendant les exclamations de Lucette :

— Ben, mademoiselle, ça valait le coup d'attendre un peu ! Je me disais bien aussi que la boîte était trop grosse pour un seul bonnet...

La malicieuse tenait devant elle, dépliée, une affriolante chemise de la plus fine batiste de Cambrai, richement ornée d'une précieuse dentelle de Chantilly et de rubans de satin.

— Oh ! fit Jeanne, suffoquée.

— Et en plus, elle sent bon la meilleure des fines fleurs d'orange, y en a des sachets dans le carton, dit Lucette en en reniflant plein son petit nez retroussé.

Jeanne continuait de contempler avec stupeur la déshonorante chemise :

– Bon, dit-elle sèchement, la petite de Lacaille se sera trompée de livraison.

– Y a bien votre nom sur la boîte, dit Lucette, impitoyable. Et ya aussi votre bonnet au fond – regardez... Peut-être bien que, sans vous en ressouvenir, vous y aviez prêté une chemise en plus d'un bonnet, au chevalier ?

Jeanne s'enflamma de honte, pensa avec fureur : « Me faire ça ! Aller me commander une chemise chez *ma* lingère, me la faire livrer dans *ma* boutique, oser me faire passer pour... Oh ! c'est trop fort ! » Elle marcha fiévreusement vers Lucette, voulut lui arracher la lingerie des mains mais Lucette fut plus prompte, mit l'ouvrage à l'abri avec elle derrière le comptoir.

– Lucette, donnez-moi cela ! ordonna Jeanne. Je veux de mes mains détruire cette insolence !

– Pour ça, non, mademoiselle ! Ça serait un crime !

– Lucette, donnez-moi cela ! C'est moi seule que cette affaire regarde. Ne comprenez-vous pas quel affront me fait cette chemise ? Ce qu'on pourrait croire ? Comment le chevalier a-t-il osé se permettre... Mon Dieu, il me méprise donc bien ?

L'idée du mépris de Vincent la bouleversa, noya sa colère ; elle enfouit son visage dans ses mains et se mit à pleurer.

Lucette replia soigneusement la chemise dans le carton, posa le bonnet par-dessus, referma la boîte et vint entourer de son bras les épaules de sa maîtresse :

– Allez, mademoiselle, faudrait vous remettre vite, parce que les cinq heures vont sonner et la pratique va se montrer. Alors laissez-moi donc que je vous console. Je vous aime bien et je veux pas vous voir vous faire du sang pour rien. Le chevalier ne vous méprise pas plus que vous êtes fâchée contre lui. Je sais pas pourquoi il a choisi de vous envoyer une chemise plutôt qu'autre chose, doit y avoir une raison mais, pour moi, c'est pas une offense – surtout vu le prix de la chemise, que je me doute ! Vous pouvez me croire, mademoiselle, parce qu'en fait de mépris d'homme je m'y connais, je m'y connais très bien ! Le mépris d'un homme c'est des coups et des jurons ou au moins un enfant par an pour une femme honnête, et pour une déshonnête c'est de l'argent, et le moins possible ! Alors gardez vos larmes pour quand vous serez réduite à ça, et j'espère bien que ça sera jamais.

Jeanne se moucha, tamponna ses yeux :

– Vous le croyez, Lucette, vous le croyez vraiment que le chevalier n'a pas voulu... ? Tout de même, Lucette, m'envoyer une chemise est d'une impertinence incroyable ! C'est si inconvenant qu'en l'apprenant personne ne voudrait croire que le chevalier... que nous ne... Enfin, Lucette, une chemise !

— Vous achetez pas vos jarretières Au Signe de la Croix ? Parce que la patronne, elle pourrait vous dire que c'est monsieur de Voltaire lui-même qui passe les commandes de jarretières ornées comme ci et comme ça pour sa nièce, madame Denis. C'est pas plus « convenant », peut-être ?

— Aussi tout le monde croit-il que monsieur de Voltaire couche avec sa nièce !

— Et quand bien même, mademoiselle, qu'on croirait, sauf votre respect, que vous et le chevalier... Ça vous ferait pas tort, mademoiselle, parce qu'un homme comme le chevalier Vincent, c'est pas un péché. Si le bon Dieu avait voulu que les femmes honnêtes disent toujours non, il aurait pas mis sur la terre des hommes faits comme lui. Bon, vous souriez, j'aime voir ça. Allez, faut que j'ôte ce damné carton du comptoir. Banban le portera chez vous tout à l'heure.

— Lucette... Si je renvoyais la chemise à Lacaille ?

— Essayez-la d'abord, dit Lucette.

Debout devant la glace de la cheminée Jeanne examinait son visage avec sévérité. La jeune peau fraîche ambrée épousait toujours sans une seule ridule la chair du beau visage aux pommettes naturellement ombrées de rose sombre, aux ailes et au pourtour du nez ensoleillés de rousseurs. « Le chagrin ne m'a pas marquée », se dit l'enfant de dix-neuf ans aussi sérieusement que si elle l'avait vraiment craint. D'un doigt humecté de salive elle recourba ses cils et se mit à faire jouer la lumière de la bougie dans l'eau dorée de son regard. Elle libéra ses cheveux, les peigna avec ses doigts écartés, les lissa pour les installer sur ses épaules comme un châle de soie... « Non, chevalier, vous ne pourrez pas, finit-elle par murmurer à son image. Non, mon amour, vous n'aurez pas le cœur de vous tenir parole et de ne plus me revoir. » Elle se voyait trop désirable pour croire qu'il allait oublier de la désirer. Elle recula jusqu'au milieu de la chambre pour se voir tout entière, n'hésita qu'un instant, laissa tomber son déshabillé, et s'en débarrassa d'un coup de pied. Son corps nu apparut dans le miroir, comme une longue statue couleur de marbre ambré posée sur le marbre gris de la cheminée, mince et délicieusement modelée, au sexe paré d'une épaisse toison d'or. Levant les bras en arrondi au-dessus de sa tête elle se mit à se balancer, à timide amplitude de courtisane débutante... Quand elle s'efforça de ressentir le regard de Vincent attaché à sa danse de Salomé elle y parvint tout de suite, rougit avec violence, fit un bond de côté pour s'échapper du miroir, sortit la douce chemise parfumée du carton de chez Lacaille ouvert sur la table et s'enfila dedans... La fragile et suave batiste des hargneux cambrésiens * lui coula sur la peau comme le frisson d'une caresse. Elle noua les coulisses, courut se remettre devant la glace et s'adora. La fine odeur de fleurs d'orange dont la chemise était imprégnée l'envahissait, grisante, de la présence de Vincent. Un sourire de victoire lui vint : « Tout de même, mon chevalier, tu ne m'as pas envoyé une chemise pareille, tout embaumée déjà de ta senteur, pour ne jamais revenir me l'ôter ? »

En rentrant rue du Mail avec sa nouvelle lingerie à essayer elle s'était dévêtue si vite que ses nippes traînaient encore partout dans la chambre. Elle releva le jupon jeté sur un bras de fauteuil, fouilla sa poche pour y reprendre le dernier billet du chevalier : ses mots d'adieu éternel n'avaient plus, ce soir, le pouvoir de la faire grelotter de douleur. Elle replia le feuillet : « Quand tu as écrit cela, mon beau chevalier, tu mentais, pensa-t-elle avec assurance. Et même si tu crois encore avoir dit vrai, je te ferai mentir ! »

* Ainsi nommés parce que la merveilleuse batiste des tisserands de Cambrai – la plus belle du monde – ressemblait à un travail d'aragne – d'araignée.

16

Elle se réinstalla dans sa vie quotidienne d'avant sa tempête sentimentale avec une rage d'exister accrue, comme si galoper ses journées devait la faire accoster plus tôt à des lendemains parfaits. A Lucette, qui lui conseillait parfois de se reposer cinq minutes, elle répondait : « J'ai trop rêvé pendant ma jeunesse, je n'ai plus de temps à perdre ! » Son excitation lui seyait à merveille, et au teint et à la santé : elle était plus resplendissante et charmait plus que jamais, d'autant que sa coquetterie avait empiré. Dans son attente chronique du retour de Vincent elle prenait soin d'être toujours parée avec une grâce raffinée, étudiée dans ses moindres détails.

A La Tisanière, c'était d'ailleurs le temps des élégances claires et légères. Le printemps, beau et chaud, avait fait sortir les robes d'été, et avec elles les clientes apportaient dans la boutique une gaieté de grandes fleurs ouvertes par le soleil.

Au Jardin la cohue n'était pas moins gaie, et de surcroît toute panachée de modes étrangères. Autant que sur le pont Neuf on y parlait toutes les langues de l'Europe, mais plus savamment et en les liant avec du latin. Une superbe cour de seigneurs entourait la promenade quotidienne de Buffon, lui faisait une traîne de roi de Versailles. Il est vrai que, par temps chaud, marcher sous les tilleuls que Buffon avait fait planter vingt-cinq ans plus tôt était une occupation délicieuse ; leurs branches s'étaient rejointes en berceau et formaient, de chaque côté des bordures de fleurs festonnées de buis, deux longues nefs de fraîche lumière verte. Toutes les bonnes d'enfants du quartier amenaient leurs marmots jouer sous les tilleuls de Buffon, pour voir passer le cortège de soie et de dentelles qui suivait l'intendant. André Thouin était pillé de graines, dévalisé de boutures, on lui vidait même sa soupière jusqu'à la dernière goutte de bouillon car la mode s'en mêlait, et on commençait d'entendre des ducs et pairs se flatter aussi haut d'avoir trempé une cuillère dans le pot du jardinier du Roi que de s'être attablés avec le Roi dans les Petits Appartements. A ses causeries de l'aube il y avait foule mondaine, et aux démonstrations publiques de Jussieu et de Daubenton l'affluence était telle qu'un matin, Daubenton, toujours prompt à l'imperturbable humour, se donna des façons de charlatan de foire et disséqua son mouton sur une estrade dressée en plein air, pour que plus de monde pût s'en régaler !

La « partie anatomique » donnée par Daubenton plut tant que quelques amazones excentriques lancèrent la vogue de la leçon d'anatomie dans leur jardin. Ces entichées de médecine maniaient le scalpel devant leurs amies, sous la conduite d'un chirurgien qui se faisait ainsi très agréablement un cachet de trente livres, avant d'aller goûter sous les tonnelles avec la fine assemblée. Naturellement c'était de l'animal humain qu'il était de bon ton d'offrir à ses invitées, ce qui fit monter le prix du peuple à l'état mort. Alors qu'un anatomiste du Collège Saint-Côme* payait habituellement dix francs le cadavre de la Salpêtrière ou de Bicêtre pour le revendre environ vingt-quatre à ses élèves, une noble dame n'hésitait pas à donner jusqu'à quarante livres pour avoir un beau corps mâle entier et en bon état de fraîcheur. Le trafic clandestin de cadavres allait bon train dans la capitale, où quelques malins rapportaient de la marchandise volée dans les cimetières des villages hors barrières. Ces messieurs les morts arrivaient à Paris en fiacre et en ressortaient par les égouts, ou en fumées grasses par les cheminées. Mais parfois, leurs morceaux abondant et la douce température ne nécessitant pas de chauffage, ils finissaient dégoûtamment aux coins des rues, en petits tas de charpie noirâtre abandonnés aux mouches. Les chiens arrivaient toujours avant le commissaire du quartier, et raflaient les bons os. Le débris humain déposé à l'ombre d'un baril d'aisances n'était d'ailleurs pas assez rare pour qu'un commissaire se donnât le mal d'essayer de reconstituer son client pour le nommer : sa viande avariée allait engraisser encore plus anonymement que celle des autres pauvres la terre vorace du cimetière des Saints-Innocents, une terre complaisante, si bien dressée à son usage qu'elle mangeait, disait-on, son cadavre en neuf jours. Si bien qu'au bout de ses tribulations l'infortuné mort reposait quand même gaiement, en plein cœur de la ville, sous le brouhaha des jeux d'enfants et des marchands étalant sur les tombes ; il pouvait même, un jour de chance, entendre s'installer sur sa misère immonde l'échoppe d'un écrivain public à vingt sols la lettre galante, et tout était bien qui finissait pour lui dans la musique des mots d'amour.

Un jour qu'on avait découvert un gros tas d'ossements tout frais dans un potager de la rue des Fossés-du-Temple et que le peuple s'en faisait une fête, riant et chansonnant la chose avec les policiers :

— Je ne savais pas les Parisiens si charognards, dit Jeanne à Mercier qui était venu la voir.

— Vous ne les connaissez pas encore, dit le nouvelliste d'un ton

* Collège de chirurgie.

goguenard, vous ne les avez pas encore vus en place de Grève un jour d'exécution. Qui n'a jamais vu ça ne sait pas de quelles explosions ce peuple bonhomme est capable, surtout s'il fait soleil. C'est en allant voir travailler le bourreau en place de Grève que je me suis prédit la révolution que Paris fera un jour d'été. Diderot ricane quand je lui annonce que la révolution sortira un jour d'été du pavé des rues comme une kermesse rouge, parce que Diderot est un ingénu, qui voit dans la révolution une besogne de philosophes papotant au café pour réformer les lois. Mais ce n'est point du tout une affaire de têtes, c'est une affaire d'entrailles et les Parisiens ont des entrailles de loups, qu'il leur faut repaître de temps en temps. Au reste, vous pourrez admirer bientôt leur appétit pour une bonne curée. La décollation du général de Lally fera faire une grosse recette aux propriétaires de fenêtres bien placées, car il est déjà certain que le Roi n'accordera pas sa grâce. On s'écrasera en place de Grève, il y aura des morts et des blessés autour de l'échafaud. Pensez donc, Jeannette : depuis le temps que le Roi n'a pas offert une tête tranchée à son bon peuple! Tout le monde se demande si le bourreau saura encore manier la hache — c'est très excitant, autrement plus qu'une banale pendaison!

En effet, le 6 mai 1766, le sang du marquis de Lally-Tollendal enivra tout Paris d'une liesse monstrueuse. Les juges avaient condamné le vaincu des Indes à huis clos après l'avoir privé de défenseur, pour un crime de haute trahison dont ils n'avaient nulle preuve, et pour cause! Il fallait bien laver l'honneur français souillé à Pondichéry dans le sang d'un coupable: l'opinion publique avait manifesté qu'elle préférait une armée trahie à une armée vaincue. Le général fut conduit à son martyre dans un ignoble tombereau de boue, ligoté et un bâillon sale enfoncé dans la bouche, afin qu'il ne pût gâter le plaisir des spectateurs en criant: « Je meurs innocent », comme il en avait eu l'intention. Il fut accueilli sur la place du supplice par des hurlements de joie, et sa tête tomba au milieu des applaudissements frénétiques d'une populace tant mondaine que pouilleuse. L'enthousiasme toucha même au délire du fait que le bourreau, comme prévu, avait perdu la main et dut s'y reprendre à plusieurs fois pour couper le gros cou de Lally. « Jésus! le pauvre diable, voyez comme ce vilain marquis lui donne du mal! » s'apitoya une petite comtesse suspendue à son balcon et plaignant monsieur de Paris *. Il est vrai que le maladroit boucher eut sa paire de

* Il était d'usage de donner au bourreau le nom de la ville où il officiait.

bas de soie blanche perdue d'éclaboussures rouges, mais il la mit sur son mémoire – duquel les payeurs du Domaine retranchèrent toutefois les six livres qu'il réclamait avec humour pour le repassage du tranchant de sa hache avant l'exécution.

Le massacre de Lally donna encore une ou deux soirées de causette à La Régence. Condorcet parla avec flamme contre « l'insoutenable barbarie du bâillon », toute la Philosophie se déchaîna contre le bâillon, et puis, là-dessus, Mlle Sophie Arnould se brouilla haut et fort avec le comte de Lauraguais qui la trompait un peu, renvoya à la comtesse, dans un carrosse qu'elle tenait du comte, les deux enfants qu'elle avait eus du comte, et la société de La Régence oublia la tragédie déjà vieille pour la comédie du jour. Il faisait si beau !

Jusqu'à la dernière minute, Jeanne avait cru que Vincent reviendrait à Paris avant l'exécution du marquis de Lally. Elle savait que le chevalier – tout en estimant odieux, gaffeur et haïssable le général qu'il avait vu mal faire aux Indes – pariait son propre cou qu'il n'était point traître pour autant. Elle pensait qu'avec les autres partisans de la grâce il irait à Versailles pour tenter de fléchir le Roi, et le pensait avec d'autant plus d'espérance qu'elle avait appris, par Mlle Sorel, que le corsaire n'était reparti que pour Londres, en voyage d'aller-retour, dont il comptait rapporter une nouvelle cargaison de mode. Mais Vincent n'avait pas paru et ce ne fut pas avant la mi-juin que Jeanne entendit de nouveau parler de lui, d'une manière charmante.

La veille, Banban était venu chercher, de la part de la comtesse de Boufflers, une bonne tisane contre la toux : un jeune musicien autrichien qui devait se produire à la soirée musicale du prince de Conti toussait un peu. Comme, depuis belle lurette, Jeanne vendait de la marchandise d'apothicaire aussi bien que des bonnes herbes du fait que la jurande corporative des épiciers-apothicaires ne pouvait venir fourrer son nez dans une boutique du Temple, elle avait donné un sirop de capillaire, un petit flacon d'essence de cyprès à verser en gouttes sur le mouchoir et l'oreiller du tousseur, et ajouté un cornet de pastilles de miel au coquelicot lorsqu'elle avait appris que le musicien enrhumé n'était pas plus haut que Banban. L'après-dînée du lendemain, elle était occupée à installer avec Lucette un étalage de sachets de Bain-des-Champs aux herbes parfumées et de Bain-des-Forêts aux aiguilles et bourgeons de pin, quand un bourgeois à la mode d'outre-Rhin entra dans la boutique, accompagné d'un joli petit garçon d'une dizaine d'années, bien vêtu, bichonné, frisé et poudré à frimas. Cet élégant bout d'homme était le musicien tousseur de la veille, il avait apprécié les bonbons au miel et son père venait lui en acheter d'autres. Émerveillée par l'âge de l'artiste Jeanne posa quelques questions, apprit qu'il jouait du clavecin et du violon, composait aussi et revenait d'un voyage en Angleterre. Le petit la regardait avec une attention vive et, soudain, murmura dans sa langue quelques mots à son père, lequel à son tour dévisagea la marchande, hocha la tête et prit la parole :

— Mademoiselle, vous ressemblez si fort à un portrait que nous avons vu à Douvres, dans la grand-chambre d'un vaisseau français, qu'il faut bien que vous soyez le modèle de la peinture.

Elle secoua la tête :

— Cela ne se peut, monsieur, personne jamais ne m'a peinte.

— Alors, voilà une ressemblance bien extraordinaire, dit le bourgeois autrichien.

— N'assure-t-on pas que chacun a son sosie ? Vous aurez trouvé le mien. J'avoue que je serais curieuse de le pouvoir contempler aussi, dit Jeanne. Comment s'appelle le vaisseau où vous l'avez rencontré ?

— *Belle Vincente*, dit l'Autrichien.

Lucette laissa tomber un sachet de Bain-des-Forêts. Jeanne rougit jusqu'au front, se mordit la lèvre, maîtrisa sa voix :

— *Belle Vincente* n'est pas un courrier mais un vaisseau corsaire, si je ne me trompe ? Par quel miracle, monsieur, vous trouviez-vous à son bord ?

— J'ai un fils quelque peu miraculeux, mademoiselle, dit l'Autrichien avec orgueil. Le chevalier qui commande cette frégate l'avait entendu dans une maison de Londres. Il nous a retrouvés par hasard à Douvres où nous nous rembarquions pour le continent, et il a bien voulu nous demander de venir jouer à son bord, sur son propre clavecin — un instrument merveilleux, mademoiselle.

— Il m'a donné ceci en souvenir de lui, et encore ceci pour me protéger, dit l'enfant dans un français lent mais correctement prononcé.

Jeanne se pencha pour admirer ce que le jeune musicien lui exhibait avec un sourire radieux : une mignonne montre de breloque en or gravée d'un bouquet fleuri d'éclats de rubis, de saphirs et de diamants, et une toute petite croix de Malte d'émail et d'argent.

— C'est très beau, dit-elle en lui caressant la joue.

— Il m'a aussi offert un grand goûter de sucreries, dit le petit.

— Et... ce portrait ? demanda Jeanne en s'adressant au père. Le capitaine de *Belle Vincente* avait donc ce portrait... qui me ressemble... dans sa chambre?

– Oui, mademoiselle. Une fort belle huile, en vérité. Si attrayant de couleurs que mon fils ne pouvait s'empêcher de lui sourire et que j'en ai fait compliment à son possesseur. Vous... Votre sosie est peint en déesse Pomone.

– Vous a-t-on dit qui l'avait peint?

– Monsieur Vanloo.

– Vanloo..., répéta rêveusement Jeanne.

Elle se souvenait fort bien que Carle Vanloo n'avait cessé de la contempler le dimanche où Mme Favart avait donné sa partie de campagne à Belleville, elle l'avait même vu crayonner sur le carnet de croquis qui ne le quittait jamais. Mme Favart lui avait dit plus tard que le peintre avait aimé son visage aux coloris ensoleillés et souhaiterait la peindre sous l'aspect d'une divinité des jardins. Jeanne avait répondu oui avec empressement mais, quelque temps après cette offre, Carle Vanloo était mort subitement et jamais elle n'avait entendu parler d'un portrait d'elle qu'il aurait fait de mémoire avant de mourir. Et voilà pourtant que ce bourgeois de Salzbourg et son fils avaient vu sur le vaisseau de Vincent une Pomone de Vanloo qui lui ressemblait...

Jeanne combla le bel enfant prodige de pastilles, de sirop et d'essence de lavande contre la contagion, l'embrassa et lui demanda son nom :

– Mozart, dit-il en ouvrant son cornet de bonbons.

– Mozart, répéta Jeanne en le mignotant encore un peu. Eh bien, monsieur Mozart, je me souviendrai toujours de la visite que vous m'avez faite aujourd'hui, et plus tard, quand on jouera de votre musique à l'Opéra, je vous promets que j'irai l'entendre.

Dès qu'elle se retrouva seule avec Lucette qui ne pipait mot très éloquemment, Jeanne lança d'un ton agacé :

– Lucette, n'allez pas encore broder mille folies sur un propos si bizarre que je doute de l'avoir entendu !

– Mademoiselle, permettez-moi de broder ce que je veux dans ma tête, on est libre de ça même en prison, dit Lucette. Je vous en rebats pas les oreilles?

– Si, dit Jeanne, je vous entends.

– Alors mademoiselle, si vous m'entendez, vous devriez avoir le sourire parce que je suis en train de penser qu'on va revoir le chevalier pour la Saint-Jean.

– Quoi! vous savez cela? Est-ce Banban qui vous l'a dit?

– C'est mon petit doigt. Il me raconte que le chevalier fera le voyage d'où il est tout exprès pour acheter un bouquet de sainte Jeannette à la bouquetière du coin de notre rue.

– Vous dites n'importe quoi! jeta Jeanne, déçue, et qui le fut bien davantage quand elle ne vit pas Vincent entrer dans sa boutique, un bouquet à la main, la veille de la Saint-Jean.

Pour les marchandes de fleurs Jean était le meilleur saint du calendrier, non seulement parce qu'il y avait beaucoup de Jeanne à fleurir, mais aussi parce qu'un peuple qui se prépare à la fête met plus facilement la main à la poche. Ce soir, un grand feu d'artifice tiré de la place de Grève enverrait des salves étincelantes fleurir la longue nuit de la Saint-Jean, la Seine charrierait des milliers d'étoiles avant de les engloutir une à une. Sur tous les ponts la foule entassée serait joyeuse et les nez en l'air, les polissons en profiteraient gaiement pour faire la politesse aux dames par-dessous leurs jupons et les fripons pour couper les bourses, marauder les montres et chiper les mouchoirs. A la Courtille, aux Porcherons, à Montmartre, tout le Paris populaire échappé de ses barrières danserait longtemps autour de grosses collines de fagots flambant haut, chanterait des rondes, s'entonnerait des saucisses et des gaufres et des tonneaux de vin bleu, et un peu partout dans les champs, derrière les bosquets, il y aurait des fesses amoureuses à l'air sur l'herbe épaisse et douce de l'été. En attendant que s'allument les bûchers de la fête, la joie, déjà, courait dans les rues, les bouquetières appelaient à fleurir les Jeannette, les ambulants criaient leurs cœurs de pain d'épice, leur sent-bon, leurs rubans, leur bijouterie de pacotille.

Jeanne avait déjà reçu plusieurs bouquets, de Philibert, de ses demoiselles de magasin et de ses amis, quand un laquais portant la livrée de la maison de Richelieu entra à La Tisanière pour y déposer, de la part du maréchal, une originale corbeille de fruits, faite d'un grand chapeau enrubanné de jardinière, retourné et rempli de cerises et de fraises magnifiques posées sur un lit de feuilles.

Elle contempla le présent avec ébahissement: depuis bien des mois elle n'avait pas revu le maréchal, ni rien reçu de lui. La marquise de Mauconseil continuait pourtant de lui en vanter les charmes chaque fois qu'elle voyait Jeanne, mais celle-ci prenait ses propos pour un radotage de vieille maîtresse nostalgique. Par la marquise elle avait su que le duc était revenu de Bordeaux à Versailles pour entrer d'année en janvier – c'était son tour d'assurer le service de Premier Gentilhomme de la Chambre. Pendant deux mois il n'avait pu quitter le Roi, tout meurtri de la mort du Dauphin.

Quand il avait voulu reprendre un peu de liberté pour revoir Jeanne il était tombé fort malade d'un grand eczéma, ne pouvait se montrer mais, toujours par la bouche de Mme de Mauconseil, il priait souvent « son rossignol, son cœur, sa délicieuse, son enchanteresse » de ne le point oublier tandis qu'il se soignait. Jeanne avait écouté ce verbiage d'une oreille distraite, et sans y croire. Le chapeau garni de fruits, en lui rappelant la constance des soupirs du maréchal, ne lui faisait pas trop plaisir. La conversation qu'elle eut une heure plus tard avec Mme Favart l'inquiéta et lui gâta sa Saint-Jean.

— Jeanne, avez-vous reçu le présent du duc de Richelieu? demanda tout de go Justine en entrant à La Tisanière.

— Voyez, dit Jeanne en l'emmenant dans l'arrière-boutique.

— Comment vous en trouvez-vous?

— Ennuyée. Mais sans plus. Je n'ai pas peur du duc.

— Vous avez tort. Il vous veut vraiment, et bon gré mal gré.

— Bah ! Quelle fable ! Nous ne sommes plus sous Louis XIV, on n'enlève plus une boutiquière récalcitrante.

— Non, mais on peut la faire enfermer. Quand elle est lasse des grilles de son couvent elle consent à tout pour en sortir.

— Justine, vous lisez trop de vieux romans. Il y a en France un lieutenant de police, des juges, un roi. Il faut des raisons pour enfermer les gens.

— Sartine en aura plus qu'il ne lui en faut. Pardonnez-moi, Jeanne, mais... Vous vivez maritalement avec monsieur Aubriot et n'êtes point mariée.

— Je n'ai ni mari ni père pour aller s'en plaindre à Sartine, dit Jeanne d'un ton sec.

— Vos voisins suffiront. Les mauvaises mœurs sont objet de scandale et condamnables en France. Un peu d'or peut acheter des témoins de votre turpitude, et le duc a beaucoup d'or.

— Le duc ne fera pas cela.

— Le duc le fera si vous ne cédez point : il l'a dit à madame de Mauconseil.

Jeanne regarda Justine avec stupeur:

— Oseriez-vous bien répéter cela?

— Hélas, Jeanne, vous avez bien entendu. Le duc prévoit votre résistance et s'en est expliqué avec la marquise. Il est enragé de vous avoir, n'importe comment.

— Pour un soupirant enragé, je le trouve bien patient ! dit Jeanne avec ironie. Allons donc, tout cela est pure comédie. Voilà des mois que le duc...

— ... se ronge de devoir attendre, acheva Justine. C'est justement pour cela qu'il s'est enragé. Laissez qu'on lui ôte son dernier pansement et vous le verrez fondre sur vous.

— Un pansement ne retient pas un amoureux forcené de venir faire sa cour, dit Jeanne avec entêtement.

Justine fit la grimace :

— Ma chère, depuis des mois le duc vit avec deux escalopes sur les joues et deux escalopes sur les fesses. Le docteur Pomme le soigne avec du veau cru, qu'il doit garder en permanence sous des linges bien serrés. Dites-moi si l'on se sent ainsi bien conditionné pour venir faire le joli cœur devant sa belle ? Il ne lui manque plus que du persil dans les narines !

Jeanne se tordait de rire, jusqu'aux larmes.

— Je suis sans cœur, dit-elle. Mais enfin, le pauvre duc va mieux ?

— Il va trop bien pour vous, je vous le répète. Dans quelques jours, avec de la poudre, il pourra se montrer. Il a l'intention de vous prier à l'Opéra ou à la Comédie-Française — à votre fantaisie. Que déciderez-vous, Jeanne ?

— D'aller dire au duc, le plus gentiment du monde, que j'ai la sottise de renoncer à lui.

— Vous vous en trouverez mal, Jeanne, et monsieur Aubriot de même.

— Nous verrons bien. Au fait, pourquoi n'est-ce point madame de Mauconseil qui s'est chargée des tendresses et des menaces du duc ?

— C'est que..., commença Justine avec quelque embarras, c'est qu'elle voulait me laisser le soin de vous faire ressouvenir que... qu'elle a beaucoup dépensé pour vous promener et vous entretenir de petits présents de la part du duc. Si le duc vous questionnait là-dessus, sur les galanteries qu'il vous a faites par la main de la marquise...

— Oh ! fort bien. Dites à la marquise que je remercierai le duc de toutes ses attentions. J'espère pourtant ne pas lui avoir coûté une fortune qui justifierait ses prétentions sur moi ? Je n'ai point quelque hôtel particulier en ville, par hasard ?

— Le duc ne fait pas si fort confiance aux femmes que de payer autant avant de jouir, dit Justine en riant.

— Me voilà rassurée.

— Jeanne, dit encore Justine, prenez garde à votre franchise, rusez plutôt. Croyez-en mon expérience, vous savez que j'ai tâté de la rébellion contre un maréchal de France.

— Au fait, ma pauvre amie, quelle raison avait-on donc trouvé pour vous enfermer ?

— La plus aisée, celle que je vous ai prédite. J'ai été accusée de pécher contre le neuvième commandement de Dieu. Pour moi c'était même faux, j'étais mariée avec Favart, mais il paraît qu'à la paroisse de Saint-Pierre-aux-Bœufs on ne trouvait plus trace de ce mariage-là.

— Je n'aurais jamais cédé, dit Jeanne d'un ton farouche. Je ne céderai jamais!

— Jeanne, on n'est pas trop bien, recluse dans un couvent. La colère et la dignité s'y usent en quelques mois.

— Il reste la justice!

Justine eut un sourire amer:

— La justice est hors les grilles, trop loin pour entendre une voix de prisonnière. Et d'ailleurs, elle n'entendrait rien de plus que la vérité — qu'elle sait déjà, sans s'en soucier. Un moment après ma... ma reddition, quand j'étais maîtresse à Chambord, j'ai pu connaître le motif de mon internement qui figurait tout cru dans les papiers de la police...

— Alors?

— Il y avait écrit : « La demoiselle Chantilly de la Comédie-Italienne — de son vrai nom Mme Favart — a été conduite ce jour aux ursulines des Grands-Andelys, d'ordre du prince maréchal comte de Saxe, qu'elle a refusé pour amant. » Le Roi en avait beaucoup ri. Le Roi aimait beaucoup son cousin Saxe. Il aime bien autant son cousin Richelieu.

Jeanne regarda fixement Justine, puis la prit par le cou et l'embrassa:

— Ce fou de Mercier a raison, dit-elle. Un jour, il nous faudra faire la république.

Au petit matin, quand la fille Angot était venue crier la Saint-Jean sous leurs fenêtres de la rue du Mail et que Philibert lui avait lancé le panier pour remonter une bottelée d'œillets-mignons blancs, Jeanne s'était dit que la journée commençait bien. Avec la visite de Justine Favart la journée venait de tourner à l'inquiétude, mais pas un instant Jeanne n'imagina, en écoutant le carillon de cinq heures bousculer l'air ensoleillé du Temple, que les cloches lui annonçaient un temps nouveau. Que le décor familier de sa vie parisienne allait bientôt monter se ranger dans sa mémoire comme le décor d'un acte usé s'envole dans les cintres du théâtre.

17

Sa vie bien orchestrée commença de se dérégler dès le lendemain de la Saint-Jean. En passant devant chez Mlle Sorel, Banban vit des portefaix des Messageries décharger des caisses en provenance de Calais. Aussitôt prévenue Jeanne courut chez la Sorel, pour apprendre qu'il s'agissait bien de nippes anglaises et qu'elles étaient venues par les voitures — sans le chevalier Vincent. Une lettre de Londres les avait annoncées et précisait que le montant de leur valeur serait à payer entre les mains du banquier parisien du maltais.

Ainsi donc, Vincent ne comptait pas revenir à Paris de sitôt. Où pouvait-il bien être ? En Angleterre encore une fois ? Reparti pour Malte ? Cinglant vers le bout du monde ? Toute meurtrie par la nouvelle, au lieu de retourner à sa boutique Jeanne sauta dans un fiacre et se fit conduire aux Petits-Pères. Si Vincent avait demandé des cartes pendant son dernier séjour, peut-être le père Joachim connaîtrait-il ses projets ?

Une seconde déception l'attendait aux Petits-Pères. Le père Joachim, qu'elle n'avait guère vu depuis des mois, lui apprit que le Dépôt des cartes marines avait été transféré à Versailles, d'ordre du Roi, pour que soient gardés mieux à l'abri des espions de l'étranger les récents relevés faits de certaines côtes. Toutefois Jeanne apprit en même temps que la frégate d'un capitaine souvent requis par la Royale ne s'envolait pas d'un port de France sans avoir laissé une idée de sa route à l'amiral de la flotte, et le bon religieux voulut bien envoyer aux nouvelles chez le duc de Penthièvre. Cette fois la mission du corsaire n'était sans doute pas secrète, puisqu'en revenant des bureaux de la Marine le commissionnaire apprit à Jeanne que *Belle Vincente* faisait voile sur l'Amérique du Sud, pour ensuite gagner les îles de l'océan Indien avant de remonter dans le golfe du Bengale.

Jeanne fut atterrée. Son cœur se mit à peser dans sa poitrine avec une densité de caillou. Elle vit son rêve d'amour s'enfuir à pleines voiles, s'engloutir dans le vaste flou bleuâtre de l'inaccessible. Des larmes, des rides, des cheveux blancs lui envahirent l'âme, et un inépuisable désespoir de Pénélope vieillissant loin d'Ulysse. Sa nuit fut un cauchemar peuplé de naufrages et de sauvages anthropophages, des crocs desquels le beau corsaire ne s'échappait que pour rencontrer pire : les bras-ventouses d'une sirène créole ou les cuisses sorcières d'une Espagnole de Montevideo. Mais toujours demain est un autre jour, et, à l'aube de cette méchante nuit, une lueur d'espoir revint à Jeanne, par un autre chemin.

En arrivant au Jardin à la causerie de Thouin, Jeanne y trouva son ami Adanson dans un coin du potager d'essai, qui babillait sur les melons au profit du comte de Lauraguais. Des melons, ils en vinrent aux fruits exotiques, et le comte finit par dire que l'Isle de France pourrait faire un magnifique verger de raretés et qu'il avait été heureux d'apprendre, en soupant la veille chez le duc de Choiseul, que M. Poivre venait d'en accepter l'intendance après l'avoir deux fois refusée. Enfin l'île indienne allait tomber dans des mains compétentes et pourrait être mise en valeur.

Le propos passionna Jeanne aussitôt. Le grand naturaliste lyonnais nommé intendant de l'Isle de France, c'était peut-être la chance, pour le docteur Aubriot, de se faire envoyer auprès de lui pour l'aider à répertorier les richesses naturelles de son domaine. Et l'Isle de France flottait dans l'océan Indien, pas trop loin – du moins sur la mappemonde – de la mer du Bengale, l'Isle de France était sur la route de Vincent. Dans la seconde, Pénélope abandonna la langueur qu'elle s'était mise à filer et s'embarqua en songe pour aller rejoindre Ulysse. Elle fut folle de joie quand Aubriot accepta d'emblée, et le soir même, d'écrire une lettre à Pierre Poivre pour poser sa candidature de médecin-botaniste attaché au futur intendant. Peut-être Poivre lui-même ignorait-il encore s'il obtiendrait un crédit pour engager un collaborateur et Jeanne était rien moins que sûre d'être mise dans le bagage du docteur Aubriot au cas où il serait nommé, l'espoir de se retrouver au Port-Louis en même temps que Vincent était aussi fragile qu'un mirage, mais n'importe! Elle n'avait pas le choix entre plusieurs espérances, alors celle-ci fit l'affaire.

Un peu de temps passa sur l'impatience de Jeanne, rempli par l'écho d'une affaire horrible : le 1er juillet, le pauvre petit chevalier de La Barre accusé d'irrespect envers le saint sacrement fut supplicié sur la place du marché d'Abbeville et son corps jeté au bûcher. L'émotion soulevée dans Paris par le meurtre d'un enfant de dix-neuf ans tout juste coupable d'impiété fut immense. Contre l'Église et contre le Parlement qui avait confirmé son jugement, tout se déchaîna : les salons, les cafés, la rue. Les philosophes et les publicistes en appelèrent à l'opinion de l'Europe entière contre la justice moyenâgeuse qui se pratiquait encore en France. Les femmes répandaient des torrents de larmes et faisaient brûler des buissons de cierges pour que le petit martyr, là-haut, fut consolé de ses misères. En ne faisant pas usage de son droit de grâce, le Roi déjà déchu de son titre de Bien-Aimé avait manqué sa chance de rattraper les cœurs de ses sujets et l'estime de ses philosophes. Sur la place Louis XV sa statue fut coiffée d'un baril d'aisances, couverte de crachats, lapidée, ornée d'un écriteau sur lequel on lisait :

Il est ici comme à Versailles,
Toujours sans cœur et sans entrailles.

Il fallut faire garder le roi de bronze par les soldats du guet, patrouiller la police sur le pont Neuf où les chansons avaient pris un rythme d'émeutes, et M. de Sartine fit doubler les mouchards chargés d'écouter les révolutionnaires de café. Paris était encore plein de sédition quand soudain, le 7 juillet, le ciel, qui sans doute était monarchiste, fit pleuvoir sur les Parisiens échauffés une averse de grêlons extraordinaires, monstrueux, en forme de pyramides hexagonales régulières, bien capables d'assommer chacun son homme mal garé. Le deuil du pauvre petit chevalier de La Barre en fut noyé. Au Jardin, dans les salons et dans les cafés, autour des physiciens et des astronomes on ne s'occupa plus que d'expliquer le phénomène, et les dames de la halle reversèrent leurs larmes sur le massacre des salades dans les potagers, tout en mettant les survivantes à prix d'or. Et puis le beau temps revint, et M. de Richelieu en profita pour faire sa première sortie de la saison aux Champs-Élysées.

Le duc était bel et bien guéri de sa hideur suintante, décidément. Après son long temps de repos forcé il se sentait ingambe à merveille, frais comme un bébé avec sa peau renouvelée. Il s'était mis en été avec éclat, dans un habit de satin saumon magnifiquement rebrodé de bouquets de fleurs en soie polychrome, portait son épée à pommeau d'étincelante orfèvrerie et sa croix du Saint-Esprit en diamants. Tout cela était un peu trop pour flâner d'un papotage à l'autre sous les hauts ombrages des Champs-Élysées, mais il n'était là que pour tuer une heure avant le spectacle.

Il aurait bien préféré que Jeanne eût choisi l'Opéra plutôt que la Comédie-Italienne. Son jeûne charnel de plusieurs mois, la peur qu'il avait eue de ne jamais guérir, de demeurer un objet de répulsion et de mourir sans l'avoir possédée, avaient exaspéré son désir d'elle jusqu'à l'idée fixe, et il aurait aimé pouvoir dès ce soir l'exposer dans sa timbale, pour qu'on vît quelle charmante convalescence s'était mijotée le maréchal sous son emballage de veau dont tout le monde l'avait moqué. Cent fois plus qu'avant sa maladie le vieux duc était prêt à toutes les folies spectaculaires pour se contenter en rendant Jeanne contente, parce que le vieux duc avait cru sa carrière amoureuse finie et que Satan, bon diable, venait de lui accorder la résurrection de sa chair.

– Monseigneur, je ne suis point venue pour voir le spectacle, mais pour vous voir. Asseyons-nous dans l'arrière-loge et causons, dit Jeanne avec une grâce très assurée, dès que le duc l'eut relevée de sa révérence.

– Mon rossignol, vous me comblez ! gazouilla le duc, ébloui de joie. Prendrez-vous un verre de vin d'Espagne ? Et que je voie si l'on nous a bien fournis de toutes les friandises que j'ai demandées pour ma jolie petite fille...

– Monseigneur, laissons cela, coupa Jeanne avec un peu d'impatience. J'ai encore grandi depuis que vous ne m'avez vue. Il n'est pas nécessaire de commencer notre entretien par des sucreries. Vous avez désiré me voir, me voici devant vous, et prête à vous entendre.

Elle s'était assise sur le sofa de velours jaune, bien droite et bien calme, ses mains aux doigts entrelacés abandonnées sur le satin blond de sa jupe.

Le duc la contemplait avec un regard presque suppliant. Son attitude distante le déconcertait. S'il était rompu à la galanterie, il n'avait pas l'habitude d'être amoureux. Il finit par lui prendre une main qu'il baisa, avant de l'interroger avec anxiété :

– Dites-moi d'abord, mon rossignol, si en mon absence j'ai fait des progrès dans votre cœur ?

– Monseigneur, mon cœur est pour vous plein d'un respect tendrement filial.

– Est-ce là tout ? Ne sent-il rien de plus doux pour moi ?

Elle respira profondément, entra dans l'arène :

– Monseigneur, un cœur ne se peut forcer, vous le savez. Le mien ne ressent pas d'amour pour vous. Mais sa tendresse et son respect ne vous peuvent-ils suffire ?

– Ma foi, c'est selon, dit le duc avec embarras. Je veux bien me contenter d'un cœur tendre, si vous me laissez vous chérir à ma façon.

Et soudain le vieux maréchal retrouva dans ses os une souplesse de jeune cavalier, mit un genou en terre, prit les deux mains de Jeanne entre les siennes et la pria avec ardeur :

– Consentez d'être à moi, Jeanne, je vous ferai la plus heureuse des femmes. Consentez seulement, vous m'aimerez plus tard, par excès d'amitié pour le plus empressé des amants. Fors mon honneur vous pouvez tout me demander. Que voulez-vous d'abord, mon cher cœur ? Une maison en ville, une campagne, un équipage, des robes, des diamants ? Exigez, je serai comblé par vos exigences et par un petit peu de votre temps...

— Oh ! s'il ne vous faut que de mon temps, je vous en donnerai volontiers ! Reste à savoir ce que vous en ferez ?

— Permettez que je vous embrasse, pour vous en donner une idée...

— Non, monseigneur, dit-elle en se reculant. Mes baisers ne sont pas à vendre, ni pour chevaux, ni pour toilettes, ni pour diamants. Monsieur le maréchal, ajouta-t-elle d'un ton pressant, ne me contraignez pas au mensonge, je vous en supplie, ne me condamnez pas au supplice de vous tromper. Permettez que je m'exprime avec la sincérité de mon cœur...

Il prit place près d'elle sur le sofa, garda l'une de ses mains dans les siennes et lui fit signe de parler sans crainte. Elle reprit aussitôt :

— Je suis venue vous prier de renoncer à moi, monseigneur. Je mesure bien l'honneur que vous me faites en me distinguant parmi la foule des jolies femmes pressées de vous plaire mais, hélas, moi c'est d'amour chaste que je vous aime et vous n'obtiendrez jamais que je m'avilisse en me donnant à vous par intérêt.

— Je ne penserai jamais une telle infamie ! s'écria le duc avec une sournoiserie consommée. Donnez-vous pour me sauver du désespoir, et en retour laissez-moi vous entourer d'hommages parce que ce me sera une douceur de plus que de vous voir la plus belle, la mieux parée, la mieux meublée, la mieux servie... Jeanne, les maîtresses du Roi seront jalouses de vous !

— Vous ne vous ruinerez guère à cela ! s'écria-t-elle vivement. Pour le présent les petites maîtresses du Roi se vendent à la couchée, au prix du marché des courtisanes !

Elle se mordit la lèvre parce qu'elle n'avait pu retenir sa repartie et que le duc s'était mis à rire de bon cœur :

— Il me plaît que vous vous estimiez hors de prix, dit-il finement.

Il respirait mieux. Avec sa boutade Jeanne l'avait remis, croyait-il, en terrain sûr : celui où toute femme a un prix. Le duc de Richelieu, fabuleusement riche, pouvait se payer les plus chères — une femme ne se marchande pas. Si celle-ci voulait exagérer il s'en ferait une gloire, et d'autant que cela enragerait son fils Fronsac — le père et le fils se haïssaient. Souriant de malice, papa Richelieu imagina la tête du duc de Fronsac voyant passer Jeanne avec cent mille livres de perles dans ses cheveux :

— Ma beauté, je ne vous demande que de me ruiner en caprices, dit-il, et il baisa un à un les doigts de la main qu'il tenait, avec un air de sucer des bonbons de l'Olympe.

Jeanne supporta ses suçoteries avec dégoût, reprit sa main dès qu'elle le put :

— Entendez-moi bien, monseigneur, je ne suis pas en train de faire monter les enchères, dit-elle d'un ton ferme. Je mesure la hardiesse que j'ai de vous refuser, mais je connais votre sens de l'honneur et je sais que vous ne voudriez pas d'une femme obtenue par force.

— Mais vous voulez donc me faire mourir ! s'écria le duc, rejeté dans ses alarmes. Mes médecins ne m'auront-ils sauvé que pour me livrer à votre cruauté ? Jeanne, ma mie, ma toute belle, mon cœur, vous ne pouvez me refuser parce que je ne puis vous perdre. Il faut que je vous aie ou que je meure, et je n'accepte pas de mourir avant de vous avoir tenue dans mes bras !

Il s'était penché sur elle qui se rejetait en arrière, leurs satins se frôlaient en crissant, mousselines et dentelles mêlaient leurs buées blanches, le frais visage doré de Jeanne devait affronter presque bouche à bouche le masque de plâtre rougi du duc, troué au niveau des yeux par une luisante convoitise. Il la couvrait toute de sa puissante odeur musquée, la ternissait de son haleine, la pressait contre sa chaleur de mâle excité, et elle avait la sensation horrible de subir l'assaut d'un vieux bouc en rut.

— Par grâce, murmura-t-elle, par grâce, donnez-moi de l'air, j'étouffe, je me sens venir une vapeur...

Aussitôt le duc se redressa, trouva un flacon de vinaigre de rose dans un tiroir de la minuscule coiffeuse de sa loge, et le lui fit respirer avant de lui frotter les tempes et les mains avec la préparation tout en la mignotant de petits mots d'amour.

— Mon cœur, vous n'êtes pas raisonnable, dit-il quand il la vit remise. La pudeur excessive nuit à la santé. Et quand elle s'assortit de crainte, elle m'offense. Vous vous enfermez dans vos jupons, vous voulez me faire griller de tous les feux de l'attente, mais tudieu ! songez, mademoiselle, que voilà des mois déjà que je vous attends ! Parole de soldat, Port-Mahon, citadelle réputée imprenable, m'aura donné moins de mal à prendre que vous ! Allons, mon cœur, accordez un baiser, un seul baiser à mon impatience, et je n'en demanderai pas plus ce soir. Tenez, je vous échange ceci pour un baiser et me tiens pour le fortuné gagnant du marché...

Il jeta sur la jupe de soie blonde le rubis de belle taille qu'il portait au petit doigt de la main gauche, s'avança, la bouche avide...

– Non ! cria-t-elle en le repoussant de ses deux mains tendues. La bague roula sur le tapis quand elle se leva.

Il y eut un silence. Le geste de refus affolé de la jeune femme manifestait une si claire répugnance charnelle qu'il ne pouvait qu'être fort désagréable pour l'homme amoureux et fort offensant pour le grand seigneur habitué aux succès de complaisance.

– Madame de Mauconseil m'avait préparé à votre vertu opiniâtre mais non pas à une terreur insultante, dit-il sèchement. Je consens d'être patient encore un peu, mais montrez-vous stratège plus habile.

– Pour Dieu, monseigneur, cessez de croire que je finasse, dit-elle avec un désespoir coléreux. J'essaie tout simplement, et sans vous offenser, de vous dire que je ne serai jamais votre maîtresse. Un refus est-il une injure ? Une femme de ce pays n'aurait-elle plus le droit de se garder si elle n'a pas l'envie de se donner ? La vertu serait-elle soudain défendue ?

Elle parla pendant plusieurs minutes, en lui souriant pour essayer de l'attendrir. Mais que valaient ses prières de petite fille sentimentale dans le monde où respirait depuis l'enfance le duc de Richelieu ? Un monde où seigneurs et millionnaires de la finance et de la robe s'échangeaient leurs épouses en plaisantant, se disputaient les danseuses au poids de l'or sans presque prendre leur avis, où l'on pouvait voir une princesse se laisser jouer aux dés par divertissement, les juges donner des parties de fillettes dans les bordels à la mode avant d'aller condamner à la déportation aux Amériques les prostituées usées, des bourgeois pères de famille acheter des pucelles à leurs parents pauvres en échange de rentes viagères, les maîtres trousser leurs chambrières à leur fantaisie en se tenant quitte de remords avec une poignée de blancs jetée dans un tablier ? Au cours de sa vie galante dans ce milieu sans morale, le duc de Richelieu était passé sans gêne de la légèreté au vice, de la débauche courtoise à la plus basse crapulerie. Pour jouir d'une femme dont la chair le tentait il n'avait pas hésité à parfois s'encanailler dans le mensonge et les plus odieuses machinations et, avec l'âge, son donjuanisme était devenu une manie obsessionnelle. Qu'il fût cette fois tombé un peu amoureux de la proie convoitée ne pouvait suffire à lui rendre une fraîcheur d'âme de collégien, non plus qu'un respect de la femme qu'il avait perdu au berceau. Il voulait bien mettre un peu de cœur dans son affaire avec Jeanne, mais pas au point de lui éviter un déplaisir s'il devait lui déplaire pour se contenter. Au reste, il ne croyait pas trop à toutes ses simagrées, parce qu'il croyait démesurément à la séduction de la gloire dorée de Richelieu. Quand il aurait pris cette mijaurée il ferait sa fortune pour l'en consoler, et elle s'en trouverait à merveille – comme toutes les autres.

– Mignonne, c'est assez babiller de votre vertu, dit-il assez brusquement. Votre vertu n'est pas si constante, et on sait que vous péchez sans vous retenir quand vous le voulez bien. Je ne vous demande que de quitter un péché pour un autre et vous ne perdrez point au change.

« Ainsi donc, nous en voilà déjà à l'épreuve de force », pensa Jeanne angoissée. Haut, elle dit sans peur :

– Pardonnez-moi ma franchise, monseigneur, mais j'aime monsieur Aubriot et ne vous aime point, ce qui fait pour moi toute la différence.

– Votre cœur vous conseille mal. Il est aveuglé. Il vous faut prendre un peu de repos dans la solitude pour lui donner le temps de réfléchir. J'en parlerai à madame de Mauconseil, qui pourra vous guider vers quelque retraite où...

Saisie d'une froide colère elle osa le couper :

– Monseigneur, parlez plus franc : me proposez-vous un séjour aux ursulines des Grands-Andelys ?

– Préféreriez-vous les pénitentes d'Angers ? L'endroit étant sinistre on en sort plus vite convertie !

– Il y a des lois de justice en France, monseigneur ! Et avez-vous songé que les philosophes et les publicistes se pourraient bien mettre de mon parti ?

Il haussa les sourcils, amusé :

– Peste, mademoiselle, comme vous y allez ! Avez-vous bien songé, vous, à ce que vous êtes et à ce que je suis ?

L'estocade porta. Calas, Lally-Tollendal, le chevalier de La Barre : tous des innocents qui avaient eu les philosophes pour eux et n'en étaient pas moins morts, atrocement.

– En appellerez-vous à la plume de mon illustre ami Voltaire pour vous défendre contre tout le bien que vous veut son vieil et bon ami Richelieu ? poursuivait le duc en souriant.

Une dernière fois, sans plus y croire, elle essaya encore de s'en tirer en se raccrochant à Voltaire, que le maréchal adorait singer :

– Monseigneur, votre illustre ami n'a-t-il pas justement dit que c'était peu de vaincre si l'on ne pouvait aussi séduire ? Et ne l'a-t-on pas vu renoncer de très bonne grâce à celle qui lui en préférait un autre dans son lit pour se contenter de sa tendre amitié ?

– On n'a jamais, m'amie, que la sagesse de sa nature. Au dire d'une indiscrète, mon ami Voltaire aurait toujours eu le... sentiment un peu mol; moi, m'amie, je l'ai raide!

Enchanté de la voir rougir sous l'allusion crue, il ajouta avec gaillardise:

— Ma toute belle, mon désir de vous a vingt ans et je peux vous le montrer dans l'instant et chaque fois que vous voudrez vous en assurer. Aussi n'espérez pas que je me fatigue de votre résistance: mon ardeur peut sans faiblir soutenir un long siège, mais elle peut aussi foncer à l'assaut si l'impatience la démange trop. Au lit comme au feu j'ai souvent brusqué la victoire, et l'on m'en a rarement voulu: je suis un vainqueur généreux.

Il y eut un assez long silence. Jeanne réfléchissait à toute vitesse, prit son parti:

— Ainsi, dit-elle, hors le couvent vous ne me laissez le choix qu'entre la capitulation et le viol? C'est bien cela?

— Je ne vous laisse que le choix d'être à moi, pour mon bonheur et pour votre fortune.

— Fort bien. Je choisis de capituler.

D'un geste elle arrêta le mouvement de joie du maréchal:

— Cela me vaut, je pense, le droit de poser mes conditions avant de livrer la place?

— Je vous le répète, mon cœur: fors mon honneur vous pouvez tout me demander. Commencez par passer cette babiole à l'un de vos jolis doigts...

Il ramassa l'anneau tombé. Hautaine, Jeanne tendit sa main, reçut le magnifique rubis sang-de-bœuf sans un mot de merci. « Elle est à moi! » pensa aussitôt le duc, fou de jubilation anticipée.

— Monseigneur, dit-elle en se rasseyant, ma morale est fort provinciale, je le crains. Je ne saurais appartenir à deux hommes à la fois sans me faire horreur. Il me faut donc quitter monsieur Aubriot avant que d'être à vous.

— Hé, m'amie, vous demandé-je autre chose ? Quittez au plus tôt et venez vous jeter dans mes bras!

— Mais il se trouve, monseigneur, que monsieur Aubriot s'est montré bon pour moi et que je ne veux le laisser que si je le laisse consolé de ma perte.

— J'entends très bien cela. Que veut-il? Au reste, je m'en doute, tous les savants veulent la même chose ! Nous mettrons un peu de temps pour l'asseoir à l'Académie parce que ces messieurs de là sont des impertinents qui veulent avoir leur mot à dire dans les élections, mais, pour le cordon de Saint-Michel ou...

— Ma pensée est autre chose, coupa-t-elle. Mieux vaudrait éloigner monsieur Aubriot de moi et, justement...

Elle lui exposa son idée : faire attacher le docteur Aubriot, en tant que médecin-botaniste, au nouvel intendant de l'Isle de France, M. Poivre, qui s'embarquerait bientôt.

Richelieu l'écoutait avec attention, émerveillé de la netteté des précisions qu'elle lui donnait — elle voulait deux mille francs d'appointements annuels pour son botaniste, une caisse d'instruments, un valet transporté à Port-Louis et gagé par le Roi, un logement de fonction dans l'île, deux serviteurs noirs, etc. Il fallait qu'elle eût mûri son projet bien avant de venir à son rendez-vous pour qu'il fût si bien troussé ! « La petite masque ! pensait-il, ravi. J'étais là à la supplier, à me traîner à ses pieds, et elle ne songeait qu'à me prier de la débarrasser de son amant avec élégance, elle avait tout prévu, même la somme qu'il me faudra tirer de la cassette de Louis pour que son médicastre ait un beau microscope ! Quel besoin avait-elle de commencer par me dire non ? Rien n'égale la fourberie d'une femme car elle est fourbe sans nécessité, par pur plaisir. »

— Mon cœur, dit-il, dès demain j'enverrai mon secrétaire aux nouvelles et nous mettrons votre affaire au clair. C'est l'oreille de Choiseul qu'il me faut pour exporter votre botaniste, mais son cousin Praslin * nous peut servir à l'avoir, et celui-ci veut des rôles pour une demoiselle de la Comédie-Française **. Nous devrions pouvoir nous entendre. Ainsi, ma délicieuse, notre traité est donc signé ?

Il tenta de la prendre dans ses bras, mais elle passa derrière le faible rempart d'un fauteuil :

— Le traité est signé, mais les conditions n'en sont pas encore remplies. Jouez votre partie, laissez monsieur Aubriot s'embarquer et je paierai ma dette.

— Quoi ? Pas un petit acompte ? Jeannette..., pria-t-il d'une voix mourante.

Elle s'était enhardie au cours du duel, en était arrivée à une audace extrême :

— Monseigneur, vous me décevez, dit-elle d'un ton sec. Il me déplairait fort d'être poursuivie alors que je me suis promise.

Le voyant s'encolérer elle ajouta habilement, avec un air de dignité superbe :

— Vous n'aimeriez pas, je pense, que la future favorite du maréchal duc de Richelieu se laissât traiter en grisette ?

* Ministre de la Marine.

** En tant que Premier Gentilhomme de la Chambre, Richelieu régnait sur les destinées de la Comédie-Française.

– Tudieu! mademoiselle, je mets genou en terre devant cette fière réplique-là! s'exclama le maréchal, emporté par l'admiration et joignant le geste à la parole. Je crois bien, Jeannette, que je m'en vais vous aimer jusqu'à vous faire un bâtard! Fronsac s'en étranglera de rage et je serai le plus heureux des jeunes pères.

– Pour vous faire un bâtard aussi je poserai mes conditions, dit-elle pour entrer dans le jeu. Il vous faudra me promettre de le rendre cardinal – les cardinaux réussissent bien dans votre famille.

Il est heureusement des heures où la tension de notre âme s'assortit d'emblée à la tension des événements. Depuis qu'elle avait fait son marché avec le maréchal, Jeanne se promenait dans sa vie quotidienne avec la sûreté magique d'un corps somnambule aimanté par son but: sortir sans salissure d'une intrigue sale. Il lui répugnait de tromper, même un tyranneau de Cour qui l'y contraignait, mais elle s'empêchait d'y penser. Elle n'allait pas choisir l'amère vanité d'aller moisir dans un couvent tout en précipitant Philibert dans une lutte périlleuse contre un des plus grands seigneurs du Royaume? Avec la même force qu'elle se défendait de juger sa conduite elle s'obligea à croire au succès de son plan. Que ce plan fût né d'un élan face au danger et qu'après coup elle le reconnût plein de romanesque n'était pas pour la décourager – au contraire: toujours le romanesque et le réel avaient pesé presque le même poids en elle, s'étaient à l'occasion rencontrés, mêlés, fondus ensemble. « Romanesque est ma destinée, voilà tout, se disait-elle. Dieu sait où je finirai demain, mais, de toute manière, cela vaut mieux que d'avoir son avenir réglé comme celui d'un coucou d'horloge! » L'obligation de piétiner dans l'attente pendant que Richelieu menait son jeu chez les ministres la tourmentait plus que son inquiétude.

Elle était sûre qu'il réussirait: il avait trop envie d'elle pour échouer. Aussi commença-t-elle tout de suite à préparer son départ dans sa tête. De toute façon, qu'elle parvînt à s'enfuir jusqu'en Isle de France avec Philibert ou dût courir se terrer à Charmont pour échapper à Richelieu quand le temps serait venu de lui payer son enjeu, il lui faudrait abandonner sa boutique et Paris pour un bon moment. Elle laisserait La Tisanière en gérance à Lucette: l'ex-pensionnaire de la Nadine avait une vive intelligence et la bosse du commerce. Aidée par Banban et Madelon Thouin qui connaissait bien les herbes, Lucette ferait sans doute très bien marcher la boutique, d'autant qu'elle pourrait toujours avoir des conseils de botanique chez l'ami Adanson et des conseils pour tenir ses livres chez

Mathieu Delafaye, à La Rose Picarde. Ainsi La Tisanière continuerait d'exister et de prospérer tandis que sa patronne ferait une autre fortune aux îles. Dès qu'elle se voyait faire sa fortune là-bas, un songe familier emportait Jeanne dans le bleu et l'or, vers un verger d'épiceries poussant comme un paradis entre mer et soleil. Une file de nègres portant des sacs de muscade, de poivre et de girofle cheminait en chantant vers un port gonflé de voiles blanches parmi lesquelles étincelaient, lumineuses, telles les ailes immenses et silencieuses d'une nef de rêve, les voiles de *Belle Vincente*. Dans le flou du songe de Jeanne tout s'arrangeait au mieux — avec Philibert au verger et Vincent au port et elle à portée d'amour des deux, radieuse !

— Ben, mademoiselle, il doit faire joliment beau dans votre tête, observa Lucette un après-midi.

Jeanne revint sur terre :

— J'étais en train de penser à un voyage... que j'ai envie de faire depuis longtemps. Je le ferai peut-être un jour. Si je m'absentais quelque temps, je me demande si vous pourriez vous en tirer sans moi ?

L'œil bleu de Lucette s'arrondit, brilla :

— Parce que vous me laisseriez la boutique à tenir ?

— Si vous vous en sentiez capable, oui.

— Et comment, que je m'en sens capable ! Et même, je vais vous dire, pour faire rentrer l'argent, et sauf votre respect, je vaux mieux que vous. Et question de ferrer la mule *, vous savez que c'est pas mon genre.

— Eh bien alors, qui sait ? Je me déciderai peut-être à voyager un peu.

— Vous irez faire votre tour d'Italie, comme les artistes et les fils des bourgeois qu'ont gagné leur parchemin d'avocat ? C'est monsieur de Lalande qui vous a donné l'idée en vous racontant son tour à lui ?

— Ou j'irai voir la mer. Je ne suis pas encore bien fixée, dit Jeanne d'une voix aussi légère que si elle flottait dans un vague projet de vacances.

— Pour sûr que maintenant, vous avez de quoi vous payer une fantaisie, dit Lucette. Vous voilà devenue riche, mademoiselle.

La remarque de sa demoiselle de magasin alerta Jeanne sur un point précis :

— A propos, Lucette, il se pourrait que j'aie bientôt besoin d'une

* Faire danser l'anse du panier.

bonne somme d'argent. Ne laissez pas traîner les mémoires qui sont prêts, envoyez Banban les porter. J'aimerais savoir de combien je puis disposer d'un jour à l'autre.

Lucette n'hésita qu'un instant, passa dans l'arrière-boutique où se trouvait son lit, en revint avec un coffret de fer dont elle tira la clé de sa poche de jupon :

— Ceci est à vous pour une moitié, dit-elle en lui tendant le coffret ouvert.

Jeanne, médusée, compta une somme de trois mille huit cents livres : une petite fortune !

— D'où tenez-vous cela, Lucette ?

— De certaines ventes que je fais le matin, quand je suis tranquille — sauf votre respect. Vous étiez pour le savoir un jour, mais j'attendais que la somme soit encore plus énorme pour qu'elle vous défâche avant même de vous fâcher.

— Et pourquoi, s'il vous plaît, devrais-je me fâcher ? Que vendez-vous de honteux dans *ma* boutique, mademoiselle, et à prix d'or ?

— Rien qui me fasse honte à moi. Mais c'est que, sauf votre respect, mademoiselle, vous, vous êtes encore un peu bégueule sur certains articles.

— Bégueule, vraiment ? s'écria Jeanne furieuse. Montrez-moi ce que vous vendez à mon insu, je vous prie, et tout de suite !

Lucette soupira, retourna dans l'arrière-boutique dont elle rapporta une grande boîte :

— Voilà, dit-elle en ôtant le couvercle. Et avant d'exploser, souvenez-vous que ça part aussi bien que des petits pains de Gonesse.

Jeanne avait moins envie d'exploser que de comprendre. La boîte contenait des petits morceaux de fine éponge, chacun enrubanné d'une mince faveur qui lui faisait une queue de rat, et une trentaine de pots de faïence blanche remplis d'une gelée rosâtre d'odeur piquante agréable. Jeanne prit un peu de gelée sur son index, la flaira, la contempla, leva son regard sur Lucette :

— Ça se mange pas, mademoiselle, dit celle-ci en s'efforçant de ne pas rire.

— A quoi sert tout cela, Lucette ?

— A ne pas faire un enfant ou trois fausses couches par an. Autant dire que c'est la médecine la plus demandée.

Comme Jeanne continuait de la regarder sans parler, Lucette poursuivit d'un ton patient de maîtresse d'école :

— Vous enduisez bien le coussinet d'éponge avec notre Gelée magique — je l'ai baptisée comme ça — et vous le placez au fond avant qu'on vous rende visite – si vous voyez ce que je veux dire? Quand votre visite est repartie vous tirez sur la faveur pour ravoir le tout et les enfants du visiteur avec. Bon, mademoiselle, c'est pas la peine de rougir comme ça, on est entre femmes. Je me doute, allez, que vous connaissez pas cette affaire-là, parce que je me doute que monsieur votre docteur s'arrange pour vous laisser votre jolie taille fine sans que vous ayez à vous en soucier.

Jeanne devint si pourpre qu'il lui sembla que tout son corps s'enflammait. C'était moins dû aux mots de Lucette qu'à la soudaine pensée qu'elle pourrait avoir un enfant de Philibert. Cette pensée qu'elle n'avait jamais eue une seule fois la terrorisait, lui apparaissait monstrueuse:

– Lucette, vous parlez à tort et à travers, dit-elle avec colère. Il est naturel que monsieur Aubriot ne désire pas d'enfant puisque nous ne sommes pas mariés. Je n'en veux pas non plus.

Lucette se mit à rire:

– Si vous saviez, mademoiselle, combien y a d'hommes qui veulent pas d'enfants à nourrir et qui se contentent de cogner sur leur femme quand elle leur en annonce un! Si vous pouvez compter sur eux pour payer la faiseuse d'anges au lieu qu'ils vous fassent sauter cent fois d'une table les bras en l'air, c'est déjà beau! Mais pour ce qu'est de prendre la peine de tirer le feu d'artifice sur la pelouse pour vous éviter le gros ventre, ben croyez-moi...

– Lucette!

– Y a pas, mademoiselle, vous êtes un peu bégueule, redit Lucette en soupirant. Bon, alors revenons à nos moutons. Donc, la moitié de cette fortune que vous avez là, vous la devez à monsieur Michel.

– A monsieur Adanson ?

– Je vais vous expliquer. Les coussinets d'éponge, y a belle lurette que c'est une chose connue mais, d'habitude, on les trempe dans un vinaigre un peu méchant et voilà tout. Moi, je voulais vendre du meilleur et que je serais la seule à vendre, alors, comme monsieur Michel nous a fait déjà des bonnes recettes contre les mites, les puces et tout ça, j'ai été lui demander s'il pourrait pas trouver quelque chose contre les enfants. C'est avec son ami le chimiste Rouelle qu'ils m'ont trouvé cette sorte de confiture – « une barrière insectivore », que monsieur Michel l'appelle pour rire. En tout cas, ça marche et alors, vous pensez, j'en ai jamais assez ! C'est autre chose que les attrape-nigaudes que vous pouvez acheter au pont Neuf ou chez les matrones. Mais dame ! ma Gelée magique n'est pas pour tout le monde – je la donne pas.

– Quel prix vendez-vous cela?

– Je fais un peu à la tête de la cliente – si j'ose ainsi dire. Voyez, la Vaubertrand à qui son avocat général donne vingt-cinq louis par mois je lui prends plus qu'à la Fontaine, qui n'a que quinze louis de son conseiller au Parlement. Aux demoiselles de la présidente Brissault qui font quasiment que du ministre, de l'étranger et du prince, ou à celles de Babet Desmarets qu'ont une superbe clientèle ecclésiastique, je fais payer encore plus, presque autant qu'à la comtesse de Boufflers ou à d'autres grandes dames. Puis maintenant, je suis bien organisée, je sers par abonnement à la semaine, Banban porte les paquets, c'est discret, si bien que même les bourgeoises s'y mettent.

– Bien, bien, bien, bien..., faisait Jeanne, abasourdie, dépassée. Lucette la lorgna, l'estima assez étourdie, retourna encore une fois dans l'arrière-boutique pour en tirer une boîte à thé contenant plus de deux mille livres:

– Autant que je vous apprenne tout d'un coup, on n'y reviendra pas. Là, le tout est pour vous, l'associée est déjà payée, elle fait pas crédit.

Jeanne afficha une mine résignée à tout:

– Ceci représente le montant de quelles ventes?

– C'est pour notre Onction de Vénus: ça part bien aussi.

– Notre Onction de Vénus?

– Y a pas de risque avec, c'est la meilleure sage-femme du Temple qui me la fabrique.

– Pour quoi faire?

Lucette avança sa lèvre inférieure en moue et se mit à souffler sur des frisons échappés à son bonnet, histoire de gagner du temps. Puis elle se décida et dit d'un trait:

– C'est pour parfumer l'intimité des dames parce que qui s'y frotte s'y revigore, là! Et ne venez pas me dire que c'est vilain ou un poison ou Dieu sait quoi, parce que ma fournisseuse fournit aussi l'abbesse du Parc-aux-cerfs et que si c'était un poison on laisserait pas le Roi s'y tremper, là! Et si c'était un poison, monseigneur notre prince de Conti serait déjà mort, et des vieux pères de l'Oratoire, il en resterait plus la queue d'un, là! Et mademoiselle, quand on est dans le commerce on n'est pas dans la morale, et il faut ramasser de l'argent avec les marchandises qui se vendent bien, là!

Jeanne ne répondit pas un mot: elle comptait ses louis et ses écus, fit la part de Michel Adanson, poussa vers Lucette une somme de trois cents livres:

– Voilà pour vous, Lucette. Il est juste que votre immoralité vous enrichisse un peu, c'est son but habituel et il serait vraiment trop immoral de l'être pour rien.

Folle de joie, Lucette lui sauta au cou et se mit à danser dans la boutique en claironnant :

– Je suis riche, riche, riche, Lucette est riche ! riche ! Comment j'aurais jamais pu rêver ça ? Savez-vous ce que je vais faire ? Je vais m'acheter un jupon vert à rayures, un caraco vert, des souliers blancs à bouts ronds et une croix avec une chaînette en or, pour vous ressembler !

Elle s'arrêta de danser, prit une mine tendrement soucieuse :

– C'est vrai, que vous voulez me quitter pour voyager ? On n'est pas bien, ici, toutes les deux ? Moi, je trouve que La Tisanière, c'est le paradis. Dites, la mer que vous avez envie de voir, vous pourriez pas attendre qu'elle revienne à Paris ? Les hommes, vous savez, c'est comme les mouches, ça revient toujours sur le miel.

18

Le duc de Choiseul frotta l'une contre l'autre ses petites mains potelées onctueuses, parfumées à la pâte de violettes : il était d'excellente humeur. Le mariage du Dauphin avec Marie-Antoinette d'Autriche, la plus jeune fille de Marie-Thérèse, est assuré, c'est son œuvre, et Mercy-Argenteau, l'ambassadeur de l'Impératrice, ne lui a pas caché la reconnaissance que lui en a sa maîtresse. L'alliance avec l'Autriche, si nécessaire à l'équilibre européen depuis que Prusse et Russie s'entendent comme larrons en foire, va s'en trouver magnifiquement consolidée. Conséquence agréable : quand le gros Berry sans malice accèdera au trône, sa femme Marie-Antoinette ne pourra que soutenir le ministre qui l'aura faite reine de France, et ainsi Choiseul régnera une longue suite d'années, enfin libéré de Louis XV, de ses cachotteries et des gens de son Secret.

Choiseul aime le pouvoir, passionnément. Il en jouit avec la délectable conviction que seule sa vaste et souple intelligence peut embrasser la masse des problèmes à résoudre pour assurer le bien du pays. Il se flatte que l'Histoire se souviendra de lui autant que de Richelieu ou de Mazarin parce que Choiseul aura, lui aussi, marqué le destin de la France. Déjà, sous son règne, la Lorraine vient de tomber dans le Royaume sans troubles ni heurts à la mort de Stanislas Leczinski, le beau-père du Roi. Qu'il réussisse à acheter la Corse aux Génois – et il réussira – et une seconde fois sous son ministère une province tombera sans guerre dans le pré carré de Louis XV, et qui fera, celle-ci, une base solide en Méditerranée pour tenir en respect la marine anglaise. L'Angleterre est la bête noire de Choiseul car pour l'Angleterre Choiseul est un petit homme vaincu, qui a dû signer l'humiliant traité de Paris et livrer son empire colonial au vainqueur. Depuis il ne rêve que revanche, voit sa marine traverser la Manche, remonter la Tamise, débarquer ses soldats dans Londres. Mais quelle marine ? La flotte française est encore loin d'être assez remise en état pour lui permettre cette politique offensive...

Choiseul déroula, sur la grande table de son bureau, les cartes les plus récentes des côtes anglaises. Le chevalier Vincent avait fait un bon travail : les plus petites criques, les mouillages les plus médiocres, les barrières, les récifs, tout était répertorié, décrit en détail. Ah ! quand pourra-t-il faire envahir l'Angleterre, quand ?

Choiseul tira sur le cordon d'une sonnette, interrogea le suisse qui se montra aussitôt :

– Monsieur de Praslin n'est pas arrivé?

– Pas encore, monseigneur.

– Vous l'introduirez dès qu'il sera là.

S'entretenir avec son cousin Praslin est toujours un bon délassement pour le duc. Praslin est son collaborateur favori, intelligent et sûr, et il est aussi – mis à part la duchesse de Choiseul – la personne la plus convaincue de la Cour que Choiseul est le grand homme du règne de Louis XV. Quand, une fois par semaine, les deux cousins étalent entre eux les affaires de la France, ah! c'est alors que le duc se sent, jusque dans la moelle de ses os, « le Patron de la Boutique ». L'opposition n'a plus de voix, le Roi devient une marionnette dont il tire les ficelles, assez habilement pour que l'Europe n'en fasse qu'à la tête de Choiseul – quel jeu grisant!

On frappa à la porte du bureau et le suisse introduisit le duc de Praslin.

– Mon cousin, je suis de bonne humeur donc impatient, ne parlons pas de la marine aujourd'hui, dit tout de suite Choiseul.

– Votre marine ne va pas si mal, dit Praslin. Il faut du temps pour construire des vaisseaux et pour remplir les arsenaux – voilà tout. Mais vous verrez que la marine sera plus tôt refaite que l'armée ne sera modernisée, parce qu'il n'y a pas trop d'officiers à la mer, tandis que nous avons encore neuf cents colonels pour cent soixante-trois régiments!

– L'État est ruiné par ses appointés, soupira Choiseul. Les Français voudraient tous être des appointés de l'État, en même temps que tous rêvent d'être exemptés de l'impôt. Allez donc gouverner un peuple doté d'aussi peu de logique!

– L'impôt..., fit Praslin. Il faudra pourtant bien que nous réussissions la réforme de l'impôt ? Quel que soit votre génie, mon cousin, et le mal que vous vous donnerez aux affaires, vous ne redresserez pas la situation du Royaume si vous ne parvenez à imposer une politique de l'impôt qui soit juste. Tous les citoyens d'un état moderne doivent payer l'impôt, et le payer à proportion de leurs fortunes.

– Hé! tout ce qui pense n'est-il pas d'accord là-dessus – du moins en tant que penseur si ce n'est en tant que payeur! s'exclama Choiseul. Reste que l'Argent ne veut pas payer. Alors, en attendant qu'on l'y puisse décider, il faut bien que je fasse racler la pauvreté des pauvres ? Ah ! mon cousin, si je pouvais légiférer à ma guise... Mais pour cela il me faudrait d'abord avoir fait étrangler tous les parlementaires, discrètement, par une nuit sans lune, sans réveiller les raisonneurs des cafés. Les Saint-Barthélemy, hélas, sont passées de mode. C'est bien dommage. Car en vérité, trop de gens se mêlent désormais de discuter des affaires du gouvernement, lequel les ferait mieux et plus vite sans eux, et même avec avantage pour eux. Comme il devait être plaisant d'être ministre sous les Henri plutôt que sous les Louis : le philosophe du Royaume était Montaigne, il s'enfermait dans son cabinet, pensait tout bas, écrivait à l'encre plutôt qu'au venin et ne publiait rien dans les gazettes.

– Allons, dit Praslin en souriant, vous n'avez point à vous plaindre de tous vos philosophes : Rousseau est contre vous mais Voltaire est pour vous, et cela vous donne l'avantage aujourd'hui que l'on gouverne aussi par épigrammes, Voltaire les fait mieux que Rousseau. Quant aux autres beaux perruquiers de l'esprit, ils ne vous sont pas si contraires, à ce que je sache, et pourraient même vous être utiles. Décidez d'Alembert ou Diderot, ou les deux, à partir pour la Russie. L'impératrice les réclame à grands cris et, qu'elle en tombe amoureuse de tête ou de corps, cela lui ferait peut-être oublier un moment son envie de fondre sur Constantinople et sur Dantzig ? Voilà qui nous arrangerait bien. Il ne faut plus compter sur le moribond turc pour contenir Catherine à l'intérieur de ses frontières ; dès qu'elle le voudra son armée ne fera qu'une bouchée des troupes en loques du sultan et je me retrouverai avec une escadre russe en Méditerranée !

– Je songe souvent à cette menace, dit Choiseul. De toute manière il serait bon d'avoir un œil dans la flotte russe.

– Vous savez bien que Catherine se cherche un bon marin français pour s'en faire un amiral, nota Praslin.

– Catherine rêve d'importer toute la France en Russie ! dit Choiseul.

– Pour ce qui est d'un amiral, lui en expédier un de notre goût ne serait pas une mauvaise idée, dit Praslin. Auriez-vous un nom à suggérer ?

Choiseul sourit :

– Ma foi, mon cousin, celui auquel vous pensez. Le chevalier Vincent nous irait comme un gant : en couchant il nous renseignerait, en naviguant il la trahirait. Hélas ce songe est trop beau. Le maltais est une caboche de bois. Il veut enfiler à sa fantaisie, courir les mers à sa fantaisie, et plutôt pour y trouver de l'or que pour y trouver de la gloire. De surcroît, ni espionnier ni trahir ne seraient dans sa religion. Puis enfin, le voilà parti pour l'Isle de France. J'ai promis son concours à Poivre et à Dumas *. Il pourra utilement les instruire de ce qu'il faudrait faire pour remettre en état le Port-Louis. Si la guerre avec l'Angleterre se rallume, quelques bons corsaires, basés au Port-Louis, pourraient ravager tout le commerce anglais des eaux indiennes.

Praslin se mit à rire :

– Rien que cette idée vous illumine tout le visage, dit-il. Vous êtes très rancunier, mon cousin. Mais pour que je vous fasse de bonne politique coloniale il vous faudra me faire de bon crédit. Tout justement je venais vous mendier quelque argent pour deux aventuriers de qualité fort pressés de s'en aller, l'un vous gagner des colonies nouvelles, l'autre vous en planter une.

– Voyons le premier, dit Choiseul en s'accoudant à son bureau.

– Bougainville sort de chez moi, dit Praslin.

– Il fallait que ce fût lui ! s'écria Choiseul. C'est toujours lui. Il veut partir à la quête d'une nouvelle île déserte pour en faire une nouvelle Nouvelle-Acadie, j'imagine ?

– Cette fois, son ambition est plus ronde : il m'a offert quelque chose comme le tour du monde, dit Praslin.

– Le tour du monde ! Bougainville est un rêveur intrépide, décidément, dit Choiseul.

– Oui, mais un rêveur de quelque génie, dit Praslin. Et pourquoi un marin français *aussi* ne ferait-il pas le tour du monde alors que Magellan, Drake, Roggeween, Anson, Byron l'ont déjà fait ? Et que deux Anglais, paraît-il, s'apprêtent à le refaire ?

– Quels Anglais ? demanda vivement Choiseul.

– Le capitaine Wallis et le capitaine Carteret, dit Praslin. Le chevalier Vincent a eu vent de leurs préparatifs. Laisserons-nous les Anglais découvrir la terre entière avant nous ?

– Non ! explosa Choiseul. Mon cousin, amenez-moi Bougainville.

– Voilà un ordre si bien prévu que je vous l'amènerai demain, dit Praslin en souriant. Aussi ne vous dirai-je rien de son projet : il vous l'exposera lui-même avec une flamme que je ne saurai reproduire ! Maintenant, vous parlerai-je de mon second candidat au voyage ? Son désir est plus modeste, et c'est d'aller répertorier les richesses naturelles de l'Isle de France et de Bourbon – de nos Mascareignes fraîchement acquises. L'idée me paraît venir à point. Il faut inventorier avant de mettre en valeur.

– Mais Poivre voudrait-il de votre homme ? Qui est-ce ?

* Premier gouverneur royal de l'Isle de France, dont Poivre fut l'intendant.

– Poivre le veut et même le réclame, il sort de m'écrire à son sujet : c'est un de ses amis, le docteur Aubriot. Pour l'instant il s'occupe de botanique au Jardin. Jussieu l'apprécie fort, et Buffon aussi. Il est docteur-médecin, naturaliste et botaniste du Roi.

Le duc de Choiseul avait pris l'air ironique :

– Le docteur Aubriot ? fit-il. Hé mais, voilà un homme protégé de bien des côtés. Je crois l'avoir déjà fait censeur royal il y a peu pour complaire à la marquise de Couranges, voilà qu'il me faut maintenant le faire missionnaire – ce qui sera assurément pour déplaire à la même dame ! Mais, mon cousin, si tous les intéressés s'accordent sur un nom, réglez donc vous-même une si mince affaire – elle ne devrait pas coûter gros ? Pour moi je trouverais bon de ne pas contrarier Poivre, qui a une peau de hérisson et ne me prend l'intendance de l'Isle de France que du bout des doigts, et après deux ans de mes prières.

– En expédiant Aubriot là-bas vous ne satisferez pas que notre ami Poivre, nota Praslin.

– Mais encore ?

Sûr de faire un effet, le duc de Praslin marqua une seconde de silence avant de laisser tomber :

– Monsieur de Richelieu m'a aussi beaucoup recommandé cet Aubriot.

Choiseul se dressa comme poussé par un ressort, frappa son bureau du poing et se mit à arpenter la pièce à grands pas en martelant sa colère :

– De quoi se mêle à présent ce vieux trublion de vouloir protéger autre chose que des théâtreuses ? Par quel miracle cet illettré connaît-il un savant d'assez près pour lui vouloir du bien ? Aubriot disposerait-il d'une panacée contre les résidus de vérole ? Oh ! mon cousin, voilà une protection de trop, et qui nuit fort à la nomination de votre botaniste ! Car enfin, je n'entends pas me laisser dicter mes choix par un écervelé assez vaniteux et assez sot pour songer qu'il pourrait s'asseoir à ma place !

Voyant que Praslin s'amusait de son explosion, le duc s'arrêta devant lui, reprit un ton posé :

– Au lieu de rire à mes dépens, mon cousin, apprenez-moi donc ce que le père La Maraude * veut faire de la reconnaissance d'un botaniste ?

– Aubriot a une fort jolie maîtresse, qui fera une fort jolie veuve à consoler.

* Surnom très mérité par Richelieu lors de ses pillages de guerre.

— Bon, je m'y retrouve ! s'exclama Choiseul. J'étais fort troublé, moi qui n'avais jamais vu Richelieu se préoccuper sérieusement que de deux choses : l'or et le cul. La nouvelle caillette qu'il guigne vaut-elle la peine ?

— On parle volontiers de sa beauté. C'est la Belle Tisanière du Temple, et moi qui l'ai vue chez ma femme, je tiens qu'elle vaut sa renommée.

— La Belle Tisanière du Temple, fit Choiseul, une moue d'approbation aux lèvres. Elle sert aussi la duchesse, je l'ai aperçue un soir chez elle et il est vrai, ma foi, qu'elle vaut la peine, je l'ai pensé moi-même. Mais une fournisseuse de ma femme... On ne va pas foutre chez les fournisseuses.

Le duc de Praslin émit un petit rire de complaisance pour le mot, avant de reprendre :

— Savez-vous que le maréchal entend installer la personne à l'hôtel de Richelieu et la faire maîtresse déclarée ? Pour emporter mon aide il m'a fait ses confidences.

— Maîtresse déclarée à l'hôtel de Richelieu ? Une boutiquière ! Mon cher cousin, au train où se répand l'amour du peuple nous verrons un jour une grisette régner dans les Petits Appartements de Versailles ! soupira Choiseul.

Praslin hocha la tête, revint à son affaire :

— Donc, j'ai votre accord pour expédier le botaniste ?

— Je n'ai pas dit cela. Je ne tiens pas à complaire à Richelieu, même pour une bonne raison.

Le ministre de la Marine réprima un mouvement de contrariété, biaisa :

— Fixer le maréchal à la chaussée d'Antin auprès de sa belle serait pourtant une manière aisée de vous en débarrasser à Versailles. Il négligera son service à la Chambre, le Roi le boudera et en sera d'autant plus gracieux pour vous. Vous n'aurez peut-être pas à recommencer sa conquête chaque matin si Richelieu ne vous calomnie pas chaque soir ?

— Vu sous cet angle..., commença Choiseul. C'est bon, donnez sa veuve à Richelieu et qu'il la ramone jour et nuit jusqu'à lui trépasser sur le corps — le plus tôt sera le mieux ! Mais je me demande, mon cousin, ajouta-t-il malicieusement, ce que, vous, vous espérez de la reconnaissance du vieux coquin ?

Contournant la question :

— L'*Étoile des Mers* doit mettre à la voile pour Port-Louis environ la mi-septembre, dit Praslin, et j'ai pensé...

— Cela ne va pas, intervint Choiseul. Poivre ne veut partir que début janvier. Avant d'embarquer il veut se marier. Et naturellement il veut aussi le cordon de Saint-Michel, et sa lettre d'anoblissement, et ceci et cela et encore d'autres choses !

– Aubriot partirait volontiers devant lui. Le vicomte Vilmont de la Troesne, qui commande l'*Étoile des Mers*, s'intéresse fort à l'histoire naturelle et voudrait que je lui confie mon botaniste, qu'il ferait passer par l'Amérique du Sud pour le bonheur d'herboriser avec lui du côté de Rio Janeiro et dans la baie de Montevideo. J'aurais envie d'accorder cela, qui vaudrait à Buffon quelques caisses d'échantillons de flore et de faune américaines, que l'*Étoile des Mers* rapporterait.

– Accordez, mon cher cousin, dit Choiseul avec indifférence. Les collections d'herbes fanées et de coquillages vides me laissent de glace, mais je vois que tout le monde s'en montre friand ces temps-ci, alors... Toutefois ne me demandez pas trop d'argent pour ces bagatelles.

– En plus de ses appointements modestes, le docteur Aubriot ne me réclame qu'un valet à passer jusqu'en l'Isle aux frais du Roi. Mais je lui donnerai mieux, je lui donnerai le fils Bonpland, le neveu de l'abbé de La Chapelle. Ce jeune homme n'a que dix-huit ans mais on le prétend déjà fort érudit en botanique, il rêve de voyager et pour ce faire, me propose de tenir le rôle du...

– Voilà qui est dit ; pour les détails réglez l'affaire à votre fantaisie, coupa Choiseul qui n'écoutait plus et s'ennuyait déjà. N'avez-vous plus d'autres nouvelles importantes ?

– Mademoiselle Arnould s'est raccommodée avec Lauraguais.

– Cela ne manque jamais !

– Rousseau serait en passe de revenir du Derbyshire : ses hôtes anglais ne le supportent plus.

– S'il met le pied en France je le fais loger à la Bastille, dit Choiseul.

– Vous ne pourrez pas le mettre à la Bastille, mon cousin, parce qu'il ira comme le vent de Calais au Temple, dit Praslin. Il me semble déjà sentir le pot-pourri de mouton au lard et aux légumes que madame de Boufflers a fait mettre au feu pour le régaler au débotté de son plat favori.

Le ministre marqua un temps de silence avant de jeter, du bout des dents :

– Voyez-vous, si Saxe avait embroché Conti au lieu que ce fût le contraire, je n'en pleurerais pas. Mais comment diable déplaire à Conti ?

– Richelieu va le faire pour vous, assura Praslin en souriant.

— La Belle Tisanière?

— Le prince était très fier d'avoir dans son enclos la plus jolie et la plus savante marchande de bonnes herbes de Paris. Il sera furieux de la voir s'envoler.

— Il fallait me le dire, mon cousin! J'aurais fait un effort philanthropique * pour la mettre dans ses meubles avant Richelieu. Morbleu! j'aurais pu déplaire à Conti de façon plaisante et j'ai manqué cela, voilà qui me fait bouillir le sang de remords! Je vais devoir scier toute ma ration de bûches pour me remettre les humeurs en place avant d'aller souper.

— Tiens? Vous sciez donc aussi?

— Depuis avant-hier. C'est tuant! Mais Tronchin ne me promet le foie libre et la tête claire jusqu'à cent ans que si je consens à scier du bois vingt minutes par jour.

— Il faut obéir, mon cousin : on s'en trouve bien.

— En effet, les valets qui me contemplent faire m'ont paru s'en trouver au mieux, aussi ployés de rire que devant un amuseur de la foire Saint-Germain, dit Choiseul avec ironie. Je me demande... Je me demande si, sous un prétexte d'hygiénisme, nous ne nous sommes pas laissé jeter avec empressement dans une farce d'ampleur? J'imagine assez bien notre bon ami Voltaire chuchotant à son bon ami Tronchin le plaisant conseil de mettre toute la noblesse versaillaise à casser du bois, dormir les fenêtres ouvertes, se laver à l'eau froide et courir à pied derrière ses carrosses. Ne voyez-vous pas, mon cher, que cela pourrait nous décimer en peu de temps et laisser nos places aux bourgeois? Mais quoi? Tronchin est le médecin du jour, il faut bien se tuer à son goût.

* Démocratique.

19

« A l'Observatoire », jeta Jeanne au cocher en posant son soulier blanc sur le marchepied du fiacre.

Lalande aurait-il réussi ?

Dix jours plus tôt, Philibert était rentré un soir rue du Mail avec la certitude qu'il recevrait bientôt sa lettre de nomination pour l'Isle de France et, en effet, quarante-huit heures ne s'étaient pas écoulées qu'il tenait en main le courrier du ministre :

« A M. Aubriot, à Paris, au Jardin Royal des Plantes.

« Sur les témoignages, monsieur, qui m'ont été donnés des connaissances que vous avez sur toutes les parties de l'histoire naturelle, j'en ai rendu compte au Roi, et Sa Majesté a bien voulu vous destiner pour l'Isle de France, où M. Poivre, son intendant en l'île, vous attachera à lui en qualité de médecin-botaniste et naturaliste. Vous devrez aller partout où l'intendant vous enverra, pour y faire toutes les observations et découvertes possibles dans les trois règnes de l'histoire naturelle et lui en rendre un compte bien exact en même temps que vos récoltes. Pour gagner votre poste vous vous embarquerez sur la flûte l'*Étoile des Mers*. M. Vilmont de la Troesne, qui la commande, vous conduira d'abord sur la côte de l'Amérique du Sud, où vous devrez recueillir des échantillons de flore côtière et de faune marine pour les collections de M. de Buffon. Pour que vous soyez muni en partant de tous les ustensiles et effets qui vous seront nécessaires, remettez-en la liste à mon sous-ministre M. Poissonnier. Il disposera pour vous d'un crédit de 3 000 livres, ceci indépendamment d'une gratification de 1 200 livres sur sa cassette, que vous accorde le Roi. Vos appointements seront de 2 000 livres l'an et je donne l'ordre de les faire courir du premier de ce mois. En l'île vous recevrez votre logement de l'intendant, qui vous achètera un serviteur noir privé et décidera des aides qui vous seront nécessaires dans vos opérations et vos expéditions. Pendant le voyage vous aurez avec vous et à vos ordres, pour tout ce qu'il vous plaira de lui commander, le jeune Augustin Bonpland, étudiant la botanique, lequel se déclare honoré que vous vouliez bien l'accepter pour valet-secrétaire. Il sera gagé par le Roi.

« Je suis, monsieur, entièrement à vous. Le duc de Praslin. »

L'irruption imprévue d'Augustin Bonpland dans la lettre du ministre avait mis Jeanne à deux doigts de la crise de nerfs. Elle avait eu grand mal à ne pas se trahir devant Philibert, qui ne savait rien encore du rêve romanesque qu'elle avait échafaudé, qui ne devait surtout rien savoir avant d'être rendu au port. Une folie, il ne faut l'avouer qu'en la faisant, sinon ceux qui vous aiment vous l'avortent avec de bonnes raisons. Pour obtenir une aide qui se passerait de ses aveux en devinant tout sans mot dire, Jeanne avait couru chez Lalande.

Revenu de son tour d'Italie couronné de lauriers, gavé de louanges, la bouche prolixe de mille histoires enjolivées, l'illustre astronome s'était arrangé pour redevenir à Paris plus populaire que jamais. En plus de prédire le temps aux blanchisseuses et de décider des jours de lessive au Gros-Caillou, maintenant il racontait aussi le pape aux fruitières en faisant son marché et les couchers de soleil vénitiens aux demoiselles de livraison. Comme il avait rencontré tous les savants et tous les artistes ultramontains, à La Régence on faisait cercle autour de sa causette et les plus grands salons s'arrachaient ses quarts d'heure de loisir. Puisque tout ce qui comptait à Paris et à Versailles lui souriait, Jeanne avait pensé qu'à Lalande le duc de Praslin n'oserait pas refuser une faveur de mince importance, ne fût-elle que pour l'un de ses amis. Lalande aurait-il réussi ?

De toute manière, qu'il eût réussi ou non, elle devrait quitter la ville. Sa situation vis-à-vis de Richelieu devenait difficile. Aussitôt la lettre du ministre de la Marine parvenue à Aubriot, le maréchal avait tenté de s'en faire remercier, n'avait accepté qu'en renâclant les conditions imposées par Jeanne : la jeune femme n'accorderait rien avant d'être fixée à la chaussée d'Antin et ne s'y installerait qu'à son retour de Lorient, où elle désirait accompagner Aubriot et demeurer jusqu'à ce que l'*Étoile des Mers* eût levé l'ancre. Richelieu avait prévu de faire discrètement partir pour Lorient sa « dormeuse » à six chevaux, qui pourrait lui ramener « son exquise » en moins de trois jours, en la berçant tout le long du chemin. En attendant il lui faisait décorer un appartement dans son hôtel, et Jeanne avait rosi de honte en murmurant : « Miel et ivoire avec un peu de vert, s'il vous plaît », lorsque le maréchal lui avait demandé ses couleurs favorites. En vérité, le vieux galantin lui tenait maintenant sa parole de patience avec une courtoisie si attentive, que le tromper l'apitoyait de plus en plus ; elle avait parfois peine à se souvenir qu'elle n'avait pas d'amitié pour lui. C'est avec des soupirs de remords que chaque après-midi elle recevait le quotidien présent qu'il lui faisait porter à La Tisanière : une bonbonnière de Sèvres bourrée de praslines, un mouchoir de Cambrai à glands de soie, une boîte à mouches en argent, un exemplaire des rondeaux de Charles d'Orléans à reliure de fin cuir fauve estampé à l'or fin... Il était temps que cela finît. Tout lubrique d'âme et décrépit de corps qu'il fût, le duc savait encore rappeler qu'il avait été un grand séducteur. Et il était d'autant plus amène et patient avec Jeanne que milady Mantz lui avait assuré – de la part de Moïse, d'Alexandre le Grand, de Merlin l'Enchanteur, de Charlemagne et de Paracelse avec lesquels elle s'entretenait familièrement chaque minuit – que « Monseigneur était sous le coup d'une grande réussite amoureuse ». Pour une poignée de louis, la vieille pythonisse osseuse et crasseuse logée à l'ombre des tours de Notre-Dame savait toujours promettre ce qu'il souhaitait à son noble consultant millionnaire. Pour une poignée de plus elle lui fournissait même – de la part d'Alcobaric, Lucifer et l'Autre – le talisman à porter en sautoir pour qu'il fût constamment en état de réussir sa réussite. Ainsi bardé des secours de l'au-delà, son sachet de raclures d'os de taureau pendu au cou, le maréchal espérait sa belle avec la sérénité confiante et joyeuse d'un fiancé dont la jouissance prochaine est inscrite dans le ciel. Et la belle, ne sentant plus qu'à peine la convoitise du vieux satyre, s'imaginait parfois l'avoir transformé en excellent bon-papa et prenait des envies de lui avouer sa supercherie. Oui, il était grand temps que le jeu finît pour que Jeanne ne se trahît pas. Mais Lalande aurait-il eu gain de cause ?

Un factotum pria la visiteuse d'attendre M. de Lalande dans la cabane, où il viendrait la rejoindre dans un instant.

« Cabane » n'était pas qu'un mot du jargon des astronomes. Bien que vaste et bien équipée d'instruments modernes, ce n'était guère plus qu'une cabane que Cassini, le premier directeur de l'Observatoire, avait fait monter sur le toit du bâtiment, parce que Perrault, l'architecte, n'avait jamais voulu lui donner la coupole qu'il réclamait. La cabane vitrée traversée de lumière avait toujours beaucoup plu à Jeanne. Plusieurs fois déjà Lalande l'y avait amenée, de jour ou de nuit, pour lui montrer le ciel de plus près. Aujourd'hui, c'est avec une volupté presque douloureuse que son regard glissa pardessus le vert tendre des ormes de Port-Royal pour s'en aller survoler les carrés de choux rouges et bleus et les parterres du vaste jardin de l'abbaye où, entre des bordures de sauge-verveine à fleurs blanches, flamboyaient des rivières de géraniums. N'était-ce pas la dernière fois qu'elle venait contempler le somptueux paysage de pierre et de verdure qu'on avait de la terrasse de l'Observatoire? Devant elle, au bout des jardins de Port-Royal s'étendaient les jardins du couvent des carmélites, les magnifiques constructions et le parc à la française du Val-de-Grâce. Sur sa droite verdoyaient les potagers des capucins et, de l'autre côté de la rue de la Santé, les grands vergers ceinturant le Pré de l'Advocat. Sur sa gauche, au-delà des cultures médicinales de l'immense enclos des pères de l'Oratoire, commençait la campagne maraîchère du faubourg Saint-Michel et filaient vers l'horizon les deux chemins de Bourg-la-Reine : le grand, bien droit entre ses deux rangées de platanes, et l'ancien, à demi-herbu, creusé au pied des collines plantées de moulins. Malgré la proximité de la ville, sous le haut ciel bleu d'août tout ce paysage hors Paris, presque désert, rayonnait d'une paix lumineuse. « C'est beau, pensa Jeanne. Ailleurs, où je veux tant aller, aurai-je des visions aussi harmonieuses que celle-ci? » Elle entendit quelqu'un ouvrir la porte derrière son dos mais ne se retourna pas, soudain saisie de panique et du besoin de prolonger son incertitude.

Lalande vint la rejoindre sans mot dire et la laissa encore un long instant savourer le grand décor silencieux. Quand elle sentit qu'il allait parler elle serra très fort ses mains l'une contre l'autre.

— Jeannette, dit l'astronome, le jeune Bonpland renonce à l'Isle de France. Aubriot pourra se choisir le valet de son goût.

Elle eut un tel élan de joie vers Lalande qu'elle lui sauta au cou.

— Maintenant que j'ai eu le baiser pour ma peine, je vais être honnête, dit-il en riant. Je ne suis pour rien dans l'affaire — ou pour bien peu. Le jeune homme a entendu parler d'un projet de voyage autour du monde, il se flatte que son oncle pourra l'y introduire et, à son âge, on choisit toujours l'aventure la plus grosse. Il ne savait comment se dégager vis-à-vis du duc de Praslin, je suis tombé à point en venant dire qu'Aubriot préférerait un vrai valet à un faux, et de son choix.

Un instant ils se prirent les yeux mais Jeanne ne dit rien, et l'astronome referma les siens à demi selon sa coutume :

— Que dites-vous, Jeannette, de voir partir Aubriot? demanda-t-il d'un ton neutre.

— Je dis qu'il a bien de la chance d'aller voir le ciel à l'envers. Il va se promener sous des milliers d'étoiles nouvelles... grosses comme des oranges...

L'astronome sourit du mot « oranges », dit :

— Il est vrai qu'en allant là-bas on récolte un paquet d'étoiles nouvelles. Quand mon bon maître, l'abbé de Lacaille, est allé jusqu'au cap de Bonne-Espérance, il en a rapporté dix mille au fond de ses yeux, qu'ici l'on ne connaissait pas. Mais, hum..., que pense Aubriot de vous laisser seule à Paris jusqu'à son retour ?

Jeanne eut un mouvement d'humeur :

— Monsieur Aubriot pense qu'une femme qui vous aime est un bien immeuble, dit-elle avec vivacité. Je suppose qu'il ne craint pas plus de me voir disparaître pendant son absence que de ne plus retrouver notre maison de la rue du Mail quand il reviendra.

Les yeux de Lalande s'ouvrirent, le temps d'un éclair noir :

— Hum..., fit-il de nouveau, et il se cala sur un tabouret pour attendre la suite.

Comme la suite tardait à venir :

— Allons, l'encouragea-t-il, dites-moi du mal d'Aubriot. Cela soulage toujours un peu.

— Monsieur Aubriot ne fait rien de plus mal que d'être un homme, dit-elle, et en disant cela tout lui remonta au nez de ce que lui avaient fait ou pas fait « les hommes » — Philibert, Vincent, Richelieu — offert ou pas offert à contretemps, dit ou pas dit mal à propos, tout simplement parce qu'ils étaient des hommes, c'est-à-dire des êtres mal accordés aux femmes :

— Il y a des moments où les hommes me fâchent, reprit-elle d'un petit ton rogue. Me fâchent ou m'écœurent.

— Quand une femme parle ainsi des hommes, c'est qu'elle serait prête à en prendre un de plus pour se remettre des autres, dit Lalande. N'oubliez pas que je suis votre premier amoureux parisien, je devrai donc passer le premier de tous vos prétendants, et d'autant plus que je vous suis un pays.

— Mummm, fit-elle, coquette, je ne savais pas que monsieur l'illustre de l'Observatoire prétendait à moi ?

— Menteuse ! Racontez-moi un peu si vous avez déjà vu beaucoup d'hommes d'esprit passer devant vous sans avoir envie de vous faire une politesse du côté de votre honneur ?

Elle contempla Lalande qui, d'un geste coutumier, faisait tournoyer un rayon de soleil sur le bout noir bien poli de son escarpin.

— Monsieur de Lalande, je vous aime, dit-elle. Vous êtes un bon ami.

Elle avait modulé sa phrase avec gravité, et de sa voix la plus moelleuse. Il eut conscience de l'adieu pudique, lança d'un ton trop léger :

— Ma chère, je vous ai souvent priée de me donner du Lalande tout court — il serait temps de vous y mettre. Ou alors comblez-moi, donnez-moi du Jérôme.

– Jérôme, je vous aime, vous êtes un bon ami, répéta Jeanne mélodieusement.

Il se leva pour venir à elle :

– Au fait, dit-il quand il en fut tout proche, n'est-ce pas vous, plutôt qu'Aubriot, qui rêviez de l'Isle de France?

Elle poussa un soupir profond :

– Eh bien, murmura-t-elle, disons que c'est moi qui aurai donné son nom au rêve que vivra Philibert.

Lalande l'observa intensément à mi-yeux, un mince sourire étiré sur la fente de sa bouche. Enfin il lui tendit les deux mains. Elle y plaça les deux siennes et ils demeurèrent ainsi un grand moment, à se dire adieu en silence sans jamais avoir parlé de se quitter.

L'avant-veille de leur départ, elle ne put éviter une invitation de Richelieu à venir donner son avis sur un tissu destiné à une tenture de l'appartement qu'il lui faisait décorer. Elle approuva le tapissier, et le peintre des rechampis par-dessus le marché. Le maréchal lui montra un adorable petit bureau à secrets en bois de rose qu'il venait d'acquérir pour elle. Comme elle s'extasiait et s'amusait à faire jouer les tiroirs, le meuble lui donna une inspiration. Ôtant de son doigt le rubis qu'elle prenait soin de porter pour venir chez le maréchal, elle le déposa dans l'une des cachettes du bureau :

– Je souhaite qu'il m'attende ici, dit-elle. Je ne veux pas le faire voyager.

Aussitôt le duc tira de son auriculaire droit un diamant scintillant de feux bleus, qu'il jeta auprès du rubis :

– Il faut être deux pour faire des petits et je souhaite que ces deux babioles en fassent, et de plus beaux qu'elles, pendant votre ultime absence, dit-il gaiement.

Jeanne prit un air mi-figue, mi-raisin :

– Monseigneur, dit-elle, vous avez des traits de bonté si charmants qu'on en oublierait parfois que vous êtes un despote, si l'on n'y prenait garde.

Il ne lui restait plus qu'à confier à l'abbé Rollin la dernière lettre de Paris qu'elle avait écrite à Mme de Bouhey. Elle ne tenait pas à ce que ce courrier-ci fût ouvert en « cabinet noir » et son contenu mis sous d'autres yeux que ceux de la baronne. Une seule personne au monde devait connaître le projet fou de Jeanne, son pourquoi, son comment.

L'abbé Rollin était demeuré à Paris auprès de Jean-François de Bouhey, qui terminait ses études d'élève-officier dans son académie militaire. Jeanne voyait souvent et l'un et l'autre, ils venaient se ravitailler en tisanes, potions et eaux de senteur dans sa boutique, où ils trouvaient le tout à bon compte! Par malchance ils n'avaient pas paru de la semaine, mais elle savait où pouvoir les rencontrer un jeudi soir : aux Célestins, en train de régaler leurs grisettes de vin blanc et de friture. Car le jeune de Bouhey s'était fort déluré dans la capitale et, quant à l'abbé Rollin, de l'abbé il ne lui restait plus guère que sa soutanelle – et encore, par économie! Certes il n'avait jamais eu d'autre vocation religieuse que celle de sa pauvreté, mais il en avait pris une conscience aiguë.

Le délicieux jardin à bosquets des Célestins était, à son ordinaire du jeudi, bondé de militaires en herbe. Ils venaient y lutiner leurs bonnes amies lingères ou se faire racoler par les « femmes du monde » à l'entrée du couvent. Les religieux avaient eu beau obtenir du lieutenant de police qu'on rebaptisât décemment leur rue, qu'on la nommât Petit-Musc au lieu de Pute-y-muse, la pute n'y musait pas moins qu'avant! En vérité le couvent des Célestins n'était rien de moins qu'une guinguette d'été en plein Paris, un très plaisant lupanar de verdure, admirablement arboré et fleuri, que fréquentait volontiers la bonne compagnie, où venaient boire les Mousquetaires Gris et les Mousquetaires Noirs du Roi et où fréquentait le jeudi toute la turbulente jeunesse en goguette des écoles de guerre. Dès qu'elle mit le pied dans l'enclos Jeanne aperçut, flamboyant sous l'ombre d'une charmille, l'uniforme rouge à tresse dorée de l'élève de l'École de Mars.

Entre exilés de Charmont on s'embrassa comme du bon pain, l'abbé présenta sa Mariette, Jean-François présenta son Antoinette et on fit place à la Belle Tisanière devant le buisson de goujons frits.

– Jeannette, tu tombes à point pour une nouvelle qui te fera plaisir, dit Jean-François, qui s'était mis au langage moderne et tutoyait beaucoup ses intimes. J'ai reçu une lettre de maman : il y a eu une nouvelle naissance chez les Delafaye.

– Élisabeth? fit Jeanne.

– Élisabeth – madame la procureuse Duthillet. C'est une fille. Et comme, en somme, c'est une fille qui aurait dû te revenir si tu n'avais pas lâché Duthillet, ils l'ont appelée Jeanne. Jeanne-Félicité parce que, disent ses parents, ils te doivent leur bonheur. On n'est pas plus gracieux, hein?

– Je suis très touchée, murmura Jeanne, les larmes aux yeux.

– Bois un coup, dit Jean-François. Toujours aussi sensible, hein ?

– Jean-François, vous deviez ne rien dire et laisser à madame Duthillet le temps d'apprendre elle-même sa délicate pensée à Jeannette, gronda l'abbé.

– Non, non, dit vivement Jeanne, il a fort bien fait de me le dire ce soir. Quand partez-vous pour Charmont ?

– Dans sept jours, dit Jean-François. Vive les vacances ! Enfin, pourvu qu'elles ne durent pas trop, ajouta-t-il avec une grimace.

– L'abbé, avant d'aller conduire monsieur Aubriot jusqu'à Lorient je suis venue vous confier une lettre pour madame de Bouhey, dit Jeanne. Vous la prierez de la lire quand elle sera seule. C'est une lettre importante et confidentielle.

– Oh, oh, des mystères ? fit Jean-François. Tu te maries ? Monsieur Aubriot t'épouse avant d'aller faire son tour d'exotisme ?

– Ne dis pas n'importe quoi ! fit-elle, fâchée.

– Je ne dis pas n'importe quoi. J'ai envie de danser à ton mariage et je suis mécontent que monsieur Aubriot n'ait pas encore songé à...

– Jean-François ! jeta sévèrement l'abbé.

– Bon, bon, fit l'étourdi, je me tais là-dessus. J'ai d'ailleurs un autre mariage qui m'attend à mon arrivée au château. Maman me l'apprend dans sa dernière lettre. Jeannette, devine qui et qui ?

– Anne-Aimée et son petit marquis Christophe d'Angrières.

– Oh ! non ! Ceux-là, ce n'est pas fait. Ma grand-mère jure chrême et baptême qu'elle empêchera une belle dot Delafaye de s'aller perdre au jeu dans les mains du petit marquis le plus fripon de tout le Lyonnais. Cherche ailleurs.

– Il ne reste plus que Margot ?

– C'est Margot, dit Jean-François. Avec qui ?

– Avec le beau Giulio, le fils de l'armateur Pazevin.

– Tiens ? fit Jean-François, tu étais dans le secret ?

– Ce n'est pas un secret que Margot avait le diable au corps pour le fils Pazevin depuis ses douze ou treize ans, dit Jeanne.

– Ce que jolie fillette veut..., commença l'abbé Rollin en appuyant son regard sur Jeanne. Mais ce que vous ignorez sans doute, Jeannette, c'est qu'à peine mariés les jeunes Pazevin vont faire, tout comme le docteur Aubriot, le beau voyage dont vous et moi avons mille fois rêvé ensemble devant la mappemonde.

– Ah oui? fit Jeanne, l'oreille dressée.

– Oui, dit l'abbé. Giulio Pazevin veut établir un grand comptoir de traite au Port-Louis.

– Il m'avait parlé une fois ou deux de ce projet, dit Jeanne. Ainsi, Giulio et Margot, et monsieur Aubriot, et monsieur Poivre aussi – tout ce monde de connaissance va se retrouver bientôt au Port-Louis?

Disant cela elle souriait, à voir, par-dessus les têtes de ses compagnons, le lointain rivage bleu et doré de son vieux rêve se peupler miraculeusement d'amitiés douces.

– A ce que raconte maman, il y aura aussi mademoiselle Robin, dit Jean-François.

Surprise par le nom :

– Parles-tu de Françoise Robin, la fille du conseiller Robin qui demeure à Villars-en-Dombes? demanda Jeanne. Que diable irait-elle faire en Isle de France?

– Tenir la maison et la cour de l'intendant, dit Jean-François. Elle épouse monsieur Poivre.

– Bah! fit Jeanne.

La nouvelle l'ahurissait un peu. Elle imaginait mal le célèbre manchot lyonnais au passé aventureux vivant autrement qu'en vieux garçon jaloux de sa liberté. Mais il est vrai que la demoiselle Robin avait bien du charme.

– Eh bien, dit-elle, je suis ravie d'apprendre tout cela. En débarquant là-bas, nous... monsieur Aubriot se sentira moins dépaysé.

– Et ce sera bien dommage, observa l'abbé. Si je vais là-bas un jour je n'y fréquenterai que des nègres et des créoles, histoire de me changer tout à fait les yeux, les oreilles et les idées.

– Mais vous, l'abbé, vous êtes un vilain révolutionnaire, soupira la voix timide de Mariette.

– Mariette est conservatrice et très offensée de mes critiques contre le régime, expliqua l'abbé en riant. Elle croit de bon cœur qu'elle ne pourrait pas vivre heureuse sans duchesses parce qu'elle brode des chemises de duchesses.

– Dieu! l'abbé, ne tombez pas dans la politique par une si belle soirée, dit Jeanne. Ne sommes-nous pas bien à l'aise, assis là à boire du vin blanc sous une tonnelle des Célestins ? Tout de même, l'abbé, avouez que Sa Majesté Très Chrétienne est assez tolérante, au moins envers ses religieux ?

Mariette étouffa un rire dans son tablier.

Une main d'enfant crasseuse tendit soudain, sous le nez de Jean-François, des bouquets de fleurettes des talus à un sol :

– Vous fleurissez vos belles demoiselles pour l'amour de Dieu, monsieur l'officier?

Jean-François acheta trois bouquets pour trois sols, parce que le petit vendeur portait le triste bonnet bleu des Enfants Trouvés.

Jeanne, le soir, mit le bouquet dans son bagage.

20

L'Étoile des Mers devait mettre à la voile le 14 de septembre. Aubriot désirait avoir une dizaine de jours pour visiter Lorient et pour que Jeanne pût jouir du paysage marin avant de reprendre seule la route de Paris, aussi coururent-ils la poste à outrance tout le long du chemin. De trois jours ils ne débottèrent pas, se nourrissant sur le pouce pendant qu'aux relais on changeait leurs chevaux, dormant en chaise lorsque l'épuisement les jetait dans une heure de sommeil en dépit des cahots. L'exhibition de la lettre du Roi invitant M. le docteur Aubriot à rejoindre Lorient pour son service parvenait tout juste à obtenir d'un maître de poste qu'il secouât ses palefreniers pour les contraindre à dételer et atteler en pleine nuit. Mais ensuite, que de palabres pour persuader un cocher de grimper sur le siège et de s'en aller galoper à travers la campagne noire! L'un après l'autre les hommes secouaient furieusement la tête, se mettaient à raconter des histoires de brigands et finalement plantaient là ce client trop pressé, nonobstant l'ordre du Roi qu'il brandissait – une bourse un peu ronde eût bien mieux fait l'affaire! A Rennes, où ils relayèrent deux heures après la minuit du second jour, aucun homme ne voulut marcher : trois chaises venaient d'être détroussées la veille dans la forêt de Plélan. On ne leur trouva au bout du compte qu'un petit drôle d'une douzaine d'années, qui voulut bien mener et assura le pouvoir faire. Jeanne eut un geste de pitié vers l'enfant :

– Es-tu bien sûr de vouloir partir? Ne t'y force-t-on pas? N'as-tu pas bien peur? lui demanda-t-elle, malgré le coup d'œil agacé que lui lançait Aubriot.

Le garçon sourit au beau jeune valet qui lui montrait de la sympathie :

– Moi, je ne crains rien du tout, monsieur, lui dit-il tout bas. Je suis trop jeune pour être tué par un bandit breton – ils ont tous de la religion. Si nous faisons de la rencontre mal intentionnée et qu'en plus de voler elle a envie de cogner, monsieur votre maître aura la bonté de payer pour nous trois, comme il se doit.

Jeanne se mit à rire de bon cœur :

– S'il en est ainsi, dit-elle, partons. Mon maître s'impatiente déjà...

Ils ne rencontrèrent rien, sauf un chapeau par terre à la pointe du jour. Le jeune postillon arrêta si brutalement son attelage que ses passagers, qui somnolaient, allèrent donner de la tête contre la paroi de la caisse.

— Qu'est-ce? Que se passe-t-il? s'écria Aubriot en sortant sa tête par la portière.

Il vit le garçon sauter à terre.

— C'est un chapeau sur la route, monsieur, à ramasser.

— Va, va, laisse-le, je te le payerai un écu, dit Aubriot.

— Que non, monsieur, j'y perdrai, il est bordé en or!

L'enfant ne remonta sur le siège que coiffé du tricorne bleu galonné d'or.

— Ce polisson! grommela Aubriot. Nous faire perdre du temps pour un vieux chapeau!

Jeanne observa le profil d'Aubriot avec une attention mêlée d'amertume :

— Êtes-vous donc si pressé d'arriver au port, Philibert? Si anxieux de vite atteindre ce lieu où vous me quitterez?

— Je fais une expérience de voyage rapide, voilà tout. Parvenir à Lorient en moins de trois jours était une expérience dont j'étais curieux. Tu verras la mer plus tôt, plus longtemps. N'es-tu pas bien contente de ces dix jours de loisir que nous allons passer tous les deux dans un pays inconnu?

— Je suis contente des dix jours. C'est la tristesse du onzième matin, que je redoute.

Il lui entoura les épaules de son bras, embrassa ses cheveux :

— Jeannot, je te l'ai promis, si je dois demeurer en Isle de France plus des deux ans prévus pour ma mission, je te ferai venir. Deux ans ne sont rien à ton âge.

Elle secoua la tête si énergiquement pour le démentir que sa longue « queue-de-rat » enrubannée de noir vint fouetter la joue du médecin.

— On voit que vous ne savez rien de l'impatience de vous attendre, dit-elle. Moi, je sais de quoi je parle.

Il prit sa main entre les siennes :

— Je t'écrirai beaucoup, mon Jeannot. Aucun vaisseau ne mettra à la voile pour la France sans emporter un courrier pour toi, aussi long qu'un mémoire d'apothicaire. Je te raconterai tout!

— Même les belles créoles?

Le rire d'Aubriot sonna, ferme et bref :

— Ta jalousie m'honore trop généreusement. Te souviens-tu bien que je vais vers mes quarante ans? Je suis un vieux savant. A ce qu'on dit, ce sont les jeunes officiers que s'arrachent les belles créoles.

— Voire si un savant séduisant ne leur plaira pas bien aussi? dit Jeanne d'un ton boudeur, et Aubriot pensa fugitivement qu'en effet il essaierait de voir.

Pendant un long moment ils ne parlèrent plus, bercés par le balancement de la caisse. La chaleur montait avec le soleil. En passant dans un village ils trouvèrent des prunes fraîchement cueillies, de grosses prunes bleues, fermes et juteuses, musquées, délicieuses. A peine remontée en voiture Jeanne mordit avec une sorte de passion assoiffée dans l'un des fruits, juste à un instant où Aubriot la regardait. Il ressentit un vif élan de désir en imaginant sa bouche à la place de la prune et les jolies dents de Jeanne plantées dedans avec le même amour gourmand. Ce fut presque malgré lui qu'il reprit une conversation amorcée par elle deux jours auparavant et qu'il avait fait volontairement tourner court :

— Je t'assure, Jeannette, que j'aurais voulu t'emmener, dit-il de but en blanc.

Elle jeta son noyau par la portière et le regarda avec une intensité d'or en attendant la suite.

Lui se reprochait déjà son propos trop spontané, mais ne pouvait pas ne pas continuer :

— Monsieur Poissonnier, l'inspecteur des colonies, m'a longuement parlé de la vie aux îles, de la société de là-bas, de ses habitudes, de ses croyances, de ses préjugés... Il m'en a même tant parlé que, devinant qu'il connaissait ma situation privée par les Jussieu, j'étais à peu près forcé de penser qu'en plus de me mettre au courant il entendait aussi me mettre en garde. En Isle de France je serai un envoyé officiel du Roi, proche du gouverneur et de l'intendant, et le Port-Louis n'est pas Paris. Il paraît que ses idées s'y traînent assez loin derrière celles qu'on défend au café de La Régence. La ville est très petite, on n'y peut rien cacher, il y faut vivre portes et fenêtres ouvertes.

— Je n'avais pas remarqué qu'à Paris, Arnould fermât ses portes et fenêtres avant de se coucher, de se battre ou de se raccommoder avec le comte de Lauraguais, dit Jeanne avec ironie. Ni qu'en pleine nuit la du Breuille se fût privée de réveiller tous les locataires de sa maison pour avoir du secours contre monsieur l'auteur Poinsinet, lequel, étant soûl comme grive, voulait employer les badines de la cheminée pour lui repêcher Dieu sait où sa petite éponge au vinaigre! Je me demande si vraiment, aujourd'hui, tout ce qui est français ne fait pas l'amour portes et fenêtres ouvertes sans se poser tant de questions!

Il l'avait si bien provoquée en lui vantant la bonne morale et les bonnes mœurs du Port-Louis, qu'elle ne prit pas garde à l'ébahissement d'Aubriot devant qui elle n'avait jamais prononcé des propos si osés, et poursuivit sur sa lancée :

– Pardonnez à ma vivacité, et de vous avoir interrompu mais, moi aussi, on m'a informée sur la vie aux îles. J'ai entendu dire que là-bas comme ici les hommes avaient des maîtresses et les femmes des amants, et qu'on voyait même d'un assez bon œil les maîtres des habitations faire des négrillons à leurs plus belles esclaves – ce qui peuple la colonie à bon compte. Je crains que monsieur l'inspecteur des colonies ne vous ait prêché, Dieu sait pourquoi, une austérité de mœurs qui ne vaudra que pour vous !

Aubriot laissa passer un temps avant de répondre. Enfin :

– Jeannette, j'entends bien que tu m'en veux beaucoup de te laisser derrière moi et que tu refuses d'entendre mes raisons, dit-il en adoucissant sa voix.

– Je n'ai fait que dire mon avis sans vous rien reprocher.

– Admettons cela, mais écoute-moi cependant. Jeannette, la différence est grande, outre-mer, entre un planteur ou un commerçant libre de ses actes, un officier ou un marin de passage et un résident officiel venu au nom du Roi. Je ne puis agir contrairement à mes instructions, risquer un blâme du gouverneur ou pire, un renvoi prématuré en France – le comprends-tu ? Cette mission qui m'est confiée représente beaucoup pour moi, elle réalise l'une de mes ambitions et m'ouvre des perspectives que...

– Oui, oui, je le sais, coupa-t-elle d'un ton un peu las. Au retour vous serez un découvreur glorieux qui aura bien mérité du Roi, et vous viendront les honneurs et les pensions et l'admiration de votre fils. En attendant, ne voulez-vous pas encore une prune ?

Elle aussi en mangea une, pour ne pas pleurer. Elle avait envie de pleurer. Plus Lorient se rapprochait, moins elle se sentait sûre de pouvoir réaliser son projet, et les dernières paroles de Philibert lui faisaient craindre qu'elle ne rencontrât chez lui une opposition plus ferme encore que prévue. Quand elle lui dévoilerait son plan, quel homme réagirait le plus fort en Philibert ? Le savant bourgeois distingué par le Roi et soucieux de ne pas offusquer sa chance, ou l'aventureux coureur de chemins qui n'en faisait qu'à sa tête et à ses jambes, ne mâchait pas ses mots et se moquait du qu'en dira-t-on – celui qu'elle avait aimé dès son enfance ? Sa tête lourde d'anxiété se laissa aller, chercha le repos sur l'épaule de son voisin... Une nouvelle fois Aubriot lui entoura les épaules de son bras, et il se mit à lui parler comme on le fait pour consoler une enfant triste qu'on va laisser à la maison alors que la fête est dehors.

Il lui parlait de sa jolie boutique du Temple et de tous les plaisirs de Paris qui mangent si vite et si gaiement le temps d'une herboriste à la mode, et lui parlait aussi du pays breton comme d'une plage infinie dont les sables repoussaient loin, très loin, à la lisière de l'horizon, l'eau bleue salée sur laquelle l'*Étoile des Mers* qui emporterait Aubriot n'était encore qu'une minuscule mouette blanche, un flocon de mouette...

Elle l'écoutait comme on boit du bon vin sans soif, l'esprit à l'abandon, pour s'étourdir un moment. Son attention ne tressaillit que lorsque le médecin en vint à dire :

— ... et reconnais que j'accepte tes idées dès que je le peux, même si je ne les juge pas tout à fait raisonnables. C'était ton idée que je n'engage qu'à Lorient le valet que le Roi m'accorde, au lieu de le prendre à Paris, où j'aurais eu meilleur choix. Car franchement, je me demande si, à Lorient, je trouverai à m'encombrer d'autre chose que d'un grossier matelot de réforme tout juste bon à porter un sac — et encore, s'il n'est point trop fragile!

Elle se redressa contre le dossier de la banquette :

— Je m'engage à vous trouver votre affaire et une bonne affaire, dit-elle, le cœur battant. Fiez-vous à moi pour cela. Et, à propos, puisque monsieur Dussault, le médecin du port, vous offre l'hospitalité durant votre séjour à Lorient...

— Oh! pour cela, je ne puis l'accepter! coupa Aubriot. Tu es avec moi, nous devrons donc trouver quelque auberge...

— Que non pas, dit Jeanne avec vivacité. (Elle avait bien trop besoin de passer à Lorient, et d'emblée, pour le valet du docteur Aubriot.) Vous devez accepter de loger chez votre confrère, vous ne pouvez le désobliger. Je donne si bien le change que je n'aurai qu'à demeurer vêtue comme je suis — en Denis.

— Te voilà encore en pleine éruption de folie puérile! soupira Aubriot.

— Je veux m'amuser, Philibert, rien de plus. M'amuser à vous servir encore un peu avant de vous perdre. La nature m'a fait un don de bonne fée en m'accordant de pouvoir porter culotte ou jupon à ma fantaisie : laissez-moi en jouir.

— Folle! répéta Aubriot, mais il souriait. A Lorient je serai sans doute traité comme un envoyé du Roi prêt à s'embarquer avec un capitaine fort connu dans la ville. On me donnera à dîner et à souper : te vois-tu bien te retrouvant debout derrière ma chaise, en train de me porter à boire?

— Ma foi, oui! s'écria Jeanne, sincère. Je m'y vois mille fois mieux que je ne me verrais en train de vous attendre en jupon dans une chambre d'auberge pendant que vous souperiez en ville. Vous semblez oublier, Philibert, que de par leur sexe les valets font au moins partie de la moitié heureuse de l'humanité, celle qui peut trotter à son aise. Ou m'assureriez-vous de bonne foi que votre maîtresse entrerait aussi commodément que votre valet dans la société de Lorient ?

Il ne répondit rien, malcontent de ne pouvoir répondre.

– Vous voyez bien ? triompha Jeanne. A Lorient votre Jeannette s'ennuierait, tandis que votre Jeannot verra tout, entendra tout et goûtera de tout. Et tudieu ! monsieur, si le vin qu'on vous servira est bon, je vous promets de boire tous vos fonds de verre pour me consoler de n'être point assise à table !

– Jeannette, je n'aime pas que tu parles avec ce cynisme, dit-il, contrarié. Tu as pris le tour d'esprit parisien, mais chez toi je ne l'apprécie guère, je l'avoue.

– Pardonnez-le-moi en songeant qu'il faut parfois qu'une femme ait bien de l'esprit pour ne pas avoir un peu de chagrin, dit-elle, câline. Alors, Philibert, vous entrerez dans mon jeu ? Monsieur Philibert, s'il vous plaît, en présent d'adieu ?

21

Ils arrivèrent à Lorient un jour de « retour des Indes ». Si bien qu'ils n'en virent d'abord que le grouillement humain multicolore dans lequel leur attelage s'enfonça au pas du cocher, descendu tenir par la bride le cheval de volée. Sans mot leur dire – il ne parlait qu'à peine le français – l'homme les conduisit ainsi, lentement à travers une marée de bruits, jusque dans la rue du docteur Dussault. Après cent trente-trois lieues de poste * menées en moins de trois jours avec une diligence à peine croyable, ils mettaient enfin pied à terre devant une maison d'une sobre élégance prise dans une enfilade de maisons toutes semblables, construites dans un admirable granit bleu grisé, dont le soleil révélait les tavelures blanches. Tandis qu'il actionnait le marteau de la porte :

– Nous voilà logés dans une bien belle rue moderne, remarqua Aubriot, sensible aux nobles alignements bien droits bordant la chaussée spacieuse.

Mais Jeanne n'avait cure des maisons et tirait le cocher par sa manche de veste :

– Mon ami, où est la mer? La mer? La mer?

Il comprit enfin, sourit horriblement, à pleines gencives nues :

– Là, près, derrière, dit-il avec un accent rocheux et en tendant le poing comme pour renverser l'un des remparts de façade.

– Je vais y voir, juste le temps de donner un premier coup d'œil, jeta-t-elle à Philibert en prenant son élan.

Le médecin la rattrapa par le bras au moment où s'ouvrait la porte de la maison Dussault :

– Mon valet Jeannot, patiente un instant, veux-tu, et occupe-toi d'abord de mon bagage, dit-il d'un ton faussement sévère.

– Ah oui! c'est vrai, fit-elle. Vite, vite, mon ami, déchargeons vite, ajouta-t-elle en multipliant les signes au cocher, attentif à redevenir bien lent maintenant que ses clients enragés de vitesse étaient enfin posés au but.

Le serviteur en culotte et gilet bretons qui avait ouvert la porte ne comprenait pas beaucoup plus de français que le cocher, mais fit signe qu'il allait chercher du secours. Il revint avec une haute et

* 3,898 km par lieue.

grasse négresse, dont le grand rire blanc illumina un bon visage tout rond et très noir :

– C'est pas Dieu possib'e que v'là déjà missieu le docteu' de Pa'is qui nous a'ive? Et un jou' qu'i' y a pas pe'sonne à la maison! Ils sont tous pa'tis voi' à la vente : Ma'ame, mam'selle A'melle et mam'selle Anne, et même ma'ame Victo'ine la g'and-mè'. Missieu Dussault, lui, l'est à l'Hôtel-Dieu, à moins qu'i' soit à l'hôpital de B'etagne : on a po'té les malades qu'on a déba'qués dans les deux, y en avait tellement cette fois enco'! Pa' ici, missieu, vot' chamb' elle est au p'emier...

Elle bavardait sans arrêt tout en les pilotant jusqu'à une vaste chambre parquetée en bois des îles, gaiement tendue d'une cotonnade indienne à fleurs. Le confortable mobilier de poirier, ciré jusqu'à étinceler sous la moindre goutte de lumière, aurait aussi bien pu être celui d'un bourgeois parisien. Mais, posée sur la cheminée, une paire de belles potiches chinoises mettait dans la chambre une touche de raffinement aristocratique et rappelait qu'à deux pas de cette maison on était en train de décharger des caisses de porcelaines lointaines.

La négresse houspillait le cocher pour qu'il déposât sans les heurter les bagages des voyageurs, et là où il fallait, dans le cabinet de commodité. Quand l'homme fut reparti gratifié elle reprit son sourire. Son gros œil brun luisant roula du lit drapé de rideaux à la polonaise au médecin et du médecin à son jeune compagnon :

– Ce beau petit missieu, il est vot' ga'çon? Il do't avec vous?

– Il est mon secrétaire, dit Aubriot en souriant. Mais il peut dormir dans ma chambre.

– C'est sû' qu'i' peut, gentil et tout p'op'e comme il a l'ai'! dit la négresse en riant. Je vais lui fai' d'esser un lit dans un coin ou dans l' cabinet, comme vous voud'ez, missieu...

Elle tournicota encore un peu autour d'eux, puis :

– C'est pas tout ça, dit-elle, mais vous allez manger qué'que chose avant de vous installer, pas v'ai? Les g'ands voyages, ça cu'euse le vent'!

– Merci, nous n'avons pas faim, dit Aubriot, qui voyait Jeanne piaffer d'impatience. Je vais plutôt sortir pour essayer de trouver votre maître. Peut-être pourrai-je me rendre utile à l'hôpital et...

La négresse l'interrompit sans façon. Les deux poings enfoncés dans le saindoux de ses hanches, elle regardait le docteur de Paris d'un air courroucé :

– Y a jamais t'op de médecins à l'hôpital un jou' de retou' d'Inde, mais vous allez manger qué'que chose avant de so'ti'!

affirma-t-elle d'un ton sans réplique. J' veux pas que Ma'ame me lave la tête quand elle va 'ent'er, et qu'elle dise devant tout le monde que Joséphine a pas enco' app'is les bonnes maniè' f'ançaises et qu'elle laisse des voyageu's avec leu' vent' vides!

Comme ils n'avaient avalé depuis le matin que deux galettes sèches et des prunes, ils découvrirent leur faim en arrivant devant l'épaisse fumée embaumée qui s'élevait d'une soupière emplie d'une soupe marine exquise aux yeux et au nez, que Joséphine appelait : « de la cot'iade ». Autour de la cotriade il y avait une jatte de crevettes et plusieurs plats de coquillages : huîtres, palourdes, coques, bigorneaux, rigadelles *, ormiers... A part les huîtres, Jeanne n'avait jamais rien vu de tout cela et goûta de tout avec une curiosité si gourmande que la négresse en riait de bonheur en lui beurrant des crêpes de sarrazin, qu'elle pliait en quatre avant de les poser sur le bord de l'assiette du « jeune homme » :

— Faut toujou's manger des cu'êpes bien beu'ées avec les coquillages, sinon ils vous tiennent pas au co'ps et c'est comme si vous aviez 'ien p'is. Et puis buvez un coup, mon p'tit, si missieu vot' maît' il vous le pe'met. Faut toujou' boi' un g'rand coup d' vin blanc su' ces bestioles, pou' les digé'er sans qu'elles vous sautent dans l' vent'e : l' vin blanc les endo'...

— Je te permets un « petit » coup de vin blanc, Jeannot, corrigea Aubriot en souriant.

Sournoisement Joséphine versa au beau jeune homme plusieurs petits coups de suite pour en faire un grand. Le valet du docteur Aubriot était très content de vivre quand la négresse décida que les estomacs des hôtes de ses maîtres étaient assez pleins de bonne hospitalité pour qu'elle leur permît « d'aller t'aîner les 'ues ».

Enfin!

Enfin Jeanne respirait l'air d'un port! A peine dans la rue elle ouvrit la bouche pour gober le vent, en lécha, sur ses lèvres, la trace humide et salée. L'air de Lorient avait un goût fort et vif chargé d'odeurs arrachées à la mer et aux quais, qui lui donna, tout de suite, l'impression de commencer à mâcher de l'aventure rien qu'en respirant. Cet air-là était celui d'une cité ouverte à tous les parfums du monde et, avalé à grosses goulées par-dessus le gros-plant du pays nantais, il acheva de la griser. Elle arriva devant le plus beau paysage de Lorient avec une âme d'avance conquise.

* Praires.

La mer était calme. Sous un ciel de nuages blancs troué d'échappées bleues le magnifique plan d'eau en camaïeu vert ondulait à vagues douces à peine crêtées d'écume. Mais la paix de l'eau était masquée par la vie frémissante et tapageuse du port. Trois vaisseaux aux voiles carguées se balançaient en rade de Penmarec, plusieurs – en quarantaine ou en partance? – étaient ancrés au plein milieu de la baie, entre Lorient et Port-Louis, un autre, au large, fuyait vers l'horizon à pleines voiles rondes. Il y avait aussi deux flûtes à l'armement, auxquelles grimpaient deux files de portefaix courbés sous leurs charges, un gros navire de la Compagnie des Indes en carénage et trois longs-courriers en construction – tout cela au milieu de l'incessant ballet des chaloupes sillonnant la rade, du tintamarre des chargeurs et des déchargeurs, des rouliers, des calfats et des charpentiers, du mouvement bariolé de la foule coulant et courant sur les quais. A travers la grisaille et les sarraus de cuir du peuple laborieux passaient et repassaient gaiement les uniformes bleus et rouges des officiers du Commerce et de la Royale, éclataient les parures chantantes de tout un peuple noir importé des pays du soleil. Des dames et des demoiselles en claires toilettes d'été, qui avaient quitté la salle des ventes, musardaient entre les îlots des marchandises encore amoncelées sur les quais, dont les fumets d'épices se mêlaient aux effluves chauds du goudron des calfats.

Ce va-et-vient étourdissant, bouillonnant de couleurs, de bruits et d'odeurs, animant un décor immense et infini au fond duquel le regard, au lieu d'être arrêté, se trouvait emporté vers le grand large où s'ouvrait le chenal, tout cela provoquait en Jeanne, comme en tout nouvel arrivant d'une ville de l'intérieur, une ivresse propice aux délires de l'imagination. Déjà elle pouvait se croire à mille lieues de Paris, aux portes de tous ces paradis chatoyants qui avaient noms l'Isle de France, Bourbon, Pondichéry, Chandernagor, Surate, Sumatra... A travers le jute des sacs et le bois des caisses que les porteurs coltinaient jusqu'aux magasins elle devinait les arômes des denrées exotiques, les beautés précieuses et fragiles des mousselines et des orfèvreries de l'Inde, des porcelaines, des laques, des ivoires et des soies de la Chine. C'était toute la richesse inépuisable de l'Orient qui venait se jeter sur le marché de ce port d'Occident, aux pieds des marchands accourus de toutes les villes de France pour se les disputer aux enchères. Non, jamais Jeanne ne s'était sentie aussi proche de ses rêves, avec l'impression d'en pouvoir faire des réalités. Elle s'appuya au bras de Philibert :

– Je suis éblouie, murmura-t-elle. Je découvre ici une vie mille fois plus vivante encore que celle que j'avais découverte à Paris. Et cette mer...

Elle se tut. L'ample émotion que la mer lui donnait ne pouvait pas être parlée. Une douleur aiguë la traversa parce que Vincent n'était pas là, avec qui elle aurait partagé l'inexprimable d'une seule pression de main : « Vincent, mon amour », pensa-t-elle ardemment. Le marin lui manquait ici plus qu'ailleurs, mais aussi lui était absent ici moins qu'ailleurs. Si elle l'avait pu elle aurait couru toucher l'eau océane, la belle eau verte et dansante, l'eau sans fin sur laquelle vagabondait, quelque part, *Belle Vincente*. Un goéland cria en les survolant. Jeanne leva la tête et suivit le vol blanc du grand oiseau qui monta haut à larges battements rapides puis se laissa retomber comme feuille abandonnée, le long d'un invisible courant du ciel. Flocon de plumes suspendu à rien au sein de l'air bleu, il semblait si assuré de s'y mouvoir à sa guise que Jeanne lui sourit, comme si l'habileté du goéland lui certifiait celle du corsaire, puisque tous les deux, l'oiseau et l'homme, appartenaient au même royaume, celui des êtres qui savent chevaucher les vents pour vivre sur la mer sans s'y noyer.

– Retourne-toi, dit soudain la voix de Philibert. La ville aussi vaut la peine d'être contemplée...

Entre le verdoiement changeant de l'océan et le ruban argenté du fleuve Scorff, la Compagnie des Indes avait bâti, en quelques décades, une cité moderne de granit bleu tacheté de blanc, dont on ne pouvait qu'admirer l'élégance austère. Tournant le dos à l'ensemble portuaire, ils se dirigèrent vers la terrasse de la superbe place d'Armes plantée d'ormeaux. Les boutiques des confiseurs étaient pleines de papotages féminins : les épouses des négociants, lassées d'écouter les enchères, dégustaient là les petits gâteaux bretons les plus fins de la ville en regardant les soldats bleus de la Compagnie faire l'exercice sur l'esplanade.

Aux approches de la salle des ventes ils tombèrent dans une kermesse. Des ronds de foule – peuple et bourgeois mêlés – entouraient des artistes de tous les talents : montreurs d'ours intelligents, mangeurs de feu ou d'épées, danseuses, acrobates, illusionnistes, faiseurs de malices et vendeurs de perlimpinpin. Des gens entraient et sortaient sans cesse du bâtiment, et, comme eux, les deux promeneurs ne firent qu'entrer et sortir de la vaste salle bondée à craquer où l'on s'étouffait, où les injures volaient, où l'on risquait de ramasser le coup de coude pointu, voire le coup de canne qu'un enchérisseur excité ne se retenait pas toujours de décocher à son concurrent. La presse bourdonnait aussi vivement dans le magasin des marchandises au poids. Là, les plus gros épiciers du Royaume s'arrachaient à prix d'or la cannelle de Ceylan, la vanille, la muscade, le girofle, le poivre, les piments, le thé vert et les thés parfumés de la Chine, le café de Bourbon et le café de Moka. L'air était une soupe épaisse de tous les aromates de la cuisine orientale, Aubriot et Jeanne n'y tinrent pas longtemps, retrouvèrent la rue.

A la porte du pavillon, on avait déchargé une flore exotique en miniature. Dans des bailles remplies de terre lointaine, des dizaines d'arbustes languissants, bien fatigués de leur long voyage, attendaient les amateurs de « jardins d'ailleurs ». Toute une compagnie de collectionneurs, de curieux et de jardiniers se penchaient sur eux avec des mines gourmandes. Cette fois comme toujours les boutures les plus maigrichonnes, les petits arbres les plus pâlots trouveraient preneurs, seraient plantés avec dévotion dans les parterres et les serres des fastueuses « folies » bâties dans la campagne d'alentour par les riches profiteurs de la mer. En faisant leur choix, les dames et les demoiselles frottées de savoir botanique effleuraient de gestes tendres et de mots doux les verdures anémiées, parce qu'elles avaient appris que le moindre objet de nature a une âme, qu'il convient d'arroser d'amour aussi pour l'acclimater à l'exil. Des nègres venaient tourner autour du « carré vert » comme autour de leur nostalgie, riant de bonheur quand ils reconnaissaient le pignon des Indes, le bois d'amou'ette, l'he'be-à-ca'esses, le pied-de-fauve, le doux-au-vent'e... Une grande et belle négresse guinée, à laquelle Jeanne demanda le petit nom commun d'une plante, lui répondit dans un très bon français, dont les R n'étaient qu'à peine avalés :

— C'est de la belle-de-rivière... Il y en a plein chez nous aussi.

Puis elle hocha sa tête garnie d'une somptueuse parure de foulard bleu et or, se reprit :

— C'était de la belle-de-rivière. Tout ça là, mam'selle, c'est bien plus beau et bien plus gai là-bas, chez nous.

La Guinéenne avait à peine lâché ces mots qu'avec la brusquerie éclatante d'une fanfare un chant syncopé jaillit des poitrines de ses compatriotes présents :

C'est v'ai, c'est v'ai, c'est v'ai ça!
C'est v'ai, c'est v'ai, c'est v'ai ça!

Ce fut le signal d'un fol intermède improvisé : les noirs se mirent à scander les couplets d'une longue complainte de leurs ennuis, dans lequel revenait sans fin, allègre, sautillant, invitant à la danse, le refrain : « C'est vrai, c'est vrai, c'est vrai ça! » qui les jetait dans un tourbillon de couleurs avec une joie sauvage. Leurs cuisses et les bailles leur servaient de tambours sur lesquels ils frappaient l'accompagnement de leur chanson à se trémousser. Autour de cet îlot de fête africaine, la société bretonne, accoutumée, faisait cercle en souriant, tapait des mains, lançait des piécettes d'encouragement, et les enfants blancs remuaient leurs pieds en cadence, avec une grosse envie d'entrer dans le plaisir des esclaves, que leurs mères retenaient.

Lorient était vraiment à mille lieues de Paris. Grand port marchand et arsenal, la belle ville de granit bleu née de la prospérité de la Compagnie des Indes était, en 1766, en plein apogée. La vie y était gaie, alerte, florissante. On s'y enrichissait tant qu'on pouvait avec les richesses que le commerce maritime arrachait au monde entier et, plus on s'y enrichissait, plus on y menait la vie à grandes guides dans les beaux hôtels de la ville, dans les châteaux et dans des « folies » poussées comme champignons dans la campagne. Partout se donnaient des dîners, des soupers, des goûters champêtres inspirés par la lecture de *La Nouvelle Héloïse*, avec travaux paysans au fond du décor, ou des fêtes fastueuses dont Jeannot, anonyme valet de luxe perdu dans la foule des valets de luxe, libre de ses curiosités et de ses furetages, se régalait à son aise. Jamais la Belle Tisanière du Temple n'avait vu, ni en Dombes ni à Paris, des réceptions aussi bariolées de couleurs, car jamais elle n'avait vu virevolter dans une même assemblée autant d'uniformes bleus et rouges dorés sur toutes leurs coutures, auxquels se mêlait l'éclatant ramage d'une nombreuse domesticité noire, à la fois craintive et familière, prompte à lâcher ses tâches pour passer à « la bamboula » et se donner en spectacle aux invités de ses maîtres. Cette présence nègre partout répandue – jusqu'à inquiéter parfois quand explosait sans mesure son audace sauvage –, les volières bruissantes d'oiseaux des îles, les perroquets et les singes de compagnie admis dans tous les salons, les plantes étranges et frileuses que l'été permettait de sortir des serres pour en garnir les terrasses, les boudoirs tendus de soies chinoises, le foisonnement des porcelaines et des tapis orientaux, la profusion de petits meubles précieux et de paravents que les maîtresses de maison envoyaient laquer en Chine comme si c'était la porte à côté de chez leurs ébénistes lorientais, la nourriture épicée, le punch au rhum et à la vanille qu'en société on servait aussi communément que le vin blanc nantais – toutes ces mœurs importées de loin donnaient au grand port breton un déguisement de cité tropicale qui dépaysait Jeanne, délicieusement. Depuis son arrivée à Lorient, à tout coin de rue lui revenaient en mémoire les récits que Pauline de Vaux-Jailloux lui avait faits de la vie créole. Elle y repensait d'autant plus que les Lorientaises se vêtaient volontiers d'une mode simple et légère coupée dans des indiennes à fleurs ou des mousselines claires dont elle avait plus d'une fois admiré la séduction sur la dame de Vaux : les Lorientaises, comme Pauline, aimaient à se donner des airs vaporeux et pastel de « belles des isles ».

L'impression de plus en plus grisante que ressentait Jeanne de déjà vivre ailleurs qu'en France était encore accrue par les conversations ambiantes. Toutes ces fausses créoles, et leurs maris, leurs amants, leurs grands enfants, leurs serviteurs, et les boutiquiers chez lesquels elle allait flâner – tout ce monde s'entretenait quotidiennement des îles à sucre ou à épices, des Indes et de la Chine aussi bien que s'il s'agissait de provinces situées à la lisière de la Bretagne. Jeanne entendait dire : « Je reviens de Pondichéry, je pars pour Bourbon dans huit jours, nous avons eu beau temps au cap de Bonne-Espérance », aussi uniment qu'on disait « Je reviens d'Hennebont, je pars pour Vannes, il fait beau à Nantes. » Si bien qu'au bout de peu de jours, s'accoutumant, elle aussi commença de ne plus très bien distinguer les distances : Rio Janeiro, ce premier point où devait relâcher l'*Étoile des Mers*, lui parut plus proche d'elle que Paris parce que le verbe « s'embarquer », à Lorient, couvrait un geste aussi commun que celui de grimper dans une chaise de poste. Plusieurs fois par jour elle courait au port pour contempler « son » vaisseau.

L'*Étoile des Mers* qui devait emporter Aubriot, carénée à neuf, armée, briquée, en partie chargée, patientait au milieu de la baie. C'était une gracieuse petite flûte de la Royale à poupe ronde, dont la mâture et le gréement dessinaient, sur l'horizon pâle, une harmonieuse et fine architecture d'araignée. Quoique dépourvue de sculptures décoratives – chez les navires la mode tendait vers la simplicité – l'*Étoile des Mers* était pourtant coquette à l'œil avec sa coque rouge et jaune fraîchement repeinte, ses lisses noires, ses cuivres étincelants. Comme toutes les corvettes de guerre armées en flûte, elle avait été allégée de la plus grande partie de ses canons pour faire place au matériel et aux marchandises destinées aux Mascareignes : momentanément la France vivait en paix ; entre Lorient et Port-Louis de l'Isle de France aucune mauvaise rencontre n'était prévue.

Le capitaine de l'*Étoile des Mers*, le vicomte Vilmont de la Troesne, était un gentilhomme breton de vieille race, d'une cinquantaine d'années, court et trapu, au regard gris-bleu souvent lointain. D'abord simple et direct, aimable et cultivé, entiché de botanique et d'astronomie, il tenait pour une si grande faveur d'avoir à transporter jusque dans l'océan Indien un éminent naturaliste familier de Buffon et des Jussieu, ami intime de Lalande, arrivant du Jardin du Roi, ce haut lieu des sciences naturelles, qu'il traita tout de suite son futur passager en personnage précieux. Lorsqu'il séjournait à terre, de la Troesne habitait à Port-Louis, l'avant-port de Lorient, dans le bel hôtel ancien de sa famille. Il eut tout le temps d'entraîner Aubriot et son valet dans la vie de château bretonne, car le départ de son vaisseau dut être reporté au 29 de septembre : son second l'avait quitté un soir, le nez piqué dans son assiettée de moules à la crème, foudroyé par une attaque; il fallait le remplacer et on attendait celui que M. de Praslin avait désigné, le chevalier de Trévenoux, lequel devait venir de Saint-Malo.

Le contretemps avait fait froncer les sourcils de Jeanne : la terre ferme commençait de lui brûler la plante des pieds. La « dormeuse » du maréchal de Richelieu, ponctuelle, était déjà arrivée à Lorient pour la chercher. Froment, le valet de confiance du duc, l'avait discrètement fait garer dans la cour d'un hôtel, après quoi il s'était montré à Jeanne. Dieu merci, en dépensant quelques sourires et deux louis d'or, Jeanne n'eut aucune peine à convaincre Froment de patienter un peu plus longtemps que prévu; dès l'instant qu'elle portait facilement la main à sa bourse, Froment estima que la nouvelle favorite de son maître méritait d'être obéie. Avec une grande bonne volonté il prit ses aises dans une auberge à matelots où une fille avait encore de la fraîcheur et même ses dents, et commença de boire à la santé de Jeanne : il n'avait à se soucier de rien, puisqu'elle le ferait avertir quand il devrait se dessoûler pour la ramener à Paris.

Un soir tout proche du départ, le capitaine Vilmont de la Troesne passa chez les Dussault prévenir son futur passager qu'il y aurait, le lendemain, souper et bal dans l'une des plus jolies « folies » d'Hennebont, dont la galante hôtesse dépensait ses gains de mer à régaler la marine pour en tirer encore d'autres avantages — en nature.

Le docteur Aubriot n'était pas encore rentré d'une démarche officielle qu'il était allé faire chez le commissaire général du port :

— Mais son p'tit missieu Jeannot il vous di'a si son maît' doit 'ent'er bientôt, dit Joséphine au vicomte. Il sait toujou' tout su' les affai' de son maît', le p'tit missieu Jeannot. Tenez, l'est pa' là...

Ma'ame lui a laissé la bibliothèque pour p'épa'er le bagage de missieu son docteu'...

De la Troesne trouva en effet le jeune Jeannot en train d'emballer soigneusement des objets, qu'il rangeait en ordre serré dans une grande malle. Sur la table, le vicomte aperçut des miroirs à main, des ciseaux d'argent, des boîtes à musique, des réveille-matin, de très beaux pistolets, des longues-vues, des boîtes à pilules, à mouches, à rouge, bref, un assortiment de bonnes boutiques.

— Oh, oh! fit le marin. Seriez-vous en train d'apprêter une cargaison de pacotille pour votre maître?

— Tout juste, monsieur, dit Jeanne, embarrassée.

Elle se doutait que Philibert, bien qu'elle l'y poussât, n'avait pas encore demandé au capitaine de l'*Étoile des Mers* permission d'embarquer quelque pacotille à son bord. En principe il était interdit d'en charger sur un bâtiment du Roi dont « le capitaine ne devait pas souffrir que soit fait commerce sur son vaisseau », mais le règlement se tournait en grand tous les jours, et Jeanne avait pris sous son bonnet de rassembler un lot de menues marchandises précieuses dont elle savait le manque en Isle de France. Elle s'arma de son plus candide sourire :

— Au moins, monsieur, dit-elle, vous ne trouvez pas mauvais que vos passagers pacotillent un peu?

— Si je trouvais mauvais qu'on pacotille à mon bord je me ferais remarquer par un zèle excessif et j'aurais la croix de Saint-Louis rien que pour cela! dit le capitaine en riant. Mais voyons un peu...

Il examina les objets, approuva de la tête :

— Le choix est fort bon. Monsieur Aubriot tirera bon prix de sa malle. Il devrait ramasser au moins trois fois sa mise, et plus s'il vend bien.

— C'est moi qui ai tout choisi, ne put s'empêcher de dire Jeanne avec fierté. J'ai tout choisi et tout acheté seul, et à prix honnêtes.

De la Troesne regarda le jeune valet avec une attention accrue. Ce trop beau serviteur aux peu banales finesses de manières et de langage, à la fois discret et toujours présent dans l'ombre de son futur passager, l'intriguait depuis un moment. Vieil officier de mer habitué à flairer les matelotages trop tendres et à fermer les yeux pour ne pas devoir punir les coupables d'une mort ignominieuse, le vicomte avait tout d'abord pensé que — ma foi, tant pis, cela le regardait et on n'était plus sous Mme de Maintenon — le docteur Philibert Aubriot était un sodomite voyageant avec son plaisir, lequel, commodément, lui faisait aussi son service. Pensant cela, il n'avait plus rien compris lorsque Aubriot lui avait fait part de son intention de changer de valet-secrétaire à l'instant de s'embarquer. Son doute lui était revenu, de se trouver en face d'un couple plus compliqué qu'il ne l'avait imaginé. Se trouvant seul avec le garçon, l'instant lui parut propice pour tâcher de s'éclaircir un peu les idées :

– Je vous félicite de vos achats, dit-il au jeune homme. Votre maître est bien heureux de vous avoir, et doit être bien malheureux de ne pouvoir vous emmener. Le domestique que je viens de lui trouver et compte lui présenter demain est jeune et solide, il n'est point sot, il a de la politesse et de la bonne volonté et même quelque instruction, mais sans doute est-il loin de vous valoir, et monsieur Aubriot se trouvera bien dépaysé de devoir vivre avec lui. Pourquoi donc votre famille refuse-t-elle de vous laisser embarquer ? En période de paix un voyage de quelques mois en mer est une affaire de peu d'importance, et la jeunesse a besoin de voir du pays.

La famille trop craintive de son Jeannot, c'était l'histoire qu'Aubriot avait racontée pour justifier sa recherche d'un nouveau serviteur. Dans la bienveillance que lui manifestait le capitaine de l'*Étoile des Mers* Jeanne vit passer l'occasion qu'elle guettait depuis des jours :

– Monsieur, dit-elle avec résolution, puisque vous me montrez de l'intérêt, je vous avouerai dès maintenant que votre départ retardé m'a laissé le temps d'écrire à ma tante pour la supplier de changer d'avis. Je viens juste de recevoir sa réponse et elle me donne enfin permission de suivre monsieur Aubriot outre-mer, s'il veut toujours de moi. C'est ce que je ne sais pas encore, n'ayant pu, de tout le jour, le voir en privé un seul moment pour lui montrer la lettre de ma parente. Je crains qu'il ne soit fatigué de tous ses revirements – ma tante en a eu plusieurs depuis que monsieur Aubriot l'a avertie de son départ. Voilà pourquoi, monsieur...

Elle ouvrit tout grand sur le marin son conquérant regard doré :

– ... j'ose vous demander si, au cas où mon maître voudrait bien prendre ma tante à son dernier mot, il ne vous déplairait pas de m'embarquer plutôt que l'autre jeune homme que vous aviez retenu pour lui ?

– Ma foi, dit Vilmont de la Troesne amusé, j'ai ordre de conduire jusqu'en l'Isle de France le docteur Aubriot accompagné d'un serviteur, mais n'ai point qualité pour choisir ce dernier : il en sera au gré de votre maître. Quant à moi...

Il lui fit attendre la suite une longue seconde, acheva, la malice à l'œil .

— ... si j'avais à choisir en sa place, c'est vous que je retiendrais. Une figure avenante, l'air éveillé, des manières douces et polies, de l'attachement à son maître... — cela ne se trouve pas si aisément réuni dans un seul valet.

Jeanne s'inclina, empourprée du compliment et surtout d'elle ne savait quelle raillerie légère perçue dans le ton du vicomte. Celui-ci ajouta, pince-sans-rire :

— Voyez-vous, on vit fort à l'étroit sur un vaisseau, aussi est-il prudent de s'y faire suivre par quelqu'un que l'on peut sans ennui fréquenter d'un peu près.

Une nouvelle fois le ton du vicomte causa une vague gêne à Jeanne mais elle n'en décela pas du tout le pourquoi et finit par dire, après un temps de silence :

— Puisqu'il en est ainsi, monsieur, soyez sûr que je ferai tout mon possible pour convaincre monsieur Aubriot de m'emmener. M'autorisez-vous à lui laisser entendre que vous me verriez d'un bon œil monter à votre bord?

De la Troesne se mit à rire franchement :

— Je suis bien certain que vous parviendrez à le convaincre, qu'il ne vous faudra pas longtemps et qu'il me fera part de votre projet dès demain, dit-il. Vous pouvez certes lui dire que je vous agrée de bon cœur, mais j'ai peine à croire que vous ayez besoin de mon soutien pour vous loger dans son bagage. Voyons, n'avez-vous pas conscience d'être un valet qui rend son maître bien content?

— Si fait, répliqua-t-elle vivement, si fait, monsieur, je pense cela, qui est vrai.

— Eh bien, dit-il, quand le valet pense cela, le maître a bien du mal à commander dans sa maison. Mon jeune ami, je vous attends dans cinq jours à bord de l'*Étoile des Mers*... avec une seule malle de pacotille. Veillez à cela : une seule malle de marchandises.

— Quoi, monsieur, fit-elle d'une voix timide à dessein, n'aurai-je pas droit, pour ma part, à un petit ballot? J'avais entendu dire au port que même un matelot se permettait souvent...

— Ce qui tient sous son bonnet, mon ami, ce qui tient sous son bonnet! coupa le capitaine, mais en souriant.

22

Au milieu de la rade, l'*Étoile des Mers* oscillait à peine sur l'eau tranquille...

Jeanne braqua ses yeux sur le vaisseau jusqu'à s'user le regard... Là-bas, sur le gris glauque de la mer et du ciel, son long désir de songe avait pris la réalité d'un beau jouet de bois. Exaltée, fascinée, elle se sentait comme doit se sentir l'oisillon qui vient enfin de réussir à se percher sur le bord de son nid et contemple, le temps d'un dernier rêve et d'une dernière peur, l'immense aventure sans fond dans laquelle il va se laisser tomber. Soudain, doutant si ses yeux fatigués ne l'abusaient pas, elle vit de la toile monter aux mâts de la flûte : sur le navire quelques hommes d'équipage manœuvraient, pour mater et mettre à leur main son gréement trop neuf. Les épaules de Jeanne se soulevèrent d'instinct, comme pour dégourdir leurs ailes à l'unisson des voiles, et un sourire de ravie lui vint – le jouet fonctionnait bien.

Un matelot qui passait s'arrêta, amusé, pour observer le beau jeune homme blond planté en extase devant l'horizon. Il finit par dire :

– C'est pas la peine, monsieur, que je vous demande si ça sera votre premier embarquement ?

Jeanne sursauta, vit l'homme, inclina la tête.

– On partira de conserve : c'est mon bord, dit le matelot, avec un coup de menton vers l'*Étoile des Mers*.

– Il est beau, murmura Jeanne.

– Il est bon, dit le matelot. Soyez tranquille, monsieur, c'est un bon bord. Il ira jusqu'où vous allez.

Arrivé ici, le lecteur affligé d'un peu trop d'esprit logique se demandera sans doute pourquoi l'histoire de Jeanne s'intitule « La Bougainvillée » ? L'auteur s'excuse de ne pouvoir le lui apprendre avant le second volume, pour une très bonne raison : en septembre 1766, la bougainvillée fleurissait modestement anonyme sur un rivage des mers du Sud, et ne savait pas encore qu'elle serait bientôt cueillie par Jeanne pour être mise en guirlande autour du cou de son illustre parrain, M. de Bougainville.

La composition de ce livre
a été effectuée par l'Imprimerie Aubin à Ligugé
l'impression et le brochage ont été effectués
sur presse CAMERON
dans les ateliers de la S.E.P.C. à Saint-Amand-Montrond (Cher)
pour les éditions Albin Michel

AM

Achevé d'imprimer le 14 avril 1982
N° d'édition 7552. N° d'impression 667.
Dépôt légal : avril 1982

Imprimé en France